REBEKKA EDER

# Der DUFT von ZIMT

Historischer Roman

Rowohlt Taschenbuch Verlag

5. Auflage Oktobers 2023
Originalausgabe
Veröffentlicht im Rowohlt Taschenbuch Verlag, Hamburg, September 2022

Covergestaltung Hafen Werbeagentur, Hamburg
Coverabbildung Richard Jenkins; Ullstein Bild; iStock
Karte Copyright © Peter Palm, Berlin
Zeichnung Sabrina Knoll
Satz aus der Adobe Caslon Pro
Gesamtherstellung CPI books GmbH, Leck
ISBN 978-3-499-00833-7

*Für Papa, der meine Bücher stets verschlingt,*
*als wären sie ofenwarme Franzbrötchen.*

# Prolog

*Hamburg, 1806*

Beim Backen vergaß Fritz Thielemann die Zeit. Dann flutschten ihm die Minuten, die Stunden, die Jahre wie flüssiges Eiweiß durch die Finger. Er mochte diesen Zustand. Nicht umsonst arbeitete er seit vierzig Jahren voller Leidenschaft in *Thielemanns Backhus* mitten in der Hamburger Altstadt. Zwar war die Backstube so winzig klein, dass man sie in nur drei Schritten durchmessen konnte. Doch er liebte die dicht an dicht stehenden deckenhohen Holzregale an der langen Seite, die rotbraune Glasvitrine in der Ecke, den nussbraunen Tresen in der Mitte mit seinen zahlreichen Schubladen – liebte jeden Butterfleck und jeden Krümel! Und er war stolz darauf, dass seine Kunden ihn für die knusprigsten Rundstücke und die erlesensten Geduldzettel der Stadt rühmten.

Dafür stand er stets mitten in der Nacht auf, auch wenn ihn das zunehmend Überwindung kostete, seit er keine fünfzig mehr war. Doch mit jedem Moment, den er in seiner Backstube knetete, rührte und formte, während sich das Mehl in seinem weißen Haar und seinen unzähligen Lachfalten verfing, vergaß er eines seiner Jahre. Am frühen Morgen, sobald die ersten Kunden hereinspazierten, glaubte er, wieder zwanzig zu sein. Dann warf er sich das Haar verwegen aus der Stirn und lächelte die Damen schelmisch an. Dass er dabei zusätzlich zu seinen Geheimratsecken auch vier Zahnlücken entblößte, kümmerte ihn nicht besonders. Fritz nahm sich weder ernst noch allzu wichtig. Doch seine Geduldzettel, die waren beides. Das hatte ihm schon sein Vater beigebracht, der es einst von dessen Vater gelernt hatte. Es war eine uralte, über viele Generationen überlieferte Backkunst, diese Plätzchen herzustellen:

Wie seine Vorfahren pflegte Fritz in dem kleinen Garten hinter der Bäckerei einen Rosenstrauch. Im Sommer pflückte er die Blütenblätter und legte sie in Wasser ein, um Rosenwasser herzustellen. Das ganze Jahr hindurch verquirlte er am frühen Morgen ein paar Löffel davon mit vier Eiern, goss die Mischung durch ein Sieb, vermengte sie erst mit Zucker und dann mit Mehl, bis der Teig so dick wurde, dass er gerade noch tropfte. Fritz' Geduldzettel waren handflächengroß und so strahlend hell wie seine eigene Haut.

Wenn die Geduldzettel gelangen, wurde der Tag gut. Auch diese Weisheit hatte sein Vater ihm beigebracht, der sich seinerzeit für die guten Tage Hamburgs verantwortlich fühlte. Mittlerweile vermittelte Fritz sie nicht nur an seine Schwägerin Caroline weiter, die seit einigen Jahren bei ihm aushalf, sondern auch an seine Nichte Josephine, das talentierte Mädchen mit den zimtfarbenen Haaren. Eines Tages, wenn Fritz sich zur Ruhe setzte, müsste sich ja weiterhin jemand um die guten Tage der Stadt kümmern. Und während sein Sohn Hans noch nie großes Interesse an der Bäckerei gezeigt hatte, ebenso wenig wie seine beiden älteren Nichten, erschien ihm Josephine für diese Aufgabe wie geschaffen.

«Oh, sie sind heute wieder wunderbar geworden», flüsterte sie ihrer Mutter etwa zu.

«Meine Dame, ich habe gute Neuigkeiten!», rief Caroline dann der nächsten Kundin entgegen. «Die Geduldzettel sind gelungen – heute wird ein herrlicher Tag!»

Nachdem die Kundin die noch warmen Plätzchen entgegengenommen hatte, verließ sie die Bäckerei guter Dinge.

Doch dann kam die Nacht, in der die Geduldzettel nicht fest werden wollten. Josephine und Caroline schliefen noch. Fritz hatte geglaubt, er brauche keine Hilfe, und allein mit dem Backen begonnen. Und dann das! So etwas hatte er noch nie zuvor erlebt. Dabei hatte er alles genauso gemacht wie immer: die Eier sorgsam verquirlt, Zucker und Mehl hinzugegeben, bis der Teig nur noch ein wenig tropfte. Und doch zerlief er nun im Ofen zu einer einzigen Fläche. Vor Schreck zog Fritz das Blech schnell wieder heraus, der Teig zitterte, und seine Form – oben halbrund geschwungen, rechts und links spitz zulaufend – erinnerte an einen Zweispitz mit hochgestellter Krempe. Das jedenfalls würde er in den kommenden Tagen, Wochen und Monaten immer wieder erzählen. «Es war ein Zeichen», würde er sagen – denn noch während Fritz dastand und auf den missratenen Teig starrte, erschien bereits der erste französische Soldat in seiner Tür.

«*Bonjour*», sagte der Soldat. «Diese Stadt ist auf Befehl Kaiser Napoleons besetzt. Wir brauchen ein Zimmer für fünf Mann. Haben Sie Schlafstätten, Feuerholz und Kerzen?»

«Ich… aber…», stotterte Fritz Thielemann. Und seine brüchige Stimme war die eines alten, traurigen Mannes, der sich sicher war, dass er die Besetzung Hamburgs hätte verhindern können – mit ein bisschen mehr Mehl.

# 1

# 1. Kapitel

*1812*

Noch nie zuvor hatte Josephine ein so merkwürdiges Gewürz gesehen. Andächtig drehte und wendete sie die kleine, in sich gedrehte braune Stange in ihren Händen. An ihren Fingern blieb eine leicht krümelige Spur zurück. «Zimt», flüsterte sie und ließ sich dieses Wort auf der Zunge zergehen.

Der würzige Duft erfüllte die ganze Backstube ihres Onkels. Die zwei großen Fenster zu ihrer Rechten waren wie immer weit geöffnet, trotz der Kälte und Nässe dieses Novembermorgens. Mit gesenkten Köpfen – die Zylinder und Schuten voran – liefen die Passanten vorbei. Sie blinzelten gegen den Regen an, die Herren verschränkten die Arme schützend vor ihren Mänteln, die Frauen wickelten ihre Schultertücher enger um die langen, locker fallenden Chemisenkleider. Keiner von ihnen warf einen Blick in die Bäckerei. Ob sie vielleicht kurz nach hinten in die Backstube gehen könnte?, überlegte Josephine gerade, doch in diesem Moment schob sich der blonde Schopf der kleinen Mathilde durch das Fenster.

«Guten Morgen, Josephine! Habt ihr offen?» Es fehlte nur noch, dass sie ungeduldig an den Fensterläden rüttelte. Sie konnte nicht älter als zehn sein, benahm sich dafür aber reichlich vorlaut.

Josephine seufzte. «Wonach sieht's denn aus, mh?»

Schnell versteckte sie die Zimtstange in einer Schublade unter dem Tresen und sah dem Mädchen entgegen, das nun durch die Tür hereinkam und wie immer seinen älteren Bruder Hermann hinter sich herzog. Beide trugen völlig zerrissene Kleider, waren blass und dreckig. Hermann duckte sich unter dem Türrahmen und wich Josephines Blick aus, als sie ihn grüßte. In den letzten Monaten war er so schnell in die Höhe geschossen, dass sie stets ein wenig erschrak, wenn sie ihn sah. Auch er selbst schien sich mit seiner Größe nicht wohlzufühlen, jedenfalls lief er stark gebückt durch die Stadt.

«Ich habe mich schon gefragt, wo ihr zwei Rotzlöffel heute bleibt.» Josephine zwinkerte ihnen verschmitzt zu. Obwohl Mathilde furchtbar ungezogen war und Hermann zu schüchtern, um viel zu sprechen, und obwohl sie nur selten bezahlen konnten, hatte sie die beiden ins Herz geschlossen. «Wie geht es eurer Mutter? Kann sie mittlerweile wieder aufstehen?»

«Ach, wo denkst du hin?» Mathilde rieb sich über ihren auffällig breiten Mund. «Hast du Geduldzettel?»

Josephine schüttelte den Kopf. «Tut mir leid.»

«War ja klar», grummelte das Mädchen. «Hätte ich mir schon denken können, als mein *liebes Brüderchen* heute unsere letzten Teller zertrümmert hat. Das wird kein guter Tag, habe ich mir gesagt.»

Sie sprach gern über Hermann, als sei er gar nicht da. Josephine fragte sich, ob es in gewisser Weise nicht auch stimmte. Sie legte den Kopf schief. «Hast du mir nicht erzählt, dass du die anderen letzte Woche selbst zerschlagen hast, als du wieder einmal wütend warst?»

Mathilde schnaufte. «Was kümmert es mich, was ich letzte Woche getan hab?» Doch sie sah ein wenig betreten zu Boden. «Sind noch Rundstücke von gestern da? Oder irgendwelche anderen Reste?», fragte sie dann überraschend leise.

In diesen Zeiten, in denen selbst die grundlegendsten Zutaten knapp waren, blieb nie etwas vom Vortag übrig, das Josephine hätte verschenken können. Schließlich war sie kaum in der Lage, genug für ihre zahlenden Kunden zu backen. Und doch brachte sie es einfach nicht übers Herz, die beiden wegzuschicken. Die Vorstellung, dass sie hungrig durch die Stadt irren mussten, verursachte ein heftiges Ziehen in ihrem Magen. Also drehte sie sich um und griff nach zwei frischen Brötchen. Im gleichen Moment klingelte das Glöckchen über der Tür.

«Das gibt's doch nicht!», polterte der Neuankömmling los. «Was treibt ihr zwei Lümmel euch hier wieder herum? Ich habe euch schon zehnmal gesagt, dass Bettler in dieser Bäckerei nichts verloren haben! Wegen Schmarotzern wie euch muss der gute Fritz bald schließen! Da werdet ihr euch dann umgucken, wenn ihr ihm das Geschäft kaputt gemacht habt! Wie oft soll ich es euch denn noch sa…?»

«Du brauchst gar nichts zu sagen, mein lieber Fiete», unterbrach Josephine ihn und stemmte die Hände in die Hüften. «Oder haben wir jetzt einen hauseigenen Pförtner, von dem ich noch gar nichts wusste?»

Sie konnte es schlecht ertragen, wenn jemand davon sprach, ihr Onkel könne die Bäckerei aufgeben müssen. Leider geschah das in letzter Zeit immer öfter. Sogar Fritz selbst beklagte, dass es in diesen Tagen kaum noch möglich wäre, ein Geschäft zu führen. Manchmal sprach er sogar davon, rüber nach Altona zu ziehen und neu anzufangen. Doch Josephine wollte davon nichts hören. Nicht von Fritz und schon gar nicht von Fiete. Nein, sie würden durchhalten, komme, was wolle!

Kleinlaut sah Fiete sie an. «Ich wollte doch nur …» Obwohl er die Stimme gesenkt hatte, dröhnte sie Josephine noch immer in den Ohren. «Ihr habt es schon so schwer, da dachte ich …»

«Ich weiß doch, Fiete.» Sie lächelte versöhnlich und strich sich ihre Haare aus dem Gesicht. Unter Fietes noch immer leicht missbilligendem Blick drückte sie Mathilde und Hermann die beiden Rundstücke in die Hände. «Bitte schön, ihr zwei. Lasst sie euch schmecken.»

Mathilde nickte ihr dankend zu und zog Hermann schnell aus dem Geschäft hinaus.

Fiete sah ihnen kopfschüttelnd hinterher. «Dass die beiden hier so oft aufkreuzen und euch eure knappen Waren abluchsen … In diesen Zeiten! Du meinst es ja nur gut, aber wegen dieser Bälger werdet ihr noch …»

«Lass mich raten», unterbrach Josephine ihn, bevor er schon wieder in Schwarzmalerei verfallen konnte. «Du klingst, als könntest du möglicherweise selbst ein Rundstück vertragen?» Sie zwinkerte.

Jetzt schmunzelte Fiete. «Das kann ich doch immer!» Er klopfte sich auf den mittlerweile kaum noch vorhandenen Bauch. Dann rief er gut gelaunt: «Vier Stück, bitte!»

Während Josephine ihm die letzten Brötchen einpackte, erklang eine weinerliche Stimme in ihrem Rücken.

«O nein, o nein, o nein.»

Josephine sah über ihre Schulter und erkannte die wässrigen, tieftraurigen Augen von Jette, die durch das offene Fenster hereinschaute. «O guter Gott, alle Rundstücke fort! Bin ich schon wieder zu spät? O Herr Jesus Christus, womit habe ich das verdient? Wenn das so weitergeht, müsst ihr bald schließen. Gott helfe euch durchzuhalten! Wenn es *Thielemanns Backhus* nicht mehr gibt, dann geht auch bald die ganze Stadt vor die Hunde, das sage ich euch!»

Josephine hatte die alte Frau noch nie mit trockenen Augen gesehen. Ihr Kinn zitterte, während sie nach Geduldzetteln fragte, und wenn es keine gab, zeterte und schluchzte sie laut über die Grausamkeit dieser Welt. Heute sah sie ganz besonders unglücklich aus. Stark gebeugt schlurfte sie herein.

«O, wie schrecklich müssen wir leiden. Und alles nur wegen der Franzosen, habe ich recht? Diese schrecklichen Franzosen!»

«Heute waren's nicht die Franzosen, Jette, sondern Fiete», warf Josephine betont munter ein.

«Da hat sie recht, unsere Josephine», gab Fiete zu und verzog zerknirscht das Gesicht. Die beiden «Lümmel» hatte er offenbar bereits vergessen. «Ich habe die letzten Brötchen genommen … Ach, weißt du was? Wir teilen!»

Gerührt sah Josephine dabei zu, wie Fiete Jette zwei Rundstücke schenkte. Die begann sofort, vor Dankbarkeit noch lauter zu weinen, und Fiete winkte in so großen Gesten ab, dass er dabei glatt gegen ein Wandregal stieß und es ins Wanken brachte.

Josephine seufzte. «Fiete, es ist immer wieder eine Freude zu sehen, was für eine liebe Seele sich hinter deiner lauten Stimme versteckt.»

Überrascht sah er sie an, dann lachte er. «Das Kompliment

kann ich nur zurückgeben, Josephine. Loses Mundwerk, aber gutes Herz!»

❊

Als der laute Fiete und die weinende Jette gegangen waren, holte Josephine die Zimtstange wieder hervor und lehnte sich an den Tresen, der an der Vorderseite über zahlreiche kleine Schubladen verfügte. Zog man an den goldrot bemalten Rundgriffen, fand man darin normalerweise Pfeffernüsse, Konfekt und Geduldzettel. Doch es war schon viele Monate her, dass sie tatsächlich mit kleinen Köstlichkeiten gefüllt gewesen waren. Wer jetzt einen Blick hineinwarf, fand nur noch Krümel vergangener Zeiten. Gleiches galt für die schmale, hohe Glasvitrine mit geschwungenen Füßchen aus rotbraunem Holz, die gegenüber dem Tresen stand. In ihr hatte Fritz einst bunte Fruchtküchlein, prächtige Birnenmustorten oder saftige Pflaumenkuchen präsentiert. Woher sollten er und Josephine auch Sahne und Butter nehmen? Woher genügend Zucker, den sie so dringend für feineres Gebäck bräuchten? Sie waren froh, wenn sie genug Mehl und Hefe hatten, um Brot zu backen.

Nachdenklich betrachtete sie die Zimtstange in ihren Händen, die ihr die Nachbarin zugesteckt hatte. Über dieses unverhoffte Geschenk war Josephine so verdutzt gewesen, dass sie den Moment verpasste, um nach dessen Grund oder Herkunft zu fragen. Nun betrachtete Josephine die Stange von allen Seiten, hob sie an die Nase, schloss die Augen, atmete ein – und mit einem Mal verschwand die kleine Bäckerei mit den leeren Schubladen und Holzregalen aus ihren Gedanken. Sogar die kühle Novemberluft löste sich auf, und mit ihr der Regen, die Traurigkeit und das furchtbare Gerede vom Ende der Bäckerei. Anstelle von alldem nahm sie nur noch diesen ganz besonderen Geruch wahr: schwer, süßlich und verheißungsvoll, nach Ferne und Heimat zugleich, nach Abenteuer und Geborgenheit. Zwar mochte sie nie zuvor eine Zimtstange gesehen haben, doch auf einen Schlag wurde ihr bewusst, dass sie diesen unverwechselbaren Duft bereits kannte. Er kitzelte warm ihre Nase und entfaltete vor ihrem inneren Auge das Bild ihrer Mutter: ihre schwarzen, hoch aufgetürmten Locken, die vollen Wangen, das leicht vorgewölbte Kinn, das Josephine von ihr geerbt hatte. Sie lächelte Josephine an, warm und herzlich, streckte einen Arm nach ihr aus, und plötzlich wusste Josephine wieder, wie sich ihre Hände angefühlt hatten: weich, ruhig und sicher. Sie erinnerte sich an die kurzen Nägel, die schmalen Knöchel und den leicht gekrümmten Ringfinger.

«Na komm schon», hörte sie Carolines Stimme flüstern, wie früher. «Du brauchst keine Angst zu haben.»

Josephine wollte nach ihrer Hand greifen und sich mitziehen lassen. Doch da verblasste das Bild. Vielleicht müsste sie nur noch einmal tief einatmen, dachte sie – als sie das Glöckchen über der Ladentür erneut hörte. Sie zuckte zusammen und riss die Augen auf.

Schlagartig war der November zurück, der Regen, die kleine Backstube, die beinahe leeren Regalbretter. Eilig versteckte Josephine die Zimtstange wieder in der Schublade und schob sie mit dem Rücken zu. In der Tür war ein französischer Soldat aufgetaucht. Schnell setzte Josephine ein unverbindliches Lächeln auf, das sich falsch und hart anfühlte. Wenn sie die weißen Hosen und Gamaschen, die blauen Fracks mit den roten, umgeschlagenen Ärmeln und die Helme mit diesen albernen Pompons in der Mitte nur sah, wurde sie nervös. Und dieser Soldat hier konnte besonders unangenehm werden.

«*Monsieur* Gaspard», presste sie hervor. «Was kann ich heute für Sie tun?»

Vorsichtshalber lehnte sie sich gegen die Schublade. Keinesfalls durfte er bemerken, was sie darin versteckt hatte. Die Franzosen konfiszierten alles, was nicht niet- und nagelfest war.

«*Bonjour Mademoiselle* Thielemann», sagte er mit seiner nuschelnden Bassstimme. Sein markantes Gesicht war wettergegerbt und wurde von dichten Augenbrauen dominiert.

«Nun, die Frage kommt Ihnen vielleicht seltsam vor», grummelte er, «aber … haben Sie in letzter Zeit etwas Merkwürdiges gesehen?»

Überrascht sah sie ihn an. In der Regel kamen die Soldaten vorbei, um die Abgaben einzutreiben oder Brot zu kaufen. Manchmal fragten sie auch, ob Fritz wieder seine berühmten Geduldzettel gebacken hatte, für die sie offenbar ebenso eine Vorliebe entwickelt hatten wie die Stammkundschaft. Möglich war das nur, wenn dem Onkel auf dem ein oder anderen nicht ganz legalen Wege Zucker in die Hände gefallen war. Und Josephine verachtete die Franzosen dafür, dass sie zwar sämtliche Karren und Kutschen an den Toren der Stadt auf Zucker durchsuchten und jeden Schmuggler festnahmen, den sie erwischen konnten, dabei aber keinen Gedanken daran verschwendeten, warum Fritz' Geduldzettel so schön süß waren, während sie sie gierig verschlangen. Oder wie Fritz und Josephine die Steuern bezahlen sollten, da sie angesichts des Mangels an Zutaten in der Stadt doch eigentlich kaum etwas backen und verkaufen konnten.

Bisher hatte Gaspard nichts anderes als «Zwei Laib Brot bitte!», «Haben Sie Geduldzettel?» oder «Ich höre, Sie haben noch nicht gezahlt?» zu ihr gesagt. Sein Wortschatz war offenbar doch umfangreicher, als sie gedacht hatte.

«Etwas Merkwürdiges?», wiederholte sie langsam in seiner Sprache. Wenn sie ins Französische wechselte, dann stets mit gemischten Gefühlen. Einerseits machte ihr die Sprache der Besatzer Angst. Wenn Gaspard oder die furchtbaren Zollbeamten an der Stadtmauer sich unterhielten, klangen sie höhnisch, unbarmherzig und arrogant. Andererseits erinnerte es sie auch an ihre Mutter. Lange bevor Napoleon Hamburg besetzte, hatte Caroline sie in der Backstube nebenbei in Französisch unterrichtet. Während ihre Mutter Teig knetete und Puderzucker mit Zitronensaft vermischte, erzählte sie Josephine von der wachsenden Anzahl der Franzosen in der Stadt, die die prächtigsten Bälle ausrichteten und die rauschendsten Feste feierten. Feine Menschen seien das, behauptete Caroline. Josephine solle sich nur einmal die *Madame* ansehen, die ins leer stehende Nachbarhaus eingezogen war. Sogar ein Dienstmädchen habe sie, und Josephine solle in der Lage sein, sich mit ihnen zu unterhalten. Josephines Wortschatz wuchs kaum merklich, aber stetig, so wie Carolines Hefeteig, und bald wurde er wie die Erdbeertorten mit kleinen Details garniert. Ihre Mutter war stolz auf Josephine, auch wenn Louise, das Dienstmädchen der *Madame* und ebenfalls eine Französin, bei ihren Besuchen in der Backstube über den deutschen Akzent der beiden Frauen schmunzeln musste.

Gaspard jedoch schmunzelte nicht. Er setzte gerade zu einer

Antwort an, als ein lautes Lachen sie beide erschrocken zusammenfahren ließ. Josephine drehte den Kopf und sah, dass sich zwei weitere Soldaten durch die offenen Fenster in die Bäckerei schwangen. Auf den Fensterbänken blieben sie sitzen.

«*Bonjour Madame!*», rief der eine und grinste.

«*Bonjour belle femme!*», fügte der andere hinzu, während er die Hand zu einem beiläufigen Gruß hob.

Josephine verschränkte unwillkürlich die Arme. Sie kannte die beiden genauso gut wie Gaspard und hatte für sie beinahe noch weniger übrig als für den älteren Soldaten. Pépin und Marlo wirkten stets vergnügt, ganz als sei die Besetzung Hamburgs nichts als ein großes Abenteuer. Sie verstanden nicht im Geringsten, wie sehr die Hamburger litten, wie groß die Not in vielen Familien war und was das Wort *Kontinentalsperre* bedeutete, da war sich Josephine sicher.

«Soldaten!», knurrte Gaspard. «Benutzt gefälligst die Tür!»

«*Vieux grincheux!*» Die Jüngeren seufzten. Normalerweise hätte Josephine die Beschreibung *alter Griesgram* treffend gefunden. Doch ausnahmsweise einmal war sie Gaspards Meinung. Sobald Pépin und Marlo bei ihr im Fensterrahmen herumsaßen, mieden die Hamburger Kunden das Geschäft. Und die zahlten immer noch zuverlässiger als die Soldaten, die ihre Stellung gern ausnutzten und häufig anschreiben ließen.

«Zeigt gefälligst mehr Respekt!», zischte Gaspard und stemmte die Hände in die Hüften. Sogar seine breiten, vernarbten Unterarme wirkten grob, dachte Josephine.

«Ach Gaspard!» Marlo mit dem leichten Doppelkinn und dem schwarz gelockten Haar machte gleich mehrere wegwerfende Bewegungen mit beiden Händen. Josephine hatte noch nie erlebt, dass irgendetwas an ihm still verharrte. Ständig waren seine Arme, seine Beine, seine Mimik in Bewegung. Jetzt lachte er und entblößte dabei kurze Zähne und viel Zahnfleisch. «Du versuchst seit Wochen, uns zu erziehen. Wann gibst du endlich auf?»

«Ich weiß nicht, ich weiß nicht, Marlo!» Pépin stellte einen Fuß auf die Fensterbank, stützte sich mit dem Ellenbogen auf das angewinkelte Knie und zog eine Augenbraue hoch. «Gaspard ist ein zäher alter Hund. Knallhart und unnachgiebig. Guck ihn dir an. Eines Tages macht er aus uns noch richtig achtbare Soldaten. Ich glaube, wenn er mit uns fertig ist, dann sind unsere Stiefel und Helme perfekt poliert, unsere Haare gekämmt und unsere Herzen aus Stahl. Und –», er hob einen Zeigefinger, «– wir benutzen nur noch Türen, keine Fenster mehr.»

Er warf Gaspard einen herausfordernden Blick zu, und ohne dass sie es wollte, fielen Josephine sein hübscher Mund und sein elegantes Kinn auf. Wenn sie ganz ehrlich war, musste sie sich eingestehen: Pépin war ein attraktiver Kerl. Seine Leichtfüßigkeit, seine Ungezwungenheit wirkten anziehend. Hinzu kamen diese spöttisch herausfordernden Blicke und das geheimnisvolle Zucken seiner Augenbrauen. Junge Frauen wurden in seiner Gegenwart häufig rot und kicherten über seine Scherze – doch Josephine würde das mit Sicherheit nicht tun. Sie ließ sich nicht blenden vom äußeren Schein. Nein, Pépin war im Grunde ein Kindskopf im Körper eines französischen Soldaten. Und weder mit Kindsköpfen noch mit Soldaten wollte sie irgendetwas zu tun haben.

«Zurück zu meiner Frage», brummte Gaspard unbeeindruckt und wandte sich wieder Josephine zu. «Ist Ihnen in den letzten Stunden irgendetwas Ungewöhnliches aufgefallen?»

Josephine blinzelte ein paarmal. «Was könnte das denn beispielsweise gewesen sein?»

«Die schöne *Mademoiselle* will Beispiele …» Pépin verengte die Augen nachdenklich zu halbmondförmigen Schlitzen.

«Eine leuchtende Marienerscheinung?», schlug Marlo vor.

«Ein gut gelaunter Grünrock», hielt Pépin dagegen – und spielte damit auf die strengen, grün gekleideten Zollbeamten an den Stadttoren an.

«Eine freundliche Kellerratte!» Marlo meinte wohl die Abgabeneintreiber, die sogar in die düsteren Keller der Gängeviertel vordrangen, obwohl es dort nun wirklich nichts zu holen gab. Die zwei Soldaten witzelten über ihre eigenen Leute, begriff Josephine. Dennoch würde sie sicher nicht mit ihnen lachen.

«Wir sind auf der Suche nach einer Kuh», erklärte Gaspard endlich, wohl um den Albernheiten ein Ende zu machen.

Josephine klappte unwillkürlich der Mund auf. «Eine Kuh?»

«Na, sehen Sie, unsere Vorschläge waren gar nicht so daneben, wie Sie dachten.» Pépin sah sie an und verzog entschuldigend den Mund. Ihr Blick hatte ihm wohl mehr über ihre Gedanken verraten, als sie es beabsichtigt hatte. Sie sollte sich besser zusammenreißen, nahm sie sich vor.

«Warum suchen Sie denn eine Kuh?», fragte sie so sachlich wie möglich.

«Sämtliche Kühe eines Bauern vor der Stadt wurden requiriert. Doch uns ist zu Ohren gekommen, dass ihm eine davon kurz nach dem Erlass gestohlen wurde. Nun sind wir ihr auf der Spur.» Gaspards Kiefer malmte. War er wütend auf den Dieb? Oder eher über die Aufgabe, die ihm und seiner kleinen Truppe da aufs Auge gedrückt worden war?

«Nein», sagte Josephine und unterdrückte mit aller Macht ein Grinsen. «Mir ist in den letzten Stunden keine Kuh begegnet.»

Gaspard nickte. «*Bien, je vous remercie, Madame.*» Er wandte sich ab, blieb in der Tür aber noch einmal stehen. «Ah, fast hätte ich es vergessen: Haben Sie heute Geduldzettel?»

«Leider nein.»

Gaspard nickte kurz, fasste sich zum Gruß an den Helm, drehte sich um – und stieß beinahe mit einem vierten Soldaten zusammen.

«Oh, *pardon*, Gaspard», sagte der und senkte den Kopf. Dennoch konnte er noch auf den muskulösen und breitschultrigen Gaspard hinabsehen, so groß war er. Seine helle Haut lief rot an, und sein Französisch hatte einen noch stärkeren deutschen Akzent als das von Josephine.

«Pass doch auf, Konrad», knurrte Gaspard.

Konrad war ebenfalls Mitglied der französischen Armee, allerdings Deutscher. Er war so scheu und linkisch, dass Josephine beinahe Mitleid mit ihm hatte. Einmal hatte sie sich mit ihm unterhalten und erfahren, dass er in Kassel aufgewachsen und eingezogen worden war, kurz nachdem die Franzosen das Kurfürstentum besetzt haben. Im Gegensatz zu Marlo und Pépin war ihm jedes Verlachen der Situation in Hamburg fremd.

«*Pardon*», wiederholte er. «Aber ein Kind hat sie gesehen.»

«Die Kuh?», rutschte es Josephine heraus.

Konrad lief noch ein bisschen röter an und nickte.

Pépin griff nach dem oberen Rand des Fensterrahmens, sprang mit beiden Füßen gleichzeitig auf die Fensterbank und dann hinaus auf die Straße. Marlo folgte ihm etwas schwerfälliger.

Mit knirschenden Stiefeln liefen sie die Straße hinunter. Der gestohlenen Kuh dicht auf den Fersen, dachte Josephine und schmunzelte in sich hinein.

❊

Als die Soldaten mitsamt ihren Späßen fort waren, überkam Josephine ein Anflug von Melancholie. Sie musste wieder an ihre Mutter denken. Lange hatte sie die schmerzhafte Erinnerung nicht zugelassen. Doch nun, in der stillen, leeren Bäckerei, den Duft nach Zimt noch in der Nase, konnte sie sich nicht mehr dagegen wehren.

Im letzten Jahrhundert, als Josephine noch ein kleines Kind gewesen war, hatte Caroline mit ihr manchmal in der Bäckerei getanzt. Sie hatte ihre Hände genommen und sie leise summend im Kreis bewegt. Dabei hatte Carolines Gesicht gestrahlt, und auf ihrem Kopf hatte ein prächtiger, hellblauer Hut gesessen, den sie mit einem blauen Band unter dem Kinn zusammengeschnürt hatte. Und aus dem Hut wuchs eine schneeweiße, gebogene Gänsefeder.

Josephine runzelte die Stirn. Sie hatte so lange nicht mehr daran gedacht, und als Kind hatte sie es nicht hinterfragt, doch jetzt wunderte sie sich. Woher hatte ihre Mutter diesen aufwendigen Hut gehabt? Die Familie hatte zwar ein gutes Auskommen gehabt, aber wohlhabend waren sie nie gewesen. Das lag schon allein daran, dass ihr lieber Vater, ein Schuhmacher, so früh an der Schwindsucht gestorben war. Sein bescheidenes Erbe hatten seine Ehefrau und seine drei Töchter schnell aufgebraucht. Es war Onkel Fritz, Vaters Bruder, gewesen, der sie von da an versorgt hatte. Caroline unterstützte ihn in der Bäckerei, und Josephines ältere Schwestern Henriette und Ida heirateten, sobald sie achtzehn und neunzehn Jahre alt waren, um dem Onkel nicht länger zur Last zu fallen. Nur Josephine war noch zu jung gewesen, um daran überhaupt zu denken. Stattdessen half sie täglich in der Bäckerei. Sie lernte, wie man Hefe füttern musste, und beobachtete andächtig, wie sie scheinbar zu leben begann, anwuchs und über den Rand der Schüssel quoll. Sie übte, Wasser so in Mehl einzurühren, dass es keine Klumpen gab. Onkel Fritz zeigte ihr, wie man Sahne schlug, Rosenwasser herstellte und Honig aufkochte. Ihr erstes eigenes Gebäck war aufgeblasenes Mandelkonfekt: Dafür trennte sie Eier, vermengte gemahlene Mandeln mit dem Eiweiß und goss so lange Zucker hinzu, bis die Masse steif wurde. Welche Mengen an Zucker sie damals gehabt hatten, dachte Josephine sehnsüchtig. Die kleinen Formen aus Blech – Kreise, Sterne und Quadrate –, mit denen sie das Konfekt ausgestochen hatte, besaßen sie immer noch. Sie lagen in einer der untersten Schubladen des Tresens, doch sie waren lange nicht benutzt worden.

Josephine seufzte. Langsam drehte sie sich im Kreis und stellte sich vor, die hohen Holzregale wären wieder voller Zuckerbrot, Anisplätzchen und Haselnussstangen, die Leckereien stapelten sich und lugten aus allen Schubladen hervor, es duftete wieder nach Kuchen und Keksen, und die Kunden streckten ihre Köpfe vom Geruch angelockt durch die Fenster. Ihre Mutter winkte ihnen zu. «Was darf's denn sein?» Und sie träten, angelockt von ihrer fröhlichen Stimme, herein und kauften viel mehr, als sie brauchten. Mutter packte ihnen all die Köstlichkeiten sorgsam ein und gäbe ihnen außerdem gute Wünsche mit – für ihre

Ehemänner, Eltern oder Kinder, Tanten oder Cousins. Der ganze Laden wäre angefüllt von den süßesten Düften und den herzlichsten Worten.

Noch immer ließen Fritz und Josephine die Fenster gern offen. Es duftete hier zwar nur noch nach Brot und hin und wieder nach einfacherem Gebäck – doch in diesen Zeiten der französischen Besatzung, in denen es sonst nicht mehr viel gab, war schon dieser warme, schwere Geruch eine Wohltat. Josephine erinnerte sich genau an den Tag vor sechs Jahren, an dem all das angefangen hatte: Zur Tür kam der erste Trupp französischer Soldaten herein. Eigentlich waren die meisten von ihnen Italiener, die weder Französisch noch Deutsch sprachen und sich mit Fritz und Josephine kaum verständigen konnten. Sie waren so müde und ausgelaugt, dass einer von ihnen auf dem Fußboden zusammenbrach. Und über ihren Köpfen, in der kleinen Kammer, wurde Mutter krank. So richtig wohl hatte sie sich seit Monaten nicht gefühlt, doch von diesem Tag an musste sie das Bett hüten. Und Josephine kam es vor, als seien es die Besatzer gewesen, die den Zustand ihrer Mutter verschlechtert hatten. Innerhalb weniger Wochen starb sie. Vielleicht hätte ihr Geist noch in ihrem ordentlich gemachten Bett, in der halb abgebrannten Kerze auf dem Nachttisch und in den selbst genähten, bunten Vorhängen weitergelebt, wären die Soldaten nicht gewesen. Doch sie bezogen Carolines Kammer schon kurz nach ihrem Tod, nächtigten abwechselnd in ihrem Bett, brannten ihre letzte Kerze nieder und nutzten ihre Vorhänge als Bettdecken. In der Ecke stand stets ein kleines Bierfass, und auf dem Boden lagen Stiefel und Helme verstreut.

Damals war Josephine voller Schrecken gewesen, voller Trauer um ihre Mutter und Wut auf sämtliche Franzosen, doch sie hatte geglaubt, dass sie sicher nicht lange in der Stadt bleiben würden. Sehnsüchtig wartete sie auf den Tag, an dem die Männer endlich nicht mehr mit ihren dreckigen Stiefeln durchs Haus trampelten, in die Bäckerei drängten und sich an den Rundstücken und Zuckerbroten gütlich taten. Doch sie hatte falschgelegen. Zwar waren die Italiener der ersten Monate längst in eine der vielen Schlachten Napoleons geführt worden, und dieses Häuschen, in dem es über der Bäckerei nur drei kleine, einfache Kammern gab, war den Neuankömmlingen glücklicherweise zu eng gewesen, um es als Herberge auszuwählen, doch nach wie vor war Hamburg Teil des französischen Kaiserreichs. Es waren immer neue Truppen gekommen. Ihr Onkel hatte ihr erklärt, dass Napoleon Hamburg vor allem deswegen eingenommen hatte, weil er England in die Knie zwingen wollte. Indem England vom Handel abgeschnitten würde, sollte es dazu gebracht werden, sich Frankreich zu unterwerfen. «Wir sind ein Kollateralschaden, nichts weiter», hatte Fritz leise seufzend festgestellt.

In Hamburg durfte fast kein Schiff mehr ablegen, sämtliche Waren aus England, sogar das kleinste Zuckerkorn, waren verboten. Wenn Josephine im Hafen unterwegs war und auf die mindestens sechzig Segler schaute, die abgetakelt an den Piers lagen, auf die vielen nackten und unnütz in den Himmel stechenden Masten, glaubte sie beinahe, vor einem toten Wald zu stehen. Gespenstisch still kam es ihr hier vor, an diesem Ort, der früher von einer so großen Geschäftigkeit geprägt gewesen war.

Die Stadt litt unter dem Mangel an englischen Gütern und der Armut, die die Kontinentalsperre gebracht hatte. Schließlich lebten hier so viele einst erfolgreiche Kaufleute, so viele Seemänner und Reeder, die die Waren der Kaufleute hin und her transportierten, so viele Tischler, Schreiner und Handwerker, die normalerweise für die Reedereien arbeiteten. Sie alle waren auf einen Schlag arbeitslos geworden. Hinzu kamen die immer höheren Steuerabgaben, die die Hamburger an die Besatzer zu zahlen hatten.

Josephine musste wieder an Fritz' besorgtes Gesicht denken. Daran, wie er sagte: «Lange halten wir nicht mehr durch.» Oder: «Aus nichts kann man nun mal nichts backen.» Und er hatte recht: Mehl und Hefe bekamen sie noch, doch Milchprodukte und Eier waren rar. Onkel Fritz' Versuche, heimlich Mandeln und Zucker zu ergattern, wurden immer riskanter. Auch heute war er bereits lange unterwegs. Zu lange.

Josephine schluckte.

Plötzlich riss ein Geräusch sie aus ihren trüben Gedanken, und als sie den Kopf umwandte, entdeckte sie den Postboten, der in der Tür stand und sie anlächelte.

«Christian, guten Tag!» Sie schob eine Haarsträhne unter ihre weiße Haube. «So spät habe ich gar nicht mehr mit dir gerechnet.»

«Guten Tag, Josephine», antwortete Christian Schulte mit seiner leisen Stimme. Er trug den einfachen Hut der Postleute, hohe, schwarze Stiefel und einen dunklen Mantel mit doppelter Knopfleiste.

Als er sich den Hut zurechtrücken wollte, klingelte er aus Versehen mit der kleinen Handschelle, mit der er morgens in den Straßen auf sich aufmerksam machte.

«Entschuldige.» Er biss sich auf die Unterlippe.

Josephine kannte Christian schon, seitdem sie beide Kinder gewesen waren. Gerade war er noch ein schlaksiger, eher kleiner

Junge gewesen, unsicher und etwas fahrig. Mittlerweile musste sie zu ihm aufschauen.

«Ich habe es nicht früher zu dir geschafft, aber ich habe Post für dich.» Er streckte ihr die Briefe entgegen, ganz leicht zitterten sie in der Luft. War er etwa nervös?

«Danke, Christian.» Sie lächelte ihm zu und wartete, dass er noch etwas sagte.

«Bis bald», murmelte er jedoch nur und verschwand eine Spur zu schnell.

Einen Moment lang stand sie verwundert in der Bäckerei. So seltsam hatte sich Christian noch nie benommen. Nachdenklich griff sie nach den Briefen: die Rechnung für die letzte Holzlieferung und ein Schreiben ihrer Schwester Henriette, die mittlerweile als Frau eines Bauern im dänischen Altona lebte. Gerade wollte sie den Umschlag öffnen, da bemerkte sie, dass das Siegel bereits gebrochen war. Sie presste die Lippen fest aufeinander. Wieso öffneten diese schrecklichen Franzosen nun sogar die privaten Briefe ihrer Schwester? Sie wollte schon einen Fluch ausstoßen, da segelte etwas Kleines, Weißes zu Boden.

Sie bückte sich, hob es auf und betrachtete es mit gerunzelter Stirn: Es war eine Blüte, die Josephine noch nie gesehen hatte. Jemand hatte sie gepresst und getrocknet. Zerbrechlich, doch strahlend weiß lag sie mit fünf schmalen Blütenblättern in ihrer Hand.

# 2. Kapitel

Die dicken Vorhänge waren zugezogen, sodass nur wenig Licht in die kleine Stube drang, und in den schmalen Strahlen tanzte der Staub – das Einzige, was sich hier bewegte. Still stand das dunkelgrüne Kanapee an der Wand, dumpf lag der sandfarbene Teppich am Boden, nicht einmal der kleine Schaukelstuhl quietschte. Darauf saß starr und stumm Madame Laurent. Seit Jahren hatte die Madame nicht mehr geschaukelt.

Einen Moment stand Louise im Türrahmen und ließ dieses inzwischen bekannte Bild auf sich wirken. Stille war doch etwas Sonderbares, dachte sie. Manchmal, wenn Louise außerhalb der Stadttore einen Spaziergang machte, tat sie ihr gut. Doch wenn sie von einem atmenden Menschen ausging, konnte sie die Luft vergiften. Ob das Haus, in dem Louise nun seit fünfzehn Jahren mit Madame Laurent lebte, unter der Tapete und den Teppichböden bereits verfault war?

Louise schüttelte den Kopf. So ein Unsinn, schalt sie sich. Der armen Madame hatte es damals, nachdem man Marie-Antoinette den Kopf abgeschlagen hatte, die Sprache verschlagen. Und wer könnte es ihr verdenken? Kurz darauf musste die ganze, einst adelige Familie Laurent Frankreich verlassen. Die Madame hatte zuerst ihren Stadtpalast, ihre Stellung und ihren Reichtum verloren. Dann, nach nur wenigen Jahren in dieser Stadt, auch ihren Mann und zuletzt ihre Tochter. Geblieben war ihr nur Louise. Glücklicherweise war deren Stimme zumindest stark und laut genug für zwei.

Louise gab sich einen Ruck, überprüfte den Sitz ihres großen Hutes und trat mit einem breiten Lächeln in die Stube.

«*Bonjour Madame*, wie haben Sie geschlafen? Das wird ein wunderbarer Tag, das sage ich Ihnen! Ich habe von einem roten Hut mit großen Federn geträumt, das wird mein nächstes Kunstwerk. Karl müsste jeden Moment kommen, vielleicht kann er mir noch mehr Baumwolle bringen. Ich glaube, der Hut würde Ihnen ganz ausgezeichnet stehen, *Madame*. Sie sind wie immer mein Modell. Und dann finden wir eine hübsche Hamburgerin, die er schmücken kann!»

Während sie sprach, wirbelte Louise durch den Raum, riss die Vorhänge auf, ließ das Licht herein und bemühte sich, so viel Fröhlichkeit wie irgend möglich in ihre Stimme zu legen. Madame Laurent rührte sich nicht. Ihr trockenes weißblondes, zu einem langen Zopf zusammengebundenes Haar lag über ihrer Schulter, ihre gerade Nase mit den weiten Flügeln zeigte starr nach unten. Ihr einst so roter, elegant geschwungener Mund war blass geworden. Nur ihre Augen unter den schmalen Brauen folgten Louises Bewegungen. Obwohl die Madame in den letzten Jahren rasch gealtert war, ihr Hals immer faltiger wurde und die einst so edlen, hohen Wangenknochen in schlaffer Haut versanken, war noch immer auf den ersten Blick ersichtlich, welche Schönheit sie gewesen war. Sogar in ihrem stillen Altern war ein Leuchten zu erkennen. Wie die Glut eines erlöschenden Feuers, dachte Louise.

«Gestern habe ich gleich drei Hüte verkauft», fuhr sie fort. «Davon werden wir bestimmt die ganze Woche satt. Wie finden Sie übrigens dieses Modell?» Sie fasste sich an die breite, herabhängende Krempe und drehte sich nach rechts und links, um den hübsch gepunkteten Stoff und die kleinen ringsherum angebrachten Blüten vorzuführen. Doch natürlich sagte die Madame nichts. «*Zut alors*, fast hätte ich es vergessen. Karl hat gemeint, er hätte schon bald etwas Neues. Ich weiß noch nicht, was es ist, aber er sagte, dem Winter könnten wir beruhigt entgegensehen. Ist das nicht *formidable*, Madame Laurent?»

Sie wusste, dass es sinnlos war, und doch sah sie die Madame erneut aufmunternd an. Früher, in Frankreich, hatten sie anregende Gespräche geführt. Niemand hatte Louise so gut verstanden und ernst genommen wie die Madame. Louise war damals noch ein junges Mädchen gewesen und hatte nichts von der Welt gewusst, während die Madame Bücher las, ins Theater ging und sich hin und wieder sogar mit den Männern der Familie über Politik unterhielt. Wie sehr hatte sie sich damals gewünscht, eines Tages ebenso schön und elegant zu sein wie die Madame!

Wie sich doch die Welt seitdem geändert hatte … Mittlerweile hatte sie beinahe alle Kleider der Madame zu bunten Hüten verarbeitet. Es war doch eine seltsame Vorstellung, dass so viele Hamburger Frauen Madame Laurents Gewänder auf den Köpfen trugen. Auch Louise hatte sich verändert. Sie war Mitte dreißig, in etwa so alt wie die Madame zu ihren Glanzzeiten, und bemühte sich stets, das Beste aus sich zu machen. Die Haare trug sie zu modernen Locken aufgedreht und locker hochgesteckt, ihre vorstehende Oberlippe war von Natur aus dunkelrot und ihre Augen tiefdunkel. Auch wenn sie nicht mehr die Jüngste war – in Hamburg zog sie mit ihrer großen Gestalt und ihren ausgefallenen Hüten die Blicke sämtlicher Männer auf sich: die der Hamburger Arbeiter, Kaufleute und Schmuggler, die der französischen Offiziere und Soldaten, ja sogar die der schrecklichen Grünröcke, die an den Toren der Stadt positioniert waren, um sämtliche Passanten auf verbotene Waren zu durchsuchen.

Dennoch – wie gern würde Louise die Zeit zurückdrehen. Sie wünschte, sie hätten sich niemals in Hamburg niedergelassen, wären niemals aus Frankreich geflohen, könnten wieder in den kleinen Stadtpalast zurückkehren. Dort hatte Louise zwar gearbeitet bis zum Umfallen, sie war nur ein kleines, unbedeutendes Dienstmädchen in grauen Kleidern gewesen, das von allen Herrschaften außer der Madame fürchterlich behandelt worden war, doch zumindest hatte sie immer gewusst, was sie zu tun hatte. Sie war für den Putz der Madame zuständig gewesen: ihre Kleidung, ihre Hüte, ihre Ausstattung. Und es gab immer genug zu essen.

Heute hing jede einzelne Mahlzeit von der Summe aller Entscheidungen ab, die Louise im Laufe des Tages traf, für sich und für die Madame. Sie war froh, dass die Madame sich zumindest noch selbstständig ankleiden und waschen konnte. Größere Unterstützung aber war von ihr nicht zu erwarten.

«Wollen wir heute vielleicht einen Spaziergang machen?» Louise versuchte, nicht gereizt zu klingen, doch ihre Stimme zitterte leicht. Einen Moment lang lauschte sie dem gewohnten Schweigen, das statt einer Antwort folgte. Dann seufzte sie und begann, wie so oft, zu singen, um die Stille zu füllen. *J'aime l'oignon frit à l'huile, J'aime l'oignon car il est bon.* Sie sang von Zwiebeln, angebraten in Öl, während ihr Magen knurrte, und dachte an Frankreich, an den alten Stadtpalast und an die Operette *Le jeune Henri*, die Madame Laurent damals besucht hatte. Als sie nachts nach Hause kam und Louise ihre komplizierte Flechtfrisur Strähne für Strähne löste, sang die Madame ihr leise, aber mit leuchtenden Augen und klarer Stimme ihre Lieblingslieder vor. Andächtig lauschte sie und prägte sich jeden Ton, jedes Wort ein. Heute gaben sie ihr in den stillsten Tagen Kraft. Ob die Madame auch an damals denken musste, während nun Louise sang? Ihrer Miene war nichts anzumerken.

«*Un seul oignon frit à l'huile, Un seul oignon nous change en Lion …*» – da hörte sie ein Klopfen.

Louise eilte zum Fenster und sah hinaus. Karl stand in der Rosenstraße, groß und gut aussehend wie immer, seine Kappe schief auf dem Kopf. In der Hand hielt er einen Strick, und dieser Strick führte zum Hals einer Kuh.

Louise keuchte vor Überraschung.

«Beeil dich», rief Karl mit durch das Fensterglas gedämpfter Stimme. «Du musst sie verstecken, bevor uns jemand sieht.»

«*Mon Dieu*», entfuhr es Louise. Rasch öffnete sie das Fenster. «Was soll das heißen, ich muss sie verstecken?»

«Diese Kuh wird dich und mich durch den Winter bringen.»

Louise sah zwischen der Kuh und Karl hin und her. Das Tier war nicht besonders dick, aber auch nicht ausgezehrt. Sein weißes Fell war von großen hellbraunen Flecken übersät.

«Wem hast du sie gestohlen, mh?», fragte sie, und ihre Stimme klang strenger als beabsichtigt.

«Den Franzosen natürlich. Sie haben sie requiriert – und du weißt selbst, dass die Soldaten in dieser Stadt wirklich nicht an Hunger leiden. Im Gegensatz zu uns …»

Louise biss sich auf die Unterlippe. «Das ist gefährlich, Karl.

Wenn sie uns erwischen …» Bei dem Gedanken wurde ihr Mund ganz trocken. Bekämen die Soldaten auch nur einen Hinweis von einem Nachbarn, würden sie alles auf den Kopf stellen und nicht nur das Tier mitnehmen, sondern auch Louise. Sie käme sicherlich ins Zuchthaus. Und was sollte Madame Laurent ohne sie anfangen?

Karl sah ihr fest in die Augen. «Niemand wird uns erwischen, Louise. Dieser Winter wird noch härter als die vergangenen. Bald gibt es kaum noch Möglichkeiten, an etwas Essbares zu kommen. Glaub mir, die Kuh wird unsere Rettung sein.»

Nachdenklich betrachtete Louise das Tier, das ihren Blick aus großen Augen mit weißen langen Wimpern ruhig erwiderte. Seine Ohren standen freundlich ab, ganz leicht legte es den Kopf schief, dann blinzelte es zweimal.

Karl bemerkte es wohl ebenfalls, denn er ahmte die Kuh nach und schaute Louise nun mit einem ähnlich treuherzigen Augenaufschlag an.

Da konnte sie nicht anders und lachte leise. «Und sie gibt noch Milch?»

«Guck dir ihren Euter an!» Er war prall gefüllt.

Louises Hände wurden feucht vor Aufregung, sie musste sich entscheiden – so schnell wie möglich. Je länger Karl dort mit der Kuh stand, desto größer die Gefahr, entdeckt zu werden. Also nickte sie schließlich. «*Bon.* Ich komme.»

Sie lief durch die Stube in den schmalen Flur hinaus und öffnete die Haustür.

«Dann mal hereinspaziert», rief sie fröhlich gegen das laute Pochen ihres Herzens an, als hätte sie Karl und die Kuh schon erwartet. «Unser Gast darf im alten Stall wohnen.»

Sie ging voran, vorbei an der Küche und dem schmalen Aufstieg, und versuchte Schritt für Schritt, ihre Sorgen abzuschütteln. Es würde schon alles gut gehen, sagte sie sich. Es musste alles gut gehen.

Hinter der Treppe befand sich die Tür zum Hinterhof.

«Passt die Kuh da hindurch?», fragte Louise mit Blick über ihre Schulter.

«*Die Kuh* hat einen Namen, Louise», wies Karl sie zurecht. «Sie heißt Philibert, und natürlich passt sie da durch.»

«Philibert?»

«Ja. Nach Louis-Philibert Brun d'Aubignosc.»

«Und wer soll das sein?»

«Unser französischer Polizeidirektor. Ich fand das passend.»

Er zuckte mit einer seiner tiefschwarzen Brauen, und seine Augen funkelten angriffslustig. Wie ihm jetzt gleichzeitig eine Locke aus der Mütze rutschte und in seine hohe Stirn hing, sah er beinahe verwegen aus – stünde nicht eine treuherzig dreinschauende Kuh neben ihm.

«Woher weißt du denn das schon wieder?»

«Ich habe im Gegensatz zu dir meine Quellen», er zwinkerte. «Können wir Philibert nun einquartieren?»

«Aber natürlich. *Monsieur* Philibert – folg mir bitte.»

«Sie ist trotz ihres Namens immer noch eine Madame, vergiss das nicht.»

«Natürlich. *Pardonnez-moi, Madame.*»

Die Alberei entspannte Louise ein wenig. Sie stellte sich vor, die Kuh sei lediglich ein fantastischer Scherz und kein Risiko. Ach, wie schön wäre das!

Louise öffnete die Hintertür und schaute auf den Hof hinaus.

Die Vorhänge an den niedrigen Fenstern gegenüber waren zugezogen, die schmalen Holzstufen, die steil an der Wand des Hinterhauses hinaufführten, leer, und auch im Garten zu ihrer Rechten, in dem der Bäcker von nebenan im Sommer regelmäßig seine Rosen pflegte, sah sie niemanden. Die Bettlaken, die jemand im ersten Stock gegenüber aus den Fenstern gehängt hatte, wehten im Wind und streiften hin und wieder die schwarz angelaufene Laterne, die aus der Fassade ragte.

«Hier entlang», sagte sie, wandte sich nach links und öffnete einen kleinen Holzverschlag, in dem Madame Laurent früher ein Schwein gehalten hatte. Für eine Kuh war er ziemlich klein. Außerdem gab es kein Stroh oder Wasser, aber das würde Louise schon noch ändern.

Karl führte die Kuh über den Hinterhof und schimpfte sie streng, als sie versuchte, auf dem dornigen Rosenstrauch herumzukauen. Louise lächelte bei diesem Anblick, doch Karls Gesicht mit der grüblerischen Stirn blieb ernst. Sie war sich sicher, dass auch er ihre Frotzeleien dringend brauchte, um in diesen Zeiten nicht zu verzweifeln, allerdings war sein Humor schwarz und staubtrocken – mit Fröhlichkeit hatten seine Witze nur wenig zu tun. Und doch hatte Louise ihn gern.

Sie kannte Karl aus einer Zeit, in der Franzosen in Hamburg noch willkommen gewesen waren – als wohlhabende Emigranten aus noblen Häusern, die vor der Französischen Revolution hatten fliehen müssen. Niemand hätte sich träumen lassen, dass es in Hamburg bald von Soldaten Napoleons nur so wimmeln würde. Damals war Karl Schutenschubser in der Speicherstadt gewesen: Er verlud meterhohe Ballen Baumwolle von den großen Handelsschiffen in die Stapelhäuser. Zu dieser Zeit, da noch Waren aus Übersee in Hamburg umgeschlagen wurden, war es üblich gewesen, dass Ewerführer wie er in den Kojen ihrer flachen, langen Boote lebten, damit sie ihre wertvolle Ware Tag und Nacht beschützen konnten.

Der große Mann mit der ernsten Miene war Louise schon mehrmals auf seinen Wegen durch die Fleete Hamburgs aufgefallen. Und auch sein Blick war immer wieder an ihr hängen geblieben. Eines Tages, als Louise von der Holzbrücke auf den Nikolaifleet hinuntersah, entdeckte sie ihn unter sich. Seine Schute war nicht zu übersehen – Karl war der wohl einzige Schutenschubser der Stadt, der seine Koje rosa gestrichen hatte. Der Eingang war mit dicken Kordeln verhangen, die im Rhythmus der Wellen hin und her schwankten. Ihre Fröhlichkeit wollte so gar nicht in die Szenerie passen: nicht zu dem schmutzigen Wasser, das zu beiden Seiten graubraun gegen die Steinwände der Häuser schwappte und eine schmierige Schicht dunkelgrüner Algen hinterließ. Nicht zu den anderen, kargen Schuten, die von schmutzigen und Pfeife rauchenden Männern gesteuert wurden. Und am wenigsten zu Karl selbst, der so finster wie alle anderen aufs Wasser starrte.

Kurz überlegte sie, dann winkte sie ihm.

«Mmh?», brummte Karl und hob das Kinn.

«*Pardon!* Bitte entschuldige die … dreiste Frage, aber», rief sie mit ihrem damals noch so starken französischen Akzent, «hast du vielleicht ein wenig Baumwolle … übrig?»

«Baumwolle übrig?» Er lachte trocken auf, dann fuhr seine Schute unter ihr hinweg.

Sie wirbelte herum und beobachtete, wie er auf dem Fleet immer kleiner wurde. Erst kurz bevor er hinter einer Biegung verschwand, sah er über seine Schulter und musterte sie nachdenklich.

Als sie ihn das nächste Mal sah, sagte er kein Wort, doch er beugte sich durch die Kordeln in seine Koje, holte ein kleines Paket hervor und warf es ihr zu.

«Ist das … Baumwolle?»

«Ausschussware. Gibt's zum halben Preis.»

«Aber … ich habe das Geld noch nicht. Kann ich es nächste Woche bezahlen?»

«Anschreiben ist nicht.» Er winkte mit zwei Fingern, damit sie die Ware zurückwarf.

«Bitte, gib mir eine Woche!», rief Louise. «Ich werde genau hier stehen, und ich werde das Geld dabeihaben.»

Als sie eine Woche später an Ort und Stelle stand, wickelte sie ihm das Geld in eine Kappe, die sie eigens für ihn genäht hatte.

«Für dich», sagte sie und warf ihm das kleine Paket zu.

Danach trug Karl nicht nur ihre Mütze auf dem Kopf, sie hatten auch eine feste Verabredung an der Holzbrücke über dem Nikolaifleet. Bis zu dem Tag, an dem Napoleons Soldaten kamen, die leeren Schuten vertäut wurden und Karl in den Gängevierteln verschwand.

Erst einige Monate später am Dammtor begegneten sie sich wieder. Beide wurden gleichzeitig von Grünröcken auf verbotene Ware durchsucht. Ihre Blicke trafen sich, und Louise musste lachen. Auch Karls Mund verzog sich zu einem Schmunzeln, und als die Douaniers sie endlich durchließen, führte er sie am Ellenbogen ein paar Schritte weiter.

«Verkaufst du noch deine Hüte?», fragte er sie leise. «Ich habe da nämlich eine Idee.»

Anfangs hatte sie keine Ahnung gehabt, wie praktisch ihre Hüte sein würden, um Waren in die Stadt zu schmuggeln. In den großen Schachteln ließen sich neben ihren Kreationen auch wunderbar Kaffee, Zucker oder verbotene Gewürze verstecken. Schon bald brachte Karl sie auf die kreativsten Manöver. Und bis heute hielten sie an dem kleinen Arrangement fest.

Nun zerrte und zog Karl an Philiberts Strick, um sie von den Rosen weg und zum Stall zu führen. Endlich trottete die Kuh in den kleinen Stall hinein. Etwas ratlos schaute sie währenddessen über die Schulter in Louises Richtung, als wollte sie sie fragen, ob hier wirklich auch alles seine Richtigkeit hatte.

Sobald Philibert im Verschlag stand, schnaufte Louise durch. «*Alors*, willst du mir jetzt erklären, was das zu bedeuten hat?»

Doch Karl antwortete nicht, starrte nur erschrocken an Louise vorbei, und als sie sich umdrehte, stockte ihr ebenfalls der Atem. In dem kleinen Rosengarten nebenan stand Josephine. Ein paar Strähnen ihres zimtfarbenen Haars wehten im Wind, und mit ihren großen Augen sah sie Louise verwundert an.

# 3. Kapitel

War das etwa eine …?», entfuhr es Josephine. «Die Soldaten haben vorhin nach einer gesucht, aber das kann doch nicht …» Sie unterbrach sich selbst. «Entschuldigt, das geht mich überhaupt nichts an.»

Sie wollte sich schnell wieder abwenden, da trat Louise zwei energische Schritte auf sie zu, ihr grünes Kleid flatterte. Sie schob sich ihren voluminösen Hut in den Nacken, sodass ihre honigblonden Haare hervorlugten, hob das Kinn und sah Josephine direkt in die Augen. «Ich kann dir vertrauen, habe ich recht?»

Josephine zögerte einen Moment. Onkel Fritz war aus irgendeinem Grund der Meinung, man solle sich vor der Nachbarin mit den bunten Hüten in Acht nehmen. Seit Carolines Tod hatte Josephine immer versucht, sich an seinen Rat zu halten. Schließlich hatte der Onkel eine gute Menschenkenntnis. Doch nun lag eine so aufrichtige Bitte in Louises Blick, dass Josephine nicht anders konnte, als zu murmeln: «Natürlich, *Madame* …»

Louise hob überrascht die Augenbrauen. «*Madame*? Wie schmeichelhaft» Sie lachte, und Josephines Gesicht wurde heiß. Sie wusste selbst nicht, warum ihr diese Anrede herausgerutscht war. Schließlich war die Nachbarin lediglich die Hausdame der alten Madame Laurent, die seit Jahren niemand mehr auf der Straße gesehen hatte. Es hatte eine Zeit gegeben, als die Madame durch die Straßen Hamburgs flaniert war und die elegantesten Bälle besucht hatte. Damals war Louise als ihr Dienstmädchen noch in graue Gewänder gehüllt gewesen und unscheinbar hinter ihr hergelaufen. Dann, als man Madame Laurent immer seltener auf der Straße sah, hatte sich Louise allmählich verändert. Jedes Mal, wenn Josephine ihr begegnet war, oft an ihrem eigenen Küchentisch, da sich Louise und Josephines Mutter zunehmend angefreundet hatten, war sie etwas bunter und auffälliger gekleidet. Und spätestens seitdem die Madame von der öffentlichen Bildfläche verschwunden war, war Louise aufgeblüht. Mittlerweile wirkte sie so selbstbewusst, trug derart ausgefallene Hüte und ein so strahlendes Lächeln im Gesicht, dass man sie einfach für eine Madame halten wollte.

«Louise», korrigierte sich Josephine selbst. Mit steifen Bewegungen versuchte sie, ihre vom Wind verwehten Haare einzufangen und hinter die Ohren zu schieben.

«Was sagtest du eben von den Soldaten?»

Bei diesen Worten hob der Mann, der gerade noch so konzentriert die Kuh geführt hatte, die Augenbrauen. Karl, wenn Josephine sich recht erinnerte. Er war schon ein- oder zweimal im *Backhus* gewesen.

«Soldaten?», knurrte er. «Wo sind sie hingelaufen?»

«In die andere Richtung, zum Pferdemarkt runter», antwortete Josephine.

Karl nickte zufrieden. «Anna sei Dank», murmelte er.

«Du solltest sie nicht bei solchen Dingen um Hilfe bitten», zischte Louise über ihre Schulter. «Das Mädchen ist erst elf!»

«Und wenn es will, steckt es uns alle in die Tasche», brummte er.

«Wie dem auch sei …» Louise sah wieder Josephine an und lächelte. «Du verrätst niemandem etwas, oder?»

«Nein, keine Sorge», antwortete sie nach einem kurzen Zögern. Selbst wenn Onkel Fritz mit seiner Meinung über Louise recht haben sollte – gegen die Franzosen hielt man zusammen.

«Auch nicht wegen des Zimts?»

Josephine schüttelte den Kopf. Kurz sah sie zu dem Mann hinüber.

«Keine Sorge, Karl weiß Bescheid.»

«Was glaubst du, von wem sie das Zeug hat?» Er zog einen Mundwinkel hoch, und zum ersten Mal seit dieser seltsamen Begegnung hatte Josephine das Gefühl, dass er gar nicht so rau und schroff war, wie er auf den ersten Blick wirkte.

«Josephine! Fritz! Ist jemand da?», rief eine Stimme aus der Bäckerei.

«Oh, ich habe die Tür noch nicht abgeschlossen!» Eilig verabschiedete sich Josephine und lief zurück, durch die längliche Backstube in den kleinen Verkaufsraum.

Vor dem Tresen stand Fräulein Weber, das Dienstmädchen ihrer Schwester Ida. «Guten Tag, Fräulein Thielemann. Herr und Frau Altmann sitzen draußen in der Kutsche und lassen fragen, ob Sie mit zum Grasbrook fahren möchten.»

Josephine sah sie verwundert an. Der Grasbrook war eine sumpfige Insellandschaft auf der Elbe, die als große Viehweide genutzt wurde – nicht unbedingt ein typisches Ausflugsziel des Ehepaars Altmann. «Wieso fahren sie denn zum Brook?»

«Es sollen wohl wieder Waren verbrannt werden. Der Herr ist

sehr aufgebracht. Und Frau Altmann würde sich freuen, wenn Sie ebenfalls mitkämen. Aber wir haben nicht viel Zeit.»

So war das also. Sicherlich hatte Ida sich in dem großen Haus gelangweilt, ihren Mann überredet, sie mitzunehmen, und dann Josephine ins Spiel gebracht, um Gesellschaft zu haben. Von Philipp war der Vorschlag gewiss nicht gekommen. Aufgrund ihres unterschiedlichen gesellschaftlichen Standes fiel der Kontakt zwischen ihnen oft ungelenk und steif aus.

Josephine seufzte. «Natürlich. Ich komme», sagte sie dennoch, ihrer Schwester zuliebe.

Rasch griff sie nach ihrem Schultertuch, ihrer gelben Schute und dem kleinen Beutel, den sie mit einer Kordel an ihrem Kleid festbinden konnte und in dem sie ihren Schlüssel und etwas Geld aufbewahrte. Dann lief sie hinter dem Dienstmädchen nach draußen, wo die Kutsche der Altmanns schon wartete. Ihre Eleganz hatte in diesen dunklen Tagen etwas Unwirkliches. Auf zwei großen Rädern hinten und zwei kleinen vorn thronte ein gedeckter Wagen mit reich verzierten Holztüren und Glasfenstern. Dahinter sah sie das Gesicht ihrer Schwester.

Der Kutscher sprang von seinem Sitz herunter und öffnete ihr die Tür. Während sie einstieg, sah sie aus den Augenwinkeln, dass Fräulein Weber ihrerseits auf den Bock kletterte. Die Ärmste – und das bei dem nassen Wetter!

Sobald Josephine einstieg, setzte ein kräftiges Kläffen ein.

«Josephine, meine Liebe», sagte Ida, als würde sie den Hund gar nicht hören, und drückte ihr kurz die Hand. Ihre Finger waren ganz kalt, dennoch war es eine liebevolle, warme Geste. «Schön, dass du mitfährst. Komm, setz dich hier neben mich.»

«Guten Tag», grüßte Philipp Altmann, gerade so laut, dass

man ihn durch das Hundegebell hören konnte, und nickte nur einmal kurz in ihre Richtung, bevor er wieder aus dem Fenster schaute. In gemächlichem Tempo verließen sie die Rosenstraße mit den kleinen Gastwirtschaften, Ladengeschäften und *Thielemanns Backhus*. Während sie die Apotheke im Eckhaus passierten und über den Pferdemarkt in Richtung Hafen fuhren, betrachtete Josephine ihre Schwester und ihren Schwager. Sie waren ein ungleiches Paar, was nicht allein an dem Altersunterschied von elf Jahren lag. Alles an Ida war klein: ihre Füße in den Lackschuhen, ihre Hände, die in fein bestickten Handschuhen steckten, ihr schmaler Körper in dem reich verzierten, wallenden Kleid, ihr Kopf, mit dem aufwendig frisierten Haar und einem eleganten Hut geschmückt, die Stupsnase und die eng beieinanderstehenden Augen. Ein wenig verkniffen schaute sie Josephine an, und ihr Gesicht sah dabei ganz ähnlich aus wie das der kleinen, weißen Malteserhündin, die sie auf den Knien balancierte und so lange streichelte, bis die endlich aufhörte zu kläffen. Das Tier machte Anstalten, von Idas Schoß auf Josephines zu wechseln, doch Ida hielt es fest. Josephine hätte nichts dagegen gehabt, ein wenig mit dem Tier zu kuscheln. Doch ihre Schwester wollte es meist ganz für sich allein.

«Marie-Antoinette!», tadelte sie die Hündin nun streng.

Anfangs hatte sich Josephine über den Namen gewundert, doch als sie ihre Schwester danach gefragt hatte, hatte diese nur geseufzt. «Du weißt wirklich nichts von der Welt, habe ich recht?» Daraufhin hatte Josephine nicht weiter nachgefragt.

Im Gegensatz zu Ida war Philipp ein großer, massiger Kerl. Er füllte mehr als zwei Drittel der Bank aus. Sein Rock spannte gefährlich, und seine Schultern drohten, die Fensterscheibe zu zerdrücken. Nur sein Kopf war ebenso klein und rund wie der Idas und wollte nicht so recht zu seinem Körper passen. Gemeinsam mit der großen Nase, die daraus hervorragte wie der Henkel aus einer Kaffeetasse, verlieh er seinem Äußeren eine unfreiwillige Komik. Er war wahrlich kein schöner Mann, doch wenn er gute Laune hatte und es darauf anlegte, konnte er die Menschen mit seinem Charme um den Finger wickeln. Sogar Josephine hatte schon Gespräche mit ihm geführt, in denen sie geglaubt hatte, noch niemand habe sie so ernst genommen wie er.

In diesem Moment aber schien er tief in Gedanken versunken zu sein.

«Ist alles in Ordnung?», fragte Josephine ihre Schwester leise.

«Natürlich, natürlich», sagte Ida mit ihrer hohen Stimme. «Wir machen nur einen kleinen Ausflug und … da dachte ich, du möchtest vielleicht mit.»

Sie setzte ein gezwungenes Lächeln auf, und Josephine wusste, dass sie die Wahrheit in diesem Moment nicht aus ihr herauslocken konnte. Nicht, während Philipp neben ihr saß. Kurz drohte sich Schweigen in der Kutsche auszubreiten. Dann fragte Ida: «Wie geht es Onkel Fritz?»

«Ich bin mir nicht sicher.» Josephine seufzte. «In letzter Zeit ist er sehr angespannt.»

«Ihr habt es nicht leicht mit der Bäckerei, habe ich recht?»

Marie-Antoinette reckte die Nase in die Luft, schnupperte und versuchte, sich aus Idas Händen zu winden. Josephine zwang sich dazu, sich dennoch auf das Gespräch zu konzentrieren, und schüttelte den Kopf.

«In letzter Zeit gehen uns sogar Butter und Eier aus. Zucker hatten wir schon lange nicht mehr. Die Leute kommen weiterhin zu uns, aber meistens haben wir nur Brot. Und auch davon nicht genug.»

«Es sind schwere Zeiten.»

Josephine senkte den Blick. Ida hatte recht, doch sie beide wussten, dass die Zeiten nicht für alle schwer waren. Ganz offensichtlich ging es den Altmanns weiterhin prächtig. Bevor sie geheiratet hatten, war Philipp noch ein einfacher Seidenhändler gewesen. Kurz nach der Hochzeit stieg er dann in rasantem Tempo zu einem der wohlhabenderen Kaufmänner der Stadt auf. Heute besaß er eine große Villa am Jungfernstieg mit Blick auf die Binnenalster. Josephine hatte sich schon häufig gefragt, womit er, der bis zur Besatzung Hamburgs mit Kolonialwaren, vor allem mit Rohrzucker und Kaffee, gehandelt hatte, mittlerweile eigentlich sein Geld verdiente. Der Lebensstil ihrer Schwester kam ihr noch immer prunkvoll und verschwenderisch vor. Und immer wieder stand das Ehepaar großzügig bereit, um Onkel Fritz' Schulden zu begleichen oder seine allzu knappe Kasse aufzubessern.

Einmal hatte sie ihre Schwester danach gefragt, doch die hatte nur die Schultern hochgezogen. «Ach, ehrlich gesagt sind Philipps Geldgeschäfte viel zu kompliziert, als dass ich sie verstehen könnte.» Und dann hatte sie das mädchenhafte Kichern aufgesetzt, das sie sich angewöhnt hatte, kurz nachdem sie eine Dame der Gesellschaft geworden war.

Nun seufzte Josephine noch einmal. «Die Franzosen können die Stadt doch nicht für immer halten …»

«Mir bereiten gar nicht die Franzosen die meisten Sorgen», schaltete sich da Philipp mit seiner etwas nasalen Stimme ein, ohne zu den Frauen hinüberzusehen. «Viel mehr beunruhigt mich der Pöbel.» Mit dem Zeigefinger wies er durch das Fenster nach draußen. «Seht ihr das?»

Josephine beugte sich nach vorn, um an ihrer Schwester vorbei schauen zu können. Gerade passierte die Kutsche eine kleine Gruppe zerrissener Gestalten, die die Köpfe zusammensteckten. Einer von ihnen schien wild auf die anderen einzureden, ein Zweiter nickte mit geballten Fäusten. Ihre Haut war gerötet und von weißen Schuppen übersät, ihre Haare verfilzt und die halbnackten Füße schwarz vom Dreck.

«Zusammenkünfte wie diese sind verboten, oder nicht?», fragte Ida leise. Wie um sie zu bestätigen, kläffte Marie-Antoinette. Es stimmte, die Franzosen hatten ein Dekret erlassen, wonach sich die Hamburger nicht mehr in größeren Gruppen an öffentlichen Orten aufhalten durften. «Sie haben Angst vor einer Revolte», hatte Onkel Fritz Josephine erklärt.

Mit einem Ruck öffnete Philipp nun die Tür der fahrenden Kutsche und rief: «Schert euch hier weg, oder soll ich das melden?!»

Die Köpfe der Männer wirbelten herum, und schneller als eine Schar Möwen stoben sie auseinander und verteilten sich in sämtliche Richtungen.

«Dreckiges Gesindel», schimpfte Philipp, während er die Tür wieder schloss. «Wegen diesem Pack geht unsere Stadt noch vor die Hunde, das sage ich euch!»

Josephine knetete ihre Hände. Am liebsten hätte sie erwidert, dass die Franzosen ja wohl die größere Gefahr für Hamburg darstellten, aber ihr Schwager schien so gereizt, dass sie sich besser zurückhielt. Dennoch fragte sie sich, warum er so streng mit seinen eigenen Mitbürgern war.

Sie drehte den Kopf und sah nachdenklich zur anderen Seite aus dem Fenster. Nicht mehr lange, und sie wären da. Den Weg bis zum Grasbrook hätte man auch innerhalb von nicht mal einer halben Stunde laufen können, und Josephine hätte es gutgetan, sich ein wenig die Füße zu vertreten, doch natürlich liefen Herrschaften wie die Altmanns nicht durch Hamburg. Sie spazierten höchstens auf dem Jungfernstieg auf und ab, um ihre neueste Garderobe zu präsentieren.

Josephine biss die Zähne zusammen und versuchte, nicht so gehässig über ihre Schwester zu denken. Vor allem heute nicht – Ida schien noch nervöser als sonst.

Stattdessen betrachtete sie im Vorbeifahren die Häuser: Zu ihrer Rechten tauchten die Kirchturmspitzen des Doms sowie St. Petris über den Dächern auf, bald fuhren sie über rumpelige, schmale Brücken, die über die Fleete führten, durch enge Gassen und an kleinen Plätzen vorbei. Schon früher hatte es arme Menschen in Hamburg gegeben, die in Behelfshütten zwischen den Häuserreihen hausten. Doch in den letzten Jahren schien es Josephine, als hätten sie sich verdoppelt oder gar verdreifacht. Wo sie auch hinschaute, sah sie bettelnde Kinder, Männer in Lumpen und Frauen mit verfilzten Haaren und aufgesprungenen Lippen. Dazwischen patrouillierten Soldaten mit ihren Zweispitzen oder hoch aufragenden Helmen sowie den breiten Rabatten auf der Brust. Diejenigen unter ihnen, die auf Pferden saßen, waren mit einer solchen Menge von Behängen, bunten Schärpen und hohen Federn ausgestattet, dass es schon lachhaft wirkte. Die Fußsoldaten sahen etwas bescheidener aus, doch auch sie waren auffällig angezogen mit ihren kniehohen Gamaschen und halblangen Westenröcken in Weiß, Blau, Grün oder Gelb. Sie kamen Josephine vor wie bunte Vogelmännchen, die mit ihrer Federpracht prahlten. Und tatsächlich führte der ein oder andere auch ein Hamburger Fräulein am Arm spazieren.

In der Ferne konnte Josephine die Spitze des Michels erkennen, dann bogen sie in Richtung des Brocktors ab, hinter dem die Masten der Segler schon die Nähe des Hafens ankündigten – als die Pferde jäh stehen blieben.

«Haben uns die Grünröcke gerade angehalten?», fragte Ida schrill.

Philipp schnaubte.

«Die Zöllner haben uns doch noch nie angehalten!»

«Hee, Kutscher, fahren Sie gefälligst weiter!», rief Philipp, jetzt gar nicht mehr nasal, und schlug gegen die Kutschenwand.

Doch da wurde schon die Tür aufgerissen, und ein Douanier streckte seinen Zweispitz herein. Sofort setzte das wütende Gekläffe von Marie-Antoinette wieder ein.

Philipp beugte sich zu dem Mann vor, funkelte ihn warnend an und sagte auf Französisch: «Mein Name ist Philipp Altmann, und ich muss Sie bitten, uns schleunigst durchzulassen.»

«Nun, *Monsieur* Altmann», nuschelte der Zollbeamte, «leider haben wir Anweisung, heute jede, wirklich jede, Kutsche zu durchsuchen. Erheben Sie sich bitte.»

«Erheben? Ich soll …?»

Der Beamte trat vor – einen Schritt zu weit, wie Marie-Antoinette anscheinend befand. Rasend vor Wut löste sie sich aus Idas Griff und sprang ihm entgegen, um sich in seinen grünen Westenrock zu verbeißen.

«Also, das ist doch wohl …!», rief er und schlug nach dem Tier, als wäre es eine Wespe.

«Marie-Antoinette! Aus!», rief Ida immer wieder, allerdings recht halbherzig, wie Josephine auffiel. Schmunzelnd sah sie ihre Schwester an. Normalerweise hätte ein solches Betragen ihres Hündchens sie hochrot anlaufen und panisch werden lassen. Nun aber griff sie betont langsam nach dem Tier und pflückte es dem Douanier vom Rock.

«So eine Sauerei!» Der Zollbeamte schnaufte und besah sich seinen zerrissenen Rock.

Philipp griff unbeeindruckt in seine Hosentasche und zog einen Stapel Scheine hervor. «Für Ihre Unannehmlichkeiten.»

Josephine klappte der Mund auf. Wenn sie das richtig erkannte, war es sehr viel mehr Geld, als jede Weste kosten konnte.

Einen Moment lang starrte der Mann Philipp in die Augen. Dann, mit einer ruppigen Bewegung, nahm er das Geld, machte auf dem Absatz kehrt und sprang aus der Kutsche.

«Weiterfahren», rief er, und sie setzten sich erneut in Bewegung.

Ida und Philipp atmeten gleichzeitig hörbar aus.

«Warum durchsuchen sie uns, wenn wir aus der Stadt *hinausfahren*?», fragte Josephine nachdenklich und klopfte sich das Kleid ab, als wäre etwas von der Neugier des Grünrocks daran haften geblieben.

«Wegen der Briefe», murmelte Philipp. «Wer nicht möchte, dass die Franzosen die Post mitlesen, muss sie aus der Stadt schmuggeln und erst in Altona abschicken …»

Er sah nun wieder aus dem Fenster, während er sprach. Gerade passierten sie das einfache hölzerne Tor, kurz darauf schaukelte die Kutsche heftiger, da sie über die Hängebrücke fuhren.

«Aber dass sie nun auch Leute unseres Standes durchsuchen,

ist doch ungeheuerlich. Sehen wir etwa aus wie Postboten?», schimpfte Ida.

Josephine musste an Christian denken. So schlimm fand sie es nicht, wenn einer aussah wie ein Postbote, überlegte sie und unterdrückte ein Lächeln. Der Blick, mit dem Christian sie angeschaut hatte … schüchtern und doch ein wenig zu lang. Ihr fiel die getrocknete Blüte wieder ein. War sie vielleicht eine Botschaft von ihm gewesen? Seit mehreren Jahren schon brachte er den Thielemanns täglich die Post. Doch bisher hatten sie einander nur gegrüßt und hin und wieder höfliche Floskeln ausgetauscht. Josephine hatte geglaubt, er sehe in ihr lediglich die Nichte des Bäckers. Sah Christian stattdessen womöglich eine junge Frau, für die man Blüten trocknete?

Kurz darauf schalt sie sich für ihre albernen Gedanken, blickte wieder aus dem Fenster und betrachtete im Vorbeifahren das Holzgeländer der langen Brücke, die über die weiten sumpfigen Wiesen führte. Für gewöhnlich weidete hier Vieh – wenn die Gegend nicht gerade von der Elbe überschwemmt war. Doch heute hatte sich eine große Menschenmenge rund um einen Berg von Säcken und Ballen auf dem Grasbrook eingefunden. Kutschen, berittene Soldaten und Fußvolk drängten sich aneinander, und Musik wurde vom Wind in ihre Kutsche geweht: Mit Trommeln und Trompeten begleitete das Musikkorps der französischen Armee das Geschehen. Je näher die Kutsche der Menschenansammlung kam, desto unheilvoller klang die Melodie. Bald konnte Josephine die Musiker mit ihren hellblauen Hosen und den hohen, reich geschmückten Helmen auch sehen. Sie standen ein wenig abseits der Menschenmenge und spielten voller Inbrunst ihre Instrumente. Die Trommelschläge dröhnten immer bedrohlicher, höhnisch erklangen die Schellen und finster die Posaunen. Josephine wurde übel. Die Kutsche schwankte, hielt an, und der Kutscher öffnete ihnen die Tür. Unten stand das Dienstmädchen und schaute zu ihnen hoch.

Philipp sprang als Erster hinunter und raunte ihr etwas zu. Sie nickte und verschwand in der Menschenmenge. Josephine sah fragend zu ihrer Schwester, die ihren Blick nicht zu bemerken schien und ebenfalls die Kutsche verließ.

Josephine wollte Ida und Philipp nach draußen folgen, blieb aber wie angewurzelt auf dem Fußtritt stehen. Sie konnte nicht glauben, was sie sah: Der Stapel von Baumwolle und Zucker war viel gewaltiger, als sie es aus der Ferne angenommen hatte. Säcke, Kisten und Ballen türmten sich so hoch vor ihr auf, dass ihr schwindelig wurde. Ein ganzes Dorf könnte man damit versorgen, dachte sie. Und drum herum stand das Hamburger Volk. Die Menschen, die seit Jahren froren, weil sie keine Baumwolle mehr bekamen, die hungerten und krank wurden, weil sie zu wenig zu essen hatten – starr vor Wut, müde von einem Kampf, den sie nicht gewinnen konnten. Josephine schluckte schwer, bevor sie dem Kutscher die Hand reichte und sich hinunterhelfen ließ. Ihre Gliedmaßen fühlten sich furchtbar steif an.

Das Musikstück endete, und mit einem Mal lag eine unheilvolle Stille über dem Grasbrook. Irgendwo in der Menge schrie ein Säugling, sonst rührte sich niemand. Wo Josephine auch hinsah, erblickte sie bleiche Gesichter, verzerrte Stirnen, verkniffene Münder, verschränkte Arme. Es roch nach dem schweren Parfüm der reicheren Anwesenden, in deren Traube Josephine stand. Aus etwas weiterer Entfernung drängte sich der Gestank von Dreck und Krankheit, Schweiß, Urin, Kot und Schmutz der

Armen auf. Ida neben ihr presste sich ein Taschentuch gegen die Nase.

«Josephine ...», murmelte eine vertraute Männerstimme. Josephine drehte den Kopf und sah, dass sich Onkel Fritz einen Weg durch die Menschenmenge bahnte.

«Onkel Fritz», flüsterte Josephine so leise, als wäre sie auf einer Beerdigung. Und in gewisser Weise war sie das auch. «Ich wusste nicht, dass du hier bist.»

«War in der Nähe und kam kaum gegen den Sog am Brocktor an. Schlimmer als die Elbströmungen, sag ich dir ...» Wie schrecklich verbittert seine Stimme klang. Heute kam er Josephine besonders weiß und alt vor. Dünne Strähnen fielen ihm in die Stirn, unter seinen Augen hingen bläuliche Ringe, und sogar seine vielen Lachfalten wirkten mutlos. Er grüßte Philipp mit einem Kopfnicken und tätschelte seiner älteren Nichte die Wange, wie er es immer getan hatte – bei der winzigen Ida vergaß man leicht, dass sie inzwischen erwachsen war. Dann stellte er sich neben Josephine und sah wie alle anderen zum Stapel hinüber.

«Ist das zu fassen?», murmelte er. «Was wir für Geduldzettel backen könnten ...»

Josephine schloss kurz die Augen, dann flüsterte sie: «Plätzchen, Kuchen, Pfeffernüsse ...»

Sie seufzten gleichzeitig. Ob sie all das irgendwann noch einmal anbieten könnten? Josephine spürte ein heftiges Ziehen in ihrem Magen. Würde die Welt jemals wieder so werden, wie sie sie einst gekannt hatte?

Da vernahm sie hinter sich ein Flüstern: «Es ist erledigt, Herr Altmann.»

Josephine sah sich um. Es war Fräulein Weber, die gerade zurückgekommen sein musste.

Philipp nickte. «Sehr gut.»

Wovon die beiden wohl sprachen? Bevor Josephine weiter darüber nachdenken konnte, erhob sich eine Männerstimme über dem Grasbrook: «Mit Erschrecken haben unsere tapferen Soldaten gestern in Holstein ein illegales Warenlager von gigantischem Ausmaß entdeckt.»

Josephine reckte den Hals nach dem Sprecher und entdeckte einen stolz geschmückten Mann, der neben dem Warenstapel auf einem Pferd saß. Volles Haar lugte unter seinem Helm hervor, sein Blick war unbarmherzig und streng. Er führte seinen prächtigen Rappen in eine langsame Drehung um die eigene Achse, während er mit starkem französischem Akzent, aber in ansonsten makellosem Deutsch weitersprach: «Es enthielt vor allem Baumwolle und Zucker aus England, in gewaltiger Menge. Güter, die bekanntermaßen aufgrund der Kontinentalsperre verboten sind. Offenbar wurden aus diesem Lager bereits seit Monaten Waren illegal nach Hamburg transportiert, versteckt in Kleidern, Karren oder Kutschen. Ihr Bürger dieser Stadt: Heute gibt es keine Gewinner. Doch wenn ihr in Zukunft Schmuggler und Verbrecher an uns verratet, um für Sicherheit in dieser Stadt zu sorgen, dann werdet ihr reich belohnt. Illegale Besitztümer werden fortan versteigert. Und wer sie uns meldet, erhält fünf Prozent des Erlöses.» Er machte eine Pause, in der er vor allem die bessergestellten Hamburger eindringlich ansah. Dann schwenkte er um, in Richtung des Fußvolks, und sprach in härterem Ton und lauter als zuvor weiter: «Ihr Schmuggler dieser Stadt: Nehmt euch in Acht. Wer das Gesetz bricht, wird es teuer bezahlen. Auf Schmuggeln stehen hohe Strafen – bis hin zur höchsten, der Todesstrafe. Glaubt mir, wir sind bereit, im Kampf gegen das Verbrechen bis zum Äußersten zu gehen.»

Einen Moment lang ließ er seine Drohung in der Luft hängen. Es blieb so gespenstisch still, dass es Josephine fröstelte. Dann nickte der Franzose einem Soldaten zu, der ganz in seiner Nähe stand. Auf seinem naseweisen Gesicht trug er unverhohlenen Stolz zur Schau. Und in seiner Hand eine Fackel. Er beugte sich zu den Sträußen aus Stroh vor, die überall in den Stapel gesteckt worden waren, und zündete sie, einen nach dem anderen, an. Sofort griffen die Flammen um sich, umschlossen die Baumwollballen, und mit einem Mal knisterte und zischte der ganze Stapel. Ein wütender Flüsterton wogte durch die Menschenmenge. Gezischte Flüche, kaum hörbare Verwünschungen, angstvolles Raunen. Gleichzeitig erklangen die leisen Töne eines Blasinstruments, das Josephine nicht kannte. Dunkel und tief waberten sie langsam durch die Menschenmenge, vibrierten in Josephines Brust und jagten ihr einen Schauer nach dem anderen über die Haut. Leise setzten die Trompeten ein, dann die Posaunen, und mit dem ersten Trommelschlag geriet auch der Zucker in Brand. Heiß und hell loderten die Flammen vor ihnen empor. Noch nie hatte Josephine ein so riesiges Feuer gesehen. Hier und da explodierte und knallte es, fraß sich durch sämtliche Säcke und Ballen, loderte und züngelte hoch in den Himmel hinauf. Josephine spürte seine Hitze auf ihrem Gesicht. Wie sollten sie und Fritz jemals wieder genug Zutaten bekommen, wenn hier so viel Zucker brannte? Wie könnten sie ihre kleine, alte Bäckerei retten, wenn in dieser Stadt solche Teufel an der Macht waren? Und dann fiel ihr Blick auf die Ärmsten

Hamburgs, die da in Fetzen statt Kleidern vor dem Feuer standen. So schrecklich dünn, so hoffnungslos. Was waren Josephines und Fritz' Sorgen um ihre Bäckerei gegen ihre Sorgen um das nackte Überleben? Mit jeder Kiste, jedem Ballen, der da Feuer fing, hatten weniger Hamburger eine Chance, durch diese dunklen Zeiten zu kommen.

Josephine wollte nichts mehr davon sehen, doch sie konnte nicht wegschauen. Wie hypnotisiert starrte sie auf das Leid, auf das Feuer, und ihr war, als stünde Hamburg selbst in Flammen.

Die Soldaten begannen zu jubeln und zu singen, während die Musik zu einem pathetischen Marsch anschwoll. Zu was waren diese Menschen wohl noch in der Lage, wenn sie in Anbetracht einer solchen Grausamkeit feiern konnten? Josephine spürte, wie ihre Brust eng wurde und ihre Hände zu schwitzen begannen. Und dann kam der Geruch: ein Gemisch aus roher Gewalt und Karamell.

Josephine zwang sich, ruhig weiterzuatmen, um sich zu beruhigen. Da hörte sie wieder diesen besonderen Klang in der Musik. Düster und doch leichtfüßig. Gefährlich, aber von besonderer Schönheit. Und als sie wieder aufsah und die Reihe der Musiker neben dem Feuer nach diesen Klängen absuchte, stieß sie plötzlich überrascht Luft durch die Nase aus. Zwischen all den Musikern stand Pépin. Er hatte ein dünnes, langes Instrument in den Händen, dessen oberes Ende stark geschwungen war, hielt die Augen geschlossen und neigte sich beim Spielen immer wieder leicht vor und zurück.

Josephine schüttelte den Kopf, und die Angst, die gerade von ihr Besitz ergriffen hatte, verwandelte sich in Wut. Dieser fürchterliche Kerl war ihr immer nur albern vorgekommen. Doch jetzt wusste sie, dass er auch grausam sein konnte. Sie ballte die Hände zu Fäusten. Von ihr würde jemand, der an diesem ekelerregenden Spektakel Anteil hatte, kein einziges Gebäckstück mehr bekommen.

Als das Feuer endlich kleiner geworden war, hörte Josephine einen spitzen Schrei. «Marie-Antoinette, nein! Willst du wohl hierbleiben?»

Josephine sah, wie Ida einen Schritt vorwärtsstolperte und sich bückte, doch der kleine Hund entwischte ihr und verschwand so flink wie eine Maus in der Menschenmenge. Mitleidig verzog sie den Mund. Heimlich hatte sie immer schon geahnt, dass die Liebe, die Ida für Marie-Antoinette empfand, nicht unbedingt auf Gegenseitigkeit beruhte. Dennoch wäre es für Ida eine Katastrophe, Marie-Antoinette zu verlieren, das wusste Josephine. Schließlich spendete die kleine Hündin ihr in der großen Villa mit ihren vielen kaum genutzten Räumen, den höflich distanzierten Dienstleuten und den festgeschnürten, reich geschmückten und stets unnatürlich zwitschernden Besucherinnen der höheren Gesellschaft ein wenig echter Wärme.

«Um Himmels willen!», rief Ida zunehmend verzweifelt. «Marie-Antoinette, komm zurück! Marie-Antoinette!»

«Wie konnte das denn passieren?» Philipp schnaufte. «Sara, such das Mistvieh, mach schnell!»

«Natürlich!» Das Dienstmädchen beugte sich leicht nach vorn und begann, sich hin und her schauend durch die Menschenmenge zu schieben.

Ida schlug sich eine Hand auf den Mund, ihre Augen glänzten.

«Ich helfe ihr», entschied Josephine.

«Wegen dieser kläffenden Hausratte?», flüsterte Fritz und verzog das Gesicht.

«Vorhin hat sie einen Grünrock angegriffen», wisperte Josephine zurück. «Seitdem halte ich große Stücke auf sie.»

Fritz nickte. «Das ist natürlich ein Argument. In diesem Fall helfe ich ebenfalls.»

# 4. Kapitel

Karl schob den Brotlaib, den er gerade in der Steinstraße hatte ergattern können, unter seine Jacke. Die schäbige Bäckerei am Rande des Altstädter Gängeviertels wurde von zwei ungelernten jungen Kerlen betrieben, die versuchten, aus alten, manchmal verdorbenen Zutaten etwas Essbares herzustellen. Es war nicht das beste Brot, hart und sicherlich ungesalzen.

Eigentlich hatte Karl in der Bäckerei Thielemann nach Resten fragen wollen. Dort verstand man wahrlich etwas von Brot und süßem Gebäck. Zwar wirkte sie von außen unscheinbar – wer durch die Rosenstraße lief, während das Geschäft geschlossen war, sah nur eine einfache Holztür, über der in schiefen und krummen Lettern *Thielemanns Backhus* stand. Doch wer zu den Öffnungszeiten daran vorbeispazierte, wurde beinahe magisch angezogen von dem wunderbaren Duft, der durch die weit geöffneten Fenster auf die Straße quoll, und dem Gelächter der Kunden, die sich in dem engen Raum drängten, um die frischen Köstlichkeiten zu erstehen. Zumindest war das so gewesen, bevor die Franzosen es den Hamburger Geschäftsleuten und auch den Schmugglern so verdammt schwer gemacht hatten … Bei diesem Gedanken schüttelte Karl missmutig den Kopf. Wie Annas Augen geleuchtet hätten, wenn sie das duftende, knusprige Thielemann-Brot gesehen hätte! Doch nach ihrem unfreiwilligen Zusammentreffen mit Philibert war die junge Bäckerin plötzlich verschwunden und hatte den Laden abgeschlossen, sodass er keine Gelegenheit mehr gehabt hatte, sie zu fragen.

Nun lief er an der Reihe von schmalen, krummen Häusern entlang bis zur Springeltwiete, die zwischen eng stehenden, hier ausgebeulten, dort eingedrückten Steinwänden entlangführte. Auch wenn sie im Vergleich zu den vielen namenlosen Twieten des Gängeviertels noch relativ breit war, konnten hier keine zwei Menschen nebeneinanderstehen. Und wenn im ersten Stock beider Häuser gleichzeitig die Fenster geöffnet wurden, dann stießen die Läden gegeneinander. Je tiefer er in die Gasse vordrang, desto dunkler wurde es. Erst hinter den Vorderhäusern gab es wieder etwas mehr Licht. Die Twiete öffnete sich auf einen Hinterhof, der einst sicherlich weit und lichtdurchflutet gewesen war, in dem vielleicht Kinder gespielt und weiße Wäschestücke im Wind geweht hatten. Nun aber war er von zwei Reihen dichter, niedriger Bretterbuden verstellt. Aus den offenen Fenstern strömte ein muffiger Geruch. Mittlerweile war Karl den Gestank gewohnt, doch anfangs hatte er ihm noch den Magen herumgedreht.

Er musste wieder daran denken, wie Rosine, seine Großmutter, ihn etwa drei Monate nach der Belagerung Hamburgs hierhergeführt hatte. «Ich habe ein Haus gekauft», hatte sie verkündet. Sie war vorangegangen, hatte aber kaum durch die Gassen gepasst, da sie wie so oft dicke Rollen von Reisigbesen trug – für den Fall, dass sie irgendwo einen kurz entschlossenen Käufer fand. Den einen Ballen vor der Brust, den anderen auf ihren Kopf gehoben, erweckte sie mit ihrem stolzen Gang und dem gereckten Hals den Eindruck, sie trage keine Reisigbesen, sondern vielmehr eine

Reisigkrone. Und in gewisser Weise täuschte dieser Eindruck nicht. Seine Großmutter war in den wenigen Wochen, in denen sie bereits zwischen Steinstraße und Niedernstraße lebte, die Königin des Viertels geworden. Die Bewohner grüßten sie allseits voller Respekt. Sowohl die ungezogenen Jungen aus dem Vorderhaus als auch die ausgemergelten, ehemaligen Hafenarbeiter aus den Buden standen stramm, sobald sie Rosine sahen.

«Hallo Großmutter Rosine», sagte ein Kind.

«Ach Heiner, putz dir die Nase», antwortete sie streng und tätschelte ihm dennoch liebevoll den Kopf.

«Guten Tag, Großmama Rosine», rief ein junger Bursche mit blutunterlaufenen Augen und tippte sich an die Mütze.

«Hans! Gut siehst du aus, hast du etwa gestern nichts getrunken?»

«Wie Sie gesagt haben, Großmama Rosine!» Stolz drückte er die Brust raus.

Karl hatte einen leichten Stich der Eifersucht verspürt. Rosine war *seine* Großmutter. Nicht die eines dahergelaufenen Hans' oder eines rotznasigen Heiners! Und dann musste er innerlich über sich selbst den Kopf schütteln, einen Mann von dreißig Jahren. Er war schließlich kein Kind mehr.

«Lass dich nicht täuschen», hatte seine Großmutter ihm über die Schultern zugezischt, nachdem noch eine kleine Männergruppe ihre Kappen vor ihr gelupft hatte. «Sie wirken, als könnten sie kein Wässerchen trüben. Und natürlich sind sie im Herzen feine Kerle. Aber nimm dich besser vor ihnen in Acht, wenn ich nicht da bin, hörst du?»

Sie hatte ihn durch einen Gang zwischen den Buden hindurchgeführt. Es war so dunkel, dass er ihr dicht auf den Fersen bleiben musste, um sie noch zu erkennen. Konzentriert starrte er auf die Fetzen des graubraunen Kleides, das Rosine locker am dürren Körper herabhing und vor ihm durch den Staub fegte. Wann war sie so klein und schmächtig geworden?

«Das hier ist es», verkündete Rosine schließlich, blieb stehen und lehnte ihre Reisigballen an die Hauswand. Es war eine Bude wie alle anderen: schiefe Fenster, lockere Holzbretter und steile Treppen, die leiterartig an der Außenwand zum Obergeschoss hinaufführten. Allerdings hatte Rosines Bude sogar ein kleines Spitzdach mit Ziegeln. Darunter gab es ein Dachfenster und eine Gaslaterne, die im Wind schaukelte und quietschte.

«Es ist das beste im Viertel. Das Erdgeschoss habe ich an die Schneiders vermietet, oben wohnen wir. Komm, hilf mir, die Ballen hochzutragen.»

Als Karl heute in diesen Gang einbog, seufzte er unwillkürlich. Schon zu Anfang der französischen Belagerung war der Anblick traurig gewesen. Heute, fast sechs Jahre später, war er erschreckend. Viele der kaputten Fenster hatte man nicht repariert, überall lag Unrat, sodass die Bewohner große Steine dazwischen platziert hatten, auf denen man darüber hinweg balancieren konnte. Die Buden waren in die Höhe geschossen. Auf manchen der ohnehin unsicheren Obergeschosse thronten nun zweite Stockwerke, die schon ein leichter Sturm hinwegfegen konnte. Rosine hatte ebenfalls darüber nachgedacht aufzustocken, doch es hatte ihr an Material gefehlt. Nun lag ihre kleine Bude mit dem Spitzdach im Schatten der anderen. Und zusätzlich zu den Schneiders waren noch die Maurers und die Steigers eingezogen. Wie alle anderen Budenbesitzer hatte auch Rosine die Miete angehoben. Karl war das herzlos vorgekommen – in diesen Zeiten! Doch Rosine hatte nicht mit sich reden lassen. Sie war der Meinung, was bei der Abrichtung von Straßenkötern galt, könne im Umgang mit den Leuten in den Gängen auch nicht falsch sein: Sie war ihnen gegenüber herzlich, achtete aber auch auf Konsequenz und eine strenge Hand. «Glaub mir, das ist die einzig richtige Mischung», knurrte sie gern. «Sonst führen sie dich hinters Licht und tanzen dir auf der Nase rum!»

Seitdem Karl denken konnte, hatte noch niemand Rosine hinters Licht geführt, geschweige denn, ihr auf der Nase herumgetanzt. Mit ihrer unerschütterlichen Würde erschien sie Karl manchmal wie ein Denkmal, an dem sich jeder stieße, der ihm zu nah käme. Dennoch funkelten ihre Augen lustig, lebendig und warm. Jeder im Viertel wusste, dass nur sie so liebevoll Haare streicheln, Schultern klopfen und Wangen tätscheln konnte – mit der gleichen Hand, die die härtesten Ohrfeigen verteilte. Wer eine davon bekam, senkte den Kopf und wusste, dass er sie verdient hatte. Karl glaubte, dass manche der jungen Männer, die arbeitslos, hungernd und trinkend durch ihre düsteren Tage wankten, vielleicht sogar ein wenig dankbar für die schmerzhaften Schellen waren. Vielleicht erinnerte Rosine sie daran, wie es war, eine Familie zu haben – im Guten wie im Schlechten.

Rosine war die einzige Budenbesitzerin, die noch bis vor Kurzem pünktlich ihre Miete bekommen hatte. Doch vor vier Monaten hatten dann auch die Schneiders und die Maurers nicht mehr zahlen können. Und alles nur wegen der verdammten Franzosen. Rosines Konsequenz endete dort, wo das große Elend begann. Sie warf weder die Schneiders, noch die Maurers oder die Steigers raus. «Wieso auch?», knurrte sie. «In diesen Zeiten könnte doch niemand zahlen. Dann habe ich lieber dieses verlauste Pack bei mir als ein anderes verlaustes Pack.»

Nun lebten insgesamt achtzehn Menschen in der kleinen Hütte, und jeder von ihnen hatte zu wenig Geld und zu viele Läuse. Essen war rar, und an manchen Tagen konnten sie sich nicht einmal das Wasser leisten, das sie normalerweise bei den fahrenden Händlern mit den großen Holzkanistern kauften. Dann schöpften sie es mit Krügen aus den schmutzigen Fleeten, und Karl drehte es den Magen um, wenn er nur an den Geschmack dieser Plörre dachte. Schließlich waren es die gleichen Fleete, in der dreckige Wäsche gewaschen und in die der Unrat der Stadt geleitet wurde.

Langsam ging Karl nun auf Rosines niedrige Hütte zu, darauf bedacht, nicht neben die Gehsteine zu treten.

Aus den Fenstern zu beiden Seiten hingen Lumpen, die nach Fleet stanken, und die Gestalten, die an den Türrahmen lehnten oder auf den Holztreppen saßen, taten so, als wären sie in unbedarfte Gespräche vertieft. Doch wer genau hinhörte, bemerkte, dass sie noch öfter fluchten als sonst, noch häufiger ausspuckten und sich heftiger die juckende Haut kratzten. Karl verbarg seinen Laib etwas tiefer in der Jacke. Er würde teilen – er teilte ja immer –, aber zuerst mussten Anna und Rosine essen.

Es gab Tage, an denen er die Nachbarschaft in den Gängen beinahe genoss. Dann scherzte er mit dem fast zahnlosen Andreas, zwinkerte dem winzigen Johann zu, der mit seinen sieben Jahren erwachsener war als sein Vater, den die Syphilis schon seit Jahren in den Wahnsinn trieb, oder er neckte Juliana, eine blutjunge Witwe, die hell und laut lachen konnte, aber noch lauter tobte, wenn einer ihrer Freier zu wenig zahlte.

Heute hatte er auf nichts davon Lust. Der Tag war besonders anstrengend gewesen, ihm taten die Knochen weh, und er grübelte darüber nach, ob er das Richtige getan hatte. Was, wenn jemand die Kuh bei Louise entdeckte? Die Vorstellung, sie könnte für seine Taten zur Rechenschaft gezogen werden, ließ ihn unwillkürlich die Fäuste ballen. Dafür hatte er Louise zu gern – ihre laute Stimme, in der eine Unbekümmertheit lag, die man in Hamburg nur selten hörte, ihre Augenbrauen, die ständig in Bewegung waren, und diese Oberlippe, die so herausfordernd vorstand … Schnell schüttelte er die Gedanken an Louise ab. Er machte sich nur unglücklich. Was könnte er ihr schon bieten? Er besaß die Reste seiner Schute und eine schmale, muffige Matratze im Gängeviertel zwischen der laut schnarchenden Anna und der hin und wieder im Traum grunzenden Rosine – sonst nichts. Er hatte keine Ersparnisse, keine Hoffnung auf eine bessere Zukunft. Und nun hatte er ihr auch noch diese Kuh aufgehalst. Aber er hatte keine andere Möglichkeit gesehen. Die Kuh könnte tatsächlich ihre Rettung sein, und in den Gängen gab es nirgends eine ungenutzte Ecke, in der er sie hätte unterbringen können – wenn sie überhaupt durch die schmalen Gassen gepasst hätte. Bei Louise hingegen war Platz. In das Haus einer Witwe, in dem sonst niemand als eine Hausdienerin wohnte, schickten noch nicht einmal die Franzosen einen Trupp Soldaten. Und im Vergleich zu den Buden in den Gängen war ihr Haus ein wahrer Palast. Karl wüsste gar nicht, was mit so vielen Räumen anzufangen wäre. Er mochte es klein und überschaubar, mit Blick zur Tür – schließlich war er sowieso meistens unterwegs. Auch wenn das nicht immer so gewesen war …

«Na endlich.» Plötzlich stand seine Großmutter vor ihm und

riss ihn aus seinen düsteren Grübeleien. Ein paar Haarsträhnen lugten aus ihrem fest unterm Kinn verknoteten Kopftuch hervor, und ihr lang gezogener Mund, der stets entschlossen und zugleich auf ironische Weise amüsiert nach unten strebte, zuckte, während sie ihn betrachtete. «Anna wartet schon seit Stunden auf dich.»

«Ist etwas passiert?»

In dem Moment flog die klapprige Tür auf, und Anna stürmte heraus. Ihre dunklen langen Haare schienen noch verknoteter als sonst, und die Brauen, die in zwei perfekten Halbkreisen über ihren Augen lagen, schossen bei seinem Anblick aufgeregt in die Höhe.

«Karl, Karl! Wir haben einen Brief bekommen, auf dem Grasbrook! Du hast doch gesagt, wir sollten uns bei jedem Feuer außerhalb der Stadttore bereithalten, aber du warst fort, und da bin ich allein hingelaufen.»

Normalerweise genoss Karl die lebhaften Wortergüsse der Kleinen, doch diesmal war er abgelenkt.

«Was zum Teufel ist das da?», brummte er und zeigte auf das Wollknäuel in ihrem Arm. Es war weiß, zappelte leicht und hatte zwei schwarze, aufmerksame Augen.

Anna streichelte das kleine Hündchen, das sofort mit dem Zappeln aufhörte. «Sie ist mir auf dem Grasbrook zugelaufen. Also behalte ich sie!»

Entgeistert starrte Karl sie an. «Anna, wir können keinen Hund behalten! Wenn wir auch nur einen Brocken Hundefutter hätten, müssten wir ihn selbst essen, das weißt du doch.»

«Ach, Carla wird sich ihr Futter schon suchen – oder verdienen.»

Karl klappte der Mund auf. «Carla?»

Anna grinste und entblößte ihre zu groß geratenen Schneidezähne. «Ja! Ich habe sie nach dir benannt, wie findest du das?»

Karl stemmte die Hände in die Hüften und legte den Kopf schief. «Du kannst gern alles Mögliche nach mir benennen. Einen mächtigen Ochsen zum Beispiel. Oder einen prächtigen Rappen. Von mir aus auch einen Köter – wenn er groß ist und gefährlich knurren kann. Aber keinesfalls dieses Wollknäuel!»

«Aber guck doch mal in ihre Augen. Die sind genauso gutherzig wie deine. Und ihre Pfoten! Du hast auch oft dreckige Füße.» Sie hatte ein Beinchen des Hundes in die Hand genommen, hob es vorsichtig in die Höhe und präsentierte Karl die schmutzverkrustete, lederne Unterseite.

Karl wollte nicht lachen, doch er konnte sich kaum zurückhalten. In gespieltem Ernst sagte er: «Ich habe höchstens solche Krallen. Und damit kitzele ich dich gleich durch, wenn du nicht aufhörst.»

Er trat einen Schritt auf sie zu, doch sofort fing Carla ein so ohrenbetäubendes und tiefes Gekläffe an, dass er erschrocken zurückwich. Das Bellen erstarb wieder, doch nun zeigte Carla ihm die Zähne.

Anerkennend nickte Karl. «Na gut», brummte er. «Vielleicht ist das Vieh gar nicht so unbrauchbar, wie ich dachte.»

Anna strahlte. «Sehr brauchbar ist sie. Sie beschützt mich. Und sie wird die flinkste Schmugglerin Hamburgs sein! Wir können ihr Briefe oder andere kleine Sachen an den Bauch binden, und dann flitzt sie schnell zwischen den Grünröcken hindurch. Ich habe schon angefangen, mit ihr zu üben. Übung macht die Schmugglerin, richtig?»

Karl verzog den Mund. Ein größerer Hund wäre um einiges

praktischer – an den Toren waren immer wieder abgerichtete Köter unterwegs, die früher Milchkarren durch die Stadt gezogen hatten und nun Kaffee, Zucker oder Gewürze schmuggelten. Aber vielleicht erwiese sich Carlas geringe Größe auch als Vorteil. Sie fiel weniger auf.

Viel wichtiger als das war ihm aber Annas Blick. Ihre Augen leuchteten so glücklich, wie er es schon seit Monaten nicht mehr bei dem Mädchen gesehen hatte.

«Ich habe schon versucht, das Vieh wegzujagen», mischte sich Rosine ein. «Aber es ist immer wieder zurückgekommen. Wie Anna damals!» Rosine schüttelte den Kopf. «Ich sage dir, das war der Anfang vom Ende.»

«Es war der Anfang vom Ende dieser traurigen, schrecklichen Zeit, die ihr ohne mich verbringen musstet!», warf Anna ein. «Und nun ist es der Anfang vom Ende einer Zeit ohne Carla. Ich habe sie vermisst. Wisst ihr, wie das ist, wenn man jemanden vermisst, obwohl man ihn gar nicht kennt? Das Gefühl saß hier», sie legte sich die Hand auf den Bauch, «und es hat geschmeckt wie ranzige Butter.»

Karl atmete tief und überrascht ein wie jemand, den ein Schlag getroffen hat. Er wusste genau, wovon Anna sprach.

«Ach, was du wieder für einen Unsinn redest!», rief Rosine.

«So, zurück zur Sache», brummte Karl. «Dieser Brief. Was stand drin?»

Anna zuckte mit den Schultern. «Woher soll ich das wissen?»

«Warst du noch nicht bei Juliana?»

Juliana hatte früher einmal als Dienstmädchen bei einem Kaufmann gearbeitet. Sie war in dieser Hinterhofgemeinschaft die Einzige, die lesen konnte.

Karl trat ein paar Schritte den Gang hinunter und rief: «Juliana?»

Kurz darauf streckte sie den Kopf aus einer der Buden. «Schreit man so nach einer Dame? Du könntest wenigstens den Anstand besitzen und an meine Tür klopfen.»

Karl ging nicht darauf ein. «Kannst du uns etwas vorlesen?»

Er sah, wie sie die Augen verdrehte, doch dann kam sie geschwind zu ihnen herunter.

«Worum geht es denn?» In einer vertrauten Geste legte sie Karl die Hand auf die Schulter und lächelte, sodass ihre seitlichen Zahnlücken zum Vorschein kamen.

Anna hielt ihr den Brief entgegen, und Juliana las vor:

«Auflösung des Lagers innerhalb der nächsten drei Wochen, drei Fuder Puderzucker und anderthalb Fuder Zimt zur sofortigen Abholung. Geldübergabe an der Holzbrücke, täglich 12 Uhr.» Stirnrunzelnd sah Juliana auf. «Was bitte soll das bedeuten? Ihr plant doch nicht etwa…»

«Danke dir, Juliana.» Rasch nahm Karl ihr den Zettel aus der Hand, bedeutete Rosine und Anna, ins Haus zu gehen, und verabschiedete sich mit einem Kuss auf Julianas Wange, bevor er ihnen folgte und sie einfach stehen ließ.

«Ich habe geahnt, dass das passiert», flüsterte er, sobald sie zu dritt in der kleinen, rußigen Küche standen. Anna wärmte sich mit Carla am Herd, der direkt in den Kamin eingebaut war. Sie musste sich ein wenig zur Seite neigen, da an einem Seil zwischen Kamin und Fenster Wäsche trocknete. Rosine stützte sich auf dem klapprigen Küchentisch ab und stieß beinahe gegen das kleine Wandregal, in dem aufrecht ein paar angeschlagene Teller und Tassen standen. In dem schmalen Lichtstreifen, der zum

Fenster hereinfiel, machte ihr Gesicht ihrem Namen alle Ehre, braun gebrannt und mit unzähligen Furchen übersät. Grimmig sah sie ihn an. «Drei Fuder Puderzucker! Das ist Wahnsinn.»

«Die Franzosen werden immer gründlicher», brummte Karl. «Erst kürzlich haben sie das große Lager von Keeton ausgehoben. Tonnenweise Rhabarber haben sie gefunden … Dann heute die Vernichtung der Baumwolle … Der Alte fürchtet sicherlich, ihm könnte es bald ähnlich ergehen, und will das Lager räumen.»

Anna sah neugierig zwischen den beiden hin und her. «Wir können helfen, ich und Carla. Sie lernt schnell! Und ich habe beinahe mein neues Kleid fertig, ihr wisst schon, das mit den vielen Taschen im Unterrock. Ich sag ja immer: Kleider machen Schmugglerinnen, richtig? Und ich denke, ich bin in der letzten Zeit noch größer und stärker geworden, ein echtes Pfundsmädchen, ich kann einiges tragen.»

Doch weder Karl noch Rosine sahen das Kind an. Stattdessen starrten sie einander stumm in die Augen. *Nein*, schien Rosine mahnend zu sagen. *Doch*, antwortete Karl.

«Wenn ich all meine Taschen vollstopfe, kann ich bestimmt einen Gutteil nach Hause schmuggeln», plapperte Anna munter weiter. Dann runzelte sie die Stirn und schien angestrengt nachzudenken. «Drei Fuder Puderzucker und anderthalb Fuder Zimt – wie viel ist denn das?»

Karl wiegte den Kopf. «Schätzungsweise … viereinhalb große Wagenladungen.»

Jetzt riss Anna die Augen auf. «Oh», sagte sie.

«Ja. Oh», knurrte Rosine. Und an Karl gewandt fuhr sie fort: «Du müsstest mit einem Wagen jeweils ein ganzes Fuder durch das Tor schmuggeln – und das sechs Mal! Du hast noch nicht mal einen Karren, der groß genug ist. Das kannst du nicht schaffen!»

Er schmunzelte und stemmte die Hände in die Hüfte. «Doch, Großmutter. Ich denke, das kann ich.»

# 5. Kapitel

Als Josephine und Fritz vom Grasbrook nach Hause kamen, war es für ihre Verhältnisse schon spät. Normalerweise hätten sie längst in ihren Betten gelegen.

«Ich brauche meinen Schlaf, es führt kein Weg daran vorbei!», verkündete Onkel Fritz meist um Schlag sechs. Dann verabschiedete er sich und zog sich noch im Verlassen der Küche die Schlafmütze auf den Kopf. Schließich begann ihr gemeinsamer Tag bereits um zwei Uhr nachts.

Doch nachdem sie stundenlang nach Marie-Antoinette gesucht und sich danach – ebenso erfolglos – bemüht hatten, Ida zu trösten, war es schon halb acht, als sie zu Hause ankamen. Beide hatten noch nichts im Magen, also beeilte sich Josephine, das verbliebene Brot aufzuschneiden. Mit dem Metzger in ihrer Straße tauschten sie regelmäßig Backware gegen Wurst, die Josephine nun in Scheiben schnitt. Hastig aßen sie, danach stülpte sich Onkel Fritz die Schlafmütze über, verfluchte «die kleine Hausratte» und huschte – noch mit vollem Mund und einer Brotrinde in der Hand – ins Bett.

Josephine räumte den Tisch ab und ging dann wie üblich ebenfalls auf ihre Kammer. Dennoch konnte sie nicht gleich schlafen. Immer wieder musste sie an den brennenden Zucker denken, an die verzweifelte Menschenmenge, an Marie-Antoinette. Und an die Musik. Die Melodie pfiff ihr wie ein Unwetter in den Ohren, sie ließ sich nicht abschütteln. Und dann hörte sie wieder dieses eine Instrument, das fast wie eine menschliche Stimme vibrierte. Während die anderen Stimmen marschierten, tanzte sie …

Über diesen Gedanken schlief sie schließlich ein.

Doch schon wenige Stunden später weckte sie ein Klopfen. Sie stöhnte und spürte, wie furchtbar schwer ihr ganzer Körper war. Dennoch stand sie auf, um das Fenster zu öffnen. Sofort begann sie zu zittern, so kalt war die Novembernacht.

«Ist ja schon gut!», rief sie schlaftrunken hinaus. «Ich bin wach.»

«Guten Morgen, Schlafmütze!», sagte der alte Nachtwächter, der früher eine beachtliche Kugel von Bauch vor sich hergetragen hatte. Sogar aus dem ersten Stock konnte Josephine erkennen, dass von ihr wenig übrig geblieben war. An niemandem ging die Lebensmittelknappheit spurlos vorbei. In der einen Hand trug er eine Fackel, die andere ließ gerade den langen Stock sinken, mit dem er, wie jeden Morgen, an ihren Fensterladen geklopft hatte, um sie zu wecken. «Aus den Federn, junge Dame! Ich habe schon einen gewaltigen Hunger.» Während er sprach, bildete sich vor seinem Mund eine Atemwolke. «Oder habt ihr den Laden etwa schon geschlossen?»

Josephine stemmte die Hände in die Hüften. «Nie und nimmer!», rief sie. «*Thielemanns Backhus* schließt nicht!»

Der Nachtwächter lachte. «Genau das wollte ich von dir hören!»

Sie lächelte und rieb sich müde über das Gesicht. «Warte einen Moment …»

Sie tastete nach der Ölfunzel neben ihrem Bett und zündete sie an. Dann sah sie wieder zu ihm hinunter.

«Danke schön!» Sie warf ihm die Münze zu, die er jeden Morgen für seinen Weckdienst bekam, und winkte ihm hinterher, während er in der Dunkelheit der Rosenstraße verschwand.

Einen Moment blieb sie am Fenster stehen und atmete die kalte Luft ein. Normalerweise genoss sie diesen stillen Moment, den sie ganz für sich hatte. Die Rosenstraße mit ihren unregelmäßigen Pflastersteinen und den schmalen, windschiefen Häusern lag friedlich schlafend vor ihr. Genauso wie der Tag, den sie als eine der Ersten begrüßte. Manchmal nickte sie dem Himmel zu und murmelte: *Es kann losgehen*. Doch heute war ihr dafür zu kalt. Schnell schloss sie das Fenster wieder, um sich umzuziehen und Fritz zu wecken.

Während sie die wenigen Zutaten vermengte, die sie für heute hatten ergattern können, schielte Josephine zu ihrem Onkel hinüber: Bevor die Sonne aufging, stand er stumm in der Backstube, starrte vor sich hin und arbeitete sich verbissen an einer kleinen Teigkugel ab. Je wärmer der Feuerofen wurde und je mehr Teig er geformt, auf die Bleche gelegt und in den Ofen geschoben hatte, desto munterer wurde er. Spätestens im Morgengrauen, während sie die ersten frischen, duftenden Brote in die geflochtenen Körbe legten, begann er zu sprechen.

«Ich hab von der kleinen Hausratte geträumt, kannst du dir das vorstellen?» Er lachte auf und schüttelte den Kopf. «Was sie wohl treibt, da draußen in Freiheit.»

«Ich fürchte ja, dass Ida sie zu sehr verwöhnt hat», sagte Josephine. «Ich bin mir nicht mal sicher, ob sie überhaupt laufen kann.

Sie wurde doch immer getragen! Auf der Straße wird sie sicher nicht lang überleben.»

Fritz seufzte. «Wer von uns könnte das schon schaffen …?»

Josephine nickte traurig und schaute auf die heute ausgesprochen kleinen Rundstücke hinab, die sie gerade in ihren Händen formte.

«Übrigens, Josephine … ich habe nachgedacht.»

Sie hielt inne und sah Fritz an, doch er wich ihrem Blick aus. Sofort wusste sie, worauf er hinauswollte. «Nein, Onkel. Sag es nicht!»

«Wenn wir jetzt nicht handeln, landen vielleicht auch wir bald auf der …»

Schnell unterbrach sie ihn. «Unsere Kunden halten zu uns. Und bisher bist du doch immer wieder an ein paar Zutaten gekommen!»

Fritz schloss kurz die Augen. «Josephine … Du hast doch gestern selbst gesehen, zu was die Franzosen in der Lage sind.»

«Bitte, Onkel. Diese Zeiten gehen vorbei. Und wir halten durch!» Flehend sah sie ihn an.

Fritz seufzte, nickte langsam und arbeitete weiter.

Um die düsteren Gedanken an die Warenverbrennung und Fritz' Überlegungen beiseitezuschieben, begann Josephine, eine Spur zu laut vor sich hin zu summen. Normalerweise genoss sie es sehr, gemeinsam mit Fritz im immer wärmer werdenden Hinterzimmer der Bäckerei zu arbeiten. Sie brauchten sich kaum abzusprechen, so gut wussten sie beide, was sie zu tun hatten und wie sie einander helfen konnten. Auch heute beruhigte es Josephine, wie der weiße Mehlstaub in der einfallenden Morgensonne herumwirbelte, teigverschmierte Hände wie von allein zupackten, kneteten, wickelten und formten. Sie sog den dunklen, goldenen Duft von Brot und Rundstücken tief ein, genoss die Wärme, die sie die Novemberluft, die Kontinentalsperre und die Franzosen vergessen ließ, und schaffte es nach einer Weile sogar wieder, mit ihrem Onkel zu scherzen. Wenn er mit Josephine allein war, machte er gern den ein oder anderen gutmütigen Witz über seine Kundschaft. Er war ein genauer Beobachter, und die Fülle an Details, die er Tag für Tag sammelte, teilte er gern mit Josephine. Für sie gehörten diese kleinen Späße genauso zum *Backhus* wie das Brot, die Rundstücke und das Mehl, das sich nie vollständig aus ihren Haaren, von ihren Kleidern und den Möbelstücken entfernen ließ.

Die erste Kundin an diesem Tag war die Witwe Franz. «Einen guten Morgen», grüßte sie. Ihre Stimme war nur ein Wispern, der Blick niedergeschlagen, die Hände hielt sie gefaltet.

«Frau Franz, guten Morgen. Was können wir für Sie tun?», fragte Fritz und senkte die Stimme ebenfalls ein wenig. Dennoch zuckte die Witwe zusammen. Sie schluckte sichtlich und hauchte dann «Ein Kastenbrot, bitte» über die Theke. Onkel Fritz beugte sich weit zu ihr vor, um das Flüstern aufzufangen, und ganz kurz sahen sich die beiden dabei in die Augen. Schlagartig errötete Frau Franz und wich einen Schritt zurück.

Josephine legte den Kopf schief und beobachtete sie.

«Werte Nichte?», riss Onkel Fritz sie aus ihren Gedanken. «Packst du das Brot bitte ein?»

«Natürlich.»

Während Fritz abkassierte, übergab Josephine der schüchternen Witwe das viel zu klein geratene Brot.

Sobald die Glocke über der Tür klingelte und Frau Franz verschwunden war, kratzte sich Fritz am Kopf. «Die Witwe Franz muss ein außergewöhnlich gutes Gehör haben, deswegen spricht sie wohl so leise. Vielleicht bereite ich ihr mit meinem Gepolter Kopfschmerzen…»

Josephine verschränkte die Arme und konnte sich ein Schmunzeln nicht verkneifen. «Ich denke nicht, dass du ihr Kopfschmerzen bereitest, Onkel.»

«Nicht?» Er wischte über den Tresen und schob das Mehl dabei von einer Ecke in die andere.

«Nein, wenn ihr etwas wehtut, dann nur ihr Herz.»

Er hielt inne. «Wie bitte?»

«Ich glaube, die Witwe hat eine Schwäche für dich.»

Jetzt richtete sich Onkel Fritz zu seiner vollen Größe auf und stemmte die Hände in die Hüfte. «So einen Unfug habe ich ja noch nie gehört!»

Sie lächelte ihn an. «Ich habe es genau gesehen, in ihren Augen. Glaub mir, sie ist verliebt. Wer will es ihr verdenken, ihr Mann ist seit über zwanzig Jahren tot! Sie war schrecklich jung, als er starb. Magst du sie denn nicht auch?»

«Also, jetzt gehst du aber zu weit!», rief er und schlug mit seinem Lappen nach ihr, dem sie kichernd auswich. «Ich mag nichts und niemanden, außer einen guten Geduldzettel, merk dir das.»

Gründlicher als nötig wischte er nun auch die fast leeren Regalbretter ab. Während Josephine ihren Onkel von der Seite beobachtete, wunderte sie sich ein wenig. Hatte sie, ohne es zu wollen, einen wunden Punkt getroffen? Sie biss sich auf die Unterlippe und überlegte, ob sie sich entschuldigen sollte, doch da ging die Tür erneut auf, und Konrad trat herein, ausgestattet mit seiner französischen Soldatenuniform und seiner mitteldeutschen Zurückhaltung.

«Guten … Morgen», krächzte er.

«Guten Morgen Konrad», sagte Fritz, genauso freundlich, wie er vorhin die Witwe begrüßt hatte. Er hatte schon oft zu Josephine gesagt, dass die Soldaten selbst keine Schuld traf. Weder die deutschen, italienischen, spanischen oder niederländischen Soldaten, die zu diesem Einsatz gezwungen worden seien, noch die französischen, die sich ebenfalls nicht ausgesucht hatten, auf welcher Seite sie in diesem Krieg gelandet waren.

«Du und ich haben das Glück, dass unser Schicksal uns *Thielemanns Backhus* beschert hat. Das sollte uns nicht zu Richtern über andere machen, die dieses Glück nicht hatten, merk dir das», hatte er ihr erklärt.

Doch Josephine konnte nicht so denken wie er. Sobald sie eine der protzig bunten Uniformen sah, ergriff sie die Wut. Noch mehr, nachdem sie einige von ihnen gestern bei der Warenverbrennung hatte jubeln sehen.

«Hallo Herr Thielemann, Fräulein Thielemann …» Konrad nickte beiden höflich zu. «Ich habe leider … schlechte Neuigkeiten. Vielleicht ist es besser, wenn … wir darüber unter vier Augen sprechen, Herr Thielemann?»

Fritz nickte langsam. «Josephine, Liebes, gehst du bitte in die Backstube? Die nächsten Rundstücke müssten gleich fertig sein.»

«Natürlich.» Josephine senkte den Kopf und ging nach hinten. Während sie den Ofen öffnete und das heiße Backblech herauszog, versuchte sie, zumindest Fetzen des Gesprächs nebenan aufzuschnappen. Doch sie verstand kaum etwas zwischen dem Klappern, das sie selbst unweigerlich verursachte.

«Leider ja … wir müssen … strikte Anweisungen … es tut mir wirklich sehr …»

Schließlich hörte sie das Klingeln des Glöckchens und die sich wieder schließende Tür. Sofort eilte sie zurück in den Verkaufsraum und fand ihren Onkel starr wie einen verbrannten Teekuchen hinter dem Tresen stehend.

«Onkel Fritz?», fragte sie vorsichtig.

Sein Gesicht war gerötet, die Ader an seinem Hals pochte.

«Was ist mit dir?»

Als er noch immer nicht reagierte, trat sie einen Schritt an ihn heran und legte ihm die Hand an die Schulter. Er zuckte zusammen.

«Entschuldige, Liebes. Es ist … alles in Ordnung.» Zerstreut sah er sie an. «Ich muss nur kurz etwas erledigen. Würdest du hier die Stellung halten?»

An diesem Tag musste Josephine die Bäckerei schon am frühen Vormittag schließen – sämtliche Brote und Rundstücke waren verkauft. Sie vertröstete alle enttäuschten Kundinnen auf einen anderen Tag und schickte ein Stoßgebet gen Himmel, dass Onkel Fritz bald wieder über seine geheimen Wege an Zutaten käme.

Als die Tür und beide Fenster geschlossen waren, fiel Josephines Blick auf die Schublade, in der sie am Tag zuvor die Zimtstange versteckt hatte. Über den Sorgen um die Bäckerei hatte sie sie fast vergessen. Sie hatte bereits aufgeräumt, sauber gemacht und die Kasse ausgezählt. Für heute war sie fertig. Also holte sie die Zimtstange hervor und nahm sie mit ins Hinterzimmer. Sie hielt sie an ihre Nase und atmete tief ein. Es lag so viel Wärme in diesem Duft. Wieder sah sie das Gesicht ihrer Mutter vor ihrem inneren Auge. Ein Gesicht aus einer vergangenen Zeit.

Ein Klopfen riss sie aus ihren Gedanken. Durch das Milchglasfenster der Hintertür sah sie die Umrisse eines großen, gelben Hutes. Sie ging darauf zu und öffnete.

«*Bonjour!* Bitte entschuldige die Störung», sagte Louise mit ihrer lauten, fröhlichen Stimme und lächelte breit. In einer Hand hielt sie eine Blechkanne, in der anderen einen Korb. «Ich habe etwas Milch für euch. Möglicherweise könnt ihr damit ja Gebäckstückchen machen. Oder Butter. Wie man Butter macht, weißt du doch sicher!»

Josephine nickte langsam. Sie musste daran denken, was sie am Vortag im Hinterhof beobachtet hatte. War die Kuh, die Louise und Karl in den Stall gebracht hatten, wohl immer noch dort?

Louise stellte ihr die schwere Kanne auf die Türschwelle. «Frisch gemolken», erklärte sie, was Josephines Frage beantwortete. «Außerdem habe ich Zucker für euch, falls ihr Interesse habt. Und ein paar Eier.»

«Oh, das ist … sehr großzügig», sagte Josephine. «Ich hole Geld und dann …»

Louise winkte ab. «Du weißt doch, dass du das nicht bezahlen musst.»

«Und du weißt, dass ich es trotzdem mache. Entweder mit Geld, oder … ich könnte dir stattdessen den alten Vorhang aus Mutters Zimmer für deine Näharbeiten anbieten!»

Josephine hatte noch nie verstanden, warum Louise immer derart freundlich zu ihnen war. Sie kam häufig in der Bäckerei vorbei – oder klopfte an der Hintertür –, um Josephine Schmuggelware zu bringen oder sich einfach nach ihrem Befinden zu erkundigen. Dabei hatte sie stets etwas Mütterliches an sich, dass es Josephine schwer machte, sich an den Rat ihres Onkels zu halten und ihr gegenüber misstrauisch zu bleiben. Gleichzeitig wunderte sie sich über dieses Engagement. Sie wusste zwar, dass Louise und ihre Mutter enge Freundinnen gewesen waren. Doch Caroline war schon lange tot.

«Nein, nein, behalte Carolines Vorhänge! Einen so dicken Stoff solltest du nicht für ein bisschen Milch hergeben!», rief sie jetzt.

Also eilte Josephine durch die Backstube zur Kasse, nahm einige Münzen heraus und gab sie Louise. Der Mund der Nachbarin zuckte leicht. Sicher war sie hin- und hergerissen. Aus irgendeinem Grund wollte sie meist nichts von ihr annehmen, war aber doch darauf angewiesen. Endlich nickte sie und steckte die Münzen ein.

«Sag, wie geht es euch?» Louise stellte die Kanne und den Korb mit Zucker und Eiern ab. «Dein Onkel ist nicht da?»

«Er musste … etwas erledigen. Vorhin war dieser Soldat bei uns.» Sie biss sich auf die Lippen.

«*Sacrebleu!* Die vermaledeiten Soldaten», murmelte Louise.

Josephine seufzte. «Irgendwann muss es doch besser werden.»

«Ich fürchte, erst mal wird es schlimmer.»

«Noch schlimmer?!»

«Keine Sorge.» Louise rückte sich den leuchtenden Hut zurecht. «Von mir bekommt ihr von jetzt an Milch, Zucker und vielleicht, hin und wieder, noch etwas Zimt.»

«Tatsächlich?» Josephine runzelte die Stirn. «Woher bekommst du all das eigentlich?»

Louise lachte und winkte ab. «Ach, *ma chère* Josephine, es ist besser, wenn du das gar nicht weißt …»

Etwas später, als sich Louise wieder verabschiedet hatte, sah Josephine nachdenklich zwischen Zimtstange, Milch und Zucker hin und her. Sie wusste, dass sie nichts davon anrühren sollte. Wenn Onkel Fritz zurück war, würde er sich sicher unbändig über die neuen Zutaten freuen. Vielleicht könnten sie wieder Geduldzettel backen! Oder Kuchen! Darüber würde Fritz vielleicht sogar seine Überlegungen vergessen, die Bäckerei zu schließen. Sie sollte hinaufgehen und sich ein wenig hinlegen. Wie immer um die Mittagszeit spürte sie, wie die Müdigkeit sich langsam und schwer auf ihre Lider senkte und die Welt in die Ferne rückte. Eine angenehme Benommenheit hatte von ihr Besitz ergriffen. Das Gefühl erinnerte sie an das eine Mal, als sie beim Backen aus Versehen einen großen Schluck Branntwein statt Wasser getrunken hatte.

Trotz aller guten Vorsätze ging Josephine nicht nach oben. Kaum wahrnehmbar stieg ihr der Duft der Zimtstange in die Nase. Einer plötzlichen Idee folgend, trat sie an die Arbeitsplatte heran und ließ Mehl in eine große Schüssel rieseln. Sie liebte es, wie es aufstob und wie weich es unter ihren Fingerspitzen war. Wie konnte sich etwas so unendlich leicht anfühlen, das in Säcken abgefüllt schwer wog und in Brot gebacken das Überleben sicherte?

Vorsichtig drückte sie eine Mulde hinein, dann nahm sie einen Kochtopf vom Regal und stellte ihn auf den Feuerherd. Sie würde die Milch nur kurz erhitzen – keinesfalls durfte sie zu warm werden. Leise summte sie vor sich hin, während die Milch ihren unaufdringlichen, süßlichen Geruch in der Küche verbreitete. Sie war tatsächlich ganz frisch. Josephine brauchte all ihre Selbstbeherrschung, um nicht einen Schluck direkt aus der Kanne zu nehmen.

Sie gab ein paar Flocken Hefe dazu und goss vorsichtig Zucker hinein. Beides hatte Onkel Fritz vor Kurzem bei einem Schmuggler ergattert. Mit einem Holzlöffel rührte sie um, beobachtete die Flüssigkeit, und kurz bevor der Dampf sich verdichtete, hob sie den Topf vom Herd, um die Milch in das Mehl zu gießen. Sie gab vier Eier dazu, dann vermengte sie mit den Fingern die warme Flüssigkeit, die kühlen Eier und das weiche Mehl. Sobald sich alles miteinander verbunden hatte, begann sie zu kneten. Diese Prozedur hatte für Josephine stets etwas Beruhigendes. Langsam, aber beherzt griff sie wieder und wieder nach dem Teig, spürte, wie er unter ihren Fingern trockener und glatter wurde.

Es dauerte lange, bis aus den Klumpen und Flocken eine große Kugel geworden war. Schließlich säuberte sie sich die Hände und griff zu der Zimtstange. Nach kurzem Zögern begann sie, den Zimt mit der Reibe zu bearbeiten. Die winzigen aufsteigenden Körnchen erinnerten sie an das Mehl, doch die Wolke war viel dunkler – und der Geruch, der durch das Reiben freigesetzt wurde, so intensiv, so würzig, süß und schwer, dass sie die Augen schloss und tief einatmete.

Der Duft ließ sie erneut in der Zeit zurückreisen. Mit einem Mal war sie wieder ein Kind. Sie lag in der Dunkelheit und wurde vom Rascheln der Bettdecke geweckt. Neben ihr stand ihre Mutter langsam und leise auf, und das Fenster rahmte ihre Silhouette ein. Josephine biss sich auf die Zunge, um kein überraschtes Geräusch von sich zu geben – denn Caroline trug ihr neues Kleid. Warum hatte sie sich damit ins Bett gelegt? Sie musste sich umgezogen haben, als Josephine bereits schlief. Voluminös floss der Stoff ihres Kleides an ihrem Körper hinab. Ein Kleid wie für eine Hochzeit, fand Josephine. Ein Kleid für eine Königin. Ihre Mutter schwebte durch das Zimmer, beinahe lautlos, und Josephine wagte kaum zu atmen. Sie wusste, dass sie das hier eigentlich nicht sehen durfte. Und doch konnte sie nicht wegschauen. Vor dem Spiegel ordnete Caroline ihre Haare und puderte sich das Gesicht. Im Mondlicht zerstob der Puder wie Mehl, doch die Luft roch nicht nach schnödem Graubrot wie in der Backstube, sondern nach Zimt. Nach Zimt und Zucker und einer Spur heißer Butter … Caroline griff nach einem papiernen Umschlag, der auf dem Nachttischchen lag, und wandte sich zum Gehen, öffnete die Tür. Es knallte – und mit einem Mal stand Onkel Fritz vor ihr.

Josephine musste zweimal blinzeln, um zu begreifen, dass sie wieder in der Gegenwart angekommen war. Ihre Mutter hatte längst alle Räume verlassen, die Josephine kannte. Nun war es die Backstube, die nach Zimt duftete. Obwohl dieser Geruch so betörend war, dass er sogar Vergangenes wieder lebendig machen konnte, schien Onkel Fritz ihn gar nicht wahrzunehmen. Seine Haut war aschfahl, sein Blick fern. Ein alter, trauriger Mann, dem die Welt zu entgleiten drohte. So hatte Josephine ihren Onkel noch nie gesehen.

«Was machst du da?», krächzte er.

Josephine schaute auf ihre Hände. Mittlerweile hatte sie den Zimt mit Zucker vermischt und wollte ihn unter den Teig kneten. «Ehrlich gesagt … ich weiß es nicht. Louise hat uns Zimt, Zucker, Eier und Milch vorbeigebracht, und ich habe ein wenig … experimentiert.»

«Sie hat was? Diese Frau hat nicht alle Tassen im Schrank.» Er verzog das Gesicht. «Sag ihr, dass sie uns mit ihrem Zimt gestohlen bleiben kann.»

Josephine zog die Augenbrauen hoch. «Was hast du denn gegen Zimt?»

«Pah. Schon allein dieser Geruch …! Aber es geht nicht nur um den Zimt.»

Josephine wusste nicht, was sie sagen sollte.

«Ich möchte nicht, dass du mit ihren Zutaten backst, verstanden?»

Sie öffnete den Mund, doch bevor sie etwas entgegnen konnte, winkte Fritz schon ab. «Ach, was macht das noch? Wir werden die Bäckerei ohnehin schließen.»

«Aber …» Beim Blick in Fritz' Augen brach Josephines Stimme. Ihr wurde schlagartig klar, dass nichts, was sie sagen könnte, noch etwas ändern würde. Er hatte sich entschieden.

«Ich sehe keine andere Möglichkeit, Josephine. Seit Tagen versuche ich, Waren zu bekommen, und kriege nur noch Krümel. Damit kann man einfach nichts herstellen! Ich bin kein Bäcker, der jeden Tag nur Sauerteigbrot backt! Henriette hat mir geschrieben und von einer großen Zuckerbäckerei in Altona erzählt, wo sie einen Bäckermeister suchen. Kuchen, Gebäckstücke und Plätzchen – das ist mein Handwerk. Sie hat mich empfohlen, und ich werde die Stelle annehmen. Es ist höchste Zeit, die Stadt zu verlassen. Es wird mit Hamburg kein gutes Ende nehmen.»

«Nein, das … meinst du nicht so», flüsterte sie flehend. Ihre Stimme war noch leiser als die der Witwe Franz.

«Doch, Josephine. Konrad hat mir mitgeteilt, dass die Abgaben an die Franzosen von morgen an noch höher sein werden. Und von dem bisschen, was dann noch übrig bleibt, können wir uns nicht mal mehr die legalen Waren leisten.»

Josephines Herz begann zu rasen. Sie hatte sich so sehr vor

diesem Moment gefürchtet und doch gehofft, sie könne ihn noch abwenden. Sie hatte gebetet, die Franzosen würden Hamburg endlich verlassen. *Thielemanns Backhus* war alles, was sie hatte, alles, was ihr wichtig war. Ihre Mutter war gestorben, ihre Schwestern waren ausgezogen, die Stadt versank in Armut, die Welt wurde mit jedem Tag dunkler und erdrückender, doch in den kleinen Räumen der Bäckerei hatte sie noch ihr Zuhause. Hier war es warm, hier roch es nach Geborgenheit, hier machten sie und Fritz ihre Witze. Und zwischen Steinofen und Arbeitsplatte hatte sich der Duft ihrer Mutter verfangen. Hier pflegte und fütterte Josephine die Erinnerungen an ihre Kindheit wie einen Sauerteig. Hier war sie eine Bäckerin. Was blieb, wenn es das *Backhus* nicht mehr gab? Wenn ihr Onkel in Altona arbeitete und sie nicht mehr als helfende Hand gebraucht wurde?

«Aber was wird aus mir?», flüsterte sie.

«Du kommst natürlich mit. Wir suchen dir in Altona einen Ehemann, du heiratest und freust dich des Lebens. Es wird ohnehin höchste Zeit.»

«Und … Hans?»

Fritz wich ihrem Blick aus. Sein Sohn hatte sich vor Jahren den Hanseaten angeschlossen, um gegen die Franzosen in den Krieg zu ziehen. Zwar hatte er immer betont, er wolle kein Bäcker werden, sondern Soldat, doch Fritz hatte nie so ganz die Hoffnung aufgegeben, dass er eines Tages, wenn er vom Krieg genug hätte, nach Hamburg zurückkehren und die Bäckerei übernehmen würde. Josephine war sicher gewesen, dass er allein seinetwegen bis jetzt durchgehalten hatte. Nur damit Hans eines Tages ein Auskommen hätte und selbst den Rosenstrauch pflegen könnte.

Fritz schluckte und ließ den Kopf hängen. «Ich habe so lange keine Feldpost mehr bekommen», sagte er leise und schüttelte den Kopf. Dann brummte er noch etwas Unverständliches und schlurfte mit gebeugtem Rücken und schwerem Schritt aus der Backstube.

# 6. Kapitel

Es war früher Morgen, als Christian Schulte ans Fenster des Posthalters klopfte. Kurz sah er dessen teilnahmsloses Gesicht hinter dem Glas, dann öffnete der *Maître de Poste* und streckte ihm einen Stapel Briefe entgegen.

«*Bonjour*», sagte der Posthalter. Nach und nach besetzten die Franzosen immer mehr wichtige Verwaltungspositionen der Stadt. Anfangs hatte Christian sich noch darüber gewundert, warum sie ausgerechnet die Post für wichtig hielten, doch über seine Fragen schüttelte sein Vater abfällig den Kopf und schimpfte: «Denk doch bitte eine Sekunde darüber nach, bevor du so geistlose Fragen stellst!»

Mittlerweile hatte er es herausgefunden.

«Guten Morgen», sagte Christian. Höflich, wie er nun einmal war, übersah er die Knicke im Umschlagpapier und die vielen gelösten und gebrochenen Siegel. Er steckte die Briefe in seine Umhängetasche, wobei er darauf achtete, die rote Eibischblüte nicht zu zerbröseln, die er in einem ansonsten leeren Umschlag aufbewahrte. Er hatte sie schon im Sommer gepflückt, getrocknet und dabei an Josephine Thielemann gedacht. Er dachte schon seit Längerem oft an Josephine Thielemann. Und genauso lange pflückte er Blumen, um sie zu trocknen. Denn das Gute am

Trocknen war, dass er nicht gezwungen war, die Blumen sofort zu verschenken. Stattdessen konnte er sich eine Zeit lang einfach nur vorstellen, wie er sie überreichte. Er konnte in Ruhe planen, wann der richtige Zeitpunkt gekommen wäre und wie er Josephine die Blüten zukommen lassen könnte. Gestern hatte er es nun endlich gewagt und ihr die erste Blüte zwischen die Briefumschläge gesteckt. Ob sie seine Botschaft wohl verstanden hatte? Natürlich war es kein Zufall gewesen, dass er zuerst den Jasmin gewählt hatte, den er in einem Apothekergarten entdeckt hatte. Vorsichtig, aber aufrichtig gestand diese Blüte: *Du bist bezaubernd.*

In seinem Zimmer warteten noch zahlreiche weitere Blumen darauf, Josephine ihre Botschaften zuzuflüstern. Sie steckten zwischen den Seiten der schweren Enzyklopädie, die ihm sein Großvater vermacht hatte. Und jede einzelne von ihnen hatte ihre eigene Bedeutung. Christian kannte die Sprache der Blumen genau, seine Großmutter hatte sie ihm schon als Kind beigebracht. Sie erzählte ihm gern von einer längst vergangenen Zeit, in der seine Familie noch wohlhabend und angesehen gewesen war. Damals hatte Großmutter teure Kleider und aufwendige Perücken getragen. Sie und sein Großvater waren bei den wichtigsten Empfängen und Bällen der Hamburger Gesellschaft ein und aus gegangen. Und so vornehm wie sie war, kommunizierte diese Gesellschaft ausschließlich durch die Blume miteinander, so hatte Großmama es Christian erklärt. Eine Brennnessel beispielsweise bedeutete: *Ich durchschaue dich.* Die Hortensie sagte: *Du bildest dir zu viel auf dich ein.* Die Pfefferminze: *Vergib mir bitte.* Nur weil Großvater und Großmutter die Sprache der Blumen beherrschten, fanden sie schließlich zueinander, ohne auch nur ein einziges ungebührliches Wort sagen zu müssen.

«*Meine Liebe gehört dir auf ewig*», rief die Eibe an Großvaters Rock überschwänglich.

«*Ich muss darüber nachdenken*», erwiderte stolz der Krokus an Großmutters Kleid.

«*Du wärst die Krönung meines Lebensglückes*», drängte verliebt Großvaters Gerbera.

«*Mein Herz ist frei …*», deutete Großmutters Chrysantheme schüchtern an.

«*Deine Schönheit verschlägt mir den Atem*!», schwärmte Großvaters Enzian.

«*Nun denn*», antwortete schließlich Großmutters Anemone. «*Ich bin ganz dein.*»

Genauso wollte es auch Christian machen. Er hatte schon vor langer Zeit ein Auge auf Josephine geworfen. Damals war sie noch ein schüchternes Kind gewesen, das schwer an der Trauer um seine Mutter zu tragen hatte. Mit Freude hatte er beobachtet, dass die Arbeit in der Bäckerei sie aufblühen ließ. Mittlerweile war sie eine schöne junge Frau geworden, die den Menschen offen ins Gesicht sah. Währenddessen hatte er jahrelang seine Träume mit den Blüten zwischen alte Buchseiten geschoben und trocknen lassen. Es wurde höchste Zeit, dass er Josephine seine Gefühle gestand. Am besten spräche er auch bald mit ihrem Vormund. Bei dem Gedanken schlug sein Herz schneller. Zwar war er sich sicher, dass Fritz Thielemann ihn mochte, schließlich kaufte Christian schon seit Jahren sein Brot ausschließlich in *Thielemanns Backhus*, lobte dessen Backkünste regelmäßig. Doch die Vorstellung, sich diesem Mann erklären zu müssen, behagte ihm nicht. Was, wenn er einen anderen Kandidaten im Blick hatte? Oder wenn er ahnte, wie wenig Christian vom Backen verstand?

Ein Nachfolger für seine Bäckerei konnte Christian natürlich nicht werden. Schließlich schätzte er zwar die knusprige Rinde von Thielemanns Brot, doch mehr nahm er nicht wahr. Seitdem er als Kind schwer an Scharlach erkrankt war, konnte Christian kaum noch etwas schmecken. Nur die Wirkung von viel Zucker, Pfeffer oder scharfer Paprika kam zaghaft bei ihm an.

Zwar hatte ihm sein Vater, ein umtriebiger, aber unter den aktuellen politischen Umständen leider erfolgloser Kaufmann, eingetrichtert, er könne durchaus eine Bäckerei übernehmen. Er müsse ja nicht selbst backen, sondern könne einen Bäckermeister anstellen, oder aber den Laden gewinnbringend veräußern, sobald die Franzosen die Stadt geräumt hatten. Doch möglicherweise ahnte Herr Thielemann, dass Christian genau das tun würde. Vielleicht war er stattdessen auf der Suche nach einem richtigen Bäcker, dem er Josephine zur Frau geben könnte. Christian sollte bald beginnen, ihr den Hof zu machen. Zuerst würde der Eibisch Josephine zuflüstern, welche zarte Schönheit sie war, danach würde Christian mit Herrn Thielemann sprechen.

Tief in Gedanken versunken hob er eine Hand, um sich vom Posthalter zu verabschieden und mit seiner morgendlichen Runde zu beginnen, als der *Maître* rief: «Ah, *Monsieur* Schulte, *un moment*, *s'il vous plaît*, ich habe eine Frage!»

«Natürlich.» Christian drehte sich wieder zu ihm um.

«Haben Sie die Augen offen gehalten? Sie wissen schon...»

«Oh.» Christian spürte, dass er rot wurde. Er hatte gehofft, dass der Posthalter vergessen haben möge, worum er ihn gebeten hatte. Doch es führte wohl kein Weg daran vorbei. Christian sah auf seine Fußspitzen, während er sagte: «Nun ja ... Der Metzger aus der Lilienstraße wirkt auf mich nicht ganz ... vertrauenswürdig.

Als ich kam, war der Verkaufsraum voller Menschen, doch sobald sie mich sahen, wurde es mit einem Mal totenstill – möglicherweise war das ja eine verbotene Versammlung?»

«Interessant», sagte der Posthalter. «Und weiter?»

Christian schluckte. Doch er musste an das denken, was sein Vater ihm geraten hatte: «Wenn du etwas erreichen willst im Leben, dann musst du jede Chance ergreifen, die dir geboten wird, hörst du? Jede!»

Langsam fügte Christian also hinzu: «Gleich nebenan im Gasthaus habe ich jemanden gesehen, der einen schweren Sack die Treppe hinaufgeschleppt hat …»

Der Posthalter nickte. «*Très bien*. Vielen Dank. Halten Sie bitte weiter die Augen offen. Sie können gehen.»

Während Christian die erste Straße mit Post belieferte, versuchte er, jeden Gedanken an das Gespräch beiseitezuschieben. Viel lieber dachte er an Josephine und an die Eibischblüte in seiner Brieftasche. Still lächelte er in sich hinein.

*

Seit Stunden wirbelte Josephine allein und gedankenverloren durch die Backstube, schob Bleche in den Ofen, verrührte und formte Teig. Hinter ihr lag eine unruhige Nacht. Immer wieder war sie aufgewacht und hatte an die Bäckerei gedacht. Sie konnte Onkel Fritz ja verstehen. Jedes Mal, wenn er stundenlang in der Stadt unterwegs war, um an Zutaten zu kommen, ging er ein enormes Risiko ein. Würde er erwischt, könnte er ins Zuchthaus geworfen werden. Und das Zuchthaus war in diesen Zeiten ein noch weitaus düsterer Ort als früher schon. Man munkelte, es sei vollkommen überfüllt und von den schlimmsten Krankheiten heimgesucht. Ein ums andere Mal, wenn Onkel Fritz länger fort war, bekam sie vor Angst um ihn Bauchschmerzen.

Und doch … Sie wollte lieber all diese Widrigkeiten in Kauf nehmen, als dieses Haus zu verlassen. Sie gehörte hierher. An den Ort, an dem sie geboren und ihre Mutter gestorben war. Wo sie mit ihren Schwestern aufgewachsen war, von ihrem Onkel das Backen, Verkaufen und Buchhalten gelernt hatte. Wo sie vom kleinen Mädchen zur Frau geworden war. Seitdem ihr Cousin Hans verkündet hatte, in den Krieg zu ziehen, hatte sie sich ihre Zukunft in diesem Haus vorgestellt. Sie hatte davon geträumt, an der Seite des Mannes, den sie eines Tages heiraten würde, die Bäckerei zu übernehmen, in den kleinen Kammern im ersten Stock ihre Kinder großzuziehen, während der Geruch nach Geduldzetteln, Pfeffernüssen und Rhabarberkuchen in der Luft lag. Sie selbst würde Fritz' Tradition fortführen, sich um den Rosenstrauch im Hinterhof zu kümmern. Sie würde die Blütenblätter sammeln und Rosenwasser herstellen, und sobald sie wieder Geduldzettel backen könnte, die gut gelangen, würde Hamburg endlich aufatmen, würden die Franzosen endlich abziehen. Doch wenn Josephine und Fritz jetzt gingen, dann hatten die Franzosen gewonnen, dachte sie. Dann hatten sie ihnen alles genommen.

Den Nachtwächter hatte sie bereits am offenen Fenster erwartet. Dann war sie hinuntergeschlichen. Onkel Fritz ließ sie schlafen, schließlich hatte sie eine Idee.

«Warum hast du mich nicht geweckt?», krächzte er nun schlaftrunken in der offenen Tür.

Josephine antwortete nicht. Sie drehte sich zurück zum Ofen, zog ein Blech heraus und lächelte zufrieden. Stolz präsentierte sie ihm die frischen Geduldzettel. Sie waren rund, hell und perfekt.

«Heute wird ein guter Tag», entschied sie. «Und ich habe eine Entscheidung getroffen. Glaub mir, ich verstehe gut, dass du nach Altona gehen willst. Aber ich werde hierbleiben und die Bäckerei weiterführen.»

Onkel Fritz klappte der Mund auf. Josephine achtete nicht weiter darauf, sondern schob die Geduldzettel vorsichtig auf einen Rost, damit sie auskühlten.

«Du kannst doch nicht …», begann Onkel Fritz schließlich leise.

«Du hast mir alles beigebracht, was ich wissen muss. Guck dir diese Geduldzettel an. Das Brot und die Rundstücke! Ich weiß, wie man eine Bäckerei führt, ich habe es vom Besten gelernt.» Sie lächelte ihn an. «Möglicherweise hast du recht – *Thielemanns Backhus* kann keine zwei Menschen mehr ernähren. Zu zweit machen wir täglich neue Schulden. Aber für mich allein würde der Ertrag reichen. Du gehst nach Altona, und ich führe das *Backhus* weiter. Wenn die Franzosen endlich weg sind, kommst du zurück. Vielleicht gemeinsam mit Hans …»

Fritz verschränkte die Arme und schaute sie finster an. Wahrscheinlich hätte sie ihren Cousin nicht erwähnen sollen. «So ein Unsinn. Ich kann doch nicht mein Mündel allein in dieser Stadt lassen! Es ist viel zu gefährlich hier. Du bist nicht verheiratet, Herrgott! Wie sollst du denn als Frau allein eine Bäckerei führen?!»

«Du weißt, dass ich das kann. Du hast selbst zu mir gesagt, dass ich mehr Talent habe als jeder Mann, den du kennst!»

Fritz schnaubte. «Um eine Bäckerei zu führen, reicht es nicht, backen zu können!»

«Denkst du, ich weiß das nicht? Ich arbeite schon seit zehn Jahren mit dir zusammen! Und wenn du krank warst oder ein paar Tage zu Henriette gefahren bist, habe ich alles allein gemacht. Hinterher hast du mich jedes Mal in den höchsten Tönen gelobt!»

«Trotzdem habe ich einen Blick auf alles gehabt, Josephine. Du bist ein junges, unverheiratetes Mädchen! Und eine Bäckerei braucht nun einmal männliche Führung! Was denkst du dir nur?»

Josephine hätte am liebsten mit dem Fuß aufgestampft. Doch sie riss sich zusammen und schaute auf die tadellos gelungenen Geduldzettel. *Geduld*, sagte sie sich. Der Tag hatte noch gar nicht richtig angefangen, er würde schon noch ein guter werden. Tief atmete sie durch.

«Denk bitte darüber nach», bat sie leise. Und ohne ein weiteres Wort machte sie sich wieder an die Arbeit.

Anfangs redeten Fritz und Josephine kaum miteinander. Nur mit den Kunden sprachen sie gewohnt freundlich. Sie verkauften das Brot, die Rundstücke und Geduldzettel und schauten in so viele freudige Gesichter, dass es Josephine bald leichter ums Herz wurde.

«Heute haben wir frische Geduldzettel», rief sie Fiete, Jette, der Witwe Franz und sogar Gaspard entgegen. Die Blicke der Leute hellten sich schlagartig auf. «Heute wird ein wunderbarer Tag», setzte Josephine hinzu, wenn die Kunden ihren Ohren kaum trauen wollten.

«O, gepriesen sei Gott», heulte Jette mit bebendem Kinn und nassen Wangen.

«Das *gibt's* ja nicht!», schrie Fiete, breitete fröhlich die Arme aus und schlug dabei aus Versehen Gaspard seinen Soldatenhelm vom Kopf. Scheppernd fiel er zu Boden, doch Gaspard warf ihm nur einen versteinerten Blick zu, als Fiete sich erschrocken bückte und so laut um Verzeihung bat, dass sich Pépin und Marlo, die wie üblich auf dem Fensterbrett hockten, ein Grinsen nicht verkneifen konnten.

«Diese Geduldzettel können unmöglich so gut sein wie unsere Cantuccini», stellte Marlo fest.

«Cantu- wie?», fragte Josephine im höflichsten Ton, den sie zustande brachte, und nahm sich fest vor, ihre gute Laune nicht an diese vermaledeiten Soldaten zu verlieren.

«Ein traditionelles Mandelgebäck aus Italien», erklärte Marlo, sah schwärmerisch gen Himmel und küsste seine Fingerspitzen. «*Molto bene* – das beste der Welt!»

«Unmöglich», sagte Pépin. «Das beste Gebäck der Welt gibt es immer noch in Frankreich bei meinem *grand-père*. Ihr könnt euch gar nicht vorstellen, wie es in seiner Bäckerei duftet und wie seine Köstlichkeiten auf der Zunge zergehen. Er backt Madeleines, Baba Rums, Macarons und die besten Croissants! In Hamburg habe ich noch nichts gegessen, das auch nur im Ansatz so gut schmeckt.»

Josephine schnürte es die Brust zusammen. In *Thielemanns Backhus* hatte es ebenso wunderbare Köstlichkeiten gegeben – bis die Franzosen gekommen waren. Allein Pépin und seine Soldatenfreunde waren schuld daran, dass sie heute nur noch mittelmäßiges Brot verkaufen konnten. Mehr noch: Einzig ihretwegen wollte Onkel Fritz die Bäckerei aufgeben, stand Josephine kurz davor, ihr Zuhause zu verlieren. Und jetzt saß er da, ließ die

Stiefel baumeln, prahlte mit seinem Großvater und grinste aufreizend! Oh, wie gern würde sie Pépin an den Kopf werfen, dass er in Zukunft von ihr gar nichts mehr bekommen würde und sich gefälligst zum Teufel scheren sollte. Aber natürlich wäre das viel zu riskant. Mit aller Macht biss sie die Zähne zusammen und blickte ihn nur böse an.

«Wenn Blicke töten könnten …», murmelte Pépin und verzog in gespielter Sorge den Mund.

«Josephine», zischte Fritz. Und an Pépin gewandt fügte er hinzu: «Möchtet ihr vielleicht einen unserer Geduldzettel probieren? Meine Nichte hat sie heute Morgen gebacken.»

Josephines Hände ballten sich zu Fäusten, als Onkel Fritz ihm ein Plätzchen entgegenstreckte. Der Soldat zuckte mit den Schultern und nahm es an. Widerwillig beobachtete Josephine, wie er herzhaft hineinbiss, als wäre es ein Stück Brot. Doch mitten im Kauen hielt er inne. Überrascht sah er auf, schaute dann auf die zweite Hälfte des Geduldzettels in seinen Händen, roch kurz daran und schloss die Augen, während er sich langsam den Rest in den Mund schob. Josephine hatte noch nie jemanden gesehen, der mit so viel Genuss aß. Während er kaute, schien er gar nicht richtig da zu sein. Die Beine baumelten nicht mehr, die Augen hielt er fest geschlossen, und eine Hand lag auf seinen Lippen. Nachdem er geschluckt hatte, öffnete er langsam die Augen und schaute Josephine direkt und eindringlich an. Für einen Moment wurde ihr schwindelig. Es war doch ungerecht, dass dieser Mann, der sie rasend vor Wut machte, gleichzeitig so verboten gut aussah. Er hatte diese blitzenden Augen, die tiefen Lachfalten um die geschwungenen Lippen, und der Schalk schien ihm stets im Nacken zu sitzen.

«Köstlich», raunte er nun in ungewöhnlich ernstem Tonfall. «*Mademoiselle* Thielemann, ich habe Ihnen wahrscheinlich unrecht getan. *Pardon.* Diese … Zettel … sind wunderbar.»

Josephine wusste nicht, was sie sagen sollte. Ihre Wut war noch nicht abgeflaut, doch Pépins Anblick hatte sie verwirrt. Er kramte nach ein paar Münzen. «Ich hätte gern noch zwei Stück. Eins für Marlo und eins für mich.» Er sprang auf, trat leichtfüßig vor und reichte Fritz das Geld.

«Sehr gern. Wir freuen uns immer, wenn es unseren Kunden schmeckt!» Fritz gab ihm die gewünschten Plätzchen.

«Sie haben wirklich Talent», sagte Pépin an Josephine gewandt. Doch sobald sich Fritz dem nächsten Kunden zuwandte, mischte sich wieder ein wenig Übermut in seinen Blick. «Nicht auszudenken, wenn Sie jetzt auch noch französische Rezepte backen würden!», flüsterte er ihr zu. «Dann könnten Sie meinem *grand-père* vielleicht doch noch das Wasser reichen!»

Er grinste, und Josephine hatte Lust, ihm den prahlerischen Zweispitz vom Kopf zu schlagen. Nicht auszudenken, wenn du diese Bäckerei verlassen würdest, dachte sie, dann könnte mein Tag vielleicht doch noch schön werden.

Fröhlich lachte Pépin, als könnte er ihre Antwort an ihren bösen Blicken ablesen, und seine Augen wurden dabei zu Halbmonden. Dann beugte er sich so weit zu ihr vor, dass sie seine Locken an ihrer Wange spüren konnte, und flüsterte in ihr Ohr: «Ich freu mich schon auf den Tag, an dem Sie sich einmal nicht zügeln können.»

Überrascht wich sie einen Schritt zurück, doch er zwinkerte ihr nur kaum merklich zu, klopfte zum Abschied zweimal auf den Tresen und sprang, gefolgt von Marlo, durch eins der geöffneten

Fenster nach draußen. Er hinterließ nichts als ein paar Krümel auf der Fensterbank und ein merkwürdiges Prickeln in Josephines Nacken.

Die Blüte fand sie erst am Vormittag. Sie sortierte die Post und bemerkte die filigrane, getrocknete Blume zu spät. Schon zerbröselte sie zwischen ihren Fingern. Erschrocken betrachtete sie die rostroten Krümel, die einmal geduftet haben mussten. Wann hatte Christian die Post gebracht? War sie zu diesem Zeitpunkt vielleicht in der Backstube gewesen? Hatte er ihr daher die Blume zwischen die Umschläge geschoben? Vorsichtig sammelte sie die zerbrochenen Blüten auf und versuchte, sie wieder zu einer Blume zusammenzusetzen, als könne sie ihre Botschaft dann entschlüsseln, wie Buchstaben, die in der richtigen Reihenfolge ein Wort ergaben. Dabei hatte Josephine nicht die geringste Ahnung, welches es sein könnte.

«Was hast du da?», fragte Fritz und trat neben sie.

Sofort schoss Josephine das Blut in die Wangen.

«Oh, das ist … nichts … gar nichts …»

«Schenkt dir etwa jemand Blumen?» Fritz' Augen wurden größer. «Ja, tatsächlich, das ist getrockneter Eibisch. Weißt du, was das bedeutet?»

«Eibisch? Ich … nein, da muss nur irgendein altes Blatt …», stammelte sie, «zufällig zwischen die Briefe gefallen sein …» Peinlich berührt wich sie seinem Blick aus.

«Oh, das glaube ich nicht, junge Dame. Eibisch sagt einer Frau, sie sei eine wahre Schönheit. Hat dir das etwa niemand beigebracht?»

«Unsinn», sagte Josephine. «Das denkst du dir aus!» Das war

wirklich kein Gespräch, das sie mit ihrem alten Onkel führen sollte.

«Von wem ist die Blüte?»

«Ich sag dir doch, von niemandem. Sie lag zwischen den Briefumschlägen, sicher nur ein Zufall oder ein Versehen …»

«Zwischen den Umschlägen. So, so.» Fritz sah sie nachdenklich an. «Der Postbote ist unverheiratet, oder?»

«Christian Schulte?» Josephine lachte etwas zu schrill. «Das weiß ich doch nicht, Onkel Fritz.»

«Oh, ich denke, du weißt es genau.»

Josephine wich seinem Blick aus und beeilte sich, die Briefumschläge zu öffnen.

✻

Ob Josephine seine Blüte wohl gestern noch gefunden hatte? Ob sie ihre Botschaft verstanden hatte? Christian lief mit immer schneller klopfendem Herzen die Rosenstraße hinunter, in Richtung *Thielemanns Backhus*. Heute hatte er eine Schwertlilie in der Tasche. Sie stand für ewige Treue und sollte ihr zeigen, dass er für immer der ihre wäre, wenn sie ihn nur ließe. Und ließe sie ihn, dann würde er ihr sagen, dass er alles für sie tun würde. Wirklich *alles*. Während er dieses Wort in seinem Kopf wiederholte, wünschte er, er könne es beweisen, hier und heute. Er straffte die Schultern, und mit der Schwertlilie in der Tasche und Entschlossenheit in der Brust hob er die Hand, um die Tür der Bäckerei zu öffnen – da flog sie schon vor ihm auf. Erschrocken trat er einen Schritt zurück.

«Christian, auf ein Wort», rief Bäcker Thielemann und führte ihn mit wehenden, weißen Haaren ein paar Schritte die Straße hinunter. An der Ecke zur dunklen Wasser-Twiete blieb er stehen und beugte sich zu ihm vor. «Du schenkst meiner Nichte Blumen?», fragte er ohne Umschweife.

Christian verschlug es einen Moment den Atem. Daran, dass Herr Thielemann von seinen Blumen wissen könnte, hatte er nicht gedacht.

«Ich … ich wollte nicht … ich habe sehr viel Respekt und Ehrerbietung vor …»

«Ja, ja.» Fritz winkte ab. «Alles, was ich wissen muss, ist: Liebst du meine Josephine?»

«Ob ich …?»

«Sag schon, ich muss doch gleich wieder zurück, die Rundstücke brennen sonst an. Also. Liebst du sie?»

Christians Herz hämmerte heftig. Jetzt galt es, dachte er. Jetzt war der Moment gekommen. Viel früher und plötzlicher, als er es sich erhofft hatte. Wenn er jetzt nicht bewies, dass er ein Mann war, dann würde er es ewig bereuen.

«Ja», sagte er mit zitternder Stimme. «Ich liebe sie schon lange. Und ich wollte ohnehin mit Ihnen sprechen, Herr Thielemann. Ich …»

«Gut», unterbrach ihn der Bäcker. Und mit einem Mal lag ein breites Lächeln auf dem Gesicht des alten Mannes.

«Ja?», fragte Christian hoffnungsvoll.

«Ich werde mit meiner Nichte sprechen.»

Dann klopfte er ihm so väterlich auf die Schulter, dass Christian ganz warm ums Herz wurde.

«Oh, ich kann Ihnen gar nicht sagen, wie …», setzte Christian an, doch Herr Thielemann schnitt ihm das Wort ab.

«Ich muss wieder zurück.»

Er wandte sich schon ab, da fiel Christian noch etwas ein.

«Herr Thielemann, bitte, könnten Sie ihr die hier geben?»

Er holte vorsichtig den Umschlag mit der violetten, filigranen Schwertlilie hervor und überreichte sie dem Bäcker.

Der schmunzelte. «Gern», sagte er, bevor er mit dem Umschlag davoneilte.

# 7. Kapitel

Louise hockte auf einem kleinen Schemel und molk Philibert. Im Schweinestall hätte sie selbst keinen Platz neben der Kuh gehabt, außerdem brauchte das arme Tier auch mal ein wenig frische Luft, fand Louise, daher hatte sie es in den Hinterhof geführt. Hoffentlich redeten die Nachbarn nicht, dachte sie. Aber zur Not könnte sie sie ja mit einem Glas Milch bestechen. Der Besitz einer Kuh war schließlich sicherlich nicht verboten. Gut, Karl hätte natürlich keine von den Franzosen requirierte Kuh stehlen dürfen. Doch wer könnte Louise jetzt noch nachweisen, dass es ausgerechnet dieses Tier war? Sie würde einfach behaupten, sie habe es schon vor Monaten auf einem Viehmarkt erstanden, als es so etwas in der Stadt noch gegeben hatte.

Mit beiden Händen strich sie abwechselnd an zwei Zitzen des Euters entlang und hörte, wie Milch in die Metallkanne spritzte. Zum Glück gab die Kuh noch Milch. Louise hatte gleich nach Philiberts Ankunft eine Verabredung mit einem Bauern getroffen. Er verkaufte ihr täglich einen Ballen Stroh. Etwas günstiger wurde es für sie, wenn sie Philiberts Kuhfladen einsammelte und als Dünger für seine Felder bei ihm abgab. Doch was würde passieren, wenn Louise sich Philiberts Futter nicht mehr leisten konnte?

Nachdenklich ließ sie den Blick über das Fell der Kuh schweifen. Ihre braunen Flecke erinnerten Louise an eine Stadtkarte von Hamburg, die sie einmal gesehen hatte. Sie runzelte die Stirn und sah genauer hin. Ja, wenn sie wollte, konnte sie die Fleete erkennen, die sich zwischen Villen, Fachwerkhäusern und Bretterbuden hindurchschlängelten. Manche Flecken sahen aus wie Kirchplätze, und an einer Stelle glaubte sie sogar, die Stadtmauer mit ihren großen, festen Toren erkennen zu können. Außerhalb von Hamburg gab es nichts, jedenfalls nicht auf Philiberts Fell. Ihre Beine waren weiß wie das Ende der Welt. Wie die Elbe, die Alster, das Meer oder Dänemark.

Louise seufzte leise und stellte sich vor, dass sie mit Philibert auch Hamburg vor den Franzosen versteckte. Solange die Kuh atmete, lebte die Stadt. Hamburg war schließlich genauso träge, starrköpfig und zäh wie Philibert. Es mochte ein alberner Gedanke sein, doch er gab Louise Kraft. Ja, solange dieses Tier durchhielt, war die Stadt noch nicht verhungert, hatte sie noch nicht aufgegeben. Grimmig lächelte Louise, während sie die Zitzen wechselte.

Ferne Rufe rissen sie aus ihrem Gedanken. Sie wischte sich die Hände an der Schürze ab und stand auf.

«Warte kurz auf mich, ja?», bat sie Philibert. Die Kuh blinzelte, und Louise lief ins Haus. Einen Moment stand sie im Flur und lauschte. War es Madame Laurent gewesen, die nach ihr gerufen hatte? Sosehr Louise sich das auch wünschte, so sehr zweifelte sie doch daran. Viel zu schwer lastete das alte Schweigen auf den Dielen dieses Hauses.

«Louise! Bist du da?»

Jetzt erkannte sie Karls Stimme. Sie lief zur Haustür und öffnete. Zwar hatte er wie immer die Hände in den Hosentaschen, und die Kappe saß verwegen auf seinem Kopf, doch in seinem Gesicht sah sie, dass er nicht so ruhig war wie sonst. Seine Lippen waren ganz rot, als hätte er gerade noch darauf herumgekaut, und seine Augen huschten hin und her.

«*Bonjour* Karl! Ich habe heute Morgen drei Stück Butter fertig gemacht. Soll ich sie schnell holen? Wie viel braucht ihr?»

«Später», brummte er. «Ich brauche deine Hilfe.»

Louise nickte. «Zuerst muss ich die Milch reinholen, aber dann stehe ich zur Verfügung. Soll ich meinen Hut holen?»

Sie hatte gemeinsam mit Karl schon häufig Dinge aus der Stadt hinaus- oder nach Hamburg hineingeschmuggelt. Dafür flocht sie sie in den reichen Schmuck ihrer Hüte ein oder versteckte sie unter dem Filz. Sie hatte sogar schon ein ganzes Pfund Kaffee auf ihren Kopf gelegt, einen Hut darübergestülpt, Lippenstift aufgetragen und war freudestrahlend an den Douaniers vorbeigelaufen. Vor allem wenn sie Hamos Tor passierten, konnte sich Louise einiges erlauben. Der kleine Franzose mit dem zu langen blonden Haar war stets derart geblendet von ihr, dass er sie selten durchsuchte. Und wenn er es doch tat, befühlte er kaum die Stellen ihres Kleides, in denen sie tatsächlich etwas verbergen könnte, sondern vielmehr jene, an denen der Stoff eng an ihrem Körper anlag.

«Nein, das ist es nicht. Habt ihr noch die Räder eurer alten Kutsche?»

Louise nickte langsam. Die Achse war schon vor vielen Jahren gebrochen. Und da Madame Laurent das Haus nicht mehr verließ und die Kutsche somit nicht länger gebraucht wurde, hatte Louise sie zu Brennholz verarbeitet, im letzten Winter waren ihre Reste in Flammen aufgegangen. Nur zwei kleine und zwei große

Räder, ein paar Schrauben und Metallteile standen noch auf dem Dachboden.

«Was hast du damit vor?», fragte sie.

Karl legte den Kopf schief. «Ich muss einen Wagen bauen.»

Es war mühsam, die Überreste der Kutsche vom Dachboden hinunterzuschaffen. Außerdem hatte Louise eine Holzsäge entdeckt, die Karl gut gebrauchen konnte. Noch schwieriger war es allerdings, die störrische Philibert in den Stall zurückzuschieben. Als Louise auf den Hinterhof hinaustrat, konnte sie die Kuh gerade noch davon abhalten, herzhaft in Thielemanns Rosenbusch zu beißen. Mit vereinten Kräften schafften Karl und Louise sie zurück in den Holzverschlag, dann rollten sie die zwei kleineren Kutschenräder auf die Straße hinaus. Schnaufend und ächzend ließen sie den Pferdemarkt links liegen, liefen am Zuchthaus vorbei und steuerten auf das Johanniskloster zu.

An diesem Vormittag herrschte bereits ein reges Treiben in der Stadt. Kinder liefen über den Weg, arbeitslose Tagelöhner saßen träge am Straßenrand und beäugten sie misstrauisch, Ladenbesitzer vertrösteten ihre Kunden, da sie kaum Waren in ihren Regalen hatten. Wo Louise auch hinblickte, glaubte sie, Hunger und Angst in den Gesichtern zu sehen. Sie alle waren auf der Suche, sie alle hofften, dass sich bald endlich etwas ändern würde. Hier und da beobachtete sie, wie sich junge Männer in kleinen Gruppen versammelten und mit gepressten Stimmen aufeinander einredeten. Manchmal wurde heftig genickt, manchmal eine Faust geballt.

«Hee, Sie da!», rief ein Deutscher in französischer Uniform und eilte in großen Schritten auf sie zu. Louise hielt erschrocken inne und sah dem Mann entgegen.

«Komm weiter», brummte Karl, rückte den Beutel mit dem Werkzeug auf seinem Rücken zurecht und schob sein Rad ungerührt die Straße hinunter. Schnell folgte sie ihm, und der Soldat musste neben ihnen herlaufen, um mit ihnen sprechen zu können.

«Woher haben Sie die Räder?», fragte er.

«Es sind meine», sagte Louise. «Die Kutsche mussten wir im Winter verbrennen, nun sind noch die Räder übrig.»

«Und was haben Sie damit vor?», forschte er weiter.

«Das geht Sie einen feuchten Kehricht an», knurrte Karl, ohne ihn anzusehen.

Louise erschrak, und der Soldat trat ihnen entschieden in den Weg, sodass sie stehen bleiben mussten.

«Passen Sie lieber auf. Ich könnte diese Räder jederzeit requirieren», drohte er.

«*Pardon Monsieur.* Er … hat es nicht so gemeint», rief Louise schnell und lächelte den Soldaten gewinnend an. Tatsächlich blieb sein Blick kurz an ihren Lippen hängen, da knurrte Karl: «Natürlich habe ich es so gemeint.»

Langsam richtete er sich zu seiner vollen Größe auf. «Wir werden Ihnen nicht sagen, was wir damit vorhaben. Und Sie erzählen niemandem davon, was Sie gesehen haben.» Dann griff er in seine Hosentasche, zog einen Stoffbeutel hervor und streckte ihn dem Soldaten entgegen. Der Mann riss die Augen auf und sah sich erschrocken um.

«Doch nicht in aller Öffentlichkeit», zischte er, schnappte sich den Beutel und steckte ihn schnell weg.

«Dachte ich mir», brummte Karl und rollte sein Rad an dem Soldaten vorbei. Verwirrt folgte Louise ihm.

Sobald sie außer Hörweite waren, flüsterte sie: «Was hast du ihm gegeben? Kanntest du ihn etwa?»

Karl seufzte. «Kaffee. Er ist einer von den Sachsen. Ich kenne ihn nicht persönlich, aber seine Truppe mit den roten Jacken ist dafür bekannt, sich gern bestechen zu lassen. Die geben nicht einen Pfifferling auf Napoleon und seine Kriege. Wahrscheinlich hassen sie ihn dafür, hier als Soldaten schuften zu müssen. Für arme Kerle wie den hab ich immer etwas Kaffee in der Tasche.»

Er zog einen Mundwinkel hoch und zwinkerte Louise kurz zu. Tief atmete sie durch, um sich von dem Schrecken zu erholen. Dann liefen sie schweigend weiter in Richtung des Klosters. Von hier aus wirkte das mittelalterliche Gebäude, als stünde es auf einer Insel zwischen der kleinen Alster und dem Klosterfleet. Gottesdienste fanden dort nicht mehr statt. Stattdessen drang das Schnauben von Pferden durch die glaslosen Fenster, über das schmutzige Wasser bis an ihr Ohr. Die Franzosen hatten einige Kirchen der Stadt zu Ställen umfunktioniert.

«Was tun wir hier?», fragte Louise.

Karl deutete nur mit dem Kopf den Weg hinunter. Sie gingen noch ein paar Schritte bis zu einem großen Gebüsch. Dort legte Karl das Werkzeug und die Räder ab.

«Warte hier auf mich», sagte er. «Und falls jemand kommt …» Er drückte ihr ein kleines Säckchen in die Hand. Dann verschwand er in Richtung Breitengiebel.

Vorsichtig öffnete sie es und hielt die Nase hinein. Der Geruch der gerösteten Kaffeebohnen war so intensiv, schwer und belebend, dass sie vor Freude leise auflachte. Wie lange hatte sie keinen Kaffee mehr gerochen! In diesen Zeiten war es schon schwer, an Gemüse, Brot und, zumindest hin und wieder, ein Stück Fleisch zu kommen. An Kaffee war nicht im Entferntesten zu denken. Doch Karl lief mit einer Tüte Bohnen durch die Stadt! Würde sie sie verkaufen, könnte sie von dem Gegenwert sicherlich einen Tag lang satt werden. Genießerisch atmete sie erneut tief ein. Es roch nach einer vergangenen Zeit, einem warmen, vollen Haus, nach fröhlichem Gelächter und unbeschwertem Geplauder.

Sie sah auf und schaute das Klosterfleet hinunter. Dunkles Wasser schwappte gegen die schroff aufsteigenden Mauern des Klosters, floss daran vorbei und mündete rechts von Louise in die Binnenalster. Früher waren hier so viele Schuten unterwegs gewesen. Ewerführer hatten ihre Boote mit langen Rudern durch die engen Wasserstraßen der Stadt gesteuert, um ihre Waren durch Hamburg zu transportieren, sie hatten sich Scherze zugerufen und gelacht. Heute schwamm nur noch Dreck auf den Wellen, es stank erbärmlich, und wenn noch jemand in die Fleete stieg, dann war es ein Bewohner der Gängeviertel, der noch schlimmer stank als das Wasser selbst.

Louise seufzte. Sie wollte ihre Nase schon zum dritten Mal in der Kaffeetüte versenken, um den Gestank nicht weiter einatmen zu müssen, da schob sich mit einem Mal eine Schute in ihr Blickfeld. Sie runzelte die Stirn. Sah sie richtig? Tatsächlich. Wie in alten Zeiten schwankte auf den leichten Wellen ein schmales, langes Boot. Es hatte einen rosaroten Aufbau mit verschmutzten, aber noch immer fröhlich schaukelnden Kordeln. Am langen Ruder stand Karl, und im Mundwinkel hing seine Pfeife. Sie brauchte einen Moment, bis sie sah, dass der Tabak nicht brannte.

«Hee, Louise», rief er. «Hast du Feuer?»

Louise konnte kaum glauben, dass sie das wirklich taten. Mit ihrem kostbaren Gut fuhren sie am helllichten Tage auf Karls alter Schute die Fleete hinunter. Wenn sie jemand anrief, was sie da täten und wo sie hinführen, antwortete Karl, sie wollten die Schute als Brennholz für den Winter verwenden. Einem Soldaten warf Karl Kaffee zu, damit er nicht weiter nachfragte, und bekam im Gegenzug sogar Feuer für seine Pfeife. Ansonsten wurden sie nicht behelligt. Sie fuhren am Alten Damm entlang, von dort aus zum Rathaus und an der großen und kleinen Reichenstraße vorbei. Louise sah staunend an den Häusern hinauf. Vom Wasser aus gesehen war diese Stadt eine andere. Sie war ruhiger, der Tag floss in gemächlicher Strömung dahin. Manchmal sah sie ausgemergelte Frauen am Ufer sitzen, die ihre Kleider durch die Fleete zogen und auf alten Waschbrettern rieben. Sie mussten bei der Kälte fürchterlich frieren. Ein Kind schlug mit der Hand ins Wasser und spritzte dabei ein anderes nass, sie quietschten fröhlich. Louise selbst hätte nicht einmal einen Finger ins Wasser gehalten. Immer wieder sah sie Unrat auf den Wellen schaukeln – und doch genoss sie diese Art, sich durch die Stadt zu bewegen. Beinahe vergaß sie das Schweigen der Madame Laurent, die Sorgen um die leere Speisekammer und die Angst, Philibert könne entdeckt werden. Solange die Fleete wie seit Jahrhunderten durch Hamburg flossen, war da Leben. Diese Stadt würde sich nicht unterkriegen lassen. Voller Zuversicht beobachtete sie die Wellen und ließ sich treiben. Am Hopfensack lenkte Karl die Schute zu der schmalen, hohen Treppe, die aus der Fleete hinausführte.

«Und jetzt?», fragte Louise.

«Wir bringen die Schute da hoch», sagte Karl und zeigte auf die steilen Stufen.

«Wie bitte?» Louise klappte der Mund auf. «Wie sollen wir das denn machen?»

Karl paffte, stieß eine dichte Rauchwolke aus und grinste schief. «Keine Angst, wir haben kräftige Unterstützung.» Er nahm die Pfeife aus dem Mund und pfiff durch die Zähne. Sofort tauchten am Ende der Treppe eine runzlige Frau und ein junges Mädchen auf.

Louise seufzte. «Anna und Rosine? Ist das dein Ernst? Kennst du nicht ein paar starke Männer?»

Karl runzelte die Stirn. «Wofür? Rosine und Anna sind stärker als jeder Hänfling, den ich in den Gängen hätte auftreiben können! Und dann hab ich ja auch noch dich!»

«Hör nicht auf ihn», rief Anna zu ihnen hinunter. «Er hat natürlich zuerst alle Männer gefragt, aber denen war das zu riskant.»

Louise runzelte die Stirn. Hatte Anna da etwa einen kleinen Hund auf dem Arm?

«Wer ist das denn?», rief sie ihr zu.

«Carla. Ich hab sie gefunden. Und ich werde sie abrichten, um …»

«Wirst du wohl still sein?!», unterbrach Rosine sie zischend.

«So», sagte Karl und sprang auf die Treppe. «Dann fangen wir mal an.»

Mit vereinten Kräften zogen die Frauen die Schute nach oben, während Karl sie von hinten anschob. Bei jeder Stufe knirschte das alte Holz gefährlich. Carla saß wie eine kleine Königin auf dem Bug und beäugte neugierig, wie sich die Menschen um sie herum abmühten.

«Vorsicht!», rief Anna, als ihr das Tau durch die Hände glitt.

Karl ging ein wenig in die Knie und presste die Unterarme gegen das Häuschen, um sie vorm Hinabrutschen zu bewahren. Louise griff nach der Holzwand der Schute und hielt sie mit aller Kraft fest. Sie spürte, wie ihr der Schweiß ausbrach, doch sie kämpfte sich weiter Stufe für Stufe hoch.

Endlich kippte die Spitze der Schute oben angekommen auf die Straße. Es schepperte. «Ist sie gebrochen?», rief Rosine.

«Ja», antwortete Karl. «Aber das macht nichts.»

Sie zogen sie noch ein Stück in die dunkle Gasse, die Richtung Niedernstraße abging, dann stützten sie sich auf die Knie und schnauften durch.

Als Louise endlich wieder zu Atem kam, fragte sie: «*Alors, mes amis* – könntet ihr mir jetzt bitte erklären, was ihr vorhabt?»

Karl wischte sich den Schweiß von der Stirn und setzte sich dann die Kappe wieder auf. «Wir bauen einen Wagen. Das Gute an der Schute ist nämlich: Sie ist so schmal, dass wir sie in den Gängen verstecken können. Aber um sie dorthin zu bekommen, braucht sie erst einmal Räder. Wir werden sie kürzen und dann damit Zucker und Zimt in die Stadt bringen.»

«Frag ihn, wie viel», knurrte Rosine und verschränkte die Arme. «Los, frag ihn.»

Louise sah Karl an. «Wie viel, Karl?»

Karl schmunzelte. «Wir müssen die Schute etwa sechsmal voll machen.»

«Wie bitte?» Louise riss die Augen auf.

«Wenn wir das schaffen, sind wir im nächsten Jahr versorgt, Louise. Wir vier. Machst du mit?»

Louise sah zwischen Anna, Rosine und Karl hin und her. «Warum braucht ihr mich dafür?»

Karl grinste. «Du weißt, warum.»

Sie schluckte, doch sie antwortete nicht.

«Komm schon, Louise, wenn das funktioniert, brauchst du monatelang nichts in deinen Hüten zu verstecken. Du wirst satt sein! Und deine *Madame* auch! Überleg es dir.»

Sie biss sich auf die Unterlippe. Und dann, langsam, nickte sie.

# 8. Kapitel

Was sagst du?», wiederholte Fritz seine Frage und sah ihr forschend ins Gesicht.

Josephine betrachtete die Schwertlilie. Sie dachte an ihre Mutter und fragte sich, was sie wohl von Christian gehalten hätte. Er war ausgesucht höflich, legte Wert auf Manieren und Etikette. Manchmal benahm er sich sogar, als sei er kein einfacher Postbote, sondern ein vornehmer Mann der Oberschicht. Onkel Fritz hatte ihr erzählt, dass seine Familie tatsächlich einmal sehr wohlhabend gewesen war, aufgrund falscher Spekulationen aber alles verloren hatte. Sie dachte an die Blumen, die Christian ihr schenkte, die Blicke, die er ihr zuwarf … Ein wenig zurückhaltend, aber es lag eine Zuversicht darin, die ihr guttat. Er gefiel ihr. Und viel wichtiger noch: Die Heirat wäre vorteilhaft, sie könnte die Bäckerei und Josephines Zukunft absichern. Dennoch konnte sie ihrem Onkel nicht sofort antworten. Die Frage genügte ihr fürs Erste. Sie war Aufregung genug für einen Nachmittag.

«Kann ich … noch ein wenig darüber nachdenken?»

Onkel Fritz verschränkte die Arme. «Ich fange bereits nach den Weihnachtsfeiertagen in Altona an, Josephine. Wenn du *Thielemanns Backhus* wirklich übernehmen möchtest, dann musst du dich bald entscheiden.»

«Wie wäre es, wenn ich Christian erst besser kennenlerne, während ich die Bäckerei weiterführe und mich dann entscheide? Er kann mir doch sowieso nicht helfen, er ist Postbote!»

«Nein, Josephine. Das ist meine Bedingung. Du kannst in Hamburg bleiben und das *Backhus* für mich in meiner Abwesenheit weiterführen – wenn du dich verlobst. Noch bis Weihnachten. Ich lasse dich nicht völlig ungebunden und auf dich gestellt in Hamburg zurück. Das könnte ich niemals mit meinem Gewissen vereinbaren. Eine junge, unverheiratete Frau, allein in diesem Haus! Stell dir nur vor, wenn dir etwas passieren würde!»

«Ich bin doch nicht allein. Ida kommt mich regelmäßig besuchen, und ihr Mann würde mich auch finanziell unterstützen, wenn es hart auf hart käme. Nebenan wohnt außerdem Louise, sie wird sicherlich auf mich …»

«Der Gedanke daran, dass die verrückte Putzerin gleich nebenan wohnt, ist nicht die geringste Beruhigung für mich. Das weißt du genau.»

«Du könntest auch den lauten Fiete bitten, hin und wieder ein Auge auf mich zu haben. Ich kenne ihn schon mein ganzes Leben lang und …»

«Keine Diskussion, Josephine! Entweder du verlobst dich jetzt mit Christian, oder wir machen das *Backhus* zu, und du kommst mit mir nach Altona. Das ist mein letztes Wort.»

Josephine schnaufte. Was hätte ihre Mutter zu Fritz' Entscheidung gesagt? Was würde ihr Vater wohl darüber denken? Sowieso wusste Josephine nur wenig über ihn. Caroline hatte kaum von ihm gesprochen, und auch Onkel Fritz mied dieses Thema. Sie wusste lediglich, dass er Schuhmacher gewesen war und seinen Laden nebenan gehabt hatte, in dem Haus, in dem heute Louise mit Madame Laurent wohnte. Josephine erinnerte sich an ihn nur noch als an einen Schatten. Krank hatte er damals in einer dunklen Kammer gelegen, geschlafen und hin und wieder gestöhnt. Schon kurz nach seinem Tod musste Caroline das Haus an Madame Laurent verkaufen und mit ihren Kindern zu ihrem Schwager ziehen, da sie kein Geld mehr hatte, aber auch keine Ahnung vom Schuhhandwerk. In der Bäckerei hingegen machte sie sich schnell nützlich. Gemeinsam mit Fritz vergrößerte sie Auswahl und Menge der Backwaren, sodass sie gut verdienten. Zusammen mit dem Ertrag des Hausverkaufs hatten sie eine Zeit lang ihr Auskommen. Nur der Wohnraum war knapp gewesen. Fritz übernachtete in dieser Zeit in der Backstube. Zwischen Steinofen und Arbeitsplatte schichtete er abends etwas Stroh auf, das ihm als Matratze diente. Caroline und ihre drei Mädchen bewohnten den ersten Stock: Ida und Henriette schliefen in der Kammer, die heute Fritz bewohnte, Caroline und Josephine in der anderen. Es war die glücklichste Zeit in Josephines Leben gewesen. Sie hatte es geliebt, mitten in der Nacht mit Caroline aufzustehen. Gemeinsam hatten sie mit dem Nachtwächter gescherzt, sich angekleidet, und Nacht und Müdigkeit hatten sie eingehüllt wie eine warme Decke. Ja, sie hatten unter einer Decke gesteckt, leise gekichert und miteinander geflüstert, um Ida und Henriette nicht zu wecken. Ihre Schwestern waren zwar viel älter als Josephine, allerdings hatten sie beide in der Backstube insgesamt vier linke Hände, sodass sie besser ausschliefen und erst später beim Verkauf einsprangen, damit Caroline, Josephine und Fritz einen Mittagsschlaf machen konnten.

Josephine lächelte verstohlen, als sie daran dachte, wie sie mit ihrer Mutter die schmale Holzstiege zu Fritz hinabgelaufen war und wie sie den Onkel jeden Morgen mit einer neuen Neckerei geweckt hatten. Einmal hatte Caroline ihm zwei große getrocknete Nelken in seine Nasenlöcher gesteckt. Prustend und schimpfend war er hochgefahren, und Caroline und Josephine hatten noch stundenlang über diesen Anblick gelacht.

Die Erinnerung war wohlig warm, und gleichzeitig zog sich ihr Magen schmerzhaft zusammen vor Sehnsucht. Wie gern würde sie die Zeit zurückdrehen! Stattdessen sollten sie die Türen der Bäckerei auf unbestimmte Zeit schließen? Niemand konnte sagen, wie lange die Franzosen Hamburg noch besetzt hielten. Wie würde man mit ihren Räumlichkeiten hier umgehen? Wenn sie gänzlich unbewohnt wären, würden sie sicherlich bald als Quartiere für die Soldaten missbraucht. Die Männer würden die Regale abreißen, um Feuerholz daraus zu machen, sie würden ihre schweren Stiefel auf die Arbeitsplatte legen, den Rosenstrauch im Hinterhof verkümmern lassen, den Tresen im Verkaufsraum auseinandernehmen und die Eckvitrine gegen ein paar neue Gamaschen eintauschen. Nein, das konnte Josephine nicht zulassen. Jemand musste hierbleiben und auf *Thielemanns Backhus* aufpassen. Auf diesen Ort, der mit all seinen Wohlgerüchen und Kindheitserinnerungen ihr Zuhause war.

Sie hob den Kopf und sah ihrem Onkel ins Gesicht. «Ich bleibe hier», verkündete sie.

«Also heiratest du Christian Schulte?»

«Du kannst ihm noch heute meine Antwort überbringen. Aber sage ihm, dass ich dieses Haus nicht verlassen werde. Ich arbeite weiterhin in der Bäckerei, auch wenn ich verheiratet bin. Das ist meine einzige Bedingung.»

Onkel Fritz schmunzelte und nickte. «Ich habe nichts anderes erwartet. Und er sicher auch nicht.»

«Gut.» Josephine spürte, dass ihr Herz schneller schlug. Sie würde Josephine Schulte werden. Die Frau eines Postboten. Tat sie das Richtige? Ja, sagte sie sich. Solange sie gleichzeitig Bäckerin sein konnte.

«Sag ihm, dass wir einen frühen Hochzeitstermin brauchen. Je früher, desto besser», fügte sie hinzu.

«Natürlich», sagte Onkel Fritz. «Alles, was Sie wünschen, Frau Schulte.» Er zwinkerte und parodierte eine leichte Verbeugung.

«So ist es recht», erklärte sie in gespielt vornehmem Ton, dann lachten sie beide, und für einen kurzen Moment hatte Josephine das Gefühl, schon bald wäre alles in bester Ordnung.

*

Josephine strich über das Mieder und sah prüfend an sich hinab. Für ihren Besuch am Jungfernstieg hatte sie ihr bestes Kleid und Mutters teuren Wollmantel angezogen. Ida würde in Grund und Boden versinken, wenn ihre Schwester mehlbefleckt an ihrer Tür klopfte. Und Josephine musste heute unbedingt mit Ida sprechen. Schließlich war sie mit einem Mal einem Mann versprochen – und sie hatte nicht die geringste Ahnung, was in dieser Situation von ihr erwartet wurde.

Mit schnellen Schritten lief sie durch die kalte Luft, zwischen zwei kahlen Baumreihen entlang. Auf der rechten Seite lag ruhig und schwer die Binnenalster. Allein die Tatsache, dass auf dem Wasser kein Boot zu sehen war, wies auf die schwierige Situation der Stadt hin. Vor dem Kaffeehaus drängten sich wie immer einige elegante Herren mit hohen Zylindern, lachten und redeten laut. Und auf dem Gehweg flanierten Kaufmannstöchter mit ihren Galanen auf und ab. Die Damen führten ihre neuen Hüte, Halstücher und Kleider aus, die Herren ihre strahlend weißen Hosen und ihre glänzend dunklen Gehröcke.

Möglicherweise war der Jungfernstieg nicht ganz so gut besucht wie sonst. Und doch wunderte sich Josephine wieder einmal darüber, dass die Belagerung Hamburgs den Reichen kaum etwas abzuverlangen schien. Sie lächelten gewohnt huldvoll, ihre Kleider waren blitzsauber und ihre Gesichter gepudert. Woher nahmen sie nur das Geld, das doch sonst überall in Hamburg fehlte? Warum waren sie so wohlgenährt und gut gelaunt?

Sie musste Ida danach fragen, nahm sie sich vor. Gerade wollte sie einen Schritt zulegen, da hielt sie überrascht inne. In der Luft lag, ganz fern und kaum hörbar, wieder dieser Klang. Dunkel und tröstlich, schwer und doch elegant. Josephine schluckte. Sie hatte dieses Instrument schon einmal gehört: auf dem Grasbrook.

Ohne es zu wollen, ging sie der Musik entgegen, die sie zu einem Haus mit großen Türen und drei Reihen hoher Fenster führte. Davor blieb sie stehen und legte den Kopf in den Nacken. Das Fenster genau über ihr stand einen Spalt offen. Von dort musste die Musik kommen.

Plötzlich schwang die Tür auf, und ein älterer Mann trat heraus. Er grüßte sie mit einem Nicken und hielt ihr im Hinausgehen die Tür auf. Überrascht schaute sie erst ihn an und spähte dann in den Raum hinter ihm. Im düsteren Novemberlicht erkannte sie hohe Regale, angefüllt mit ledergebundenen Büchern. Erst jetzt sah sie, dass das Fenster zu ihrer Linken ein kleines Schaufenster war, in dem ebenfalls Bücher lagen.

«Wollten Sie nicht hereinkommen?», fragte der Herr.

«Oh … natürlich.»

Schnell lief sie an ihm vorbei und sah sich staunend um. Philipp hatte einmal davon gesprochen, dass nicht weit von seinem Haus entfernt eine Sortimentsbuchhandlung stünde, die tatsächlich fertig gebundene Bücher anböte – und das auch noch von ganz unterschiedlichen Verlagen. Doch Josephine konnte sich darunter nur wenig vorstellen. Bücher hatte sie bisher einzig in den wenigen Jahren, in denen sie zur Schule gegangen war, gesehen – und das auch nur aus der Ferne. Nun stand sie inmitten eines hohen Raumes, der voll von ihnen war. In den Ecken sah sie tiefe, gemütlich aussehende Sessel, daneben brannten Kerzen auf dreiarmigen Ständern. Ein groß gewachsener Mann mit ernstem Blick und tiefen Geheimratsecken trat auf sie zu.

«Guten Tag, die Dame. Mein Name ist Friedrich Perthes. Wie kann ich Ihnen helfen?»

«Oh, um ehrlich zu sein … mich hat vor allem die Musik hergelockt.» Josephine spürte, dass ihr Gesicht heiß wurde, und sah zu Boden.

«Ah, das verstehe ich gut.» Der Mann schmunzelte. «Unglaublich, dass ein Soldat so spielen kann, nicht wahr?»

Josephine sah überrascht auf. «Ein Soldat?»

«Ja, die Truppe wohnt seit ein paar Wochen bei mir im ersten Stock. Ich hatte zunächst einige Bedenken, aber ich habe Glück gehabt. Sie benehmen sich tatsächlich anständig. Und das Klarinettenspiel gefällt mir gut.»

«Eine Klarinette …», sagte Josephine langsam.

«Ich denke, es ist eine Bassklarinette. Der Junge versteht hervorragend, damit umzugehen …»

«Herr Perthes!», rief eine fremde Stimme hinter Josephine, sie drehte sich um.

«Ah!», machte der Buchhändler erfreut. An Josephine gewandt fragte er: «Würden Sie mich bitte entschuldigen?»

«Natürlich», sagte sie und beobachtete, wie er den gerade eingetretenen Kunden so überschwänglich wie einen alten Freund begrüßte.

Einen Moment lang blieb sie unschlüssig vor einem der Regale stehen. Dieser Ort gefiel ihr. Die wohlige Wärme, die von einem Kamin vor Kopf ausging, der Geruch von ledernen Bucheinbänden, das schummrige Licht und natürlich das Spiel der Bassklarinette über ihrem Kopf. Doch dann riss sie sich los und ging nach draußen. Sie hatte in einer Buchhandlung schließlich nichts verloren.

Zurück auf dem Jungfernstieg drehte sie sich noch einmal um und sah zu dem Fenster hinauf, aus dem die Musik drang. Sie legte eine Hand an die Stirn, um die Augen vor der Sonne abzuschirmen, und erkannte hinter dem Glas schemenhaft einen Menschen. Er hielt ein langes Instrument in beiden Händen, wiegte sich vor und zurück – und Josephine erschrak. Schlagartig wusste sie, wer das war. Zwar trug er keinen Helm, und anscheinend hatte er auch den Rock seiner Uniform abgelegt, doch die Art, wie er sich beim Spiel bewegte, verriet ihn dennoch. Sie wollte sich sofort umdrehen und davoneilen, doch der wunderbare Klang der Musik hielt sie nach wie vor fest. Sie war voller warmer, schwerer Melancholie, und doch fühlte sich Josephine von ihr getragen, als schiebe sie sich wie ein Teppich unter ihre Füße. Mit einem Mal fühlte sie sich ganz leicht, so als könne sie fliegen, wenn sie es nur versuchte, als könne ein einziger Schritt sie überallhin tragen, eine einzige Entscheidung alles ändern. Wie kam es, dass gerade *er* so spielen konnte? Und dann brach er plötzlich ab. Langsam öffnete sich das Fenster über ihr. Er hatte sie bemerkt. Mit zwei Fingern schob er das Fenster auf, langsam, Stück für Stück, und seine lustigen Halbmond-Augen sahen sie unverwandt an. Sie konnte nicht anders, als seinen Blick zu erwidern.

«*Bonjour Mademoiselle* Thielemann», sagte er so leise, dass sie es kaum hören konnte. Beinahe war es ein Flüstern. Sie bekam eine Gänsehaut.

«Guten Tag, Pépin», sagte sie steif. Zum ersten Mal fiel ihr auf, dass sie nie seinen Nachnamen gehört hatte. Einen Moment noch starrte sie ihn an, doch als er nichts sagte, drehte sie sich unbeholfen um und lief hölzernen Schrittes den Jungfernstieg hinunter.

⁂

Pépin Sabatier schaute Josephine Thielemann noch lange nach. Sie hatte diesen geraden, stets aufrechten Hals, und sie schien nie zu wissen, was sie mit ihren langen Arme anfangen sollte. Von diesem mühelos graziösen Gang, der den Frauen in seiner Heimat angeboren schien, war sie weit entfernt, dennoch fand er sie bezaubernd: ihr kleines Gesicht mit dem spitzen Kinn und den runden Augen. Sie konnte so herrlich spöttisch gucken! Sogar die dunklen, zu groß geratenen Sommersprossen auf ihren Wangen gefielen ihm. Und immer wieder zog sie – wohl ohne es zu merken – die Nase kraus. In der Bäckerei neckte er sie hin und wieder ein wenig, denn sobald er einen Witz machte, funkelte sie ihn zornig an. Hätte sie keine so gute Erziehung genossen, hätte sie ihm sicherlich längst eine derbe Beleidigung an den Kopf geworfen. Bei dem Gedanken lächelte er in sich hinein. Ja, er würde sich gern ein wenig mit Josephine Thielemann streiten. Sein Herz schlug stets schneller, sobald sie ihn fixierte und dabei die Lippen fest zusammenpresste, um die Beschimpfungen zurückzuhalten. Wie lange müsste er sie provozieren, bis sie den Mund öffnete und ihm entgegenschleuderte, was sie wirklich dachte?

Nie kamen sich Menschen so nah wie in einem heftigen Streit, fand Pépin. Außer vielleicht, wenn sie gemeinsam schwiegen. Alles andere kam ihm häufig wie bloße Höflichkeit vor. Wahrscheinlich war es das, was Pépin an Josephine so mochte: Stets glaubte er, in ihren Augen lesen zu können, dass sie ihm gegenüber leidenschaftlich gern unhöflich sein wollte.

Und doch hatte sie nun dort unten gestanden und zu ihm hochgesehen. Wie lange sie ihm wohl zugehört hatte?

Und dann schüttelte er über sich selbst den Kopf. Was spielte das schon für eine Rolle? Sie war ein Hamburger Mädchen, und er würde sicher nicht mehr lange hierbleiben. Nirgends hatte er lange bleiben können. Mit dem Musikkorps war er immer wieder von einer Schlacht zur nächsten gezogen. Er musste wieder daran denken, wie er vor drei Jahren aufgebrochen war. Von diesem kleinen, warmen Haus mitten in Paris. Sein Vater, der Sohn eines einfachen Bäckers, war ein Revolutionär, der es zu viel Ansehen und Geld gebracht hatte. Stolz und zuversichtlich schaute er in die Welt hinaus und schwang gern pathetische Reden auf die Zukunft unter Napoleons Herrschaft. Von Pépins Kindheitstraum, eines Tages die Bäckerei seines *grand-père* zu übernehmen, wollte er nichts hören. Pépin sollte ein Revolutionär werden wie sein Vater. Im Gegensatz zu ihm hatte seine klein gewachsene Mutter viel Feinsinn und Humor. Sie hatte dafür gesorgt, dass er eine breite Bildung erhalten hatte – und Unterricht auf der Klarinette. Bald machte ihm das Klarinettespielen genauso viel Freude wie das Backen. Als Pépin schließlich beschloss, sich dem Musikkorps anzuschließen, weinte seine Mutter, und sein Vater klopfte ihm so heftig auf die Schulter, dass er beinahe in die Knie ging. Pépin hatte seine Klarinette eingepackt und war, spielend und lachend, in den Krieg gezogen. Er wollte seinen Vater stolz machen, Freiheit, Gleichheit, Brüderlichkeit verbreiten, für Napoleon kämpfen und die Welt zu einem besseren Ort machen. Er spielte und lachte bis heute – wenn auch mit etwas mehr Mühe. Egal wohin seine Truppe geführt wurde, welche Schlacht er musizierend und marschierend begleiten musste – sein Lachen wollte er sich bewahren. Schließlich war er noch immer sicher, dass er das Richtige tat, wie er sich wieder und wieder einredete. Er war sich sicher. Auch wenn er Schreckliches gesehen und erlebt hatte. Auch wenn diese Stadt am Rande des Zusammenbruchs stand. Hier, am Jungfernstieg, sah man es nicht, doch sobald man sich nur wenige Meter in die Stadt hineinwagte, drang einem der Gestank der Armut und des Leids in die Nase. Es war schrecklich, aber nötig – und vorübergehend, das zumindest hoffte er inständig. Wenn England endlich einknickte und sich Frankreich unterordnete, dann wäre es geschafft. Dann könnte die Kontinentalsperre aufgehoben werden und Hamburg aufatmen. Dass die Menschen hier leiden mussten, war nicht die Schuld Frankreichs. Nein, es war allein die Schuld Englands.

Manchmal musste ein altes, morsches Haus nun einmal abgerissen werden, um Platz für ein neues zu schaffen. Manchmal brauchte es Streit, um sich nahezukommen. Und manchmal musste man einen Krieg führen, um Frieden zu ermöglichen.

Pépin klammerte sich mit aller Macht an diesen Gedanken. Er nahm die Klarinette wieder auf und begann, ganz leise, darauf zu spielen.

# 9. Kapitel

Karl verschlug es die Sprache. Er hatte ja gewusst, dass das Lager groß sein musste. Doch er hatte nicht geahnt, wie groß. Von außen hatte das Gebäude unscheinbar und fast verfallen ausgesehen, versteckt unter dichten Bäumen.

«Das muss alles bis Februar raus», sagte ein untersetzter Mann und winkte ihn und Louise hinter sich her.

Mit offenen Mündern liefen sie durch eine Lagerhalle, so riesig, dass drei oder vier Hütten aus den Gängen hineingepasst hätten. Hier drinnen stapelten sich unzählige Leinensäcke gefüllt mit Zucker und Kisten voller Zitronen und Zimtstangen. Bis unter die Decke, bis in jede Ecke reichten die Reihen dieser verbotenen Waren. Und all das lagerte gefährlich nahe der Stadt, Louise und Karl waren in nur einer Stunde hierher gelaufen. Nicht auszudenken, wenn die Franzosen dahinterkämen. Der Alte selbst war natürlich fein raus. Nicht mal Karl wusste, wer sich hinter dem Decknamen verbarg. Doch der Mann, der täglich hier arbeitete, und die Schmuggler, die ihre Wege für den Alten machten, wären in Lebensgefahr, sobald das Lager entdeckt wurde.

«Bisher sind sie nicht auf diesen Ort gekommen, aber es ist nur noch eine Frage der Zeit», sagte der kleine Mann, als habe er Karls Gedanken gelesen.

Während sich Karl noch umsah, fuhren zwei Männer bereits einige Säcke auf Handkarren nach draußen.

«Wir sind wohl nicht die Einzigen, die das Problem lösen sollen», murmelte Louise.

Karl schüttelte den Kopf. «Natürlich nicht. Aber wenn wir schnell genug sind, haben wir trotzdem ausgesorgt.»

Noch war der Wagen, den Karl aus seiner Schute baute, nicht ganz fertig. Sie waren zunächst hergekommen, um ihre Schmuggelfahrten genau zu planen, doch natürlich konnten sie nun nicht mit leeren Händen wieder gehen. Louise steckte sich ein paar Zimtstangen in die Strümpfe und in die Verzierung ihres enormen Huts, dann schüttete sie Zucker in die vielen Beutelchen, die sie sich in den Unterrock eingenäht hatte. Karl verbarg die Stangen von Zimt in seinen Stiefeln und Zucker in seinen versteckten Manteltaschen. Währenddessen wurden sie vom Chef des Lagers genau beobachtet, der sich die Mengen notierte. «In drei Tagen erwartet der Alte das Geld», mahnte er.

Schwer behangen und mit eingequetschten, schmerzenden Füßen – auch ihre Schuhe mussten schließlich als Versteck herhalten – schlugen sie den Heimweg ein.

«Was machen wir mit fünf Wagenladungen von dem Zeug, wenn wir es damit bis nach Hamburg geschafft haben?», fragte Louise.

Karl sah sie von der Seite an. «Madame Laurents Haus ist groß genug, oder nicht?»

Louise verzog das Gesicht. «Nicht mehr, seitdem eine Kuh bei uns wohnt. Die macht sich überall breit. Ich sage dir, sie ist bereits zur heimlichen Hausherrin geworden. Ich gebe ihr regelmäßig

Stroh und Wasser, aber meinst du, sie wäre zufrieden damit? Die Stalltür schließt nicht mehr richtig, und vor Kurzem hat sie auch noch gelernt, wie sie die Hintertür öffnen kann. Sie drückt die Klinke einfach mit dem Maul runter!» Karl musste schmunzeln. Wieder einmal spürte er, wie heftige Zuneigung für Louise von ihm Besitz ergriff, und versuchte, sich mit aller Macht dagegen zu wehren. «Einmal ist sie in die Küche gelaufen und hat sich das Brot aus dem Kasten geklaut! Und ein anderes Mal stand sie neben Madame Laurent und hat ihren Kopf in ihren Schoß gelegt. Für einen kurzen Moment hätte ich schwören können, die Madame sehe glücklich aus. Zwar hat sie wie immer aus dem Fenster geschaut, doch mit einer Hand hat sie die Kuh gestreichelt.» Louise schüttelte nachdenklich den Kopf. «*Et bien*, seitdem habe ich aufgegeben. Ich bin nur froh, dass sie noch nicht das Treppenlaufen gelernt hat, sonst würde sie sich noch nachts zu mir ins Bett legen!»

Karl konnte nicht anders, als leise zu lachen. «Wer könnte es ihr verdenken?», sagte er und zwinkerte Louise zu.

Die lachte laut auf und warf den schönen Kopf zurück, sodass die Zimtstangen an ihrem Hut wackelten. Karl musste einfach ihre schimmernde Haut bewundern, unter der sich ihr Schlüsselbein weich abzeichnete. Was hatte er sich nur dabei gedacht, sie heute mitzunehmen? Es kostete verdammt viel Anstrengung, sich den ganzen Tag lang zusammenzureißen, während diese Frau neben ihm so wunderbar duftete. Es wäre viel klüger gewesen, sich dauerhaft von ihr fernzuhalten. Er war bei Weitem nicht gut genug für sie, und jeder ihrer Schritte, jeder ihrer Blicke führte ihm das vor Augen. Unwillkürlich tauchte vor seinem inneren Auge nun Helena auf, das Mädchen von nebenan, die Tochter des

Metzgers. Eigentlich war er auch für sie nicht gut genug gewesen. Und doch war sie vor langer Zeit seine Frau geworden. Gemeinsam hatten sie eine Mietwohnung in der Steinstraße bezogen – mit Küche, Stube und Schlafzimmer. Und sie hatten von einem Kind geträumt. Die bald sechzehn Jahre, die seitdem vergangen waren, erschienen ihm so schrecklich lang, dass er sich kaum noch daran erinnern konnte. Er wusste nur, dass ihr gemeinsamer Traum Helena getötet hatte. Und dass ihre kleine Tochter zu schwach gewesen war, um dieser Welt zu trotzen. Träume waren etwas für eine andere Zeit. Für eine andere Stadt. Für einen anderen Mann. Karl wollte nicht mehr träumen.

Vor ihnen ragte nun das Millerntor in die Luft: Durch die steinerne, reich verzierte Öffnung im grün bepflanzten Wall schoben sich langsam die Reihen von Kutschen und Passanten nach Hamburg hinein.

Tief atmete er durch. «Dann wollen wir mal», knurrte er.

Die düsteren Mienen der Grünröcke waren schon von Weitem zu erkennen. Mit ruppigen Bewegungen durchsuchten sie einen Hamburger nach dem anderen.

«Siehst du ihn?», raunte er Louise zu. Die stellte sich immer wieder auf die Zehenspitzen und reckte sich, ohne zu antworten. «Heute Vormittag war er doch noch da.»

«Vielleicht macht er Pause? Wir sollten ein wenig warten.»

Sie lösten sich so unauffällig wie möglich von der Schlange und schlenderten in die andere Richtung.

Karl sah zu Louise hinüber, und sie fing seinen Blick auf. Schnell sah er wieder weg. Er durfte nicht schwach werden. Noch nicht. Nur wenn sein Plan aufging und er tatsächlich wagenweise Zucker und Zimt in die Stadt brachte, könnte er genug Gewinn machen, um sich eine richtige Wohnung zu leisten und eine Zukunft aufzubauen. Nur dann könnte er es sich erlauben, Louise seine Gefühle zu gestehen. Vorher nicht. Und doch lief er so dicht neben ihr, dass sein Unterarm ihren berührte. Wie warm sie war. Er versuchte, ruhig ein- und auszuatmen, doch am liebsten hätte er sie jetzt und hier gepackt und an sich gezogen.

«He, ihr da! Was lungert ihr hier herum?»

Karl drehte den Kopf und sah sich einem besonders großen und breiten Zollbeamten gegenüber, dem Zotteln seines schwarzen Schnauzbartes in den Mund ragten.

«Rein oder raus? Hier rumstehen könnt ihr jedenfalls nicht.»

«Oh. Das wussten wir nicht. Wer sagt denn das?», erkundigte sich Karl in gespielter Verwirrung und zog eine Augenbraue hoch.

«Derselbe, der dir gleich Respekt beibringen wird», drohte der Douanier und trat einen Schritt auf ihn zu.

Schnell schob sich Louise zwischen die beiden Männer und lächelte den Grünrock an. «*Pardonnez-moi, Monsieur*», sagte sie auf Französisch und ließ dabei ihre Ohrringe klimpern. «Mein Bruder meint es nicht so. Wir waren nur so furchtbar müde von unserem langen Marsch hierher. Wir haben unsere Schwester in Altona besucht, wissen Sie, und ihr Säugling hat die ganze Nacht geschrien, Sie können sich nicht vorstellen, wie …»

«Ja, ja», unterbrach der Beamte sie. «Hier entlang.»

Obwohl Louise ganz offensichtlich ihren ganzen Charme spielen ließ und darüber hinaus versuchte, mit ihrer Muttersprache zu punkten, schien der Mann nicht im Geringsten beeindruckt. Er winkte sie hinter sich her, und ein paar Schritte weiter bedeutete er Karl, sich breitbeinig hinzustellen und die Arme hochzunehmen.

Karl schluckte. So hatten sie das ganz und gar nicht geplant. Doch als er sich nicht rührte, zeigte der Douanier auf das Gewehr an seinem Gürtel. «Mach schon!»

Karl sah zu Louise hinüber, die kaum merklich nickte. Also tat er, wie ihm geheißen, und sofort fühlte er, wie die groben Hände des Douaniers seine Hosenbeine abklopften, grob an seinen Waden, den Knien, den Oberschenkeln hinauffuhren. Gleich würden sie bei den vollgestopften Taschen ankommen. Karl sah sich verstohlen um. Neben diesem Douanier waren noch drei weitere Beamte am Tor eingesetzt. Zwei von ihnen kletterten gerade in eine Kutsche, der Dritte betastete schief grinsend ein junges Mädchen. Karl kniff die Augen zusammen. Kurz nickte er Louise zu. In diesem Moment kamen die Hände des Mannes an seinen Taschen an.

«Oh, *Monsieur*!», rief Louise in den hellsten Tönen. Der Douanier sah sie an, sofort packte Karl ihn und rammte ihm das Knie ins Gesicht. Er jaulte auf, taumelte zurück, und Louise und Karl sprinteten los. Zwischen zwei Handkarren und einer Traube junger Dienstmädchen hindurch – spitz schrie eine von ihnen auf – und an einer gewaltigen Kutsche vorbei. Sie duckten sich unter einer Absperrung hindurch, und Karl hörte, wie zwei Grünröcke wütend brüllten. Gleichzeitig jubelte ihnen jemand zu und klatschte laut.

«Richtig so!», rief ein Fremder.

«Gut gemacht!», fand ein Zweiter.

«Stehen bleiben!», schrie ein Grünrock.

Karl spürte eine Hand an seinem Mantel, doch er schüttelte sie ab und rannte weiter. Fast war er auf der anderen Seite des Tores, auf dem weitläufigen Zeughausmarkt, angekommen. In dem

Gewusel aus fast leeren Marktständen, Händlern und hungrigen Kindern könnte er sicher schnell verschwinden, dachte er – doch dann bemerkte Karl, dass er Louise nicht mehr im Augenwinkel neben sich sehen konnte. Sofort bremste er in vollem Lauf ab, wirbelte herum – und sah, dass ein Grünrock sie festhielt.

«Langsam!» Der Franzose lachte, während er Louises Handgelenke packte. «Wo wollen wir denn so schnell hin?» Er umfasste ihr Kinn mit Daumen und Zeigefinger, damit sie ihn ansah.

Es kostete Karl all seine Willenskraft, nicht mit geballter Faust auf den Kerl zuzustürmen, ihn wegzustoßen und Louise hinter sich herzuziehen. Schließlich kannte er diesen kleinen, breitschultrigen Soldaten, der den Kopf wie immer weit zurückgelegt hatte, wohl um trotz seiner geringen Körpergröße auf sein Gegenüber hinabsehen zu können.

«Hamo, *mon cher*», rief Louise und blinzelte dem Grünrock kokett zu. Karl verstand kaum etwas von dem, was sie auf Französisch zu ihm sagte. Aber es schien um Louises zerrissenes Kleid und Hamos rücksichtslose Kameraden zu gehen. Zumindest beugte er sich hinab, um den Saum ihres Rockes genauer zu begutachten, wohl in der Hoffnung, dabei einen Blick darunter zu erhaschen. Gleichzeitig sah Louise über seine Schulter hinweg eindringlich Karl an. Mehrfach fuhr sie mit dem Handrücken durch die Luft, als verscheuche sie eine Fliege. Sicher sollte er den Moment nutzen und sich verstecken. Doch er wollte keine Fliege sein.

Hamo säuselte irgendetwas und rückte Louise dabei immer mehr auf den Pelz. Karl drehte es den Magen um vor Wut. Wie sehr er diesen widerlichen französischen Hohlkopf von einem Zollbeamten verabscheute.

In diesem Moment tauchte der Beamte mit dem Schnäuzer schnaufend hinter ihm auf und zeigte schreiend in Karls Richtung.

Endlich erwachte Karl aus seiner Erstarrung und rannte, so schnell er konnte, zwischen die Marktstände und dann hinein in die engen und dunklen Gassen Hamburgs.

# 10. Kapitel

Hast du alles, was du brauchst?», fragte Josephine und sah sich suchend im *Backhus* um, als könnte sie in der ein oder anderen Ecke noch wichtige Habseligkeiten von Onkel Fritz entdecken. Oder, noch besser: einen guten Grund, um ihn doch in dieser Stadt zu halten, in dieser Bäckerei, an Josephines Seite. Die Weihnachtsfeiertage mit ihm waren besonders gemütlich gewesen – und zugleich traurig wegen des bevorstehenden Abschieds. Sie schluckte und kämpfte gegen die Tränen an. Auf keinen Fall wollte sie weinen und es ihm damit noch schwerer machen. Schließlich war sie kein kleines Kind mehr. Sie war eine erwachsene Frau, sie war verlobt, und sie würde in Fritz' Abwesenheit die Bäckerei übernehmen. Wer eine solche Verantwortung trug, weinte nicht. Jedenfalls nicht bei Tageslicht, nicht vor dem Onkel.

«Natürlich, Josephine.» Er bemühte sich sichtlich, unbekümmert auszusehen, doch Josephine ahnte, dass er ebenso viele Sorgen hatte wie sie selbst. Sein Gesicht erinnerte sie an diesem Dezembermorgen an eine Mandelmakrone, so bleich und zerfurcht sah es aus. Über die Schulter hatte er einen Beutel geworfen, und neben ihm stand der größte Koffer, den er im Haus hatte finden können. Er ragte ihm bis zur Hüfte.

«Viel wichtiger ist doch die Frage: Hast *du* alles, was du

brauchst?» Er zwinkerte ihr zu, doch er konnte nicht verhindern, dass seine Stimme rau und brüchig klang. Die Traurigkeit in seinen Augen war nicht zu übersehen.

«Ich habe Mehl für drei Tage, genügend Wasser und Hefe.»

«Außerdem ein wenig Zucker und ein paar Eier», ergänzte er stolz. Beides hatte er gestern noch für sie ergattert. «Und ich habe den lauten Fiete gebeten, dich, wann immer er kann, mit Zutaten zu versorgen. Er sagte mir, er habe eine gute Quelle.»

Josephine nickte und verkniff sich die Bemerkung, dass auch sie selbst eine gute Quelle hatte. «Außerdem habe ich den Handkarren, mit dem ich meine Einkäufe transportieren kann.»

«Aber das tust du nur, wenn Christian es nicht schafft. Er hat mir versprochen, dass er das für dich übernimmt, sooft er kann. Du brauchst ihm nur jeweils morgens, wenn er die Post bringt, deine Bestellung zu geben.»

Josephine griff nach seiner Hand und lächelte. «Mach dir keine Sorgen, ja? Christian besucht mich hier jeden Tag, und schon in wenigen Wochen heiraten wir.»

An seinem Kehlkopf erkannte sie, dass Onkel Fritz schwer schluckte.

«Und du weißt doch: Die ganze Straße kennt uns. Sie alle werden ein Auge auf mich haben. Wahrscheinlich mehr, als mir lieb ist.»

Fritz breitete die Arme aus. «Na, komm schon her.»

Sie seufzte und ließ sich in seine Arme sinken.

«Du bist dir sicher, dass du nicht mitkommen willst?»

«Vollkommen sicher. Aber ich werde dich schrecklich vermissen.»

«Und ich dich erst, meine Kleine.» Fritz' Stimme nahm einen

so sanften Ton an, dass Josephine nun doch die Tränen in die Augen schossen. Sie drückte ihn noch ein wenig fester.

«Und wenn irgendetwas nicht in Ordnung sein sollte», er fasste sie an den Schultern und schob sie ein Stück weit von sich weg, sodass er sie ansehen konnte, «packst du deine Sachen und kommst zu mir, verstanden?»

«Das mache ich», sagte sie so tapfer wie nur möglich.

Er atmete tief durch, griff nach seinem Koffer und zwinkerte ihr noch einmal liebevoll zu. «Ich bin sehr stolz auf dich, weißt du das?»

«Danke, Onkel.» Jetzt zitterte ihre Stimme, und sie war froh, dass er sich dennoch umdrehte und durch die offen stehende Tür auf die Rosenstraße hinaustrat. Einmal noch schaute er zu ihr hinein, dann war er verschwunden.

Endlich ließ Josephine die Tränen laufen. Die leere Vitrine, die kaum gefüllten Regale, der Tresen mit den vielen unbenutzten Schubladen verschwammen vor ihren Augen. Hatte sie das Richtige getan? Sie war völlig allein, und die Stille hüllte sie ein. Es war natürlich nicht das erste Mal, doch normalerweise war Fritz nur für ein paar Stunden fort. Jetzt schnürte ihr seine Abwesenheit die Kehle zu. Er war der Letzte, der gegangen war. Erst der Vater, dann die Mutter, die Schwestern und nun Onkel Fritz. Das schmale Häuschen war einst so voller Menschen gewesen, dass sich Josephine oft gewünscht hatte, nur einmal allein zu sein und nicht immer gegen ein Familienmitglied zu stoßen, wenn sie sich nur umdrehte. Nun hatte sie alle Kammern für sich. Und wollte es doch gar nicht!

Doch lange würde es ja nicht so bleiben, sagte sie sich. Sie würde Christian heiraten. Vielleicht, wenn eines Tages wieder bessere Zeiten anbrächen, könnte Christian sogar einen Gehilfen einstellen. Doch was, wenn nicht? Was, wenn sie schon bald das erste Kind erwartete und die Bäckerei gänzlich aufgeben musste?

Sie dachte an Christian und seine getrockneten Blumen. Mit einem Mal stellte sie sich vor, sie selbst wäre eine Blüte, die er trocknete. Und in ein paar Jahren wäre jeder Duft, jedes Leuchten verschwunden ... So ein Unsinn, schalt sie sich selbst und wollte gerade ins Hinterzimmer gehen, um die restlichen Rundstücke nach vorn zu holen, als sich zuerst vier Stiefel, dann zwei Uniformröcke und zuletzt die Köpfe von Pépin und Marlo durch das Fenster ins *Backhus* schwangen.

«*Bonjour Mademoiselle* Thielemann!», grüßte Pépin.

«Einen wunderschönen guten Tag!», pflichtete ihm Marlo auf Deutsch bei, während er jede Silbe betonte und freundlich lächelte.

«Gibt es heute Geduldzettel, *Mademoiselle*?», erkundigte sich Pépin. Er stellte einen Fuß auf der Fensterbank auf, lehnte den Ellenbogen aufs Knie und schaute verträumt. Unwillkürlich sah Josephine ihn vor ihrem inneren Auge wieder hinter der Fensterscheibe der Buchhandlung stehen. Bei der Erinnerung an sein Klarinettenspiel durchfuhr sie eine tröstliche Wärme. Gleichzeitig schämte sie sich so sehr dafür, beim Lauschen entdeckt worden zu sein, dass sich ihr Körper versteifte.

«Was heißt das eigentlich, *Geduldzettel*?» Marlo legte den Kopf schief und sah seinen Freund an.

Der zuckte ratlos mit den Schultern. «Wirklich eine gute Frage, Marlo! Wer weiß das schon, bei diesen Hamburgern?»

Josephine biss die Zähne zusammen. Tief atmete sie durch die Nase ein und wieder aus. Sie wollte Pépins Kommentar wie immer übergehen, höflich und sachlich bleiben, wie es sich in Gegenwart der Soldaten empfahl. Doch da fügte er hinzu: «Aber von der *Mademoiselle* brauchst du keine ehrliche Antwort zu erwarten. Du weißt doch, sie traut sich nicht, offen mit uns zu sprechen.» Herausfordernd funkelte er sie an. «Ist es nicht so, *Mademoiselle* Thielemann? Sie hören lieber still und heimlich zu.» Und dann zwinkerte er auch noch unverschämt!

Ihre Wangen wurden heiß. Sein Blick ließ keinen Zweifel daran zu, dass er auf ihre Begegnung an der Buchhandlung anspielte. Die ganze Zeit über hatte sich Josephine beherrscht. Doch nun, da Fritz fort war und dieser ungehobelte Soldat sie auf so dreiste Art reizte, konnte sie nicht mehr an sich halten. Die Antwort, die ihr schon auf der Zunge gelegen hatte, brach aus ihr heraus: «Ich sage euch sehr gern, woher der Name *Geduldzettel* stammt: Es braucht viel Geduld, um sie zu backen. Aber manchmal noch mehr, um die Kundschaft zu ertragen, die sie kaufen will.»

Pépins Augen funkelten triumphierend. «Ah. Das passt! In Frankreich nennen wir unser Gebäck *Croissant* und sprechen vom zunehmenden Mond. Oder wir taufen es *Madeleine* und huldigen damit einer talentierten Köchin. Und was machen die Hamburger? Sie sagen *Geduldzettel*», er sprach das Wort hart und bleiern aus, «und beleidigen damit ihre eigenen Kunden!» Er lächelte schief. «So sind sie, die Hamburger.»

«So sind nicht *die Hamburger*, sondern allein ich», fuhr sie ihn an. In ihrem ganzen Körper brannte die Wut, und es tat gut, ihre Zunge nicht mehr im Zaum halten zu müssen. «Aber wer will es mir verdenken? In Frankreich haben die Bäcker vielleicht alle Zeit der Welt, den Mond anzustarren und Köchinnen zu huldigen. Ihre zeitraubenden, ungehobelten jungen Männer sitzen ja auch hier bei mir auf der Fensterbank, wo ich mich mit ihnen herumärgern muss.»

Einen Moment lang war es still in der Backstube. Pépin musterte sie, und Josephine schluckte. War sie zu weit gegangen? Wenn Fritz ihre Worte gehört hätte! Sicherlich hätte er seine Meinung sofort geändert und sie doch noch mit nach Altona genommen. Die Soldaten hatten jedes ihrer Worte verdient – und noch viel mehr. Aber sie könnten ihr das Leben auch noch schwerer machen, als es ohnehin schon war. Gerade jetzt. Es wäre klug, sich zumindest zu entschuldigen, überlegte sie. Sie suchte nach Worten, doch ihr Stolz hielt sie davon ab, auch nur eines davon über die Lippen zu bringen.

Da breitete sich ein Lächeln auf Pépins Gesicht aus. «Zum Glück haben Sie so viele Geduldzettel gebacken, dass Sie uns ertragen können. Das haben Sie doch, *n'est-ce pas*?» Er hob eine Augenbraue.

Sie sollte schweigen, sagte sie sich, wenn sie schon zu keiner Entschuldigung in der Lage war. Doch noch nicht einmal das brachte sie über sich. «Nicht auszudenken, wenn ich diese Möglichkeit nicht hätte!», zischte sie stattdessen. «Andernfalls hätte ich euch beide wahrscheinlich schon hochkant hinausgeworfen.»

Ihr Herz raste wie wild – was tat sie nur? Doch Pépin lachte. «Und ich kann es Ihnen nicht verdenken!»

Widerwillig musste Josephine feststellen, dass sich ein erleichtertes Lächeln auf ihre Lippen stahl. Mit einem Mal ließ ihre Wut ein wenig nach. «Wie viele Geduldzettel darf ich denn einpacken?», fragte sie in beinahe versöhnlichem Tonfall.

«Fünf Stück bitte.»

Josephine nahm die Plätzchen heraus, dann lehnte sie sich

an den Tresen und hielt sie mit ausgestrecktem Arm in die Luft. Ganz sicher würde sie diese Soldaten nicht auf der Fensterbank bedienen.

Schwungvoll sprang Pépin auf und schlenderte zu ihr hinüber. Als er eine Verbeugung andeutete, ertappte sich Josephine schon wieder bei einem Schmunzeln. Das sollte sie sich wirklich nicht angewöhnen, schalt sie sich selbst. Sie nannte den Preis, Pépin zahlte und nahm das Gebäck aus ihren Händen. Zuerst warf er Marlo ein Plätzchen zu, dann hielt er ein weiteres Josephine hin. Dabei machte er eine so galante Armbewegung, als schenke er ihr eine Rose.

«Für mich?», fragte sie und ärgerte sich über ihren geschmeichelten Tonfall. Sie zwang sich zu einem neutralen Gesichtsausdruck.

«Vielleicht wächst die Geduld, wenn man diese Zettel nicht nur backt, sondern auch isst.» Er zuckte mit einer Augenbraue. «Ich fürchte nämlich, Sie brauchen schon noch ein wenig mehr Geduld mit uns. Wir sitzen doch so schrecklich gern bei Ihnen auf der Fensterbank …»

Dann nahm er sich selbst ein Plätzchen, warf es sich im Ganzen in den Mund und sprang, gefolgt von Marlo, durch das Fenster auf die Straße.

«*Au revoir Mademoiselle!*», rief er ihr noch zu.

Josephine verdrehte die Augen, und schon waren die Soldaten verschwunden.

Der erste Vormittag ohne Fritz verging in rasender Geschwindigkeit. Nach und nach kamen so viele Kunden herein, dass Josephine keine Sekunde zum Nachdenken hatte. Sie wirbelte herum, packte Brote ein, holte frische Waren aus dem Ofen, lächelte und plauderte.

Die weinende Jette lief noch gebeugter als sonst und schluchzte laut über Fritz' Abreise. «O Josephine!», rief sie ein ums andere Mal. «O du armes Kind! Was soll nur aus dir werden, so ganz allein! Du bist ja schon ganz blass! Und so dünn! Wie konnte Fritz das nur zulassen?!» Sie rang die Hände und sah gen Himmel. «Herr Jesus Christus, beschütze diese zarte Seele!»

Auch die Witwe Franz war betrübt, als sie die Neuigkeiten erfuhr. Zwar weinte sie nicht, doch ihr Flüstern wurde so leise, dass Josephine es gar nicht mehr verstand. Zum Glück bestellte sie stets das Gleiche, sodass es hoffentlich nicht weiter auffiel. Einmal glaubte Josephine ein: «Ach, mein armer lieber Fritz» zu hören. Doch sie war sich nicht sicher, ob sie richtig verstanden hatte.

Nur Susanna, die stets auffällig nach dem Zwiebelsud roch, mit dem sie alle möglichen Gebrechen behandelte, war im Gegensatz zu den anderen Frauen voller Zuversicht. «Alles passiert aus einem bestimmten Grund, Josephine», versicherte sie. «Heute verstehen wir ihn zwar noch nicht, doch eines Tages wird alles einen Sinn ergeben. Dann werden wir dankbar sein für die wunderbaren Fügungen dieser Welt. Glaub mir, Mädchen, und pack mir alle Geduldzettel ein, die du noch hast.»

Nachdem sie gegangen war, schob Josephine schnell ein paar frische Rundstücke in den Ofen, damit ihr Duft den Zwiebelgeruch überdeckte.

Einen Moment später trat Fiete herein und posaunte hinaus, dass er sie bald mit frischem Rhabarber versorgen könne. «Dann backst du uns einen herrlichen Rhabarberkuchen!», brüllte er.

«Psst», machte Josephine und sah ängstlich aus dem Fenster. Zum Glück war weit und breit kein Soldat zu sehen.

«Es heißt, bald soll es in der Stadt auch wieder mehr Zucker geben. Verlass dich auf mich, ich werde dir etwas bringen!» Fiete breitete die Arme aus – und schlug dabei Christian den Hut vom Kopf. Dieser war eben eingetreten und sah nun verdattert auf seine am Boden liegende Kopfbedeckung.

«Oh, entschuldige bitte», rief Fiete, hob den Hut auf und setzte ihn Christian schwungvoll und etwas zu tief wieder auf.

«Schon gut», murmelte der.

Sobald Fiete sich unter weiteren Entschuldigungsrufen verabschiedet hatte und verschwunden war, lächelte Christian Josephine an.

«Ich habe heute nur einen einzigen Brief für dich», sagte er, trat auf sie zu und hielt ihr einen Umschlag entgegen. Josephine schaute vorsichtig hinein und entdeckte darin zwar kein Papier, dafür aber die rote Blüte einer Tulpe.

Erwartungsvoll sah Christian sie an. Sollte die Blume ihr etwas Bestimmtes sagen?

«Sie ist wunderschön, vielen Dank, Christian.»

«Sie ist nicht halb so schön wie du», erwiderte er mit aufrichtigem Blick.

Josephine schluckte. «Du bist zu freundlich», sagte sie ungewollt steif.

«Ich wollte dich fragen … ob wir einen Spaziergang machen wollen. Sobald du hier fertig bist, natürlich …»

Josephine nickte. «Gern, ich wollte sowieso eben abschließen.»

Christian führte Josephine zum Jungfernstieg. Die meiste Zeit über schwieg er, sah zu Boden oder verstohlen zu ihr hinüber. Josephine lächelte, sobald sie es bemerkte, und schaute ebenfalls auf ihre Fußspitzen. Im Gegensatz zu seinem etwas plumpen Kompliment vorhin schmeichelte ihr seine Unbeholfenheit. Sie gab ihr das Gefühl, eine hübsche junge Frau zu sein, die einem Mann die Sprache verschlagen konnte. Ihrem Verlobten, mit dem sie Seite an Seite durch Hamburg flanierte. Sie versuchte, sich alles genau einzuprägen: Christians Blicke, den Glanz seiner Stiefel, das dunkle Grünblau der Binnenalster, die nun vor ihnen auftauchte. Sie hielten sich links und liefen am Zuchthaus vorbei.

Endlich räusperte er sich. «Deinem Onkel ist es sicher schwergefallen zu gehen.»

Josephine nickte. «Sehr schwer. Aber es ist wahrscheinlich das Beste so.»

Einen Moment lang sagte Christian nichts, und Josephine glaubte schon, er würde wieder in sein zurückhaltendes Schweigen verfallen. Doch dann erwiderte er: «Eine junge Frau in dieser Stadt allein zu lassen, ist schon … ein Wagnis. Wärst du *meine* Nichte, …»

Josephine unterbrach ihn: «Ich bin deine Verlobte.» Sie lächelte ihm von der Seite zu. Er wurde rot.

«Ein Glück, für das ich überaus dankbar bin. *Ich* würde dich in diesen Zeiten niemals allein lassen. Auf *mich* kannst du dich verlassen.»

Josephines Beine und Schultern versteiften sich. Die Betonung seiner Worte gefiel ihr nicht. Er kannte ihren Onkel doch viel zu wenig, um sich ein Urteil über Fritz und seine Entscheidung zu erlauben. Am liebsten würde sie Christian mit scharfen Worten in die Schranken weisen, doch sie hielt sich zurück und zwang sich zu einem weiteren Lächeln. «Aber Fritz lässt mich doch nicht allein. Wie könnte ich in der Rosenstraße, wo mich alle kennen, allein sein? … Und du bist natürlich da», fügte sie rasch hinzu.

Er schüttelte mit ernster Miene den Kopf. «Nicht im gleichen Haus.» Als sei er über seine eigenen Worte erschrocken, verzog er das Gesicht. «Natürlich nicht, das würde der Anstand verbieten. Aber die Vorstellung, dass du dort ganz auf dich gestellt bist …»

«Ich kann gut auf mich aufpassen», sagte Josephine, und nun schlich sich doch eine gewisse Schärfe in ihre Stimme. Christian schien es nicht aufzufallen.

Sie bogen in den Jungfernstieg ein. Es war ein ungewöhnlich milder Januartag, die Wolken am Himmel hell, die Luft klar und trocken. Zahlreiche Paare schlenderten zwischen den Bäumen entlang und präsentierten ihre neue Garderobe. Überall hüpften perfekte Löckchen auf und ab, glänzten Dekolletés, wirbelte feinste Seide durch die Luft. Etwas verlegen sah Josephine an sich selbst hinunter. Mit ihrem alten Kleid aus einfacher, dunkelgrüner Baumwolle gehörte sie hier nicht her.

«Glaub mir, Josephine, nichts bleibt, wie es ist», sagte Christian leise. Überrascht sah sie ihn an. Seine Stimme hatte einen leicht bitteren Klang angenommen. Düster sah er den Jungfernstieg hinunter. «Schon bald wird sich das Blatt für uns wenden.»

Josephine runzelte die Stirn. «Was meinst du?»

«Ach», er schüttelte den Kopf. «Nichts, nichts.»

Dann schwieg er wieder, während sie weiterliefen. Das verheißungsvolle Gefühl, das Josephine am Anfang des Spaziergangs beschlichen hatte, war verflogen. Nun fühlte sie sich mit jedem

Schritt ein wenig unwohler. Sie hatte geglaubt, einen guten Eindruck von Christian zu haben: ein zurückhaltender, aber dennoch zugewandter Mann, mit dem sie ein gutes Leben haben könnte. Doch nun wurde ihr klar, dass sie noch sehr wenig über ihn wusste. Das war nicht unüblich, versuchte sie sich selbst zu beruhigen. Viele Paare fanden erst nach der Hochzeit zueinander. Und doch wollte sie am liebsten umdrehen und nach Hause laufen. Nach Hause … Sie stellte sich vor, im leeren, kalten *Backhus* anzukommen, in dem Fritz nicht mehr wohnte, und begann zu frösteln. Schützend verschränkte sie die Arme vor der Brust.

Gerade passierten sie die Buchhandlung, und Josephine schaute hinauf zu dem Fenster, hinter dem beim letzten Mal Pépin gestanden und gespielt hatte. Heute war es verschlossen, kein Laut drang heraus. Sicher trieb er irgendwo in der Stadt sein Unwesen. Seltsam, dachte sie. Sein Klarinettenspiel hätte ihr in diesem Moment gutgetan.

Ein fröhliches Lachen ließ sie herumfahren. Auf der anderen Straßenseite lief ihr Louise mit einem Grünrock entgegen. Und obwohl sich Josephine über den Zollbeamten an der Seite der Nachbarin wunderte, war sie erleichtert, ein freundliches Gesicht zu sehen.

«Josephine!», rief Louise so laut zu ihr herüber, dass sich sämtliche Passanten umdrehten. Louise kümmerte sich nicht um die Blicke, sondern hielt ihren hellblauen Hut mit der schneeweißen Gänsefeder fest und eilte ihr entgegen. «Wie geht es dir? Ist dein Onkel schon aufgebrochen? Das muss schwierig für dich sein, aber glaub mir, du bist nicht allein! *Bonjour Monsieur* Schulte, schön, Sie zu sehen!»

Josephine schmunzelte. Sie wusste ja, dass Louise überschwänglich sein konnte, doch heute redete sie noch eine Spur schneller als sonst. Der Grünrock näherte sich ihnen und fasste sich zum Gruß an den Zweispitz.

«Das ist *mon cher ami* Hamo», erklärte Louise. «Und das sind meine liebe Nachbarin Josephine und ihr Verlobter Herr Schulte.»

«Ja natürlich! *Monsieur* Schulte! *Bonjour!*»

Überrascht drehte sich Louise um. «Ihr kennt euch bereits?»

Josephine sah ihren Verlobten an, der ihrem Blick auswich. «Nun, als Postbote …», sagte er leise.

«Der beste Postbote, den wir je hatten!» Hamo klopfte Christian auf die Schulter. «Sagen Sie, können Sie morgen früh bei uns vorbeikommen? Wir hätten da eine Bitte an Sie …»

«Gern.»

Verwirrt schaute Josephine zwischen den beiden Männern hin und her, doch sie hatte keine Zeit, weiter darüber nachzudenken, denn plötzlich rief Louise erschrocken aus: «*Mon Dieu*, Josephine, Liebes, du siehst furchtbar aus. Ganz blass. Ich glaube, du solltest dich besser hinlegen.»

Einen Moment lang fragte sich Josephine, ob Louise ihr ihre Gefühlslage wirklich ansah, doch dann blinzelte die Nachbarin vielsagend. Ohne darüber nachzudenken, spielte Josephine mit.

«Ich fühle mich wirklich nicht besonders gut.»

«Oh, warum hast du nichts gesagt?», fragte Christian. «Soll ich dich wieder nach Hause bringen?»

«Ich denke, es ist in diesem Fall besser, wenn eine Frau sich kümmert, habe ich recht?», sprang Louise rasch ein.

«Das wird wohl besser sein, ja.» Josephine nickte mehrfach. Sofort sahen die beiden Männer weg, als hätten sie nichts gehört.

«Wenn das so ist… Christian, dann können wir doch auch einfach hier und jetzt miteinander sprechen. Gehen wir ein Stück?», fragte Hamo.

«Natürlich.» Christian wirkte immer noch verwirrt. Er tat ihr fast leid.

«Auf Wiedersehen, Christian», sagte sie, während Louise sich bei ihr unterhakte.

«Gute Besserung, Josephine! Ich komme morgen vorbei und sehe nach dir, ja?»

Er sah wirklich besorgt aus, und Josephine war froh, mit Louise in Richtung Zuchthaus laufen zu können.

«Du bist meine Rettung», flüsterte Louise, sobald sie außer Hörweite waren. «Ich wäre Hamo sonst wahrscheinlich nie losgeworden.»

Die Gänsefeder auf ihrem Kopf schwankte fröhlich, und Josephine fragte sich mit einem Mal, woher sie diesen Hut kannte.

«Aber es tut mir furchtbar leid, dass ich euren Spaziergang gestört habe. Ich verspreche dir, ich mach's wieder gut!» Louise legte ihr freundschaftlich die Hand auf die Schulter. «Ich bin neugierig: Wie verstehst du dich mit deinem Christian?»

«Christian ist … sehr freundlich.»

«Freundlich?» Louise legte den Kopf schief. Dabei stieg Josephine eine sanfte Zimtnote in die Nase.

«Ja, zurückhaltend, aber stets höflich und zuvorkommend.»

«Mmh», machte Louise. «Ihr lernt euch sicher noch besser kennen.»

Gemeinsam bogen sie in die Rosenstraße ein, grüßten rechts und links bekannte Gesichter: den Metzger, den Schuhmacher, die Wirtin. Sie alle lächelten ihr aufmunternd zu, und Josephine wurde es leichter ums Herz. Was sie zu Christian gesagt hatte, stimmte, sie war hier nicht allein.

An *Thielemanns Backhus* angekommen, fiel Josephine auf, dass Louise in nachdenkliches Schweigen verfallen war.

«Ist alles in Ordnung?»

Louise lächelte ihr zerstreut zu. «*Bien sûr*, natürlich. Ich frage mich nur …», sie senkte die Stimme, «kannst du möglicherweise wieder Zimt gebrauchen?»

Josephine schloss schnell auf, trat ein und winkte Louise herein. «Unbedingt», flüsterte sie. «Die Zimtbrötchen, die ich beim letzten Mal gebacken habe, waren im Nu vergriffen. Hast du wieder etwas für mich?»

Leise lachte Louise, griff sich an den Hut und zauberte eine Stange Zimt hervor. «Ich habe nicht nur eine, meine liebe Josephine. Ich habe mindestens vier oder fünf Kisten voll.»

«Du hast … was?»

Ohne zu antworten, sah sich Louise um. «Wo lagert ihr eigentlich eure Zutaten?»

«Du meinst, wenn wir Zutaten haben …» Josephine seufzte. «Normalerweise im Keller. Früher haben wir frische Milch, Butter, Eier und Obst unten kalt gestellt. In der letzten Zeit haben wir die Räume aber gar nicht mehr gebraucht – das bisschen Mehl und Hefe stapeln wir einfach hier oben in unseren Regalen.»

«*Oui!* Deine Mutter hat mir einmal davon erzählt. Sie war nicht gern im Keller.»

«Es ist ein staubiger, düsterer Ort.»

«Würdest du ihn mir zeigen?»

Josephine runzelte die Stirn. «Was willst du denn dort?»

Louise zog sich den Hut tief in die Stirn und zuckte mit einer

Augenbraue. «Das sage ich dir, wenn ich ihn gesehen habe», raunte sie geheimnisvoll.

Josephine entzündete ein Talglicht und ging voran, durch die Seitentür der Backstube in den Hausflur. Normalerweise lief sie von hier aus auf der schmalen Stiege hinauf ins Schlafzimmer. Zum ersten Mal seit langer Zeit wandte sie sich nun in die andere Richtung. Sie bückte sich, holte den Schlüssel unter der Fußmatte hervor und ließ sich von den Steinstufen in einer engen Kurve hinab in den Keller führen. Dick und staubig hingen die Spinnweben an den nackten Steinwänden.

«Willst du das wirklich sehen?», fragte Josephine und spürte, dass sie rot wurde. «Hier hat lange niemand mehr sauber gemacht.»

«Natürlich nicht. Wer putzt schon im Keller?»

Zweifelnd sah Josephine über ihre Schulter. Soweit sie wusste, war das Nachbarhaus zwar nicht unterkellert, doch in Madame Laurents Gemächern war bestimmt jedes Zimmer in tadellosem Zustand. Selbst die, die niemand benutzte.

Als Josephine die Kellertür aufschloss und hineinleuchtete schlug ihr der Geruch von altem, feuchtem Stein entgegen. Allein wäre sie ungern weitergegangen. Doch Louise flüsterte: «Oh, wie aufregend!», und legte ihr eine warme, ermutigende Hand auf die Schulter.

Josephine blinzelte ein paarmal, dann sah sie den Raum mit der niedrigen Decke immer deutlicher vor sich. Einige Kisten standen an der Wand, in beinahe leeren Regalen verstaubten große Glasflaschen, und weiter hinten öffnete sich unter einem kleinen, runden Steinbogen ein weiterer Raum.

«Hier ist so viel Platz!», rief Louise aus. «Es ist perfekt!»

Doch Josephine achtete nicht weiter auf sie. Ihr Blick war auf etwas gefallen, das eine alte Erinnerung in ihr auslöste. Sie lief auf den Steinbogen zu und duckte sich darunter hinweg. Hierher drang durch ein kleines Kellerfenster in der Ecke immerhin ein wenig Licht. Es fiel auf weitere leere Regale, die früher voller Vorräte gewesen waren. Und genau unterm Fenster stand eine hübsch verzierte Holztruhe. Ohne lang darüber nachzudenken, ging sie darauf zu, bückte sich und öffnete vorsichtig den Deckel. Der schwere Geruch alten Leders stieg ihr in die Nase. Sie musste lächeln. Die kleine Ansammlung von unfertigen Schuhen, Schnürsenkeln, Leder und Sohlen, alles Reste aus dem Geschäft ihres Vaters, hatte sie völlig vergessen.

«Josephine», flüsterte Louise, die ihr über die Schulter schaute und angesichts ihres Fundes scharf die Luft einsog. «Weißt du, wie viel dieses Material wert ist? Dafür kannst du so viel Schmuggelware kaufen, dass sich die Menschen in der Rosenstraße vor Geduldzetteln kaum retten können!»

Josephine fuhr zusammen. «Nein!», sagte sie bestimmt. «Das hat meinem Vater gehört.»

Louise lächelte. «Und dein Vater hätte sicher alles gegeben, um dir in diesen Zeiten beizustehen, oder nicht?»

Schweigend sah Josephine in die Truhe. Meistens erinnerte sie sich an ihren Vater als an einen kranken, schwachen Mann, der kaum sprechen mochte. Doch beim Geruch seines Leders trat ein anderes Bild vor ihr inneres Auge: ihr junger Vater, dessen zotteliges Haar so zimtfarben war wie ihr eigenes, der tief über einen Schuh gebeugt auf seinem Schemel saß und versunken in sich hineinlächelte, während er das Leder bearbeitete. Sobald er sie bemerkte, hob er den Kopf und sagte: «Na, du kleiner Wirbelwind?»

Als sie daran zurückdachte, wurde ihr ganz warm. Was ihr Vater wohl denken würde, wenn er wüsste, dass sie allein in der Rosenstraße lebte? Gedankenverloren nahm sie ein paar der Dinge auf und wog sie in ihren Händen. Ganz unten sah sie einen Stapel Zettel, vergilbt, knittrig und mit einem Faden zusammengebunden. Vielleicht alte Briefe oder Verträge.

«So oder so, das hier ist ein Schatz, Josephine. Pass gut darauf auf», sagte Louise und riss Josephine aus ihren Erinnerungen.

Sie würde sich den Inhalt der Truhe noch einmal genauer anschauen, wenn sie mehr Zeit hätte und allein hier wäre. Fürs Erste klappte sie den Deckel wieder zu.

«Und was machen wir nun hier unten?», fragte sie dann und drehte sich zu Louise um.

«Wir sichern die Zukunft deiner Bäckerei.»

Und dann berichtete ihr Louise von einem Lager außerhalb von Hamburg, das dringend aufgelöst werden müsse. Davon, dass sie und Karl ganze Wagenladungen in die Stadt schmuggeln wollten. Und dass sie dafür noch ein Versteck brauchten.

«Das hier wäre perfekt, Josephine. Vorn kannst du alles unterbringen, was legal ist. Hinten verstecken wir den Rest, den wir natürlich so schnell wie möglich verkaufen. Niemand würde Verdacht schöpfen, das hier ist schließlich eine Bäckerei. Natürlich würdest du für dein Risiko einen ordentlichen Anteil des Gewinns bekommen. Wenn du magst, gleich in Zucker, Zimt und Zitronen. Du hättest wieder genug Zutaten, um Geduldzettel zu backen. Ja, sogar Kuchen, Torten und Gebäck! Deine Sorgen wären schon bald vergessen.»

Josephine schob sich nachdenklich die Haare aus der Stirn. Das klang zu schön, um wahr zu sein. Gleichzeitig musste sie an Onkel Fritz denken. Er war zwar bereit dazu gewesen, seine Zutaten bei Schmugglern zu kaufen, doch dass sich Josephine derart in Gefahr brächte, würde er niemals gutheißen. Schon gar nicht, wenn die Idee dazu von Louise stammte.

Doch Onkel Fritz war nicht mehr hier, sagte sich Josephine. Es lag nun in ihrer Verantwortung, die Bäckerei zu führen und zu retten.

«Bei mir sitzen ständig Franzosen auf der Fensterbank.» Sie verzog das Gesicht. «Was, wenn sie es herausfinden?»

«Sie lieben dein Gebäck. Deswegen kommen sie ja so oft her. Haben sie je nach euren Vorräten gefragt? Wollten sie je sehen, wo ihr eure Zutaten lagert? Oder wissen, woher ihr den Zucker für eure Geduldzettel nehmt?»

Josephine schüttelte nachdenklich den Kopf.

«Siehst du. Wer beißt schon die Hand, die ihn füttert? Es ist die beste Tarnung, die wir uns wünschen können. Wir verstecken die Sachen direkt vor ihren Nasen. Sie würden nie vermuten, dass ein junges, braves Fräulein wie du so etwas wagen würde.»

Josephine tippte sich immer wieder langsam mit dem Zeigefinger an die Lippen. «Ich werde darüber nachdenken.»

Louise strahlte, rückte sich ihren Hut zurecht – und mit einem Mal wusste Josephine wieder, woher sie ihn kannte. Es war der gleiche Hut, der vor vielen Jahren ihrer Mutter gehört hatte.

«Was hast du, Josephine, *ma chère*?», fragte Louise in besorgtem Tonfall.

«Es ist nichts … nur … kann es sein, dass dein Hut einmal meiner Mutter gehört hat?»

Schlagartig verschwand das Lächeln aus Louises Gesicht. Erschrocken fasste sie sich an die Krempe und wich Josephines Blick aus.

«Sie … hat ihn mir … geschenkt», murmelte sie. Wie traurig sie plötzlich aussah. «Ich sollte jetzt nach Hause gehen und nach Philibert und der Madame sehen. Überleg es dir, ja?»

Und mit diesen Worten eilte sie in Richtung der Tür, die Treppe hinauf.

Josephine blieb noch einen Augenblick allein im Keller zurück. Nachdenklich ließ sie sich auf die Truhe sinken, hielt das Talglicht in die Höhe und stellte sich vor, die Regale wären voller illegaler Waren. Vor ihrem inneren Auge tauchten Säcke um Säcke auf den Holzbrettern auf. Der Zucker wurde bis unter die Decke gestapelt, die Zitronen leuchteten hell in riesigen Körben, und die Zimtstangen in ihren Kisten verströmten ihren herrlichen Duft. Nie wieder würde sie in einem leeren Verkaufsraum stehen und die Kunden vertrösten müssen, weil keine Geduldzettel mehr da waren. Wie in alten Zeiten hätte sie immer ein wenig Hoffnung auf Lager, die sie den Menschen in ihre Beutel packen und mit auf den Weg geben könnte. Sie würde der Situation trotzen, so lange, bis die Soldaten endlich wieder verschwunden wären und Onkel Fritz zurück nach Hamburg kommen könnte. Ja, dachte sie, so könnte sie *Thielemanns Backhus*, ihr Zuhause, tatsächlich retten.

# 11. Kapitel

Pépin spielte mit geschlossenen Augen. Denn wenn er die Uniformen, Helme und Säbel nicht sah, war es beinahe, als ginge es nur um die Musik. Als könne Brüderlichkeit einzig durch leidenschaftliche Klänge in die Welt getragen werden. Seine Bassklarinette vibrierte unter seinen kalten Fingern, sein Atem floss mal sanft, mal entschieden durch das Mundstück, und das Zusammenspiel des Musikkorps hüllte ihn ein. Wie so oft dachte er an Josephine. Wieso nur ging sie ihm nicht mehr aus dem Kopf? Er stellte sich vor, sie könnte ihn in diesem Augenblick hören, stünde am Rande des Platzes mit ihrem zimtfarbenen Haar, ihren skeptisch verschränkten Armen und sähe ihn an – nur ihn. Für sie versuchte er, besonders gefühlvoll zu spielen. Obwohl er natürlich wusste, wie blödsinnig diese Vorstellung war. Er ließ sich von der Musik tragen, fort von den anderen Soldaten, bis in Josephines Backstube, in der Josephines Schmunzeln und all die Düfte ihn vom Ernst dieser Welt ablenkten.

Dann, beinahe abrupt, endete das Stück. Pépin öffnete die Augen und sah wieder die anderen Soldaten um sich herum. Sie standen für ihre Übungen in Reih und Glied auf dem Großneumarkt, musizierten und marschierten auf Befehl. Ihre Gesichter leuchteten vor Stolz und Überzeugung. Auch er suchte nach diesem altbekannten, erfüllenden Gefühl in seiner Brust. Doch es hatte sich etwas verändert. Pépin wusste nicht, wann es angefangen hatte, aber in diesem Moment wurde ihm klar, dass er seinen alten Mut nicht mit ins neue Jahr hatte nehmen können. Dieser Januar 1813 war eisig kalt und trostlos. Schließlich brauchte er den Kopf nur leicht zu heben, um zu sehen, dass sich die Menge an Soldaten drastisch verringert hatte.

«Rühren!», rief der Befehlshaber, und Marlo neben ihm ließ seine Trompete sinken. Er seufzte.

«Es ist doch irgendwie trostlos, oder?», flüsterte Pépin ihm zu. «Hier nur mit einer Handvoll Soldaten zu spielen …»

«Na, würdest du mal einen geraden Ton zustande bringen, wären die Truppen bestimmt nicht aus der Stadt abgezogen!» Marlo grinste, und Pépin musste lachen. Er boxte dem Freund gegen die Schulter und spürte, dass er sich schon ein wenig besser fühlte.

«Wir beide wissen ja wohl, wer daran schuld ist, dass Russland so wütend geworden ist. Allein du und dein erschreckendes Trompetenspiel.»

Marlo kicherte. Gleichzeitig sahen sie sich verstohlen um. Es war gefährlich, über die Niederlage der *Grande Armée* in Russland zu scherzen oder überhaupt nur zu sprechen. Einzig durch die verklausulierten Worte im Kriegsbulletin Napoleons hatten Pépin, Gaspard und Marlo davon erfahren. Es war im *Hamburgischen Correspondent* abgedruckt gewesen. In den letzten Monaten war kein Wort von Verlust und Niederlage zu ihnen durchgedrungen, doch nun, in diesem Dezember 1812, hatte Napoleon wohl entschieden, nicht länger geheim halten zu können, dass sie längst nicht so stark und übermächtig waren, wie sie gehofft hatten. Anfangs kaum merklich, dann immer auffälliger war eine Truppe nach der anderen aus Hamburg abgezogen worden. Die Bevölkerung musste es längst gemerkt haben, auch wenn das Musikkorps die Aufgabe hatte, besonders häufig und laut zu patrouillieren und zu spielen, damit ihre Gegenwart nicht unterschätzt würde.

«Ihr drei!», rief ein Offizier und zeigte auf Pépin, Marlo und diesen schweigsamen Trommler, der sich gern in ihrer Nähe aufhielt, um wortlos ihren Witzen zu lauschen. «Ihr werdet drüben am Millerntor gebraucht. Sofort!»

Gehorsam steckten sie ihre Instrumente in die dafür vorgesehenen Beutel und Schultertaschen und trabten den Neuen Steinweg hinunter, über den Zeughausmarkt bis zum Millerntor.

Wie die Soldaten waren auch die Zollbeamten dezimiert worden. Früher hatten hier mindestens fünf Männer die Passanten kontrolliert, jetzt waren es nur noch drei.

Pépin hatte erwartet, aufrührerische Hamburger in Schach halten oder beim Verhaften von Schmugglern helfen zu müssen. Stattdessen blickten ihnen zwei Douaniers entgegen, die mit verschränkten Armen vor einer Kutsche standen.

«Soldaten!», rief einer von ihnen. «Ihr müsst diese Kutsche aus der Stadt hinausbegleiten. Sie soll sicher bis nach Altona eskortiert werden. Lasst niemanden näher als ein paar Meter heran, verstanden?»

Nur wenige Minuten später saßen Pépin, Marlo und der Trommler auf requirierten Pferden. Marlo und Pépin flankierten die Kutsche rechts und links, der Trommler ritt hinter ihr her. Sobald sie die Stadt verlassen hatten, schaute Pépin immer wieder neugierig, aber so unauffällig wie möglich durch die Kutschenfenster. Anfangs konnte er nichts erkennen. Doch je weiter sie sich von der Stadt entfernten, desto lauter drangen ein Kichern und gedämpfte Stimmen aus der Kutsche. Und irgendwann tauchte das Gesicht eines Jungen am Fenster auf, der mit großen Augen zu Pépin hinausschaute.

«Wie weit ist es noch bis nach Paris?», piepste er auf Französisch.

«Komm weg vom Fenster, *tout de suite*!», schalt ihn eine Frauenstimme, bevor die Vorhänge zugezogen wurden.

Pépin hatte den Jungen schon einmal gesehen. Er war der Sohn eines Zollbeamten, der gern vor den Toren mit anderen Kindern gespielt hatte. Pépin schluckte. Schon länger hatte er keine französischen Kinder mehr in Hamburg spielen sehen. Dass die Familien der Beamten nach Frankreich zurückgeschickt wurden, konnte nichts Gutes bedeuten. Er spürte ein Ziehen in seiner Brust. Was gäbe er dafür, einfach in diese Kutsche einsteigen und mitfahren zu können. Er vermisste Paris. Wollte wieder durch die verwinkelten Straßen laufen und *grand-pères* Bäckerei besuchen. Voller Sehnsucht dachte er an die Stunden, in denen er an seiner Seite gestanden und ihm beim Backen zugesehen hatte. Pépin liebte den Geruch von Brandteig, der aus dem Kochtopf aufstieg, bevor Großvater aus ihm kleine Stangen formte und sie in Mandeln wendete. Den Duft von warmem Plundergebäck direkt aus dem Ofen. Ein Bissen von diesen außen knusprigen und innen weich schmelzenden Teilchen, und die Welt wäre wieder in Ordnung, da war er sich sicher. Wie hätte sich sein Leben wohl entwickelt, wenn er sich seinem Vater widersetzt und in der Bäckerei angefangen hätte? Nachts, wenn er auf seinem harten Strohlager über der Buchhandlung nicht schlafen konnte, stellte er sich diese Frage immer wieder. Wäre er zufriedener? Vielleicht sogar glücklich?

Tief atmete er durch. Dann öffnete er die Augen und zwang sich, wieder im Hier und Jetzt anzukommen. Gerade fuhr ihnen ein langer und schmaler Handkarren mit großen Rädern und rosarot gestrichenem Holz entgegen. Obenauf thronte die schöne Frau mit ihrem großen Hut voller roter Stoffblüten, die er hin und wieder bei Josephine in der Bäckerei sah. Vorn hatte sich ein hagerer Mann mit einer schief sitzenden Kappe auf dem Kopf zwischen die zwei langen Holzdeichseln gespannt und zog den Wagen.

«*Bonjour Madame et Monsieur*», rief Pépin und fasste sich an den Zweispitz.

«*Bonjour!*», rief die Frau mit einem fröhlichen Winken. Der Mann hingegen sah ihn nur finster an. Kein Wunder, dachte Pépin. Er wirkte, als zöge er ein gewaltiges Gewicht. Da wäre auch Pépin nicht in der Stimmung zu einem fröhlichen Gruß …

⁂

Louises Hände waren schweißnass, während Karl den Karren an den Soldaten vorbeizog. Zwar hatten sie ihre Ladung nicht nur im Bretterverschlag des Karrens, sondern auch unter einem Tuch und einer Schicht Sand versteckt. Doch Louise konnte den Zimt dennoch riechen. Und wenn sie den Geruch wahrnahm, könnten es die Soldaten auch. Dennoch strahlte sie ihnen so fröhlich zu, wie sie nur konnte, um sie abzulenken.

Sobald sie erkannte, dass es sich um die zwei jungen Burschen handelte, die hin und wieder bei Josephine auf der Fensterbank saßen, wurde ihr etwas leichter ums Herz. Die beiden waren meist zu sehr mit sich selbst und ihren Scherzen beschäftigt, um ihrer Umgebung Aufmerksamkeit zu schenken. Tatsächlich grüßten sie nur höflich und ritten vorüber.

«Mach dir keine Sorgen», brummte Karl. «Nicht jeder hat so eine empfindliche Nase wie du.»

Der Wagen schwankte unter Louise, und sie hielt sich mit beiden Händen an dem Sack fest, auf dem sie saß. Die halbe Nacht hatte sie vor Angst nicht schlafen können, jetzt war sie dennoch hellwach. Sie saß auf fünf Säcken Zucker, drei Kisten Zitronen und zwei Kartons Zimt, und die Waren kamen ihr vor wie eine Sprengladung. Ein Funken würde genügen, um alles in die Luft gehen zu lassen.

«Ich komme besser zu dir runter», sagte sie, bestimmt zum vierten Mal an diesem Tag.

«Auf keinen Fall! Du bleibst, wo du bist. Dort oben kannst du am besten dafür sorgen, dass niemand unsere Ladung unter die Lupe nimmt.»

Louise hörte genau, dass Karl ein Keuchen unterdrückte. Ihm floss der Schweiß den Nacken hinunter. Die Muskeln in seinem Rücken zeichneten sich deutlich unter seinem durchnässten Hemd ab. Sicher war er längst außer Atem, wollte sich aber nichts anmerken lassen.

Je näher sie Hamburg kamen, desto mehr Kutschen, Reiter und Fußgänger kamen ihnen entgegen. Immer dichter wurde es um sie herum, bis sie das Millerntor vor sich auftauchen sahen. Die Schlange der Wartenden war heute besonders lang, sie reichte bis über die Wallbrücke.

«Sie haben mittlerweile weniger Männer für die Durchsuchungen», sagte Louise. «Das ist gut. Bei dem Pensum können sie nicht sonderlich gründlich sein.»

Karl nickte brummend, während er stehen blieb, die Kappe vom Kopf nahm und sich mit dem Ärmel über die Stirn wischte. «Allerdings sinken auch schon die Preise für Schmuggelware. Viele Hamburger glauben, dass die Franzosen nicht mehr lange in der Stadt sein werden. Wenn wir noch einen ordentlichen Gewinn machen wollen, müssen wir uns beeilen. Kannst du Anna und Rosine schon sehen?»

Louise richtete sich auf und schaute sich um.

«Da sind sie». Wie verabredet standen die beiden an der großen Eiche vor dem Graben und boten Rosines Reisigbesen zum Verkauf an.

Karl nahm die Deichseln wieder auf und zog den Karren Schritt für Schritt zu ihnen hinüber. Carla entdeckte sie zuerst und brach in helles Gebell aus, lange bevor sie angekommen waren.

«Aus, Carla, still», befahl Anna, und tatsächlich verstummte der Hund sofort, um Anna versöhnlich den Hals zu lecken.

«Ist alles nach Plan gelaufen?», knurrte Rosine.

Verstohlen sah sich Louise um. «Bisher ja. Aber … findet ihr den Geruch auch so schrecklich auffällig?»

Rosine zog Nase und Stirn kraus. «Geruch? Was für einen Geruch? So, jetzt pack mal mit an.» Sie reichte ihr die Besen nach oben, und Louise nahm sie entgegen, um sie ordentlich zu stapeln.

«Seid ihr euch sicher, dass ihr das schafft?», fragte Karl und rieb sich das Gesicht. «Der Karren ist verdammt schwer.»

«Ach, papperlapapp. Scher dich schon weg. Komm, Louise», sagte Rosine und schob ihren Enkel beiseite.

Karl reichte Louise die Hand und half ihr hinunter. Statt ihrer kletterte nun Anna mit Carla hinauf.

«Ich sollte es doch selbst machen», sagte Karl. «Der Grünrock vom letzten Mal war heute Morgen nicht am Tor.»

«Wir haben schon zigmal darüber diskutiert, Karl», zischte Rosine, während sie sich ein Seil um die Hüften band und Louise ein zweites zuwarf. «Die Gefahr ist viel zu groß. Wenn dich einer von denen erkennt, durchsuchen sie sicher den Karren. Also, sei still, versteck dich und warte, bis wir zurück sind.»

Rosine nickte Louise zu, und dann lehnten sie sich gleichzeitig nach vorn. Es dauerte einen Moment, bis sich der Karren hinter ihnen in Bewegung setzte. Doch als er erst einmal rollte, war es glücklicherweise etwas leichter, ihn vorwärtszuziehen. Louise wich Karls besorgten Blicken aus und kämpfte sich gemeinsam mit Rosine Schritt für Schritt über die Brücke vorwärts. Warnend kitzelte ihr der Duft des Zimts in der Nase, hin und wieder bellte Carla einen Vorübergehenden an, und erstaunt beobachteten fremde Männer die zwei Frauen dabei, wie sie einen übergroßen Handkarren zum Tor zogen. Sie mussten wahnsinnig sein. Noch bevor der Tag vorbei war, würden sie im Zuchthaus sitzen. Dabei hatten Louise und Madame Laurent es doch gar nicht so schlecht gehabt. Sehnsuchtsvoll dachte Louise an ihr sicheres Zuhause und an Philibert, die Kuh. Wie gern wäre sie nun bei ihr und würde über ihr Fell streicheln, auf dem die ganze Stadt Platz zu haben schien. Und dann musste sie über sich selbst schmunzeln. Vermisste sie wirklich ausgerechnet dieses störrische Vieh?

Sie erreichten das steinerne Tor und zogen den Wagen leise keuchend hindurch. Hoffentlich stand Hamo auf der anderen Seite, dachte sie. Hoffentlich empfing er sie mit seinem völlig faszinierten Lächeln und fragte dann eher erstaunt als misstrauisch, was sie denn diesmal in die Stadt brächte. Wie gewöhnlich würde er ihr ohnehin kaum zuhören und ihr am Ende noch helfen, den Karren in die Stadt zu bekommen.

Doch als sie auf der anderen Seite des Tors gegen die Dezembersonne anblinzelte, sah sie zwei ihr gänzlich fremde Grünröcke rechts und links stehen.

«*Halt!* Was habt ihr geladen?», fragte einer von ihnen, ohne sich von seinem Posten zu lösen.

«*Bonjour Monsieur.* Reisigbesen und Sand, *Monsieur*», sagte Louise.

Der Beamte runzelte die Stirn. «Warum das?»

«Von irgendwas müssen wir ja leben, oder?», knurrte Rosine. «Wir versuchen, Geld zu machen. Ist das etwa auch noch verboten? Darf man jetzt nicht einmal mehr Bausand verkaufen? Wollt ihr auch noch meinen Reisig requirieren? Als könntet ihr euch nicht selbst überall Äste sammeln. Faules Franzosenpack!»

«Rosine!», rief Louise erschrocken.

Doch der Beamte grinste nur. «Ganz schön wütend, die Alte.»

Seine Augen funkelten Rosine an. «Du erinnerst mich an meine *grand-mère*. Die war genauso knurrig wie du.» Er lachte, doch sein Companion auf der anderen Seite lachte nicht mit. Mit gerunzelten Brauen hielt er die Nase in die Luft. «*Bizarre*», knurrte er. «Riechst du das auch?»

Louises Herzschlag schien einen Moment lang auszusetzen. Sie hielt den Atem an.

«Was soll ich denn riechen?», fragte der Erste zurück.

«Das riecht … wie in einer Bäckerei. Was ist denn das? Erkennst du es nicht?»

Der andere Beamte hielt inne, schien einen Moment nachzudenken. Plötzlich hellte sich seine Miene auf. «Ja, tatsächlich! Es riecht nach Zimt!»

Gleichzeitig richteten die Männer ihre Blicke auf den Wagen. Und dann kamen sie mit entschiedenen Schritten auf sie zu.

# 12. Kapitel

Zufrieden betrachtete Josephine den Hefeteig, den sie vor einer Stunde vorbereitet hatte. Stolz und glatt quoll er über den Schüsselrand. Während er gegangen war, hatte sie den Verkaufsraum gesäubert und die Tür abgeschlossen. Nun konnte sie sich in aller Ruhe ihrem Experiment widmen. Sie hob den Teig vorsichtig aus der Schüssel und legte ihn auf die Arbeitsplatte. Während sie ihn glatt rollte, überlegte sie, wie sie ihre kostbaren Zutaten am besten nutzen könnte. Zunächst verteilte sie ein wenig weiche Butter auf dem Teig. Beinahe kam ihr die Schicht unanständig vor – in diesen Zeiten! Doch dank Louise und ihrer Kuh hatte sie genug davon, und ihren Kunden würde es den Tag versüßen. Anschließend verteilte sie großzügig Zucker darauf und freute sich daran, wie verheißungsvoll die Körnchen im Licht der einfallenden Nachmittagssonne glitzerten. Den Zimt hatte sie bereits am vergangenen Abend gemahlen und ihn in einer kleinen Blechdose aufbewahrt. Als sie nun den Deckel öffnete, strömte ihr sofort der süß-würzige Duft in die Nase. Wie immer bei dem Geruch von Zimt sah sie das Gesicht ihrer Mutter vor ihrem inneren Auge, spürte ihre Wärme, hörte ihre Stimme. Ihre Mutter streckte die Hände nach ihr aus. «Komm, lass uns tanzen», rief sie, und am liebsten hätte Josephine sich mitziehen lassen in diese leuchtende, schwungvolle Vergangenheit. Lächelnd streute sie das braune Pulver über den Zucker und beobachtete, wie er den hellen Teig verdunkelte, bevor sie den Teig eng einrollte. Die Enden drückte sie vorsichtig fest, bevor sie ihn mit einem großen Messer in dicke Scheiben schnitt.

Ein Klopfen riss sie aus ihrer Versunkenheit. Sie wischte sich die Hände an der Schürze ab. Eine halbe Stunde sollten die Schnecken sowieso ruhen, bevor sie weiterarbeitete, beruhigte sie sich selbst und lief dann in den Verkaufsraum.

«Christian?», fragte sie durch die geschlossene Tür.

«Josephine, es tut mir leid, ich bin spät dran. Heute war furchtbar viel zu tun …»

Sie öffnete ihm. «Das ist doch nicht schlimm, komm rein! Ich würde dir ja gern etwas anbieten, aber ich habe leider bereits alles verkauft …»

Seitdem Fritz in der vergangenen Woche ausgezogen war, hielt Christian Wort und kam jeden Tag bei ihr vorbei, um sich nach ihrem Befinden zu erkundigen und ihr Einkäufe zu bringen. Nun stand er mit großen Augen vor ihr, zog sich den Hut vom Kopf und sagte leise: «Du siehst heute wieder sehr hübsch aus.»

Josephine wich seinem Blick peinlich berührt aus. «Heute? Nein, ich bin doch völlig …» Doch sie unterbrach sich selbst, als sie noch einmal zu ihm aufsah. Er wirkte aufrichtig und ehrlich. Nachdenklich musterte er sie, dann ging er zwei zögerliche Schritte auf sie zu und beugte sich zu ihr vor. Seine plötzliche Nähe fühlte sich warm und vertraut an. Bei ihrem Spaziergang auf dem Jungfernstieg war er ihr sehr weit entfernt vorgekommen, doch in der letzten Zeit hatte sich das wieder geändert. Ihr gefielen seine treuen Blicke, und sie war froh darüber, sich auf ihn und seine Besuche verlassen zu können. Als sein Gesicht dem ihren nun immer näher kam, konnte sie seine warme Haut riechen. Sanft küsste er sie auf die Wange, und Josephine schloss für einen kurzen Moment die Augen. Sie hatte sich nicht in ihm getäuscht, sagte sie sich. Er war ein guter, sanfter Mann. Er lächelte, schaute auf den Boden und räusperte sich nervös. «Ich habe Mehl, Hefe und heute sogar vier Zitronen dabei.»

«Zitronen?», fragte Josephine eine Spur zu laut.

«Sie haben sie heute bei einem Schmuggler gefunden und versteigert. Ich war genau zur rechten Zeit am rechten Ort.» Stolz drückte er die Brust raus. «Wo soll ich die Sachen abstellen?» Er zeigte auf den Stoffbeutel, den er über der Schulter trug.

Josephines Mund war mit einem Mal ganz trocken. Hatte Louise nicht auch von Zitronen gesprochen? Das musste ein Zufall sein, versuchte sie sich zu beruhigen.

«Was haben sie mit ihm gemacht?»

«Mit wem?»

«Mit dem Schmuggler. Nachdem sie ihn erwischt haben.»

«Ich weiß es nicht. Sicher sitzt er im Zuchthaus, wo er hingehört. Ich habe nur die Versteigerung gesehen.»

Josephine schluckte. «Der arme Teufel tut mir leid», sagte sie leise.

Christian zuckte mit den Schultern. «Gesetz ist Gesetz. Er hätte sich besser daran halten sollen.»

Josephine legte den Kopf schief. Meinte er das ernst? In seiner Stimme lag keine Spur von Mitleid.

«Vielleicht hatte er Hunger?», warf sie ein.

«Es war ein großer Haufen Zitronen. So viel Hunger kann einer allein gar nicht haben.»

Josephine rieb sich unwillkürlich über den Mund. Auch Louise hatte von großen Mengen Schmuggelware gesprochen, die sie bei ihr lagern wollte. Oh, hoffentlich war sie es nicht, die erwischt worden war!

«Aber seine Familie wird in den nächsten Wochen sicherlich viel Hunger leiden», sagte Josephine und verschränkte die Arme. Zwar hatte Louise keine Familie, die sie ernähren musste, aber sie hatte Madame Laurent, die allmählich immer dünner wurde. Auch Louise selbst musste essen – und in der ganzen Straße litten die Menschen immer stärker unter dem Mangel an Lebensmitteln.

«Ich glaube nicht, dass einer Hunger leiden und arm sein muss, wenn er nur an Gott glaubt, sich an die Gesetze hält und tüchtig arbeitet. Wer gottesfürchtig und brav ist, kann auch seine Familie ernähren.» Mit einem trotzigen Gesichtsausdruck sah er sie an, und Josephine spürte, wie der Ärger ihr bitter im Hals aufstieg.

«Bin ich denn nicht gottesfürchtig und brav?», fragte sie in trockenem Tonfall.

Überrascht ergriff er ihre Hände. «Doch, natürlich, du bist das bravste Mädchen, das ich kenne», sagte er voller Inbrunst und drückte ihre Finger.

«Wenn es in der Stadt keine Schmuggler gäbe, könnte ich trotzdem nur noch Brot verkaufen. Wenn überhaupt. Möglicherweise würde auch ich Hunger leiden.»

Schnell schüttelte Christian den Kopf. «Unter keinen Umständen, meine liebe Josephine. Wer Gott vertraut, wird versorgt sein, hab keine Angst. Mein Vater sagt: Würde sich die Stadt nur streng an die Vorschriften halten, wäre der Spuk ganz schnell vorüber. Dann hätte England gar keine andere Wahl als sich zu unterwerfen, allen würde es endlich besser gehen, und du könntest wieder täglich deine Geduldzettel backen.»

Josephine wusste nicht viel von dem Konflikt zwischen Frankreich und England, aber irgendetwas an dieser Erklärung kam ihr komisch vor. Christian bemerkte ihre Verwirrung anscheinend, denn nun sagte er schnell: «Bitte entschuldige. Sicher langweile ich dich schrecklich mit diesen politischen Themen. Ich bringe dir die Zutaten schnell in die Backstube.» Er drückte ihr noch einmal die Hand, dann lief er nach hinten, und Josephine folgte ihm.

«Oh, ich habe dich beim Backen gestört.»

Vor den nebeneinander aufgereihten Schnecken blieb Christian stehen. In der Zwischenzeit waren sie bereits größer und runder geworden.

«Die sehen wunderbar aus», sagte er – und Josephine verfluchte sich innerlich. Wieso hatte sie ihn nach hinten gelassen? Er musste den schweren Duft des Zimts riechen. Was, wenn er ihn erkannte? Er würde fragen, wie sie an das verbotene Gewürz gekommen war. Noch vor wenigen Minuten hätte sie ihm die Wahrheit gesagt. Vielleicht hätte sie ihm sogar von Louise, Karl und den gemeinsamen Plänen berichtet, im Keller Schmuggelware zu verstecken. Doch nun würde sie den Teufel tun. Sie biss sich auf die Unterlippe. Wie lange könnte sie ihre Pläne vor ihm verbergen?

«Wie heißt dieses Gebäck?», fragte er und musterte die Teiglinge neugierig.

«Das werden Zimtschnecken.»

«Zimt?» Überrascht sah er sie an. «Woher hast du denn Zimt?»

«Ich … also …» Sie schluckte. Dann sagte sie schnell: «Fiete hat ihn für mich ersteigert. Er war ebenfalls zur rechten Zeit am rechten Ort.»

Christian nickte. «Manchmal braucht man einfach etwas Glück.»

Damit war das Thema für ihn offenbar erledigt, denn er legte seinen Beutel neben die Zimtschnecken und packte ihn ohne ein weiteres Wort aus.

Sobald er gegangen war, atmete Josephine tief durch. Draußen dämmerte es bereits. Eigentlich müssten Louise und Karl schon wieder zurück in Hamburg sein. Sie wollten den Wagen in den Gängen verstecken, bis es dunkel genug war, um ihn unauffällig durch die Twiete bis in die Rosenstraße zu ziehen. Ob wohl alles nach Plan lief?

Nachdenklich schlug sie Eier auf, verquirlte und verteilte sie auf den Schnecken. Als sie im Ofen waren, nahm sie eine Zitrone in die Hand. Sie liebte die sauren Früchte aus der Ferne. Welche Möglichkeiten sie eröffneten! Nun könnte sie fruchtigen Zitronenkuchen backen. Sie konnte aus Zitronensaft und Milch sogar Quark herstellen und in den nächsten Tagen besonders luftiges, lockeres Gebäck anbieten. Oder natürlich Zuckerguss … Sie schnitt die Zitrone auf, drückte den Saft heraus und vermengte ihn mit Puderzucker, wie es ihre Mutter früher so gern getan hatte. Sie atmete den frischen, anregenden Geruch ein und fragte sich erneut: War diese Zitrone wohl gerade erst durch Louises Hände gegangen? Oh, hoffentlich war sie wohlauf!

Bald duftete es in der Backstube so verboten nach Zimt und Zitronen, dass schon der Geruch Josephine wie ein Verbrechen vorkam. Beinahe glaubte sie, er müsste die Soldaten und Zollbeamten wie die Schmeißfliegen anlocken – doch niemand störte sie. Sobald die Zimtschnecken goldbraun geworden waren, holte sie sie heraus, verteilte den Zuckerguss darauf, und dachte doch an nichts als Louise und Karl.

⁂

«Meine Carla», schluchzte Anna.

«Carla ist eine wahre Heldin», versuchte Louise sie zu trösten.

«Seid ihr jetzt gefälligst still?», zischte Rosine.

Für einen Moment kniff Louise die Augen zusammen. Sie hatte doch gewusst, dass die Douaniers den Zimt riechen würden. Warum hatte sie nichts dagegen getan, als sie noch die Gelegenheit gehabt hatte?

«Meine Carla», flüsterte Anna noch einmal.

Vorhin, am Tor, als die Männer auf den Karren zusteuerten, da hatte der kleine Hund so mutig und laut gebellt. Genauso mutig hatte auch Louise einschreiten wollen, doch sie war wie erstarrt gewesen. Sie fühlte sich noch immer wie erstarrt, wenn sie daran zurückdachte, wie die Beamten dem Wagen Schritt für Schritt näher kamen, während Carla immer weiter kläffte.

«Carla, sei still», sagte Anna in halbherzigem Ton – Carla bellte nur noch drohender weiter. Schon griff einer der Beamten nach dem alten, mottenzerfressenen Teppich, den sie über den Handkarren gelegt hatten, zog ihn herunter und legte den Blick auf einen großen Haufen Sand frei, der von Kisten voller Reisigbesen eingerahmt war. Der Zollbeamte streckte die Hand danach aus. Er bräuchte die Finger nur ein wenig durch den Sand gleiten lassen, schon könnte er das Tuch unter der dünnen Schicht fühlen.

Würde er danach greifen, es zur Seite ziehen und die Säcke voller illegaler Waren unter der Sandschicht finden? Louises Herz raste. Da plötzlich sprang Carla auf den Grünrock zu. Knurrend und zerrend verbiss sich der Hund im Uniformärmel.

«Ah, *merde*, du blödes Mistvieh!», schrie der Douanier und versuchte, Carla abzuschütteln, doch das brachte sie nur noch mehr gegen ihn auf.

«Carla, beruhige dich!», sagte Anna betont langsam und unbeteiligt – natürlich reagierte Carla nicht.

«Nimm gefälligst den Köter von mir runter!»

«Sie dürfen nicht so zappeln, dann lässt sie von allein wieder los», behauptete Anna schulterzuckend, und Louise verkniff sich ein Grinsen.

«Runternehmen, habe ich gesagt!», kreischte der Mann und zappelte noch stärker.

Hektisch geworden, lief der andere Soldat um den Wagen herum, griff nach seinem Gewehr und hieb damit auf den Hund ein.

Jetzt sprang Anna auf, und vielleicht hätte sie sich im nächsten Moment ähnlich wütend wie Carla in den anderen Soldaten verbissen, hätte in diesem Moment nicht ein Schrei über den Platz gegellt. Sämtliche Köpfe drehten sich. Louise erblickte eine prunkvolle Kutsche, die vor ihnen gehalten hatte. Aus der geöffneten Tür beugte sich ein kleines Frauengesicht heraus. Ein spitzer Finger zeigte zitternd auf Carla, eine bebende Stimme rief: «Das ist Marie-Antoinette! Lassen Sie sofort meine Marie-Antoinette los!»

Louise schob sich verwirrt den Hut in den Nacken. Was zum Teufel hatte das zu bedeuten?

«Oh, Philipp, bitte hol sie!», rief die Frau, und ein stattlicher Herr mit einem auffällig kleinen Kopf sprang aus der Kutsche. In wenigen Schritten war er bei den Beamten.

«Was fällt Ihnen ein? Wissen Sie nicht, wen Sie vor sich haben?» Er baute sich vor ihnen auf und stemmte die Hände in die Hüften.

«Natürlich, Herr Altmann», sagte einer der Franzosen.

«Nehmen Sie endlich diesen Köter von mir runter!», brüllte der andere, dem im Angesicht der weit aufgerissenen Hundeaugen, des schnappenden Mauls und des drohenden Knurrens offensichtlich völlig egal war, wen er in diesem Moment vor sich hatte.

«Das ist kein Köter, das ist Marie-Antoinette! Philipp, nun bring ihn schon her», rief die Frau aus der Kutsche.

«Na komm, Hündchen», sagte der Mann. «Frauchen hat dich sehr vermisst.» Langsam streckte er die Hände nach dem Tier aus.

«Aber, Sie können doch nicht meine Carla …», setzte Anna an.

«Wirst du wohl still sein?», knurrte Rosine über ihre Schulter. Sie sah zu Louise hinüber, und mit einer unwirschen Kopfbewegung bedeutete sie ihr vorwärtszugehen. Sie fasste nach einem der Handgriffe und Louise nach dem anderen.

«Los», flüsterte Louise.

«Verflucht!», schrie hinter ihr der Herr namens Altmann. Gleichzeitig kreischte seine Frau auf. «Marie-Antoinette, aus! *Aus*, habe ich gesagt!»

Louise musste sich einfach noch einmal umschauen: Der kleine Hund hing knurrend an Herrn Altmanns Unterarm, und obwohl beide Grünröcke versuchten, das Tier von ihm herunterzubekommen, blieb Carla unerbittlich. Immer mehr Menschen auf dem Zeughausmarkt eilten Herrn Altmann zur Hilfe, sogar die Frau mit dem kleinen Gesicht stieg nun aus der Kutsche und versuchte, ihren Mann von dem Tier zu befreien. In der allgemeinen Aufregung zogen Louise und Rosine den schmalen Wagen Stück für Stück vom Tor weg, quer über den Platz.

Sie waren in den Neuen Steinweg eingebogen, zum Großneumarkt gefahren und hatten den Wagen dann in die dunklen Twieten gezogen, um sich zu verstecken. Und hier standen sie nun, Anna weinte leise, Rosine und Louise lauschten zwischen den Schluchzern des Mädchens angestrengt, ob noch irgendwelche Soldaten in der Nähe waren.

«Es ist alles still», sagte Louise schließlich. «Kommt, weiter.»

Sie und Rosine griffen beherzt nach den Deichseln und lehnten sich vor.

«Haben die Herren Sie wohl durchgelassen?»

Louise zuckte heftig zusammen. Zuerst sah sie nicht, woher die fremde Stimme kam, dann sprang ein etwa zehnjähriges Mädchen von einem Häuservorsprung mitten auf den Weg vor ihnen. Es war furchtbar dreckig und dünn.

«Weg da!», knurrte Rosine und starrte das Kind finster an.

«Na, das sieht mir aber nicht aus, als würde hier alles mit rechten Dingen zugehen. Oder, Hermann?»

Bei diesen Worten folgte ihrem Beispiel ein älterer, viel größerer Junge, der jedoch nicht weniger ausgezehrt aussah. Er landete neben ihr, schob die Hände in die ausgebeulten Hosentaschen und schüttelte den Kopf.

«Es sieht fast so aus, als wäre der Wagen voller Schmuggelware, richtig, Hermann?»

Der Junge nickte.

«Und wir sind so brave Kinder! Wenn wir ein Unrecht sehen, müssen wir es melden. Das müssen wir doch, nicht wahr, Hermann?»

«Hör auf, so einen Unsinn zu reden, und geh uns aus dem Weg», knurrte Rosine. «Sonst setzt es was.»

In ihrem Blick lag so viel Autorität, dass Louise sofort darunter eingeknickt wäre, doch dieses Mädchen schien es gar nicht zu bemerken.

«Oh, bevor es irgendetwas setzt, schrei ich. Und ich kann laut schreien. Das kann ich doch, Hermann?»

Hermann nickte.

«Wenn ich richtig laut schreie, dass ich Schmuggelware entdeckt habe, was glaubt ihr, was dann passiert? Die Franzosen kommen. Und diesmal ist euer Köter nicht hier.»

«Carla ist eine Heldin», presste Anna hervor. Drohend baute sie sich auf dem Wagen auf und zog ihre halbrunden Augenbrauen weit nach oben.

«So, nun beruhigen wir uns alle!» Louise schob ihren Hut in den Nacken und lächelte das dreckige Mädchen möglichst freundlich an. «Wir werden uns mit Sicherheit einig. Wenn ihr uns jetzt durchlasst, schenken wir euch …», sie senkte die Stimme und sprach so leise wie nur möglich, «… eine Zitrone.»

Die Augenbrauen des Mädchens zogen sich zusammen. «Eine Zitrone?» Freudlos lachte es auf. «Ich will zehn Zitronen. Und für Hermann noch mal zehn.»

«Ungezogenes Balg!», schimpfte Rosine. «Wie willst du dummes Ding denn so viele Zitronen durch die Stadt tragen? Hast du überhaupt schon mal eine Zitrone gesehen?»

«Jeder von euch kriegt zehn Zitronen», flüsterte Louise, ohne auf Rosines wütendes Schnauben zu achten. «Und jetzt lasst uns durch.»

«Wir wollen die zehn Zitronen jetzt. Sonst schreien wir.»

Louise sah sich um. Die Gasse war leer. Doch hinten, an der Kreuzung, liefen ein paar Arbeiter vorbei, etwas weiter weg sah sie zwei Dienstmädchen schwere Körbe tragen.

«Hier ist es viel zu auffällig. Gehen wir woandershin, wo uns niemand sieht.»

«Ncin, ihr gebt uns auf der Stelle …»

«Halt den Mund!», zischte Rosine. «Los!»

Louise und Rosine griffen gleichzeitig nach den Holzdeichseln des Karrens und zogen ihn voran.

«Wenn du dich nicht bewegst, kriegst du gar nichts, verstanden?», knurrte Rosine. «Und wenn du schreist, werde ich denen erzählen, du wärst in die Sache verwickelt.»

«Bitte», flüsterte Louise. «Glaubt mir, ich halte mein Wort. Wir treffen uns vor der Bäckerei an der Rosenstraße.»

«Vor *Thielemanns Backhus*?», fragte das Mädchen.

«Genau dort.»

Mit zusammengekniffenen Augen sah es auf den Wagen und zurück. Und dann, endlich, trat es zur Seite und zog seinen Bruder mit.

«Ah, hier seid ihr also!»

Louise sah über ihre Schulter. In der Gasse war mit einem Mal ein Douanier aufgetaucht.

«Euer Karren wurde noch nicht durchsucht, stehen bleiben! Der Köter hat schon drei Soldaten gebissen! Wir werden ihn erschießen, wenn er nicht aufhört!»

Anna kreischte auf. Und dann schrie sie gellend: «Carla, komm her!»

«Schnell weg hier», raunte Rosine.

«Wir machen das», zischte das Mädchen. «Aber denkt an unsere Zitronen.»

Während Rosine und Louise den Wagen tiefer in die Twiete hineinzogen, traten sie und der Junge namens Hermann auf den Douanier zu. In ihrem Rücken hörte Louise, wie das Kind sagte: «Hallo der Herr, haben Sie vielleicht ein paar Münzen für uns übrig?»

«Ich hab jetzt keine Zeit für …»

«Oh, bitte! Sehen Sie, wie hungrig wir sind? Wir haben seit Tagen nichts gegessen. Und Sie sehen so wohlgenährt aus! Richtig wohlgenährt sieht er aus, oder, Hermann? So schön rosig, gesund und stark. Ein bisschen etwas können Sie uns doch sicherlich abgeben. Das kann er doch bestimmt, nicht wahr, Hermann? Ich denke auch, das kann er. Sie sehen aus wie ein guter Mann, ein Wohltäter, genau so sehen Sie aus!»

So schnell sie konnten, zogen sie den Karren in eine noch schmalere Seitengasse hinein.

«Wo sind sie hin?», fragte dumpf in der Ferne die Stimme des Douaniers.

«Ach, die mit dem Wagen? Die wollten wohl dort hinunter», behauptete das Kind, und Louise schickte ein Stoßgebet zum Himmel, dass es in die falsche Richtung zeigte.

Im Gegensatz zu dem Douanier, der im Straßengewirr Hamburgs vergeblich nach ihnen suchte, fand Carla den Wagen schon wenige Minuten später. Völlig außer Atem, aber mit stolz aufgestellter Rute sprang sie an der Karrenwand hoch auf Annas

Schoß, die glücklich glucksend ihre Nase im Hundefell vergrub.

«Du bist eine Heldin», flüsterte sie. «Eine wahre Heldin.»

# 13. Kapitel

Josephine schaute aus dem Fenster und wartete. Sie konnte unmöglich schlafen gehen. Zwar war ihr Körper hundemüde, schließlich hatte sie viel gebacken, sämtliche Zimtschnecken verkauft, das *Backhus* sauber gemacht und alles für den morgigen Tag vorbereitet. Doch Louise hatte gesagt, bei Einbruch der Nacht würde sie mit einer ganzen Menge an Waren kommen und Josephine müsse ihr helfen, sie so schnell wie möglich zu verstecken. Sie starrte in die Dunkelheit. Die Rosenstraße war leer, nur ein paar Kerzenlichter leuchteten aus den Küchen heraus. Immer wieder stellte sie sich vor, wie ihre fröhliche Nachbarin im Zuchthaus säße. Hätte sie sie von dem Vorhaben abhalten sollen?

Da hörte sie endlich Schritte und leises Schnaufen. Aus der Richtung der St.-Gertruden-Kapelle näherten sich ein Mann und eine Frau mit einem langen, schmalen Handkarren! Der große Hut verriet Louise sofort.

Josephine unterdrückte einen Freudenschrei, sprang auf, schnappte sich das Talglicht auf dem Nachttisch und flog damit die Treppe hinunter. Sie hatten es geschafft! Sie waren nicht erwischt worden! Beinahe wäre sie durch die Backstube gerannt und hätte die Vordertür aufgemacht, doch rechtzeitig erinnerte sie sich an Louises Anweisungen. Also lief sie zum Hinterhof und wartete dort.

Bald konnte sie Louise und Karl hören, wie sie sich durch den schmalen Gang zwischen dem *Backhus* und Madame Laurents Haus, dem ehemaligen Schuhmacherladen, näherten.

«Ich bin hier», rief Josephine.

«Schhht», machte Louise in der Dunkelheit. «Die Madame spricht zwar nicht, aber sie hat fürchterlich gute Ohren.»

Leise öffnete Josephine den beiden die Hintertür, während sie den Handkarren schnaufend abstellten.

«Gott sei Dank», wisperte Josephine. «Ich habe mir solche Sorgen gemacht …!»

Louise und Karl sahen sich matt an.

«Es war tatsächlich furchtbar knapp», sagte Louise. Josephine hob ihr Licht und sah in seinem Schein, wie blass und erschrocken die Nachbarin aussah. Ihre sonst so roten Lippen waren bläulich angelaufen, ihre Augen dunkel umschattet, und ihre Hände, mit denen sie ihren Hut richtete, zitterten.

Josephine schluckte.

«Wo geht's lang?», knurrte Karl und zeigte mit dem Kopf auf den voll beladenen Karren.

«Folgt mir», sagte Josephine.

Sie trugen Kiste um Kiste, Sack um Sack hinunter, und was auf dem Karren wie eine gewaltige Menge an Waren ausgesehen hatte, schien im dunklen Keller beinahe zu verschwinden.

«Na, hier haben wir ja noch genügend Platz.» Anerkennend zog Karl einen Mundwinkel hoch.

«Aber wie sollen wir noch mal mit dem Wagen durch das Tor kommen?» Louise ließ sich auf einer Zitronenkiste nieder, streifte sich den großen Hut vom Kopf und rieb sich über das Gesicht.

«Was ist passiert?» Josephine stellte das Licht auf dem Boden ab und setzte sich ihr gegenüber auf einen Zuckersack. Louise und Karl sahen sich kurz an, dann ließ sich Karl seufzend auf den nackten Boden sinken, stellte einen Fuß auf und lehnte den Rücken an die Wand. Gleichzeitig begann Louise zu erzählen, wie sie am Tor beinahe aufgeflogen wären und Annas kleiner Hund sie gerettet hatte. Als sie von einer Frau sprach, die das Tier «Marie-Antoinette» genannt hatte und deren Mann Philipp Altmann hieß, riss Josephine die Augen auf. Hatte ihre Schwester etwa den Karren gesehen? Nicht auszudenken, wenn Ida ihn hier wiederentdeckte.

«Ohne den Wagen geht es nicht», brummte nun Karl. «Vielleicht versuchen wir es am Dammtor. Oder du sprichst mit Hamo und fragst ihn, wann er Dienst hat …»

«Hamo ist nicht dumm, Karl. Wenn ich ihn so etwas frage, wird er sofort hellhörig. Außerdem hätte alles gut geklappt, wäre da nicht der Geruch gewesen. Und den wird auch Hamo bemerken, da kann ich ihm noch so schöne Augen machen.»

«Der Geruch?», hakte Josephine ein und zwang sich, die Gedanken an ihre Schwester beiseitezuschieben.

«Ja, die Grünröcke haben den Zimt gerochen. Sonst hätten sie uns wahrscheinlich einfach durchgewinkt.» Vorwurfsvoll sah Louise Karl an und fügte hinzu: «Und du hast mir nicht glauben wollen!»

«Ich hätte wirklich nicht gedacht, dass die auf so etwas achten …»

Nachdenklich legte Josephine den Kopf schief. «Ihr braucht also etwas, das den Duft überdeckt …»

«Es sollte stinken», knurrte Karl. «Damit sie dem Wagen nicht zu nahe kommen wollen.»

Bei diesen Worten sprang Josephine auf. «Na, das ist doch überhaupt kein Problem!», rief sie aufgeregt.

Fragend sahen Louise und Karl zu ihr hoch. Sie setzte schon zu einer Erklärung an – da ließ ein Klopfen sie zusammenfahren. Vier Mal pochte es über ihren Köpfen laut und heftig an der Tür der Bäckerei. Nun sprangen auch die anderen beiden auf die Füße.

«Wer kann das sein?», flüsterte Louise. «Um diese Uhrzeit?»

«Bestimmt der liebe Verlobte, oder? Im Schutz der Dunkelheit ist so ein Besuch doch am schönsten …» Karl sah Josephine schmunzelnd an, und seine Augenbraue zuckte.

«Dass du so über andere Männer denkst, weist nicht gerade auf deine eigene Ehrenhaftigkeit hin», entgegnete Josephine prompt. Wenn er frech wurde, brauchte sie selbst ihr Mundwerk ihm gegenüber auch nicht zu zügeln, fand sie. Und tatsächlich grinste Karl nur über ihre Bemerkung. «Ich sehe nach. Ihr zwei bleibt hier. Und seid bitte leise. Wenn es hier unten rumpelt, kann man das oben vielleicht hören.»

Josephine versuchte, ihren Atem zu beruhigen, während sie die Stufen hinaufstieg, die Kellertür hinter sich schloss und dann durch die Backstube ging. Kurz bevor sie die Tür im Verkaufsraum erreichte, klopfte es erneut. Josephine blieb stehen und ballte die Hände zu Fäusten, damit sie nicht mehr zitterten.

«Wer ist da?», rief sie etwas zu schrill.

«Ich bin's», sagte eine Stimme, die Josephine nicht sofort erkannte. «Lass mich sofort rein! Sonst schrei ich! Und ich kann laut schreien, nicht wahr, Hermann? Sehr laut!»

Josephine stöhnte auf. «Mathilde!», rief sie durch die Tür. «Wir haben schon lange geschlossen, und ich habe auch nichts übrig! Kommt morgen wieder.»

«Wir gehen hier nicht weg! Wenn du mich fortschickst, hole ich die Franzosen.»

«Aber … warum willst du denn die Franzosen holen?» Josephine stemmte die Hände in die Hüften. Allmählich wurde es ihr wirklich zu bunt.

«Das wisst ihr ganz genau! Wir haben unseren Teil der Verabredung eingehalten. Jetzt seid ihr dran!»

Josephine trat einen Schritt an die Tür heran, legte die Hände darauf und presste warnend hervor: «Ich war immer nett zu euch beiden. Aber wenn ihr jetzt nicht sofort verschwindet, habt ihr hier keine Freundin mehr, verstanden?»

Einen Moment lang war es still hinter der Tür. Dann erklang mit einem Mal ein Schrei, der Josephine durch Mark und Bein ging.

«Ich weiß genau, dass die Frau mit dem Hut bei dir ist! Sie hat uns etwas versprochen!», kreischte das Mädchen. «Sie hat es versprochen, sie hat es versprochen, ihr seid so gemein!»

Nun polterte es unter Josephines Füßen doch. War im Keller eine Kiste umgestürzt? Sicher hatten Louise und Karl bei absoluter Dunkelheit versucht, zur Tür zu gelangen. Schon hörte sie Schritte die Treppe heraufkommen.

«Ihr solltet doch unten bleiben!», rief Josephine über ihre Schulter, doch da waren Louise und Karl bereits da.

«Das ist dieses Mädchen!», keuchte Louise. «Das habe ich ganz vergessen, sie hat recht, es tut mir leid!»

«Die Franzosen müssen kommen! Ich sage ihnen alles! Wo sind die Franzosen!», schrie Mathilde hinter der Tür. «Hier werden Schmuggelwaren versteckt! Hört mich jemand? Da drin ist alles voller verbotener Zitronen! Verhaftet sie!»

Und dann wurde ihr Rufen von einem Brüllen übertönt, das viel lauter über die Straße hallte: «Was ist denn das für ein Geschrei!»

Josephine riss die Augen auf und schlug sich die Hände vor den Mund. «Das war der laute Fiete», sagte sie tonlos.

«Nun mach die Tür schon auf», wisperte Louise. «Lass das Mädchen rein.»

«Wenn wir sie jetzt reinlassen und die Franzosen kommen …», warf Karl ein.

«Mach auf», drängte Louise.

«Lass die Tür zu», knurrte Karl.

«Da drin ist alles, alles voller Zitronen!», schrie Mathilde. «Und ich sollte zehn Stück kriegen! Und Hermann sollte auch zehn Stück kriegen!»

«Dich müsste man windelweich prügeln!», brüllte Fiete.

Josephine sah von Louise zu Karl und zurück, biss die Zähne zusammen – und öffnete die Tür. Draußen stand von Wuttränen überströmt Mathilde, neben ihr, mit angstvoll geweiteten Augen, Hermann und um sie herum, im Halbkreis, die halbe Rosenstraße: der laute Fiete, der versuchte, Mathilde am Kragen zu packen, doch von dem großen Hermann erstaunlich mühelos aufgehalten wurde. Die leise Witwe Franz. Die traurige Jette. Der Metzger. Der neue Schuhmacher. Die Wirtin von gegenüber. Sogar die Zwiebel-Susanna. All die Gesichter, die sie in den letzten Tagen noch so aufmunternd angesehen hatten, waren nun vom Schreck gezeichnet. Irritiert starrten sie Josephine an, wie sie da mit der verrückten Putzerin und einem verlumpten Mann aus den Gängevierteln in der Ladentür stand.

«Seht ihr? Sie ist da! Die Frau mit dem Hut ist da! Sie hat etwas durchs Millerntor geschmuggelt! Und jetzt hat sie ihr Versprechen gebrochen!», schrie Mathilde.

Josephine war wie erstarrt. Und auch Louise und Karl rührten sich nicht.

«Ich hab doch gesagt, diese Kinder sind eine Plage. Ich werde ihnen eigenhändig den Hintern versohlen», entschied Fiete. Doch mit einem kurzen Blick brachte die Witwe Franz ihn dazu, stehen zu bleiben.

«Nein, Fiete», wisperte sie. «Du versohlst niemanden.»

Einen Moment lang sah sie Josephine in die Augen, dann huschte ein winziges Lächeln über ihren Mund.

«Ich für meinen Teil habe nichts gesehen und gehört», sagte sie so leise, dass die anderen unwillkürlich die Köpfe zusammensteckten, um sie besser verstehen zu können. «Ich werde jetzt wieder nach Hause gehen. Schließlich ist hier rein gar nichts vorgefallen, habe ich recht?»

Einen Moment lang war es vollkommen still. Susanna schaute verwirrt zu Jette hinüber. Ihre Augen glänzten, während sie den Metzger ansah. Der rieb sich den kleinen Schnäuzer, blickte zur Wirtin. Diese verschränkte die Arme und hob die Schultern. Der neue Schuhmacher war es schließlich, der als Erster sprach. Er war ein junger Kerl mit schütterem hellblondem Haar.

«Tatsächlich habe auch ich nichts gesehen und gehört. Ich für meinen Teil brauche dringend meinen Schlaf», sagte er mit seiner hellen Stimme.

Nacheinander nickten sie alle. Susanna lächelte Josephine an, die Witwe Franz zwinkerte freundschaftlich, dann wünschten sie sich eine gute Nacht und gingen ihrer Wege.

Vollkommen verdattert schaute Josephine ihnen nach. Sie rührte sich nicht, bis Louise sagte: «Komm, Mädchen. Ich halte mein Versprechen.»

Sie streckte den Arm aus und führte Mathilde in die Backstube. An ihrer Hand hing wiederum Hermann, der sich unter dem Türrahmen hindurchbücken musste, um hinter Mathilde her in den Keller zu gelangen.

Mit einem Korb voller Zitronen verließen sie kurze Zeit später das *Backhus*.

«Es tut mir leid», flüsterte Mathilde Josephine zu. «Ich hätte nicht so ungezogen sein dürfen. Bitte verzeih mir.»

Josephine seufzte leise und unendlich müde. «Mach das nie wieder, hörst du?»

«Nie wieder. Versprochen.»

«Gut.» Josephine zwang sich zu einem Lächeln. «Und jetzt ab nach Hause und ins Bett. Schlaft schön.»

In den kommenden Tagen wehten die wunderbarsten Düfte durch die Rosenstraße. Früh morgens roch es nach Geduldzetteln, am Vormittag nach Zimtschnecken und Quarktaschen und am Mittag nach saftigem Zitronenkuchen. Zunächst schämte sich Josephine, wenn die Nachbarn bei ihr vorbeischauten, die Mathildes Worte gehört hatten. Sie lief hochrot an und bewegte sich steifer und fahriger denn je. Was, wenn jemand etwas sagte oder missbilligend den Kopf schüttelte? Wenn einer von ihnen sie doch noch an die Franzosen, an Fritz oder Christian verriet? Doch zu ihrer großen Überraschung verhielten sich alle wie immer. Es gab weder tadelnde noch verschwörerische Blicke. Keiner spielte auf die Nacht an – und niemand mied die Bäckerei. Es war, als wäre gar nichts geschehen. Dabei befanden sich doch direkt unter ihren Füßen viele Säcke voller Zucker, unzählige Zimtstangen und Berge von Zitronen! Schon bald kam es Josephine so vor, als wüsste niemand von ihrem geheimen Warenlager – außer natürlich Louise und Karl. In den nächsten Wochen fuhren die beiden mehrfach mit dem Handkarren durch das Millerntor, und dank des rettenden Einfalls, der Josephine im Keller gekommen war, wurde ihre Ladung nicht entdeckt … Sobald die Dunkelheit hereinbrach, zogen sie den Karren in den Hinterhof, und zu dritt brachten sie die frischen Säcke und Kisten hinunter.

Josephine zeigte Louise, wo der Schlüssel war, und erlaubte ihr, auch dann in den Keller hinabzusteigen und Waren heraufzuholen, wenn sie backte oder die Kunden bediente. Louise flocht dann Zimtstangen in ihren Hutschmuck ein oder versteckte Zitronen und Zucker in den großen Hutschachteln, die sie an die Hamburgerinnen verkaufte. Größere Verkäufe gingen nachts vonstatten. Dann kam Karl hinzu, holte beachtliche Mengen aus dem Keller herauf und verkaufte sie im Schutz der Dunkelheit. Josephine wollte von diesen Vorgängen nicht allzu viel wissen. Überhaupt versuchte sie, so wenig wie möglich darüber nachzudenken, was alles passieren könnte. Sie lenkte sich in der Backstube ab. Noch nie war ihre Arbeit so berauschend gewesen. Zum ersten Mal musste sie sich nach niemandem richten, musste weder den Anweisungen ihrer Mutter noch denen ihres Onkels Folge leisten. Sie backte, was ihr selbst in den Sinn kam. Gleichzeitig hatte sie zum ersten Mal seit Jahren genügend Zutaten zur Hand. Der Vorrat an Zucker war beinahe unerschöpflich, sie konnte jederzeit Zitronen und Zimt aus dem Keller holen, Louise brachte ihr regelmäßig Milch und Butter, zudem versorgten

Christian und Fiete sie mit Eiern und hin und wieder Nelken, Nüssen oder Früchten. Die sonst so leeren Regale füllten sich an einem Tag mit Butterbiskuit und Teekuchen, am nächsten mit Mandelkonfekt und Gewürzkuchen, mal bot sie Haselnussplätzchen und Zimtschnecken an, dann wieder Zuckerbrot und Zitronentafeln.

Jette schluchzte über so viel Glück aus Mehl und Zucker. Ungläubig schüttelte sie immer wieder den Kopf, während sie die Köstlichkeiten betrachtete, und dankte dem Herrgott mehrfach für seine Gaben.

Auch Christian sah sie erstaunt an. «Beinahe jeden Tag backst du etwas Neues … Allein von meinen Einkäufen kann das doch nicht kommen, oder?»

Kurz hielt sie vor Unbehagen den Atem an. Doch dann sah sie in seinen Augen einen Funken Hoffnung. Er wünschte sich doch tatsächlich, dass er selbst es wäre, der all das hier ermöglichte, dachte sie. Sie senkte den Blick und suchte nach Worten, doch da sprang ihr Louise bei, die hinter ihm in der Schlange stand. Sie lächelte breit und rief: «*Mais comme il est adorable* – wie reizend! Josephine, kann es sein, dass dein Verlobter gar nicht weiß, wie sehr er dir hilft?» Scheinbar erstaunt wandte sie sich an Christian. «*Mon cher*, Sie sind so gut und bescheiden. Aber Josephine hat es mir selbst erst gestern erzählt: All diese Köstlichkeiten sind vor allem dank Ihrer Hilfe möglich! Nicht wahr, Josephine?»

Seine Augen weiteten sich. Er drehte den Kopf, schaute Josephine an und wirkte auf einen Schlag so stolz, dass ihr vom schlechten Gewissen ganz heiß wurde.

«Natürlich», stammelte sie. «Und Fiete bringt auch hin und

wieder etwas vorbei …» Sicher war sie rot im Gesicht. Sie hasste es zu lügen. Jedes Mal hatte sie das Gefühl, die Wahrheit stünde ihr auf der Stirn geschrieben.

«Ich freue mich, dir helfen zu können», sagte Christian. «Und der gute Fiete sicher auch. Dein Onkel wird sehr stolz auf dich sein.»

Alarmiert sah Josephine Louise an. «Aber Christian, … du schreibst Fritz doch nichts davon?», fragte sie etwas zu schnell.

Christian hielt einen Moment inne, bevor er sagte: «Nein, nein, das hatte ich nicht vor, aber … es wäre für ihn doch sicherlich eine freudige Nachricht.»

«Das wäre es, aber …» Hilfe suchend sah Josephine erneut zu ihrer Freundin.

Louise beugte sich vor, senkte die Stimme und erklärte Christian in verschwörerischem Tonfall: «Josephine möchte ihren Onkel überraschen. Stellen Sie sich nur vor, wie er sich freuen wird, wenn er zu Besuch kommt und all das zum ersten Mal sieht.»

«Er wird sicherlich sehr beeindruckt sein», pflichtete Christian ihr bei. Und dann bestellte er wie immer drei Rundstücke und verabschiedete sich mit einem Lächeln. Erleichtert atmete Josephine auf. Louise zwinkerte Josephine verschwörerisch zu und verließ die Bäckerei ebenfalls.

«Wie kann einer *Rundstücke* kaufen, wenn in den Regalen Zitronenkuchen und Zimtschnecken liegen?»

Als sie diese Stimme hörte, drehte Josephine verwundert den Kopf: Pépin und Marlo saßen auf der Fensterbank und schüttelten sichtlich erstaunt die Köpfe. Sie war so von Christian und Louise eingenommen gewesen, dass sie die zwei erst jetzt bemerkte.

«Wann hast du so eine wunderbare Vielfalt zuletzt gesehen, *mon ami*?», fragte Pépin.

«Ich bin mir nicht sicher, *amico mio*», erwiderte Marlo.

«Es erinnert mich beinahe an eine Pariser Bäckerei. Ich würde am liebsten alles probieren! *Mademoiselle*, Sie haben ja gezaubert!»

Josephine wusste nicht, was sie antworten sollte. Und zu allem Überfluss trat nun auch noch Gaspard zur Tür herein.

«Oh», sagte er, mit Blick auf die Regale.

«Ein schöner Anblick, nicht wahr?» Pépin schmunzelte und schielte zu Josephine hinüber.

Wortlos betrachtete Gaspard die glänzenden Gebäckstücke, und Josephine wünschte sich nichts mehr, als dass Louise noch einen Augenblick länger geblieben wäre. Sicher hätte sie ihr mühelos mit einer ihrer charmanten Notlügen aus der Patsche geholfen.

«Wir wollten dem Gerede auch erst nicht glauben», warf Pépin ein, «aber es ist wohl wahr, was man sagt.»

Eine Spur zu laut atmete Josephine ein. War die Rosenstraße doch nicht so verschwiegen, wie sie gehofft hatte? Hatte jemand mit den Franzosen geredet? Schweren Schrittes ging Gaspard auf sie zu. Sein wettergegerbtes Gesicht mit den steilen Falten um die Mundwinkel und den schmalen Augen kam bedrohlich näher. Nur eine Handbreit vor dem Tresen blieb er stehen und sah sie forschend an. Sie musste etwas sagen, dachte sie. Schnell. «Es gibt … zurzeit viele Versteigerungen in der Stadt», stammelte sie. «Man muss nur zur rechten Zeit am rechten Ort sein … also, ich habe natürlich nichts Verbotenes … sondern immer nur viel Glück gehabt und …» Josephine verstummte. Wie unglaubwürdig sie klang! Hilfe suchend sah sie sich in der Bäckerei um. Ihr Blick huschte über den Tresen, die Regale, die Gebäckstücke, die Waage, die Kasse und den großen Teller mit Geduldzetteln. Schnell griff sie nach ihrer Zange und nahm drei davon auf einmal auf.

«*Je vous en prie*», versuchte sie, Louises schmeichelnden Tonfall zu imitieren. «Bitte – möchten Sie kosten? Sie sind besonders gut gelungen. Heute wird ein wunderbarer Tag!» Sie zwang sich zu einem Lächeln.

Er sah einen Moment lang nachdenklich auf die Plätzchen, die Josephine ihm entgegenstreckte, dann sagte er langsam und leise: «Seien Sie besser vorsichtig, *Mademoiselle* Thielemann. Wir wollen Sie nicht … in Schwierigkeiten bringen.» Josephine erstarrte, während Gaspard die Hand ausstreckte und die Geduldzettel entgegennahm. «In der ganzen Altstadt spricht man schon davon …», einen Moment lang hielt er inne, dann fuhr er mit hochgezogenen Augenbrauen fort, «dass Sie wieder *Geduldzettel* haben.» Dabei klang seine Stimme, als wolle er eigentlich etwas anderes sagen.

Steif vor Schreck nahm Josephine das Geld entgegen. «Ich wünsche einen wunderschönen Tag», krächzte sie.

Gaspard nickte und verließ das *Backhus*. Marlo beeilte sich, aus dem Fenster zu springen, und es sah so aus, als wollte Pépin es ihm gleichtun. Doch dann hielt er inne und blickte in Josephines Gesicht. Er biss sich auf die Unterlippe, und in seinen Augen schimmerte es eigentümlich freundlich.

Kurzerhand sprang er auf die Füße, kam zu ihr herüber und sagte halblaut: «Atmen Sie bitte weiter, *Mademoiselle*.» Dabei klang seine Stimme so weich und beruhigend, dass es Josephine erst recht den Atem verschlug. Er sah ihr direkt in die Augen, während er in aufrichtigem Ton fortfuhr: «Wir schätzen Sie und diesen Ort viel zu sehr, als dass wir irgendetwas tun würden, das unserem geliebten *Backhus* schaden würde. Oder Ihnen. Seien Sie bitte ganz beruhigt. Sie sind … ein wahrer Lichtblick in diesen Tagen.»

Er lächelte ihr noch einmal mit seinen Halbmondaugen zu, dann wandte er sich zum Gehen. Wie immer nahm er das Fenster statt der Tür, drehte sich im Rahmen noch ein letztes Mal um und rief, nun wieder in angriffslustigem Ton: «Wenn Sie jetzt noch statt dieser schweren deutschen Gebäcksteine – *pardon*, Gebäckstücke – französische Plunderteilchen backen würden, wäre ich im Himmel!»

Josephine stemmte die Hände in die Hüften. «Gott bewahre! Ich denke nicht, dass ausgerechnet der Himmel der richtige Ort für Sie ist.»

Pépin klappte der Mund auf vor Überraschung. Kurz war auch Josephine über ihre Worte erschrocken. Nach Gaspards Warnung war es mehr als leichtsinnig, einen Soldaten zu reizen. Vor allem, wenn man den Keller tatsächlich voller Schmuggelware hatte. Doch da breitete sich schon ein anerkennendes Grinsen auf Pépins Gesicht aus.

«*Touché, Mademoiselle* Thielemann. Das kriegen Sie zurück!» Er sprang auf die Straße und lief mit knirschenden Stiefeln davon.

Die kommenden Wochen waren die aufregendsten, die Josephine je erlebt hatte. Sobald das Klopfen des Nachtwächters sie weckte, sprang sie aus dem Bett und fühlte sich so energiegeladen und erwachsen wie nie zuvor. Sie lief ins *Backhus* hinunter und backte Teilchen und Brote. Und sobald sie die Fenster der Bäckerei öffnete, um die warmen Düfte hinausströmen zu lassen, kamen schon die ersten Kunden zu ihr herein. Seitdem Gaspard sie gewarnt hatte, achtete sie darauf, täglich nur eine weitere Leckerei neben ihren Rundstücken, Broten und Geduldzetteln anzubieten. Christian, der wohl von ihren Erfolgen angestachelt war, brachte ihr, sooft er konnte, Waren aus Versteigerungen mit und glaubte weiterhin, er und Fiete allein ermöglichten Josephine ihr gutes Auskommen. Mit stolzen Augen sah er sie an, und seine Hände schienen vor Bewunderung zu glühen, wenn er ihr seine getrockneten Strohblumen, Lavendelsträußchen oder Zittergräser überreichte. Immer häufiger sprach er auch von der geplanten Hochzeitsfeier, die Mitte März stattfinden sollte. Er hatte bereits den Pfarrer informiert und die ersten Einladungen ausgesprochen. Josephine bekam bei dieser Vorstellung feuchte Hände. Sie war froh, dass sie noch ein paar Wochen Zeit hatte. Schließlich ahnte sie, dass sie nie wieder so frei sein würde wie in diesen Tagen. Und obwohl Fritz weit weg war, fühlte sie sich nun nicht länger einsam. Sie scherzte gern mit dem lauten Fiete, mit dem neuen Schuster, und sogar mit den Franzosen, die nun täglich vorbeikamen, und vor allem genoss sie die Gespräche mit ihrer Nachbarin, die immer vertrauter wurden. Seitdem Louise Josephine am Jungfernstieg abgefangen und kurz darauf ihr Komplizenschaft vorgeschlagen hatte, waren die beiden Frauen Freundinnen geworden. Josephine ahnte zwar, dass ihr Onkel ihre Entscheidung nicht gutheißen würde. Doch was auch immer zwischen Onkel Fritz und Louise vorgefallen war, mit Josephine hatte das nichts zu tun, entschied sie. Ihr tat die Gesellschaft der Nachbarin ausgesprochen gut. Wenn Louise mit ihren bunten Hüten und dem breiten Lächeln zur Tür hereinkam und mit raschelnden Röcken durch die kleine

Bäckerei rauschte, schien der Morgen auf einen Schlag heller und wärmer zu werden, und Josephine spürte ein fröhliches Lachen im Hals aufsteigen.

«Louise! Wie schön!», rief sie dann. «*Bonjour*, wie geht es dir?»

Louise drückte Josephine überschwänglich beide Hände. «Gut siehst du aus, meine Liebe», antwortete sie stets, oder «Wie herrlich es heute Morgen bei dir schon wieder duftet!».

Eine von beiden hatte meist sofort etwas zu erzählen oder zu fragen. Sie sprachen über Josephines neue Rezepte, Louises Ideen für ausgefallene Hüte, über Zutaten, Stoffe, ihre Kundinnen, Josephines Verlobten, die geplante Hochzeit und die Stimmung in der Stadt, die allmählich etwas hoffnungsvoller zu werden schien. Hinter vorgehaltener Hand erzählte Louise ihr, dass immer weniger Franzosen in der Stadt weilten. Einerseits war das natürlich ein Grund zur Freude, andererseits machten sie sich auch ein wenig Sorgen, da die Preise für ihre Schmuggelwaren, wie Karl bereits angekündigt hatte, langsam, aber stetig sanken. Von Fiete hatte Josephine erfahren, dass man munkelte, die Franzosen würden die Stadt bald aufgeben. All der Zimt, der Zucker und die Zitronen im Keller würden dann legal werden. Einerseits beruhigte dieser Gedanke Josephine. Ihr drohte in diesem Fall schon bald keine Gefahr mehr durch Entdeckung. Andererseits würde das paradoxerweise bedeuten, dass sie in Zukunft weniger Zutaten zur Hand hätte, schließlich könnten sie nicht mehr so viel Geld mit ihrem illegalen Lager verdienen. Auch Karl und Louise müssten sich dann eine neue Verdienstmöglichkeit suchen. Sie bemühten sich, in den vielleicht letzten Wochen der Belagerung noch so viel Geld wie möglich zu machen.

Wenn die beiden Frauen allein im Geschäft waren, erzählte

Louise Josephine mit gedämpfter Stimme von ihren Abenteuern am Millerntor, von den Schmugglern, die dort noch immer erwischt wurden, und von ihren eigenen Tricks, aufgrund derer die Zollbeamten sie mittlerweile ohne mit der Wimper zu zucken hindurchwinkten.

«Und das haben wir nur dir und deiner guten Idee zu verdanken», sagte Louise und drückte Josephine liebevoll die Schulter. «Obwohl ich dich, ehrlich gesagt, auch hin und wieder verfluchen möchte. Der Geruch geht mir manchmal stundenlang nicht mehr aus der Nase. Und ich glaube, meine Kundinnen riechen es auch schon, wenn ich ihnen meine Hutschachteln vorbeibringe.» Sie verzog das Gesicht, und Josephine sah sie zerknirscht an. Da lachte Louise. «Entschuldige dich ja nicht! Die Idee ist brillant!»

«Das freut mich sehr. Aber es liegt ja nicht nur an mir. Ihr bekommt doch auch noch Hilfe von Anna und Marie-A… ich meine … Carla», sagte Josephine und biss sich auf die Zunge.

«Allerdings. Die Douaniers haben vor dem Mädchen-Hunde-Gespann einen Heidenrespekt, das sag ich dir. Seitdem sie nicht mehr nur Haut und Knochen sind, sogar noch etwas mehr.»

«Das heißt, meine Rundstücke und Teilchen schmecken ihnen?»

Louise lachte lauf. «*Schmecken* ist gar kein Ausdruck! Anna redet von nichts anderem mehr als von diesen flachen Rührkuchen-Ecken mit Zuckerguss – wie heißen die noch? Zitronentafeln! Und Carla jault schon vor Freude, wenn die beiden nur in die Rosenstraße einbiegen!»

Josephine kicherte. «Wie viele Wagenladungen sind es denn noch?»

«Das Lager ist beinahe leer. Karl rechnet mit zwei weiteren

Fahrten. Eine macht er heute mit Rosine, die andere nächste Woche mit mir.»

«Und dann ist es vorbei?»

«Was ist vorbei?»

Josephine und Louise wirbelten gleichzeitig herum – und Josephine keuchte vor Überraschung. Im Türrahmen stand Onkel Fritz und stemmte die Hände in die Hüften. «Was ist denn hier passiert? Ich traue ja meinen Augen kaum!»

«Onkel Fritz!», rief Josephine und rannte auf ihn zu, um ihn in die Arme zu schließen. Ihr war es ganz egal, dass sie sich wie ein kleines Mädchen verhielt. Die Freude, ihren Onkel zu sehen, war viel zu groß.

«Hallo Liebes.» Sanft schob Fritz sie ein Stück von sich weg, um sie ansehen zu können. «Gut siehst du aus, Kind. Wie geht es dir?»

«Mir geht es ganz wunderbar!», sagte Josephine überschwänglich. «Vor allem nun, da ich dich sehe! Wie kommt es, dass du hier bist? So eine Freude!»

«Ich habe einen Tag frei bekommen, und da bin ich natürlich sofort aufgebrochen.»

«Guten Tag, Herr Thielemann», sagte Louise hinter ihr. Ihre Stimme klang nicht ganz so fröhlich, wie Josephine es von ihr gewohnt war, und auch Fritz' Gesichtsausdruck verhärtete sich. Es schien, als bemerke er Louise erst jetzt so recht.

«Guten Tag», antwortete er steif.

«Ich ... werde euch allein lassen. Es war mir eine Freude. *Bonne journée*», sie nickte Onkel Fritz zu und drückte Josephine die Hände, die ihr ein «Auf Wiedersehen!» nachrief.

Onkel Fritz sagte nichts, doch sobald die Tür hinter Louise

zugefallen war, wurde sein Gesicht wieder von einem Lächeln überzogen. «Du musst mir alles erzählen.» Er breitete die Arme aus und drehte sich um die eigene Achse. «Unser kleines *Backhus* hat seit Jahren nicht mehr so wunderbar geduftet. Hast du etwa Zuckerbrot gebacken? Und …», er trat einen Schritt auf das Regal zu, um sich die Teilchen genauer zu besehen, «… Zitronentafeln?» Mit großen Augen drehte er sich zu ihr um. «Wie ist das möglich?»

Josephine lächelte stolz, gleichzeitig begann ihr Herz, schneller zu klopfen. Sie durfte sich nichts anmerken lassen. Im Stillen dankte sie Gott dafür, dass sie ausgerechnet heute nichts mit Zimt gebacken hatte.

«Das ist alles Fiete und Christian zu verdanken», sagte sie. «Sie bringen mir regelmäßig die besten Zutaten vorbei.»

Fritz nickte mit beifällig heruntergezogenen Mundwinkeln. «Beeindruckend. Wie ist es denn möglich, so viele Waren zu bekommen?»

«Die Lage in Hamburg hat sich verändert», erzählte Josephine und trat einen Schritt auf ihn zu. «Die Hintergründe kenne ich nicht, aber die Soldaten werden nach und nach aus Hamburg abgezogen. Man munkelt, sie geben die Stadt bald auf. Die Schmuggler werden mit jedem Tag mutiger und ihre Waren immer günstiger. Der Preis für Kaffee ist schon von 42 auf 24 Schillinge gefallen.»

Fritz nickte. «Russland hat Napoleon in große Bedrängnis gebracht. In Altona erzählt man sich schon länger, dass die russischen Truppen auf dem Vormarsch seien, um Hamburg zu befreien.»

Josephine strahlte. «Dann würde bald alles wieder gut werden, und du könntest zurückkommen!»

Auch Fritz lächelte. «Das wäre wunderbar.»

In diesem Moment klingelte das Glöckchen über der Tür. Die Witwe Franz trat durch die Tür und blieb wie angewurzelt stehen. «Herr Thielemann, Sie sind wieder da», flüsterte sie.

⁂

Eine Weile stand Louise im Hausflur und atmete tief durch. Früher war es ganz normal gewesen, Josephines Onkel über den Weg zu laufen. Sie war die Traurigkeit, die Wut und die Verletzung, die in seinen Augen schimmerten, gewöhnt. Doch nun, da er in Altona wohnte, hatte sich alles geändert. Josephine und sie hatten sich so rasant angefreundet, dass Caroline oben im Himmel sicherlich Glückstränen vergoss. Bei dem Gedanken an die liebe Freundin kämpfte sie selbst mit den Tränen. Es hatte nur wenige Wochen gedauert, und schon fühlte es sich völlig normal an, in *Thielemanns Backhus* ein und aus zu gehen. Sie hatte die junge Josephine sehr ins Herz geschlossen – endlich hatte sie wieder eine gute Freundin, mit der sie reden konnte. Gleichzeitig schienen die Zeiten sich zu bessern. Louise und Madame Laurent hatten wieder etwas auf ihren Tellern, die Gesichter der Hamburger auf den Straßen wirkten hoffnungsvoller. Obwohl dieser Februar nass und kalt war, gewann die Stadt allmählich ein paar Farben zurück. Wo zuvor nur die grauen Wände der Altstadthäuser, das schwarze Wasser der Fleete und die weiße Blässe der Straßenkinder gewesen waren, entdeckte Louise nun ein leuchtend gelbes Bettlaken, das jemand aus dem Fenster gehängt hatte, einen blauen Hut auf der Straße, eine rotbraune Katze oder, in Josephines Bäckerei, einen golden gebackenen Teekuchen. Madame Laurent hatte zwar noch immer keinen Ton gesagt, doch seitdem Philibert ihr nicht mehr von der Seite wich, schien ihr Blick sanfter geworden zu sein. Ihre Augen waren nicht mehr so schrecklich leer, und auch ihre Wangen hatten wieder an Fülle gewonnen. Das Leben wurde leichter, es schmeckte süßer, und beinahe hatte Louise vergessen, was zwischen ihr und Herrn Thielemann vor vielen Jahren vorgefallen war. Sie hatte natürlich gewusst, dass er jederzeit zu Besuch kommen könnte. Doch ihn nun so plötzlich vor sich zu sehen, wieder mit der alten Schuld konfrontiert zu sein, hatte sie eiskalt erwischt. Sie schluckte. Ganz langsam öffnete sich da die Wohnzimmertür. Louise runzelte die Stirn. Madame Laurent streifte doch nicht etwa eigenständig durchs Haus? Im nächsten Moment musste sie schmunzeln, denn eine riesige, rosa Kuhnase schob sich in ihr Blickfeld. Zwei schwere Hufschritte ließen die Dielen erzittern, Philibert stieß die Tür ganz auf und sah Louise fragend aus ihren großen, von langen, weißen Wimpern umrahmten Augen an.

Und mit einem Mal spürte sie, wie ihr die Tränen kamen. Philibert legte den Kopf schief und schlurfte gemächlich auf sie zu. Sobald sie bei ihr angekommen war, stupste sie ihr mit der Nase gegen die Schulter, als wolle sie fragen, was mit Louise los sei.

«Wenn ich das wüsste», flüsterte sie und umschlang den Kuhhals mit beiden Armen.

«Ich muss nur immer wieder an Caroline denken», flüsterte sie in den weißen Fellfleck hinein, von dem sie einmal gedacht hätte, er ähnele der Nikolaikirche. Ein Ort zum Beichten, dachte sie. «Josephine spricht und schaut genau wie sie.» Sie schluchzte und ließ ihre Tränen den Nikolaifleet hinunterfließen.

Da spürte sie plötzlich eine Hand an ihrer Schulter. Sie fuhr herum und sah erschrocken in das Gesicht von Madame Laurent. Sie stand in ihrem Morgenmantel und mit einem traurigen Lächeln auf den eleganten Lippen im Hausflur.

«*Madame* Laurent!», flüsterte Louise ungläubig und wischte sich die Tränen aus dem Gesicht. «Sie sind aufgestanden! Wie fühlen Sie sich?»

Natürlich rechnete sie nicht damit, eine Antwort zu bekommen. Sie wollte schon weitersprechen und die Madame schnell zurück zu ihrem Schaukelstuhl geleiten. Doch ein ungewohntes Blitzen in den großen Augen der Madame hielt sie ab. Und dann erklang eine seit Jahren unbenutzte Stimme: «Schäm dich nicht. Du hast diese Gefühle viel zu lange unter Verschluss gehalten …»

Louise starrte Madame Laurent völlig entgeistert an. Die Worte waren leise gewesen und hatten ein wenig heiser geklungen, doch die Madame hatte tatsächlich gesprochen. Nun schossen ihr erst recht die Tränen in die Augen.

«*Madame*», schluchzte sie. «Sie sind wieder da.»

Madame Laurent lächelte. «Ich war nie weg, meine Liebe.»

Louise wusste nicht, wie ihr geschah. Träumte sie? Sie kniff sich in den Unterarm, der Schmerz durchfuhr sie heftig, und es war das schönste Gefühl, das sie seit Jahren empfunden hatte.

«Bitte entschuldigen Sie. Ich … muss das einfach tun», flüsterte sie atemlos, und dann fiel sie der Madame stürmisch um den Hals. «Ich habe mir solche Sorgen gemacht! Sie haben mir gefehlt! Wie oft ich mit Ihnen gesprochen habe, ohne zu wissen, ob Sie zuhören!»

«Ich habe dir zugehört, Louise», flüsterte die Madame in ihr Haar. «Du hast mir so viel gegeben … Dafür möchte ich dir danken. *Merci pour tout.*»

«Oh, Sie wissen gar nicht, wie glücklich es mich macht, dass Sie jetzt hier stehen und …» Louise unterbrach sich selbst, denn sie spürte, dass der Körper der Madame schwer wurde. Ganz langsam sank er in sich zusammen und glitt ihr aus den Armen.

«*Madame* Laurent! Was ist mit Ihnen?»

Sie sank neben der Madame auf die Knie und hielt ihre Schultern fest. «Der Kreislauf», flüsterte die Madame. «Mir ist … nur ein wenig schwindelig.»

«Zucker! Sie brauchen Zucker!»

Vorsichtig half Louise der Madame dabei, den Oberkörper an die Wand zu lehnen. «Ich bin sofort zurück!»

Sie stürzte in die Küche, doch in der Zuckerdose war nicht ein Krümel übrig.

«Warten Sie einen Augenblick, *Madame*, ich bin gleich zurück!»

Sie nahm die Dose an sich, rannte an der unbeteiligt dreinschauenden Philibert vorbei in den Hinterhof, passierte den winterstarren Rosenbusch und schlüpfte durch Josephines Hintertür, die für Louise seit Wochen offen stand. Einen Moment blieb sie stehen und lauschte mit klopfendem Herzen in den Hausflur. Sie konnte Josephine und ihren Onkel in der Backstube fröhlich miteinander plaudern hören. Leise schlich sie zur Fußmatte, holte den Kellerschlüssel hervor und stieg dann die Treppe hinunter. Mit zitternden Fingern schob sie den Schlüssel ins Schloss, drehte ihn, bis es klickte, und trat ein. In der Eile hatte sie vergessen, ein Licht mitzunehmen, doch glücklicherweise kannte sie sich hier so gut aus, dass es auch ohne ging. Sie wartete einen Moment, bis sie in dem Dämmerlicht, das durch das winzige Fenster im hinteren Raum hereinfiel, schemenhaft die Regale voller Leinensäcke und Holzkisten sehen konnte. Links hatten sie die Zitronenkartons gestapelt. Sie mussten wegen ihrer Verderblichkeit am schnellsten verkauft werden und waren der Tür daher am nächsten. Dahinter lagerte der Zimt und an der Rückseite in großen Säcken der Zucker.

Vorsichtig tastete sie sich an den Regalen entlang, roch die sauren Zitrusfrüchte, nahm den kitzelnden, anregenden Duft des Zimts wahr. Doch sie hatte keine Zeit dafür. Sie trat zwei entschlossene Schritte nach vorn und stolperte dabei gegen einen leeren Kasten, sodass ein zweiter laut rumpelnd herunterfiel.

«*Mince alors!*», fluchte sie. «Verflixt noch mal, Karl!»

Karl ließ, wenn er in Eile war, gern Dinge mitten im Raum herumstehen, nahm sich vor, sie später wegzuräumen, und vergaß es dann.

Einen Moment lang lauschte sie und hoffte, von oben nichts zu hören, doch sie hatte keine Zeit, lange zu warten. Schnell schob sie die Kisten beiseite, ertastete nach kurzem Suchen einen Zuckersack und öffnete ihn. Mit ihrer kleinen Blechdose fuhr sie durch den Zucker, richtete sich wieder auf, drehte sich um – und ließ mit einem leisen Schrei die Dose fallen. Es schepperte, und der Zucker rieselte in ihre Schuhe – denn vor ihr stand Fritz Thielemann. Im Flackern seiner Ölfunzel sah sie sein weißes Haar und das wütende Funkeln in seinen Augen.

«Darf ich fragen, was du hier machst, Louise?», flüsterte er.

Normalerweise war sie nie um eine Notlüge verlegen. Doch heute hatte sie weder Zeit noch Kraft für eine charmante Geschichte, die von den Waren im Keller ablenken könnte.

«Madame Laurent geht es nicht gut. Sie braucht Zucker.»

Langsam hob er seinen Arm und ließ den Lichtschein auf die vollen Regale fallen. Einen Augenblick lang war es totenstill. Dann entgegnete er: «Beantworte mir nur eine Frage, bevor du hier verschwindest: Hast du vor, Josephine in den gleichen Abgrund zu führen wie damals Caroline?»

Ein bitterer Geschmack stieg ihr in der Kehle auf. Sie wollte protestieren, wollte schreien, mit dem Fuß aufstampfen, sich auf ihn stürzen und ihm verbieten, jemals wieder etwas so Furchtbares zu sagen. Doch sie war wie erstarrt.

«Onkel Fritz!», rief Josephine und stolperte hinter ihm in den Keller. «Was machst du denn hier unten? Komm, lass uns wieder raufgehen, und ich …»

Sie verstummte im gleichen Moment, in dem ihr Blick Louises traf. Ohne ein Wort standen sie zu dritt im Keller, zwischen Zitronen, Zucker und Zimt. Und Louise ahnte, dass die beinahe guten Tage dieses Jahres 1813 schon in diesem Moment im Februar wieder vorbei waren.

# 2

# 14. Kapitel

Karl hatte geglaubt, sich irgendwann an diesen Geruch zu gewöhnen. Der Mensch gewöhnt sich doch an so vieles. An den Schmutz im Gängeviertel, an Ungewissheit, Kälte und unerwiderte Gefühle. Doch der Gestank, der von seinem Wagen ausging, war auch bei der fünften Fahrt übel.

Aus den Augenwinkeln beobachtete er seine Großmutter, mit der er den Karren gemeinsam in Richtung der Menschenansammlung vor dem Millerntor zog. Sie ließ sich nichts anmerken, kämpfte sich einfach immer weiter. Gefährlich rumpelten die Räder hinter ihnen über die Pflastersteine. Schon seit ein paar Tagen machte sich Karl ein wenig Sorgen um das müde Holz. Da sie sogar noch mehr Waren transportieren mussten, als Karl zuvor berechnet hatte, standen ihnen noch immer zwei Fahrten bevor. Ob der Wagen das schaffen würde?

Während sie auf der Breiten Straße in Richtung Millerntor liefen, wo immer mehr Fußgänger, Pferdekutschen, große und kleine Wagen zusammenkamen, waren Rosines Mundwinkel wie immer weit nach unten gezogen, ihre große Nase bebte bei jedem Atemzug, und ihre Augen mit den buschigen, weißen Brauen waren zu Schlitzen verengt. Zwar waren ihre Schritte entschlossen und ihre Oberarme kräftig, und doch beschlich Karl das schlechte Gewissen. In ihrem Alter sollte Rosine nicht mehr so schuften müssen.

«Lass doch, Rosine. Ich schaffe das allein. Setz dich oben auf den Wagen und ruh dich aus!»

Sie schnaufte. «Unsinn, Karl. Dann musst du mich und meinen schweren Dickschädel auch noch ziehen!»

«Geh wenigstens nebenher. Ich krieg den Karren schon allein durchs Tor.»

«Pah!» Rosine spuckte auf die Straße. «Konzentrier dich auf den Weg und halt den Mund!»

Karl sah das liebevolle Zucken in ihren faltigen Wangen genau. Er wusste: Je beleidigender Rosine wurde, desto größer war meist die Zuneigung, die sie empfand. Schweigend gingen sie weiter, bis der gepflasterte Weg enger wurde und sie sahen, wie er in das schmale, hohe Millerntor mündete. Davor hatte sich wie immer eine Schlange gebildet.

«Ah, euch riecht man mal wieder von Weitem», rief der Zollbeamte in seinem kleinen Verschlag, noch bevor Karl ihn richtig sehen konnte. «Haben die Ratsapotheker nicht langsam genug Dünger für ihre Gärten?»

Vor dieser Frage hatte sich Karl schon gefürchtet. Josephines Idee, den Geruch von Zimt und Zitronen mithilfe von Philiberts Kuhmist und einigen noch strenger riechenden Abfällen aus den Gängevierteln zu überdecken, hatte ihnen einige Scherereien erspart. Sie erklärten einfach, sie würden Dünger importieren. Der Gestank verhinderte, dass die Zollbeamten den Wagen genauer unter die Lupe nehmen wollten. Sie akzeptierten sogar, dass der Wagen schon beim Ausfahren roch, denn sie wussten ja nicht, dass Karl, Louise und Rosine den Mist zunächst hinausfahren mussten, um ihn dann angeblich importieren zu können. Louise hatte ihnen in vertraulichem Ton erklärt, das Holz des Karrens habe die Dämpfe mittlerweile leider angenommen.

«Nur noch zwei Wagenladungen», sagte Karl. «Dann haben die Apotheker ihre Erde für den Frühling fertig vorbereitet.»

Der Douanier brummte etwas Unverständliches.

Nicht zum ersten Mal hoffte Karl, dass keiner der Zollbeamten auf die Idee kam, ihre Geschichte zu überprüfen. Sie bräuchten nur mit einem Ratsapotheker sprechen und ihn fragen, warum in diesem Jahr so viel Dünger benötigt werde, und alles würde auffliegen. Der Gestank hatte schließlich nicht nur Vorteile. Der Nachteil war, dass man sich ihre Gesichter nun genau gemerkt hatte. Und schon bei der nächsten Begegnung könnten sie alle überführt werden. Karl musste unweigerlich an Zuchthaus und Galgen denken, an Rosine, Louise und Anna, denen das Schlimmste geschehen konnte. Gerade Anna, schoss es ihm durch den Kopf. Sie war doch noch ein Kind – und sie vertraute ihm. Er hatte sie vor vielen Jahren gefunden. Oder eher: sie ihn. Er erinnerte sich noch gut an dieses Gefühl, in der Dunkelheit der Gänge nicht allein zu sein. Er hatte damals immer wieder ganz leise Schritte gehört. Manchmal knisterte, raschelte oder tapste es, doch wenn er sich umsah, wehten nur Kleider im Wind oder ein Vogel flog auf. Bis er eines Tages in eine besonders enge Gasse einbog. Sie war lang und dunkel, und zu beiden Seiten führten glatte, nackte Steinwände hoch hinauf. Hier gab es keinen Winkel, um sich zu verstecken. Kurz vor ihrem Ende drehte er sich ruckartig um. Da stand es, ein kleines Mädchen von höchstens sieben Jahren mit zusammengekniffenem Mund, düsteren Augen und aufgekratzten Armen. Mehr Schatten als Kind. Erschrocken wich es ein paar Schritte von ihm zurück. Er glaubte schon, es würde sich umdrehen und davonrennen, doch in sicherer Entfernung blieb es stehen.

«Verfolgst du mich?», fragte Karl.

Die Kleine antwortete nicht. Wie dünn und bleich sie war …

«Wo gehörst du hin?»

Sie befeuchtete die grauen Lippen mit der Zunge. «Nirgends», flüsterte sie. «Ich gehe, wohin ich will.»

Karl zog die Brauen hoch. «Und da hast du dich entschieden, ausgerechnet mich zu verfolgen?»

Langsam nickte sie. «Ja.»

Er wollte das Kind wegschicken, sich umdrehen und gehen. Schicksale wie seines gab es zuhauf. Seitdem die Franzosen die Stadt beherrschten, war sie noch ärmer geworden. Und Armut machte Waisen. Doch was sollte Karl schon tun? Das Mädchen ins Waisenheim schicken? Er glaubte nicht, dass es den Kindern dort besser ging als auf der Straße. Die Armen- und Waisenhäuser waren so überfüllt, dass es dort vor Ungeziefer, Krankheiten und Grausamkeiten nur so wimmelte. Überall fehlte es an helfenden Händen, Versorgung, Wärme. Auch er hatte nichts davon übrig. Schon gar nicht für dieses Schattenwesen.

Und doch lag da etwas in diesem Blick. Er konnte nicht einmal sagen, was es war, das ihn an sein früheres Leben denken ließ. An dieses winzige Wesen, das nie einen Namen bekommen hatte …

«Wie heißt du?», fragte Karl, obwohl er es doch gar nicht wissen wollte.

«Anna.»

«Kennst du deine Eltern?» Auch das wollte er eigentlich nicht hören.

Anna schüttelte den Kopf. «Ich war im Waisenhaus, aber dort gehe ich nie wieder hin.»

Karl schob die Hände in die Hosentaschen. «Und was willst du von mir?»

«Ich glaube … du bist ein guter Mensch.»

Am Ende waren es diese Worte, die er nicht mehr abschütteln konnte. Sobald er allein war, dröhnten sie ihm in den Ohren, wieder und wieder. Wie gut war er wirklich?

Anfangs gab er ihr nur hin und wieder, wenn er sie in den Gassen, Twieten und Gängen sah, etwas zu essen, eine alte Decke oder ein wenig frisches Wasser. Sie bedankte sich nie, sagte nichts, aber ihre Augen leuchteten jedes Mal auf …

Rosine hatte natürlich nichts davon wissen wollen, einem wildfremden Kind zu helfen. «Wenn du einmal damit anfängst», knurrte sie, «dann kommen sie alle. Die riechen das, glaub mir.»

Anna hatte schnell herausgefunden, dass Rosine die Königin des Viertels war und dass man sich mit ihr gut stellen musste, wenn man geduldet sein wollte. Also sammelte sie dünne Zweige für Großmutter Rosines Reisigbesen und legte sie ihr vor die Tür. In der Dunkelheit wartete sie, bis die alte Frau sie entdeckte, mit mürrischem Blick betrachtete und sie dann mit hineinnahm. Drei Tage lang lieferte sie immer wieder Zweige, bis Rosine ihr auflauerte und die Tür aufriss, sobald sie das Mädchen hörte.

«Denkst du, ich kann meinen Reisig nicht selbst sammeln?», fuhr sie das Kind an.

Am nächsten Tag lag das erste Pfund Kaffee auf der Schwelle. Und als kurz darauf auch ein Säckchen Zucker folgte, nickte Rosine anerkennend.

«Sie kann einziehen», verkündete sie.

«Einziehen?» Karl musste sich verhört haben.

«Ja, natürlich. Wenn wir das arme Mädchen schon für uns arbeiten lassen, können wir es ja wohl nicht weiterhin in der Gosse schlafen lassen. Hast du denn gar keinen Anstand?»

Von diesem Tag an stand Anna unter Rosines persönlichem Schutz. Sie wusch das Kind, so gut es möglich war, kämmte ihm notdürftig die Haare und gab ihm bessere Kleidung. Mit dem alten Schmutz fiel Tag für Tag ein wenig des Schattendaseins von Anna ab. Sie bekam Farbe im Gesicht, ihre Blicke erschienen Karl heller, und sie begann zu sprechen. Und wie sie mit einem Mal sprach! Anfangs kamen sämtliche Sätze völlig verdreht aus ihrem Mund, aber es waren so viele, dass Karl mit den Verbesserungen gar nicht hinterherkam.

Anna plapperte unentwegt, und Rosine tat so, als ginge ihr das Gerede fürchterlich auf die Nerven, doch Karl wusste, dass sie in Wahrheit jedes Wort genoss. Und Anna wusste es auch. Niemandem tätschelte Rosine so liebevoll die Wange wie Anna, niemanden schimpfte sie so herzlich wie sie.

Sie waren eine Familie geworden: Rosine, Anna und Karl. Und nun setzte er hier alles aufs Spiel.

Doch es war zu spät. Er konnte nicht umdrehen. Und wenn alles gut ginge, würde er ihre Zukunft sichern.

Entschieden schob er die Erinnerungen und Sorgen beiseite und zog den Wagen im langsamen Tempo der Schlange weiter auf das Tor zu.

Sobald sie dem Zollbeamten nah genug waren, erkannte Karl den leicht zurückgeworfenen Kopf mit der gerümpften Nase: Es war Hamo. Das auch noch, dachte er und unterdrückte ein Seufzen. Und gerade heute hatte er Louise gesagt, sie und Anna bräuchten nicht zu helfen. Wie viel einfacher wäre es, wenn sie nun hier wäre, dachte er – und ärgerte sich sofort über sich selbst. Louise als Lockvogel und Ablenkung zu gebrauchen, war schäbig. Wer war eigentlich schlimmer – Hamo, der Louise gern mit seinen schmierigen Blicken auszog, oder Karl, der sie dem aussetzte, damit ihre illegalen Machenschaften nicht aufflogen? Er kniff die Lippen zusammen und zog den Karren verbissen weiter, ohne Hamo ins Gesicht zu sehen.

«Wie geht es Louise?», rief Hamo.

Karl hielt nicht an, sondern murmelte nur: «Gut, gut.»

«*Magnifique!*», säuselte Hamo. «Grüß sie von mir.»

Karl brummte etwas, das hoffentlich wie ein *Ja* klang, obwohl er lieber «Auf keinen Fall» geknurrt hätte.

«Richte ihr doch bitte aus, dass ich dringend ihre Dienste benötige. Eine meiner Uniformen muss aufgearbeitet werden, und niemand kann so gut mit einer Soldatenuniform umgehen wie *la belle Louise*. Niemand hat so sanfte, geschickte Hände …»

Karl knirschte mit den Zähnen. Hatte Hamo seiner Stimme mit Absicht diesen zweideutigen Klang gegeben?

«Lass dich nicht provozieren», mahnte Rosine leise.

«Ich … werde es ihr ausrichten», presste Karl hervor.

Aus den Augenwinkeln sah er, dass nun ein breites Grinsen Hamos Gesicht überzog. «Du glaubst mir nicht, oder? Aber Louise ist wirklich unvergleichlich. Das kannst du als … was bist du eigentlich? Ein Mist-Händler? Das kannst du nicht wissen. Aber du musst nur einen von uns Soldaten fragen … Sie ist ganz verrückt nach Soldaten.» Er lachte.

«Hör dir diese Geschwätz gar nicht an», warnte Rosine, doch es war schon zu spät.

«Du bist kein Soldat», knurrte Karl.

«Was hast du gesagt?» Schlagartig hatte sich Hamos Tonfall geändert. Das provozierende Säuseln war verschwunden, stattdessen klang seine Stimme hart und warnend. Sie waren nun in der Mitte des Tores angekommen. Nur noch wenige Schritte, und sie wären in Hamburg. Karl sollte Hamo ignorieren und ruhig weitergehen, doch er konnte es nicht. Seine Schultern und sein Nacken versteiften sich. Zwar zwang er sich dazu, einen Fuß vor den anderen zu setzen, doch er drehte gleichzeitig den Kopf und sah Hamo direkt an.

«Du bist kein Soldat», wiederholte er. «Du bist Zöllner. Ein kleiner Grünrock.» Das letzte Wort spuckte er aus und hörte selbst, wie seine Stimme vor Verachtung bebte.

«Was soll das?» Rosine starrte ihn finster an. «Sei endlich still.»

Doch Hamo kam bereits mit knirschenden Gamaschen auf Karl zu. Seine Augen waren so weit aufgerissen, dass es lächerlich wirkte.

«Was glaubst du, mit wem du hier redest?» Sicher wollte Hamo einschüchternd klingen, doch seine Stimme wurde immer höher, je lauter er wurde, und sein Keifen hallte von den steinernen Wänden des Millerntors wider.

«Mit einem Grünrock.» Karl blieb abrupt stehen und ließ die Deichsel des Karrens mit einem Ruck auf den Boden fallen. Der Wagen schwankte leicht, und dann sah Karl, wie hinter Hamos Rücken eine Kiste vom Wagen rutschte. Rosines Kopf wirbelte herum. Erstaunlich behände für ihre Alter sprang sie hinüber, fing die Kiste auf und schob sie zurück auf den Karren. Nur eine einzelne Zitrone rutschte durch Rosines gespreizte Finger, fiel auf den Boden und rollte unter dem Wagen hindurch. Wenige Fingerbreit hinter Hamos glänzend polierten Schuhen blieb sie liegen.

Der Zeughausmarkt wimmelte wie immer vor Menschen. Da zeterte, schob und drängte die Menge, die aus der Stadt herauswollte, reihte sich Pferdekutsche an Hundekarren, standen französische Soldaten in kleinen Gruppen zusammen, und Douaniers durchsuchten einen Hamburger nach dem anderen. Noch hatte niemand die Zitrone bemerkt, doch das war nur eine Frage der Zeit, dachte Karl. Kurz huschte sein Blick zu seiner Großmutter. Sie legte die Hand auf die Brust und deutete mit dem Kopf kaum merklich auf die Zitrone.

«Oder täusche ich mich?», fragte er Hamo. «Ich dachte immer, Soldaten und Douaniers sind zwei Paar Schuhe. Die einen kämpfen heldenhaft in der Schlacht, die anderen stehen im Tor herum und verhaften ein paar arme Schlucker. Sagen Sie, Hamo …»

«Für dich Monsieur Fournier, *compris*?» Hamo ging einen drohenden Schritt auf ihn zu. Karl wich brav ein Stück zurück, und hinter Hamos Rücken näherte sich Rosine der Zitrone. «Entschuldigen Sie, *Monsieur Fournier*, natürlich. Für einen einfach Mist-Händler wie mich sieht es nun mal so aus, als stünden Sie sich hier den ganzen Tag lang die Beine in den Bauch, weil man Ihnen keine wichtige Aufgabe zutraut. Aber was verstehe ich schon davon? Vielleicht möchten Sie es mir ja einmal erklären.»

«Ich erkläre dir höchstens, wie schnell du hier verschwinden solltest, *bouffon!*»

Karl wusste zwar nicht, was das letzte Wort bedeutete, doch

die harte Aussprache wies auf ein Schimpfwort hin. Hamo kam ihm noch näher, und Rosine beugte sich zu der Zitrone hinunter.

«Das wäre aber schade. Wollen sie mich wirklich so unwissend in die Stadt entlassen? Ich könnte meine Unwissenheit aus Versehen in Hamburg verbreiten und …»

Hamo legte eine Hand auf seinen Säbel, gleichzeitig legte Rosine die ihre auf die Zitrone.

«Schon gut, schon gut», rief Karl und hob wieder beide Arme. «Ich bin still.»

Schnell schob Rosine die Frucht in ihre Schürzentasche und eilte zurück zu ihrem Platz.

«Wir verschwinden ja schon. Wir werden Sie heute nicht weiter belästigen, versprochen.» Karl hielt die Arme weiter erhoben, während er in kleinen Schritten an Hamo vorbei zum Karren ging. Das war gerade noch mal gut gegangen, dachte er.

Er nickte Rosine zu, lehnte sich gleichzeitig mit ihr nach vorn, um den Karren langsam aus dem Schatten des Tors hinauszuziehen, und als sie gerade auf den ersten Pflastersteinen des Zeughausmarktes ankamen, hörte er, wie hinter ihm krachend und knirschend Holz zersplitterte. Er wirbelte herum, doch er konnte nichts mehr tun. Unter der Last von Zucker, Zitronen, Zimt, Kuhmist und Abfällen hatte das Holz der Radachse nachgegeben. Die Räder standen schief, der Wagen kippte zur Seite, und mit einem lauten *Rums* rutschten vier Säcke Kuhmist, drei Kisten Zitronen und zwei voller Zimt vom Wagen. Sie schlugen auf dem Boden auf, und im Gegensatz zu den Müll-Säcken, die fest verschlossen blieben, öffneten sich einige der Kisten. Früchte und Gewürze rollten über das Pflaster, und das Gelb der Zitronen leuchtete strahlend hell zwischen den braunen Zimtstangen.

Einen Moment lang war es still. Mit hängenden Armen sah Karl auf das Ende all seiner Hoffnungen hinab. Er konnte rennen, doch Rosine konnte es nicht. Er konnte kämpfen, doch welche Aussichten hatte das?

«Zitronen!», rief eine Frau.

«Und Zimt!», staunte ein Mann.

Schon stürzten sich von allen Seiten Menschen auf die zerschlagenen Kisten, Douaniers und Soldaten eilten herbei, um die Schmuggelware gegen den Pöbel zu verteidigen, und Karl spürte Hamos ruppige Hände an seinen Unterarmen.

«Ihr seid verhaftet», krähte er, und seine Stimme zitterte triumphierend.

⁂

Louise rannte so schnell sie konnte. Immer wieder sah sie das kalkweiße Gesicht der Madame vor ihrem inneren Auge. Die arme Frau war doch gerade erst zu ihr zurückgekehrt, hatte endlich wieder mit ihr gesprochen. Es musste irgendeine Möglichkeit geben, ihr zu helfen. Sie konnte sie nicht zum zweiten Mal verlieren!

Ihr Hut war Louise längst davongeflogen, ihre Röcke hielt sie hoch gerafft. Wieso war Herr Doktor Freudenstein ausgerechnet gestern nach Altona gefahren? Sein Gehilfe hatte ihr gesagt, er müsse jeden Moment zurück sein. Anfangs hatte sie gewartet, war unruhig auf der Rosenstraße auf und ab gelaufen, doch dann hatte sie es nicht ausgehalten und war in Richtung Millerntor gerannt. Bei zwei Ärzten auf dem Weg hatte sie geklopft und um Hilfe gebeten, doch der eine war gerade auf Hausbesuch, und der andere hatte ihr zunächst den Preis genannt. Louise war erschrocken. So viel Geld hatte sie schon lang nicht mehr gehabt. Panisch schlug sie stattdessen eine Bezahlung in Zimt und Zucker vor, doch er lehnte ab – bald sei das doch kaum noch etwas wert.

Nein, sie musste Herrn Doktor Freudenstein sprechen. Er hielt große Stücke auf die Madame. Er würde ihnen helfen, da war sich Louise sicher. Mit großen Schritten eilte sie also über den Großneumarkt, den Neuen Steinweg hinunter bis zum Zeughausmarkt. Wie immer war er voller Menschen, vor dem Millerntor hatte sich eine lange Schlange von Hamburgern gebildet, die aus der Stadt hinauswollten. Und auf der anderen Seite warteten sicherlich noch einmal so viele Leute. Louise blieb stehen, schnaufte kurz durch, dann stellte sie sich auf die Zehenspitzen, um über die Köpfe der Wartenden hinwegschauen zu können. Vielleicht entdeckte sie den Doktor ja hier irgendwo und konnte ihn direkt mit in die Rosenstraße nehmen. Doch es war so voll, dass ihr bald die Zuversicht schwand. Prunkvolle Kutschen warteten darauf, für einen Spaziergang oder ein Picknick aus der Stadt gelassen zu werden. Dazwischen drängten sich Dienstleute, Handwerker und Tagelöhner zusammen. In den Kutschen wurde missbilligend geseufzt, unter den Fußgängern ungeduldig geschoben, gestoßen und geschubst. Und von der anderen Seite der Stadtmauer drängten ausgezehrt und schmutzig wirkende Gestalten herein, deren geheime Taschen sicherlich zum Bersten mit verbotenen Waren gefüllt waren. In letzter Zeit kamen die wenigen, noch in der Stadt verbliebenen Douaniers bei all den Schmugglern nicht mehr hinterher.

«Wie lang soll das denn noch dauern?», rief ein reich

geschmückter Mann mit grauen Locken aus einem Kutschenfenster.

«Was ist denn hier schon wieder los?» Eine Milchhändlerin stützte sich auf ihre leeren Blechkannen und verdrehte die Augen.

«Hör gefälligst auf zu schieben, es geht hier nun mal nicht weiter», schimpfte ein junger Mann über seine Schulter.

«Fass mich nicht an!», schrie eine Stimme, die Louise vertraut vorkam. Klang das nicht nach Rosine? Louise runzelte die Stirn und sah sich suchend um. Die Stimme kam aus einer großen Ansammlung von Menschen, die sich immer wieder bückten, um irgendetwas vom Boden aufzuheben, aber dabei von Soldaten zurückgedrängt wurden. Louise reckte sich, um zu erkennen, was genau dort los war – ohne Erfolg.

«Was soll denn der Unfug?», erhob sich vom Millerntor eine Bassstimme über die der anderen. «Das ist der gute Doktor Freudenstein, so lassen Sie ihn um Himmels willen durch!»

Louise atmete scharf ein. Hatte sie richtig gehört? Sie begann, sich nun ebenfalls durch die Menschenmenge zu kämpfen.

«*Pardon.* Ein Notfall. Bitte, darf ich? Ich weiß, ich weiß, aber meine Madame ist so krank … *Excusez-moi*, aber ich muss unbedingt …»

Sie kam nur langsam voran. Noch immer trennten sie gut zehn Leute vom Millerntor, als Schreie an ihr Ohr drangen.

«Er ist doch Arzt!», rief einer.

«Jeder wird hier untersucht, ob es ihm passt oder nicht!», erwiderte ein Douanier.

«Lassen Sie Ihre schmutzigen Hände von meiner Arzttasche!», sagte Freudensteins Stimme laut, aber ruhig.

Louise schob zwei Milchmädchen beiseite, entschuldigte sich bei einer alten Frau, dann entdeckte sie endlich den Arzt. Der kleine Mann mit dem langen Ziegenbart stand mit steinerner Miene vor drei Douaniers und umklammerte mit beiden Armen seine Tasche.

«Geben Sie die sofort her», verlangte einer der Grünröcke.

Freudenstein reckte das bärtige Kinn und sagte einfach: «Nein.»

«Das haben Sie nicht zu entscheiden. Wir haben klare Vorschriften – her damit.»

Entschieden schüttelte Freudenstein den Kopf. «Sie enthält wichtige Arzneimittel, die unter keinen Umständen verunreinigt werden dürfen.»

«Schluss jetzt mit dem Unsinn und her mit der Tasche.»

«Haben Sie den Doktor nicht gehört?», mischte sich ein massiger Kerl in das Gespräch ein. Mittlerweile hatte sich ein schnell wachsender Pulk um die Streitenden gebildet.

«Er ist einer der fähigsten Ärzte der Stadt!», erklärte ein altes Dienstmädchen.

«Ruhe!», herrschte ein Douanier die Menschenansammlung an. «Wo kommen wir denn da hin, wenn Ärzte jetzt Gott weiß was nach Hamburg schmuggeln können! Tasche her!»

«Nein», sagte der Arzt wieder. «Ich werde jetzt meinen Weg fortsetzen, man wartet bereits auf mich.»

Und mit aller Seelenruhe setzte er einen Fuß vor den anderen.

Louise riss einen Arm hoch, holte Luft und wollte den Doktor auf sich aufmerksam machen, da sah sie, wie zwei der Douaniers nach ihren Bajonetten griffen.

«Vorsicht!», schrie Louise.

Doch die Grünröcke zogen schon ihre Waffen, der Menschenpulk brüllte auf, der Arzt stolperte zurück – und dann entschied der massige Mann hinter Freudenstein: «Jetzt reicht es.» Er bückte sich und riss einen lockeren Stein aus dem Pflaster.

# 15. Kapitel

Die ganze Kutschenfahrt über schwieg Onkel Fritz sie an. Und mit jedem Schritt, den das Pferd zurücklegte, fühlte Josephine sich hilfloser. Wie viel leichter wäre es, wenn sie eine der Möwen am Hamburger Hafen wäre. Sie könnte sich ohne Probleme in die Lüfte erheben und an einem anderen Ort niederlassen. Doch sie fühlte sich eher wie der Rosenstrauch im Hinterhof des *Backhus*. Fest verwurzelt und für ihr Leben gern täglich am gleichen Ort. Der Frühling stand vor der Tür – wenn man sie jetzt umpflanzte, hätte sie kaum genug Zeit, um noch einzuwurzeln …

Schwermütig schaute Josephine aus dem Kutschenfenster und fragte sich ein ums andere Mal, warum es so weit hatte kommen müssen. Wieso konnte sie nicht besser lügen? Als Onkel Fritz das Rumoren im Keller gehört hatte, hätte sie doch eine Ausrede erfinden können, vielleicht eine Katze, die dort unten Junge bekommen hatte. Oder sie hätte sagen können, sie habe Mathilde und Hermann erlaubt, sich bei ihr vor ihrem prügelnden Großvater zu verstecken. Im Nachhinein fielen ihr genug Geschichten ein, aber es war zu spät. Sie war nur stotternd und flehend hinter ihm hergelaufen, und jedes ihrer Worte hatte ihn nur noch entschlossener die Treppe hinuntergehen lassen.

Später, zurück in der Backstube, hatte der Onkel finster an ihr vorbeigestarrt, Josephine konnte es kaum ertragen. Jedes Mal, wenn sie den Blick hob, sah sein kalkweißes Gesicht älter aus. Noch ein Jahr und noch ein Jahr. Wenn sie weiterhin schweigend hier stünden, würde er noch zum Greis, dachte sie. Schließlich brach es aus ihr heraus: «Du musst dir keine Sorgen machen, Onkel. Bald sind die Franzosen sowieso weg, und keinen interessiert es mehr, was wir im Keller verwahren. Bis dahin lagere ich nur ein paar Dinge, die die ganze Stadt dringend braucht. Karl und Louise bringen sie auf sicherem Weg nach Hamburg, stellen sie bei mir unter und verkaufen sie dann. Ich habe damit nichts zu tun. Und keiner fragt mich, woher ich meine Zutaten habe, alle verschlingen nur allzu gern mein Gebäck. Du hast doch auch regelmäßig bei Schmugglern eingekauft! Was sollen wir in diesen Zeiten auch anderes machen? Und bald ist es doch wieder vorbei. Mach dir keine Sorgen, ja? Ich habe alles im Griff.» Josephine zwang sich dazu, ihren Wortschwall zu beenden.

«Josephine», sagte Fritz leise und ernst. «Ich verstehe natürlich, warum du das getan hast. Ich bin dir nicht böse.»

Josephine wurde schlagartig leichter ums Herz. Sie wollte ihm schon um den Hals fallen, da hob er abwehrend eine Hand und sprach weiter: «In gewisser Weise hattest du keine andere Wahl. Doch ich hatte sie. Ein junges Mädchen allein in dieser Stadt zurückzulassen, damit es eine Aufgabe erfüllt, an der ich selbst gescheitert bin, ist unverantwortlich. Die Franzosen, die hier beinahe täglich ein und aus gehen, könnten jederzeit dieses Haus durchsuchen und dein illegales Lager finden. Sie könnten dich umgehend ins Zuchthaus werfen. Es sind schon Menschen für ein geringeres Vergehen als dieses gehängt worden. Die Vorstellung, …» Er brach ab. Tränen schimmerten in seinen Augen. «Caroline würde mir das nie verzeihen», flüsterte er. «Und ich würde es nicht verkraften.»

«Aber … Onkel Fritz …» Josephine riss erschrocken die Augen auf.

«Du hast alles richtig gemacht, meine liebe Josephine. Im Gegensatz zu mir. Es war ein großer Fehler, dass ich dich allein in Hamburg gelassen habe. Das weiß ich jetzt. Und ich mache es wieder gut.»

Josephines Finger wurden feucht. «Was … meinst du damit?»

«Wir schließen das *Backhus*. Heute noch. Du kommst mit mir nach Altona, deine Schwester wird sich freuen, dich zu sehen. Und sobald du Christian geheiratet hast, ziehst du zu ihm.»

«Und … das *Backhus*?»

«Das bleibt zu, bis die Franzosen Hamburg verlassen haben. Danach sehen wir weiter.»

Josephine wurde schwindelig. Sie tastete nach der Wand hinter ihr und spürte den kühlen Stein unter ihren Fingern. Ihr Zuhause, dachte sie. Mit einem Mal fühlte sich ihr Körper schwer an. Ihr Onkel warf einen langen Schatten in den Raum, überall sah sie düstere Ecken, schwarze Flecken, Dunkelheit. Als wollte die kleine Backstube sich ihr schon jetzt entziehen. Als würde sie versinken in Josephines Traurigkeit.

«Ich will nicht gehen, Onkel», flüsterte sie.

«Ich weiß.» Seine Stimme klang jetzt sanft und weich. Er trat einen Schritt auf sie zu und schloss sie in seine Arme, so wie er es vor Jahren getan hatte, als Caroline gestorben war. Er hielt sie fest, und Josephine schluchzte in sein Hemd.

«Ich will nicht, Onkel. Das darf nicht sein», wisperte sie. Das

Gleiche hatte sie gesagt, als ihre Mutter gestorben war. Sie hatte genau hier gestanden, als ihr Onkel versuchte, sie zu trösten, und sie hatte immer wieder gesagt, dass sie es nicht akzeptieren würde. Sie wollte sich weigern, eine Waise zu sein. Doch irgendwann hatte sie einsehen müssen, dass ihre Weigerung den Tod nicht interessierte. Den Tod nicht, und nicht das Leben. Es ging einfach weiter.

«Es tut mir so leid», sagte Onkel Fritz. «Aber wenn ich dich jetzt nicht mitnehme, wird das hier ein schlimmes Ende nehmen. Es bricht mir das Herz, dich so traurig zu machen. Doch es ist besser, du bist für eine kleine Weile unglücklich, als dass dir irgendetwas geschieht.»

Josephine schloss ihre Augen so fest sie konnte. Sie wollte sagen, dass sie nicht nur eine kleine Weile unglücklich sein würde, sondern ihr ganzes Leben, dass sie große Angst hatte vor einer Zukunft fern von ihrem Zuhause, dass sie doch backen wollte, nichts als backen. Doch all das kam ihr so schrecklich kindisch vor. Stattdessen packte sie.

Sie klopfte bei Louise, doch nur die Kuh war zu Hause. Also hinterließ sie ihrer Freundin einen Brief, in dem sie ihr versicherte, dass all ihre Verabredungen bestehen blieben, und sie darum bat, im Frühling die Rosen zu gießen. Zuletzt steckte sie einen Schlüssel zu ihrer Haustür in den Umschlag.

Nun saß sie im Einspänner ihrer Schwester, mit dem Fritz für seinen Besuch angereist war, und wollte kaum begreifen, dass sie die Häuser, Wege und Fleete Hamburgs nun für lange Zeit nicht mehr sehen würde. Um sich den Abschied nicht noch schwerer zu machen, zog sie die Vorhänge zu.

Sie würde nicht nur *Thielemanns Backhus* vermissen, sondern auch die Menschen, die täglich bei ihr einkauften. Die Metzgerin, den neuen Schuster, Jette, die Witwe Franz und den lauten Fiete. Sie würde das leise Schwappen der Fleete vermissen, den Fischgeruch an der Alster und das dumpfe Läuten der St.-Michaelis-Kirche.

Ein Stimmengewirr riss sie aus ihren Gedanken. Sicher waren sie und Fritz am Millerntor angekommen, wo stets ein wildes Treiben herrschte. Doch diesmal klangen die Stimmen anders – aufgeregt und voller Wut. Verwundert sah Josephine ihren Onkel an, doch der schien nichts zu bemerken. Er hatte die Ellenbogen auf die Knie gestützt und starrte auf den Kutschenboden zwischen seinen Füßen.

Die erzürnten Rufe wurden allmählich lauter, hier und da mischte sich ein Brüllen darunter, und dann hörte Josephine Metall gegen Metall klirren.

«Was ist da los?», murmelte sie, zog den Vorhang zurück – und riss die Augen auf.

«Onkel Fritz, wir müssen sofort zurück.» Erstaunlich wie ruhig ihre Stimme in diesem Moment klang, dachte sie mit wild klopfendem Herzen.

Fritz seufzte. «Wir hatten doch darüber gesprochen, dass …»

«Drehen Sie um!», schrie Josephine dem Kutscher durch das Fenster zu. «Sofort!»

Doch schon wurde die Tür aufgerissen, ein Grünrock mit panisch geweiteten Augen schrie: «Raus da, raus da!», griff nach Josephines Handgelenk und zerrte sie mit aller Kraft aus der Kutsche. Josephine versuchte, sich zu wehren, doch ihr Fuß verfing sich in ihrem Kleidersaum, sie stolperte und fiel auf die Straße.

Einen Moment lang spürte sie nur den stechenden Schmerz in ihrem Knöchel.

«Lassen Sie die Finger von meiner Nichte!», rief hinter ihr Onkel Fritz. «Was erlauben Sie sich, sie einfach aus der Kutsche …»

Der Grünrock, der Josephine gerade hinauszogen hatte, drängte nun hinein, holte aus und boxte Fritz ins Gesicht, sodass er taumelte und stöhnend von der Kutschbank sank. Josephine schrie, ignorierte ihre Schmerzen und sprang auf die Füße. «Was soll das?!»

Ein weiterer Grünrock drängte sich nun zu seinem Gefährten in die Kutsche hinein, und gemeinsam machten sie Anstalten, Fritz hinauszubefördern. Doch schon zerrte ein dritter Douanier den Kutscher vom Bock und sprang selbst hinauf, um die Pferde anzutreiben.

«Aber mein Onkel!», protestierte Josephine, da setzte sich die Kutsche bereits rumpelnd in Bewegung und fuhr mitsamt Onkel Fritz in Richtung Millerntor.

Josephine rannte hinterher, schob sich durch eine wogende, schimpfende, brüllende Menschenmenge und sah sich panisch um: Der ganze Platz glich einem Schlachtfeld. Soldaten hatten ihre Bajonette gezogen und hieben damit auf die Menschen ein. Diese wiederum schrien, kreischten, brüllten und warfen mit Steinen. Sogar Frauen und Kinder stürzten sich mit in den Kampf. Durch das Millerntor drängten ungehindert Menschen hinaus und hinein. Zwei junge Männer traten die Tür des Postenhauses ein und warfen die Stühle in hohem Bogen hinaus, sodass sie gegen einen rosaroten Handkarren stießen. Josephine blinzelte mehrfach. Doch es gab keinen Zweifel: Der Wagen, der da zerbrochen und verlassen inmitten der Menschen stand, gehörte Karl! Ein paar Kisten waren heruntergefallen und leer zurückgelassen worden. Ob Karl ebenfalls hier irgendwo war? Er könnte ihr vielleicht helfen! Sie streckte sich, ließ den Blick schweifen – und entdeckte Mathilde und Hermann! Gerade kletterten die beiden Kinder auf den Handkarren, rissen die noch verbliebenen Kisten auf und zielten mit Zitronen auf die Soldaten. Mathilde grinste, und auch der sonst so schüchterne Hermann sah entschlossen aus. Schon sausten die gelben Früchte durch die Luft, trafen einen Soldaten am Zweispitz, den nächsten am Rücken und einen dritten am Kinn.

«Wer wagt es?», brüllte Letzterer, betastete sein Gesicht und wirbelte herum. Mit gezogenem Bajonett rannte er auf den Handkarren zu.

«Nein!», schrie Josephine. Ohne nachzudenken lief sie hinter ihm her, und als er gerade versuchte, am Wagen hinaufzuklettern, bekam sie den Zipfel seines blauen Rocks zu fassen. So fest sie konnte, zog sie daran. Halb drehte der Mann sich zu ihr um und versuchte, sie wie eine Fliege zu verscheuchen, doch Josephine zerrte nur noch heftiger an ihm.

«Lauft weg!», brüllte sie in Mathildes und Hermanns Richtung. «Versteckt euch!»

«Wir wollen uns nicht verstecken», verkündete Mathilde. «Das hier ist auch unser Kampf.»

«So ein Unsinn!» Josephine keuchte. «Sie werden euch umbringen!»

Doch Hermann holte aus und schleuderte eine Zitrone mit voller Wucht gegen die Stirn des Soldaten, sodass er den Halt verlor und vom Karren rutschte.

«Komm rauf!», rief Mathilde, und Hermann hielt Josephine die Hand hin.

Ängstlich sah sie auf den Soldaten, der sich stöhnend die Stirn rieb und keine Anstalten machte aufzustehen. Von dort oben hätte sie einen guten Überblick – vielleicht könnte sie erst die Kutsche und dann einen Weg finden, Onkel Fritz zu helfen. Kurz entschlossen griff sie nach Hermanns Hand, raffte den Rock, setzte einen Fuß auf eine Kiste, den nächsten auf einen Zuckersack und ließ sich nach ganz oben ziehen.

Schwer atmend richtete sie sich auf. In ihrem Hals saß die Furcht wie ein großer Klumpen eines trockenen Rundstücks.

«Habt ihr eine Kutsche gesehen?» Wieder klang ihre Stimme so viel ruhiger, als sie selbst es war.

«Nicht bloß eine.» Mathilde zuckte die Schultern, Hermann machte es ihr gleich, und dann schauten alle drei mit zusammengekniffenen Augen über die Menschenmenge.

Von hier oben erschien der Kampf noch beängstigender. Die Hamburger warfen und schlugen mit allem um sich, was sie fanden: Steine, Pfannen, Kochlöffel, ihre bloßen Fäuste. Zwar waren sie den französischen Besatzern zahlenmäßig weit überlegen, doch gegen die militärischen Waffen zogen viele dennoch den Kürzeren. Josephine beobachtete, wie ein Bajonett den Arm eines jungen Tagelöhners aufschlitzte, wie ein alter Mann stöhnend unter einem Säbelhieb zu Boden ging, sie sah Blut, Zorn und Angst, wohin sie auch schaute, aber die Kutsche sah sie nicht.

«Runter da!»

Josephine schirmte die Augen mit den Händen ab. Bevor sie sah, wer gerufen hatte, hörte sie wütendes Knurren. Erst dann sah sie den Soldaten mit dem Gewehr und die kleine Carla, die laut kläffend wie ein Riesenköter auf den Franzosen zustürmte. Daneben entdeckte sie Anna, die ihr mit beiden Armen panisch winkte und erneut schrie: «Runter da! Springt! Sofort!»

Josephine wirbelte herum, griff nach Mathildes Hand, und Mathilde griff nach Hermanns Hand. Sie sprang und riss Mathilde mit sich, Hundezähne bohrten sich durch ein Soldatenbein, eine allerletzte Zitrone flog durch die Luft, der allererste Schuss löste sich und knallte so laut in Josephines Ohren, dass sie unwillkürlich die Augen schloss. Sie landete auf ihrem verstauchten Knöchel, das Echo aus Schmerzensschreien wollte einfach nicht verklingen. Als sie die Lider endlich wieder heben konnte, rutschte Hermann neben ihr vom Karren. Er landete auf den Füßen, doch sie knickten weg wie die einer Puppe. Erst schlug seine Hüfte auf die Straße, dann sein Kopf.

Wie sie es ihr ganzes Leben lang getan hatte, griff Mathilde nach der Hand ihres Bruders. «Komm schnell», sagte sie. «Na los, steh schon auf, du Faulpelz.» Routiniertes Seufzen. Ungeduldiges Augenverdrehen. «Nun mach schon, Hermann!»

Hermann war nie der Schnellste gewesen. Er hatte immer einen Moment länger gebraucht als Mathilde, war immer einen kleinen Schritt hinter seiner Schwester gewesen. Nun zerrte sie an ihm, versuchte, ihn Zentimeter für Zentimeter mitzuziehen. «Komm, wir verstecken uns in den Gängen. Dort, wo sie uns nicht finden.»

Dabei musste auch sie den Fleck sehen, der sich auf Hermanns Hemd ausbreitete, die ausdruckslosen Augen, die Mathildes Blick nicht erwiderten, die leblos hängenden Arme.

«Carla!», rief Anna. Sofort tauchte der kleine, weiße Hund aus einem Gewühl von fluchenden und um sich schlagenden Soldaten auf. Und während Josephines Blick dem Malteser folgte, kam sie endlich wieder zu sich. Sie konnten hier nicht bleiben. Und Hermann konnten sie nicht mitnehmen – so schrecklich das auch war.

«Wir müssen hier weg», sagte sie. «Sofort.»

Verständnislos sah Mathilde sie an. «Aber Hermann kann nicht laufen, wir müssen ihm helfen …»

Josephine schüttelte den Kopf. «Wir können ihm nicht mehr helfen, Mathilde. Und er hätte nicht gewollt, dass dir seinetwegen etwas geschieht.»

«Was redest du da?» Jetzt schluchzte Mathilde auf, panisch huschten ihre Pupillen hin und her.

«Wir verabschieden uns später von ihm. Du musst jetzt mitkommen.»

Mathilde wollte sich auf den Körper ihres Bruders stürzen. Schnell griff Josephine nach ihrem Arm. «Hilf mir!», rief sie Anna zu, und gemeinsam versuchten sie, Mathilde von Hermann wegzuziehen. Doch mit einem Mal schien das Mädchen übermenschliche Kräfte zu entwickeln. Es schüttelte alle Hände ab, warf sich auf Hermann und schlang seine Arme um den lang gestreckten Hals des Bruders.

Aus den Augenwinkeln sah Josephine glänzende Knöpfe: In schnellen Schritten näherte sich ihnen ein Soldat.

«Sie kommen!», kreischte Anna.

«Mathilde, bitte», flehte Josephine.

Mathilde schluchzte, vergrub ihren Kopf in Hermanns Halsbeuge und bewegte sich keinen Zentimeter.

Josephine konnte das Knirschen der Stiefel hören, es wurde immer lauter, sie fuhr herum und schrie auf Französisch: «*Arretez!*

Lassen Sie uns in Ruhe, das sind Kinder, sie haben nichts getan!» Erst einen Wimpernschlag später begriff sie, dass der Soldat, der vor ihr stand, Pépin war. Er sah so anders aus als sonst. Zum ersten Mal war keine Spur von Spott in seinem Gesicht zu lesen. Kein Schmunzeln umspielte seine Lippen. Stattdessen schaute er Josephine ernst an. «Natürlich», antwortete er auf Deutsch, schob sich an ihr vorbei und fasste Mathilde vorsichtig am Arm. «Komm mit.»

Mit wild funkelnden Augen sah Mathilde Pépin an. «Ich kann ihn nicht alleinlassen! Er stirbt ohne mich!»

«Wenn du jetzt mit mir kommst, werde ich jemanden schicken, der sich um ihn kümmert, versprochen.»

Mathilde starrte Pépin einen Moment lang an. Und plötzlich schien alle Kraft sie zu verlassen. Blass, verängstigt und unendlich traurig sah sie aus, während sie sich von ihm auf die Füße ziehen ließ. Tränen liefen ihr über das Gesicht, doch sie schwieg. Pépin umfasste sie an der Hüfte, hob sie hoch und trug sie in seinen Armen wie ein müdes Kleinkind. Josephine hörte Mathilde immer wieder schluchzen und keuchen, doch sie protestierte nicht mehr.

# 16. Kapitel

Karl hörte das Geschrei und die Schüsse noch, als er schon durch die engen Twieten der Neustadt stolperte – immer hinter seiner Großmutter her. Sein Atem ging schnell, der Schweiß stand ihm im Nacken. Rosine jedoch ließ sich nichts anmerken. Ihr wiegender Gang war so stetig wie die dunkle Strömung des Admiralitätsstraßenfleets. Sie sah sich nicht um – während er einfach immer wieder über seine Schulter schauen musste. Würden die Douaniers sie verfolgen? Sie doch noch verhaften? Kurz hintereinander ertönten mehrere Schüsse. Er zuckte zusammen – gleich zweimal – dabei klangen sie weit entfernt.

Es war alles so schnell gegangen. Gerade hatte er noch befürchtet, es wäre vorbei mit ihnen. Man würde sie ins Zuchthaus sperren, wo sie beide an einer der vielen Krankheiten verrecken würden, die dort kursierten. Er hatte schon viele Geschichten über das Zuchthaus gehört, wusste, wie eng und dreckig es dort geworden war, seitdem die Franzosen so viele Schmuggler aus dem Verkehr zogen. Beinahe hatte er schon den Gestank in der Nase, spürte den Durst auf der Zunge. Er stellte sich Rosine im Gefängnis vor. Sicher hätte sie auch dort bald das Sagen, aber wie lange? So resolut ihr Geist auch war, ihr Körper war alt, da gab es nichts zu beschönigen.

Dann war mit einem Mal dieser Aufstand losgebrochen. Karl hatte nach Rosines Arm gegriffen, und sie waren gerannt, quer über den Platz bis in die rettenden Twieten. Was hatten sie für ein Glück gehabt! Unwillkürlich runzelte er die Stirn. Glück. Traf es das? Konnte Gewalt Glück sein? Seit Jahren hatte Frankreich diese Stadt ausgebeutet. Sie war wie ein Fluss, dessen Zufluss man gestoppt hatte, um ihn langsam vertrocknen zu lassen. Und in einem letzten Kraftakt wehrten sich nun die Fische. Es würde nichts bringen, dachte Karl. Sie konnten noch so viel zappeln – am Ende waren sie doch machtlos.

Je näher sie der Altstadt kamen, desto voller wurden die Gassen. Aufgeregt schrien die Menschen durcheinander: «Es wird gekämpft!», «Endlich passiert was!», «Wir werden es ihnen zeigen!»

Im Laufen drehte sich Rosine zu Karl um, ein grimmiges Lächeln im Gesicht. «Wir brauchen Waffen.»

«Was wir brauchen, ist ein Versteck für dich.»

«Pah!», machte sie und schob sich weiter an den Menschen vorbei, durch die Grebecker Straße hindurch. «Wenn du glaubst, ich verstecke mich, während meine Stadt endlich gegen diese französischen Aasgeier aufsteht, dann kennst du mich aber schlecht.»

Karl rieb sich über das Gesicht, setzte zu einer Antwort an, doch da stürmte ihnen eine Gruppe junger Hamburger entgegen, bewaffnet mit Pfannen und Besenstielen.

«Nieder mit den Franzosen!», schrie einer, holte aus und zerschlug eine Laterne über seinem Kopf, sodass die Glasscherben durch die Luft flogen.

«Was soll das?», herrschte Rosine die Gruppe an.

«Entweder die Franzosen ziehen ab, oder wir legen hier alles in Schutt und Asche!», erklärte einer der Männer, fast noch ein Kind.

«So ein Unsinn», knurrte Rosine. «Legt lieber die Franzosen in Schutt und Asche, nicht unsere Stadt!»

Der Junge kratzte sich die Stirn, dann reckte er die Faust in die Luft und schrie: «Nieder mit den Franzosen!»

So stürmten sie davon.

Unwillkürlich fasste Karl Mut. Sie waren den Franzosen entwischt, und die Stadt war in Aufruhr. Was, wenn Rosine recht hatte? Wenn die Hamburger doch keine Fische auf dem Trockenen waren? Was, wenn sie stattdessen wie Flusskrebse aus dem Schlamm krabbelten – zu Tausenden – und die Franzosen in die Flucht schlugen?

In den verwinkelten Gängen der Altstadt angekommen, sahen Karl und Rosine immer mehr aufgestachelte Gruppen armer und zerrissener Gestalten, die wild durcheinanderredeten.

«Jetzt oder nie!», schrie einer. «Ich habe gehört, sogar die Dänen werden kommen und uns unterstützen!»

«Heute schlagen wir die Franzosen in die Flucht!», eine andere.

«Zum Hafen!», brüllte ein Dritter. «Es heißt, die Zöllner wollen fliehen und beladen ihre Kähne mit Geld!»

«Räuber, Diebe, Verbrecher!», schrie ein Junge.

Die Sonne brach durch die Wolken, und Karl sah mit einem Mal alles ganz deutlich vor sich: den Unrat in den Gassen, den Dreck auf den Gesichtern, den Hunger in den Augen der armen Hamburger. In der kalten Februarluft schienen die Farben dieser Stadt zu leuchten. Unwillkürlich lächelte Karl und ballte die Hände zu Fäusten. Er war selten in Schlägereien verwickelt, doch hin und wieder war Gewalt unumgänglich. Sie hatten so lang stillgehalten, sich herumschubsen lassen, gehofft und gewartet. Vielleicht auf diesen Tag.

Als hätte sie Karls Gedanken erraten, sah Rosine ihn mit zusammengekniffenen Augen an und sagte: «Das ist unser Geld, das sie da an sich reißen. Komm.» Sie lief voran, tief in die Gänge hinein, zwischen Steinstraße und Spitaler Straße entlang bis zu ihrer Bude.

«Was machen wir hier?»

«Willst du etwa mit deinen blanken Fäusten kämpfen?» Rosine führte ihn in die winzige Küche, schob zwei Stühle zur Seite und öffnete eine Bodenklappe. Seitdem sie hier lebten, hatte Karl sie noch nie gesehen.

«Also, Großmutter …!» Er verschränkte die Arme und wollte Rosine schon für ihre Geheimnistuerei tadeln, da richtete sie sich mit zwei Gewehren in den Armen wieder auf.

«Klappe halten.» Sie drückte ihm eines davon in die Hand. Es war schwer und kalt. Vor Jahren hatte er mal eines gestohlen und damit geübt, auf Möwen zu schießen. Nie hatte er getroffen. Vielleicht weil er die schönen Bahnen der Tiere nicht unterbrechen wollte. Vielleicht weil er einfach untalentiert war. Rosine hatte es ihm weggenommen. Möglicherweise war es dieses hier gewesen. Er öffnete die Magazinklappe – es war geladen.

Fragend legte er den Kopf schief und sah Rosine an. Doch die versuchte nur, sich einen Patronengürtel um die Hüften zu schlingen. Es hätte keinen Zweck, zu versuchen, sie zum Hierbleiben zu bewegen.

«Rosine, jetzt reicht es aber. Du wirst nicht auch noch die Patronen tragen. Gib schon her.» Er nahm sie ihr ab, legte sie selbst an, und dann zogen sie los.

«Nieder mit den Grünen!»

«Nieder mit den Schwarzen!»

«Nieder mit den Kellerraten!»

Überall ertönten Schreie gegen die Zollbeamten in ihren grünen Röcken, gegen die Richter in ihren schwarzen Roben und gegen die Abgabeneintreiber, die sogar in die düstersten Kellerlöcher der Gängeviertel vordrangen, um die ärmsten Hamburger um ihre letzten Münzen zu bringen.

Auf dem Weg zum Hafen sah Karl, wie kaiserliche Adler von Fassaden gerissen und in den Schmutz geworfen, wie Steine aus dem Pflaster geschlagen und Häusergerüste in Schlagstöcke zerlegt wurden. Die Gänge, Wege und Straßen füllten sich mit Menschen und mit Hass. Wo auch immer Soldaten auf Pferden auftauchten, wurden sie beworfen und bespuckt. Die Tiere scheuten, die Uniformierten klammerten sich fest und türmten wieder. Im Licht dieses Tages sahen sie nicht mehr aus wie Soldaten, sondern wie Jungen, die man aus ihrer Heimat gerissen und in eine Ferne geschickt hatte, die ihnen Angst machte. Rosine ruckte mit dem Kopf in Richtung Hafen, und Karl folgte ihr.

Das Bild, das sich ihnen dort bot, würde Karl nie wieder vergessen. Die Hamburger Männer, Frauen und Kinder, die sich durch die Straßen in Richtung Zollhaus drängten, erinnerten ihn tatsächlich an einen großen Haufen Flusskrebse. Eine Masse von Armen und Beinen, schnell, wuselig und scheinbar unaufhaltsam. Die wenigen französischen Zöllner, die sich ihnen in den Weg stellten, wurden mitgerissen vom wütenden Strom, und die Soldaten, die ratlos am Rand standen, schossen mit ihren Gewehren nur hin und wieder halbherzig in die Luft. Karl erkannte die kleine Gruppe sächsischer Soldaten mit ihren roten Jacken wieder, die er regelmäßig mit Kaffee versorgt hatte. Obwohl sie die französischen Uniformen trugen, lag eine unübersehbare Spur von Hoffnung auf ihren Gesichtern. Sie hatten nicht viel mit Napoleon am Hut. Zwar hatte er Sachsen eingenommen und sie in diesen Krieg geschickt, doch sie wollten nur nach Hause, das wusste Karl. Und nun glaubte er, diese Sehnsucht deutlicher denn je in ihren Gesichtern zu erkennen.

«Sie stürmen das Baumhaus!» Rosine packte ihn am Arm und zog ihn mit sich.

Im Laufen begriff Karl, dass die Hamburger die Türen des Zollgebäudes aus den Angeln gehoben hatten. Der herrschaftliche Bau streckte sein Dach mit dem geschwungenen Pavillon in den Himmel, während er seit Jahrhunderten fest auf steinernen Säulen im Wasser stand. In der Stadt wurde er nur *Baumhaus* genannt, weil früher darin der Hafenaufseher gewohnt hatte, der den Binnenhafen nachts mit einem großen Baum versperrte. Mittlerweile war es natürlich in französischer Hand: Im Erdgeschoss befand sich die Zollverwaltung, und die oberen Stockwerke nutzte das Militär als Kaserne.

Die Hamburger waren jedoch im Begriff, es zurückzuerobern. Sie drangen in das Baumhaus ein wie Wasser in Mund und Nase eines Ertrinkenden. Grünröcke sprangen in ihrer Not aus dem Fenster, Soldaten schlugen um sich, Bajonette klirrten, Schüsse ertönten, beschlagnahmte Säcke voll mit Schmuggelware wanderten von Hand zu Hand nach draußen.

«Verdammt», fluchte Rosine. «Wir sind zu spät. Die werden alles rausholen, was es noch zu holen gibt.»

Karl brummte zustimmend. Selbst wenn sie sich noch ins Getümmel stürzten – die Wahrscheinlichkeit, irgendetwas abzukriegen, war gering. Viel eher würden sie zu Boden gerissen und totgetrampelt.

Er ließ den Blick über den Binnenhafen schweifen. Auf dem Wasser lag ein stillgelegtes Schiff neben dem anderen und reckte seine nackten Masten in den Himmel. Ganz ruhig schaukelten sie auf den Wellen und faulten seit Jahren ungenutzt vor sich hin. Und dann sah er etwas.

«Da!», rief er und zeigte auf eine kleine Gruppe von Zöllnern, die sich im Schatten eines Frachtschiffs an einem Kutter zu schaffen machten. Einer stand auf dem Boot und gab den anderen beiden wild fuchtelnd Befehle, der Zweite nestelte am Tau herum, offensichtlich ohne den Knoten lösen zu können, während der Dritte mehrere Säcke auf das Schiff warf.

«Komm!» Karl griff nach Rosines Arm und zog sie hinter sich her. Wenn sie schnell genug waren, konnten sie den Männern vielleicht mit ihren Gewehren ein wenig Angst machen und sie so dazu bringen, ihnen ein paar Säcke zu überlassen, bevor sie flohen.

Da hörte er plötzlich wildes Kriegsgebrüll. Auf halbem Weg bremste er ab, denn von der Seite stürzte sich eine Gruppe blutjunger Hamburger, fast noch Kinder, auf die flüchtigen Soldaten. Einen stießen sie kurzerhand ins Wasser, ein anderer lief weg, der Dritte wurde von mehreren Fausthieben in die Knie gezwungen.

Auch Rosine blieb stehen. «Die Jugend von heute», murmelte sie und schüttelte seufzend den Kopf. «Nun gut. Komm, dann vertreiben wir wenigstens ein paar von diesen Parasiten.»

Entschlossen stiefelte sie los, schob einen achtlos abgestellten Handkarren beiseite, kletterte auf einen Stapel längst geplünderter Kisten und legte ächzend das Gewehr an, während sie ein passendes Ziel suchte.

Auch Karl kniff die Augen zusammen, in dem Versuch, die Lage zu überblicken. Noch immer strömten Menschen ins Zollhaus und schlugen sich mit Soldaten. Auf dem Dach erschien ein Mann mit weißer Halskrause und der Sorte Gesicht, die immer jung wirkte, obwohl sie es schon lang nicht mehr war. Der Mann breitete die Arme aus und rief: «Liebe Hamburger, ich bitte Sie: Bewahren Sie Ruhe.»

«Ist das der Bürgermeister?» Rosine zielte auf ihn. «War ja sonnenklar, dass dieser machthungrige Lackaffe weiterhin aufseiten der Franzosen steht.»

«Großmutter, erschieß jetzt bitte nicht den Abendroth!» Karl konnte sich ein schiefes Grinsen nicht verkneifen.

«Wie tief kann man eigentlich in Napoleons Hintern stecken?», murmelte sie, ohne ihn aus dem Schussfeld zu entlassen.

Doch wieder kamen ihr andere Hamburger zuvor, Steine flogen in hohem Bogen auf das Baumhaus, erschrocken wich der Bürgermeister zurück und verschwand im Inneren. Sicher floh er über einen Hinterausgang, überlegte Karl. Dieser Kampf war so gut wie gewonnen. Die Franzosen würden abziehen, die Stadt wäre wieder frei. Und dann? Würde er wieder Schutenschubser werden? Doch bevor er seinen Gedanken weiter nachhängen konnte, entdeckte er die Reiter. Sie näherten sich vom Steinhöft. Soldaten waren es nicht, und doch hatten diese hoch zu Ross sitzenden Männer etwas Bedrohliches an sich. Ihre Stiefel glänzten in der Februarsonne, ihre Hüte waren tiefschwarz, und ihre Röcke saßen eng.

«Was zum Teufel …», murmelte Karl.

Schon gaben die Reiter ihren Pferden die Sporen und stürmten auf die Menschenmenge zu.

«Weg da!», hörte Karl sie mit hanseatischem Zungenschlag rufen. «Haut ab, oder wir bringen euch um!»

«Das sind Hamburger», stieß Rosine entrüstet aus.

Seine Großmutter hatte recht. Die Männer sahen aus wie die reichen Schnösel, die gern auf dem Jungfernstieg auf und ab spazierten. Keiner von ihnen trug eine Uniform oder ein Abzeichen. Und doch holten sie entschlossen aus und schlugen mit ihren Säbeln auf die Aufständischen ein! Unter den Hufen ihrer Pferde, ihren langen Bajonetten und harten Schlägen wirkten die wütenden Hamburger mit einem Mal klein, ausgemergelt und schwach. Dass der Bürgermeister darum bat, Ruhe zu bewahren, war das eine. Die Gewalt dieser Männer gegen ihre eigenen Nachbarn aber etwas ganz anderes. Karl begriff: Aus einem Kampf zwischen Napoleons Soldaten und der städtischen Bevölkerung wurde in diesem Moment ein Kampf zwischen Arm und Reich, Ohnmächtig und Mächtig.

Karl schüttelte unwillkürlich den Kopf. Wie konnten diese Pfeffersäcke, denen es doch nie an irgendetwas gefehlt hatte, ihren eigenen Leuten in den Rücken fallen, den Menschen, die seit Jahren hungerten und litten? Er legte das Gewehr an.

«Auf die kannst du schießen, Großmutter», knurrte er, ohne den Kopf zu drehen. Er nahm den gewaltigsten Reiter von allen ins Visier. Seine Schultern waren breit, sein Bauch hing auf den Hals des Pferdes herab, nur sein Kopf war auffällig klein. Karl entsicherte das Gewehr, zielte, atmete langsam aus. Er drückte ab – doch im gleichen Moment spürte er einen stechenden Schmerz am Hinterkopf. Etwas hatte ihn so hart getroffen, dass es in seinen Ohren schepperte. Sein Schuss hallte über den Hafen, doch das Ziel musste er verfehlen. Denn Karl strauchelte, stolperte, und dann fiel er in den Staub.

# 17. Kapitel

Christians Brust bebte vor Aufregung. Er starrte auf das Bajonett, mit dem er gerade zum ersten Mal in seinem Leben auf einen Mann eingeschlagen hatte, auf diesen Körper, der da vor ihm am Boden lag. Sein Blick huschte hin und her: zwischen der Menschenmenge, dem Zollhaus, den Reitern. Was geschah hier nur? Gerade eben war die Welt noch in Ordnung gewesen. Da hatte er noch gewusst, wer oben war und wer unten: Die Franzosen und die angesehenen Bürger der Stadt machten die Gesetze, und wer dagegen verstieß, war ein Verbrecher. Eben hatte er noch gewusst, was er zu tun hatte: In aller Früh holte er die Briefe vom Posthalter ab und verteilte sie Straße für Straße in seiner Stadt. Dabei hielt er die Augen offen und erstattete dem *Maître* bei nächster Gelegenheit Bericht. Zugegeben, anfangs hatte es ihm noch Unbehagen bereitet, so offen und ehrlich mit den Franzosen zu sprechen. Er hatte das Gefühl gehabt, ein Verräter zu sein. Doch sein Vater hatte ihn zur Vernunft gebracht – wie so oft.

«Willst du etwa dein Leben lang Briefe austeilen?», hatte er ihn gefragt.

«Nein, ich heirate Josephine Thielemann und übernehme die Bäckerei», hatte er langsam erwidert, als wäre er in der Schule und hoffte, er habe die richtige Antwort gefunden. «Ich werde andere für mich arbeiten lassen oder die Bäckerei gewinnbringend verkaufen, das haben Sie mir immer geraten, Vater.»

«Und weiter?», fragte er.

«Weiter?» Christian wollte die Lider senken, doch der Blick seines Vaters ließ es nicht zu. Er musste in diese stechend blauen Augen schauen, die von bleichen, kurzen Wimpern umrahmt wurden. Sein Vater konnte Christian unangenehm lang ansehen, ohne auch nur einmal zu blinzeln. «Was habe ich dir noch geraten?», fragte er dann ganz langsam, als sei sein Sohn ein wenig schwachsinnig. Christian fühlte, wie seine Hände feucht wurden.

«Mich nicht zufriedenzugeben», sagte er dann leise. «Nie.»

«Ganz genau. Wenn du es klug anstellst, wirst du bald selbst Posthalter. Und dann ein höherer Beamter, so wie ich einer geworden bin. Rücksicht ist etwas für Männer ohne Ehrgeiz, merk dir das. Die Franzosen werden nicht ewig bleiben. Jetzt ist der beste Zeitpunkt, dich mit ihrer Hilfe in Position zu bringen, um später Reichtum und Einfluss zu gewinnen. Wirf diese Gelegenheit bloß nicht weg, verstanden?»

«Verstanden, Vater.»

In Gegenwart seines Vaters fühlte er sich wie ein dummer Junge. Doch sobald er gegangen war, schien er zu wachsen. Er straffte die Schultern und flüsterte leise vor sich hin: *Rücksicht ist etwas für Männer ohne Ehrgeiz.* Und Christian hatte Ehrgeiz. Er wollte mehr vom Leben – mehr als Briefe, die andere Leute lasen, mehr als Rundstücke, die anderen Menschen schmeckten. Er dachte an seinen Großvater, seine Großmutter und die noble Gesellschaft, in der sie verkehrt hatten. An die sprechenden Blumen, die Eleganz und das Ansehen, die sie umgaben. Wie unsagbar stolz wäre sein Vater, wenn die Familie Schulte all das durch Christians Zutun zurückerlangen würde!

Sein Vater hatte bereits demonstriert, wie ein kluger Hamburger aufsteigen konnte. Er arbeitete mittlerweile als Beamter im Rathaus, hatte ein beträchtliches Einkommen und gewann mit jedem Tag an Einfluss. Christian wollte ihm nacheifern. Nein, das war nicht ganz richtig. Er wollte ihn übertrumpfen. Sein Vater wäre erst dann beeindruckt, wenn sein Sohn mehr erreichte als er selbst.

Und nun war Christian auf dem besten Weg dahin. Josephine würde seine Frau werden. Der Verkauf der Bäckerei würde ihm ein schönes Startkapital einbringen. Zudem – was noch viel wichtiger war – wussten einige Offiziere des französischen Militärs bereits, dass sie auf ihn zählen konnten. Mit Christians Hilfe war der Metzger aus der Lilienstraße überführt worden. Bei ihm wurden tatsächlich geheime Versammlungen abgehalten: Er und drei weitere Männer lasen regelmäßig gemeinsam illegale Zeitungen, in denen es um die Niederlagen der Franzosen ging. Dafür musste der Metzger nun für einige Zeit im Zuchthaus sitzen. Als Christian seinem Vater davon erzählte, brannte das schlechte Gewissen in ihm, schließlich lasen auch sie geheime Nachrichten.

«Wer dumm genug ist, sich erwischen zu lassen, ist selbst schuld», entschied sein Vater und wischte Christians Bedenken mit einer energischen Handbewegung beiseite.

In der Gaststätte neben der Metzgerei hatte man schon zwei Tage später mit Christians Hilfe große Mengen von Kaffee und Baumwolle gefunden. Das Haus war daraufhin geräumt worden, die Türen verrammelt, den Gastwirt hatte seitdem niemand mehr gesehen.

In der kommenden Woche sollte Christian als Belohnung nun endlich vom Postboten zum Posthalter aufsteigen. Er hatte sich schon ausgemalt, wie er sein Büro einrichten würde: ein Gemälde an er Wand und eine hübsche Garderobe aus Eichenholz für die Zweispitze der Soldaten. Sie würden bei ihm ein und aus gehen, und wenn er ihnen erst bewiesen hatte, wie nützlich er für sie sein könnte, würde er so wohlhabend und geachtet werden, wie es sein Großvater einst gewesen war.

Und jetzt das …!

Zuerst hatte er die Schüsse gehört und sie für Schießübungen der Franzosen gehalten. Doch sie nahmen kein Ende, kamen mal aus der einen, mal aus der anderen Richtung. Er hatte den Säbel seines Großvaters von der Wand genommen und war auf den Pferdemarkt hinausgetreten, an dessen Rand seine Familie wohnte. Die Menschen stürmten über den Platz, schrien: «Zum Hafen, zum Hafen!»

«Die Zöllner stehlen unser Geld!»

«Jetzt schlagen wir sie in die Flucht!»

«Nieder mit den Kellerratten!»

Christian war wie gelähmt gewesen, doch dann war sein Vater an ihm vorbeigetrabt. Er saß ohne Sattel auf einem nervös tänzelnden Pferd, sah sich kurz nach ihm um und rief: «Was stehst du hier noch so herum? Der Pöbel ist verrückt geworden! Wir müssen ihn in seine Löcher zurücktreiben. Mach schon, hol Bella aus dem Stall und komm nach!»

Christian riss die Augen auf. Er öffnete den Mund, wollte etwas erwidern, doch sein Vater war schon in Richtung Hafen verschwunden.

Bella war die alte Stute der Familie Schulte. Sie war in den letzten Jahren knorrig und halb blind geworden. Christian bezweifelte, dass sie einen Ritt wie diesen heil überstehen würde, doch er würde sich seinem Vater sicherlich nicht widersetzen.

Wenig später trieb er das Tier unbarmherzig in Richtung Hafen, schlug mit dem Säbel wild um sich und unterdrückte dabei das Zittern in seinem Handgelenk. Doch die Wut, die ihm von der Straße entgegenschlug, war beängstigend. Ohne jede Waffe stürzten sich stinkende Menschen auf ihn und versuchten, ihn vom Pferd zu ziehen. Nur unter heftigen Säbelhieben ließen sie von ihm ab. Atemlos kam er endlich am Binnenhafen an. Die Menschenmasse war hier so wild geworden, dass Bella schnaubte und scheute. Er sah sich um und entdeckte eine kleine Gruppe von jungen Hamburger Reitern. Als einer von ihnen ihn bemerkte, winkte er ihn zu sich heran.

«Komm mit!» Er legte einen Finger auf die Lippen. Die Männer trugen samtene Röcke und Schmuck an allen Fingern – waren also vertrauenswürdig. Christian beruhigte seine Stute, dann folgte er ihnen in Richtung Schaarthor, über das Fleet zum Stubbenhuk. Nun näherten sie sich dem Baumhaus von hinten. Die Brücke hinüber zum Baumwall war so schmal, dass sie nur ein Reiter hinter dem anderen überqueren konnte. Sobald Christian über die Schulter seines Vordermannes einen Blick auf den Platz erhaschte, riss er die Augen auf. Fenster und Türen des Zollhauses waren zerschlagen, überall lagen Scherben, zerbrochene Kisten und Sperrholz. Zöllner versuchten, auf Kähnen zu fliehen, doch der Pöbel sprang ins Wasser und kippte ihre Boote. An Land lagen Soldaten blutend und stöhnend am Boden, nur wenige kämpften noch gegen die Aufständischen. Doch von der Rückseite näherten sich immer mehr berittene Hamburger. Sein

Herz schlug schneller, als er in ihrer Mitte – groß und unfassbar blond – seinen Vater sah. Sein Säbel tanzte mühelos durch die Luft, gemeinsam mit den anderen Reitern umzingelte er die Männer und drängte sie langsam weg vom Zollhaus in Richtung Altstadt. Christian fühlte Stolz in sich aufwallen. Schon wollte er Bella antreiben und sich dem Vater anschließen, da sah er die alte Frau. Sie lag bäuchlings auf einem Stapel von Kisten und zielte mit einem Gewehr auf die Meute. Ihre schäbigen Röcke waren ihr über die verdreckten, violetten Knöchel gerutscht, ihr weißes Haar stand wild vom Kopf ab. Daneben, halb verdeckt von den Kartons, entdeckte er einen dünnen, großen Mann mit einer schäbigen Kappe. Seine Weste musste Jahrzehnte alt sein, ein Zipfel steckte in der zu großen Hose, der andere lugte heraus. Auch er zielte mit einem Gewehr. Sicherlich würden diese verdreckten Gestalten nicht ihresgleichen ins Visier nehmen, sondern die aufrechten Männer der Stadt, die für Recht und Ordnung kämpften. Was könnten diese Kugeln wohl anrichten? Was, wenn sie seinen Vater trafen? Jemand musste etwas tun! Christian sah sich um. Doch die Männer, mit denen er über die Brücke gekommen war, hatten sich bereits auf den kämpfenden Pulk gestürzt. Niemand schien die Alte und den Kerl mit den Gewehren zu bemerken. Niemand, außer ihm. Er biss die Zähne zusammen und trieb seine Stute an. Mit der einen Hand umklammerte er die Zügel, mit der anderen seinen Säbel. Bella begann zu traben. *Schneller*, dachte Christian, *komm schon, altes Mädchen*. Er schlug dem Pferd seine Fersen in den Bauch. Fast war er da. Er holte aus, schwang seinen Arm – dann traf er den Mann heftig mit seinem Säbelgriff am Kopf. Im gleichen Augenblick löste sich ein Schuss. Eigentlich hatte Christian mit einer zweiten Bewegung die alte Frau unschädlich machen wollen, doch der Knall war so furchtbar laut gewesen, so nah an seinem Ohr, dass er zusammenfuhr.

Seine Brust bebte, er starrte auf den Mann am Boden, dann huschte sein Blick hin und her. Es war nur ein kurzer Moment des Zögerns, doch er reichte aus, damit die Alte herumwirbelte und auf ihn zielte. Er riss die Zügel zurück, Bella erschrak, stieg, die Alte schoss – und traf. Er hatte nicht gewusst, dass Pferde schreien können. Bellas Wehklagen ging ihm durch Mark und Bein. Das Tier schwankte unter ihm, dann gaben seine Beine nach. Christian sank auf die Straße hinab. Er hatte keine Zeit, sich um Bella und ihren blutenden Hals zu kümmern. Schon lud die Alte nach und zielte erneut auf ihn. Er sprang hinter sein Pferd, dessen schwitzender, keuchender Bauch auch den nächsten Schuss abfing, dann hastete er quer über den Platz. Noch ein Schuss knallte durch die Luft, er hielt sich die Ohren zu. Wäre er doch zu Hause geblieben! In seinen schützenden vier Wänden, in denen er noch eine Zukunft gehabt hatte. Was bedeuteten schon Erfolg und Ansehen gegen das Leben? Er hatte sich fürchterlich verrannt. Und doch rannte er weiter. Einen Weg zurück gab es nicht. Er rempelte einen Mann an, hatte keine Zeit, sich zu entschuldigen. Nur kurz hielt er inne – war das nicht Josephines Onkel? Unmöglich, der war in Altona. Unwillkürlich drehte sich Christian um.

«Christian!», rief Fritz Thielemann und hob eine Hand. Er war es doch, seine weißen Haare und Zähne waren unverkennbar. Und dann knallte es. Sein Mund klappte auf. Er taumelte nach vorn. Ein Schritt, noch ein Schritt, dann sank er auf die Knie.

«Was …?», entfuhr es Christian. Er konnte nicht anders, als auf den roten Fleck zu starren, der sich in rasender Geschwindigkeit an Fritz Thielemanns Hüfte ausbreitete. Er war getroffen worden – von einer Kugel, die für Christian bestimmt gewesen war.

«Verdammt!», hallte der Ruf der alten Frau über den Baumwall. Christian schaute auf und sah für einen kurzen Moment in ihre vor Wut verzerrte Fratze. Die Alte lud ein drittes Mal nach und stapfte in seine Richtung. So schnell er konnte rannte er in die Menschenmenge hinein.

# 18. Kapitel

Von weit her drangen die Geräusche von Gewehrschüssen, die Schreie von Soldaten, die Rufe von Frauen, Arbeitern und Kindern an Josephines Ohr. Seit Minuten saß Mathilde bewegungslos in einem schmalen Durchgang der Neustädter Gänge und starrte vor sich hin. Josephine konnte den Schmerz kaum ertragen, der dunkel und matt in den Augen des Mädchens lag. Sie schaute auf Mathildes rechte Hand, die verdreht, mit der Handfläche nach oben, neben ihr auf der Treppenstufe ruhte. Für gewöhnlich lag darin die Hand ihres Bruders. Wie jung er gewesen war, dachte Josephine. Jung und so leise in dieser lauten Stadt. Nun hatte Hamburg ihn verschluckt. Hermann war einfach untergegangen, lautlos und spurlos, wie ein Löffel voll Zucker in warmer Milch.

Josephines Magen schnürte sich zusammen. Wie musste Mathilde erst fühlen? Doch für Trauer um Hermann und Mitleid für Mathilde war noch genug Zeit. Zuerst musste sie Fritz finden.

«Meine liebe Mathilde», flüsterte sie und hockte sich vor das Mädchen. Sie nahm ihre Hände auf – kalt und schwer – und drückte sie sanft. «Du bist nicht allein.»

«Doch, das bin ich», flüsterte Mathilde mit rauer Stimme.

«Mutter ist schon lange fort, Großvater tot, und jetzt ist Hermann …», sie brach ab.

Josephine blieb für einen Moment die Luft weg. Das hatte sie nicht gewusst. Ihr hatte Mathilde stets erzählt, ihre Mutter sei bettlägerig und ihr Opa gewalttätig. Hatte das Mädchen sie all die Monate angelogen?

«Wir haben es geheim gehalten, damit uns niemand in ein Waisenhaus steckt», flüsterte Mathilde mit Panik in der Stimme. «Aber wie soll ich jetzt, ohne Hermann …»

«Keine Sorge, Liebes», sagte Josephine schnell und strich ihr sanft die Haare aus der Stirn. «Wir kümmern uns um dich, hörst du? Ich muss jetzt gehen, aber ich komme zurück.»

Mathilde reagierte nicht mehr. Ohne zu blinzeln sah sie an Josephine vorbei.

Hinter ihr räusperte sich Pépin. «Sie müssen gehen, *Mademoiselle*? Dürfte ich fragen, wohin Sie an diesem sonnigen Februarmorgen zu spazieren gedenken?»

Zum ersten Mal seit den schrecklichen Ereignissen dieses Tages hatte sich wieder Spott in Pépins Tonfall geschlichen, und als sie aufsah, entdeckte sie doch tatsächlich ein kaum merkliches Schmunzeln auf seinem Gesicht. Sie runzelte die Stirn und funkelte ihn wütend an.

«Es sieht wohl so aus, als hätte ich mehr Mut als ein französischer Soldat, der sich lieber mit den Frauen und Kindern in den Gängen versteckt.»

Pépins Schmunzeln verschwand. Überrascht sah er sie an – und sofort tat es ihr leid, so scharf geantwortet zu haben. Es stand ihr nicht zu, ihn für seine Hilfe zu schelten. Seitdem er sie gefunden und Mathilde aus der Gefahrenzone getragen hatte, war er Josephine erwachsen und ernsthaft erschienen. Beinahe hatte sie ihn nicht wiedererkannt – seine Stirn in Falten gezogen, sein Blick scharf und konzentriert. Er wusste genau, wohin er sie bringen wollte, herrschte entgegenkommende Soldaten an, sie durchzulassen, und stieß angreifende Arbeiter scheinbar mühelos von sich. «Sie ist noch ein Kind!», rief er mal auf Deutsch, mal auf Französisch, und überall ließ man sie passieren. Mit größter Selbstverständlichkeit hatte er sie tief in die Neustadt hineingeführt, bis in diese menschenleere Gasse, in der sie verschnaufen konnten.

«Ihr Mut ist wirklich bemerkenswert», murmelte er nun. «Trotzdem kann ich Sie nicht allein gehen lassen. Ich bringe Sie nach Hause. Sie und die beiden Mädchen. Und ich schicke jemanden zu Hermann, wie ich es versprochen habe.»

Josephine schüttelte den Kopf. «Auf keinen Fall. Ich muss meinen Onkel finden.»

Fragend hob Pépin eine Augenbraue, und Josephine erklärte ihm, was geschehen war.

«Vielleicht ist er also noch in der Kutsche?», fasste Pépin zusammen.

Josephine zuckte hilflos mit den Schultern. «Die Soldaten wollten raus aus der Stadt. Was, wenn sie ihn mitgenommen haben?»

Pépin kratzte sich nachdenklich das Kinn, dann schüttelte er den Kopf. «Das glaube ich nicht. Sie haben ihn sicherlich auf halbem Weg hinausgeworfen.»

«Also müsste er noch irgendwo am Millerntor sein.»

Pépin wiegte unschlüssig den Kopf. «Das Tor wurde schon früh versperrt.»

«Vielleicht sind sie zu einem anderen Tor gefahren?»

«Wahrscheinlich. Aber wir können nicht alle Tore der Stadt absuchen.»

«Du vielleicht nicht. Ich schon.»

«Sie wollen …» Pépin lachte ungläubig.

«Ja, ich will. Und du bringst Anna und Mathilde nach Hause.»

«Nein!», protestierte Anna, und Carla kläffte beifällig. Überrascht sahen Josephine und Pépin das Mädchen an. «Pépin geht mit dir, Josephine. Ich bringe Mathilde zu uns nach Hause. Großmutter wird sich sicherlich um sie kümmern.»

«Du … hast eine Großmutter?» Josephine verschränkte die Arme.

«Ich hab etwas Besseres als eine Großmutter. Ich habe Rosine, und die wird uns schon helfen, verlass dich drauf.»

Natürlich, dachte Josephine. Über Karl kannte sie die mürrische Frau. Hin und wieder hatte sie dabei geholfen, Kisten in den Keller zu schleppen. Doch Josephine hätte nicht gedacht, dass irgendjemand sie so liebevoll *Großmutter* nennen würde.

«Der Weg bis in die Altstadt ist viel zu weit für euch beide allein», widersprach sie dem Mädchen.

Freudlos lachte Anna auf. «Mathilde und ich sind seit Jahren allein hier unterwegs.»

«Es herrscht aber nicht seit Jahren Krieg in dieser Stadt.»

Anna seufzte und klang dabei wie eine weise alte Frau. «Für Mathilde und mich ist immer Krieg in dieser Stadt. Glaub mir, wir kommen ohne euch wahrscheinlich sogar besser zurecht. Außerdem haben wir Carla.» Als wolle die kleine Hündin ihre Worte bestätigen, bellte sie dreimal.

Bei dem Geräusch blinzelte Mathilde endlich.

«Lass uns gehen», sagte Anna leise und streckte ihr die Hand entgegen. Einen kurzen Moment lang geschah nichts. Dann, ganz langsam, griff Mathilde danach und ließ sich hochziehen.

«Viel Glück», flüsterte Anna Josephine zu. Einen Augenblick später verschwanden die beiden Mädchen in der Dunkelheit.

Nun war Josephine allein mit Pépin. In der finsteren Gasse standen sie direkt voreinander, sahen sich in die Augen, und für die Dauer eines Wimpernschlags wünschte sich Josephine, er möge auch sie in die Arme nehmen und in Sicherheit bringen, wie Mathilde. Sie war schrecklich aufgewühlt, voller Sorge um ihren Onkel. Und in Pépins Blick glaubte sie, Verständnis zu erkennen, Wärme und Ruhe. Wenn er sie festhalten würde, nur ganz kurz …

Doch Pépins plötzlich wieder spöttisches Schmunzeln riss sie aus diesen ungehörigen Gedanken. «Wohin soll es denn zuerst gehen, *Mademoiselle*?» In gespielter Höflichkeit wies er mit der Hand die Gasse hinunter.

Josephine schnaufte. «Dorthin, wo ich dich möglichst leicht abschütteln kann», verkündete sie in trockenem Tonfall und ging voran.

Pépin folgte ihr. Sie wusste, dass er stumm in sich hineinlächelte. Und zum ersten Mal musste sie sich eingestehen, dass die Frotzeleien mit Pépin auch ihr ein klein wenig Spaß bereiteten … Gerade in dieser dunklen Stunde taten sie ihr erstaunlich gut.

Josephine bog links in die nächste Gasse ab und schlug einen der Gänge in Richtung Norden ein.

«Ah», sagte Pépin. «Das Dammtor soll es also sein?»

«Wenn sie nicht durch das Millerntor gekommen sind, haben sie es wahrscheinlich dort versucht», sagte Josephine.

Ein paar Schritte liefen sie schweigend weiter. Dann warf Pépin ein: «Und Sie denken, wir finden ihn direkt am Tor?»

«Oder auf dem Weg dahin.»

«In diesen engen Gassen? Ist die Kutsche so schmal?»

Josephine ballte die Hände zu Fäusten und wirbelte herum. Schon wollte sie ihn anfahren, doch gerade noch rechtzeitig hielt sie sich zurück. Er hatte recht. In den Gängen waren sie zwar relativ sicher. Doch Fritz würden sie hier nicht finden.

«Wenn sie wirklich zum Dammtor wollten, sind sie wahrscheinlich an der Stadtmauer entlanggefahren. Oder sie haben den Neuen Steinweg genommen und sind über die Kohlhöfen gen Norden», überlegte Pépin laut. «Vielleicht sind sie auch auf dem Alten Steinweg zur Fuhlentwiete unterwegs. Und dann …»

«Es gibt so viele Möglichkeiten», unterbrach ihn Josephine. Mit einem Mal verließ sie der Mut. Hamburg verfügte über eine unübersichtliche Anzahl von Kreuzungen, Straßen und Gassen zwischen Millern- und Dammtor. Und was, wenn die Franzosen nicht einmal in diese Richtung gefahren waren? Sie könnten genauso gut in den Osten der Stadt aufgebrochen sein, zum Steintor oder Brocktor. Und dann gab es auch noch die Fluchtmöglichkeit über den Hafen. Josephine kannte ihre Stadt, jede Abkürzung und jeden Winkel. Und doch erschien ihr ihre innere Stadtkarte nun wie ein furchtbar kompliziertes Backrezept. Zu viele Arbeitsschritte für zu wenig Zeit. Fritz brauchte ihre Hilfe *jetzt*. Und sie stand untätig hier herum und wusste nicht, wohin sie sich als Erstes wenden sollte.

«Gehen wir zurück zum Millerntor und fragen ein bisschen herum. Vielleicht hat jemand etwas gesehen», schlug Pépin vor.

Josephine nickte. Das war immerhin ein Plan. Während sie den Weg Richtung Großneumarkt einschlugen, sah sie ihn verstohlen von der Seite an: seinen hohen Zweispitz, seine Uniform mit den vielen Knöpfen, seine Gamaschen. Er war ein Soldat Napoleons, dachte sie. Er und seinesgleichen waren schuld an der Lage der Stadt, und nun hatten seine Kameraden auch noch Fritz entführt. Wie konnte es sein, dass Josephine dennoch gemeinsam mit ihm durch Hamburg lief und ihren Onkel suchte? Sie sollte ihn zum Teufel schicken. Und doch tat sie es nicht … Auch wenn sie es nur ungern zugab, war sie froh, ihn bei sich zu haben. Zwar war er sicherlich kein großer Kämpfer. Als Musiker konnte er bestimmt besser mit seinem Instrument als mit dem Säbel umgehen, andernfalls wäre er wahrscheinlich nicht hier, sondern irgendwo im Gefecht. Und doch hatte er vorhin großen Mut und Stärke bewiesen. Wenn es darauf ankam – das ahnte sie –, konnte man sich auf ihn verlassen.

«Warum hilfst du mir überhaupt?», entfuhr es ihr plötzlich. «Solltest du nicht – ich weiß nicht – zum Kampf blasen? Die anderen Soldaten darin bestärken, die Stadt zu halten oder etwas in der Art?»

Sie erwartete eine süffisante Provokation. Doch Pépin machte ein überraschend ernstes Gesicht. «Ich glaube nicht, dass wir die Stadt halten können. Und vielleicht ist es besser so.»

Für einen Moment blieb Josephine stehen. «Meinst du das ernst?»

Pépin ging langsam weiter, bis sie ihm folgte. «Natürlich glaube ich an Napoleon und seine Ziele. Aber diese Besatzung … die Kontinentalsperre …» Er sah auf den Boden, und ein wenig erweckte er den Eindruck, als würde er mit sich selbst sprechen.

Er holte Luft, schien nach Worten zu suchen – da kamen plötzlich mit lautem Geschrei zwei junge Männer aus einer Seitengasse auf ihn und Josephine zugestürmt. Einer von ihnen hielt einen Besenstiel in den Händen, der andere eine zerbrochene Flasche.

«Verdammtes Franzosenpack», schrie der mit dem Besen und schwang ihn wie ein Schwert durch die Luft. Blitzschnell wich Pépin aus und trat einen Schritt zurück.

«Lass das Weib in Ruhe! Die Zeiten sind vorbei, in denen ihr euch über unsere Frauen hermachen konntet», entschied der mit der Flasche und kam drohend näher.

Ohne darüber nachzudenken, schob sich Josephine zwischen Besen, Flasche und Pépin. «Ich kann mich nicht daran erinnern, jemals zu *euren Frauen* gehört zu haben», sagte sie – und war erstaunt darüber, wie sachlich und ruhig sie klang.

Doch die Männer achteten nicht auf ihre Worte.

«Aus dem Weg, Fräulein!», schrie der mit dem Besen.

«Den machen wir kalt», rief der mit der Flasche.

Es war Pépin, der Josephine schließlich zur Seite schob. «Bitte entschuldige.» Höflich lächelte er ihr zu. «Der Spaziergang wird sich leider um wenige Minuten verzögern.»

Er zog sein Bajonett – und begann zu tanzen. Josephine konnte kaum glauben, was sie da sah: Pépin wirbelte herum, sprang behände vor und zurück. Jede Bewegung seiner Arme und Beine war präzise und entschieden. Jeder Schritt, jeder Schwung erfüllte seinen Zweck. Sein Körper erschien leichtfüßig und elegant, aber auch gefährlich, unberechenbar. Unter Besenhieben und Flaschenschwüngen pendelte sein Oberkörper vor und zurück, hoch und runter. Er wich jedem Schlag aus, während seine eigenen

Hiebe saßen – jeder einzelne. So schnell der Kampf angefangen hatte, so plötzlich war er auch schon wieder vorbei.

Pépin war offensichtlich nicht nur Musiker, sondern durchaus auch Kämpfer, denn als er mit den Männern fertig war, lagen sie stöhnend am Boden. Die Flasche war an einer Hauswand zerbrochen, der Besenstiel in zwei Teile zersplittert. Pépin hatte niemandem eine Stichverletzung zugefügt, doch die Schläge gegen die Schläfen und Nacken der Männer hatten sie dennoch außer Gefecht gesetzt. Sie würden sicher noch tagelang an Pépin und ihre eigene Schmach denken müssen.

«*Pardon.* Bitte entschuldigen Sie die Unterbrechung.» Pépin bot Josephine seinen Arm. «*On y va?* Wollen wir dann?»

Josephine riss sich mit aller Macht zusammen, um sich bloß keine Überraschung oder gar Bewunderung anmerken zu lassen. Eigentlich war sie ja schließlich aufseiten der am Boden liegenden Hamburger. Und doch nickte sie und nahm Pépins Arm. Immerhin war der Kampf nicht spurlos an ihm vorbeigegangen, merkte sie nun. Durch den Ärmel seiner Uniform konnte sie die Hitze spüren, die von ihm ausging. Außerdem hörte sie seinen beschleunigten Atem. Ein paar Schritte lang sagten sie nichts. Josephine lauschte nur diesem Geräusch, genoss die Wärme. Sie schämte sich dafür, doch es fühlte sich schön an, ihm so nah zu sein. Es war, als stünde sie mitten in der Nacht vor einem glühenden Backofen und wartete nervös und gespannt darauf, welche Form ein neues Experiment aus Mehl, Zucker und Hefe wohl angenommen hatte. Sie presste die Lippen zusammen und versuchte, diese seltsamen Gedanken zu vertreiben.

«Doch ein wenig ins Schwitzen gekommen, mmh?», flüsterte sie schließlich.

Er schielte zu ihr rüber und grinste. «Wie sollte ich auch nicht – neben so einer schönen Frau?»

⁂

Was zur Hölle tat er da?, überlegte Pépin. Josephines Augen schienen ihn das Gleiche zu fragen. Verwirrt schaute sie ihn an. Ihre Wangen röteten sich. Hoffentlich sah sie ihm nicht an, wie heiß ihm tatsächlich war! Er hätte sich gern selbst geschüttelt, um sich diesen Unsinn auszutreiben.

Natürlich hatte sie recht. Anstatt mit ihr nach dem Bäckermeister zu suchen und ihr dabei auch noch Avancen zu machen, als flanierten sie durch den Jardin du Luxembourg und nicht durch eine Stadt, die im Aufstand begriffen war, sollte er seine Kameraden suchen und Seite an Seite mit ihnen kämpfen. Doch was, wenn Josephine etwas zustieß? Der Gedanke schnürte ihm die Kehle zu. Aus irgendeinem Grund war sie ihm wichtig … Dabei hatten sie bisher doch kaum ein ernsthaftes Wort miteinander gewechselt! Meistens provozierten sie einander nur – sicherlich hielt sie ihn für einen Kindskopf. Er wusste selbst nicht, warum er in letzter Zeit immer häufiger an Josephine denken musste. Doch tatsächlich war *Thielemanns Backhus* für ihn der schönste Ort der Stadt. Er hatte versucht, sich einzureden, das läge einzig an der angenehmen Wärme, den köstlichen Düften und den leckeren Geduldzetteln, die es dort gab. Vielleicht auch daran, dass ihn das *Backhus* an *grand-pères* Bäckerei erinnerte. Doch in diesem Moment musste er sich eingestehen: Es lag auch an der hübschen Bäckerin. Egal wie frech er war – sie parierte seine Angriffe stets mit einem solchen Esprit, dass er sich kaum davon abhalten konnte, ihr anerkennend zuzunicken. Nicht mal Marlo, mit dem er Tag für Tag frotzelte, konnte ihm so elegant Paroli bieten. Er mochte den Klang ihres entnervten Seufzens und den Schwung ihres schweren Haars, wenn sie missbilligend den Kopf schüttelte. Sie war mutig. Gerade eben hatte sie sich einfach zwischen ihn und die Angreifer gestellt. Kurz hatte er einen Anflug von Kränkung verspürt. Hielt sie ihn etwa für zu schwach, um sich selbst zu verteidigen? Doch seine Bewunderung war größer gewesen. Es gefiel ihm, dass sie nicht darüber nachdachte, bevor sie sich zu Wort meldete oder einen Schritt vorwärts machte. Dass sie genau wusste, was sie wollte.

Auch er hatte das einmal gewusst, hatte fest an die französischen Ideale, an eine bessere, gerechtere Zukunft geglaubt. So zumindest war es vor seiner Zeit in Hamburg gewesen. Bevor er wusste, was dieser Feldzug bedeutete – nicht nur für Napoleon, sondern für jeden Einzelnen: für die Kameraden, die nicht mehr an seiner Seite waren. Für die Menschen in Hamburg, die hungerten. Für Jungen wie Hermann, die sinnlos starben. Für deren Geschwister, Eltern und Kinder. Wie viele Opfer musste man bringen für eine gerechtere Welt? Konnte sie dann überhaupt noch gerecht sein?

«Von wem hast du kämpfen gelernt?», fragte Josephine. Er war so tief in Gedanken versunken gewesen, dass er aufschreckte wie aus dem Halbschlaf.

«Von Gaspard», sagte er. «Als Marlo, Konrad und ich ihm zugeteilt wurden, hat er minutenlang den Kopf geschüttelt und geflucht. Wir konnten kaum einen Säbel halten. Da hat er sich uns zur Brust genommen …»

Josephine lachte. Und während sie immer auf der Hut vor

Angreifern durch die Gassen Hamburgs streiften, sich hier und da vor kleinen Gruppen von Arbeitern oder Soldaten versteckten und versuchten, sich von den Scharmützeln fernzuhalten, erzählte Pépin ihr von Gaspards Unterricht. Tatsächlich war Pépin bei seinem Aufbruch noch davon überzeugt gewesen, seine Waffe sei die Bassklarinette und er könne seinen Beitrag zur Revolution leisten, indem er leidenschaftlich musizierte. Er wollte die Melodie dieses Kampfes sein, nicht die Faust. Doch Gaspard hatte ihn unsanft auf den Boden der Tatsachen geholt, indem er ihm den Säbel entwendete, ihn mit einem Fußtritt in den Staub stieß und ihm die Klinge an die Kehle hielt.

«Spiel mir jetzt das Lied dieser Revolution. Na los», hatte er geflüstert.

Gaspard war der Überzeugung, dass jeder Soldat kämpfen musste. Wer es nicht konnte, sei eine Gefahr für alle anderen. Wenn einer fiel, könne auch der nächste straucheln. Also hatte er jeden Tag mit ihnen geübt. Pépin hatte blaue Flecken an den Armen und Beinen gehabt, Schürfwunden an den Knien und Händen. Seine Finger und Unterarme waren verkrampft, so fest hatte er das Bajonett anfangs halten müssen, um Gaspards harte Schläge zu parieren. Wochenlang hatte er sich kein bisschen verbessert. Er war genauso unfähig aufgewacht, wie er schlafen gegangen war. Bei den Übungen versuchte er, an alles gleichzeitig zu denken: lockere Knie, fester Bauch, ausweichen, schlagen, ausweichen. Und doch landete er noch immer bei jedem Kniestoß auf dem Boden, steckte er weiterhin jeden Schwerthieb ein. Bis zu dem einen Tag, an dem Marlo nur wenige Schritte entfernt Trompete spielte. Marlo war nicht der beste Musiker, den Pépin kannte. Er kam schnell aus dem Takt und verwischte die Töne.

Doch er war mit Sicherheit der leidenschaftlichste. In seiner Ungenauigkeit lag so viel Gefühl, so viel Lebenslust und Optimismus, dass Pépin sein Spiel trotzdem liebte. Noch mehr freilich, wenn er nicht mit ihm spielen und versuchen musste, sich seinem wechselhaften Tempo anzugleichen. Während Marlo trompetete und Gaspard Pépin mit seinem Holzschwert traktierte, ließ Pépin plötzlich los. Er dachte weder ans Ausweichen noch ans Schlagen, nicht an seine Körperhaltung und nicht an die Technik. Er dachte überhaupt nicht mehr. Stattdessen ließ er sich von der Musik führen. Seine Knie und Schultern wurden so beweglich wie Marlos Melodie, er wich so plötzlich aus, wie Marlo das Tempo wechselte, er schwang seinen Arm locker und leicht, genau im richtigen Moment, und als Klinge auf Klinge traf, ließ er all seine Kraft in den Schlag fließen. So gezielt und effektiv wie Marlos Finger auf der Trompete.

Gaspards Bajonett fiel klirrend zu Boden. Mit offenem Mund starrte Gaspard erst auf seine Waffe, dann auf Pépin.

Zu Anfang glaubte er noch, es müsse Zufall gewesen sein. Er hob das Bajonett auf und forderte Pépin ein weiteres Mal heraus, und obwohl Marlo nun aufhörte zu spielen und interessiert zuschaute, schaffte es Pépin erneut, seinen Lehrmeister zu entwaffnen. All die Übungen, die er ihm eingetrichtert hatte, hatten gefruchtet. Doch Pépins Fähigkeiten kamen nur zum Vorschein, wenn er nicht nachdachte, sondern so kämpfte, als bewege er sich zur Musik.

Josephine erzählte er nur, irgendwann sei der Knoten einfach geplatzt. Von seinen Gedanken über Musik sagte er nichts. Er verstand sich ja selbst nicht ganz. Wie sollte sie ihn da verstehen?

«Gaspard muss ein guter Lehrmeister gewesen sein», sagte sie langsam.

«Moment.» Pépin blieb abrupt stehen, und sofort hielt auch Josephine inne. «Haben Sie mir etwa gerade ein Kompliment gemacht?»

Sie stemmte die Hände in die Hüften und stöhnte auf. «Pépin, du hast mir einen Heidenschreck eingejagt! Ich dachte, wir werden wieder angegriffen!»

«Sie haben mir auch einen Schrecken eingejagt, *Mademoiselle*! Wenn Sie mir ein Kompliment machen, stimmt mit Ihnen doch etwas nicht.»

Josephine verschränkte die Arme. «Genau genommen habe ich Gaspard ein Kompliment gemacht. Nicht dir.»

«Mmh», machte Pépin. Während er weiterlief, klopfte er sich nachdenklich mit dem Zeigefinger auf die Lippen. «Nein, nein. Ich denke, indirekt war das ein Kompliment an mich. Ich habe Sie beeindruckt. Jetzt wissen Sie, was für ein versierter Kämpfer in mir steckt.»

«Ich weiß nur, dass ein eingebildeter Kindskopf in dir steckt, nichts weiter.»

Josephines Haar schwang hin und her, während sie seufzend den Kopf schüttelte. Die Bewegung setzte einen Duft frei, den Pépin unwillkürlich tief einatmete. Er roch Zimt und Zucker, dachte an zu Hause, an Paris, und spürte, wie sich ein warmes Gefühl in seinem Bauch ausbreitete. Doch dann bemerkte er, dass sie ein Stück von ihm abrückte. Er hatte sie verärgert, dachte er zähneknirschend. Fieberhaft suchte er nach versöhnlichen Worten, doch er hatte keine Zeit, sie auszusprechen, denn als sie um die nächste Ecke bogen, stellte sich ihnen eine Gruppe Hamburger entgegen. Diesmal waren es nicht nur zwei schwächlich aussehende Knaben wie vorhin, sondern breitschultrige Männer. Ihr Grinsen war zahnlos, die Haut wettergegerbt, und ihre tätowierten Oberarme, die aus ihren zerrissenen Hemden hervorlugten, verrieten, dass sie einst Seeleute gewesen sein mussten.

Pépin verfluchte sich dafür, dass er gerade noch so große Töne gespuckt hatte. Josephine und er sahen sich ratlos an, dann trat auch schon einer der Kerle vor und stieß Pépin hart zurück. Er stolperte, fiel auf den Hosenboden und sprang so schnell er konnte wieder auf die Füße.

«Ich will keinen Kampf», erklärte Pépin und hob beide Hände. «Wir suchen den Onkel dieses Fräuleins. Vielleicht haben Sie ihn gesehen?»

Überrascht starrte der Kerl ihn an, dann breitete sich auf seinem Gesicht ein Grinsen aus. Er lachte schallend und schlug sich auf die Oberschenkel. «Wie der redet!», prustete er. Er spitzte höhnisch die Lippen und ahmte Pépins französischen Akzent nach: «*Isch* bin ein *ängslichör Franßose* und *möschte keinön* Kampf!»

Die Männer fielen in sein Gelächter ein.

Pépin seufzte, legte den Kopf schief und wartete, bis sie fertig waren.

«Nun, Bürschchen», sagte der größte der Seeleute und rieb sich den grauen Bart. Pépin holte Luft, um die sachlichen Verhandlungen fortzuführen, doch der Kerl rief einen Moment früher aus: «Das ist ja schön und gut, aber *wir* wollen einen Kampf.»

Noch bevor Pépin sein Bajonett ziehen konnte, spürte er eine Faust in seinem Bauch. Er keuchte, wollte dem nächsten Schlag ausweichen, doch der Seemann war schneller. Pépins Kiefer bebte, und sein Kopf schoss zur Seite. An Tanzen war nicht zu denken. Hier gab es keine Musik. Er hörte nur das Blut in seinen Ohren rauschen, sein Herz rasen, seinen Atem rasseln. Der nächste Schlag traf sein Zwerchfell und ließ ihn sofort zusammensacken. Er dachte an Josephine, wollte sich aufrappeln, seinen Mann stehen, doch ein Fuß traf ihn an der Stirn. Hart schlug er mit dem Rücken auf den Boden. Gaspard hatte ihm beigebracht, wie man von der Rückenlage aus auf die Füße sprang. Doch er strauchelte, sah schon, wie der Kerl erneut ausholte, dachte ans Sterben. War heute der Tag? Er hatte Paris noch einmal sehen wollen, noch einmal seine Eltern umarmen, den Duft von Plunderteig einatmen, der am frühen Morgen durch ihre Straße wehte. Er hatte gehofft, nach Hause zurückkehren zu dürfen. Wenn er ehrlich zu sich selbst war, hatte er sich gewünscht, die Arbeiter würden den Aufstand gewinnen. Denn damit würden sie nicht nur Hamburg befreien, sondern auch Pépin. Und vielleicht hätte er als freier Mann, der kein Soldat mehr war, auch die Chance, Josephine zu küssen. Wenigstens ein einziges Mal …

Doch der Schmerz, der ihm nun durch sein linkes Auge fuhr, war keine Befreiung. Er schrie – und aus nur halb geöffneten Augen sah er, dass der Seemann zurückwich! Er nutze die Chance, zog sein Bajonett, und endlich begann sein geschundener Körper, doch noch zu tanzen. Er schoss nach vorn, duckte sich unter einem Hieb hinweg und durchbohrte die breite Brust des Seemanns mit einem einzigen Stich. Der Kerl riss die Augen auf, schlug noch zweimal über Pépins Kopf ins Leere, und sackte dann in sich zusammen. Pépin wirbelte herum, wollte sich den Nächsten vornehmen, doch jetzt sah er, dass die anderen Männer alle Hände voll zu tun hatten, die Schläge dreier Angreifer abzuwehren: Gaspard, Marlo und Konrad waren an Pépins Seite aufgetaucht. Sie hieben entschlossen auf die Seeleute ein und schlugen sie, einen nach dem anderen, in die Flucht.

Als sie alle davongestürzt waren – bis auf den ersten Angreifer, der leblos am Boden lag –, brauchte Pépin ein paar Atemzüge, um sich zu beruhigen.

«Wusste ich es doch, dass du ohne uns vollkommen aufgeschmissen bist», keuchte Marlo und schob seinen Säbel in den Gürtel.

«Wo bist du gewesen, Soldat?», fuhr Gaspard ihn an.

Konrad versuchte nur, wieder zu Atem zu kommen.

Pépin wollte die Frage mit einem Witz abtun, doch er war zu keiner Antwort in der Lage. Nicht einmal zu einem Dankeschön. Sein Kopf dröhnte, sein Auge pulsierte und sein Bauch schmerzte fürchterlich. Er drehte sich zu Josephine um, die sich an eine Hauswand gedrückt hatte.

«Geht es Ihnen gut?», flüsterte er.

Sie nickte. «Natürlich. Aber du …» Mit besorgtem Blick musterte sie ihn. «Wir gehen besser in die Rosenstraße zurück, dort verarzte ich dich.»

Er senkte den Blick. Vor Scham zog sich alles in ihm zusammen. So mitleidig sollte sie ihn nicht ansehen …

«Keine Zeit, um verarztet zu werden», sagte er und versuchte sich an einem tapferen Grinsen, obwohl jeder Knochen in seinem Gesicht schmerzte. «Wir müssen den Bäckermeister finden.»

«*Signor* Thielemann?», fragte Marlo hinter ihm.

Sofort trat Josephine einen Schritt vor. «Hast du ihn gesehen?»

Marlo runzelte nachdenklich die Stirn. «Ja, am Hafen. Er saß in einer Kutsche zwischen ein paar Douaniers.»

«Was ist mit ihm passiert?»

«Die Douaniers wollte mit einem Kahn fliehen. Wir haben ihm gesagt, er soll verschwinden und sich verstecken. Da ist er weggelaufen.»

Pépin spürte Josephines Hand an seinem Arm. «Am Hafen also», sagte sie und sah ihn an. «Ich muss dorthin.»

Pépin nickte. «Ich bringe Sie.»

«Halt, halt», schaltete sich Gaspard ein. «Der Hafen ist gesichert. Wir müssen die Altstadt verteidigen.»

«Verteidigt ihr die Altstadt, ich bringe die *Mademoiselle* zum Hafen.» Pépin wollte Josephine zuzwinkern, doch seine Lider versagten ihren Dienst. Etwas leiser fügte er hinzu: «Außerdem muss ich mich um die Leiche dieses Jungen kümmern, ich habe es versprochen …»

Gaspard schüttelte entschieden den Kopf. «Du bleibst von nun an, wo du hingehörst.»

«Die Stadt ist sowieso verloren. Wer ist denn noch hier, außer uns? Sollen wir Hamburg etwa zu viert halten?»

«Wie kommst du darauf, dass die Stadt verloren ist?», knurrte Gaspard.

«Unser Pépin kriegt wieder einmal nichts mit.» Marlo seufzte.

Pépin kämpfte gegen einen aufkeimenden Schwindel an.

«Es sind nur die Tagelöhner, Arbeiter und Seeleute, die gegen uns kämpfen. Alle anderen Männer der Stadt sind uns zur Hilfe geeilt», erklärte Konrad.

«Die Reichen», brummte Gaspard. «Sie fürchten, der Pöbel könne die Stadt ins Chaos stürzen. Hoffen wohl, dass wir ihnen ihre Macht sichern.» Verächtlich spuckte er aus.

«Dann sollen doch die Reichen für uns die Stadt sichern. Josephine und ich gehen zum Hafen», verkündete Pépin und drehte sich zu ihr um – doch Josephine war verschwunden.

⁂

Josephine lief die Straße hinunter gen Süden. Sie durfte keine Zeit verlieren. Zwar hatte sie ein fürchterlich schlechtes Gewissen, den schwer verletzten Pépin bei seinen Kameraden zurückzulassen. Offensichtlich dachten sie überhaupt nicht daran, ihn zu versorgen, sondern wollten ihn in den nächsten Kampf schicken. Doch was konnte sie schon ausrichten? Am Ende wäre es ohnehin Pépin, der sich querstellte und den harten Mann mimte. Niemals würde er sich verarzten lassen. Entweder er kämpfte, oder er begleitete sie. Und die Begleitung eines verletzten Mannes würde ihr nicht helfen, ganz im Gegenteil. Nicht nur, dass er sie in seinem Zustand aufhielte. Ohne einen französischen Soldaten an ihrer Seite kam sie sowieso besser durch die randalierende Altstadt. Ein alter Mann rief ihr zu, sie solle nach Hause gehen, dies hier sei kein Ort für eine Frau. Ein eleganter Herr auf einem Pferd ritt sie beinahe über den Haufen, bevor er ihr Beschimpfungen nachrief und dann eine Gruppe von Arbeitern niedertrampelte. Doch die wenigsten Männer – weder die Armen, noch die Reichen – beachteten sie überhaupt. Hier und da sah Josephine auch Frauen und Kinder kämpfen. Sie hockten zwischen Karren oder Kisten, versteckten sich hinter Fensterläden und warfen mit Steinen.

Mit gerafftem Rock passierte sie die St.-Nikolai-Kirche – und hielt auf dem Hopfenmarkt verblüfft inne. Denn dort ritten auf eleganten Pferden Männer in roten Jacken und mit fellbesetzten

Helmen ein. Wenn sich Josephine nicht irrte, waren das dänische Husaren! Sie konnte sich ein hoffnungsvolles Lächeln nicht verkneifen. Waren die Dänen etwa aus Altona gekommen, um Hamburg doch noch zu befreien? Ruhig und freundlich sicherten sie die Straßen. Langsam ließen die Arbeiter ihre Steine und Holzbretter sinken. Sie sahen erst einander fragend an, und als ihnen nichts geschah, ließen sie die Waffen fallen, lachten, klatschten und jubelten.

«Hurra!», riefen sie. «Die Dänen sind da!»

Konnte das wirklich wahr sein? Würden die Dänen Hamburg befreien? Onkel Fritz hatte ihr einmal erklärt, dass sich Dänemark und Frankreich nicht besonders grün waren. Aber Genaueres wusste sie darüber nicht. Vielleicht nutzte das Königreich ja nun die einmalige Gelegenheit, da nur noch wenige Franzosen in Hamburg stationiert waren und die Hamburger selbst schon ganze Arbeit geleistet hatten, um Napoleon aus der Nachbarschaft zu vertreiben. Wie wunderbar das wäre! Die Kontinentalsperre wäre aufgehoben, der Handel mit England wieder erlaubt. Die vielen Taue am Hafen würden gelöst, die Anker gelichtet und Segel gehisst werden. Hamburger Schiffe könnten wieder in die Ferne aufbrechen und voll beladen zurückkehren. Auf den Fleeten wären wieder Schuten unterwegs, die Waren in die Stadt hineinbrachten. Onkel Fritz und Josephine bräuchten nicht mehr nach Altona zu gehen. Die Stadt könnte aufatmen.

Doch sie hatte keine Zeit, weiter zu träumen, sie musste Fritz finden. Also riss sie sich von dem Anblick der Husaren los und lief weiter.

«Nicht so schnell», rief einer der Dänen mit leichtem Akzent und ritt auf sie zu. «Wo soll es denn hingehen, junge Frau?»

Sie blieb stehen und lächelte ihn an. «Es ist so schön, dass Sie da sind, lieber Herr! Ohne Sie würde diese Stadt noch so lang Hunger leiden! Ich suche meinem Onkel … er ist am Hafen, wahrscheinlich ist er verletzt.»

Er blinzelte einmal, und mit steifem Hals und eingefrorenem Lächeln erwiderte er: «Sie sollten besser nach Hause gehen.»

Sein Blick beunruhigte sie. Während er mit ihr sprach, fixierte er nicht ihr Gesicht, sondern sah knapp an ihr vorbei. So ähnlich hatte früher ihre Schwester geschaut, wenn sie ein schlechtes Gewissen hatte und es vor ihr verbergen wollte. Und dann bemerkte sie, dass hinter seinem Rücken zwei seiner Kameraden eine Kanone auf den Platz rollten. War das wirklich nötig? Wollten sie etwa mit Kanonen auf die Franzosen zielen? Am Ende würden sie nur die Gebäude Hamburgs treffen und mehr Schaden als Nutzen anrichten. Die Menschenmenge auf dem Hopfenmarkt schien sich das Gleiche zu fragen. Nach und nach verebbte der Jubel. Irritiert beobachteten die Hamburger das Geschehen.

Der Reiter, der Josephine gerade angehalten hatte, lenkte sein Pferd um die eigene Achse, ritt zur Mitte des Hopfenmarkts und verkündete mit klarer Stimme: «An alle Hamburger: Der Kampf ist vorbei. Bewahrt Ruhe. Geht in eure Häuser. Tut, was man euch sagt. Andernfalls müssen wir schießen.»

Für einen kurzen Moment war es vollkommen still auf dem Hopfenmarkt. Josephine riss die Augen auf. Schlagartig begriff sie, dass sie zu wenig über Politik und das Verhältnis zwischen Napoleon und Dänemark wusste. So wie wahrscheinlich die meisten Hamburger. Napoleon musste mit den Dänen ein Abkommen getroffen haben, von dem die einfachen Leute nichts geahnt hatten, und nun hatte das französische Militär die Husaren um Hilfe gebeten.

Josephine sah sich um: Die Dänen standen mit zwei Reitern an jeder Ecke. Sie hatten sämtliche Kreuzungen gesichert. Wahrscheinlich nicht nur hier auf dem Hopfenmarkt, sondern in der ganzen Stadt. Die Menschen hatten gedacht, ihre Nachbarn seien ihnen zur Hilfe geeilt. Doch nun zielten ihre Kanonen nicht auf die Franzosen, sondern in die Hamburger Menschenmenge hinein, auf Kirchen, Wohnhäuser und Ladengeschäfte. Auf das Letzte, was dieser Stadt noch geblieben war.

Langsam drehte sich der Reiter zu Josephine um.

«Gehen Sie nach Hause», sagte er leise, dann ritt er an ihr vorbei, um langsam auf dem Hopfenmarkt zu patrouillieren, aufrecht und starr, wie eine lebendige Statue.

Einen Moment lang blieb Josephine einfach stehen und beobachtete, wie sich die Menschenmenge um sie herum zerstreute. Keiner der vorhin noch so hoffnungsvoll fallen gelassenen Steine wurde wieder aufgenommen. Kein Besenstiel mehr geschwungen. Die kleinen Leute hatten keine Chance gegen die große Politik. Schweigend und mit hängenden Köpfen kehrten sie zurück in ihre Häuser. Und Josephine lief, so unauffällig wie möglich, in Richtung Hafen.

Sie sah Onkel Fritz mit seinen schneeweißen Haaren schon von Weitem. Er lag vor dem Baumhaus am Boden, und über ihn beugte sich Christian. Josephine raffte ihre Röcke und rannte.

«Onkel Fritz!», rief sie, stürmte auf die beiden Männer zu und kniete sich neben ihnen auf den Boden.

«Onkel, was ist mit dir?»

Zuerst sah sie die dunklen Schatten unter seinen Augen, erst dann das Blut, das durch seinen Mantel gesickert war.

«Er wurde angeschossen», sagte Christian in gefasstem Tonfall. «Mein Vater holt bereits einen Arzt.»

«O Gott», Josephine schlug sich die Hände vor den Mund. «Onkel Fritz, kannst du mich hören?»

Zwar waren seine Augen weit geöffnet, als fürchte er sich vor dem, was er sah, doch sein Blick ging an Josephine und Christian vorbei. Josephine folgte ihm und drehte den Kopf. Er schaute in den Himmel hinauf, an dem wolkengrau die Möwen kreisten.

# 19. Kapitel

Im Nachhinein wusste Josephine nicht, wie es ihr in ihrem Schockzustand gelang, aber sie tat, was nötig war. Nachdem sie Onkel Fritz auf eine Trage und dann in einen Einspänner gehoben hatten, liefen sie und Christian neben dem Wagen her, der so klein war, dass er gerade eben Platz für den Arzt und Fritz bot. Sie schwiegen. Überall sah Josephine Verletzte auf den Straßen liegen, manche davon bereits reglos. Sie hatten keine mächtigen Bekannten wie Christians Vater, die sie retten konnten. Andere schleppten sich blutend und stöhnend durch die Gassen. Auf dem Nikolaifleet trieb ein Mann mit dem Gesicht nach unten. Josephine versuchte, nicht hinzusehen. Für Schrecken und Trauer blieb keine Zeit.

Zu Hause suchte sie in Windeseile saubere Handtücher zusammen, wärmte Wasser auf und brachte dem Arzt eine große Schüssel. Kurz darauf verschwand er im Schlafzimmer des Onkels und schloss hinter sich die Tür.

Christians Vater entschuldigte sich, doch Christian blieb an Josephines Seite. Gemeinsam setzten sie sich an den Küchentisch und warteten. Der Raum hatte auf Josephine noch nie so eng gewirkt wie heute. Die Wände mit den hohen Regalen schienen sich langsam in ihre Richtung zu neigen. Seltsam, dass die aufrecht darin stehenden Teller, die Krüge und Becher nicht herausfielen, dass die daran baumelnden Kochlöffel nicht gegeneinanderklirrten. Es war so schrecklich still im Haus.

Irgendwann holte Josephine ein Stück Zuckerbrot aus der Speisekammer und sah zu, wie Christian sich hungrig darüber hermachte. Sie selbst konnte keinen Bissen essen.

Als beinahe eine Stunde vergangen war, fiel Josephine etwas ein: «Wir können den Arzt nicht bezahlen», flüsterte sie und fragte sich, ob sie dem Mann als Gegenleistung Schmuggelwaren anbieten sollte. Doch während Christian da war, erschien es ihr unmöglich. Und was sollte der Arzt auch mit Zimt und Zucker anfangen?

«Mach dir darüber keine Sorgen.» Der Stolz in Christians Stimme war unverkennbar. «Darum kümmere ich mich.»

Josephine atmete tief durch. «Du glaubst gar nicht, wie dankbar ich dir bin», sagte sie leise. «Für … alles.»

«Das brauchst du nicht. Dein Onkel wird bald auch mein Onkel sein.» Langsam hob er eine Hand vom Küchentisch und legte sie auf ihre. Sie war warm, aber von all der Aufregung auch ein wenig feucht. Josephine schluckte. Am liebsten hätte sie ihre Hand weggezogen, doch das wäre mehr als undankbar gewesen.

«Ohne dich wäre Onkel Fritz vielleicht … Du hast ihn gerettet.» Kurz schloss sie die Augen. «Wie hast du ihn eigentlich gefunden? Warum warst du am Hafen? Hast du etwa auch gekämpft?»

Christian reckte das Kinn. «Aber natürlich! Wenn unsere Stadt in Gefahr ist, kann ich keinesfalls tatenlos zusehen!»

Josephine hob erstaunt die Augenbrauen. Eine solche Courage hätte sie dem zurückhaltenden Postboten gar nicht zugetraut. «Das war sehr mutig von dir.» Sie seufzte und sah aus dem Fenster.

«Der Gedanke, dass alles umsonst war, ist unerträglich. All die Verletzten und Toten …»

«Sie hätten nicht sterben müssen. Wenn sie nur brav in ihren Häusern geblieben wären.»

Josephine nickte nachdenklich – bis die Bedeutung seiner Worte zur ihr durchdrang. «Was meinst du damit?»

«Der Pöbel war drauf und dran, die Stadt ins Verderben zu stürzen. Aber wir haben das Schlimmste verhindert.»

Josephine klappte der Mund auf. «Du hast … an der Seite der Reichen und der Franzosen gekämpft?»

«Natürlich. Zum Wohle unserer Stadt.»

Nun zog Josephine ihre Hand doch weg. «Du glaubst doch nicht wirklich, dass die Besatzung zum Wohle der Stadt ist, oder?»

«Die Macht sollte bei den edlen und gebildeten Männern liegen, das glaube ich schon. Die Franzosen sind ohnehin im Rückzug begriffen. Mein Vater sagt, wir werden hier das Sagen haben, sobald sie sich verabschieden. Der Übergang wird geordnet und gesittet ablaufen. Chaos und Aufstand, wie ihn der Pöbel veranstaltet hat, können wir wirklich nicht gebrauchen.»

«Chaos und Aufstand? Die Stadt leidet Hunger, Christian. Es fehlt uns an den wichtigsten Lebensmitteln. Die Bevölkerung lebt in Armut und …»

Christian unterbrach sie mit einem wütenden Schnauben. «Nicht die ganze Bevölkerung! Die Lage ist keinesfalls so schwarz-weiß, wie du denkst! Es tut mir leid, Josephine, aber wir sollten darüber nicht diskutieren, das war mein Fehler. Ich hätte wissen müssen, wie müßig es ist, einem Frauenzimmer solch komplizierte Dinge zu erklären.»

Josephine biss sich auf die Lippen, stand auf und wandte sich ab. Sie sah aus dem Fenster und versuchte, sich zu beruhigen. Onkel Fritz hatte ihr beigebracht, zu schweigen und zu nicken, wenn Männer über Politik sprachen. Doch in diesem Moment bebte ihr ganzer Körper.

«Weißt du, wer deinen Onkel angeschossen hat?», presste Christian hinter ihr hervor.

Sie wirbelte herum. «Du hast es gesehen und sagst es erst jetzt?»

«Es war eine dreckige Alte, sicher aus dem Gängeviertel. Völlig verwahrlost und verrückt. Sie hat einfach so mit einem Gewehr auf mich gezielt! Auf einen unbescholtenen Hamburger! Und dann hat sie den armen Fritz getroffen, der keiner Menschenseele etwas zuleide getan hat!»

Josephine stemmte die Hände in die Hüften. «Und wie kann es sein, dass sie auf dich zielt und meinen Onkel getroffen hat?»

«Ich … musste zurückweichen. Sie war keine besonders gute Schützin. Ich habe deinen Onkel gar nicht gesehen, und dann war es auch schon passiert.» Er mied ihren Blick und sah auf den Küchentisch.

In diesem Moment öffnete sich die Tür, und der Arzt kam herein. «Fräulein Thielemann, haben Sie einen Becher Wasser für mich?» Der Ausdruck in seinen Augen war so ernst, dass es Josephine sofort auf den Magen schlug.

«Natürlich.» Sie wirbelte durch die Küche, schenkte dem Doktor ein und sah ihn ängstlich an. «Wie geht es meinem Onkel?»

«Er lebt.» Doch sein Tonfall klang, als hätte er das Gegenteil gesagt. Er war blass und seine Schultern gebeugt. «Ich konnte die Kugel entfernen und die Wunde schließen. Nun müssen wir abwarten. Er hat schwere Tage vor sich. Es ist wichtig, dass er absolute Ruhe bekommt. Er braucht viel Schlaf, und er sollte genug Wasser trinken. Achten Sie darauf, dass es sauber ist.»

«Darf ich zu ihm?»

Der Arzt schüttelte den Kopf. «Er ist gerade eingeschlafen. Geben Sie ihm ein wenig Zeit. Ich komme in zwei Stunden wieder.» Er trank seinen Becher leer und griff nach seiner Arzttasche. In der geöffneten Tür blieb er noch mal stehen. «Vielleicht sehen Sie zwischendurch einmal nach Ihrer Nachbarin. Möglicherweise braucht sie … Unterstützung.»

«Louise Martin?», fragte Josephine überrascht. «Oder meinen Sie die Madame Laurent? Kennen Sie sie?»

«Ich kenne beide nicht. Aber mein Kollege, Herr Doktor Freudenstein, war jahrelang ihr Arzt. In der Aufregung heute hat er mich gebeten, für ihn nach Madame Laurent zu sehen. Leider kam ich zu spät, sie ist verstorben. Ich fürchte, Fräulein Martin ist deswegen ganz durch den Wind.»

In den kommenden Tagen hatte Josephine das Gefühl, die frühe Februarsonne habe nicht genug Kraft, um die Backstube zu erhellen. Zwar verschwendete sie nun keinen Gedanken mehr daran, Hamburg zu verlassen, doch sie hätte lieber alle Zelte abgebrochen, als um ihren Onkel bangen zu müssen. Sie gönnte sich keine Pause – wenn sie sich nicht um Fritz kümmerte, backte und verkaufte sie Brote und schlichtes Gebäck. Nach Experimenten stand ihr nicht der Sinn. Ihre Schwester Ida versuchte, ihr zur Hand zu gehen und so oft wie möglich an Fritz' Seite zu sein, war dabei aber so fahrig und gehetzt, dass ihre Besuche Josephine kaum eine Hilfe waren. Josephine fragte sich, ob Ida allein wegen Fritz derartig neben der Spur war, oder ob es noch einen weiteren

Grund gab. Doch zwischen Krankenpflege und Bäckerei hatte sie nur wenig Zeit, um sich darüber Gedanken zu machen. Hinzu kam, dass auch Louise ihre Hilfe zu benötigen schien. Die sonst so fröhliche Nachbarin war ganz still geworden. Wenn sie sprach, dann beklagte sie, dass Madame Laurent doch gerade erst aus ihrem Schweigen erwacht war. Wieso hatte Gott sie schon so kurz darauf zu sich geholt? Oder sie sprach von Karl, der wie Onkel Fritz im Kampf verletzt worden war. Er war bettlägerig, doch Louise hatte nicht die Kraft, ihn zu besuchen.

In dieser Zeit holte niemand Schmuggelwaren aus Josephines Keller, um sie heimlich zu verkaufen. Was Zimt und Zucker betraf, war das nicht weiter schlimm, doch lagerten auch noch Unmengen an Zitronen bei ihr. Damit sie nicht verfaulten, backte Josephine nun täglich Zitronenkuchen oder -plätzchen, bestrich ihre Teilchen mit Zuckerguss oder garnierte sie mit geriebener Zitronenschale. Der süßlich frische Duft strich durch die traurige Rosenstraße und zauberte zumindest auf das ein oder andere Gesicht ein Lächeln. Nacheinander lockte Josephine all ihre Stammgäste in die Backstube, obwohl das Geld seit den Aufständen noch knapper und die Stimmung noch düsterer war.

«Wie geht es Herrn Thielemann?», flüsterte die Witwe Franz. Sie war morgens meist die Erste, die Josephine besuchte.

«Seine Lage ist unverändert.» Mit dem tapfersten Blick, den Josephine zustande brachte, überreichte sie der Witwe ein Stück Zitronenkuchen.

«Guten Morgen allerseits!», rief Fiete so laut, als stünden die Witwe und Josephine am anderen Ende der Rosenstraße. Er kaufte ebenfalls Kuchen, dazu noch ein paar Rundstücke, und bat: «Bestell dem Fritz doch bitte einen herzlichen Gruß.» Noch im Laden kramte er seine Zitronentafel aus der Tüte und biss hinein. Mit vollem Mund verkündete er: «Wir vermissen ihn alle. Er soll schnell wieder auf die Beine kommen!» Wie um seine Worte zu unterstreichen, stoben dabei Kuchenkrümel aus seinem Mund.

«Ich werde es ihm ausrichten», versprach Josephine.

«Der Kuchen ist wieder köstlich! Da kannst du dich auf was freuen, Frau Franz!» Auf der Stelle verschlang Fiete das ganze flache Stück mit dem glänzenden Zitronenguss.

Währenddessen kam die traurige Jette herein. Sie hielt sich gar nicht groß mit einer Begrüßung auf, sondern schluchzte gleich los.

«Es ist so fürchterlich», klagte sie. «Der arme Herr Thielemann! Ach, wie konnte es nur so weit kommen? Diese fürchterlichen Franzosen! Nur ihretwegen ist die Stadt bis an die Zähne bewaffnet. Den armen Fritz haben sie auf dem Gewissen!»

Josephine gab auch ihr ein Stück Kuchen. Jette sah ihn an, und ihre dicken Tränen fielen auf den Zuckerguss wie Regentropfen an die Fensterscheibe.

«Nun red doch nicht so daher, als sei er schon tot!», rief die Zwiebel-Susanna durch das geöffnete Fenster. Kurz darauf drückte und quetschte sie sich ebenfalls in den winzigen Laden. Alle Umstehenden rümpften die Nasen. Heute war ihr Geruch besonders durchdringend.

«Der Herr Thielemann wird schon wieder. Ein so aufrechter Mann wird sich doch nicht von einer kleinen Gewehrkugel unterkriegen lassen! Ist doch so, nicht, Josephine?» Sie bestellte gleich zwei Stück Zitronenkuchen, und noch bevor Josephine sie eingepackt hatte, waren alle anderen nach draußen geflohen. Durch das geöffnete Fenster konnte Josephine sehen, wie die traurige Jette ihre Nase in die Bäckertüte steckte, tief einatmete – und sich doch tatsächlich ein Lächeln auf ihr Gesicht stahl. Josephine seufzte und ahnte, dass sie alle noch Jahre später an diese Zeit würden denken müssen, sobald sie Zitronenkuchen aßen.

Kurz vor Ladenschluss, wenn alle anderen Kunden schon gegangen waren, tauchten Anna und Mathilde hinter den geöffneten Fenstern auf und schauten mit großen Augen herein. Einen Moment später sprang auch Carla auf das Fenstersims und legte das flauschige Köpfchen schief.

«Da seid ihr ja!» Josephine hatte schon auf sie gewartet. Schnell holte sie die zwei Zitronentafeln, die sie täglich für die beiden in einer der vielen Tresen-Schubladen versteckte, und streckte sie ihnen entgegen. Carla schenkte sie ein hart gewordenes Rundstück, das schneller im Maul des Hundes verschwand, als man gucken konnte.

«Danke schön», sagte Anna. Mathilde schwieg. Die Haare der Mädchen waren in den letzten Tagen noch filziger geworden. In Annas Augenbrauen hing der Staub der Straße, und Mathildes Lippen wirkten ganz trocken und spröde.

«Wie geht es euch?», fragte Josephine leise. Mathilde wich ihrem Blick aus und sah stumm auf den Kuchen in ihren Händen.

Anna antwortete für sie: «Wir kommen schon zurecht. Karl kann bald wieder aufstehen. Rosine sagt, bis dahin sollen wir einspringen. Wir sind alt genug.»

Josephine runzelte die Stirn. «Einspringen?»

Vertrauensvoll beugte sich Anna zu ihr vor. «Wir sollen Zimt und Zucker holen. Rosine weiß, an wen wir verkaufen können.»

Josephine zögerte. «Das ist sehr gefährlich für zwei kleine Mädchen.»

«Pffft», machte Mathilde abfällig. Überrascht schauten die anderen sie an. Seit dem schrecklichen Tod ihres Bruders gab Mathilde nur wenig von sich. «Du redest Unsinn, Josephine. Und das weißt du auch. Es ist viel gefährlicher für uns, wenn wir nichts verkaufen und verhungern. Also hör schon auf mit diesem Gerede und tu, was Rosine sagt.»

Ihre Stimme klang so bitter, dass es Josephine den Magen umdrehte. Mathilde sah mit ihren blonden Haaren und dem kleinen Körper zwar aus wie ein Kind, doch sobald sie sprach, wurde deutlich, dass sie keines mehr war.

Tief atmete Josephine durch. Dann schüttelte sie den Kopf. «Wenn mir Rosine etwas zu sagen hat, soll sie selbst vorbeikommen. Ich schicke euch nicht mit dem Zeug raus in die Gassen, nur damit ihr erwischt werdet.»

«Dann schickst du uns also ins Verderben», behauptete Mathilde.

«Nein, das tue ich nicht. Ihr kriegt jeden Tag von mir Zitronenkuchen, oder nicht? Solange Louise und Karl nichts verkaufen können, versorge ich euch. Nehmt ruhig noch etwas mit, vielleicht …», rasch sah sie sich um, dann fiel ihr Blick auf das Brot, das sie für sich und Fritz zurückgelegt hatte, «… das hier.»

Sie hätte früher an die Mädchen denken sollen, überlegte sie, während sie das Brot einpackte. Bei der Sorge um Fritz und Louise hatte sie sie schlicht vergessen. Dabei lag doch auf der Hand, dass Anna und Rosine ohne Karl Probleme bekommen würden. Vor allem nun, da sie sich nach Hermanns Tod auch noch um Mathilde kümmerten. Josephine hatte immer geglaubt,

Mathilde sei die Starke in diesem Geschwisterbund gewesen. Sie hatte stets das Wort geführt, war vorangegangen und hatte ihren Bruder hinter sich hergezogen. Doch seit er nicht mehr da war, wurde Josephine klar: Hermann hatte viel mehr getan, als seiner Schwester nur zu folgen. Er hatte Mathilde den Rücken gestärkt. Ihren Mut hatte sie ihm zu verdanken gehabt. Ohne ihn sah sie sich ständig um, als suchte sie nach ihm, oder als befürchtete sie, jemand könne im Dunkeln lauern, um sich von hinten auf sie zu stürzen. Anna versuchte zwar, ihr eine neue Stütze zu sein – seit Hermanns Tod sah man die beiden Mädchen nur noch zu zweit. Doch während Anna stets eine Spur zu fröhlich und lustig tat, schien Mathilde an ihrer Seite immer düsterer zu werden. Auch jetzt verschränkte sie mit zusammengekniffenen Lippen die Arme. Anna hingegen strahlte und strich sich aufgeregt das dunkle Haar hinter die Ohren. «Oh, wirklich? Wir kriegen ein ganzes Brot? Das ist ja fabelhaft!»

Josephine lächelte und reichte es durch das Fenster nach draußen.

Die beiden verabschiedeten sich – Anna mit einem kindlichen Winken, Mathilde mit einem Nicken, das eher zu einem alten Mann gepasst hätte als zu einem kleinen Mädchen. Langsam schloss Josephine Fensterläden und Tür.

Am Nachmittag, während Josephine geistesabwesend die Schale von ein paar Zitronen abrieb, klopfte es. Sie hob den Kopf, und für einen kurzen Augenblick dachte sie an Pépin. Wie schön wäre es, wenn er vor ihrer Tür stünde! Seitdem sich Josephine im Gewirr des Arbeiteraufstands einfach davongeschlichen hatte, um ihren Onkel zu suchen, hatte sie von ihm und seinen Kameraden nichts mehr gesehen und gehört. Hoffentlich ging es ihm gut. Er war so schwer verletzt gewesen, als sie ihn das letzte Mal gesehen hatte.

Bestimmt hatte er sich erholt, versuchte sich Josephine zu beruhigen. Wahrscheinlich war er einfach beleidigt, weil sie sich weder bedankt noch verabschiedet hatte. Oder Napoleon hatte ihn und seine kleine Truppe bereits aus Hamburg abgezogen. Und wenn schon? Er war immerhin ein Soldat, und sämtliche Soldaten konnten ihr gestohlen bleiben. Außerdem brachte Pépin sie regelmäßig zur Weißglut. Sogar während des Aufstandes hatte er es nicht lassen können, seine Dummejungenwitze zu reißen.

Und doch. Die Vorstellung, sie könne Pépin nie wiedersehen, schmeckte nach saurer Milch. Hin- und hergerissen ging sie zur Tür, öffnete – und die Enttäuschung fühlte sich an wie ein Stolpern.

«Hallo Christian!», sagte sie und zwang sich zu einem Lächeln. Er beugte sich vor und gab ihr einen Kuss auf die Wange.

«Magst du mit mir nach hinten kommen? Ich backe gerade.»

Obwohl die Backstube von dem frischen Zitronenduft erfüllt war, schien Christian davon nichts zu bemerken. Er erzählte ihr ohne Umschweife, dass man am frühen Morgen ein Exempel an den schlimmsten Aufrührern statuiert habe. Josephine verrührte Eier mit Zucker, gab die geriebene Zitronenschale hinzu und versuchte, nicht hinzuhören. Sie starrte auf die Masse, beobachtete, wie sich das dunkle Gelb der Eier mit dem körnigen Zucker vermischte, wie kleine Blasen entstanden und die Zitronenschale darin herumwirbelte. Trotz ihrer Bemühungen dröhnten seine Worte laut und deutlich in ihren Ohren: «Die sechs Männer, die den Aufstand angezettelt haben, wurden heute vor ein Militärtribunal gestellt.»

«Nur sechs Männer sollen den Aufstand angezettelt haben?», fragte Josephine skeptisch. «Sie wollten wohl einfach nicht die halbe Stadt vors Tribunal zerren …» Nach und nach gab sie Zimt und Nelken in die weiche Zuckermasse.

«Nein, nein», sagte Christian. «Die sechs waren die schlimmsten Aufrührer. Sie wurden zum Tode verurteilt.»

Josephine streute Mehl in die Schüssel, rührte gründlich um und beobachtete, wie der Teig dickflüssiger wurde.

«Ich komme soeben von der Exekution auf dem Heiligengeistfeld. Eine riesige Menschenmasse war da. Noch nie habe ich so viel Blut gesehen, Josephine. Es war schrecklich. Von nun an wird sich sicherlich niemand mehr trauen zu randalieren.» Er klang wie ein aufgeregtes Kind, das gerade dabei zugesehen hatte, wie ein Frosch gegen die Wand geworfen worden war. Mit zusammengebissenen Zähnen goss sie den schweren Kuchenteig auf ein Backblech, dann öffnete sie die Klappe des Feuerofens. Kurz brannte die Hitze auf ihrem Gesicht.

«Du wirst nicht glauben, wer unter den Exekutierten war», setzte Christian seinen Bericht unerbittlich fort. Während Josephine nach dem Backblech griff, sah sie ihn nun doch an. Seine Wangen waren vor Aufregung gerötet.

«Der Schuster aus der Rosenstraße! Hättest du gedacht, dass gerade er so einen Aufstand anzettelt?»

Beinahe hätte sie das Blech fallen gelassen. «Der neue Schuhmacher?», fragte sie tonlos. «Er ist tot?»

Christian zuckte mit den Schultern. «Es sieht so aus, als hätte er es verdient.»

Josephine sah ihren jungen Nachbarn mit den hellblonden Haaren wieder vor ihrem inneren Auge. *Tatsächlich habe auch ich nichts gesehen …*, hatte er damals entschieden, als sich die Bewohner der Rosenstraße vor der Backstube versammelt hatten. Auch dank ihm waren Josephine, Louise und Karl in jener Nacht, in der Mathilde sie verraten hatte, dann doch nicht aufgeflogen. Und nun war er tot. Kurz schloss sie die Augen, atmete ein und aus, dann schob sie den Kuchen in den Backofen.

Christian versuchte weiter, sich mit ihr zu unterhalten, doch sie antworte nur einsilbig, starrte auf die Ofenklappe und stellte sich vor, wie der Kuchen dahinter langsam Farbe annahm. Ihr Verlobter erzählte, dass eine Bürgerwehr gebildet worden sei. Ihre Mitglieder stammten aus den angesehensten Familien der Stadt und seien von den Franzosen mit zahlreichen Säbeln und etlichen Flinten ausgestattet worden, um für Recht und Ordnung in Hamburg zu sorgen.

«Mein Vater sagt, schon jetzt liege die Macht in Wahrheit nicht mehr bei den Franzosen, sondern bei uns Hamburgern. Ist das nicht wunderbar?», rief er.

«Mmh», machte Josephine.

«Und stell dir vor: Mein Vater hat dafür gesorgt, dass auch ich in die Wehr aufgenommen wurde. Jetzt patrouilliere ich täglich durch die Altstadt, weise den Pöbel in seine Schranken und lerne die reichsten Männer der Stadt kennen! Das kann uns nur nützlich sein. Kontakte sind alles, sagt mein Vater. Du wirst schon sehen, ich werde für uns ein wunderbares Leben aufbauen. Dann können wir die Bäckerei verkaufen, und du musst nie wieder arbeiten!»

Bei diesen Worten drehte sich Josephine um und starrte Christian an. Er lächelte stolz und glücklich über das ganze Gesicht.

«Wäre das nicht wunderbar? Ein Leben, in dem du nie wieder mitten in der Nacht aufstehen musst, um Rundstücke zu backen! Du kannst schlafen bis zum Morgengrauen, hübsche Kleider tragen und in den besten Gesellschaften verkehren.»

«Aber … ich arbeite gern. Dass ich im *Backhus* bleiben kann, war doch meine Bedingung … Hat dir das Onkel Fritz nicht gesagt? Ich liebe es, nachts Rundstücke zu backen!»

«Weil du es nicht anders kennst!», rief Christian. Er hatte ihr anscheinend nicht richtig zugehört. «Wenn du es so möchtest, kannst du natürlich weiterhin im *Backhus* bleiben. Aber sag mir: Wie lang ist es her, dass du einmal nicht vom Nachtwächter aufgeweckt wurdest?»

Josephine runzelte die Stirn und sah an ihm vorbei. «Ich … kann mich nicht erinnern.»

«Siehst du? Du brauchst dringend eine Pause.»

Josephine schlug die Augen nieder, drehte sich um und starrte wieder auf die geschlossene Ofenklappe.

«Da fällt mir ein», fuhr er fort. «Wie geht es deinem Onkel?» Behutsam legte er ihr eine Hand auf den Rücken. Sie trat einen Schritt vor, damit er sie wieder losließ. Dabei war es so nah am Ofen eigentlich viel zu heiß.

«Er hat immer noch Fieber. Manchmal redet er im Schlaf.»

«Der arme Mann.» Christian trat ebenfalls vor und legte seine Hand erneut zwischen ihre Schulterblätter.

Ruckartig drehte sie sich um. «Ich sollte jetzt nach ihm sehen. Bitte entschuldige mich.»

«Aber natürlich!» Christian griff nach seinem Hut, den er auf die Arbeitsplatte gelegt hatte, klopfte etwas Mehl ab und lief dann zur Tür.

«Bitte grüße deinen Onkel von mir. Ich besuche dich morgen wieder, ja? Vielleicht können wir dann ja den Speiseplan für unsere Hochzeit festlegen?»

Josephine nickte. Sie wollte nur, dass er ging. «Natürlich. Auf Wiedersehen, Christian.»

«Auf Wiedersehen.» Er drückte sich kurz den Hut gegen die Brust, deutete eine Verbeugung an und trat auf die Straße hinaus.

⁂

Als Christian die Rosenstraße hinunterlief, wurde er ein seltsames Gefühl nicht los: Josephine schien sich verändert zu haben. Sie wirkte unkonzentriert und ihm gegenüber sogar etwas schroff. Ob sie ihn wohl nicht mehr liebte?

Unsinn, versuchte er sich selbst zu beruhigen. Sie litt ganz einfach unter ihrer Situation. Als junges, unverheiratetes Mädchen ohne Vater und Mutter musste Josephine nicht nur allein für sich selbst, sondern auch noch für den Onkel sorgen, der seit Tagen zwischen Leben und Tod schwebte. Christian wollte nicht daran denken, und doch tauchten vor seinem inneren Auge die Bilder des Aufstands auf. Er sah wieder, wie Herr Thielemann ihm gewinkt hatte, wie ihm plötzlich der Mund aufgeklappt war und sich der Blutfleck an seiner Seite ausgebreitet hatte. Er hörte den Fluch der Alten über den Baumwall hallen. Christian hatte sich umgedreht und war losgerannt. Wie ein ängstliches Kind hatte er Schutz in der Menschenmenge gesucht, anstatt sich dieser wilden Furie in den Weg zu stellen, um Herrn Thielemann vielleicht früher helfen zu können. Er war ein solcher Feigling gewesen … Wild hatte er sich umgesehen, bis er seinen Vater erspähte, doch zwischen ihnen wurden zu viele Bajonette geschwungen. Die heldenhafte Stimmung, die er bei der Ankunft am Hafen noch verspürt hatte, war vollkommen verflogen. Er hatte gesehen, wie schnell ein Schuss einen Mann zu Fall bringen konnte. Christian wollte keinesfalls der Nächste sein. Also schlich er so unauffällig wie möglich an den Rand des Kampfgeschehens und versteckte sich hinter einem Berg von leeren Frachtkisten. Dort hockte er, bis sein Vater und die anderen berittenen Hamburger die Lage unter Kontrolle gebracht hatten, die Dänen kamen, die Kreuzungen gesichert und der Pöbel gebändigt war. Als niemand hinsah, trat er hervor. Er bestürmte seinen Vater, gemeinsam jubelten sie und beglückwünschten sich gegenseitig für ihren großen Kampf. An Herrn Thielemann dachte er erst, als die Freude und Erleichterung langsam verebbten. Wie hatte er ihn nur vergessen können? Sein Herz raste vor Scham und Schrecken, während er zu ihm zurückrannte. *Bitte lieber Gott, lass ihn leben*, betete er stumm. Neben dem reglos daliegenden Mann ließ er sich fallen. Er hielt seine zitternde Hand vor den Mund des Bäckermeisters, und als er den warmen Atem spürte, pries er den Herrn. Herr Thielemann lebte! Er hatte ihn nicht auf dem Gewissen! Die Frage, ob es dem armen Mann heute wohl besser ginge, wenn er ihn früher gesucht hätte, schob er entschieden beiseite. Was hätte er auch tun sollen, inmitten dieses Aufstands? Einen Arzt hätte er bestimmt nicht zu ihm bringen können. Nein, er hatte gut daran getan, sich zu verstecken. So hatte zumindest er diesen Tag heil überstanden und konnte nun seinem Vater Bescheid geben, der umgehend einen Doktor holte. Zudem hatte er dank seiner Vorsicht die Möglichkeit, selbst gesund und stark der neuen Wehr zu dienen. Hamburg brauchte Männer wie ihn, die diese Stadt mit

Leidenschaft verteidigten, das hatte auch sein Vater gesagt. Er sollte sich keine weiteren Sorgen machen.

Zu Hause, zwischen Bibel und Klopstocks «Oden zur Französischen Revolution», klemmte noch eine getrocknete Tulpe. Weder das eine noch das andere Buch hatte er je gelesen, doch die Bedeutung der Blume kannte er gut: «Ich werde dich ewig lieben». Morgen würde er sie Josephine mitbringen, nahm er sich vor. Und dann würde mit Sicherheit alles wieder gut. Sie würden heiraten und gemeinsam in die Zukunft schauen. Christian lächelte, während sich vor ihm der Pferdemarkt öffnete.

⁂

Josephine fiel es leichter, den ganzen Tag unermüdlich durch die Bäckerei und das Haus zu wirbeln, kalte Umschläge, sauberes Wasser und leicht verdauliche Kekse für Fritz vorzubereiten und die Bäckerei am Laufen zu halten, als das Schlafzimmer des Onkels zu betreten. Jedes Mal, wenn sie vor der Tür stand, schickte sie ein Stoßgebet gen Himmel: *Bitte lieber Gott, mach, dass er besser aussieht. Mach, dass er wieder lächelt, dass er sich aufrichten kann. Bitte Gott, nimm ihn noch nicht zu dir, gib ihn mir zurück.* Erst dann öffnete sie langsam die Tür – und versuchte, sich den Schreck nicht anmerken zu lassen. Der ohnehin blasse Fritz mit seinen weißen Augenbrauen verschmolz beinahe mit seiner Bettdecke. Knittrig und fast leblos lag er da. Ein kaum hörbares Wimmern hing in der Luft, es roch nach Wundwasser und Alkohol. Zweimal am Tag kam der Arzt vorbei und behandelte Fritz' Wunde. Dennoch wollte sie einfach nicht verheilen. Sie nässte und schwoll weiter an.

«Mein lieber Onkel, wie geht es dir?», fragte Josephine sanft.

Fritz schlug die Augen auf und brauchte einen Moment, bis er sie ansah. «Ich … habe Durst.»

Josephine schluckte. Gestern hatte er noch selbst nach der Karaffe neben seinem Bett greifen können.

«Ich helfe dir.»

Nachdem sie ihm den Becher vorsichtig an die Lippen gehalten hatte, setzte sie sich auf die Bettkante.

«Josephine, ich denke, es dauert nicht mehr lang», flüsterte er. Sie wollte etwas sagen, widersprechen, ihn anflehen zu kämpfen, bei ihr zu bleiben, doch sie konnte ihn nur ängstlich anstarren. Mit flatternden Lidern und aufgesprungenen Lippen fügte er hinzu: «Aber ich kann den Gedanken nicht ertragen, dass du hier ganz allein bist.»

Josephine griff nach der Hand ihres Onkels und drückte sie ganz fest.

«Bitte …», wisperte er, «lass den Keller leerräumen. Es heißt, die Franzosen bleiben nicht mehr lange, aber das Risiko ist noch immer gewaltig. Schaff das Zeug weg, versprichst du mir das?»

«Ich muss … ich werde …» Ein Schluchzen unterbrach sie.

«Und halte dich von Louise Martin fern. Ich weiß, sie kann junge Mädchen wie dich mit ihrer fröhlichen, freundlichen Art beeindrucken. Aber sei vorsichtig, ja? Sei bitte vorsichtig.»

Josephine runzelte die Stirn und musterte ihren Onkel. Sie würde ihn gern fragen, woher sein Misstrauen der Nachbarin gegenüber kam, doch sie traute sich nicht. Schon gar nicht, wenn er so schwach war.

«Die Hochzeit mit Christian muss so schnell wie möglich stattfinden.» Bei diesen Worten klang seine Stimme mit einem

Mal fester. «Er wird gut für dich sorgen. Ich weiß, er ist vielleicht nicht der Mann, von dem du geträumt hast …»

Überrascht wischte sich Josephine die Tränen aus den Augen. «Was meinst du damit?»

Nun schlich sich tatsächlich ein Schmunzeln auf Fritz' Lippen. «Ich kenne dich doch, Liebes. Christian ist oft etwas unbeholfen, und … sagen wir mal … er hat einen Hang zu Autoritäten, der dir fremd ist.» Nun grinste er sogar, und in seinen Augen blitzte es amüsiert.

«Onkel Fritz!» Josephine lachte leise auf. «Wie kannst du so etwas sagen? Ich und keinen Hang zu Autoritäten! Mit dir als Bäckermeister.» Der Scherz schaffte es nicht gänzlich, die Wahrheit in Fritz' Worten zu überspielen. Es war doch erstaunlich, dass ihr Onkel sogar in seiner Lage mehr über Josephine und ihre Gefühle wusste als sie selbst.

Liebevoll tätschelte er ihren Unterarm. «Du und Christian seid sehr verschieden, das weiß ich. Aber manchmal ist es gut, sich zu ergänzen. Ihr könnt einander Stützen sein. Und denk daran: Immerhin hat er mich gefunden und den Arzt holen lassen. Ohne ihn wäre ich dort gestorben, und wir hätten keine Gelegenheit mehr … für dieses Gespräch.» Das letzte Wort wurde zu einem Krächzen und mündete in ein kraftloses Husten. Als er sich beruhigt hatte, schaute er nachdenklich an Josephine vorbei. «Ich habe nie wieder etwas von meinem Hans gehört, das schmerzt mich am meisten. Sollte er eines Tages zurückkommen, sag ihm, dass ich immer an ihn gedacht habe.»

Josephine versuchte mit aller Macht, die Tränen zurückzuhalten. «Ich bin mir sicher, das wirst du ihm selbst sagen können, Onkel», presste sie hervor.

Fritz antwortete darauf nicht. Nach einer Weile sah er ihr wieder in die Augen. «Du musst mir noch etwas versprechen, Josephine. Solltest du dich doch gegen Christian entscheiden …»

Erstaunt hob Josephine die Brauen.

«… Solltest du ihn doch nicht mehr heiraten wollen, dann gehst du nach Altona zu deiner Schwester. Du bleibst nicht allein mit den Schmuggelwaren in dieser Stadt. Versprichst du mir das?»

Sie nickte tapfer. «Natürlich, Onkel.»

«Ich muss mir sicher sein, Josephine. Ich kann nicht gehen, ohne …»

Nun griff Josephine wieder nach seinen Händen. «Du gehst nicht, Onkel! Du darfst auf keinen Fall gehen. Bitte verlass mich nicht!», flehte sie.

Er schloss die Augen, und seine Finger drückten ihre ganz fest.

# 20. Kapitel

Louise saß in Madame Laurents Schaukelstuhl, hatte Philiberts Kopf auf dem Schoß und streichelte ihr das kurze, struppige Fell. Seit Tagen versank sie in ihrer Trauer, in diesem Haus, in diesem Schaukelstuhl mit Philibert. Dabei machten die Menschen, die sie liebte, ebenfalls schwere Zeiten durch! Karl konnte seit Tagen nicht aufstehen, und Josephine musste ihren schwer verletzten Onkel pflegen.

«*Fini* – es reicht», entschied sie mit einem Mal. «Pardon, Philibert, aber ich muss jetzt wirklich aufstehen.»

Philibert hob den Kopf, und Louise sprang auf die Füße. Sobald sie sich aus dem Schaukelstuhl gelöst hatte, fühlte sie sich besser. Misstrauisch sah sie das alte Ding an. «Vielleicht sollte ich dich besser verkaufen», murmelte sie.

Sie brachte Philibert zurück in ihren Stall, dann griff sie nach ihrem Mantel, dem größten und buntesten Hut, den sie besaß, und trat auf die Straße hinaus. Während sie im Haus geblieben war, hatte hier draußen ein milder März Einzug gehalten. Schüchtern lag eine Ahnung von Frühling in der Luft, dazu der Geruch von warmem Kuchen. Louise schaute durch die geöffneten Fenster der Bäckerei und rief: «Josephine, *ma chère*, hast du noch zwei Zitronentafeln für mich übrig?»

«Louise!» Josephine kam sofort hinter dem Tresen mit den vielen kleinen Schubladen hervor. Sie war blass, ihre Lippen kamen Louise noch dunkler vor als sonst und ihr Kinn etwas spitzer, doch bei Louises Anblick strahlte sie. «Es ist so schön, dich zu sehen! Fühlst du dich besser?»

Louise lächelte tapfer. «Ich werde Karl besuchen», wich sie der Frage aus. «Bestimmt freut er sich über dein Gebäck.»

«Du hast Glück.» Josephine eilte zu dem großen Blech auf der Verkaufsfläche. «Ein Rest ist noch übrig.»

Sie schnitt ihn in zwei große Stücke und gab sie Louise. «Bitte richte ihm gute Besserung von mir aus.»

«Das werde ich.» Fast hätte Louise ebenfalls Grüße an Herrn Thielemann bestellt, doch sie bremste sich gerade noch rechtzeitig. Sicherlich würde er sich nur aufregen.

«Wie geht es deinem Onkel?», fragte sie stattdessen.

Josephine schüttelte leicht den Kopf. «Nicht gut. Der Arzt sagt zwar, er kann es noch schaffen. Aber … er hat große Schmerzen.»

Louise trat vor und drückte Josephine durch das Fenster an sich. «Ich werde für ihn beten. Und später komme ich noch einmal vorbei und schaue nach dir, ja?»

Josephine nickte bloß stumm. In ihren Augen glitzerte es verdächtig.

Louise war schon lang nicht mehr so tief im Gängeviertel gewesen. Zuletzt hatte sie Karl begleitet, um Werkzeug für den Handkarren zu holen. Beinahe hatte sie vergessen, wie schmal und düster die Gassen hier waren, wie klapprig die Fenster und wie schäbig die hölzernen Buden. Zu den vielen ärmlich gekleideten

Menschen kamen mittlerweile auch zahlreiche Verletzte hinzu. Die Menschen hatten sich schmutzige Lumpen um die Köpfe, Arme oder Beine gewickelt. Hier und da sah sie Augenklappen, ein Mann hatte seine Hand verloren. Eine missmutige Stille lag auf den Gängen, in die sich der Geruch von Fäulnis und Urin mischte.

«Na, da wird sich aber einer freuen», knurrte Rosine, und Louise zuckte zusammen. Sie hatte den Kopf der runzligen Frau im offenen Fenster gar nicht gesehen. Jetzt beugte sie sich schmallippig nach vorn und musterte Louise.

«Alles gut, Mädchen?», brummte sie.

Louise traute ihren Augen kaum, doch mit einem Mal wirkte dieses sonst so unerbittliche Gesicht warm und fürsorglich.

Sie schluckte. Nicht weinen, nahm sie sich vor. Bloß nicht weinen. Doch schneller, als sie eine passende Antwort fand, war Rosine vom Fenster verschwunden und zur Haustür herausgetreten.

«Na, na», sagte sie. «Komm mal her.»

Mit knorrigen Händen zog sie Louise an sich heran, drückte ihren Kopf an ihre weiche Schulter – und mit einer Heftigkeit, die Louise nicht von sich erwartet hatte, begann sie plötzlich zu schluchzen. Sie weinte so hemmungslos, wie sie es seit Jahren nicht getan hatte. Laut und klagend, mit bebenden Schultern und einem Wasserfall von Tränen.

«Lass es raus», murmelte Rosine. «Vielleicht schuldest du mir danach ein neues Kleid, bei all dem Rotz, aber was soll's. Nur raus damit.»

Es fühlte sich so gut an. Sie weinte um Madame Laurent, um die Zeit, die für immer verloren war, um Frankreich, um Caroline und die Hoffnung auf ein besseres Leben. Sie weinte aus Einsamkeit. Anfangs verursachte jeder Schluchzer zwei weitere. Sie hatte das Gefühl, nie wieder aufhören zu können. Doch irgendwann, nach Minuten, wurde sie ruhiger, die Tränen versiegten. Und dann sah sie Karl in der Tür stehen, auf einen Besenstiel als Krücke gestützt. Erschrocken wischte sie sich die Tränen ab. So hatte er sie noch nie gesehen. Niemand hatte sie je so gesehen. Erst jetzt begriff sie, dass sie mitten in den Gängen stand und so laut geheult hatte, dass sämtliche Bewohner ihre Köpfe aus den Fenstern streckten. Sie, die immer lustige Louise! Ausgerechnet sie wusste nun nicht, was sie sagen sollte. Karl schien es ähnlich zu gehen. Er sah erst sie ratlos an, dann seine Großmutter.

«Oh, du alter Holzkopf! Nun tröste sie schon!», befahl Rosine.

«Nein, das ist doch nicht nötig …», murmelte Louise. Doch Rosines Worte wogen offenbar schwerer als Louises. Karl humpelte die Treppe hinunter, übergab seiner Großmutter den Besenstiel und schloss Louise in die Arme. Für einen Moment erstarrte sie, doch schon kurz darauf ließ sie los. In Karls Armen wollte sie nicht weinen, sie wollte nur seine Wärme spüren. Die beißende Einsamkeit rückte ein Stück weit von ihr ab. Tief atmete sie Karls Geruch ein, der nicht an diesen Ort passte. Wie konnte einer nach Feuerholz und Meeresbrise riechen, wenn er *hier* lebte?

Über seine Schulter sah sie, dass Rosine auf ihre grimmige Art lächelte und dann mit schaukelndem Schritt die Gasse hinunterlief. «Ich sehe mal nach den Mädchen», brummte sie, bevor sie verschwand.

«Wie geht es dir, Karl?», wisperte Louise in sein Hemd.

«Mein Kopf dröhnt. Und ich fürchte, der letzte Kampf um Hamburg fand einzig auf meinem Fuß statt. Er gleicht einem

Schlachtfeld, aber das macht nichts. Großmama hat glücklicherweise genug Besenstiele.» Er klang tiefernst, trotzdem musste Louise leise lachen.

«Wie geht es dir, Louise?»

«Gut, gut. Ich bin nur ein Jammerlappen.»

Karl nickte an ihrer Wange. «Diesen Jammerlappen habe ich vermisst», raunte er in ihr Ohr.

Sie bekam eine Gänsehaut. Langsam drehte sie den Kopf und sah ihn an. Sein schiefes Lächeln war wie immer ernst und traurig. «Es bedeutet mit viel, dass du heute hergekommen bist. Danke.» Mit dem Daumen wischte er ihr einen letzten Tränentropfen aus dem Gesicht, und dann küsste er sie. Seine Lippen waren weich und vorsichtig, und seine Hand hielt sanft ihren Kopf, als wäre er zerbrechlich. Eigentlich hatte sie nie wieder jemanden küssen wollen, einst hatte sie sich das geschworen. Doch sie konnte diesem Gefühl einfach nicht widerstehen. *Bitte verzeih mir*, dachte sie, dann küsste sie Karl zurück, genauso behutsam. Es war ein Kuss gegen die Trauer, die Angst und die Einsamkeit. Plötzlich empfand sie eine große, warme, feuerholzduftende Nähe. Wie lange es her war, dass sie so etwas gespürt hatte … Schnell schob sie diesen Gedanken beiseite. Karl schloss sie fest in seine Arme, lehnte seine Stirn gegen ihre und atmete tief ein.

«Gehen wir rein?», flüsterte er irgendwann.

«Gehen wir rein», wisperte sie.

Und mit jedem Schritt, den sie tiefer in die Hütte trat, wurde ihre Sehnsucht größer. Sie hatte dieses Gefühl nicht zulassen wollen. Doch nun konnte sie sich nicht mehr dagegen wehren. Sie wollte Karl nah sein. Hatte es die ganze Zeit schon gewollt. So nah, wie nur irgend möglich. Er lud sie in seine Kammer, sie zog ihn an sich, und er raunte in ihr Ohr: «Du glaubst nicht, wie oft ich mir genau das gewünscht habe.»

Das schlechte Gewissen holte Louise später ein. Erst zurück zu Hause stieß ihr der Zitronenkuchen sauer auf, den sie zum Abschied mit Karl gegessen hatte. Sie hatten sich in Karls Bettdecken gewickelt und auf die Strohmatratze gekrümelt. Und dann hatten sie sich noch einmal festgehalten und geküsst. Louise hatte sich ganz federleicht gefühlt, begehrt, behütet.

Doch nun, zurück bei Philibert, wich sie dem Blick in den Spiegel aus. Das hätte sie nicht tun dürfen! Sie hatte es sich geschworen. Karl hatte das nicht verdient. Sicherlich dachte er nun, ihr Herz wäre frei für ihn. Aber wie könnte es das jemals sein?

Gedankenverloren ging sie die Treppe hinauf. Obwohl ihr Madame Laurent das kleine Häuschen vererbt hatte, brachte sie es nicht übers Herz, in das große Schlafzimmer umzuziehen, und schlief weiterhin in ihrer Dienstbotenkammer. Darin standen nichts als ein Schrank und ein kleines Bett und unter diesem Bett eine Holzkiste – Louises größter Schatz. Sie ging in die Knie, zog den Karton hervor und pustete den Staub vom Deckel. Andächtig hob sie ihn an und betrachtete all die Briefe aus einer anderen Zeit. Die unverkennbare Handschrift, die in ihr noch heute ein Kribbeln auslöste …

«Bitte verzeih mir», flüsterte sie in den leeren Raum hinein.

Langsam nahm sie einen Brief nach dem anderen in die Hand. Sie las keinen davon, nicht heute. Der Schmerz wäre zu groß. Doch allein sie in ihren Händen zu halten, tat ihr gut. Unter den Umschlägen fand sie eine kleine Zeichnung ihrer Mutter, die sie aus Paris mitgebracht hatte, einen kugelrunden Stein, den ihr Vater ihr einst geschenkt hatte, und ganz unten die knallrote Feder eines Rotkehlchens, die David für sie aufgesammelt hatte. Nur eine Woche, bevor sie Paris verlassen musste. Damals hatte sie geglaubt, sie würde ihn eines Tages heiraten. Wenn sie gewusst hätte, wie anders alles kommen würde ... Sie seufzte und strich sich mit der Feder über die Handfläche.

Einmal griff sie noch in die Kiste und zog ein altes Büchlein hervor, das sie schon beinahe vergessen hatte.

«Ach...», murmelte sie. Behutsam öffnete sie den ledernen Umschlag.

«Carolines Lieblingsrezepte», stand in geschwungenen Lettern auf der ersten Seite. Langsam strich sie über die Buchstaben. Und gleichzeitig erinnerte sie sich an die fröhliche Stimme der Freundin, an ihr Lachen, während sie backte, an die Düfte, die damals aus dem Ofen aufgestiegen waren ...

Plötzlich sprang Louise auf die Füße. Wie hatte sie dieses Buch all die Jahre unter ihrem Bett verstecken können? Wie gedankenlos! Es gehörte an einen ganz anderen Ort. Sie lief die Treppe hinunter, setzte sich den Hut wieder auf und eilte hinüber zur Bäckerei. Die Fenster waren schon geschlossen, doch Josephine hörte ihr aufgeregtes Klopfen dennoch und öffnete ihr.

«Ist alles in Ordnung?», fragte sie. Sicherlich bot Louise einen ungewohnt aufgelösten Anblick.

«Ja ... nein ... das heißt ... ich habe etwas für dich. Es tut mir leid, ich hatte gar nicht mehr daran gedacht. Dieses Buch gehörte deiner Mutter. Sie hat gern mit Rezepten experimentiert. Ihre große Schwäche waren Zimtbrötchen. Und immer, wenn sie eine ihrer Kreationen gelungen fand, hat sie es hier eingetragen.»

Josephine wirkte völlig vor den Kopf gestoßen, während sie das Buch entgegennahm. Sie sagte kein Wort, starrte es nur an. Louise überlegte schon, ob sie Josephine einfach fest an sich drücken sollte, so wie es Rosine mit ihr getan hatte. Doch da bedankte sich Josephine schon mit leiser Stimme, verabschiedete sich, als wäre sie mit den Gedanken ganz woanders, und wandte sich langsam ab.

*

Josephine wusste, dass sie sich gegenüber Louise unhöflich verhielt, doch sie musste mit diesem Buch allein sein. Während sie noch immer im kleinen Verkaufsraum stand, drehte und wendete sie es andächtig. Langsam blätterte sie durch die Seiten. «Carolines Rezepte» stand auf der ersten. Auf den nächsten war fein säuberlich notiert, was ihre Mutter alles gebacken hatte. Krapfen, Lebkuchen, Butterbiskuit, Pfeffernüsse, Makronen, Zimtbrötchen. Bei jedem Wort wurden Josephines Augen größer. Was für eine Vielfalt!

Josephine überflog die Zutaten, fuhr mit der Hand über die saubere Handschrift ihrer Mutter, über die kleinen Flecken, die Butter, Eier oder Milch vor vielen Jahren auf dem dunkel und zerbrechlich gewordenen Papier hinterlassen hatten. Hier und da hatte ihre Mutter eine Mengenangabe durchgestrichen und korrigiert. Manchmal hatte sie in Klammern Kommentare dahinter geschrieben. *Unbedingt kräftig rühren!* oder *Schmeckt am nächsten Tag noch besser!*

Bei einem Kommentar stiegen Josephine die Tränen in die Augen. *Josephines erstes Lieblingsrezept* stand neben den «Zimtbrötchen». Sie zwang sich zur Beherrschung und las das Rezept genau durch. Seltsam. Vor ein paar Wochen hatte sie doch wie aus dem Nichts etwas ganz Ähnliches gebacken – kurz bevor Fritz es ihr verboten hatte. War sie dabei gar nicht ihrer Inspiration, sondern einer fast vergessenen Erinnerung gefolgt? Josephine musste noch sehr jung gewesen sein, als Caroline diese Zimtbrötchen erfunden hatte. Was Onkel Fritz damals wohl dazu gesagt hatte? Sie musste schmunzeln bei der Vorstellung, wie er auch vor Jahren zur Tür hereingestürmt war, wild mit den Händen in der Luft herumgefuchtelt und sich über den Duft von Zimt echauffiert hatte. Bestimmt war er der Grund dafür gewesen, dass Caroline die Brötchen später nicht mehr gemacht und Josephine sie fast vergessen hatte. Tatsächlich hatte sie jedes Mal, wenn sie mit Zimt hantierte, an ihre Mutter denken müssen, überlegte sie. Immer wieder waren alte Erinnerungen in ihr aufgestiegen …

Sie sah auf und stellte fest, dass es draußen bereits dämmerte. Nachdenklich lief sie nach hinten, entzündete ein Talglicht und stieg damit in den Keller hinab, um Zimt und Zucker, Butter und Milch von Philibert sowie die Eier, die Fiete ihr vorbeigebracht hatte, heraufzuholen. Rasch schaute sie noch nach ihrem Onkel, der aber ruhig und einigermaßen friedlich zu schlafen schien, dann begann sie zu backen.

Sobald sie den Ratschlägen folgte, die ihre Mutter vor Jahren notiert hatte, vergaß sie alles um sich herum. Sie goss Zucker in eine gusseiserne Pfanne, erhitzte ihn und fühlte sich mit einem Mal leicht und frei. Das flackernde Licht des Herds tauchte die Backstube in karamellfarbenes Licht, sie sog den Duft des immer flüssiger werdenden Zuckers ein und gab Butter und Zimt hinzu.

Kräftig rührte sie, und während ein würziger Geruch in der Backstube aufstieg, musste sie an die Arme ihrer Mutter denken, die so stark gewesen waren. Arme, die stundenlang Teig rühren oder kneten konnten, waren die stärksten Arme überhaupt, glaubte Josephine. Sie sah das Lächeln ihrer Mutter wieder vor sich, ihr freundliches Zwinkern.

«Was, wenn Onkel Fritz nach Hause kommt?», hatte Josephine damals gefragt – mit dem Kichern eines Kindes, das gerade etwas Verbotenes tat.

«Er ist in Altona und kommt erst morgen wieder, mach dir keine Sorgen. Reichst du mir die Hefe?», hatte Caroline lachend geantwortet.

«Wie kann man nur keinen Zimt mögen?»

Bei der Erinnerung an diesen Satz runzelte Josephine verwundert die Stirn. War es wirklich Louise gewesen, die das damals gesagt hatte? Hatte sie sich ebenfalls mit Caroline und Josephine in der Küche aufgehalten, während sie Zimtbrötchen backten?

Nachdenklich gab Josephine die Zucker-Zimt-Masse auf ein Backblech, wo sie auskühlen sollte. Währenddessen wärmte sie ein wenig Milch auf, und als diese die genau richtige Temperatur hatte – leicht dampfend –, gab sie Hefe hinzu. Immer wieder sah sie auf Carolines Notizen, während sie Mehl abwog, etwas Zucker und eine Prise Salz beimischte und mit weicher Butter vermengte. Sie krempelte die Ärmel hoch, dann begann sie zu kneten. Mit entschiedenen Bewegungen verarbeitete sie die anfangs klumpigen Bestandteile zu einem glatten Teig. Dabei stellte sie sich vor, ihre Mutter stünde hinter ihr. Wäre sie wohl zufrieden mit ihrer Arbeit? Würde sie Josephine loben? Sich selbst in ihrer Tochter wiedererkennen? Zumindest würde sie sich darüber freuen, dass Josephine ihr altes Rezept ausprobierte. Sie ließ die Teigkugel ruhen und räumte nebenher ein wenig auf.

Als es an der Ladentür klopfte, seufzte Josephine. Sie hatte überhaupt keine Lust, mit Christian zu sprechen. Doch ein paar Minuten brauchte der Teig ohnehin noch. Und Christian hatte versprochen, frische Eier zu besorgen. Also wusch sie sich die Hände im Wassertrog, lief zur Tür und zwang sich zu einem Lächeln. Sie öffnete – und schenkte es aus Versehen Pépin. Mit violettem Auge stand er da und grinste so schief, wie es nur mit einem geschwollenen Mund möglich war.

«*Bonjour Mademoiselle*», sagte er leise. «Falls Sie mein Gesicht nicht wiederkennen, hier steht der sonst relativ ansehnliche Pépin.» Er hob die Hand zu einem legeren Gruß, und Josephine schwankte zwischen einem leisen Lachen und einem besorgten «Oh».

«Das sieht nicht gut aus», sagte sie schließlich. «Komm doch herein.»

Sie trat einen Schritt zurück und überlegte, ob sie ihm etwas anbieten könnte.

«Was duftet hier so?», fragte Pépin.

«Das wird der Zimt sein.»

«Zimt, Zucker und Butter?»

«Ganz genau.» Josephine lächelte ihn an. Eigentlich wollte sie ihn fragen, wie es ihm ergangen war, was er während der Aufstände noch erlebt hatte und wie schlimm seine Verletzungen waren. Sie wollte sich dafür entschuldigen, einfach davongelaufen zu sein. Und ihn fragen, warum er so lang nicht vorbeigekommen war. Doch es war viel einfacher, stattdessen von den Zimtbrötchen ihrer Mutter zu erzählen. Sie zeigte ihm das Buch, das ihr Louise vorbeigebracht hatte, andächtig blätterte er darin.

«*C'est merveilleux* – einfach wundervoll», sagte er. «Ich habe dir einmal von meinem Großvater erzählt, *non*?»

Josephine seufzte und stemmte die Hände in die Hüften. «Mehr als einmal. Bei jeder Gelegenheit sagst du mir, ich könne ihm niemals das Wasser reichen.»

Pépin lachte. «Der Stolz eines heimwehkranken Enkels.» Einen Moment erschien ihr sein Gesichtsausdruck wehmütig.

«Du hast Heimweh?»

Pépin wich ihrem Blick aus und ging nicht weiter auf ihre Frage ein. «Mein *grand-père* hat auch ein solches Büchlein, in dem er all seine Rezepte notiert. Ich sollte es eines Tages erben, weißt du …»

Es war das erste Mal, dass er sie mit Du ansprach, fiel Josephine auf. Lag es daran, dass sein Deutsch besser wurde und er bemerkt hatte, dass sie ihn konsequent duzte? Oder fand er, dass sie sich nach ihren gemeinsamen Erlebnissen nah genug gekommen waren für das persönlichere Du?

«Dein Großvater möchte, dass du Bäcker wirst?»

Pépin nickte. «Im Gegensatz zu meinem Vater.»

Während Josephine den gemahlenen Zimt hervorholte und in den Hefeteig knetete, erzählte ihr Pépin von Paris, der kleinen Bäckerei, von köstlich buttrigem Plunderteig und der Herzlichkeit seines Großvaters. Josephine ließ den Teig erneut ruhen, und während er langsam aufging, berichtete Pépin ihr von seinem Kindheitstraum, davon, warum er dann doch mit der Klarinette in den Krieg gezogen war. Und wie aus dem Nichts entschuldigte er sich plötzlich dafür, nicht früher hergekommen zu sein.

«Du warst mit einem Mal weg. Kurz darauf sind wir schon in den nächsten Kampf verwickelt worden. Und … nun ja … danach war ich, sagen wir, nicht in der Lage, irgendwohin zu gehen.»

Josephine sah ihn mitleidig an. «Sie haben dich so sehr verprügelt, dass du nicht aufstehen konntest?»

«Unsinn, Unsinn» Pépin winkte ab. Doch sein peinlich berührtes Lächeln verriet das Gegenteil. «Marlo hat sich für mich um den Jungen gekümmert. Sagst du seiner Schwester, dass er auf dem Dammtorfriedhof liegt?»

Josephine schloss kurz die Augen. «Natürlich. Das ist sehr … freundlich von Marlo gewesen», flüsterte sie und kämpfte gegen den Schrecken an, der in ihr aufzusteigen drohte. Hermann auf einem Friedhof … tot. Was war das nur für eine Welt?

«Hast du deinen Onkel gefunden?»

Josephine wich Pépins Blick aus. Mit langsamen Bewegungen formte sie aus dem Teig Brötchen, gleichzeitig erzählte sie, wie sie Fritz entdeckt hatte und in welcher Verfassung er war. Als die Brötchen im Ofen waren und sie geendet hatte, legte ihr Pépin sanft eine Hand auf die Schulter.

«Das tut mir furchtbar leid», sagte er aufrichtig. So standen sie eine kleine Weile, atmeten den Duft von Zimt ein und spürten die Nähe des anderen.

Was tat sie hier nur, fragte sich Josephine. Das war doch der alberne Pépin, der sie gern aufzog, als wären sie beide Kinder. Und ausgerechnet ihm vertraute sie ganz selbstverständlich Dinge an, über die sie mit ihrem Verlobten nicht sprechen konnte. Jenem Verlobten, den sie bald heiraten würde – und hier stand sie ganz allein mit einem französischen Soldaten nach Ladenschluss in der Backstube herum! War das einer unverheirateten jungen Frau überhaupt erlaubt? Was würde ihr Onkel sagen, wenn er davon wüsste? Bei dem Gedanken atmete sie ein wenig schneller.

«Vielleicht … solltest du jetzt gehen», murmelte sie.

Überrascht sah er sie an. «Natürlich, wenn du das möchtest.» Er nahm seine Hand von ihrer Schulter, die sofort kalt wurde.

«Es wäre … wir sollten wahrscheinlich nicht …» Und nun geriet sie auch noch ins Stammeln!

«*Bien sûr, Mademoiselle* Thielemann», sagte er schnell, fasste sich an den Zweispitz und schickte sich zum Gehen an. Doch bevor er die Backstube verlassen konnte, rief ihm Josephine zu: «Was ist so außergewöhnlich an Plunderteig?»

Es war das Erste und sicherlich Dümmste, das ihr einfallen wollte. Aber etwas in ihr weigerte sich, ihn gehen zu lassen. In der Tür zum Verkaufsraum drehte er sich um und lächelte über das ganze, zerschundene Gesicht. «Es ist der beste Teig der Welt. Ganz locker und leicht, blättrig, buttrig und knusprig. Er schmeckt wie …», nachdenklich sah er an die Decke, «… ein goldener Herbsttag, ein Liebesbrief, oder eine Heimkehr nach einer langen Reise.»

Josephine verschränkte die Arme und legte den Kopf schief. «Ganz schön viel Pathos für einen Teig, *Monsieur* Sabatier.» Herausfordernd sah sie ihn an.

«Das ist kein Pathos, das ist die Wahrheit!»

«So?» Josephine lächelte. «Dann musst du es mir beweisen.»

«Das würde ich sofort, wenn wir in der Bäckerei meines *grand-père* wären.»

«Beweise es mir doch hier.»

Er runzelte die Stirn und sah sich nachdenklich um. «Jetzt? Ich dachte, ich soll gehen?»

Sie biss sich von innen auf die Wangen. Wenn sie ehrlich zu sich selbst war, wollte sie unter keinen Umständen, dass er ging. Sie wollte noch nicht allein sein in der dunklen Bäckerei. Zwar dufteten Mamas Zimtbrötchen immer herrlicher, doch sobald sie sie aus dem Ofen holte, war der Tag vorüber. Sie hätte nichts weiter zu tun, als sich um ihren Onkel zu sorgen, ihn in seinem fiebrigen Schlaf zu beobachten und zu spüren, wie Angst und Sorgen über ihr zusammenschlugen wie die schmutzigen Wellen des Nikolaifleets. Wie jede Nacht würde sie ihr Lager auf dem Sessel neben seinem Bett aufschlagen und ihm Wasser holen, sobald er Durst hatte. Doch noch nicht jetzt.

«Welche Zutaten brauchst du?»

Nachdenklich ging er einen Schritt auf sie zu. «Mehl natürlich … Milch, Zucker, Salz, zwei Eier, Hefe, Butter, etwas Zitronenschale.»

«Das habe ich alles hier!», rief sie aufgeregt. «Warte einen Moment.»

Dann lief sie in den Keller, holte Sachen aus den Schränken und breitete die Zutaten vor Pépin aus.

«Du möchtest wirklich, dass wir jetzt noch Plunderteig backen? Es ist schon halb sieben.» Er rieb sich das Kinn.

«Wie lange werden wir denn brauchen?»

«Mindestens … zwei Stunden.»

«Oh.» Einen Moment hielt Josephine inne. Natürlich war es Unsinn, um diese Stunde noch etwas derart Aufwendiges anzugehen. Sie würde in dieser Nacht wenig Schlaf bekommen. Andererseits schlief sie auf dem Sessel neben Onkel Fritz sowieso kaum. Außerdem war sie neugierig auf diesen französischen Teig. Alle weiteren Argumente dafür oder dagegen, Pépin hierzubehalten, schob sie mit Bestimmtheit beiseite. Sie hatte sich ohnehin schon entschieden.

«Warte hier und pass auf die Zimtbrötchen auf, ja? Ich sehe rasch nach meinem Onkel.»

Noch einmal lief sie zu ihm hinauf. Als sie in der Tür auftauchte, lächelte er sie an.

«Onkel Fritz», sagte sie leise. «Du bist wach. Wie geht es dir?»

Er blinzelte langsam, dann griff er nach dem Becher Wasser auf dem Nachttisch und trank einen Schluck. «Ich habe lange geschlafen, oder? Gerade fühle ich mich etwas besser.»

«Das höre ich gern, Onkel!»

Sie füllte seine Karaffe mit Wasser auf und fragte ihn, ob er noch etwas brauche.

«Nein, Liebes. Mach dir keine Sorgen. Ich denke, ich werde einfach weiterschlafen.»

«Dann gehe ich noch einmal runter in die Bäckerei, ja?»

«So spät noch?»

Sie wich seinem überraschten Blick aus. «Ich habe eine Idee für einen neuen Teig. Wenn er gelingt, bringe ich dir morgen ein besonderes Frühstück.»

Onkel Fritz tätschelte ihre Hand. «Ich freue mich darauf. Aber gönn dir auch mal eine Pause, ja?»

«Natürlich, Onkel.»

Zurück in der Backstube, sah sie, wie Pépin gerade das Blech mit den Zimtbrötchen aus dem Ofen holte. Seinen Zweispitz hatte er an die Tür gehängt, und ihr gefielen seine verwuschelten, dunklen Locken.

«Sie sehen köstlich aus», murmelte er.

«Nachher bekommst du eines. Aber nur, wenn du ein guter Lehrmeister bist.»

Er lachte auf. «Dann werde ich mich so sehr anstrengen, dass du mir am Ende das ganze Blech schenken möchtest.»

Sie grinsten einander herausfordernd an, dann begann Pépin zu mischen, zu kneten und zu rollen.

Anfangs wirkte er noch etwas zerstreut, hielt immer wieder inne, dachte nach. Doch je länger er mit den Zutaten hantierte, desto sicherer wurde er. Während er Mehl und Milch miteinander vermischte und Eier, Zucker, Salz und Hefe dazugab, wirkte er gar nicht mehr wie ein Soldat. Bald legte sich Mehl auf seine krausen Haare, in sein zerschundenes Gesicht schlich sich ein verträumter Ausdruck, und seine Hände kneteten und rührten, als wären sie viel zu sanft für ein Bajonett. Zunächst stellte er einen einfachen Hefeteig her, wie Josephine ihn tagtäglich backte.

«Das ist hoffentlich nicht alles», neckte sie ihn.

«Du wirst dich noch vor mir verneigen», behauptete er.

Obwohl sie Pépin bisher noch nicht für einen herausragenden Lehrmeister hielt, legte sie für ihn und sich selbst je ein Zimtbrötchen auf kleine Teller, während der Teig ruhte.

Josephine betrachtete ihr eigenes von allen Seiten. Es war goldbraun gebacken, und die dunkle Zimtspur fiel mit ihrem zuckrigen Braun sofort ins Auge. Zuerst sog sie den köstlichen Duft ein.

*Für dich, Mutter*, dachte sie. Dann biss sie hinein – und genoss den herrlich süßen Geschmack, den luftigen Teig, die knusprigen Zimtstreusel. Wie herrlich sie zwischen den Zähnen knisterten!

«*Délicieux*», sagte Pépin. Josephine sah zu ihm auf, und in seinem Gesicht erkannte sie die eigene Begeisterung wieder. Seine Augen leuchteten, immer wieder schien er dem Geschmack nachzuspüren und schüttelte überwältigt den Kopf. «Deine *Maman* muss eine Künstlerin gewesen sein. Ein wunderbares Rezept ist das.» Dann fügte er in aufrichtigem Tonfall hinzu: «Und du hast es hervorragend umgesetzt.»

Josephine sah ihn überrascht an. Da war keine Spur von Spott in seiner Stimme, er hatte das Kompliment vollkommen ernst gemeint.

«*Merci*», sagte sie leise.

Sie schauten einander in die Augen – und in Josephines Körper begann es zu kribbeln. Gut, dass Pépin den Teig nun weiterverarbeiten musste. Als Erstes rollte er die Butter zu einer dünnen Scheibe aus. Anschließend formte er aus dem Hefeteig ein ebenso dünnes, aber doppelt so großes Quadrat.

«Man legt die Butter auf den Teig, schau, so. Und schlägt sie ein.» Wie einen Briefumschlag faltete er die Enden des Teiges über der Butter zusammen. «Noch einmal flach rollen, dann wieder gehen lassen», erklärte er. Zweimal wiederholte er diese Prozedur. Währenddessen erzählte ihr Pépin, dass sein Großvater den Plunderteig mal mit Pudding, mal mit Schokolade füllte, dass sein Gebäck in der ganzen Stadt beliebt war und nur sein Vater nichts damit anfangen konnte. Sie sprachen über ihre Eltern, über Paris, Hamburg und über das Glücksgefühl, das nur frisch gebackene Teilchen auslösen konnten.

Immer wieder lachten sie gleichzeitig auf, sahen einander tief in die Augen und dann beschämt zu Boden, nur um sich dann wieder zu necken. Josephine kniff Pépin sacht in den Oberarm. Pépin zwinkerte ihr schelmisch zu. Beim Rollen und Kneten berührten sich wie aus Versehen ihre Ellenbogen, und als sie den Plunderteig mit seinen feinen Butterschichten in den Ofen schoben, war Josephine vollkommen klar, dass sie hier eine Dummheit beging. Doch sie konnte Pépin einfach nicht wegschicken. Sie genoss jede Sekunde mit ihm. Seite an Seite standen sie da und warteten auf den Duft der Teilchen. Bis ein Poltern sie zusammenzucken ließ.

Josephine wirbelte herum. Es kam aus dem oberen Stockwerk.

«Onkel Fritz», flüsterte sie. Voller Angst stürmte sie aus der Backstube und die Treppe hinauf.

Fritz hatte die Wasserkanne vom Nachttisch geworfen. Mit einem Mal war er aschfahl, die Augen hielt er geschlossen. Josephine stürzte ans Bett und nahm seine Hand – sie war eiskalt.

«Onkel», flüsterte sie. «Was ist mit dir?»

Er gab keine Antwort.

Vorsichtig schob sie die Bettdecke zur Seite. Sein Verband hatte sich mit Blut vollgesogen.

Sie sprang auf, lief in den Flur hinaus und rief in Richtung Backstube: «Pépin, ruf einen Arzt, schnell!»

«Natürlich!» Sie hörte, wie er durch die Stube rannte und zur Ladentür auf die Straße hinaussprang.

Dann eilte sie zurück an Fritz' Seite, hielt seine Hand und spürte, wie ihr die Tränen kamen. Vorhin hatte er noch so munter gewirkt. Wie viel Zeit war vergangen? Eine Stunde? Zwei? Wie konnte sich sein Zustand seitdem so stark verschlechtert haben? Sie hatte ihn viel zu lang unbeaufsichtigt gelassen! Nur um mit einem französischen Soldaten allein zu sein. Dabei hatte ihr Onkel doch niemanden außer ihr. Er verließ sich auf sie. Und nun war sie in seinem schwersten Moment nicht an seiner Seite gewesen!

«Onkel Fritz, hörst du mich? Bitte sag etwas! Es tut mir so leid. Ich hätte bei dir bleiben sollen.»

Ganz leicht drehte sich sein Kopf, seine weißen Lider flatterten. Er öffnete den Mund, doch er sagte nichts mehr, lächelte nur und tätschelte noch einmal ihre Hand – mit der gleichen Sanftheit, mit der er ein noch warmes Brot mit Mehl bestäubte.

Als der Arzt kam, war es bereits zu spät. Er suchte nach einem Puls, doch Josephine wusste, dass er keinen finden würde. Onkel Fritz war gegangen. Stumm beobachtete sie, wie der Arzt den Onkel wieder zudeckte, seine Hände auf seinem Bauch faltete und ihm die Lider schloss. Gott hat ihn zu sich geholt, sagte sie sich, und suchte verzweifelt Trost in diesem Gedanken. Sein Leid war endlich vorbei. Vielleicht war er nun wieder mit seinem Sohn zusammen. Sie stellte sich vor, wie Fritz gemeinsam mit Hans, mit ihrem Vater und ihrer Mutter an einem Tisch voller duftender Rundstücke, Geduldzettel und Sahnetorten saß. Sie hielten sich an den Händen, und sie waren glücklich. Josephine schloss die Augen. Wie gern säße auch sie mit ihnen an diesem Tisch. Dort gäbe es keine Sorgen. Keine französischen Besatzer, keine verbotenen Schmuggelwaren, keine Gefahr und keinen Verlobten. Nur die Menschen, die sie liebte und seit Jahren so schmerzlich vermisste.

Eine Träne lief ihr über die Wange, schnell wischte sie sie weg. Sie spürte Pépins Hand auf ihrer Schulter. Er war hier. Immer noch, nachdem der Arzt längst gegangen war. Vorsichtig lehnte sie ihren Kopf gegen seine Brust und spürte, wie er sie mit den

Armen umschloss. Er duftete nach Plunder mit Zimt, und nie hatte sie etwas Tröstlicheres gerochen. Sie wollte alles vergessen, nur Pépins Nähe spüren. Doch dann drängten sich ihr wieder Fritz' Worte auf: *Die Hochzeit mit Christian muss so schnell wie möglich stattfinden.* Wie unheilvoll sie klangen. Sie dachte daran, dass Fritz ihr einen Ausweg gelassen hatte. Statt sich mit Christian zu vermählen, könnte sie zu ihrer Schwester nach Altona gehen. Doch sein wahrer Wunsch war es gewesen, dass sie mit Christian in Hamburg glücklich wurde und die Bäckerei mit ihm weiterführte. Zwar hatte Christian den Gedanken geäußert, die Bäckerei zu verkaufen, doch davon würde er sicherlich abrücken, wenn sie ihn darum bat und ihm erzählte, wie sehr sich Fritz wünschte, *Thielemanns Backhus* bliebe im Familienbesitz.

Josephine betrachtete das Gesicht ihres Onkels. Wie könnte sie ihm seinen Wunsch verwehren? Sie löste sich von Pépin, tupfte sich die Nase ab und starrte auf den Fußboden. «Es tut mir leid, Pépin», sagte sie schließlich. «Ich fürchte, du musst jetzt gehen.»

«Ich lasse dich nicht allein, Josephine. Nicht jetzt.»

Sie kaute auf ihrer Unterlippe und spürte, wie das schlechte Gewissen in ihr brannte.

«Ich habe mich dir gegenüber unrecht verhalten», flüsterte sie. «Ich habe dir nie gesagt, dass ich verlobt bin. Aber ich werde den Postboten Christian Schulte heiraten, schon bald. Und wenn er wüsste, dass du heute Abend hier warst …»

Sie konnte Pépin nicht ansehen, doch sie hörte, dass er sich Schritt für Schritt von ihr entfernte. In der Tür drehte er sich noch mal herum.

«Mein herzliches Beileid, Josephine. Ich klopfe nebenan bei

Louise. Sie ist deine Freundin, nicht wahr? Ich sage ihr, dass sie nach dir sehen soll.»

«Danke», flüsterte Josephine.

Und dann war er fort.

⁂

Mit schweren Schritten lief Pépin die Treppe hinunter. Wie hatte ein solch schöner Abend derart schrecklich enden können? Er hatte Herrn Thielemann gerngehabt. Mit seiner lustigen Art hatte er ihn ein wenig an seinen *grand-père* erinnert, wenn der auch weniger jugendlich wirkte als Herr Thielemann. Und nun war der freundliche Mann gestorben, einfach so von einer Kugel durchbohrt, in einem Krieg, an dem er kaum beteiligt gewesen war. Nach tagelangem Leiden. Wenn es Pépin einmal erwischen sollte, wollte er sofort sterben. Mitten auf dem Schlachtfeld. Ein Knall – und weg. Die Entscheidung sollte direkt fallen. Er hasste nichts mehr als Unsicherheiten, Übergänge und Zweifel. Umso besser war es doch, dass er nun wusste: Josephine war verlobt. Ohnehin hätte er nach den Aufständen nicht Tag und Nacht an sie denken dürfen. Er hatte von ihr geträumt, sich vorgestellt, ihr Haar zu berühren, sie zu küssen. Gleichzeitig wusste er, wie dumm es wäre, sich in ein Hamburger Mädchen zu verlieben. Tagelang hatte er deswegen die Bäckerei gemieden. Irgendwann hatte er seiner unbändigen Sehnsucht dann doch nachgegeben. Er hatte es für Schwäche gehalten, dabei war es wohl der einzig richtige Weg. Manchmal musste es erst wehtun, bevor eine Wunde heilen konnte. Manchmal musste man in den Krieg ziehen, um anschließend in Frieden zu leben. Er hatte von der Verlobung erfahren müssen, damit er versuchen konnte, Josephine endlich zu vergessen. Er war doch kein Schuljunge mehr, der sich Träumen ohne jede Zukunft hingab. Er war ein Soldat der *Grande Armée*. Bald würde er diese Stadt wieder verlassen müssen, und in den Ländern dieser Welt gab es viele hübsche Mädchen. Doch wahrscheinlich konnte keine davon so reizend die Nase krausziehen, keine ihn so ansehen, tief und ehrlich, neugierig und amüsiert. Er konnte sich keine einzige andere Frau vorstellen, mit der er so viel Freude am Backen haben könnte, deren Nähe er so leidenschaftlich genießen würde, mit der er so gern über seine Gedanken und Erinnerungen reden und von der er so viel erfahren wollte, wie Josephine. Keine Frau auf der Welt war so schlagfertig und wunderbar eigenartig wie sie … Und doch würde er weiterziehen und sie vergessen. Mit aller Macht versuchte er, das zu glauben, während er die Treppe hinunter zurück in die Backstube lief – und erschrak. Dichter Qualm drang aus dem Ofen. Er hatte vergessen, das Plundergebäck herauszuholen! Schnell griff er nach zwei Topflappen, öffnete die Klappe und zog das Blech hervor. Die Teilchen waren tiefschwarz geworden, stanken rußig und verbrannt.

Vollkommen vor den Kopf gestoßen, starrte er sie an. Er war kein Bäcker mehr, dachte er. Er war Soldat. Und wohin Soldaten auch gingen, hinterließen sie verbrannte Erde. Langsam griff er erneut nach dem Blech, hob es auf und kippte die Teilchen allesamt in den Mülleimer. Schwer und hart fielen sie hinein wie Steine in einen Fluss.

# 21. Kapitel

Louise blieb die ganze Nacht bei Josephine. Sie sagte kein Wort, sondern hielt nur ihre Hand. Erst am nächsten Morgen begannen sie, miteinander zu sprechen. Sie redeten über den Schmerz der Trauer, über die Ungerechtigkeit der Welt, erinnerten sich daran, wie lustig Fritz gewesen war und wie sehr er Josephine geliebt hatte. Nur von seiner Abneigung gegen Louise sprachen sie nicht.

Louise half Josephine dabei, die Beerdigung durchzustehen. Sie war an ihrer Seite, als sie den Stammkunden berichtete, was geschehen war, hielt ihre Hand, als Jette schluchzte, die Witwe Franz beinahe zusammenbrach, der laute Fiete brüllte und sogar die zwiebelige Susanna bestürzt den Kopf schüttelte. In den Tagen nach Fritz' Tod waren sie alle für Josephine da – die ganze Rosenstraße. Ihre Schwester Ida besuchte sie regelmäßig, und zur Beerdigung kam sogar Henriette aus Altona. Ein ums andere Mal bat sie Josephine, doch mit ihr nach Hause zu kommen. Auch Christian war da. Er erklärte ihr, er habe die Hochzeit bereits für kommendes Wochenende angesetzt. Der Pfarrer sei informiert, das Gasthaus reserviert, sie brauche nicht mehr lang im einsamen *Backhus* zu wohnen.

«Gleich nach der Hochzeit ziehst du zu mir», sagte er ihr mit einem verträumten Ausdruck in den Augen. «Mein Zimmer werde ich zu unserem Zimmer machen. Du wirst es mögen. Und später kaufe ich natürlich ein Haus, in dem wir unsere Familie gründen können. Eine Villa, um genau zu sein …»

Josephine schichtete gerade die frisch gebackenen Rundstücke in die Regale, während sie leise fragte: «Warum leben wir nicht hier?»

«Was hast du gesagt?»

Sie sah über ihre Schulter und musterte ihn. «Mein Onkel hat mir das Haus vererbt. Ich könnte die Bäckerei weiterführen, und oben könnten wir gemeinsam leben. Du und unsere Kinder hätten tagtäglich den Duft von frisch gebackenem Brot und Geduldzetteln in der Nase – wäre das nicht wunderbar?»

Betreten sah Christian zu Boden. «Ich … ich weiß nicht …»

«Was meinst du damit?»

Er knetete die Krempe seines Huts. «Habe ich dir nie erzählt, dass ich kaum etwas rieche und schmecke?»

Josephine hielt inne und starrte ihn an. «Du kannst nicht schmecken?»

«Nur ganz wenig … ich weiß nicht, von welchen Düften du sprichst.» Entschuldigend verzog er das Gesicht.

«Wie traurig», murmelte sie und versuchte, sich ein Leben ohne Geruch und Geschmack vorzustellen, doch sie konnte es nicht. Und ganz langsam begann sie zu begreifen, dass seine Welt eine ganz andere sein musste als die ihre.

«Ich bin alles andere als traurig, Josephine. Eigentlich wollte ich es dir erst am Tag unserer Hochzeit erzählen, aber … ich freue mich einfach zu sehr, um es weiter geheim zu halten: Ich wurde zum Beamten befördert.»

«Zum Beamten?»

«Ich muss keine Briefe mehr austeilen. Nie wieder! Nun habe ich mein eigenes Büro, sogar Angestellte, und werde gut verdienen. Sehr gut. Und mein Weg ist nicht zu Ende. Vater sagt, ich habe eine große Karriere vor mir.»

«Das ist wunderbar, Christian. Herzlichen Glückwunsch!»

«Ich danke dir!»

«Aber ich verstehe noch nicht, warum wir nicht trotzdem in der Rosenstraße leben können.» Nachdenklich sortierte sie weiter Rundstücke in die Regale.

«Na, weil … weil …» Er wirkte mit einem Mal ganz ungeduldig, und um seinen Mund bildete sich ein ärgerlicher Zug. «Sieh dich doch einmal um, Josephine! Die klapprige Theke, diese alte Vitrine … Die Holzdielen sind durchgetreten und abgenutzt, die Tür hängt schief in den Angeln, hinten ist überall Ruß an den Wänden und an der Decke … das Haus ist eine Bruchbude. Das sieht man schon von Weitem. Das schiefe Fachwerk, die krummen Fenster …»

«Das Haus ist was?» Josephine hielt inne. Mit einem Mal war ihr Mund ganz trocken.

«Wir werden reich sein, Josephine. Du wirst Bälle besuchen, teure Kleider tragen, nicht arbeiten müssen, wenn du nicht möchtest. Du wirst so leben, wie einst meine Großmutter!»

«Und die Bäckerei?»

«Ich denke, wir werden sie vielleicht gar nicht brauchen», erklärte er, als wäre das eine gute Nachricht. «Außer natürlich, du möchtest unbedingt daran festhalten. Aber darüber können wir später reden. Ich muss jetzt los, die Arbeit ruft. Hab einen schönen Tag, meine Liebe!» Er beugte sich vor und gab ihr einen Kuss auf die Wange, bevor er sich seinen Hut aufsetzte und hinausging. Das Glöckchen über der Tür klingelte so schrill wie noch nie zuvor.

Nachdenklich sah Josephine sich in der Bäckerei um. Es stimmte, man sah ihr die Jahrzehnte tatsächlich an. Das *Backhus* brauchte einen Schreiner, der ein paar Ausbesserungen vornahm. Doch sie liebte *Thielemanns Backhus* genau so, wie es war, und konnte sich keinen gemütlicheren Ort vorstellen, gerade weil man ihm all die Jahre ansah. Die Stimmen und Geschichten der Stammkunden waberten durch den Verkaufsraum, die Düfte hingen wie Erinnerungen in der Luft. Wie konnte Christian das nicht bemerken? Wie konnte er es mit einer einzigen Handbewegung abtun?

Den ganzen Tag über fühlte sich Josephine, als läge ihr eines der steinharten Plunderteile im Magen, die sie im Mülleimer gefunden hatte. Es war schwer und dunkel wie die Trauer um Onkel Fritz. Zugleich stieg ihr immer wieder ein rußiger Geschmack in der Kehle auf, wenn sie an Christian dachte, an ihre Zukunft an seiner Seite, an Bälle und teure Kleider.

Sie liebte und vermisste ihren Onkel, doch warum hatte er ihr keine andere Wahl gelassen? Egal wie sie sich entschied, sie würde das *Backhus* verlieren. Den Ort, an dem ihre Familie seit Jahrzehnten zu Hause war. Das Letzte, was ihr noch blieb. Sie war erst dann vollkommen allein, wenn sie nicht mehr hier sein konnte – warum tat Fritz ihr das an? Sie hätte so gern mit ihm darüber gesprochen, ihn angefleht, seine Entscheidung zu überdenken. Immer wieder kämpfte sie beim Verkaufen und Backen gegen ihre Tränen an, und die Menschen aus der Rosenstraße tätschelten ihr tröstend die Hände. Leise lobten sie ihre Teilchen, vor allem die Zimtbrötchen, die sie mittlerweile täglich backte. Nur Geduldzettel bot sie keine an. Wenn sie misslangen, wäre das *Backhus* verloren – das konnte sie nicht riskieren.

«Schau dir diesen wunderschönen Stoff an», rief Louise, als sie kurz vor Ladenschluss hereinschlüpfte. Sie hielt einen schwarz glänzenden Ballen in den Händen. «Ich konnte ihn gegen Zucker tauschen. Ein wunderschöner Stoff für diesen feierlichen Anlass. Es ist nicht viel Zeit, aber bis zum Wochenende zaubere ich dir daraus noch ein hübsches Brautkleid!»

Josephine starrte sie an – und dann traten ihr schon wieder die Tränen in die Augen. Louise und der schwarze Stoff, die Bäckerei und die wenigen übrig gebliebenen Gebäckstücke verschwammen. Kein Laut drang über ihre Lippen, langsam und stetig liefen ihr die Tränen über die Wangen.

Hastig schloss Louise die Tür hinter sich, lehnte den Ballen an die Wand und schloss sie in ihre Arme.

«Schhh», machte sie. Sonst sagte sie nichts. Josephine lehnte den Kopf an ihre Schulter. Ein wenig roch Louise nach Philibert – und aus irgendeinem Grund tat ihr das gut.

Es dauerte eine Weile, bis Josephine endlich flüsterte: «Ich muss eine furchtbare Entscheidung treffen.»

«Was meinst du damit?», fragte Louise. Sie umfasste sie an den Schultern und rückte sie ein kleines Stück von sich weg, damit sie ihr in die Augen sehen konnte. Mit dem Handrücken wischte sich Josephine über das Gesicht.

«Ich muss entweder Onkel Fritz verraten … oder ich verliere vielleicht das *Backhus*.»

«*Mon Dieu!*», rief Louise aus. «Das klingt aber fürchterlich dramatisch! Komm, wir machen es uns in der Backstube bequem, und du erzählst mir, was passiert ist.»

Mit rauschendem Rock ging sie voran, sprang auf die Arbeitsplatte und klopfte neben sich.

Langsam folgte ihr Josephine und hüpfte ebenfalls hinauf. Der Ofen verbreitete noch immer eine wohltuende Wärme, und Louise sah sie aufmerksam an. Langsam begann Josephine zu erzählen. Sie berichtete von den Wahlmöglichkeiten, die Fritz ihr gelassen hatte, von dem Versprechen, das sie ihm gegeben hatte, und von den Plänen, die Christian ihr heute eröffnet hatte.

«Wenn ich daran denke, zieht sich in mir alles zusammen, Louise», flüsterte sie schließlich.

Bestürzt sah die Freundin sie an. «Ich dachte, du magst den Postboten?»

«Das dachte ich auch. Aber er ist kein Postbote mehr. Und wie er eben gesprochen hat … Es klang, als würde er eines Tages wahrscheinlich die Bäckerei verkaufen …»

«Warte, warte. Soll das heißen, du möchtest ihn nicht mehr heiraten?»

Einen Moment lang starrte sie Louise an. Dann, langsam schüttelte sie den Kopf. «Es ist ungeheuerlich, ich weiß. Aber … nein. Ich möchte ihn nicht heiraten. Ich bin mir nicht einmal sicher, ob ich ihn noch gernhabe.» Und erst als sie diese Worte aussprach, begriff sie, dass sie wahr waren.

«Mmh», nachdenklich nickte Louise. «Aber du hast Pépin gern.»

Erschrocken riss Josephine die Augen auf. «Wie kommst du denn darauf?»

«An dem Abend, an dem Fritz …», Louise unterbrach sich

selbst und setzte noch einmal neu an: «Pépin hat bei mir geklopft und mich zu dir geschickt. Er wirkte vollkommen erschüttert. Ich dachte, es läge daran, dass dein Onkel … Aber da war noch etwas anderes in seinem Blick. Vielleicht ein Kummer, den die Liebe hin und wieder verursacht …»

Josephine wusste nicht, was sie sagen sollte.

«Ich weiß nicht, was vorgefallen ist. Ich weiß nur, dass Pépin an dem Abend bei dir war. Spät am Abend.» Sie zwinkerte ihr freundschaftlich zu. «Und da dachte ich … Es gibt vielleicht einen Grund dafür, dass er hier lange ein und aus gegangen ist und dich so gern provoziert hat …»

«Pff», machte Josephine. «Er ist ein Kindskopf, das ist alles. Als er hier war, wollte er mir unbedingt beweisen, wie lecker sein Plundergebäck ist. Am nächsten Morgen habe ich es verkohlt im Mülleimer gefunden, das sagt wohl alles.»

Sie wollte verächtlich klingen, doch sie merkte selbst, dass die Gedanken an Pépin sie ein klein wenig aufmunterten.

«Soso», sagte Josephine nachdenklich. «Du willst Christian nicht mehr. Wenn du aber über Pépin sprichst, bekommst du wieder Farbe im Gesicht.»

«So ein Unsinn!» Dabei spürte Josephine selbst das verräterische Schmunzeln in ihren Mundwinkeln.

«Da, ich sehe es doch!» Louise zeigte auf ihre Lippen, grinste breit, und auch Josephine musste lachen. Wie gut das tat – bei all der Trauer, der Angst und den Sorgen. Doch sobald ihr Lachen verklang, fühlte sie wieder den verkohlten Klumpen in ihrem Bauch.

Sie seufzte. «Onkel Fritz würde sich im Grabe umdrehen, wenn er mich sehen könnte. Er will, dass ich in Sicherheit bin. Bei Christian oder Henriette.»

Langsam schüttelte Louise den Kopf. «Das glaube ich nicht. Er will, dass es dir gut geht; dass du glücklich bist, nichts weiter. Hier auf Erden hat jeder seine eigene, eingeschränkte Sicht. Er dachte, du kannst nur glücklich sein, wenn jemand auf dich aufpasst. Bis zu seinem Tod war das seine Wahrheit. Doch dort, wo er jetzt ist, kennt er vielleicht eine neue Wahrheit. Möglicherweise sieht er die Dinge jetzt anders.»

Mit gerunzelter Stirn lauschte Josephine den Gedanken ihrer Freundin.

«Ich glaube, dass sich unser Denken öffnen kann – eines Tages. Vielleicht schaut dein Onkel in diesem Moment auf dich hinab und wünscht sich, dass du nicht auf ihn hörst, sondern deinen eigenen Weg gehst. Er wusste zu Lebzeiten schließlich nichts von deinen Gefühlen für Pépin, oder?»

«Gott bewahre!» Dann schlug sie, vor Schreck sich verraten zu haben, ihre Hand vor den Mund.

Doch Louise ignorierte sie. «Und er wusste auch nichts über Christians Pläne für eure Zukunft.»

Josephine schüttelte den Kopf.

«Er liebt das *Backhus* doch genauso sehr wie du! Ich bin mir sicher, dass er auf deiner Seite ist. Egal wie du dich entscheidest.»

Tief atmete Josephine durch. Sie sah auf die geschlossene Tür des Backofens und dachte daran, wie viele Jahre sie hier mit ihrem Onkel gebacken, gescherzt und gelebt hatte. Daran, wie jung Fritz in dieser Backstube geworden war, Nacht für Nacht. Wie glücklich sie waren, wenn sie gute Zutaten hatten und ihre Kunden mit köstlichen Teilchen und Kuchen versorgen konnten. Sie dachte an den herrlichen Duft, der allein ihretwegen jeden Morgen in der Rosenstraße lag. An den Rosenbusch im Hinterhof, die Geduldzettel, Mutters Zimtbrötchen. Und dann dachte sie daran, wie Pépin genau hier gestanden hatte, wo sie nun saß, und voller Umsicht Butter ausgerollt hatte. Was gäbe sie dafür, wenn er jetzt hier wäre und sie tröstete.

Louise legte ihr den Arm um die Schultern, und sie sank ein wenig in diese Umarmung.

«Du musst dich noch nicht entscheiden», sagte Louise leise. «Schlaf eine Nacht darüber. Glaub mir, das bewirkt Wunder.»

An diesem Abend ging Josephine früh ins Bett. Sie befürchtete schon, die halbe Nacht lang wach zu liegen, zu grübeln und dann in einen albtraumhaften Schlaf zu fallen. Doch nichts dergleichen geschah. Stattdessen schlief sie einfach ein. Und als wäre sie ein Hefeteig, der innerhalb weniger Stunden weit über den Rand einer Schüssel quellen konnte, fühlte sie sich am nächsten Morgen ganz verwandelt. Größer als gestern stand sie auf und wusste, was sie tun wollte.

Ihr Entschluss festigte sich mit jedem Teig, den sie knetete, jedem Brot, das sie in den Ofen schob, und jedem Zimtbrötchen, das sie herausholte. Ohne darüber nachzudenken, backte sie endlich wieder einmal Geduldzettel – und sie gelangen.

«Heute wird ein guter Tag», versicherten sie ihren Kunden. Verwundert sahen die Menschen aus der Rosenstraße sie an.

«Ist es nicht zu früh für Fröhlichkeit?», schluchzte Jette.

«Fröhlich ist sie nicht», rief der laute Fiete.

«Aber irgendetwas ist anders.»

«Grimmig wirkt sie.»

«Nein», widersprach Anna, die ausnahmsweise schon während der Öffnungszeiten mit Mathilde in der Backstube stand.

«Sie ist entschlossen», stellte Mathilde fest.

Christian kam in seiner Mittagspause vorbei.

«Ich wollte mich entschuldigen», sagte er und wich ihrem Blick aus. «Wie ich gestern über das *Backhus* gesprochen habe, so kurz nachdem dein Onkel …» Er brach ab. Sein Blick huschte über die Theke, als suche er zwischen den Krümeln nach den passenden Worten. «Das war nicht richtig. Du bist in Trauer. Und ich war …»

Josephine legte den Kopf schief. «Nein», sagte sie. «Es war gut, dass du es gesagt hast.»

Hoffnungsvoll sah er ihr in die Augen. «Wirklich?»

«Natürlich. Ehrlichkeit ist wichtig …»

Sie wollte fortfahren, doch da leuchteten Christians Augen auf, und er kramte plötzlich wild in seiner Posttasche.

«Ich dachte, du musst keine Briefe mehr austeilen?»

«Muss ich auch nicht. Aber die Tasche darf ich behalten.»

Er lächelte wie ein Kind, das reich beschenkt worden war. Und sie erinnerte sich wieder an ihr altes Bild von Christian, an den zurückhaltenden, liebenswürdigen Mann, den sie gerngehabt hatte. Endlich holte er einen Umschlag hervor und griff hinein. Mit spitzen Fingern hielt er eine getrocknete Blume in die Luft. Sie war zierlich und hatte drei kleine blaue Blüten.

«Ist das ein Vergissmeinnicht?», fragte Josephine.

«Du kennst sie!» Er strahlte. «Sie ist für dich.»

Er hielt ihr das Blümchen entgegen. Doch Josephine rührte sich nicht.

«Magst du sie nicht?» Langsam wich das Glück aus seinem Gesicht.

«Das ist es nicht.» Sie strich sich die Schürze glatt und sah auf ihre Hände. «Christian, es tut mir leid …»

Noch immer hielt er die Hand mit der Blume ausgestreckt.

«… doch ich kann mein Versprechen nicht einhalten. Ich weiß, wie fürchterlich das ist. Bitte verzeih mir, aber … es geht einfach nicht.»

Ganz langsam sank Christians Hand. «Was … meinst du damit?»

«Unsere Hochzeit. Bitte sag sie ab.»

«Warum absagen?» Er krächzte. Wie verwirrt und verletzt er mit einem Mal aussah. Als wäre er selbst eine getrocknete Blume, die Blatt für Blatt zerbröselte.

«Ich kann dich nicht heiraten», flüsterte sie.

Mit zittrigen Fingern steckte Christian die Blume zurück in den Umschlag und den Umschlag zurück in die Tasche. Eine Weile schwiegen beide. Josephine versuchte, ruhig zu atmen, und hoffte, dass Christian sich einfach umdrehte und ging. Doch er blieb und schien fieberhaft nachzudenken. Endlich sagte er: «Du brauchst mehr Zeit. Das verstehe ich. So kurz nach dem furchtbaren Tod deines Onkels … Wir werden die Hochzeit verschieben. Was hältst du von Mai? Bis dahin haben wir Frühling, und die Welt sieht schon ganz anders aus. Überall wachsen die Blumen, und wir …»

«Nein, Christian.»

Er sah sie an wie ein Schuljunge, dem man gerade eine Ohrfeige verpasst hatte. Doch sie konnte es ihm offenbar nicht schonend beibringen. «Ich werde dich nicht heiraten. Auch nicht im

Mai. Es liegt nicht am Tod meines Onkels, sondern daran, dass wir nicht zusammenpassen.»

«Aber … ich liebe dich», flüsterte Christian.

Sie schüttelte den Kopf. «Du kennst mich kaum. Würdest du mich kennen, wüsstest du, dass ich dieses Haus nicht verlassen möchte. Selbst dann nicht, wenn ich eines Tages reich wäre. Ich passe nicht in deine Träume von einer großen Karriere.»

Christian machte einen Schritt rückwärts, dann noch einen. Sein Mund öffnete und schloss sich wieder. Endlich drehte er sich um, und ohne ein weiteres Wort ging er hinaus.

Schlagartig fühlte sich Josephine leichter als zuvor. Gleichzeitig war ihr ein wenig schwindelig. Sie hatte sich gegen den Willen ihres geliebten Onkels aufgelehnt. Nun war sie allein. Eine Waise ohne Vormund, ein unverheiratetes Fräulein. Sie war vollkommen auf sich gestellt. Ihr und niemandem sonst gehörte jetzt und in Zukunft *Thielemanns Backhus*. Was für eine Verantwortung … Wie sollte sie all das, was Fritz früher mit Caroline und ihr gemeinsam gestemmt hatte, nun ohne jede Hilfe bewältigen? Schnell versuchte sie, sich zu beruhigen: Sie hatte die loyalsten Stammkunden der ganzen Stadt, eine hilfsbereite Freundin zur Nachbarin – und das alte Backbuch ihrer Mutter. Sie hatte so viel von ihrem Onkel gelernt. Und die ersten Wochen meisterte sie doch ganz wunderbar! Trotzdem hatte sie den ganzen Nachmittag lang heiße Wangen und unruhige Finger vor Nervosität.

Es war ein ungewöhnlich milder Märztag, der zu den geöffneten Fenstern hereinschaute, die Luft roch nach Neuanfang und Herausforderung, und sogar in den Worten der Kunden schwang mit einem Mal etwas Verheißungsvolles mit.

«Was für ein Tag! Ich sage dir, ab jetzt wird alles anders», behauptete etwa Susanna mit schwerwiegendem Nicken.

«Wie kommst du darauf?», fragte Josephine erschrocken. Es würde sich doch noch nicht zu ihr herumgesprochen haben, dass sie mit Christian gebrochen hatte?

«Ich würde mich nicht zu früh freuen», flüsterte die Witwe Franz, wich aber schüchtern Susannas Blick aus.

«Glaub mir, ich freue mich nie zu früh!», widersprach Susanna. «Und ich habe es mit eigenen Augen gesehen.»

«Was gesehen?» Josephine sah misstrauisch von einer Kundin zur anderen.

«Die Grünröcke haben über die Elbe gesetzt!»

Erleichtert atmete Josephine auf. Natürlich, es ging gar nicht um sie und Christian. Doch schon im nächsten Moment runzelte sie wieder die Stirn.

«Heißt das, die Tore werden nicht mehr bewacht?», fragte sie langsam. «Und was ist mit der Kontinentalsperre?»

«Ich habe gehört, die Russen kommen. Und sie sind in der Überzahl. Napoleon gibt die Stadt auf!» Susanna strahlte.

«Wir sollten uns nicht zu früh freuen», warnte die Witwe Franz erneut.

«Aber schau dir doch nur diese prächtigen Geduldzettel an!», rief Susanna aus. «Wenn das kein Grund zur Hoffnung ist!»

Josephine packte den beiden ihre letzten Plätzchen ein, während sie sich fragte, was diese Neuigkeit für die Waren in ihrem Keller bedeutete, für die Bäckerei, die ganze Stadt. Und mit einem Mal wurde ihr ganz heiß. Am liebsten wäre sie sofort losgestürmt. Stattdessen zwang sie sich dazu, stehen zu bleiben und die Witwe Franz und Susanna zunächst freundlich zu verabschieden. Dann schloss sie so schnell die Fenster, dass die Läden an die Rahmen krachten, warf sich ihren Mantel um die Schultern und rannte auf die Straße hinaus.

Sofort spürte Josephine, dass sich etwas verändert hatte. Die Gesichter waren fröhlicher geworden, die Schritte der Hamburger erschienen ihr leichter. Überall liefen Menschen umher, riefen sich gute Wünsche entgegen und genossen die Sonne auf ihren Gesichtern. Nur Josephine hetzte zwischen ihnen hindurch, am Zuchthaus vorbei bis zur Binnenalster, bog in den Jungfernstieg ein und rannte fast bis zur Buchhandlung. Die Türen standen weit offen, sodass ihr der Geruch von Ledereinbänden und Papier entgegenschlug. Sie legte den Kopf in den Nacken, um zu Pépins Fenster aufzuschauen. Natürlich war es geschlossen. Niemand war zu sehen, keine Melodie zu hören.

«Kann ich Ihnen helfen?» In der Tür tauchte der Mann auf, den sie als Perthes wiedererkannte.

«Die Soldaten …», stammelte Josephine. «Sind sie fort?»

Auf dem Gesicht des Buchhändlers breitete sich ein Lächeln aus. «Ja, liebes Fräulein. Sie sind fort.»

Josephine krallte die Finger in den Stoff ihres Kleides. «Wann sind sie gegangen?»

«Vor einer knappen Stunde. Die Bürgergarde hat die Straße flankiert, damit sie unbehelligt bis zum Tor kommen konnten.»

«Bis zu welchem Tor?»

Sichtlich überrascht von ihrem drängenden Ton, runzelte Perthes die Stirn. «Zum Millerntor …»

Sofort rannte sie wieder los. «Danke schön!», rief sie noch über ihre Schulter. Sie hetzte den Jungfernstieg hinunter, wich fröhlich flanierenden Bürgern aus, um auf den Neuen Wall einzubiegen und sich durch die immer enger werdenden Gassen der Neustadt zu schieben. Dabei dachte sie unentwegt an Pépin. Wie oft sie sich gewünscht hatte, die vermaledeiten Soldaten würden Hamburg verlassen. Sie hatte es gehasst, wenn seine kleine Truppe bei ihr aufkreuzte und ihre Witze machte. Und nun wünschte sie sich mit einem Mal, Pépin würde bleiben. Sie war verrückt geworden, schalt sie sich selbst. Was wollte sie ihm überhaupt sagen, wenn sie ihn tatsächlich rechtzeitig fand? Sie wusste es nicht, und doch eilte sie weiter durch die Stadt, wollte Pépin noch einmal sehen. Wie sehr sie sich nach einem augenzwinkernden Wortgefecht mit ihm sehnte! Nach diesem frechen Lachen, bei dem seine Augen zu Halbmonden wurden. Mehr wollte sie gar nicht, sagte sie sich. Nur noch einmal diesen Blick. Sie lief immer schneller, keuchte bereits, schaute sich wild um. Hier und da sah sie Hamburger in den stolzen Uniformen der Bürgergarde. Keiner von ihnen flankierte mehr eine Straße, sie alle lachten, klopften einander die Schultern und riefen sich Glückwünsche zu.

Als sie endlich am Millerntor ankam, stand es weit offen, unbewacht – und kein einziger Soldat weit und breit. Pépin war fort. Er hatte sich nicht einmal von Josephine verabschiedet. Und in diesem Moment hatte Josephine gegen jede Vernunft das Gefühl, in Hamburg doch ganz allein zu sein.

# 3

# 22. Kapitel

Gern hätte sich Josephine genauso gefreut wie Susanna, Fiete und Merlin, der blutjunge Sohn des neuen Schuhmachers, der das Geschäft seines Vaters viel zu früh hatte übernehmen müssen. Doch es wollte ihr nicht gelingen, auch wenn die ganze Rosenstraße von nichts anderem mehr sprach als von den Russen.

«General Tettenborn ist auf dem Vormarsch! Aber er will, dass wir das Unsrige zur Verteidigung der Stadt beitragen», erklärte Merlin, und vor Eifer bildeten sich beim Sprechen Bläschen in seinen Mundwinkeln. «Die Franzosen sind sicher nicht weit. Wir müssen uns bewaffnen, um sie abzuschrecken! Ich habe mich als Freiwilliger gemeldet.»

Er sah seinem armen Vater, den die Franzosen hatten hinrichten lassen, so ähnlich, dass es Josephine immer wieder den Atem verschlug. Allerdings war er gerade mal siebzehn Jahre alt. Es hieß, sein Vater habe ihm das Handwerk von der Pike auf beigebracht, er könne ebenso gute Schuhe fertigen wie er, doch seine dünnen Gliedmaßen und seine eingefallenen Wangen deuteten darauf hin, dass ihm noch nicht allzu viele Kunden ihr Vertrauen schenkten. Josephine packte ihm stets ein wenig mehr in seine Brötchentasche, als er bezahlen konnte, und wusste, dass es Onkel

Fritz ebenso gemacht hätte. Ach, wäre er doch hier, dachte sie zum wiederholten Male.

«Es heißt, Tettenborn verfügt über 6000 Mann!», widersprach Susanna. «Die russischen Soldaten werden Frankreich schon auf Abstand halten. Dazu brauchen sie doch nicht unsere Kinder!»

«6000 Mann?!» Fiete winkte ab. «Das glaub ich erst, wenn ich es sehe. Es wird schon nicht schaden, wenn sich unsere tapferen Burschen bereithalten.» Er verstrubbelte dem jungen Schuhmacher das Haar, und der genoss die Berührung sichtlich – obwohl er unter Fietes schwerer Hand leicht in die Knie ging.

Über der Ladentür klingelte das Glöckchen, und die Witwe Franz trat ein. Zwar trug sie wie immer ihr schwarzes Kleid mit dem hohen, engen Halskragen. Doch zum ersten Mal seit Langem hatte sie auf den schwarzen Hut verzichtet. Ihr sorgsam hochgestecktes Haar leuchtete so weiß, dass es sogar auf Josephine hoffnungsvoll wirkte. Und in den adrigen Händen hielt sie eine kleine Büste.

«Guten Morgen allerseits», sagte sie nicht ganz so leise wie sonst. «Josephine, schau, was ich für dich ergattern konnte.»

Sie streckte ihr die Büste entgegen und Josephine musterte den Gipskopf mit den lichten Haaren und dem Schnäuzer. Um den Hals lag ein geflochtener Blumenkranz.

«Das ist Oberst Tettenborn!», rief Susanna und klatschte in die Hände. «Ach, wie fein! Du musst ihn ins Fenster stellen, Josephine. So machen es gerade alle.»

Geschwind nahm sie ihn der Witwe aus den Händen und stellte ihn so auf das Fensterbrett, dass er zur Rosenstraße hinausschaute.

«Famos! Jetzt können die Russen kommen!», rief Fiete, und

Josephine fragte sich, ob der echte Tettenborn seine Stimme dort, wo er war, schon hören konnte. Oder Pépin? Sie unterdrückte ein Seufzen. Merlin hatte behauptet, die Franzosen seien nicht weit. Ob sie tatsächlich noch in der Gegend waren? Ob sie zurückkommen würden? Josephine wusste, dass es wirklich das Letzte war, das sie sich wünschen sollte. Seitdem sich Napoleon aus Hamburg zurückgezogen hatte, herrschte in der Stadt eine Fröhlichkeit, die ihr vollkommen fremd geworden war. Mit einem Mal wurde überall gelacht und gewinkt. Am Hafen war Geschäftigkeit ausgebrochen. Schiffe wurden wieder seetauglich gemacht, alte Seeleute bereiteten sich für ihre erste Fahrt nach sieben Jahren vor. Überall wurden Segel geflickt, Taue gewickelt und Anker gelichtet. Die ersten Boote und Schuten waren schon auf den Fleeten und der Alster unterwegs. In den Straßen wurden wieder ganz offen Kaffee, Puderzucker und Baumwolle verkauft. Auch Louise hatte einen Stand: Auf dem Pferdemarkt pries sie gemeinsam mit Mathilde und Anna die Waren an, die nun legal in Josephines Keller lagerten. Josephine wusste, dass der Stadt nichts Besseres hätte passieren können als Napoleons Rückzug. Und doch war sie traurig. Immer wieder dachte sie an Pépin, fragte sich, wie es ihm wohl ging, und wünschte sich, er möge doch wieder in Hamburg sein. Was ein irrsinniger Gedanke! Sicherlich war es nur die Trauer um Onkel Fritz, die sie dazu verleitete.

Immerhin war Josephine nicht die Einzige, der inmitten der allgemeinen Freude das Lächeln schwerfiel. Auch Ida hatte eine fürchterliche Laune. Als die beiden Schwestern am frühen Abend einen Spaziergang über den Jungfernstieg machten, hatte sie keinen Blick für das herrliche Frühlingswetter oder die Blumenkränze, die überall geflochten wurden – anscheinend, damit sie Tettenborn-Büsten oder russischen Soldaten um die Hälse geworfen werden konnten. Sie achtete nicht auf die hoffnungsvollen Blicke und die leichten, fast schon schwebenden Schritte der Menschen, die zwischen der Binnenalster und den Villen des Jungfernstiegs flanierten. Ida sprach einzig von ihrem Hund.

«Ich schwöre es dir, ich habe Marie-Antoinette gesehen! Auf diesem Karren, an dem Tag, als der Aufstand losbrach. Ich habe sie sogar gerufen – warum nur ist sie nicht zu mir gekommen?»

Josephine hatte nicht das Gefühl, dass die Frage wirklich an sie gerichtet war. Ida schaute mit ihren eng beisammenstehenden Knopfaugen gen Himmel, als klage sie Gott für ihr Schicksal an. Zum Glück! Denn sähe sie Josephine an, würde sie ahnen, dass ihre Schwester seit Wochen wusste, wo ihre kleine Gefährtin abgeblieben war.

«Es gibt doch bestimmt viele Hunde, die so aussehen wie Marie-Antoinette», wandte Josephine vorsichtig ein.

«Ich würde sie überall erkennen! Sie hat diesen unverwechselbar treuen Ausdruck in den Augen …»

Josephine runzelte die Stirn. «Nun ja, so treu kann er ja eigentlich nicht sein …», murmelte sie.

Ida wirbelte herum. «Wie kannst du nur so etwas sagen …?»

«Entschuldige, ich meinte ja nur …»

«Diese verlumpten Bettler haben sie mir gestohlen. Sie müssen sie abgerichtet haben! Bestimmt wurde sie fürchterlich gequält und geschlagen, damit sie gehorcht. Anders kann ich mir nicht erklären, dass sie nicht zu mir zurückgekommen ist, als ich sie gerufen habe …»

«Mmh», machte Josephine nur. Es war wahrscheinlich das Beste, Ida einfach in diesem Glauben zu lassen. Wut auf Unbekannte war bestimmt leichter zu ertragen als die Enttäuschung, vom eigenen Hund nie geliebt worden zu sein.

«Wie geht es Philipp?», fragte Josephine möglichst beiläufig.

«Gut, gut.»

Doch etwas an Idas Tonfall ließ Josephine aufhorchen. «Er müsste doch wie alle anderen in Hamburg erleichtert über den Abzug der Franzosen sein», hakte sie nach.

«Natürlich ist er das.»

Sobald Ida Josephines forschendem Blick begegnete, seufzte sie jedoch. «Um ehrlich zu sein, ich weiß auch nicht», gab sie leise zu. «Das Geschäft scheint nicht so gut zu laufen wie gewohnt. Er ist … leicht reizbar.»

Josephine blieb abrupt stehen. Ihre Schwester war stets darauf bedacht, den äußeren Schein zu wahren. Wenn sie etwas Derartiges zugab, hing bei Altmanns wahrscheinlich längst der Haussegen schief.

«Behandelt er dich gut?» Josephine griff nach Idas Arm. Eindringlich sah sie ihre Schwester an.

Jetzt riss Ida ihre kleinen Augen auf. «Aber natürlich tut er das!»

«Was meinst du dann mit *reizbar*? Er …», Josephine senkte die Stimme, «… hat doch nicht die Hand gegen dich erhoben, oder?»

«Die Hand gegen mich erhoben?» Ida wurde dunkelrot. «Wie kommst du denn darauf?»

«Verzeih. Ich mache mir nur ein wenig Sorgen …», setzte Josephine an. Doch Ida unterbrach sie mit einem verächtlichen «Pff!». Sie schüttelte den Kopf und ging mit für sie ungewöhnlich großen Schritten weiter. «Du machst dir Sorgen um mich?», schoss sie mit schriller Stimme zurück. «Es sollte viel eher anders herum sein, findest du nicht?»

«Ich wollte doch nur …» Josephine eilte hinter ihr her.

«Du bist schließlich die einzige von uns Schwestern, die noch unverheiratet ist», schimpfte Ida. «Die einzige, die es zu nichts gebracht hat! Onkel Fritz hat sich so rührend um dich gekümmert, dir einen Mann gesucht, der große Ziele hat. Und was machst du?»

Jetzt war es Josephine, die die Augen aufriss. «Wie bitte?», presste sie hervor. «Ich habe es zu nichts gebracht? Ich führe ganz allein eine Bäckerei! Ich habe ein eigenes Haus …»

«Beides hat dir Onkel Fritz gerade erst vererbt. Während Henriette und ich natürlich leer ausgehen.» Spitz lachte sie auf. «Mir macht das natürlich nichts. Und Philipp würde über das kleine Erbe von Fritz nur lachen, natürlich sind wir darauf nicht angewiesen. Aber dich haben wir trotzdem am Rockzipfel hängen!»

«Ihr habt mich … was?», krächzte Josephine. Gleichzeitig dachte sie fieberhaft nach. Sie musste Ida mit ihren Worten verletzt haben. Andernfalls würde die Schwester sie nicht so scharf angreifen. Hatte sie mit ihrer Frage zu Philipp etwa ins Schwarze getroffen?

«Wenn Philipp dich schlecht behandelt, dann musst du …», begann sie in so ruhigem Ton wie nur irgend möglich. Doch Ida hob abwehrend beide Arme, während sie noch schneller mit raschelndem Rock über den Jungfernstieg lief.

«Glaubst du wirklich, ich nehme Ehe-Ratschläge von einer Jungfer an?», giftete sie über ihre Schulter. «Wir können weitersprechen, wenn du endlich verheiratet bist und keine Unterstützung mehr von meinem Mann annehmen musst.»

«Aber die Bäckerei hat doch schon seit Wochen keine Unterstützung von euch annehmen müssen …», widersprach Josephine, doch Ida wischte einmal durch die Luft, als würde sie eine Fliege verscheuchen, öffnete dann das Tor, das zu ihrer Villa führte, und ließ es vor Josephines Nase ins Schloss fallen.

«Ida!», rief Josephine ihr hinterher. Doch sie bekam keine Antwort mehr.

Ein paar Atemzüge lang blieb sie mit geballten Fäusten stehen. Natürlich war sie wütend auf ihre Schwester. Sie hatte fürchterliche Dinge zu ihr gesagt. Doch gleichzeitig spürte sie, dass ein anderes Gefühl überwog: die Angst. Josephine kannte ihre Schwester gut. Ida bat nicht um Hilfe. Viel lieber vergraulte sie in ihrem Leid alle, die ihr etwas bedeuteten. Wenn sie derart giftig wurde, dann stimmte etwas nicht mit ihr. Nachdenklich sah Josephine auf die herrschaftliche Villa mit ihrem kleinen Türmchen und dem hübschen Spitzdach. Sie könnte klingeln, doch mit Sicherheit würde sich Ida verleugnen lassen. Es war besser, ihr ein paar Stunden Zeit zu geben und sie morgen noch einmal zu besuchen, entschied Josephine.

In dieser Nacht schlief Josephine schlecht. Immer wieder fragte sie sich, was Ida wohl gerade machte. Ob Philipp wirklich die Hand gegen sie erhoben hatte? Schon bevor der Nachtwächter gegen zwei Uhr kam, um sie zu wecken, stand Josephine am Fenster und sah hinaus. Die ganze Straße leuchtete. Läge ihr Schlafzimmer noch höher, würde sie sicherlich sehen, dass auch die anderen Straßen, die Plätze und Brücken der Stadt illuminiert waren. Es hieß, die Russen sollten am nächsten Tag kommen, und vor Freude hatten die Hamburger jede Kerze, Fackel und Funzel entzündet, die sie auftreiben konnten. Beinahe mystisch schien es, wie die kleinen Flammen in den schlafenden Häusern flackerten. *Hoffnung*, hatte die Witwe Franz es flüsternd genannt. Doch Josephine war sich da nicht so sicher.

Sämtliche Kunden, die Josephine an diesem Tag besuchten, hatten leuchtende Gesichter, summten und lachten vor sich hin. Sie sprachen nur noch von Tettenborn, seiner Armee und den Kräften, die sich ihretwegen nun in Hamburg sammelten. Man wollte die Soldaten im Kampf gegen Frankreich unterstützen. Dafür wurde überall Geld gesammelt, die Frauen nähten Uniformen, die Männer schmiedeten Waffen, alles schwärmte von der Freiheit und einer neuen Zukunft.

Als gegen Mittag Louise hereinkam, seufzte Josephine erleichtert auf.

«Es tut so gut, einen vernünftigen Menschen zu sehen», rief Josephine ihr entgegen. «Was ist nur mit dieser Stadt los? Kannst du mir das erklären?»

«Ich glaube …», sie blinzelte verschwörerisch, «Hamburg ist verliebt!»

Josephine musste kichern. «Wie wahr …»

«Komm, wir sehen uns das genauer an.»

Josephine zog die Augenbrauen hoch. «Was meinst du damit?»

«Wir gehen zum Jungfernstieg! Dies ist ein Tag, an den sich Hamburg noch jahrhundertelang erinnern wird. Willst du das etwa verpassen? Es wird sich heute sowieso niemand mehr ins *Backhus* verirren, das kannst du mir glauben!»

Josephine wollte schon protestieren, doch sie wusste, dass

Louise recht hatte. «Eigentlich sollte ich meine Schwester besuchen. Ich mache mir Sorgen um sie.»

Louise legte den Kopf schief. «Was ist passiert?»

Nachdem Josephine ihr von ihrem gestrigen Gespräch erzählt hatte, nickte Louise mit ernstem Gesichtsausdruck. «Das ist in der Tat seltsam. Aber ich denke, sie wird ebenfalls auf der Straße sein. Vielleicht finden wir sie ja.»

Seufzend willigte Josephine ein. Sie schloss die Bäckerei und lief mit Louise in Richtung Binnenalster, doch sobald sie am Jungfernstieg ankamen, wusste Josephine, dass ihre Hoffnung naiv gewesen war. Hier würde sie ihre Schwester mit Sicherheit nicht finden. Die Straße war von so vielen Menschen gesäumt, wie sie Josephine noch nie gesehen hatte. Die Menge wogte und lachte, sie winkte, schwenkte Taschentücher und rief begeistert «Hurra» und «Willkommen».

«Ich glaube, sie sind schon da!», rief Louise.

Josephine stellte sich auf die Zehenspitzen und streckte sich. Dann sah sie die Reiter: Ihre Bärte waren so zottelig und lang wie die Mähnen ihrer Pferde, sie trugen rote, blaue oder grüne Jacken, manche Pelz-, andere Wollmützen. Keiner glich dem anderen, doch was sie vereinte, war das herzliche Lächeln in ihren Gesichtern. Sie grüßten in alle Richtungen, vergnügt über dieses fröhliche Hallo, lupften ihre Kopfbedeckungen und winkten in die Menge. Und zum ersten Mal seit Pépins Verschwinden wagte auch Josephine zu hoffen, dass mit den Russen nun doch alles ein wenig besser werden könnte.

❊

Karl saß auf den Stufen vor Rosines Hütte und starrte auf den kaputten Karren. So wie er es schon gestern getan hatte. Und am Tag davor. Die Gänge waren wie leer gefegt. Sie alle hatten die Russen bejubeln wollen. Sogar Rosine war Anna und Mathilde murrend gefolgt. Nur er selbst verspürte keinerlei Neugier. Von weit her hörte er Hurra-Rufe, Klatschen und Jubeln. Doch die Freude sprang nicht auf ihn über.

Seit Tagen kreisten seine Gedanken wie auf einem ausgetretenen Trampelpfad in seinem Kopf. Immer wieder fragte er sich, was er tun sollte. Den Karren wieder zur Schute umbauen, seinen alten Beruf aufnehmen und als Schutenschubser arbeiten? Ihn reparieren und auf die Rückkehr Napoleons setzen? Schon jetzt Schmuggelrouten für dunklere Zeiten vorbereiten? Es drängte ihn, mit Louise darüber zu sprechen, zu ihr zu gehen und laut an ihre Tür zu klopfen. Doch sooft er bereits bei ihr gewesen war – nie hatte sie aufgemacht. Einmal hatte er geglaubt, sie stünde auf der anderen Seite und lehnte die Stirn wie er an das Holz. Er hatte sogar gedacht, er könne sie atmen hören, im Rhythmus mit seinem eigenen Atem. Doch dann schlugen dumpf Philiberts Hufe auf die Dielen, und ihm wurde klar, dass nur die Kuh zu Hause war.

Hatte er etwas falsch gemacht? War Louise wütend auf ihn? Nein, dann würde sie es ihm doch sicher an den Kopf werfen. Es passte nicht zu ihr, dass sie ihm ohne eine Erklärung aus dem Weg ging. Lediglich auf dem Pferdemarkt hatten sie einander wiedergesehen. Wenn Louise gemeinsam mit Anna und Mathilde ihre Schmuggelware verkaufte, grüßte sie Karl freundlich, aber beiläufig. Ganz so, als würden sie sich nur oberflächlich kennen. Vor den Mädchen wollte er sie nicht fragen, was mit ihr los war.

Stattdessen versuchte er, ihr zumindest in die Augen zu sehen, um Antworten zu finden. Doch immer wieder senkte sie den Blick.

Es war nun fast drei Wochen her, dass sie bei ihm gewesen war. Dabei hatte er sich schon am nächsten Tag nach ihr gesehnt. Dreimal war er an diesem Tag durch die Rosenstraße geschlendert, hatte bei ihr angeklopft und angenommen, sie verpasst zu haben. Doch als er an Tag zwei, drei und vier ebenfalls keinen Erfolg hatte, beschlich ihn eine fürchterliche Angst. Bereute Louise ihren gemeinsamen Nachmittag? Bis dahin hatte er es ohnehin nicht für möglich gehalten, Louise könne dasselbe für ihn empfinden wie er für sie. Doch in ihrer Umarmung hatte er Hoffnung geschöpft.

Er schüttelte den Kopf. Was war er nur für ein sentimentaler Dummkopf! Er sollte der Wahrheit ins Gesicht sehen: Louise durchlitt eine schwere Zeit. Sie hatte Trost gesucht, und er hatte ihre Verletzlichkeit ausgenutzt. Wie hatte er es nur so weit kommen lassen können? Er nahm seine Kappe vom Kopf, die Louise ihm einst genäht hatte, und zerknautschte sie in seinen Händen, fühlte ihren Stoff zwischen den Fingern. Er sollte Louise loslassen, ein für alle Mal. Doch der Gedanke drehte ihm den Magen um.

Es blieb dabei: Er brauchte endlich eine Erklärung. Ruckartig stand er auf und lief los. Sicher war Louise mit allen anderen Hamburgern auf den Beinen, um die Russen zu begrüßen. Aber Karl konnte warten. Also schlängelte er sich durch die schmalen Gänge bis zur Spitaler Straße, bog in die Lilienstraße ab, um an der St. Getrudenkapelle vorbei zur Rosenstraße zu gelangen. Wie im Gängeviertel war auch hier kein Mensch zu sehen. Er lief geradewegs auf *Thielemanns Backhus* zu, lehnte sich an einen der geschlossenen Fensterläden und verschränkte die Arme. Er würde einfach hier stehen bleiben, bis Louise nach Hause käme. Und dann würde er ihr in die Augen sehen und sie um ein kurzes Gespräch bitten. Allein.

Gerade hatte er sich darauf eingerichtet, dass es Stunden dauern könnte, bis Louise auftauchte, da hörte er ihr Lachen. Es hallte in ihm wider und rührte eine bittere Traurigkeit an. Und dann sah er sie – und sie ihn. Überrascht fasste sie sich an den Hut, als sie ihn erkannte, und verlangsamte für einen Augenblick ihre Schritte. Doch schon gleich darauf lief sie wieder fröhlich wie zuvor neben dem Bäckerfräulein her, und ihr weit ausgestellter Rock schien über den Boden zu schweben.

«Ich sage dir, die Russen sind freundliche Menschen, das spüre ich! Sie werden Napoleon schon fernhalten!», schwärmte sie. Bei Karl angekommen, lächelte sie genauso beiläufig wie auf dem Pferdemarkt. «*Bonjour* Karl! Das ist ja eine Überraschung.»

Sie sah ihm nicht in die Augen. Er öffnete den Mund, doch nichts kam über seine Lippen. Vielleicht war es ohnehin müßig. Was brauchte er noch für eine Erklärung? Dass sie ihn nicht wollte, war mehr als eindeutig. Trotzdem tauchte er immer wieder vor ihrem Haus auf, fing sie auf dem Pferdemarkt ab, als wäre er ein verstoßener Hund. Damit konnte er es nur noch schlimmer machen.

«Guten Tag, Karl!», sagte nun auch Josephine. «Heute ist noch Brot da. Soll ich dir welches für die Mädchen mitgeben?»

Er sah die junge Bäckerin an. Zwar wich sie seinem Blick nicht aus, doch in ihren Augen lag eindeutig Mitleid. Erkannte sie den Streuner in ihm? In jedem Fall sah sie einen Mann, der sein Brot nicht bezahlen konnte.

«Nein danke», sagte er schroffer als beabsichtigt. Er klopfte sich mit zwei Fingern an die Kappe, löste sich von den Fensterläden und lief ohne ein weiteres Wort den Weg zurück, den er gekommen war.

# 23. Kapitel

Der April war für Josephine geprägt von den heftigsten Gegensätzen. Einerseits war sie voller Trauer um Fritz und Sehnsucht nach Pépin, wobei sie sich Letzteres kaum eingestehen wollte. Andererseits leuchtete die Sonne warm, und die Obstbäume standen in voller Blüte. Unvermindert fröhlich strömten die Menschen in *Thielemanns Backhus*, das inzwischen nicht mehr nur für seine Geduldzettel, sondern auch für seine köstlichen Zimtbrötchen bekannt war. Neben den Stammgästen aus der Rosenstraße kamen auch immer mehr Menschen aus der Lilienstraße, der Steinstraße, dem Schweinemarkt und sogar weiter entfernten Gassen der Stadt. Bei ihr kauften Hamburger und Russen ein, bald sogar Hanseaten, Preußen und Mecklenburger, die zur Unterstützung gegen die Franzosen anrückten. Josephine arbeitete unermüdlich. Sie konnte sogar die Preise leicht anheben und jeden Tag ein wenig Geld beiseitelegen. Und als sie sah, wie die Waren in ihrem Keller, die Louise, Mathilde und Anna auf dem Pferdemarkt verkauften, langsam zur Neige gingen, kratzte sie alles, was sie bereits gespart hatte, zusammen und legte es vor Louise auf die Theke, um die verbliebenen Waren behalten zu können. Wer wusste schon, was die Zukunft brachte. Zwar erschienen ihr die vielen Soldaten und die Bürger der Stadt schlagkräftig und entschlossen, doch bei all dem Aufheben, das um die Verteidigung Hamburgs gemacht wurde, sollte sie sich besser nicht zu sicher fühlen. Wenn all das nötig war, um die Stadt zu schützen, konnte wohl auch niemand ausschließen, dass Napoleon Hamburg erneut einnahm. Und niemals wieder wollte Josephine in die Situation kommen, zu wenig Zutaten zur Verfügung zu haben. Erstaunt nahm Louise Josephines Geld entgegen und überlegte laut, dass sie sich nun wieder auf ihre Hüte konzentrieren und als Putzerin arbeiten könne.

Seitdem war Josephine stolze Eigentümerin von mehr als fünf Säcken Zucker und drei Kartons Zimt. Und immer, wenn sie einen der Säcke heraufholte, kaufte sie noch in derselben Woche neue Waren nach, um ihre Vorräte wieder aufzustocken. Die Einkäufe besorgte der laute Fiete für sie. Als Gegenleistung bekam er sein Brot umsonst. Und wenn Josephine es zeitlich schaffte, begleitete sie ihn auf den Marktplatz. Sie genoss die allgemeine Aufregung und den Elan in der Stadt. Doch nie schaffte sie es, die Trauer gänzlich abzuschütteln. Vor allem auf dem Jungfernstieg, beim Blick auf die Buchhandlung, aus der kein Klarinettenspiel mehr erklang, wurde sie häufig von Wehmut erfasst. Am Wegesrand saßen nun russische Soldaten, die ihre Pferde an den Bäumen angebunden hatten und ihre kurzen Pfeifen rauchten. Sie waren stets freundlich, doch immer wieder ertappte sich Josephine bei dem Wunsch, es möge doch lieber Pépins Truppe sein, die da lachte und scherzte.

Überall sprach man nun von der neuen Bürgergarde. Es wurden Uniformen genäht, Stiefel geschustert und Fahnen geknüpft. Und schon bevor die Gewehre aus England eintrafen, exerzierten sämtliche Männer der Stadt tagtäglich mit einer Leidenschaft, die Josephine schmunzeln ließ. Sogar Fiete patrouillierte voller Inbrunst, obwohl er dafür eigentlich schon zu alt war. Merlin tat es ihm gleich – dabei war er wiederum zu jung. Selbst Karl beteiligte sich an der allgemeinen Aufrüstung, indem er mit geraubten Waffen handelte. Dabei hätte Josephine darauf gewettet, dass er sich lieber aus dem politischen Geschehen heraushielt. Freilich kannte sie ihn nicht besonders gut. Sie hatte ihn immer nur zusammen mit Louise gesehen, zudem war er ein eher in sich gekehrter Zeitgenosse. Und doch wollten die Säbel, die er in dunklen Gassen verkaufte, ihm nicht so recht zu Gesicht stehen, fand Josephine.

«Hättest du das gedacht?», fragte sie Louise eines sonnigen Tages, als der April sich bereits in den Mai verabschiedet hatte. Mittlerweile waren die englischen Waffen angekommen, die Uniformen der Männer in Hell- und Dunkelblau fertig genäht, und die Bürgergarde, bestehend aus 6000 Mann, sah fast so stolz aus wie die Truppen aus Hanseaten, Mecklenburgern, Preußen und Russen.

«*Pardon?*», fragte Louise, scheinbar zerstreut.

«Na dass Karl bei der Aufrüstung helfen würde. Woher er wohl seine Waren bezieht?»

Louise zuckte mit den Schultern. «Sicher hat er seine Kontakte. Ein paar Diebe kann er bestimmt schnell auftreiben. Aber was weiß ich schon?»

Josephine runzelte verwundert die Stirn. «Ich dachte, ihr würdet euch nahestehen?»

«Nahestehen?» Jetzt klang Louises Stimme seltsam schrill. «Nein, das tun wir nicht», sagte sie und machte eine wegwerfende Handbewegung. «Wir sind nur … Wir haben nur eine Zeit lang zusammengearbeitet. Aber das ist vorbei. Ich habe ihn schon länger nicht mehr gesehen.» Louise knetete ihre Hände und sah an Josephine vorbei.

«Tatsächlich?» Josephine kratzte sich an der Stirn. Warum wirkte ihre Freundin so nervös? Verheimlichte sie ihr etwas? Mit einem Mal wehte durch das geöffnete Fenster das aufgeregte Läuten von Kirchenglocken.

«Es ist doch erst zehn Uhr?», murmelte Louise verwundert.

«Ich glaube, das ist die Sturmglocke», überlegte Josephine.

«Feuer?»

Die beiden Frauen stürmten nach draußen. Überall taten es ihnen die Menschen gleich. Auf der Rosenstraße standen Jette, Susanna und die Witwe Franz. Alle sahen sie sich verwundert um, doch Rauch war nirgends zu sehen. Ein paar Männer, die Josephine nicht kannte, trabten die Straßen hinunter. Und in der Ferne erklangen Trommelschläge. Sie bebten in Josephines Brust. Unwillkürlich griff sie nach Louises Hand.

«Josephine!», hörte sie plötzlich die Stimme ihrer Schwester hinter sich.

Sie drehte sich um und sah, wie Ida sich aus einer gerade herangefahrenen Kutsche beugte. Ihr verkniffenes Gesicht war rot und glänzte. Josephine hatte sie nun schon länger nicht gesehen. Seit ihrem Streit auf dem Jungfernstieg hatte sich die Beziehung zwischen den Schwestern sogar noch weiter verschlechtert. Mehrfach hatte Josephine das Gespräch mit Ida gesucht, da sie sich ernsthaft Sorgen um sie machte. Doch jedes Mal hatte Ida gereizt auf Josephine reagiert, bis Josephine gänzlich von ihren Besuchen abgesehen hatte.

«Josephine, du musst Brote für die Männer backen!», rief Ida gegen die Sturmglocke und die Trommelschläge an.

«Was muss ich?»

«Natürlich habe ich bei uns in der Küche auch schon Bescheid gegeben, aber wir müssen nun alle Kräfte vereinen, zur Verpflegung unserer tapferen Truppen!»

Josephine stemmte die Hände in die Hüften. «Was redest du denn da?»

«Die Männer sind alle auf dem Grasbrook, um unsere Stadt zu verteidigen.»

«Verteidigen?»

«Ja, was meinst du denn, warum die Sturmglocke läutet? In dieser Sekunde versuchen die Franzosen, die Veddel einzunehmen!»

# 24. Kapitel

Eine lautlose Melodie durchströmte Pépin, während sein Säbel tanzte. Gewehrschüsse hallten in seinen Ohren wider wie der dumpfe Rhythmus eines Liedes, das er einfach nicht loswurde. Stahl klirrte, Stoff riss, Männer schrien. In seinem ganzen Körper brannten die Angst, die Wut und zugleich der Wille zu überleben. Er dachte nicht nach, er kämpfte nur – so schnell und hart er konnte.

«Pépin, hinter dir!», schrie Konrad – vor Schreck auf Deutsch.

Pépin wirbelte herum und stach zu, bevor der kräftige Kerl ihn zuerst erwischen konnte. Zischend sog der Mann die Luft ein, sackte zusammen, stolperte rückwärts und fiel die Böschung hinab in die Elbe.

Einen Moment lang beobachtete Pépin, wie der Hanseat stumm und schwer im schwarzen Wasser unterging. Einen Moment zu lang. Ein heftiger Schlag ließ ihn aufstöhnen, er stolperte vorwärts, sah schon den Fluss, glaubte, ebenfalls hinabzustürzen, und krallte sich im letzten Augenblick am Ufergras fest. Er wirbelte herum und trat mit voller Wucht gegen seinen Angreifer, schwang den Säbel und trieb ihn dabei entschlossen so lang zurück, bis er ihn niedergekämpft hatte.

Er versuchte, zu Atem kommen und gleichzeitig den nächsten

Angreifer ins Visier zu nehmen. Da hörte er ein erschrockenes Keuchen neben sich, dann ein Klirren. Er sah sich um. Konrad war von einem wendigen, blitzschnellen Hanseaten entwaffnet worden. Der Kasseler stolperte rückwärts, versuchte, an den Säbel zu kommen, der einige Fuß von ihm entfernt im Gras lag. Doch der Hanseat war schneller.

Pépin brüllte, stürzte auf ihn zu und rammte ihm den Griff seines Säbels, so fest er konnte, gegen den Hinterkopf. Schon in dem Moment, in dem er traf, wusste er, dass es zu spät war. Das Bajonett des Hanseaten steckte bereits tief in Konrads Brust. Im Fallen sah Konrad Pépin in die Augen. Und Pépin wusste: Er würde diesen Blick nie wieder vergessen. Er wirkte wie eine einzige große Frage, ein verzweifeltes *Wozu*? Und dann sackte Konrads Körper auf den Boden.

«*Maudit!*», brüllte Pépin. Voller Zorn drehte er sich um seine eigene Achse, schwang seinen Säbel, suchte nach seinem nächsten Gegner – doch sah er nur noch die müden und traurigen Gesichter seiner eigenen Kameraden.

«Es ist vorbei», murmelte Marlo. Blut lief ihm aus der Nase und tropfte ihm aus einer Wunde an der Stirn. Er klopfte Pépin auf die Schulter und ließ sich dann neben Konrad fallen.

Pépin hatte das Gefühl, gar nichts zu begreifen. Keuchend beobachtete er, wie Marlo Konrad die Augen schloss, sich bekreuzigte und leise murmelnd ein Gebet sprach. Endlich senkte auch Pépin den Säbel. Die Gewehrschüsse verhallten, das verfluchte Lied in Pépins Kopf verstummte. In der Ferne sah er, wie eine Handvoll Hamburger mit einem Ruderboot gen Grasbrook fuhr. Niemand setzte ihnen nach, alle ließen die Arme und Schultern hängen.

«Wir haben die Veddel eingenommen», erklärte Gaspard mit lauter Stimme. Doch der Jubel blieb aus.

Stumm sah sich Pépin um. Überall lagen Männer. Manche bluteten und stöhnten leise, andere gaben keinen Laut mehr von sich. In der Elbe schwammen die Leichen derer, die gerade noch gekämpft hatten. Und auf den dunklen Wellen zwischen ihren Leibern glitzerte geschmacklos die Maisonne.

Es roch nach Frühling und dem Feuer, das sie an der anderen Seite der Veddel entzündet hatten, um die Leichen zu verbrennen. Pépin, Marlo und Gaspard saßen mit zwei neuen Männern ihrer Truppe beisammen: dem Polen Jakub und dem Bayern Valentin. Pépin war schrecklich übel, seine Glieder schmerzten, und sein Schädel brummte wie eine Tuba. Wenn er blinzelte, sah er Konrads Blick wieder vor sich. Also versuchte er, die Augen offen zu lassen. Sie brannten. Er sah die Sonne, die Elbe, dahinter weites Sumpfland und am Horizont die Häuser und Kirchtürme Hamburgs. Irgendwo in den Gassen dieser Stadt war Josephine, dachte er. Mittlerweile wahrscheinlich eine verheiratete Frau: Josephine Schulte. Irgendwo dort knetete und backte sie ihre köstlichen Geduldzettel und fürchtete sich wahrscheinlich vor dem Einmarsch der Franzosen. Vor ihm. Einem Soldaten, dem Blut an den Händen klebte. Zwischen seinen Fingern lag seine Klarinette. Wie lange hatte er nicht mehr darauf gespielt? Er überlegte, sie an die Lippen zu heben und es wenigstens zu probieren. Doch Hamburg war viel zu weit weg von dieser *île sanglante*. Josephine könnte es sowieso nicht hören.

«Niemand von unserer Truppe hat überlebt», berichtete gerade Jakub mit leiser Stimme. Er und Valentin waren beim Russlandfeldzug dabei gewesen. Während der gedrungene Bayer kaum ein Wort sprach, statt einem «Nein» murrte und für ein «Ja» brummte, trug der schlanke Pole mit der eleganten Nase sein Herz auf der Zunge. Seitdem er gemeinsam mit übrig gebliebenen Truppen des Russlandfeldzugs zu Gaspard und seinen Leuten dazugestoßen war, erzählte er in einem Gemisch aus Französisch und Deutsch immer wieder von den Schrecken, die ihnen in der Ferne begegnet waren. Pépin wollte es eigentlich nicht hören. Er fragte sich, wie viel Grausamkeit ein Mensch wohl ertragen konnte, bevor er so stumpf wurde wie ein altes Messer. Doch er hatte keine Kraft, um Jakubs Worte auszublenden. Nach dem Kampf auf der Veddel und Konrads Verlust waren sämtliche Mauern, die Pépin seit seinem Aufbruch aus Paris immer wieder um sich herum aufzubauen versuchte, erneut eingestürzt. «Mauer» traf es ohnehin nicht richtig. Vielmehr konnte man seine kläglichen Selbstschutz-Versuche höchstens mit einem wackligen Bretterzaun vergleichen.

«Der Zar hat sich uns immer wieder entzogen», erzählte Jakub. «Wochenlang sind wir durch Russland marschiert und haben nirgends eine Menschenseele gesehen! Überall nur sandige Straßen, bettelarme Weiler, eine Wildnis aus Wäldern, Seen und Sümpfen. Bald gab es keine Vorräte, kein Wasser mehr. Alle hatten wir *Diarrhée*, die Scheiße säumte den Wegesrand. Ich habe Pferdepisse aus den Spurrinnen der Straße getrunken, um zu überleben, könnt ihr euch das vorstellen?»

Valentin brummte. Marlo schüttelte den Kopf. Pépin schloss die Augen, sah aber erneut den fallenden Konrad vor sich, und öffnete sie wieder.

«Die Pferde waren abgemagert, unter meinem Sattel bildete sich immer wieder Eiter. Direkt vor mir hat sich ein Junge selbst die Kehle aufgeschlitzt. Hinter mir lief einer, der anfing, an seinen eigenen Fingern zu nagen. Schauderhafter als alles, was ich je gesehen habe, war jedoch die Schlacht bei Borodino. Nie werde ich die Massen an Verstümmelten vergessen, die Eingeweide, die Toten, auf denen wieder Tote lagen, den Gestank. Wir dachten, wir hätten gewonnen. So war es doch, Valentin? Wir dachten, in Moskau werden wir für all das belohnt, könnten all das vergessen.»

Valentin brummte.

«Moskau ist wahrlich die schönste Stadt, die ich je sah. Glockentürme, vergoldete Kreuze und bunt bemalte Kuppeln. Hier und da weite Gärten und Parks, schnurgerade Straßen, helle Häuser. Aber wir hätten misstrauisch werden sollen, als uns niemand empfing.»

Wieder brummte Valentin.

«Die Stadt war wie leer gefegt. Nur ein paar Dienstleute waren noch da. Die Höfe versperrt, die Geschäfte geschlossen, die Fensterläden verrammelt. Wie die Sieger sind wir einmarschiert, haben uns breitgemacht, uns eingerichtet. Und dann – kamen die Flammen. Sie haben ihre gottverdammte Stadt selbst angezündet. So stelle ich mir das Höllenfeuer vor. Genau so.»

Einen Moment lang schwiegen sie alle. Jeder hing seinen eigenen Gedanken nach, und obwohl die Frühlingssonne langsam unterging und rosarote Schleierwolken vom Westen her über Hamburg schickte, fühlte sich Pépin so schrecklich düster wie noch nie in seinem Leben.

Ohne darüber nachzudenken, hob er seine Klarinette nun doch an die Lippen. Er atmete tief ein, und dann spielte er. Seine Töne waren leise, die Melodie traurig und sanft. Sie hing über der Veddel, über diesem blutigen Frühlingstag, stieg auf in den abendlichen Himmel, und vielleicht konnte es zumindest ein Trost sein, dass auch die traurigsten Tage ein Ende fanden, überlegte Pépin. Er stellte sich vor, dass seine Töne die Nacht begrüßten. Und vielleicht wehten sie ja doch bis hinüber zu Josephine …

⁂

Christian hielt seine *Baker Rifle* in beiden Händen. Sie wog mehr als vier Kilogramm und war über einen Meter lang. Immer wieder strich er über die kühle Metallseite des langen Laufs. Er war einer der wenigen in der Bürgergarde, die eine englische Büchse besaßen. Sein Vater hatte seine Beziehungen spielen lassen, sie als einer der ersten Hamburger gekauft und dann Christian feierlich überreicht. Er selbst habe keine Zeit, um auf dem Grasbrook auszuharren, hatte er Christian erklärt, er werde schließlich innerhalb der Stadt gebraucht. Doch Christian habe nun die Gelegenheit, seinen Mut und Wert für Hamburg unter Beweis zu stellen. Während er also seit drei Tagen und Nächten hier saß, in die Ferne schaute, wartete, sich fürchtete und allmählich begann, gemeinsam mit den anderen Männern zu stinken, überlegte er, wofür genau sein Vater in der Stadt eigentlich gebraucht wurde. Was konnte wichtiger sein, als hier oben die Selbstbestimmung Hamburgs zu erstreiten, während die Truppen Napoleons rund um die Stadt immer größer wurden? Natürlich hatten die Franzosen seinem Vater und ihm zum Aufstieg verholfen. Mittlerweile hatte Christian einen wichtigen Posten in der Stadtverwaltung inne. Doch würden Napoleons Männer nun zurückkommen, stünde ihnen allen eine erneute Schreckenszeit bevor, die den gerade erlangten Wohlstand gefährden könnte. Das jedenfalls hatte sein Vater gesagt. Er war der Meinung, sie könnten von nun an mehr Geld verdienen, wenn Hamburg unabhängig bliebe und es nicht wieder eine Kontinentalsperre gäbe. Christian sprach es natürlich keinesfalls aus, aber hin und wieder dachte er an den einzigen Vorteil einer erneuten Sperre: Sie würde Josephine und ihre Bäckerei wieder in Bedrängnis bringen. Christian würde ihr nicht noch einmal helfen. Selbst wenn sie darum bettelte. Ohne ihn würde sie nicht einmal an die nötigsten Zutaten kommen. Sie hätte es verdient, die Bäckerei zu verlieren, alles zu verlieren. Wie sehr er diese Vorstellung genoss. Sie hatte ihm sein Glück genommen, und er würde ihr das ihre nehmen. Wieso nur hatte sie ihn abgelehnt? Er hatte ihr doch alles geboten, was eine Frau sich nur wünschen konnte. Ein stechender Schmerz fuhr ihm durch die Brust. So fühlte sich die Liebe an, glaubte er. Sie war rau und grausam. Unwillkürlich umklammerte er sein Gewehr. Er hatte Josephine ehren wollen, bis in alle Ewigkeit. Doch sie hatte es ihm verweigert. Wie konnte sie ihn nur so schäbig behandeln? Ihm einfach vor die Füße spucken und ihn allein zurücklassen?

Bisher hatte er seinem Vater noch nichts davon erzählt. Nachdem sie ihn weggeschickt hatte, hatte er keinen klaren Gedanken fassen können. Ziellos war er durch Hamburg geirrt und hatte zu verstehen versucht, was gerade geschehen war. Die Zukunft, die er für sich und Josephine geplant hatte, war auf einen Schlag nichtig. Es hatte Stunden gedauert, bis er sich endlich gefragt hatte, was sein Vater in seiner Situation tun würde. Und dann erkannte er die Wahrheit: Josephine hatte ihn nicht verdient. Das hatte sie ihm doch sogar selbst gestanden! Er war ein aufrechter junger Mann, ein Kämpfer der Bürgerwehr, bald ein Mitglied der höchsten Hamburger Kreise. Schon bald würde er ihr klarmachen, wie bedeutungslos sie neben ihm war. Mit aller Brutalität, die dafür nötig war. Er würde es ihr schon zeigen. Er würde es allen zeigen.

Christian versuchte, ruhig zu atmen. Spätestens wenn sie von seinen Heldentaten auf dem Grasbrook hörte, würde sie ihn anflehen, zu ihr zurückzukommen. Und dann wäre sein Triumph nah … Es wurde also Zeit für Heldentaten, überlegte Christian. Angestrengt schaute er in die Dunkelheit und hörte, wie die Nachtigallen sangen. Es war eine laue Frühlingsnacht. Im Licht des Mondes erkannte man die weiten Sumpfgebiete hinter Hamburgs Stadtmauern, durchzogen von Bächen und der breiten, glitzernden Elbe, die wie all die Jahrhunderte zuvor ungerührt an ihnen vorbeifloss. Dahinter lag die Veddel. Sehen konnte Christian die Elbinsel nicht, er wusste nur, dass sie da war. Dass die Franzosen da waren. Vielleicht saßen sie dort, grinsten hämisch und richteten ihre Waffen in die dunkle Ferne, so wie Christian die seine. Vielleicht zielten die Franzosen und die Gardisten in ebendiesem Moment aufeinander, ohne sich zu sehen. Wann es wohl endlich zu einem Gefecht kommen würde? Die französische Muskete hatte zwar viel weniger Reichweite als Christians *Baker Rifle*, allerdings konnte man sie schneller laden. Christian schluckte bei dem Gedanken, er müsste Kugel und Schießpulver hervorholen, während die Armee auf sie zustürmte. Sofort wurden seine Hände feucht. Er sah sich um. Der Gardist neben ihm war eingeschlafen. Sein Kinn ruhte auf seiner Brust, seine rechte Hand umklammerte sein Bajonett. Wenn er ihn weckte, würde er vor Schreck wahrscheinlich seine Waffe ziehen und Christian damit den Arm aufschlitzen. Besser, er ließ ihn schlafen. Auf der anderen Seite blinzelte ein junger Bursche immer wieder in die Dunkelheit.

«Wir werden sie zurückdrängen», presste er hervor, sobald er Christians Blick bemerkte. «Wenn sie kommen, dann verabreiche ich ihnen die Tracht Prügel ihres Lebens!»

Christian nickte. «Richtig so», murmelte er. Der Junge stieß jedes Mal Drohungen gegen die Franzosen aus, sobald ihn jemand ansah. Und er war nicht der Einzige voller Tatendrang. Sie alle brannten darauf, endlich zu handeln.

Wieder sah Christian in die Ferne. Wartete. Blinzelte. Atmete. Und dann ertönten von weit her Trommelschläge. Mit einem Ruck fuhr der gerade noch schlafende Mann neben ihm hoch, sie alle starrten in die Dunkelheit.

«Wer da?», schrie einer aus der Schildwache. Sofort wurden Bajonette und Säbel gezogen, Christian legte sein Gewehr an die Schulter, zielte und sah doch nichts.

«Hallo?»

Einen Moment lang war es totenstill, dann raschelte es, jemand schnaufte – und Christian schoss. Die Explosion ließ ihn zurücktaumeln, es zischte und rauschte in seinem Ohr. Wie aus weiter Ferne hörte er Geschrei. Nachladen, dachte Christian. Schnell! Jetzt galt es, jetzt konnte er sich endlich beweisen! Mit zitternden Händen kramte er nach dem Schwarzpulver in seiner Hosentasche. Fahrig stellte er das Gewehr mit dem Lauf nach oben auf die Erde. Seine Brust hob und senkte sich, seine Arme bebten, während er das Pulver in den Lauf rieseln ließ. Es kitzelte ihm in der Nase, die Hälfte fiel neben das Gewehr. Noch etwas mehr, dann die Kugel. Seine Finger waren so glitschig, dass ihm das Metall beinahe wegrutschte. Hastig stopfte er es hinein, stocherte mit dem Ladestock hinterher, legte erneut an, keuchte, suchte, zielte. Das Gebrüll wurde immer lauter. Und dann verstand er die aufgebrachten Schreie neben ihm endlich: «Herrgott noch eins, Schulte! Was soll der Mist?»

«Waffe runter!», rief ein anderer. «Falscher Alarm, das waren ein paar Kosaken!»

Ganz langsam ließ Christian die Waffe sinken.

«Die haben nur gefeiert», brummte einer.

«Keine Angst», sagte der Junge neben ihm. «Du hast niemanden getroffen.»

Christian schluckte. Und sagte nichts.

In der nächsten Nacht begann das Bombardement. Christian konnte nicht anders, als es zu bewundern. Das Dämmerlicht der Abendsonne brach sich in den vollen Obstbäumen, und von der Veddel her stiegen die Kanonenkugeln auf. Golden regneten sie auf Hamburgs Hafengebiet herab. Und obwohl Christian sich ohnmächtig fühlte, war er von dieser grausamen Schönheit ergriffen.

«Schulte, komm!», schrie einer neben ihm.

Nie in seinem Leben hatte er etwas Vergleichbares gesehen, dachte er noch, bevor er losrannte.

❊

Seit das Gemunkel von der Rückkehr der Franzosen lauter wurde, fühlte sich Josephines Körper an, als habe sie jemand mit einem Kübel kaltem Wasser übergossen. Ihre Bewegungen in Backstube und Verkaufsraum waren steif, und sie konnte dabei kaum einen klaren Gedanken fassen. Keinesfalls durften die Franzosen die Stadt wieder einnehmen. Sie würden den Hunger, die Armut, die Angst zurückbringen. Josephine müsste erneut um jeden Krümel

Zucker kämpfen, ihre Regale wären wieder leer. Wie sollten sie und Louise an Schmuggelware kommen, nun, da Karl und Louise anscheinend keine Freunde mehr waren? Gleichzeitig musste Josephine unentwegt an Pépin denken. War er auch auf der Veddel? Brachte er dieser Stadt genauso viel Leid, genauso viele Kanonen- und Gewehrschüsse wie alle anderen Franzosen? Sie dachte daran, wie er mit ihr gebacken und ihr während der Arbeiteraufstände geholfen hatte. Konnte dieser Mann, der so hilfsbereit war und so harmlose Scherze machte, eine Gefahr bedeuten? Sie schloss die Augen, dachte an die Klänge seines Klarinettenspiels – und wurde vom Glöckchen über der Ladentür aus ihren Gedanken gerissen.

«Die Männer sind noch immer nicht zurück», schluchzte Jette, wie an jedem dieser Tage.

Josephine versuchte sich an einem kleinen Lächeln. «Möchtest du Zimtbrötchen?»

Jette heulte leise auf, tupfte sich die Augen mit einem durchweichten Taschentuch ab und schniefte. Josephine deutete das als ein «Ja» und machte sich daran, wie immer zwei Brötchen für Jette einzupacken.

«Mein Fridolin ist noch dort oben auf dem Grasbrook», weinte sie leise. «Ich habe seit Tagen nichts von meinem Sohn gehört. Er muss doch mal seine Kleider wechseln! Ob er auch genug zu essen bekommt?»

«Bestimmt, Jette», versuchte Josephine sie zu beruhigen. «Die Garde wird regelmäßig von den Bäckern und Metzgern der Stadt versorgt.»

Jette schniefte. «Gott sei Dank. Mein Mann macht mich noch verrückt, weißt du?»

Josephine sah Jette überrascht an. Dass sie über ihren Sohn sprach, kam häufig vor. Ihren Mann erwähnte sie aber nur selten. Von der Witwe Franz hatte Josephine hinter vorgehaltener Hand erfahren, dass er seit Jahren nicht mehr ganz bei sich war.

«Er erwacht jede Nacht schreiend und behauptet, jetzt seien sie da, die Franzosen. Ich stürze dann ans Fenster – doch bisher keine Spur von ihnen. Nur hin und wieder schleppen sich Verwundete durch die Straßen. Ach!» Jette schluchzte auf. «Die Susanna hat schon zwei Hanseaten gesund gepflegt, wusstest du das? Wie grausam sie sind, die Franzosen!»

«Nicht alle …», murmelte Josephine.

«Was sagst du?» Jette schniefte, aber Josephine winkte ab und drückte ihr die Zimtbrötchen in die Hand.

«Guten Tag, die Damen!», rief Fiete durch das Fenster, kurz bevor er durch die Tür hereintrat. «Seht euch einmal meine Weste an!» Er streckte Josephine seinen wieder ein wenig größer gewordenen Bauch entgegen. An dem gelben Stoff hingen krustige Dreckschlieren.

«Ach Gott, ach Gott», heulte Jette auf. «Was ist denn passiert?»

«Das will ich euch gern erzählen! Aber zuerst: Hast du Geduldzettel?» Hoffnungsvoll sah er Josephine an, doch die schüttelte den Kopf. Seit der Belagerung durch die Franzosen traute sich Josephine nicht mehr, Geduldzettel zu backen. Was würde geschehen, wenn sie misslangen?

Fiete seufzte. «Schade. Aber ein Brot und drei Zimtbrötchen tun es auch!»

Und dann erzählte er den Frauen, dass er am Vortag, nichts Böses im Sinn, bei schönstem Wetter auf den Stadtwall spaziert sei, um sich die Bombenschäden an einzelnen Häusern anzuschauen. «Die halbe Stadt war auf den Beinen! Natürlich, so etwas sieht man ja nicht alle Tage. Und was macht die Garde? Die treiben uns wie die Schafe zusammen!»

Jettes Augen wurden kreisrund, während sie Fiete zuhörte.

«Die Frauen und Kinder durften gehen, wir Männer mussten aber das Teermagazin mit Erde zuschütten!»

«Wozu denn das?», fragte Josephine.

«Die Franzosen versuchen anscheinend, uns das Teermagazin zu zerschießen.»

Jetzt riss auch Josephine die Augen auf. Was das für eine Explosion geben würde! Der Teer, mit dem Schiffe abgedichtet und Taue vor Verrottung geschützt werden sollten, war hochbrennbar.

«General Tettenborn hat angeordnet, es zu begraben. Nur Männer hat er dafür nicht. Also haben wir ausgeholfen.»

Er drückte den Bauch noch weiter raus und stemmte die Hände in die Hüften. Hätte die Geschichte keinen so fürchterlichen Hintergrund, hätte Josephine in sich hinein geschmunzelt. Wie er da stolz nickte und in die Ferne schaute, erinnerte er selbst an einen kleinen General.

«Wie tapfer du bist», schniefte Jette. «Fürchterliche Zeiten! Mein Mann und ich gehen nur noch voll angekleidet ins Bett. Unvorstellbar, wir müssten im Schlafgewand fliehen. Aber es heißt, mittlerweile wäre die französische Armee auf 30 000 Mann angewachsen! Wusstet ihr, dass der Perthes schon mit seiner Familie die Stadt verlassen hat? Ich würde auch sofort meine Sachen packen, wenn mein Mann nicht so krank wäre.»

Mit glasigen Augen schaute Jette auf die Zimtbrötchen in ihren Händen. Kurz wirkte sie, als hätte sie vergessen, was sie damit machen wollte. Dann weinte sie weiter, bezahlte und verabschiedete sich.

Stocksteif blieb Josephine hinter ihrer Theke stehen. *Die Stadt verlassen*, hallte es in ihr wider. Und alles wegen der vermaledeiten Franzosen!

«Josephine?», schrie Fiete. Sie zuckte zusammen.

«Entschuldige», sagte sie und packte Fiete seine Bestellung ein.

An diesem Abend ging Josephine früh zu Bett und träumte von Pépin. Er saß ganz klein und weit entfernt in einem Mondlichtkegel, um ihn herum war nichts als Dunkelheit, und spielte Klarinette. Josephine hörte es ganz leise und glaubte, die Melodie zu kennen. Jeder Ton rührte etwas in ihr an, ein vertrautes Gefühl von Nähe, eine fast vergessene Freude. Sie wollte zu ihm gehen. Doch je schneller sie lief, desto weiter schien er entfernt und desto leiser wurde er. Sie versuchte, nach ihm zu rufen, doch als sie Luft holte und den Mund öffnete, schreckte sie hoch. Der Nachtwächter hatte noch nicht geklopft. Doch sie wusste, dass sie nicht mehr schlafen würde.

Müde und gleichzeitig aufgekratzt entzündete sie ihre Ölfunzel und stieg hinab in die Backstube. Die Nacht war ruhig und dunkel, sie gehörte nur ihr und dem Ofen. Mit langsamen, aber sicheren Bewegungen bereitete Josephine einen Hefeteig vor, rollte ihn zu einer großen Kugel und ließ ihn gehen. Währenddessen holte sie die Butter aus dem Keller. In dieser frischen Mainacht war sie besonders hart und kühl geworden. Vorsichtig bearbeitete Josephine sie mit ihrem Nudelholz. Dann nahm sie den Hefeteig zur Hand und rollte ihn doppelt so groß aus. Jetzt konnte sie die Butter darauflegen, den Teig umklappen und erneut glatt walzen. Sie rollte und faltete und fühlte sich, als würde sie träumen. Mit einem Mal stand wieder Pépin neben ihr. Sie glaubte, seine Körperwärme an ihrer Schulter zu fühlen, dabei zuzusehen, wie er, nicht sie, den Teig faltete. Sie schluckte, dachte an seine Erzählungen vom Plunderteig, seinem Großvater und Paris. Wie in Trance bewegte sie sich durch die Backstube. Nun schob sich auch ihre Mutter in ihre Tagträume.

«Das sieht köstlich aus», rief Caroline. «Was backt ihr da?»

Pépin und Josephine sahen sich an und lächelten stolz. Pépin schwärmte Caroline vom Pariser Gebäck vor, und sie lauschte mit großen Augen. Noch während Pépin sprach, holte sie ihr altes Backbuch hervor und machte sich Notizen.

«Ich habe eine Idee!», rief sie mit einem Mal entzückt aus. «Wisst ihr, was wunderbar zu eurem Butterteig passt?»

Und auf einen Schlag war Josephine hellwach. Sie kannte die Antwort.

«Zimt», flüsterte sie in den einsamen Raum hinein, der ihr gar nicht so einsam erschien. Während sie ihre Zucker-Zimt-Mischung aus dem Schränkchen holte, kam es ihr vor, als sei ihre Mutter an ihrer Seite, als schaue Pépin ihr über die Schulter. Und in der Tür stünde Fritz – so jugendlich, wie ihn nur der Morgen in *Thielemanns Backhus* aussehen ließ.

Josephine verrührte Zimt und Zucker mit der Butter und strich die Masse großzügig auf den Teig. Dann rollte sie ihn vorsichtig ein. Zuletzt schnitt sie die Rolle in breite Stücke. Doch bevor sie sie flach auf das Blech legen und in den Ofen schieben konnte, hörte sie Hufgeklapper, schnaubende Pferde und dann: leises Gemurmel und Stiefelschritte. Sie wischte sich die Hände notdürftig an ihrer Schürze ab und lief neugierig in den Verkaufsraum, um durch die Fenster nach draußen schauen zu können. Über die Rosenstraße marschierte eine kleine Truppe russischer Soldaten. Sie alle waren in voller Montur, und auf den Rücken ihrer Pferde baumelten Beutel mit ihren Habseligkeiten. Keiner von ihnen sah aus, als würde er zum Kampf ausrücken. Beinahe schienen sie noch zu schlafen. Vollkommen ruhig ritten sie in Richtung Westen. Josephine ahnte, was gerade geschah: Die russische Armee verließ Hamburg. Und für einen kleinen Augenblick fragte sich Josephine, ob sie ihren Rückzug vielleicht selbst heraufbeschworen hatte – mit ihren sehnsuchtsvollen Gedanken an einen französischen Soldaten und mit ihrem Pariser Plunderteig.

# 25. Kapitel

Josephine ließ das Blech mit dem verräterischen Plunderteig auf der Arbeitsplatte liegen. Sie wollte es nicht mehr ansehen, also warf sie ein Geschirrtuch darauf und backte stattdessen Brot und Rundstücke. Und während nach den Russen auch die Hanseaten, die Mecklenburger und die Preußen die Stadt räumten, räumte sie mit zusammengekniffenen Lippen ihre Regale ein. An diesem Tag fanden nur wenige Kunden den Weg in die Bäckerei. Wer kam, war blass und leise. Fortwährend lauschte man in die Stadt hinein, hoffte auf ein Zeichen. Es wurde Mittag, bis ihr Susanna erzählte, dass die Dänen eingerückt wären. «Sie waren erstaunlich freundlich. Man hat sie wohl geschickt, um uns zu beruhigen. Der Einmarsch der Franzosen soll friedlich ablaufen, ohne weitere Aufstände.»

Auch am Nachmittag blieb es ruhig in der Rosenstraße. Josephine hatte kaum etwas verkauft. Sie schloss ab, räumte auf und überlegte, ob sie bei Louise nebenan fragen sollte, ob sie gemeinsam zu Abend essen wollten. Da klopfte es an der Ladentür. Vielleicht Anna und Mathilde, überlegte sie und legte die Hand an den Türknauf. Heute könnte sie ihnen auf jeden Fall genügend Brot mitgeben. Doch dann hielt sie inne. Was, wenn es Christian war? Seitdem sie ihn abgewiesen hatte, war sie ihm nicht mehr begegnet. Schließlich hatte er all die Tage auf dem Grasbrook ausgeharrt. Nun, da die Belagerung vorüber war, könnte er sich durchaus auf den Weg zu ihr gemacht haben. Sie hatte so ein Gefühl, als stünde ein letztes Gespräch mit ihm noch aus … Doch ausgerechnet heute? Nein, dafür war sie wirklich nicht in der Stimmung. Vielleicht sollte sie die Tür einfach geschlossen lassen.

«Josephine?», fragte da leise eine Männerstimme. Und Josephines Herz begann zu rasen. Sie schlug sich die Hand vor den Mund und rang nach Atem.

«Josephine, bist du da?»

Einen Moment lang blieb sie so stehen – die eine Hand auf dem Türgriff, die andere auf ihren Lippen. Sie hatte so sehr gehofft, diese Stimme noch einmal zu hören – obwohl sie großes Unglück für ihre Stadt bedeuten würde. Ein Gefühl von Schuld brannte in ihr auf, doch gleichzeitig war da auch eine unbändige Freude. Sie sollte nicht antworten, nicht öffnen, sie sollte ihn einfach dort stehen lassen und hinauf in ihre Kammer laufen. Er war wie ein Sturm, vor dem man sich besser in Acht nahm. Sie sollte warten, bis er vorbeigezogen war. Und doch drückte sie die Türklinke.

Pépin sah fürchterlich aus. In seinen wilden Haaren hingen Straßenstaub und schwarzes Pulver, seine Uniform hatte Löcher, und eines seiner Schulterpolster hing nur noch an zwei Fäden. Aber noch viel auffälliger war die Veränderung seines Gesichts: Innerhalb der letzten Wochen schien es um Jahre gealtert zu sein. Verwegene Falten durchzogen nun seine Wangen. Seine Augen waren ernst und schmal geworden, sein Blick voller Entschiedenheit.

«*Bonjour Madame* Schulte. Bitte entschuldige, dass ich hier aufkreuze, aber ich musste dich einfach noch einmal sehen», sagte er leise. Sogar seine Stimme war rau geworden.

Sie sollte die Arme verschränken und ihn bitten zu gehen. Oder noch besser: ihm die Tür vor der Nase zuschlagen. Stattdessen sagte sie: «Ich habe nicht geheiratet. Und ich bin auch nicht mehr verlobt.»

Sein Mund öffnete sich zu einem überraschten Lächeln. Fragend glitzerten seine Augen sie an. Und als sie nur stumm seinen Blick erwiderte, trat er einen Schritt vor und zog sie an sich heran. Plötzlich lag seine Stirn an ihrer Stirn, sie fühlte, wie sein Atem sanft über ihre Haut strich. Immer enger wurde ihre Umarmung. Schließlich hob sie das Kinn und sah zu ihm auf.

«Ich habe jeden Tag und jede Nacht an dich gedacht», raunte er, und sie konnte seine Worte an ihren Lippen spüren. «Bitte verzeih mir.»

Sie wusste nicht, was genau sie ihm verzeihen sollte. Dass er an sie gedacht hatte? Diese Umarmung? Sein Auftauchen? Die Belagerung und das Bombardement Hamburgs? Vielleicht all das zu gleichen Teilen. Die Stadt war erneut besetzt, Häuser am Stadtrand zerstört, Männer auf beiden Seiten waren ums Leben gekommen, und doch standen sie beide hier in *Thielemanns Backhus* und hielten sich fest. Und Josephine verzieh ihm.

«Ich wollte es nicht», flüsterte sie, «das kannst du mir glauben, aber ich habe auch … hin und wieder … an dich gedacht.»

Sein Mund verzog sich zu einem Grinsen. Seine Augen wurden wieder halbmondförmig, und kurz blitzte der alte, schalkhafte Pépin in ihnen auf. Dann schob er eine Hand in ihren Nacken und küsste sie. Seine Lippen waren warm und weich, sein Atem heiß, sie erwiderte den Kuss und genoss jede seiner Berührungen, jedes Ertasten und Festhalten. «Pépin», flüsterte sie. «Sollten wir wirklich…?» Erst jetzt bemerkte sie, dass sie am ganzen Körper zitterte. Es war ungeheuerlich, ihn zu küssen – einen französischen Soldaten, einen Mann, den sie kaum kannte, mit dem sie erst recht nicht verlobt war! Sie starrte ihn an, und er nickte. «Du hast recht», flüsterte er. Er griff nach ihrer Hand und führte sie weg von den großen Fenstern in die Backstube. Sanft drückte er sie gegen die Arbeitsplatte, nahm ihr Gesicht in beide Hände und wisperte: «Besser hier, wo uns keiner sieht.» Er grinste frech, und sie musste lachen. «Das habe ich nicht gemeint», flüsterte sie. «Was machen wir hier nur?»

«Wir holen von jetzt an mehr aus diesem verdammt kurzen Leben raus», erklärte er ihr, als wäre es die größte Selbstverständlichkeit der Welt. Und dann küsste er sie erneut und schob damit all ihre Bedenken beiseite, zumindest für den Augenblick. Sie würde später nachdenken, später vernünftig sein und alles wieder in Ordnung bringen, sagte sie sich. Aber jetzt, in diesem einen großen Moment, wollte sie das überwältigende Gefühl genießen, das Pépins Nähe in ihr auslöste. Er umfasste ihre Hüfte, und mit einem Ruck hob er sie auf die Arbeitsplatte. Ihre Beine umschlangen seine Taille, und sie versuchte, sich seinen Geschmack, seinen Geruch, jede seiner Berührungen einzuprägen. Der Augenblick sollte niemals enden. Sie wollte all das konservieren und für immer bei sich tragen. Wie eine Zutatenmischung, fest verschlossen in einem Glas, aus der sie zu jeder Zeit, an jedem Ort wieder das perfekte Gebäck, den perfekten Augenblick mit Pépin entstehen lassen könnte.

Der Dielenboden knarzte, und beide zuckten gleichzeitig

zusammen. Josephine ließ Pépin erschrocken los und rutschte ein Stückchen von ihm weg. Im Türrahmen zwischen Verkaufsraum und Backstube stand Christian. Seine Uniform war voller Dreck, eine seiner Augenbrauen und seine rechte Faust bluteten, und an seiner Schulter lehnte ein langes Gewehr. Mit offenem Mund und großen Augen starrte er sie an. Keiner von ihnen sagte ein Wort. Bis Christian endlich murmelte: «Deswegen also.»

Er drehte sich um, durchmaß das kleine *Backhus* mit großen Schritten und schlug die Tür hinter sich zu.

Josephine schluckte, sah Pépin an. Der verzog das Gesicht. «Das war ... ziemlich unangenehm.»

«Der arme Christian. Das hätte er nicht sehen sollen ...»

«Meinst du, er wird ... Probleme machen?» Pépin klang besorgt.

«Das ist durchaus möglich», murmelte Josephine. Doch rückgängig machen konnte sie es jetzt ohnehin nicht mehr. Und sie wollte es auch nicht. Mit dem Daumen streichelte Pépin ihre Hüfte. Sie lehnte ihre Stirn wieder gegen seine, schloss die Augen, wollte ihm noch näher kommen – und zuckte zusammen. Bei dem Versuch, sich auf der Arbeitsplatte nach vorn zu schieben, hatte sie in etwas Weiches gelangt.

«Oje», stieß sie aus und sprang auf die Füße.

«Was ist?», fragte Pépin.

Sie hatte das Backblech mit den Plunderteilen der letzten Backnacht völlig vergessen! Vorsichtig hob sie das Geschirrtuch an. Vier der sorgsam gerollten Schnecken hatte sie gerade mit der Hand platt gedrückt, sodass die Butter-Zimt-Masse rechts und links daraus hervorquoll.

«Schau dir dieses Malheur an!»

Nun, da die Franzosen zurück waren und sicherlich wieder

eine Kontinentalsperre einrichten würden, war das Blech voller Zucker, Butter und Zimt wahrscheinlich ein Vermögen wert. Und sie hatte einen Teil davon einfach aus Unachtsamkeit verdorben!

«*Oh, là, là*, ja, das sieht … interessant aus.» Pépin zog angestrengt die Mundwinkel nach unten, als wollte er ein Lachen unterdrücken. «Was sollte das denn werden?»

«Ich habe deine Plunderteile ausprobiert. Aber da ist anscheinend der Wurm drin. Oder es liegt an dir», neckte sie ihn. «Seitdem ich deine verkohlten Brötchen im Mülleimer gesehen habe, hätte ich wissen müssen, dass man dich nicht in die Backstube lassen darf.»

Pépin beugte sich vor und betrachtete das Blech. «Du hast den Teig mit Butter und Zimt bestrichen», stellte er fest und schmunzelte nun doch. «Das könnte wirklich gut schmecken.»

«Wenn ich mich nicht darauf abgestützt hätte!» Sie rieb sich über das Gesicht.

«Ehrlich gesagt: Mir gefällt die neue Form.»

Josephine verschränkte die Arme und sah ihn zweifelnd von der Seite an.

«Guck doch mal genau hin!» Pépin zeigte mit beiden Händen auf die Schnecken.

Josephine musterte die Teilchen. Sie waren nun platt und oval. Kaputt gedrückt, dachte Josephine bitter. Doch als Pépin noch einmal darauf deutete, schaute sie genauer hin. Von der Mitte ausgehend, bildeten sie zu beiden Seiten Spiralen. Beinahe sahen die Stücke aus, als würden sie aus je zwei miteinander verbundenen Rosen bestehen. War es das, was Pépin meinte? Er nahm einen Kochlöffel vom Haken an der Wand und schaute Josephine fragend an.

«Sie werden perfekt, wollen wir wetten?»

Sobald sie nickte, drückte er mit dem Stiel auch die intakten Schnecken in der Mitte hinunter, sodass rechts und links Teigmasse, Zimt und Zucker herausquollen und immer mehr kleine Röschen entstanden. Josephine feuerte den Ofen an, dann streifte sie sich die dicken Handschuhe über und schob das Blech hinein.

Und während die Plunderteilchen allmählich knusprig wurden, zog Pépin Josephine erneut an sich.

Gebacken sahen die Brötchen zwar noch immer eigenwillig aus – zerdrückt und kraus –, doch ihre braun glänzende Zimtkruste und der goldene Teig wirkten zugleich verheißungsvoll. Hinzu kam der Duft, den Josephine nie wieder vergessen würde. Es roch nach verführerischen Fehlern, einer gewagten Liebe, ersten Küssen und Butterkaramell. Sie legte eines der Brötchen auf einen Teller und reichte es Pépin.

«Siehst du es jetzt?», fragte er. «Es ist fast schon ein Symbol: Eins für zwei, schau.» Er stellte den Teller ab, umfasste die Zimtrosen rechts und links mit den Fingerspitzen und zog sie sanft auseinander, sodass zwei beinahe gleiche Teile entstanden.

«Eins für dich und eins für mich.» Pépin hielt ihr den Teller hin. Mit spitzen Fingern nahm sie ihre Hälfte in die Hand. Sie war noch heiß und ein wenig klebrig. Vorsichtig biss sie hinein – und schloss überwältigt die Augen. Der Teig brach knusprig blättrig auf ihrer Zunge, zugleich breitete sich der köstliche Geschmack von geschmolzenem Zucker, frischer Butter und würzigem Zimt in ihrem Mund aus. All das verband sich zu einem einzigartigen Geschmack, einem Genuss, den sie noch nie erlebt hatte.

«Und?», fragte Pépin neugierig. Doch Josephine wusste nicht, wie sie all das in Worte fassen sollte. Sie sah ihm in die Augen, während sie kaute und lächelte.

«Du hast gewonnen», sagte sie nur und hielt ihm seine Hälfte entgegen.

Pépin blieb lange an diesem Abend. Gemeinsam aßen sie noch eines der neuen Brötchen, sie bereiteten mehr Plunderteig vor und küssten sich immer wieder über den Backblechen und Rührschüsseln. Zwischen ihnen schien es ein Band zu geben, das sie immer wieder zueinander zog. Dazu unterhielten sie sich unaufhörlich: über die besten Kniffe für Hefeteig, über *Thielemanns Backhus* und wie gemütlich es war, hier zu später Stunde noch zu backen, über alte Rezepte und die Bedeutung gelungener Geduldzettel. Pépin erkundigte sich nach Anna und Mathilde, und Josephine erzählte ihm – ohne jegliche Bedenken – von der Schmuggelware in ihrem Keller, die die Mädchen verkauft hatten und deren Überbleibsel nun Josephine gehörten.

Pépin klatschte in die Hände. «Ich habe es gewusst!», rief er. Täuschte sie sich, oder lag in seinem Blick Anerkennung? «Bei der großen Auswahl, die du sogar in der magersten Zeit hattest … Da musste ja etwas dahinterstecken.»

«Hoffentlich ist darauf niemand außer dir aufmerksam geworden», sagte Josephine besorgt. Kurz fürchtete sie, Pépin gegenüber zu offen gewesen zu sein. Doch schon zog er sie wieder an sich.

«Keine Angst», flüsterte er. «Wer auch immer etwas gegen dich vorbringen will, muss ab jetzt an mir vorbei.»

Josephine schnaubte. «Und du glaubst, du könntest die französischen Machthaber beeinflussen?»

«Du wirst schon sehen!» Er grinste, und sie musste lachen.

Es war längst dunkel, als sich Pépin von ihr verabschiedete. Dreimal drehte er sich in der Tür noch herum, um sie zu küssen. Doch irgendwann musste er gehen, schließlich wollte keiner von beiden, dass Pépins Kameraden etwas bemerkten. Es war schon schlimm genug, dass Christian sie gesehen hatte.

Die ganze Nacht lang dachte Josephine an Pépin, immer wieder ging ihr durch den Kopf, wie er sie angesehen, berührt und geküsst hatte, in ihrem ganzen Körper kribbelte es. Ab und an schlief sie kurz ein, träumte von ihm, um dann überwältigt von ihren Gefühlen erneut aufzuschrecken. Beim Klopfen des Nachtwächters war sie sofort hellwach, sie sprang hinunter und backte voller Elan Zimtplunderteile, Brote und Rundstücke. Einem plötzlichen Impuls folgend, versuchte sie sich sogar an Geduldzetteln. In ihrem Überschwang nahm sie ein bisschen zu viel Mehl, sodass sie bröseliger wurden als sonst, doch das konnte ihre Laune nicht trüben.

Ihr Körper fühlte sich an, als würde er leuchten, während sie die Fenster und Türen weit öffnete, den Maimorgen herein- und den Duft nach Zimt hinausließ.

Sie wollte ihr Glück teilen und den Menschen mit ihrem Zimtgebäck ein kleines Lächeln aufs Gesicht zaubern. Voller Vorfreude sah sie zur Tür. Nach und nach kamen ein paar Hungrige aus der Steinstraße, dem Domplatz und dem Teufelsort herein. Sie erwiderten Josephines Freundlichkeit und nahmen ein paar neue Zimtbrötchen, wie sie ihre und Pépins Kreation nannte, mit – doch während der Morgen voranschritt, beschlich sie das Gefühl, dass etwas nicht stimmte. Es waren weitaus weniger Kunden als sonst. Und was sie noch mehr wunderte: Sogar gegen elf Uhr war noch nicht ein Bewohner der Rosenstraße bei ihr aufgetaucht. Dabei war die weinende Jette doch meist schon in aller Herrgottsfrühe wach. Und auch Susanna und Fiete ließen selten so lang auf sich warten. Hatten sie sich vielleicht wegen des Einmarschs der Franzosen in ihren Häusern verschanzt? Josephine könnte es ihnen nicht verübeln. Allmählich stieg in ihr das schlechte Gewissen auf. Es war ein furchtbarer Tag für Hamburg. Kein Wunder, dass ihre Geduldzettel so bröselig geworden waren. Wie konnte sie selbst nur derart glücklich sein, wenn es ihrer Stadt so schlecht ging?

Gegen Mittag dieses seltsamen letzten Maitages kamen zumindest Pépin und seine Kameraden vorbei. Josephine spürte ihr Herz warm und schnell in ihrer Brust klopfen, und versuchte, das Beben ihrer Hände zu verbergen.

«*Bonjour*», rief sie den Männern etwas zu laut und übermütig entgegen. Pépin und Marlo schwangen sich wieder zu den Fenstern herein und setzten sich so selbstverständlich, als wären sie nie fort gewesen. Durch die Tür trat Gaspard mit zwei Männern, die Josephine noch nicht kannte.

«*Bonjour Mademoiselle*», brummte Gaspard. «Schön, Sie wiederzusehen, ist es Ihnen gut ergangen?»

Überrascht nickte Josephine. So zugewandt war er früher nie gewesen. «Danke, ja. Und Ihnen?»

Gaspard rieb sich den Bart und tauschte einen Blick mit dem langen, dünnen Mann neben sich aus. «Wir schlagen uns durch, nicht wahr?», sagte der Fremde mit einem polnischen Akzent.

«Wohl wahr, Jakub.» Gaspard wandte sich wieder Josephine zu. «Haben Sie Geduldzettel, Mademoiselle?»

«Schon, aber sie sind heute leider nicht sonderlich gut geworden. Darf ich Ihnen stattdessen meine neue Kreation anbieten?»

Sie zeigte auf die platt gedrückten Brötchen. Aus den Augenwinkeln sah sie, dass Pépin stolz grinste. Ihre Wangen wurden heiß.

«Oh, mmh», machte Gaspard und rieb sich die Bartstoppeln am Kinn. «Die sehen ja … sehr besonders aus.»

Da sprang Pépin auf die Füße und kam herüber. «Ich nehme eins», sagte er und lächelte Josephine verschwörerisch an. Jetzt wurde ihr noch wärmer.

Sie beugte sich vor, fischte eines aus der Ablage und überreichte es ihm. Er besah sich das krause kleine Ding, als hätte sie ihm einen wertvollen Schatz geschenkt, dann teilte er es in zwei Hälften, schenkte eine Gaspard, schloss selbst die Augen und biss in seine hinein. Gespannt sahen ihn alle an. Er ließ sich Zeit, kaute genussvoll. Dann öffnete er die Augen und nickte bedeutungsschwer.

«Ich sage euch, dieses Gebäck schmeckt französisch. Wenn ich es esse, sehe ich Notre-Dame vor mir, die Seine und die Gassen der Altstadt. Es ist wie ein kleiner Aufenthalt in Paris.»

«Ein französisches Brötchen also?», fragte Marlo und legte den Kopf schief. Er war dünner geworden, bemerkte Josephine. Seine Augen lagen tief in ihren Höhlen. «Ich nehme auch eins. Dann war ich zumindest kurz in Napoleons Hauptstadt, oder?»

Marlo teilte seines mit dem fremden gedrungenen Mann, der neben ihm stand, und gleichzeitig biss auch Gaspard in seine Hälfte. Marlo riss begeistert die Augen auf, Gaspard brummte mehrfach vor sich hin, und als Pépin den sehnsuchtsvollen Blick des Langen, der anscheinend Jakub hieß, auffing, bestellte er ein weiteres, das er nun mit ihm teilte. Jakub sprach beim Kauen: «Wunderbar. Was für ein Segen, nach der entbehrungsreichen Zeit ein so köstliches Gebäck kosten zu dürfen. Nicht wahr, Valentin?»

Der Fremde brummte.

«Und eine äußerst passende Idee, dass man sich die Brötchen in diesen mageren Tagen teilen kann!»

Umgehend forderten die Soldaten noch einmal drei Stück.

«Wo ist eigentlich Konrad?», fragte Josephine, als sich anschließend alle zum Gehen anschickten. «Soll ich ihm eines einpacken?»

Sie spürte sofort, dass sie etwas Falsches gesagt hatte. Mit einem Mal hing eine traurige, schwere Stille in der Bäckerei.

«Nein», knurrte Gaspard. «Er ist auf der Veddel gefallen.»

Ohne ein weiteres Wort stiefelte er, gefolgt von Jakub und Valentin, aus der Bäckerei. Marlo und Pépin schwangen sich durch die Fenster. Für einen kurzen Moment sah Pépin noch einmal über seine Schulter, direkt in Josephines Augen. Schon war der Moment vorbei – und Josephine blieb allein im *Backhus* zurück.

Sie hatte Konrad nicht sonderlich gut gekannt, nur gewusst, dass er Deutscher war – und immer freundlich. Was war das nur für eine fürchterliche Zeit? Sie sah sich um: Ihre Regale waren noch voller Waren. Und dabei blieb es. Es wurde Mittag, es wurde Nachmittag, doch aus der Rosenstraße kam niemand mehr. Kurz vor Ladenschluss streckten Louise, Anna und Mathilde ihre Köpfe zu Josephine herein.

«Was ist denn hier los?», rief Anna. «Es ist ja noch so viel übrig!»

Josephine zwang sich zu einem Lächeln. «Kommt herein und sucht euch etwas aus. Ich habe heute wohl etwas zu viel gemacht …»

Mit großen Augen sahen sich die Mädchen an. Kurz darauf kamen sie durch die Tür ins Geschäft und zeigten mit ihren schmutzigen Fingern auf Brote, Rundstücke, bröselige Geduldzettel – und dann auf die französischen Brötchen.

«Was ist das?»

Josephine ließ sie und Louise probieren, und ihre Begeisterung war genauso groß wie die der Soldaten.

«Josephine, das ist das Beste, was ich je gegessen habe», murmelte Louise. «*Délicieux!*»

Josephine nickte. «Aber ich habe viel zu viele davon – und morgen sind sie ganz trocken.»

«Wollte denn heute niemand etwas?», fragte Louise leise.

Josephine seufzte und zuckte ratlos mit den Schultern. «Vielleicht trauen sich manche nicht vor die Tür?»

Louise sah sie nachdenklich an, dann erhellte sich ihr Gesicht. «Na gut. Wenn sie sich nicht trauen, trauen wir uns für sie. Hast du einen Korb?»

Wenig später trug Josephine einen geflochtenen Korb voller französischer Brötchen durch die Rosenstraße. An ihrer Seite ging Louise, hinter ihr liefen Anna und Mathilde. Zuerst klopften sie bei der Witwe Franz. Sie wohnte im oberen Stockwerk eines schmalen Häuschens, das sie von ihrem Mann geerbt hatte. Die untere Etage hatte ein Brenner gemietet, der sich nur selten auf der Straße zeigte.

«Frau Franz!», rief Josephine, als niemand öffnete. «Sind Sie zu Hause? Ich bin es, Josephine. Ich bringe Ihnen etwas.»

Nichts tat sich. Sie wollten schon weitergehen, da schwang über ihren Köpfen doch noch ein Fenster auf.

Die Witwe lächelte unsicher zu ihnen hinunter. Ihre Lippen öffneten sich, doch Josephine konnte nichts hören.

«Guten Abend, Frau Franz! Wie geht es Ihnen?», rief sie hinauf. Auch Louise und die Mädchen winkten.

Die Witwe bewegte ihre Lippen, und Josephine vermutete, dass sie «Gut, gut» sagte.

«Heute war leider wenig los – dabei habe ich eine neue Kreation ausprobiert. Französische Brötchen.» Josephine zeigte auf ihren Korb. «Ein Plundergebäck mit Zimt. Ich möchte Ihnen gern eines schenken!»

Einen Moment lang sah die Witwe verunsichert auf Josephine und die Brötchen herab. Ein drittes Mal bewegten sich ihre Lippen, ohne dass ein Ton auf der Straße ankam, dann schloss sie das Fenster.

Verwundert sahen sich Josephine und Louise an.

«Vielleicht kommt sie gleich herunter», überlegte Louise.

Josephine runzelte die Stirn und kratzte sich an der Nase. «Ich glaube, sie hat *Nein, danke* gesagt.»

Sie warteten ein paar Minuten, ob sich doch noch etwas tat, doch es blieb ruhig.

«Kommt, wir versuchen es beim nächsten Haus», rief Anna und lief eine Spur zu fröhlich voran.

Nebenan lebte der Sohn des verstorbenen neuen Schuhmachers. Merlin öffnete mit Schuhcreme im Gesicht und einer Sohle in der Hand.

«Oh», sagte er verblüfft, als er sie sah.

Auch ihm bot Josephine ein Brötchen an, und auch er lehnte unter wirrem Gestammel ab, bevor er ihnen die Tür vor den Nasen zuschlug.

«Irgendetwas stimmt hier nicht», flüsterte Josephine.

Sie versuchten es weiter, doch die heulende Jette brachte vor Schniefen und Schluchzen gar keinen Ton heraus, bevor sie die Tür wieder schloss, und Fiete öffnete ihnen erst gar nicht.

«Was haben die nur alle?», wunderte sich Louise. Doch Josephine beschlich allmählich ein Verdacht. Es war Susanna, die ihn schließlich bestätigte, nachdem Josephine ihre französischen Brötchen angeboten hatte.

«Du hast Nerven, hier aufzutauchen», schimpfte sie. Sie behielt den Türknauf in der Hand, während sie abwechselnd auf Josephine und ihren Korb sah. Aus der Wohnung hinter ihr strömte der intensive Zwiebelgeruch, der so häufig in Susannas Kleidern und Haaren hing.

«Und dann noch mit französischen Brötchen? Ist das dein Ernst?» Wut funkelte in ihrem Blick.

«Was meinst du damit?», fragte Josephine leise. Dabei wusste sie es schon.

«Ich habe in den letzten Wochen zwei Hanseaten und zuletzt drei einfache Hamburger verarztet, die von französischen Truppen beinahe getötet worden wären, Josephine. Einer hat einen Fuß verloren. Er wird nie wieder gehen können. Ich habe noch nie so viel Blut und Leid gesehen. Die ganze Stadt versucht, sich mit aller Kraft gegen Napoleon und diesen Schrecken zu stellen. Wir haben unsere Söhne in die Bürgerwehr und damit in den Kampf geschickt. Wir beherbergen Russen, Mecklenburger, Preußen. Wir pflegen die Verwundeten. Wir üben uns in Verzicht, alle haben wir Angst. Und was machst du?» Kurz hing die Frage in der Luft. «Du lässt dich mit einem Soldaten ein. Christian ist vollkommen aufgelöst.»

«Du hast mit Christian gesprochen?», flüsterte Josephine kraftlos.

«Ich nicht. Aber er war gestern im Wirtshaus und hat sich halb totgesoffen vor Unglück. Er hat den Männern erzählt, dass er dich mit einem von ihnen erwischt hat. Mitten in der Backstube! Mein Bruder hat mich darauf angesprochen. *Susanna*, hat er gesagt, *wusstest du, dass die junge Thielemann eine Franzosendirne ist?*» Josephine wurde schlagartig übel bei diesen Worten. «Ich habe natürlich *Nein* gesagt, dich noch in Schutz genommen! Ich war schon auf dem Weg zum *Backhus*, als mich der Brenner zurückgehalten hat. *Ich würde da nicht mehr reingehen*, hat er gerufen. *Warum nicht?*, habe ich gefragt. Und dann hat er mir erzählt, was er gesehen hat.» Susanna schnaufte vor Abscheu. «Als der Brenner aus dem Wirtshaus kam, ist gerade dieser Soldat, Pépin, aus dem *Backhus* gekommen. Zu später Nachtstunde! Hat angeblich übers ganze Gesicht gegrinst. Und heute war er schon wieder da. Ich hatte noch ein klein wenig Hoffnung, dass sie alle lügen. Aber jetzt läufst du hier mit deinem Korb durch die Straße und bietest ausgerechnet französische Brötchen an? Einen Tag, nachdem die Franzosen unsere Stadt wieder eingenommen haben! So hat Fritz dich sicher nicht erzogen. Hast du denn gar keinen Anstand? Frag deine Soldaten, ob sie den Mist essen. Ich will ganz sicher keins von deinen verräterischen Franzbrötchen.»

Und mit diesen Worten schmiss sie die Tür hinter sich zu.

⁂

Es klopfte laut an die Tür. Christian stöhnte auf. Sein Kopf dröhnte entsetzlich. Er blinzelte gegen das Licht in seiner Kammer an, in seinem Magen grummelte es schmerzhaft. Wieso nur hatte er so viel getrunken? Und dann fiel es ihm wieder ein: Josephine. Josephine, die mitten in der Backstube einen Soldaten geküsst hatte! So viele Tage und Nächte auf dem Grasbrook hatte er sich gefragt, wie sie ihn hatte ablehnen können, hatte überlegt, wie er sie zurückgewinnen könnte, er war eigens zu ihr gegangen, um ihr von seinem Heldenmut auf dem Grasbrook zu berichten – und dann das!

«Christian!», rief sein Vater und klopfte erneut. «Mach gefälligst die Tür auf.»

Christian wankte durch den Raum und öffnete.

«Herrgott, wie siehst du aus? Zieh dich sofort an! Wir haben ein Problem», herrschte sein Vater ihn an.

Christian schwankte und versuchte, seinen Mageninhalt bei sich zu behalten. Schwerfällig folgte er der Anweisung.

«Du stehst auf der Liste der Abwesenden, Christian. Dabei bist du natürlich hier – und noch nicht einmal Offizier gewesen! Lächerlich! Trotzdem müssen wir handeln, sofort! Zieh deine besten Hosen an, du weißt, wie viel Wert die Franzosen auf Äußerlichkeiten legen!»

«Liste der Abwesenden?», krächzte Christian mühsam.

«Wer sich militärisch gegen die Franzosen gewehrt hat, wird verfolgt. Die meisten sind geflohen, aber wir bleiben natürlich. *Liste der Abwesenden*, dass ich nicht lache. Wir werden uns den Vorwürfen stellen. Komm schon!»

Er zog seinen Sohn hinter sich her, die Treppe hinunter und durch die Haustür, und Christian fühlte sich wie ein Kind, als er so quer durch die Stadt geschleift wurde. Doch er konnte weder nachdenken noch protestieren, so schlecht war ihm.

Erst als sie im Empfangssaal einer herrschaftlichen Villa standen, begriff Christian, dass sein Vater ihn zum neuen Präfekten gebracht hatte.

Zunächst empfing sie Jean, ein Sekretär, den Christian und sein Vater bereits von der letzten Besatzung kannten.

«Sie können leider nicht zu ihm. Der Herr Baron ist schrecklicher Laune», erklärte er.

In Christians Ohren rauschte es, während sein Vater Jean erklärte, dass der neue Präfekt sie sicherlich sehen wolle – schließlich seien er und sein Sohn unentbehrlich für die städtischen Anstalten. «Denk daran, wir waren Mitglieder des Verwaltungsrats.» Stolz warf sein Vater sich in die Brust.

Tatsächlich lenkte Jean daraufhin ein und ließ sie vor.

Wenn Christian nur nicht alles durch den Bierschleier von gestern sehen würde! Die schwere Holztür, die sich nun öffnete, dahinter einen mächtigen, breitschultrigen Mann, der nun überrascht den Kopf drehte.

«*Bonjour Monsieur* de Bréteuil», sagte sein Vater und deutete eine Verbeugung an. Ohne Umschweife begann der Präfekt zu toben. Er schimpfte auf Jean, der doch die Anweisung gehabt hatte, niemanden vorzulassen, auf sämtliche Hamburger und auf den Schlamassel, den sie angerichtet hatten.

«Wie konnten sich die Hamburger unterstehen, sich uns zu widersetzen? Tollheit ist das gewesen! Pure Tollheit! Aber wir werden sie dafür bezahlen lassen.»

Christian erschrak und hielt sich an der Holzlehne des Stuhls neben ihm fest. Sein Vater hingegen blieb ganz ruhig.

«Wie wir hörten, steht mein Sohn auf der Liste der Abwesenden. Wir wollten uns daher präsentieren, um zu beweisen, dass er natürlich nicht abwesend, sondern hier anwesend ist, wie Sie sehen können. Zudem erlaube ich mir, unsere Adresse zu hinterlegen, damit Sie uns jederzeit auffinden können. Wir sind Mitglieder des Verwaltungsrats. Ich bin sogar Vorsteher in verschiedenen städtischen Anstalten.» Er überreichte ihm seine Karte.

Mit einem Mal hellte sich de Bréteuils Gesicht auf. «Ah. Sie sind der Erste, der mir auf diese Weise entgegenkommt!»

«Wie ich höre, sind meine Kollegen ebenfalls hier gewesen, wurden aber nicht vorgelassen.»

«Ja», brummte der Präfekt. «Wer will all die Menschen sehen? Glauben Sie mir», seine Stimme hatte einen vertraulichen Tonfall angenommen, «es ist höchst fatal: Wir kommen in eine für einen großen Teil von uns fremde Stadt, die meisten Menschen sind geflüchtet, wer kann sich da zurechtfinden?»

Christians Vater lächelte verständnisvoll – und dann erklärte er ihm lang und breit sämtliche hamburgischen Anstalten. Christian konnte kaum zuhören, so sehr schmerzte ihm der Schädel. Er konzentrierte sich vor allem aufs Atmen, Stehenbleiben und darauf, sich nicht zu übergeben.

«*Bon*», sagte der Präfekt schließlich und klatschte in die Hände. «Sie beide werden mich morgen begleiten, damit ich alle hiesigen Institute kennenlerne.»

«Und wie steht es mit der Liste der Abwesenden?»

Nun sah de Bréteuils Christian direkt an, der sich zwang, gerade zu stehen und den Blick zu erwidern.

«Sie sind doch kein Offizier gewesen?»

Christian verneinte höflichst.

«Sie haben wohl nicht umhingekonnt, sich der Bewegung anzuschließen?»

Christian schluckte. Leise sagte er: «Können Sie es den Hamburgern denn verdenken? Hätten Sie an unserer Stelle Ihre Stadt nicht verteidigt?»

Erschrocken sah sein Vater ihn an. Doch der Präfekt zuckte mit den Achseln, lächelte und sagte: «*Votre nom sera ôté de la liste!*» Prompt schritt er zu seinem Schreibtisch und strich auf einem Blatt Papier schwungvoll etwas durch – wenn Christian richtig verstanden hatte, dann war es der Name «Schulte».

# 26. Kapitel

Josephine war so heiß, dass sie glaubte, ihre Haut müsse glühen. Sie schämte sich entsetzlich. Gerade war sie noch so glücklich gewesen, hatte immerzu an Pépin und seine Küsse gedacht – und nun wusste es schon die ganze Rosenstraße! Sie alle boykottierten Josephine, weil Pépin kein angesehener Hamburger war wie Christian, sondern ein Besatzer. Josephine hatte sich mit dem Feind eingelassen und war selbst zur Feindin geworden. Sie ließ den Korb neben sich auf den Boden fallen, eines der Brötchen purzelte heraus.

«Tu das nicht!», rief Anna und sammelte es wieder auf.

«Warum nicht?», flüsterte sie. «Es will sie sowieso niemand haben.» Sie drehte sich um und steuerte auf das *Backhus* zu.

«Aber natürlich will die wer haben!», widersprach Anna. «Ich zum Beispiel! Und bestimmt freuen sich auch Karl und Rosine darüber!»

Josephine konnte nicht antworten. Sie hörte, wie Louise sagte: «Nimm den Korb ruhig mit in die Gänge, Anna.»

«Danke», ertönte die Stimme des Mädchens. Dann das Getrappel von vier Kinderfüßen, die davonrannten.

Louise begleitete sie zurück zum *Backhus*. Josephine wartete, bis sie die Tür hinter ihnen geschlossen hatte, dann ließ sie sich auf den blanken Fußboden sinken und starrte auf ihre Hände. In ihrem Kopf rasten die Gedanken so schnell, dass sie sie nicht fassen konnte. Flüchtige Bilder, Satzfetzen und eine trübe Angst hüllten sie ein.

Kaum bemerkte sie, dass sich Louise neben sie gesetzt hatte, bis sie den Arm um ihre Schulter legte.

«Sie werden alle nicht mehr bei mir einkaufen.» Josephine stützte ihre Stirn in die Hände und starrte auf den Fußboden. «Ich habe sie verloren. Wenn Fritz das wüsste …»

«Die werden sich wieder beruhigen», murmelte Louise. «Wut verraucht.»

«Wie konnte ich nur? Ich bin nicht verheiratet, Louise!»

«Wärst du wie ursprünglich geplant verheiratet, wäre es ja auch noch schlimmer, *n'est-ce pas*?» Sie zwinkerte – und zu Josephines eigener Überraschung musste sie schmunzeln. Doch die Aufmunterung währte nur kurz.

«Oh Gott! Was habe ich nur getan …?»

«Du bist deinem Herzen gefolgt. Und das sollten wir alle tun.»

«Susanna hat recht. Die Franzosen haben dieser Stadt Fürchterliches angetan …»

«Aber Pépin hat das doch nicht entschieden! Er trägt keine Schuld an der Gewalt.»

«Trotzdem war er daran beteiligt …»

«Die wenigsten können sich aussuchen, auf welcher Seite sie kämpfen. Hat das nicht immer dein Onkel gesagt?»

Josephine seufzte.

«Du liebst Pépin. Und die Liebe kann niemals etwas Schlechtes bedeuten.»

«Wie kannst du dir da so sicher sein?» Josephine sah die Freundin an, und Louises Lippen verzogen sich zu einem traurigen Lächeln.

«Ich war selbst einmal … sehr verliebt», flüsterte sie.

Josephine sagte nichts, sie sah sie nur erwartungsvoll an.

«Niemand durfte davon erfahren. Man hätte mich dafür noch mehr verachtet als dich für deine Liebe zu Pépin. Wäre es herausgekommen, hätte es nicht nur mich zerstört, sondern vor allem …» Sie brach ab, besann sich und fuhr in festerem Ton fort: «Ich dachte lange, diese Gefühle wären eine Prüfung Gottes. Oder eine List des Teufels. Ich müsste unbedingt widerstehen, konnte es aber nicht. Ich habe mich selbst verachtet für meine Liebe – bis es zu spät war. Und heute weiß ich: Ich hätte jede Sekunde genießen sollen. Jeden Atemzug. Solche Gefühle sind ein Geschenk Gottes. Egal wie falsch sie uns erscheinen mögen, mittlerweile bin ich davon überzeugt, dass sie durch und durch gut sind. Nur wir Menschen sind es, die manchmal etwas Schlechtes daraus machen wollen.»

Josephine sah Louise nachdenklich an. «Wen hast du so sehr geliebt?», fragte sie leise.

Louise wich ihrem Blick aus. «Das … kann ich dir nicht sagen. Tut mir leid, *chérie*. Hast du Hunger? Wollen wir gemeinsam zu Abend essen?»

Josephine strich sich den Rock glatt und atmete tief durch. «Sehr gern.»

Es tat ihr gut, den Abend mit ihrer Freundin zu verbringen. Dank Louise wurden Josephines Sorgen etwas leichter. Mit glühenden Wangen erzählte sie ihr davon, wie Pépin vor ihrer Tür gestanden und sie dann, ganz plötzlich an sich gezogen hatte. Louise freute sich mit ihr über ihre Liebe, als wäre es ihre eigene. Und in Josephine entstand trotz der traurigen Momente dieses Tages eine wohlige Wärme. Es würde schon alles gut werden, sagte sie sich. Und am nächsten Tag würde sie Pépin wiedersehen.

Tatsächlich standen er und seine Kameraden schon früh am Morgen erneut im *Backhus*. Ihr Herz raste, als sie ihn sah, doch sie versuchte, sich nichts anmerken zu lassen. Stattdessen packte sie französische Brötchen für die Männer ein.

«Darf ich dich heute Abend besuchen?», flüsterte Pépin ihr zu und berührte ihre Hand, als er sein Gebäckstück entgegennahm.

«Ja», hauchte sie und biss sich etwas zu fest auf die Unterlippe.

Zwar kamen an diesem Tag nur ein paar Hamburger aus weiter entfernten Straßen zu ihr, dafür strömten immer mehr der französischen Soldaten herein.

«Wir haben gehört, hier gäbe es diese köstlichen französischen Brötchen!», riefen sie – und kauften sämtliche Gebäckstücke schon vor dem Mittag. Der große Servierteller, vor dem sie ein Schild mit der Aufschrift «Franz. Brötchen» gestellt hatte, war viel zu früh leer. Am nächsten Tag müsste sie noch mehr davon backen, überlegte sie. Noch hatte sie genügend Vorräte im Keller. Doch wie lang würden sie reichen? Die Franzosen hatten die Kontinentalsperre bereits wieder in Kraft gesetzt. An den Toren wurde strenger kontrolliert denn je, die Steuern waren schon in den nächsten Tagen zum ersten Mal fällig, und man munkelte, sie würden immens ausfallen.

Sie versuchte, all das beiseitezuschieben, während sie am Abend Pépin in ihre Bäckerei einließ.

«*Bonsoir Mademoiselle*», sagte er leise, als er sie sah. Er hatte seine Kleider mittlerweile gewaschen und sein lockiges Haar gestutzt. Sauber und aufgeräumt wirkte er, wie er da im Türrahmen lehnte. Sie wollte nichts mehr, als ihn zu berühren. Ihm die Jacke seiner Uniform auszuziehen und seine Haut unter ihren Fingerspitzen zu fühlen. Doch all das durfte sie nicht tun. Es wäre viel zu gefährlich. Ihre Mutter hatte ihr und ihren Schwestern schon früh erklärt, was zwischen Mann und Frau geschehen konnte. Ihre größte Angst war es gewesen, ihre Töchter könnten schwanger werden, bevor sie verheiratet waren. Sie würden keinen Ehemann mehr finden und möglicherweise auf der Straße landen. Zwar sorgte Josephine mittlerweile für ihr eigenes Auskommen. Doch war sie nun einmal darauf angewiesen, dass die Hamburger langfristig bei ihr einkauften. Und wenn sie zu allem Überfluss auch noch ein Kind von einem Franzosen erwartete, würden sie ihr das nie verzeihen.

«*Comme tu es belle*», flüsterte er. Sein eindringlicher Blick kribbelte in ihrem ganzen Körper. Josephine streckte eine Hand nach ihm aus. Einen Moment lang beobachtete sie, wie seine Finger – sanft und neugierig zugleich – ihren begegneten und sie vorsichtig erkundeten. Dann besann sie sich endlich.

«Komm mit nach hinten», flüsterte sie. Nicht dass der Brenner wieder einmal aus dem Fenster schaute und sie beobachtete …

Sie ging voran, und schon auf dem Weg spürte sie seine Hand in ihrem Rücken. Unwillkürlich seufzte sie, drehte sich noch in der Tür zur Backstube um und küsste ihn mit einem Drängen, das sie selbst überraschte. Was war nur in sie gefahren? Nur einen Moment lang wollte sie dieses Gefühl auskosten, sagte sie sich. Sie umfasste seinen Nacken, genoss, dass er sie ganz fest an sich zog, fühlte seinen Körper an ihrem, seinen schnellen Atem, und endlich – mit einem heftigen Ruck – stieß sie ihn wieder von sich.

«Wir sollten das nicht tun», keuchte sie und hielt sich an der Arbeitsplatte fest.

«Josephine», flüsterte er mit rauer Stimme und musterte sie mit leicht geöffnetem Mund.

«Es ist zu gefährlich.» Entschieden schüttelte sie den Kopf. «Wir dürfen nicht …»

Er schloss die Augen und atmete aus, als würde er sich mit aller Macht zusammenreißen. «Du hast recht», sagte er leise. «Aber ich weiß nicht, ob wir das durchhalten.» Er lächelte schief, und sie lachte.

«Vielleicht hilft Backen. Hilfst du mir?»

Er deutete eine Verbeugung an. «Es wäre mir eine Ehre!»

Erneut war da dieses Band zwischen ihnen, das sie beim Rühren, Kneten und Formen immer wieder zusammenführte. Ständig trafen sich ihre Blicke, berührten sich ihre Ellenbogen, ihre Schultern, ihre mehlbestäubten Hände.

«Die Menschen in der Rosenstraße wissen es», berichtete Josephine ihm irgendwann. «Christian hat es allen erzählt, und der Brenner hat dich gesehen.»

Pépin verzog das Gesicht. «*Merde.* Das tut mir wirklich leid.»

«Jetzt will keiner von denen mehr bei mir einkaufen.»

Erschrocken riss Pépin die Augen auf. «Was?»

«Ich habe versucht, sie mit den neuen Zimtbrötchen zu locken, aber sie sagen, ich sei eine Verräterin …»

Pépin schüttelte den Kopf. Dann rieb er sich nachdenklich über das Kinn, und Josephine musste schmunzeln, weil er Mehl und Zucker auf seinem Gesicht verteilte.

«Sie kennen dich doch schon so lange. Sicher werden sie sich wieder beruhigen und zurückkommen.»

«Das hat Louise auch gesagt. Aber wie lange wird das dauern? Ich brauche meine Kunden täglich …»

«Die hast du doch.» Pépin breitete die Arme aus. «Wir haben schon überall erzählt, wie *délicieux* deine Brötchen schmecken. Ich sage dir, in den nächsten Tagen werden so viele Soldaten zu dir kommen, dass du nicht schnell genug backen kannst, um sie zu versorgen.»

Sie lachte. «Na gut. Herausforderung angenommen!», sagte sie und stellte einen kleinen Karton Zimt auf die Arbeitsplatte. Sein intensiver Geruch stob auf, hüllte Josephine ein – und wie so oft bei dem Duft von Zimt musste sie wieder an ihre Mutter denken, an eine Zeit, als Josephine noch viel jünger und ihre Mutter bereits krank gewesen war. Auch damals schon hatten Sorgen schwer wie triefend nasse Geschirrtücher im *Backhus* gehangen.

Sie sah Caroline vor sich, wie sie mit langsamen Händen und müden Augen einen Brief schrieb.

«Mutter, ist das Schreiben nicht viel zu anstrengend für dich?», fragte Josephine.

Mit rot geränderten Augen sah ihre Mutter sie an. Ihre Haut glänzte vom Schweiß, ihr Gesicht war weiß. Langsam schüttelte sie den Kopf. «Weißt du, meine liebe Josephine … manchmal ist es viel anstrengender, nicht zu schreiben.» Ihre Schreibhand bebte. Mit der anderen zauberte sie plötzlich ein Plätzchen aus ihrer Tasche hervor.

«Schau, was ich geschenkt bekommen habe. Eins habe ich für dich aufgehoben», flüsterte sie und streckte es Josephine entgegen. «Iss es schnell, bevor Fritz es riecht.» Sie lächelte sie liebevoll an, und Josephine nahm das Gebäck entgegen. Während sie hineinbiss und der Geschmack von Zimt sich in ihrem Mund ausbreitete, faltete ihre Mutter den Brief zusammen.

Josephine seufzte bei dieser Erinnerung. Sie hatte lang nicht mehr daran gedacht, dass ihre Mutter so oft Briefe geschrieben hatte. Ihr Vater hatte zu diesem Zeitpunkt schon nicht mehr gelebt. Aber Josephine mochte die Vorstellung, dass sie früher Liebesbotschaften ausgetauscht haben könnten. Möglicherweise hatte Caroline ihrem Mann auch dann noch geschrieben, als er schon verstorben war, um sich ihm wieder nah zu fühlen …

«Josephine?», fragte Pépin und berührte sie sachte an der Schulter. «Ist alles in Ordnung mit dir?»

Josephine schob sich das Haar hinter die Ohren und achtete nicht einmal darauf, dass sie Butter an den Händen hatte.

«Entschuldige», murmelte sie. «Ich habe nur ein wenig geträumt.»

Pépin sah ihr einen Moment lang in die Augen, griff dann nach ihren buttrigen Händen und zog sie erneut an sich heran.

Noch den ganzen nächsten Tag über musste sie an die berauschenden Abendstunden mit Pépin in der Backstube denken, an ihre Witze und Berührungen. Die Träumereien lenkten sie ein wenig davon ab, dass noch immer niemand aus der Rosenstraße bei ihr auftauchte. Doch je stärker sich der Tag gen Abend neigte, desto mehr wandelte sich ihre Sehnsucht nach ihm in Traurigkeit. Heute konnte er sie nicht besuchen, da er zur Patrouille am Millerntor eingesetzt war. Nachdenklich räumte sie auf. Am liebsten hätte sie das Gefühl der Einsamkeit gemeinsam mit dem Zucker, dem Mehl und der Butter in den Kellerregalen verstaut und dort zurückgelassen. Es war doch Unsinn, dachte sie. Sie hatte Louise und ihre Schwester, die zu ihr hielten. Und schon morgen würde sie auch Pépin wiedersehen. Doch all diese Argumente konnten das düstere Gefühl in ihrer Brust nicht vertreiben. Solange die Bewohner der Rosenstraße bei ihr ein und aus gegangen waren, hatte sie geglaubt, an diesem Ort noch immer Familie zu haben. Doch nun spürte sie die Abwesenheit ihrer Mutter, ihres Vaters, ihres Onkels schmerzhafter denn je. Nachdenklich lief sie quer durch den Keller zur Truhe hinüber, in dem ihr Vater seine Schustersachen verstaut hatte. Vielleicht könnte der Geruch des alten Leders sie ein wenig trösten. Sie wollte sich ihrem Vater noch einmal nah fühlen, hob den Deckel an und hörte das Knarren der Scharniere. Tief atmete Josephine ein. Mit den Fingern fuhr sie über die Materialien: Die eisernen Werkzeuge, der Stoff, die festen Sohlen – all das war wirklich gut erhalten. Im Ernstfall könnte sie noch immer darauf zurückgreifen. Es widerstrebte ihr zwar, doch vielleicht sollte sie endlich einmal eine Bestandsaufnahme machen – schließlich könnte die nächste Zeit in der Bäckerei hart werden. Sie musste wieder an das denken, was Louise gesagt hatte, als sie mit ihr gemeinsam in die Truhe geschaut hatte: Ihr Vater würde ihr mit Sicherheit helfen wollen und sich wünschen, dass sie die Sachen in der Not verkaufte. Mit beiden Händen hob sie halb fertige Schuhe, Lederstücke und Beutel voller Nägel heraus und verteilte sie sorgfältig auf dem Kellerboden. Ganz unten stieß sie auf einen Stapel von knittrigem und gelblich angelaufenem Papier. Vorsichtig griff Josephine auch danach und legte es vor sich ab. Noch ein Blick zurück in die Truhe – sie war leer. Zunächst nahm sie die Zettel genauer in Augenschein. Es waren Briefumschläge, zusammengebunden mit einem Faden. «Für meine liebe Caroline» stand auf dem oberen. Josephine runzelte die Stirn. Sie hatte Geschäftsschreiben erwartet. Vielleicht Rechnungen oder Bestellungen. Keinen Brief an ihre Mutter. Verwirrt öffnete sie den ersten Umschlag. Langsam, im flackernden Licht der Funzel las sie:

*«Meine liebste Caroline,*

*meine Gedanken kreisen unaufhörlich um dich, und ich frage mich, ob es dir genauso ergeht. Was fühlst du? Ist es das Gleiche, was ich fühle? Was siehst du, wenn du mich anschaust? Denkst du an mich, wenn ich nicht bei dir bin?*
*In meinen Träumen halte ich deine Hand, höre deinen Atem, rieche deinen Duft. So wie an jenem Abend in der Backstube. Wir standen nebeneinander vor dem Feuerofen, unsere Schultern berührten sich, und mit einem Mal war es, als hätte jemand den Flammen Einhalt geboten. Sie hörten auf zu züngeln und wurden zum Gemälde. Es war, als würde die Zeit stillstehen. Hast du es auch bemerkt? Während ich das schreibe, weiß ich, wie unsinnig das klingt. Aber das ist es nicht. Dass du und ich nicht zusammen sein dürfen, dass wir uns verstecken und schämen müssen, nur das ist Unsinn. Einzig du und ich zusammen ergeben einen Sinn. Ich weiß, du glaubst mir nicht. Und ein Teil von mir will mir ja selbst nicht immer glauben …*
*Doch dann denke ich wieder an die eingefrorenen Flammen im Feuerofen zurück. Niemals werde ich vergessen, wie deine Hand plötzlich meine gesucht hat. Wie du mich ansahst und küsstest, zum allerersten Mal. Es war der größte Moment meines Lebens. Bitte, meine liebe Caroline, nimm es uns nicht übel, dass wir uns*

*seitdem immer wieder küssen. Dass die Momente immer größer und gewaltiger werden, wenn wir sie teilen. Ich liebe dich, wie ich noch nie zuvor jemanden geliebt habe. Niemals werde ich einen anderen Menschen auf diese Weise in mein Herz lassen. Was wir tun, ist etwas Gutes, glaub an unsere Liebe. Denn ich tue es. Ich schwöre dir meine Treue. Egal was auch passieren mag.*

*Auf ewig deine Louise.»*

Josephine starrte auf die Unterschrift. Sie wollte kaum glauben, was sie zu bedeuten hatte. Mit fahrigen Fingern öffnete sie den nächsten Brief, als könne er den ersten ungeschehen machen. Und tatsächlich las sie nun eine andere Handschrift:

*«Liebe Caroline,*

*Ich schreibe diese Worte, weil ich sie nicht über die Lippen bringe. Was ich zwischen dir und Louise beobachtet habe, ist unaussprechlich. Ich möchte es sofort wieder vergessen und hoffe, du wirst es auch. Ich verspreche, ich werde es nie wieder erwähnen, wenn du dich von nun an von dieser teuflischen Person fernhältst. Ich möchte sie weder im* Backhus *noch im Wohnbereich ein weiteres Mal sehen. Außerdem wiederhole ich angesichts deiner offensichtlichen Verwirrung ein letztes Mal meinen Vorschlag: Heirate mich. Trotz dem, was ich mitansehen musste, liebe ich dich noch immer, werde dich immer lieben. Und ich glaube, dass auch du Gefühle für mich hegst. Ich werde für deine Töchter sorgen, als wären es meine eigenen, und wünsche mir, ihr Vater sein zu dürfen. Sicherlich würde sich auch mein lieber Bruder, Gott hab ihn selig, nichts anderes für dich und eure Kinder erhoffen. Bitte bedenke dies, wenn du dich entscheidest.*

*Fritz.»*

Josephines Atem ging schnell. Sie hatte ja keine Ahnung gehabt. Weder davon, dass Fritz ihrer Mutter einen Antrag gemacht, noch dass sie ihn abgelehnt hatte. Und am allerwenigsten hatte sie gewusst, dass Caroline mit Louise … sie konnte diesen Gedanken nicht einmal zu Ende führen. Schnell riss sie den nächsten Umschlag auf.

*«Meine liebste Caroline,*

*Mir bricht es das Herz, dich so leiden zu sehen. Nimmst du auch regelmäßig den Zimt, den ich dir gebracht habe? Er soll Wunder wirken bei Magenleiden. Ich hoffe, Fritz riecht ihn nicht. Er würde sicher darauf kommen, dass er von mir ist. Es tut mir so leid, dass er uns gesehen hat … Ich will mir gar nicht ausmalen, was er dazu gesagt hat. Ach, könnte ich dich und deine Mädchen doch nur zu mir holen! Ich würde dich gesund pflegen, mich Tag und Nacht um dich kümmern, deine Hand halten … Aber Madame Laurent würde es niemals gutheißen. Und ich weiß ja, dass vor allem die kleine Josephine das* Backhus *als ihr Zuhause betrachtet. Das Verhältnis deiner Töchter zu deinem Schwager möchte ich genauso wenig gefährden wie du. Bitte sorge dich nicht – egal was passiert, ich werde ein Auge auf sie haben. Du hast mich gebeten, mich um Josephine zu kümmern, falls du … ich möchte es gar nicht niederschreiben. Nein, ich werde es weder schreiben noch akzeptieren. Bitte, Caroline, kämpfe. Kämpfe für uns. Auch wenn unser wahres Leben im Verborgenen stattfindet, ist es doch unser eigentliches, wahrhaftiges Leben. Ich bin in meinen Gedanken in jeder einzelnen Sekunde bei dir. Ohne dich wird es auch mich nicht mehr geben.*

*Für immer,*
*deine Louise.»*

Josephine liefen die Tränen über die Wangen. Doch ein letzter Brief lag noch in ihren Händen. Sie wischte sich über die Augen und begann zu lesen.

*«Meine liebste Caroline,*

*Nun hat es mir der Doktor hinter vorgehaltener Hand bestätigt. Er rechnet nicht mit einem Wunder, aber ich schon. Du und ich, unsere Verbindung ist doch ohnehin ein Wunder, oder nicht, meine liebste Caroline? Bitte, glaube mit mir an dieses Wunder. Glaube daran, dass dies noch nicht das Ende ist. Du sagst, du wirst im Himmel auf mich warten. Wenn unsere Liebe gut ist, wird es dort einen Ort für uns geben, an dem wir zusammen sein können. Und das glaube ich auch. Doch noch ist es nicht so weit. Bitte, Caroline, lass mich nicht allein. Ich finde auch in dieser Welt einen Ort für uns. Bitte gib uns nur noch ein wenig Zeit. Kämpfe für uns.*

*Für immer,*
*deine Louise.»*

Bei diesen Worten schluchzte Josephine auf. Ihre Mutter hatte es nicht geschafft. Weder für Louise noch für Josephine oder ihre Schwestern. Sie war gegangen – und hatte ihr größtes Geheimnis in Vaters Kiste verborgen. Eine Weile saß Josephine einfach da und weinte. Um ihre Mutter, die sie so schmerzlich vermisste. Um Fritz, der sie geliebt hatte, der Josephine ein Vater hatte sein wollen und nun ebenfalls fort war. Nur Louise war noch da. Diese Frau, die sie ihre Freundin genannt hatte. Josephine hatte der Nachbarin ihre größten Geheimnisse anvertraut – während Louise ihre eigenen weiterhin vor ihr verborgen hatte. Erst gestern hatte sie Josephine von dieser einen großen Liebe erzählt, die sie hatte verheimlichen müssen. Mit keinem Wort hatte sie erwähnt, dass es Caroline gewesen war, für die sie solch tiefe Gefühle gehegt hatte. Wie konnte das überhaupt sein? Eine Frau konnte doch nicht auf diese Weise für eine andere Frau empfinden … oder etwa doch? Einmal hatten Susanna und Jette über ein junges Mädchen aus der Lilienstraße gesprochen, das wegen solcherlei Gedanken ins Irrenhaus gekommen war. Gehörte Louise auch dorthin? Und ihre Mutter? Josephine konnte sich nicht vorstellen, dass Caroline Louises Liebe erwidert hatte. Das war unmöglich, ihre Mutter hatte ihren Vater doch über alles geliebt! Wenn sie Fritz abgelehnt hatte, dann doch nur wegen ihrer unsterblichen Liebe zu Vater!

Vielleicht war all das ein Missverständnis. So musste es sein! Plötzlich fuhr Josephine hoch. Sie sprang die Treppen hinauf, ging durch die Hintertür und klopfte mit schweißnassen Fäusten gegen Louises Tür.

Dahinter hörte sie Philibert überrascht muhen.

«*Mais qu'est-ce qu'il y a?* Was ist denn los?», ertönte gleich darauf dumpf Louises Stimme. «*Madame* Philibert, könntest du bitte einmal dein geschätztes Hinterteil zur Seite bewegen?» Sie keuchte, als würde sie die Kuh wegschieben. Dann öffnete sie die Tür. Das erschöpfte Lächeln auf ihrem Gesicht fror ein, als sie Josephines Blick sah.

«Was ist das?», fragte Josephine leise und hielt ihr die Briefe entgegen.

Louise starrte die Umschläge an, dann schloss sie die Augen und sackte ein wenig in sich zusammen. «Ich dachte, Caroline hätte sie verbrannt …»

Josephine schnappte unwillkürlich nach Luft. Sie sah Louise ins Gesicht und begriff, dass es kein Missverständnis war. «Aber … wieso … wie kann denn …?», flüsterte sie. Sie hatte keine Worte für all ihre Fragen.

«Wir … haben es selbst nicht verstanden. Sie war die einzige Frau, für die ich je solche Gefühle hatte. Keine von uns hat begriffen, wie das passieren konnte, doch so war es. Wir haben uns geliebt.»

«Aber … das kann doch gar nicht …»

In sanftem Ton erwiderte Louise: «Das dachte ich auch. Doch

dann … Ich habe ihre Briefe noch immer, sie liegen oben unter meinem Bett, in dem Kästchen, in dem ich auch Carolines Backbuch wiedergefunden habe. Ich habe sie geliebt. Und sie mich.»

Josephine konnte kein weiteres Wort mehr sagen. Sie dachte an ihren Onkel, der Louise *teuflisch* genannt hatte, sie stellte sich ihre Mutter vor, Mutter und Vater. Und dann: Caroline gemeinsam mit Louise – ihr Magen zog sich zusammen. Hatte sie sich so sehr in ihrer Mutter getäuscht?

Flehend sah Louise sie an, als würde sie ihre Gedanken erraten. «*Ma chère* Josephine … du weißt doch selbst zu gut, was die Liebe mit einem macht …»

Doch Josephine schüttelte den Kopf. Sie konnte Louises Stimme in diesem Moment kaum ertragen, wollte nur noch allein sein.

«Ich … kann nicht», flüsterte sie. Dann fuhr sie herum und stürmte durch den Hinterhof zurück zur Bäckerei.

«Josephine!», rief Louise ihr nach, doch Josephine antwortete ihr nicht mehr. Entschieden schloss sie die Tür hinter sich.

⁂

Louise zitterte am ganzen Körper. Einen Moment lang blieb sie vor der geschlossenen Tür stehen und starrte auf das Holz. Erst als Philibert sie sanft von der Seite anstupste, rührte sie sich wieder. Sie streckte ihre kalt gewordenen Hände nach der Kuh aus und umarmte vorsichtig ihren Hals, schmiegte ihr tränennasses Gesicht in das weiche Fell. Dass Josephine so reagieren würde, hätte sie nicht gedacht. Nicht ihre liebe Freundin, die doch so großherzig und verständnisvoll war. Caroline hatte

Louise darum gebeten, ihre Liebe vor ihren Töchtern geheim zu halten, daher hatte Louise nie darüber gesprochen. Doch sie hatte sich immer vorgestellt, Josephine würde es gutheißen, wenn sie davon wüsste. Sie standen sich doch so nah, waren einander so gute Freundinnen geworden. Doch nun war ihr Josephines Unverständnis mit voller Wucht entgegengeschlagen. Ihre bis dahin engste Vertraute hatte sie voller Abscheu angesehen, als wäre sie persönlich der Teufel. Noch nie hatte ein Blick Louise so sehr verletzt wie dieser.

Auf einen Schlag war sie vollkommen allein. Caroline war schon so lange fort, Madame Laurent hatte sie ebenfalls verlassen, sie hatte Karl in den Wind geschossen, und nun hatte sie auch noch ihre beste Freundin verloren. Nur eine magere Kuh hielt noch zu ihr.

Wenn Caroline sie so sehen könnte, überlegte Louise. Sie würde über ihr Selbstmitleid schmunzeln, sie fest in den Arm nehmen und sagen: «So, *Mademoiselle*, nun aber wieder Kopf hoch!»

Langsam löste sie sich von Philibert, tätschelte sie dankbar und wischte sich die Tränen aus dem Gesicht. Die Kuh blinzelte sie aufmunternd an. Langsam stieg Louise die Treppe hinauf. In ihrer Kammer bückte sie sich, um das Kästchen unter dem Bett hervorzuziehen und Carolines Briefe in die Hände zu nehmen.

Sie hob sie ans Gesicht und atmete ihren papiernen Duft tief ein. Und dann, zum ersten Mal seit langer Zeit, entfaltete sie das Blatt, das ganz oben lag.

*«Meine liebste Louise,*

*heute Morgen bin ich ohne den leisesten Zweifel erwacht. Du hast recht. Nicht wir sind es, die falsch sind. Es ist die Welt. Ich liebe dich mehr, als ich je zuvor jemanden geliebt habe, und möchte dich unentwegt an meiner Seite wissen, meine Hand in deiner – bis zum Schluss. Es bricht mir das Herz, dass unsere Zeit so kurz war. Aber es tröstet mich, dass wir sie hatten. Dass ich solch große Gefühle, die Momente mit dir erleben durfte. Ich bitte dich: Hab ein Auge auf meine Mädchen. Auch wenn Fritz dich davon abhalten wollen wird. Vor allem auf Josephine. Sie braucht eine Mutter in ihrem Leben. Und bitte, Louise, versperre dich keinem Glücksgefühl auf dieser Welt. Lebe, verliebe dich, genieße, was dir geschenkt wird. Denk nur noch hin und wieder an deine Caroline. Wie auch immer der Himmel aussieht – ich werde dort nach einem Ort für uns suchen.*

*Für immer,*
*deine Caroline.»*

Sie kannte die Worte auswendig, auch wenn sie sie schon seit Jahren nicht mehr gelesen hatte. Manche dieser Sätze hatte sie laut vor sich hin geflüstert, andere hatte sie nicht lesen wollen. Sie wollte sich nicht noch einmal verlieben, keinesfalls! Sie hatte Caroline versprochen, dass die Liebe etwas bleiben würde, das nur ihnen beiden gehörte. All die Jahre hatte sie sich gesagt, sie hätte diese Entscheidung für Caroline getroffen. Dafür, ihrer beider Geschichte zu bewahren, groß und einzigartig wie sie war. Eine neue Liebe hätte diese Geschichte in Zweifel gezogen. Doch nun, da sie Carolines Worte nach langer Zeit noch einmal las, fragte sie sich, ob sie sich nicht selbst belogen hatte. Caroline hatte Louise sogar gewünscht, sich erneut zu verlieben, ihr Leben auch ohne Caroline zu genießen. Hatte sich Louise aus einem anderen Grund dagegen versperrt? Sie schluckte, presste die Lippen aufeinander, und dann dachte sie zum ersten Mal: *Vielleicht habe ich einfach Angst*. Angst, erneut eine große Liebe zu verlieren und damit den schlimmsten Schmerz zu riskieren, den dieses Leben ihr bisher bereitet hatte.

Eine Träne tropfte auf das Papier. Schnell tupfte Louise sie mit ihrem Ärmel ab. Sie spürte die Einsamkeit körperlich. Es war, als würde aus ihrer kleinen Kammer langsam die Luft abgelassen. Was hatte sie getan? Wie hatte sie sich nur in solch eine Lage bringen können? Caroline wäre am Boden zerstört, wenn sie Louise so sehen würde. Und bei dem Gedanken legte sie die Briefe zurück in das Kästchen, schob es unter das Bett und machte sich endlich auf den Weg.

Karl war nicht zu Hause, aber Rosine erlaubte ihr, auf den Treppenstufen zu sitzen und auf ihn zu warten.

«Hast du schon was gegessen, Mädchen?», knurrte sie.

«Ich habe keinen Hunger.»

«Ich hab nicht gefragt, ob du Hunger hast.»

Streng sah sie sie von der Seite an. Louise schüttelte den Kopf.

«So siehst du auch aus. Nimm das hier.»

Rosine streckte ihr ein zerquetschtes, krauses Ding entgegen. Louise musste zweimal hinschauen, um es als eines von Josephines französischen Brötchen zu erkennen. Es war offensichtlich bereits durch mehrere Hände gegangen. Eigentlich wollte sie dankend ablehnen. Etwas, das Josephine gebacken hatte, konnte ihr nun wirklich gestohlen bleiben. Doch sobald ihr der Duft in die Nase stieg, war es ihr unmöglich zu widerstehen. Sie biss hinein, schloss die Augen, und als sie sie wieder öffnete, wirkten die Gänge nicht mehr ganz so düster wie zuvor – und vor ihr stand Karl.

«Louise», sagte er und zog sich die Kappe vom Kopf. Er knetete sie, schaute auf seine Finger – und runzelte die Stirn, als würde er sich über sich selbst wundern. Schnell klopfte er die Kappe aus und setzte sie sich wieder auf den Kopf. Ohne sie anzusehen, fragte er: «Wie kann ich dir helfen?»

«Es tut mir leid, Karl», sagte Louise.

«Was tut dir leid?» Er verschränkte die Arme.

«Ich bin einfach abgetaucht. Das war nicht in Ordnung. Ich hätte mit dir sprechen sollen, aber ich wusste ja selbst nicht …» Sie brach ab und stützte die Stirn in die Hände.

Er schwieg. Sicher wartete er darauf, dass sie fortfuhr. Doch was genau sollte sie ihm sagen? Sie war aus einem Impuls heraus hergekommen, ohne Plan. Und nun? Wie ehrlich durfte sie sein? Langsam stand sie auf.

«Ich habe mich … in dich verliebt, Karl. Aber ich dachte, ich würde damit eine andere Liebe verraten. Also habe ich mir selbst verboten, dich zu sehen.»

Kaum merklich runzelte Karl die Brauen. Während sie sprach, schaute er unentwegt an ihr vorbei. Es war, als stünde er weit weg, am anderen Ende der Gänge. Nicht hier, direkt vor ihr.

«Ich dachte, ich würde nie wieder so empfinden, wollte es nicht einmal. Du und ich, wir waren gute Freunde! Ich habe mir eingeredet, du könntest mir nicht gefährlich werden, aber dann hast du mich festgehalten, als ich traurig war. Und unser Kuss … es war für mich der schönste Moment … seit damals. Auf einmal bist du mir gefährlich. Sehr sogar. Wenn wir diesen Weg weitergehen, dann … Ich ertrage nicht noch einmal einen solchen Schmerz. Ich kann nicht …»

Nachdenklich schob Karl die Hände in die Hosentaschen. Und dann machte er endlich den Mund auf. «Ich habe auch jemanden verloren. Vor langer Zeit.» Er sprach so leise, dass sie ihn kaum verstehen konnte. «Ich kenne all diese … Gedanken.»

Louise erlaubte sich ein kleines Lächeln und trat einen Schritt auf Karl zu, doch er wich vor ihr zurück.

«Trotzdem hätte ich dich niemals einfach so, ohne ein Wort …», er brach ab, schüttelte den Kopf und stieß Luft durch die Nase aus.

Sie sackte ein wenig in sich zusammen. Sollte sie ihm die ganze Wahrheit erzählen? Von Caroline, der großen Scham, dem Versteckspiel, dem Schwur? Könnte er ihr dann vielleicht verzeihen? Nein, entschied sie. Selbst wenn er Verständnis für diese ungewöhnliche Liebe aufbringen würde – es machte ja doch nicht ungeschehen, was sie getan hatte. Sie hatte ihn verletzt, um sich selbst vor Schmerzen zu schützen, das machte auch die Wahrheit über Caroline nicht wieder gut.

Sie nickte, suchte nach Worten und flüsterte: «Du hast recht. Du hättest mich niemals so behandelt, wie ich dich. Du wärst nicht so egoistisch gewesen. Ich wünschte, ich könnte es rückgängig machen.»

Er schluckte sichtlich, doch schaute sie noch immer nicht an.

«Es tut mir leid», fügte sie noch hinzu, dann drehte sie sich langsam um. Vielleicht sollte sie morgen noch einmal herkommen und sich entschuldigen. Und übermorgen und am Tag darauf wieder. Vielleicht wäre es aber auch besser, ihn einfach in Ruhe zu lassen, es war offensichtlich, dass er nichts mehr von ihr wissen wollte … Zögernd entfernte sie sich, spürte einen dicken Kloß im Hals, als sie sich vorstellte, sie könne nun auch Karl für immer verloren haben.

Da hörte sie Schritte hinter sich.

«Louise, warte.»

Sofort drehte sie sich um, sah Karl hoffnungsvoll an. Zwar sagte er nichts weiter, aber jetzt sah er ihr endlich direkt in die Augen. Und in seinem Blick lag so viel Sehnsucht, dass sie nicht anders konnte: Ohne weiter darüber nachzudenken, stürmte sie auf ihn zu, schlang ihre Arme um seinen Hals und küsste ihn. Einen Moment lang fühlten sich seine Schultern und Lippen steif an, doch dann, zaghaft, erwiderte er ihren Kuss. Sie legte die Stirn gegen seine, schloss die Augen und spürte seinen Atem auf ihren Lippen.

«Es tut mir so leid», flüsterte Louise erneut.

«Ich weiß», murmelte Karl.

«Das Leben tut ohnehin weh», wisperte sie. «Wenn wir schon leiden müssen, wäre es doch besser, wir könnten es gemeinsam tun. Aufeinander achtgeben. Ich auf dich und du auf mich.»

Er legte seine Hände an ihre Wangen, und endlich kehrte sein schiefes Lächeln zurück auf seine Lippen. «Das könnten wir», raunte er – und küsste sie erneut. Und endlich schien jede Vorsicht, jeder Zweifel aus seinen Bewegungen verschwunden zu sein. Mit aller Entschiedenheit hielten sie sich aneinander fest. Stolpernd und keuchend stiegen sie die Treppen hinauf, drückten sich an den Wänden entlang zum Zimmer hinter der Küche, sodass Rosine ausrief: «Gott im Himmel, das geht nun aber wirklich zu weit», und die Flucht ergriff. Sie lachten, während sie einander entkleideten. Louise schloss die Augen, vergrub das Gesicht in Karls Halsbeuge und ließ das Versprechen, das Caroline ihr schon damals nicht hatte abnehmen wollen, endlich los.

# 27. Kapitel

Seitdem die Franzosen Hamburg wieder eingenommen hatten, verhielt sich Ida freundlicher gegenüber Josephine. Sie kam nach wie vor ganz selbstverständlich ins *Backhus*, was sicherlich daran lag, dass sie von der Sache mit Pépin nichts mitbekommen hatte. Schließlich interessierte der Klatsch und Tratsch der einfachen Leute aus der Rosenstraße Idas gehobene Kreise herzlich wenig. Kurz hatte Josephine überlegt, ihrer Schwester selbst alles zu erzählen, da ihr die freundschaftlichen Gespräche mit Louise schrecklich fehlten. Aber sie hielt sich zurück, denn sie konnte sich beim besten Willen nicht vorstellen, dass Ida Verständnis für eine uneheliche Liebschaft mit einem Soldaten aufbrächte. Viel eher würde sie Josephine für verrückt erklären und versuchen, sie wieder zur Vernunft zu bringen. Es käme mit großer Wahrscheinlichkeit zum Streit, und Josephine hatte keine Kraft für noch mehr Zwist in ihrem Leben.

Arglos bestellte Ida – das Schildchen sorgfältig ablesend – jedes Mal: «Fünf *Franz-Brötchen* bitte.»

Josephine verzichtete darauf, sie zu korrigieren. «Wie kommt es eigentlich, dass du in letzter Zeit immer selbst kommst und nicht mehr das Dienstmädchen schickst?», fragte sie stattdessen. «Ich habe Fräulein Weber schon lang nicht mehr gesehen.»

«Freust du dich etwa nicht über meine Besuche?» Beleidigt schob Ida die Unterlippe vor.

«Doch natürlich! Sehr sogar.» Josephine lächelte entschuldigend und hielt ihr die Brötchen entgegen.

«Ich möchte eben gern bei dir nach dem Rechten sehen. Und … ich muss ehrlich zugeben, dass deine Bäckerei sehr hübsch aussieht in letzter Zeit.»

Josephine hatte sich wirklich ins Zeug gelegt. Um die Bewohner der Rosenstraße wieder zurück ins *Backhus* zu locken, hatte sie das Schild «Thielemanns Backhus» neu gestrichen, sie stellte täglich frische Blumen ins Fenster – auch wenn Pépin und Marlo sie in ihrer Unachtsamkeit schon mehrfach mit ihren Stiefeln heruntergefegt hatten – und schmückte auch ihre Theke und die Regale mit Deckchen und Blumen. Pépin und Marlo hatten sogar ein paar Dielen im Fußboden ausgebessert und der Fassade einen neuen Anstrich verpasst. Doch bisher zeigte die neue Heimeligkeit ihre Wirkung nur bei Ida.

«Du kommst also, weil du es hier so hübsch findest?» Josephine zog einen Mundwinkel hoch.

«Ich komme vor allem, weil ich dich hin und wieder sehen möchte, Josephine. Früher bist du noch manchmal zu mir gekommen, und wir haben gemeinsam zu Abend gegessen. Aber am Jungfernstieg habe ich dich schon seit Wochen nicht gesehen.»

Das stimmte. Seitdem Pépin wieder in der Stadt war, trafen sie sich in jeder Minute, die Pépin entbehren konnte. Dabei fiel es Josephine unendlich schwer, seiner Nähe nicht nachzugeben, und auch ihm sah sie die mühsame Beherrschung an, während sie backten, redeten und scherzten, unterbrochen einzig von immer atemloser werdenden Küssen. Josephine wollte keinesfalls etwas

Unrechtes tun, doch manchmal, wenn sie Pépin im Vorübergehen über den Bauch oder den Rücken strich, wenn sie sich einen Moment zu intensiv ansahen, einen allzu zweideutigen Scherz machten, dann packte Pépin sie plötzlich wieder, hob sie auf die Arbeitsplatte und küsste sie so wie an jenem ersten Abend. Josephine knöpfte sein Hemd auf, um ihm über die Brust und den Rücken zu streichen, und er schob ihre Röcke nach oben. Josephines ganzer Körper schien in diesen Momenten zu brennen, doch bevor sie sich in diesem Brennen verlor, schob sie ihn sanft, aber entschieden von sich weg.

«Du hast ja recht», murmelte er, stets verständnisvoll. Mit wehmütigen Blicken breitete er ihre Röcke wieder lang über ihre Beine aus, mit zittrigen Fingern knöpfte sie sein Hemd zu, und beide versuchten sie, zu Atem zu kommen.

Es stimmte also, Josephine hatte kaum Zeit, in die Villa am Jungfernstieg zu kommen. Und bisher hatte sie auch nicht angenommen, dass ihre Schwester sie vermissen könnte.

«Ich weiß», sagte Josephine nun kleinlaut zu Ida. «Aber ich werde euch bald wieder besuchen kommen, versprochen. Wie geht es eigentlich Philipp? Ist zwischen euch alles wieder in Ordnung?»

«Fängst du schon wieder damit an?» Ida stemmte die Hände in die Hüften. «Natürlich ist alles in Ordnung. Philipp ist bestens gelaunt, die Geschäfte laufen ausgezeichnet, wir können nicht klagen.»

«So?» Josephine legte den Kopf schief. «Was sind das denn eigentlich für Geschäfte, die in diesen Zeiten so gut laufen?»

Für die meisten Menschen in Hamburg war der Sommer 1813 eine schreckliche Zumutung. Die Tore wurden erneut streng bewacht, die Lebensmittel in der Stadt immer knapper. Dennoch verlangten die Franzosen hohe Steuern. Hamburg sei eine reiche Stadt voller Kaufleute, hieß es – sie könnten durchaus zahlen. Seltsam nur, dass vor allem die kleinen Leute so viele Abgaben verschmerzen mussten, während wohlhabende Kaufleute wie Philipp «nicht klagen» konnten. Schon bevor die Franzosen die Stadt wieder eingenommen hatten, waren viele Hamburger geflohen. Vor allem Männer, die in der Bürgerwehr gekämpft hatten, waren fort. Perthes mit seiner Familie beispielsweise. In seinem Haus lebte nun ein General, und seine Buchhandlung wurde als Wachstube benutzt. Pépin hatte ihr kopfschüttelnd erzählt, wie seine Kameraden mit diesen Räumlichkeiten umgingen: Die Bücher hatte man durcheinandergeworfen, die Tapeten abgerissen und zum Einheizen benutzt, in den mächtigen Ofen hatte man durch das Fenster vom Hof her einen frisch gefällten Baum geschoben und das unterste Ende angezündet, doch war sein Holz noch lang nicht trocken genug gewesen, um wirklich zu brennen. Von den missglückten Versuchen waren sämtliche Wände rußschwarz geworden.

«Du weißt doch: Wie es sich für eine gute Ehefrau gehört, interessiere ich mich nicht für die Geschäfte meines Mannes», erklärte Ida in würdevollem Ton. Dazu beugte sie ihr Haupt, als spräche sie mit Damen ihres Standes, nicht mit Josephine, und verabschiedete sich.

In der Tür stieß sie beinahe gegen Louise. Josephine erschrak. Seitdem sie Louises Briefe an ihre Mutter gefunden hatte, waren sie sich so gut sie konnten aus dem Weg gegangen. Mittlerweile lag der Streit mehr als vier Wochen zurück, und Josephine konnte sich noch immer nicht vorstellen, wieder normal mit Louise umzugehen. Sobald sie die Nachbarin sah, zog sich ihr Magen vor Scham und Verwirrung schmerzhaft zusammen.

«Oh, *pardon*», murmelte die Nachbarin und hielt ihren großen blauen Hut fest. Dabei sah sie nicht Ida, sondern Josephine an.

Sobald Ida gegangen war, schloss Louise die Tür und blieb in sicherem Abstand vor Josephine stehen. «Ich wäre nicht hier, wenn ich einen anderen Weg sehen würde», murmelte sie.

«Einen anderen Weg wofür?», fragte Josephine. Ihre Stimme kam ihr selbst ganz fremd und unwirklich vor.

«Karl und ich sind wieder mit dem Handkarren unterwegs, um neue Waren vom Alten zu schmuggeln. Wir hatten ein kleines Lager in den Gängen, aber es wurde uns ausgeraubt. Und ich bin mir sicher, dass deine Vorräte ohnehin langsam zur Neige gehen, habe ich recht?»

Josephine presste die Lippen zusammen und dachte nach. In ihrem Keller lagerten tatsächlich nur noch zwei Säcke Zucker und eine Handvoll Zimtstangen. Und bei dem Appetit, den die Soldaten auf ihre «Franzbrötchen» hatten, wie die meisten sie nur noch nannten, würde das nicht mehr lange reichen. Hinzu kam, dass es ihr immer größere Probleme bereitete, Butter aufzutreiben.

Als hätte Louise ihre Gedanken erraten, sagte sie: «Ich würde dir im Gegenzug auch hin und wieder Butter vorbeibringen.»

«Warum versteckt ihr die Sachen nicht in deinem Haus?», fragte Josephine und reckte ihr trotzig das Kinn entgegen.

«Es ist zu warm. Ich habe keinen Keller, und dieser Sommer ist unerträglich, findest du nicht?»

«Zucker und Zimt verderben nicht», widersprach Josephine.

«Nein, aber die Zitronen und der Rhabarber tun es.»

«Rhabarber auch?» Josephine kratzte sich nachdenklich an der

Schläfe. Sie könnte Rhabarberkuchen backen, überlegte sie. Zum ersten Mal seit Jahren! Die Vorstellung war zu verlockend.

«Na gut.» Sie seufzte. «Ihr könnt meinen Keller benutzen.»

«*Très bien.* Deine Bezahlung erfolgt wieder über deinen Anteil an den Waren», sagte Louise förmlich. Dann nickte sie, drehte sich um und ging.

Josephine fröstelte. Wie hatte es zwischen ihnen nur so weit kommen können?

Josephine legte den Schlüssel wieder an den vereinbarten Ort, und wenn Louise und Karl ihre Schmuggelware in Josephines Keller brachten, blieb Josephine in der Back- oder der Wohnstube. Sie hörte nur, wie die beiden gedämpft und sanft miteinander sprachen und scherzten. Louises helles Lachen versetzte Josephine einen heftigen Stich. In diesen Momenten vermisste sie ihre Freundin besonders. Ja, Louise hatte ihr etwas verschwiegen. Doch war das nicht auch ihr gutes Recht gewesen? Waren Freundinnen wirklich dazu verpflichtet, sich alles zu erzählen? Langsam wurde ein weiterer Gedanke in ihr immer lauter: War es in Wahrheit nicht sie selbst, die sich treulos verhielt? Was, wenn Louise sich genauso wenig gegen ihre Gefühle hatte wehren können wie Josephine gegen ihre eigenen für Pépin? Louise hatte möglicherweise recht: Wer war Josephine, dass ausgerechnet sie jemanden der Liebe wegen verurteilte?

Manchmal lag sie nachts wach und hing all diesen Gedanken nach, stellte sich vor, wie es wäre, sich mit Louise zu versöhnen – und sah dann doch wieder ihren armen Onkel Fritz vor sich, den sie geliebt hatte wie einen Vater und der sie so eindringlich vor der Nachbarin gewarnt hatte ... Wäre es ein Verrat an ihm, Louise um Verzeihung zu bitten? Sie wusste nicht, was sie tun sollte, also tat sie nichts. Und so verging der Sommer. Die Bewohner der Rosenstraße blieben dem *Backhus* fern, manche wechselten sogar die Straßenseite, sobald sie Josephine sahen. Louise und Josephine gingen einander aus dem Weg. Hin und wieder lag ein Stück Butter im Keller, und Josephine verarbeitete es zu Franzbrötchen, während ihr ein Kloß hart und trocken im Hals saß. Die Gebäckstücke wurden täglich von immer mehr Soldaten gekauft. Sie konnte nichts zurücklegen, sodass bald auch Anna und Mathilde enttäuscht fernblieben. Es war Josephines Glück, nur so konnte sie die hohen Abgaben an die Machthaber zahlen. Gleichzeitig war es aber auch ein Fluch, denn immer mehr Hamburger wurden von den vielen Soldaten im *Backhus* abgeschreckt. Ihr Ruf als Franzosendirne verfestigte sich mit jeder Woche, die verging. Doch Josephine sah keinen Ausweg. Sie konnte die Soldaten nicht fortschicken, ohne ihren Bankrott zu riskieren. Sie konnte sich nicht von Pépin lösen, ohne sich das Herz zu brechen. Sie genoss jede Sekunde mit ihm in vollen Zügen, sie wollte ihn ganz und gar, und doch durfte sie ihrem Verlangen keinesfalls vollkommen nachgeben, wenn sie ihre Zukunft nicht aufs Spiel setzen wollte. Obwohl sie nun am eigenen Leib spürte, wie schwer es war, der Liebe zu widerstehen, brachte sie es nicht über sich, Louise zu verzeihen und sich mit ihr zu versöhnen. Jeden Tag hoffte sie darauf, dass sich etwas ändern würde, doch es wurde Juli, August, September, und alles was sich änderte, war das Wetter. Bald fegten nasskalte Schauer über Hamburg hinweg, der Himmel wurde grau, die Stimmung düster und drückend. Auch die paar goldenen Oktobertage konnten daran nichts ändern. Schon war der November da, kalt und windig, er ließ die Fensterläden der Bäckerei laut gegen die Häuserwände krachen, doch Pépins warmer Atem, seine weichen Hände gaben Josephine Halt.

Dann sagte Pépin eines Abends statt einer Begrüßung: «Die Nordarmee des schwedischen Kronprinzen ist auf dem Vormarsch. Sie werden die Stadt belagern. Das wird ein harter, schlimmer Winter für uns alle.»

Erschrocken sah Josephine ihn an. Er stand da, blass und verkniffen. «Es tut mir so leid», flüsterte er.

Mit großen Schritten ging sie auf ihn zu und ergriff seine Hände. «Mein Liebster», sagte sie leise. «Du kannst doch nichts dafür.» Sanft streichelte sie über seine Handrücken.

Er atmete lange aus, dann küsste er sie auf die Stirn, die Augen, die Nase … Unwillkürlich seufzte sie auf. Seine Lippen lagen schon an ihren, als er sich doch noch bremste. Anscheinend besann er sich auf den Grund, der ihn heute hergeführt hatte.

«Sämtliche Hamburger werden dazu verpflichtet, sich für sechs Monate mit Vorräten einzudecken. Wer es nicht schafft, wird aus der Stadt verwiesen», murmelte er und trat einen Schritt zurück.

Josephine fröstelte. «Sie können doch nicht …»

«Sie werden sie aus der Stadt jagen, Josephine. Jeden, der in diesem Winter zur Belastung werden könnte.»

«Und mit *sie* meinst du … *euch*.» Mit einem Mal klang ihre Stimme bitter. Welche Bürden wollten die Franzosen der Stadt noch auferlegen? Und wie konnte sie sich mit einem von ihnen einlassen – davon träumen, ein Soldat würde sie endlich zur Frau machen? *Franzosendirne*, schoss es ihr durch den Kopf. «*Ihr* werdet sie aus der Stadt jagen, richtig?», flüsterte sie.

Pépin nickte mit beinahe schmerzverzerrtem Gesicht. «Du musst dich mit genügend Vorräten eindecken.»

«Ich habe genügend Vorräte, Pépin», presste sie hervor.

Verwundert sah er sie an, und sie wusste nicht, ob ihr plötzlich so harter Tonfall oder ihre Antwort ihn mehr überraschte.

«Ja, ich habe genug, aber was ist mit den anderen Menschen? Mit Jette, Merlin, Fiete?»

«Du sorgst dich um sie, obwohl sie dich seit Monaten schneiden?», wandte Pépin ein. Doch Josephine ignorierte seine Worte.

«Sie zahlen ihre Steuern, sie geben regelmäßig Anteile ihrer Vorräte an euch ab – und werden dann aus der Stadt gejagt, weil nichts übrig bleibt?» Wütend funkelte sie Pépin an.

«*Wir* …», wiederholte er flüsternd. Und nun sah er so tief erschüttert aus, dass es Josephine kaum ertragen konnte. Sie wollte ihm nicht wehtun. Er selbst war doch nicht schuld an alldem! Sie atmete tief durch und versuchte, sich zu beruhigen.

«Die Franzosen. Ich weiß natürlich, dass du das alles nicht gewollt hast …»

Pépin nickte langsam. «Ich verstehe, dass du wütend bist, Josephine. Wäre ich an deiner Stelle, würde es mir wahrscheinlich ähnlich gehen.»

In diesem Moment klopfte es an der Tür. Josephine lief nach vorn, öffnete – und wusste nicht, was sie sagen sollte. Vor ihr stand Karl. Der Mann, der seit Monaten in ihrem Haus ein und aus ging, ohne dass Josephine ihn begrüßte.

«Hallo Josephine. Hast du einen Moment Zeit?»

Mit ungelenken Bewegungen wischte sie sich die Haare aus dem Gesicht. «Natürlich», sagte sie. «Komm doch herein.»

⁂

Karl hätte sich denken können, dass Josephine nicht allein war. Dennoch erschrak er ein wenig, als er den Soldaten in der Backstube stehen sah. Obwohl der seinen Zweispitz abgenommen hatte, strahlte er mit seinen Gamaschen und der Uniform einen Stolz aus, angesichts dessen Karl am liebsten die Augen verdreht hätte. Ob es wirklich so eine gute Idee war, direkt unter den Nasen der Franzosen Schmuggelware zu verstecken? Er hatte Louise mehrfach von seinen Sorgen und Zweifeln erzählt, doch sie hatte abgewunken. Sie war der Überzeugung, dass gerade im *Backhus* niemand so genau hinsehen würde. Die Soldaten liebten ihre Backwaren viel zu sehr, um Josephine in Gefahr zu bringen. Und dieser Pépin liebte Josephine. Davon war zumindest Louise überzeugt. Karl verstand nicht recht, warum die beiden Frauen kaum noch miteinander sprachen, sich aber dennoch gegenseitig helfen wollten. Josephine versteckte Louises Schmuggelwaren, und Louise verteidigte die Nachbarin vor jedem Hamburger, der schlecht über sie sprach. Erst gestern hatte die Zwiebel-Susanna von gegenüber Flüche auf die junge Bäckerin ausgestoßen. Sofort hatte Louise sie unterbrochen. «Was hat sie euch getan, dass ihr so über sie sprecht, mmh?» Ganz tief hatte ihre Stimme mit einem Mal geklungen. «Sie ist verliebt, *et alors*? Was seid ihr nur für grausame Menschen, dass ihr einer jungen, einsamen Waise in diesen dunklen Tagen kein Glück gönnt?!»

Karl hatte sich nur unter der Kappe gekratzt und schief gegrinst.

«Josephine … können wir frei sprechen?», fragte er sie nun.

Sie sah den Soldaten von der Seite an. Statt ihrer war er es, der Karl antwortete: «Es ist wahrscheinlich besser, wenn ich gehe.»

«Danke, Pépin.» Josephine drückte seine Hand, er zwinkerte ihr überraschend liebevoll zu, dann schritt er hinaus.

«Was ist passiert?» Mit großen Augen sah sie Karl an.

«Die neue Anweisung. Du hast es wahrscheinlich schon gehört?»

Josephine nickte. «Aber wie sollen wir uns mit Vorräten für sechs Monate eindecken? Was werden du, Rosine und die Mädchen tun? Wollt ihr Zucker und Früchte mitnehmen?»

Er sah sie einen Moment lang verwundert an. «Du weißt es nicht, oder?»

Sie runzelte die Stirn. Nein, sie hatte offensichtlich keine Ahnung.

«Du wohnst direkt nebenan, da habe ich geglaubt …» Er räusperte sich.

«Was willst du mir sagen, Karl? Ist etwas mit Louise?» Erschrocken trat sie einen Schritt auf ihn zu. «Es geht ihr doch gut, oder?»

«Es geht ihr gut», sagte Karl schnell. «Ich meinte nur … Rosine, die Mädchen und ich sind doch seit einem knappen Monat ebenfalls deine Nachbarn. Ich dachte, du hättest uns vielleicht hin und wieder in der Straße gesehen. Oder es hätte sich irgendwie zu dir herumgesprochen. Haben die Mädchen dir gar nichts gesagt? Glaub mir, Louise war sehr traurig, weil du bei unserer Hochzeit nicht dabei warst.»

Ihre Augen wurden immer größer. Hastig sprach er weiter. «Aber es sollte alles schnell gehen … nur Rosine und die Mädchen waren dabei … aus der Rosenstraße hat Louise niemanden eingeladen. Sie nimmt es allen übel, wie sie mit dir umgehen. Für ein großes Fest war sie ohnehin nicht in der Stimmung, nicht in diesen Zeiten, aber wir wollten einander trotzdem …»

Er brach ab, als er ihre Tränen sah. Stocksteif stand sie da. Auch er wusste nicht weiter. Es war ihm schon schwergefallen,

Louise zu trösten. Doch eine beinahe fremde Frau wie Josephine? Er knetete seine Kappe in den Händen.

«Herzlichen Glückwunsch», hauchte Josephine endlich. «Ich wäre nur zu gern dabei gewesen ... Dieser Streit ... Ich war eine dumme Gans. Es tut mir leid ...» Sie wischte sich mit dem Ärmel über das Gesicht. «Entschuldige. Das alles sollte ich *ihr* sagen und nicht dir. Auch wenn es nicht so aussieht, freue ich mich sehr für euch.»

Karl konnte nicht anders als zu lächeln. Einen Moment lang musste er an die Hochzeit zurückdenken: Er hatte das Gefühl gehabt, als würde er nach Jahren aus einem kalten, dunklen Fleet auftauchen und ein Sonnenbad nehmen. Auch wenn Louise und er keine große Sache daraus gemacht hatten, war es für Karl doch die größte Sache der Welt gewesen. Er hatte geglaubt, vor Glück bersten zu müssen. Vom frühen Morgen an hatten beide ununterbrochen gestrahlt, hatten sich immer wieder angesehen, berührt und geküsst. Auf dem Wege zur St.-Gertruden-Kapelle schwebten sie beinahe. Dort angekommen, schüttelte Rosine über so viel Gefühl zuerst missbilligend den Kopf, später seufzte sie ergeben. Anna konnte den Blick nicht von Louise lösen. Schließlich trug die Braut ihr schönstes Festkleid mit den Rüschen am Hals und an den Handgelenken, den voluminösesten Hut und das wärmste Lächeln. «Niemand könnte schöner sein als du», sagte die Kleine, Carla kläffte zustimmend und Karl musste ihnen beiden recht geben. Sogar Mathilde lächelte an diesem Tag und umarmte Karl so warm wie nie zuvor. Nur kurz nach der Trauung, als sie aus der Kapelle traten und niemand sie empfing – nicht Josephine und auch niemand sonst aus der Rosenstraße –, war Louise für einen Moment lang traurig gewesen. Doch dann hatte sie sich zusammengerissen. «Ich habe ja gewusst, dass es so sein würde», hatte sie geflüstert.

Nun seufzte Karl.

«Ihr seid also alle bei Louise eingezogen?», fragte Josephine leise.

«Mit Hund.» Karl grinste schief. «Louise hat darauf bestanden, uns alle aufzunehmen.»

«Das kann ich mir gut vorstellen.» Josephine lächelte tapfer.

«Sag das mal *Madame* Philibert! Sie versucht ständig, auf Carla zu treten oder ihr eins mit ihrem Schwanzbüschel zu verpassen.»

Josephine kicherte. «Sie mag wohl keine Konkurrenz.»

«Ganz und gar nicht.» Karl verzog das Gesicht. «Wir dürfen die zwei nicht allein lassen. Eine von beiden würde es sicherlich nicht überleben.»

Josephine lachte nun tatsächlich, und Karl war erleichtert über den Stimmungswechsel. Vielleicht konnte er ja doch noch loswerden, weswegen er wirklich hier war.

«Jedenfalls», setzte er an, «brauchen wir deine Hilfe. Louise weiß natürlich nicht, dass ich dich darum bitte, aber ich sehe keine andere Möglichkeit.»

«Was kann ich tun?»

Karl zögerte einen Moment – und dann holte er tief Luft.

❊

Christian wusste, dass er nicht hier sein sollte. Was interessierte ihn die Franzosendirne noch? Er hatte schließlich Besseres zu tun. Wenn er nicht mit seinem Vater oder dem Präfekten unterwegs war, um die wichtigsten Institutionen Hamburgs zu überwachen – das Gericht, das Zucht- und das Rathaus –, dann erledigte er Botengänge für den Militärbeamten oder begleitete die Kontrollen, um zu überprüfen, ob die Hamburger bereits Vorräte angelegt hatten. Noch wurden lediglich Verwarnungen ausgesprochen. Doch dabei würde es nicht bleiben, nun, da die Nordarmee immer näher rückte. Dabei *konnte* es nicht bleiben. Bei dem Gedanken biss Christian die Zähne zusammen. *Immer gut, auf der Seite der Gewinner zu stehen*, hatte sein Vater gesagt, und längst genügend Vorräte zusammengekauft. Doch ob sie das über diesen Winter bringen würde? Christian versuchte, nicht darüber nachzudenken, sondern drückte sich noch etwas tiefer in den Schatten zweier Häuser. Aus dem einen strömte ein aufdringlicher Zwiebelgeruch, aus dem anderen der Gestank von billigem Branntwein. Er hatte direkte Sicht auf *Thielemanns Backhus*. Seit einigen Wochen sah es besser aus denn je. Die Holzbalken glänzten wie frisch gestrichen, die Fassade war wieder weiß und die Lettern über der Tür von einem kräftigen Zimtbraun. Kurz stellte er sich vor, er hätte Josephine zugestanden, was sie sich gewünscht hatte. *Er* würde nun mit ihr in diesem windschiefen Fachwerkhäuschen wohnen, sie würde *ihn* so ansehen wie nun diesen Franzosen, sie wäre *seine* Frau, nicht die Dirne dieses Soldaten. Sie würde noch das Ansehen der Stadt genießen, *sein* Ansehen. Doch dann schüttelte er den Kopf. Bruchbude blieb Bruchbude, auch wenn die Franzosen Josephine einen Gefallen getan und die Hütte ein bisschen bemalt hatten. Christian gehörte nicht an so einen Ort. Es war die richtige Entscheidung gewesen, sie zu verkaufen. Josephine war es, die einen Fehler beging. Sie hatte kein Recht gehabt, die Verlobung mit ihm zu beenden. Ihr Onkel hatte sie ihm versprochen. Und was ihm versprochen worden war, das würde er auch einfordern. Christian war kein Mann, der sich um seinen Lebensentwurf betrügen ließ, das sagte er sich zumindest Tag für Tag. Er würde Josephine schon zur Vernunft bringen. Oder sie bestrafen. Am liebsten wäre ihm beides. Er wollte ihr eine gelbe Kornblume vor die Füße werfen. Eine Aster. Eine Hortensie, Jasmin und Salbei. *Ich verachte dich. Du warst mir untreu. Du bildest dir zu viel auf dich ein. Und doch bist du bezaubernd, trotz allem, und ich denke unentwegt an dich.* Ein Strauß aus Wut, Hass und Liebe. Eine Hoffnung auf eine zweite Chance. Wollte er ihr eine solche Chance geben? Zunächst musste sie für das bezahlen, was sie ihm angetan hatte. Sie sollte genauso leiden, wie er litt.

Die Soldaten strömten einer nach dem anderen ins *Backhus*, und einer nach dem anderen kamen sie mit einem hässlichen Brötchen und einem dummen Grinsen wieder heraus. Schreckliche Bilder drängten sich ihm auf: Josephine, wie sie auf der Arbeitsplatte saß und einen nach dem anderen in den Arm nahm, so wie sie diesen Soldaten in den Arm genommen hatte. Josephine, die Franzosendirne, die sie alle küsste. Er schloss die Augen ganz fest, doch das Bild trat noch stärker aus der Dunkelheit hervor. Also riss er die Augen wieder auf – und sah einen schlaksigen Mann ohne Zweispitz, aber mit einer Kappe auf dem Kopf auf die Straße treten. Er schaute sich nach rechts und links um, dann schob er die Hände in die Taschen und holte einen Schlüssel hervor. Ganz selbstverständlich wandte er sich dem Nachbarhaus zu, schloss auf und öffnete die Tür. Und für einen kurzen Moment sah Christian das breite Maul einer Kuh, die zu ihm herausschaute. Unwillkürlich schob er den Kopf nach vorn. Er traute seinen Augen kaum, doch da stand tatsächlich eine Kuh und starrte ihn an. Ihr Blick war großäugig, wissend, weise. Langsam blinzelte sie, doch sie wandte den Blick nicht ab. Dann schlug die Tür zu. Christian blinzelte ebenfalls ein paar Mal, sah die geschlossene Tür an, rieb sich über das Gesicht. Wurde er jetzt verrückt? Oder versteckte die verschrobene Französin mit den riesigen Hüten tatsächlich eine Kuh? Und warum zur Hölle hatte dieser Mann mit der Kappe einen Schlüssel zu Madame Laurents Haus? Er war ohne einen Einkauf aus der Bäckerei herausgekommen. Was hatte er also im *Backhus* gewollt?

Seit Tagen versteckte sich Christian immer wieder zwischen den Häusern und beobachtete das *Backhus*, in der Hoffnung, etwas zu sehen, das ihm helfen könnte. Und dies war die erste ungewöhnliche Szene. Er sah sich um. Nur ein paar Soldaten standen an der Kreuzung zum Pferdemarkt, also schlenderte er betont entspannt hinunter zur St.-Gertruden-Kapelle und lief über die Lilien- zur Breitenstraße, die parallel zur Rosenstraße verlief. Möglicherweise fand er ja eine Twiete, die ihm zupasskäme. Tatsächlich führte ein schmaler Durchgang zwischen zwei größere Häuser. Er verzog das Gesicht, hielt sich die Nase mit einem Taschentuch zu und versuchte, nicht in Unrat zu treten, während er in den Hinterhof schlich. Das *Backhus* konnte nicht weit sein, überlegte er. Dann öffnete sich links von ihm eine Tür und gab den Blick auf einen Flur frei. Fragend sah der junge Mann, der gerade herausgetreten war, ihn an.

«Verzeihung, darf ich?» Christian lupfte seinen Hut.

«Natürlich», sagte der Mann und hielt ihm die Tür auf. «Wo soll es denn hingehen?»

«Ich komme im Auftrag des Präfekten de Bréteuil. Es geht um die Wintervorräte …»

Schlagartig wurde der Mann blass. «Wir dachten, wir hätten noch Zeit …»

«Die haben Sie. Aber ich muss mir schon einmal einen Überblick über die Bewohner in den Hinterhöfen verschaffen.»

Mit angsterfüllten Augen sah der Mann ihn an.

«Nun? Lassen Sie mich vorbei, oder soll ich Verstärkung durch einen Soldatentrupp holen?» Christians Stimme wurde härter, er richtete sich zu seiner vollen Größe auf und spürte, wie ihm die eigene Machtdemonstration mehr Selbstvertrauen schenkte.

«Doch, natürlich», presste der Mann hervor und trat zur Seite. Endlich konnte Christian den Flur durchschreiten und auf der anderen Seite die zweite Tür öffnen. Und da war er: Josephines Hinterhof. Er sah den novemberkahlen Rosenbusch an der Rückseite der Bäckerei, daneben das Haus der Madame Laurent. Zufrieden lächelte er. Dann drehte er sich noch einmal zu dem Mann um.

«Sie haben mir sehr geholfen. Verbindlichsten Dank. Nur eines noch: Für diese beiden Türen benötige ich schon einmal einen Schlüssel.»

# 28. Kapitel

Josephine atmete tief ein. Die Luft war kalt und nass, und der Hamburger Novemberhimmel hing so tief im Hinterhof, dass für Josephine eigentlich kein Platz mehr war. Wahrscheinlich hatte sie es nur ihm zu verdanken, dass sie irgendwann tatsächlich klopfte. Viel schneller als ihre Faust gegen die Tür schlug ihr Herz in ihrer Brust. Und dann stand Louise vor ihr. Zum ersten Mal seit Monaten sahen sie sich wieder direkt in die Augen. Wie schön sie war, schoss es Josephine durch den Kopf. Groß, stark, leuchtend und doch voller Traurigkeit. Sie sagte kein Wort.

«Ich habe mich entsetzlich benommen», begann Josephine ohne Vorrede. «Erst konnte ich nicht verstehen, was ich da entdeckt habe, wollte es nicht glauben. Und dann habe ich mich hintergangen gefühlt. Dabei war das Unsinn. Natürlich bist du nicht verpflichtet, mir etwas so Privates zu sagen oder zu erklären. Es hat ein bisschen gedauert, bis ich das begriffen habe. Und dann habe ich nicht den Mut aufgebracht, zu dir zu kommen. Aber jetzt …», Josephine schluckte. «Du bist die beste Freundin, die ich je hatte. Meine Mutter war sicherlich glücklich, dich an ihrer Seit zu haben, auch wenn davon niemand wissen durfte. Es tut mir leid, dass ihr euch verstecken musstet – vor denen, die euch verurteilt haben … wie ich. Wirst du mir eines Tages vergeben können?»

Louise schien nach Worten zu suchen, also sagte Josephine schnell: «Ich habe dir auch etwas mitgebracht als … kleine Entschuldigung.»

Sie trat einen Schritt beiseite und zeigte auf die Säcke und Kisten im Hinterhof. Louises Lippen formten ein O, als würde sie all dieser Dinge erst jetzt gewahr. «Was … ist das?»

«Steckrüben, gelbe Wurzeln, Rote Beten, Kartoffeln, Reis, Schiffszwieback, eine Kiste Pflaumen, einige rohe und getrocknete Äpfel, weiße Bohnen, gelbe Erbsen und natürlich dicke und dünne Talglichter. Karl hilft uns gleich, die Waren hineinzubringen. Den Großteil bekommt ihr, meinen Anteil bringen wir in den Keller.»

«Aber … woher hast du das alles?»

«Ich habe meinen Zucker und Zimt verkauft. Außerdem Mutters alte Vorhänge und Vaters Schusterwerkzeug.» Josephine versuchte, unbekümmert zu klingen. Doch natürlich wusste Louise, wie viel Überwindung sie der Verkauf gekostet hatte.

«Ich dachte, du möchtest die Sachen deines Vaters nicht weggeben!»

«Karl hat gesagt, wenn wir nicht genügend Lebensmittel zusammenbekommen, müsst ihr die Stadt verlassen. Und ich kann mir Hamburg ohne dich einfach nicht vorstellen. Auch wenn du nie wieder ein Wort mit mir sprichst, möchte ich, dass du nebenan wohnst, Louise.»

Langsam füllten sich Louises Augen mit Tränen. «Du glaubst gar nicht, was mir all das bedeutet, Josephine», flüsterte sie.

«Also nimmst du meine Entschuldigung an?» Josephine spürte, dass ihr Kinn zu zittern begann.

Louise breitete die Arme aus, Josephine trat einen Schritt vor und drückte sie dann fest an sich. «Danke», wisperte sie. «Es tut mir so leid.»

«Es ist schon gut, Josephine. Alles ist gut. Ich hätte dir davon erzählen sollen. Deine Mutter hat mich zwar darum gebeten, ihren Töchtern nichts von uns zu sagen, aber ich habe dir schließlich selbst dazu geraten, Fritz' Urteil zu hinterfragen und deinen eigenen Weg zu gehen. Das Gleiche hätte auch ich tun sollen.»

Und dann hielten sie sich einen Moment lang fest und sagten kein Wort.

«Ich habe dich vermisst», gab Josephine irgendwann zu.

«Und ich dich erst!»

Sie lachten, lösten sich voneinander und wischten sich die Tränen aus den Augenwinkeln. Josephine fühlte sich mit einem Mal so federleicht, dass sie hätte singen mögen.

Da schwang die Tür auf. «Das wurde aber auch Zeit!», rief Rosine ärgerlich.

Hinter ihr trat Karl aus dem Haus und zog sich seine Kappe auf. «Ihr habt euch also versöhnt.»

«Jetzt können wir alle endlich wieder ruhig schlafen!», freute sich Anna.

Und Mathilde brummte: «Also ich habe ja die ganze Zeit gut geschlafen. Aber trotzdem ist es schöner so.»

Die beiden Frauen lachten noch lauter und sahen sich verlegen, aber auch glücklich an.

«Gut, dass ihr kommt.» Josephine zeigte auf die Säcke und Kisten voller Lebensmittel. «Helft ihr uns?»

Zu sechst schichteten sie die allermeisten Sachen in Louises Speisekammer, während Philibert in der offenen Stalltür stand, sie wohlwollend beobachtete und die Vorübergehenden mit ihrem weichen Maul anstupste. Hin und wieder kläffte Carla die Kuh an, und Philibert blinzelte unbeeindruckt.

Sie zählten, überschlugen, rechneten. Josephine und Karl hatten gute Geschäfte gemacht. Und doch … Sie versammelten sich wieder im Hinterhof und tauschten betretene Blicke.

«Es wird nicht reichen», fasste Karl die Situation zusammen.

«Wir haben nur Vorräte für vier. Nicht für sechs.» Josephine sah Louise an. «Gibt es noch irgendetwas, das du verkaufen kannst?»

Louise zuckte hilflos mit den Schultern. «Ich habe in diesem Sommer alles zu Hüten verarbeitet, was ich noch hatte. Übrig sind einzig die Möbel. Wir könnten den Schaukelstuhl verkaufen und das Sofa. Den Rest brauchen wir.»

«Aber wer tauscht in diesen Tagen einen Schaukelstuhl oder ein Sofa gegen Lebensmittel?», wandte Rosine ein. «Nicht mal meine Bude könnte ich verkaufen. Und die Mieten werden schon seit Monaten nicht mehr bezahlt.»

«Ich finde immer noch, du solltest die Taugenichtse alle rauswerfen und dafür Mieter einziehen lassen, die zahlen!», beschwerte sich Mathilde.

«Dummerchen», brummte Rosine, doch Josephine glaubte, in der Stimme der alten Frau eine gewisse Zärtlichkeit zu hören. «Wer in diesen Zeiten bezahlen kann, zieht nicht in die Gänge.»

Kurz dachte Josephine an Ida. Ob sie und ihr Mann ihnen helfen könnten? Doch selbst wenn, würden sie ihr nur so viel geben, wie sie selbst benötigte. Auf keinen Fall würden sie auch noch die fehlenden Vorräte bei Louise aufstocken.

«Wir könnten mit dem Karren hin und her fahren», schlug Anna vor und Carla kläffte beifällig. Sicher wäre sie gern dabei, wenn es galt, ein paar Grünröcke auf Abstand zu halten.

Doch Karl schüttelte den Kopf. «Das Lager vom Alten ist mittlerweile leer. Ich habe schon länger keine Nachricht mehr von ihm bekommen. Um nicht aufzufliegen, wechseln die Händler immer wieder die Handlanger und Lagerhallen.»

Ein kollektives Seufzen ertönte, sogar Philibert in der offenen Stalltür atmete laut aus.

Louise schloss die Augen. «Es ist schrecklich, so etwas zu sagen, aber …» Sie schaute zu dem großen, treuen Tier hinüber. «Die Franzosen verlangen Fleischvorräte, richtig?»

Josephine sah, wie Anna und Mathilde die Augen aufrissen.

«Nein!», riefen sie gleichzeitig. «Nicht Philibert!»

Louise schluckte sichtlich. «Wenn die Soldaten unsere Vorräte in Augenschein nehmen und die Kuh bei uns finden …» Sie schüttelte traurig den Kopf. «Vor der ersten Kontrolle muss sie sowieso verschwinden.»

Sie suchte Josephines Blick, und Josephine nickte langsam. «Da hast du wahrscheinlich recht», flüsterte sie. «Aber ich weiß nicht, wie …» Sie brach ab. «Könnt ihr …?»

Karl schüttelte den Kopf, Louise ebenfalls, aber Rosine stemmte die Hände in die Hüften. «Ihr Nichtsnutze.» Sie schnaubte. «Hätte ich mir ja denken können, dass die schmutzige Arbeit wieder an mir hängen bleibt.»

«Ich helfe dir natürlich», sagte Karl.

Anna begann zu weinen, Mathilde funkelte sie alle so böse an, dass Louise blass wurde. Und doch wusste in diesem Moment wohl jeder von ihnen, dass sie keine andere Wahl hatten.

«Geht besser ins Haus», sagte Rosine. «Die Kuh spürt, dass ihr euch alle schrecklich aufregt.»

«Warte kurz», bat Anna und schlang Philibert die Arme um

den Hals. Mathilde schien einen Moment mit sich zu kämpfen. Dann tat sie es Anna gleich und umarmte die Kuh ebenfalls. Anna schluchzte laut auf.

«Das hast du nicht verdient», flüsterte Mathilde in Philiberts Fell.

«Kommt mit mir, Mädchen», sagte Josephine sanft und zog sie hinter sich her, quer über den Hof zur Bäckerei. Schnell brachte sie die beiden in die Backstube und schaute nach, ob sie irgendwo etwas Essbares fand. Im Regal lagen noch drei allerletzte Franzbrötchen. Morgen würde sie mangels Zimts keine mehr backen können. Natürlich könnte sie sie nun für einen besonders hohen Preis an die Soldaten verkaufen. Doch sie fand, das Gebäck würde ihnen auf andere Weise besser helfen. Es gab schließlich nichts Tröstlicheres als Zimt. Als sie das Gebäck auf einen großen Teller legte, knarrte ihre Hintertür, und sie schaute noch einmal in den Flur.

«Josephine, wir brauchen ein gutes Messer. Louise hat nichts da, was geeignet wäre», brummte Rosine. «Mmh. Sind das Franzbrötchen?» Die Augen der Alten leuchteten für einen winzigen Moment auf.

«Natürlich. Kommt rein, wir teilen uns die Reste.»

Kurz streckte sie den Kopf in den Hof hinaus und rief Louise ebenfalls zu, sie solle hereinkommen. Louise lehnte gerade ihre Stirn gegen Philiberts, hielt die Augen geschlossen und fütterte sie mit einer letzten Möhre. In der Situation, in der sie sich alle befanden, war das beinahe fahrlässig, doch Josephine konnte es gut verstehen.

«Ich komme», sagte sie leise, dann schloss sie die Stalltür.

Josephine riss die drei letzten Franzbrötchen in sechs Hälften und verteilte sie in der Runde. Dann bissen alle in ihre Stückchen. Und mit dem hoffnungsvollen Geschmack von Zimt, Zucker und Butter im Mund hatte Josephine plötzlich eine Idee. Noch mit vollem Mund sagte sie: «Wartet, wir müssen Philibert nicht ...» Sie schluckte notdürftig. «Wieso bin ich da nicht gleich darauf gekommen? Ich habe doch zwei Schwestern! Ida wird mich sicherlich bei meinen Vorräten unterstützen. Und für eure fehlenden Lebensmittel schreibe ich meiner Schwester Henriette in Altona! Sicherlich kann sie uns mit Pökelfleisch versorgen.»

Schlagartig hellten sich alle Gesichter um sie her auf.

«Und du bist dir sicher, dass das klappt? Die Dänen in Altona wollen die Franzosen bestimmt nicht dabei unterstützen, sich für die Belagerung einzudecken», wandte Karl ein.

«Dann müsst ihr das Fleisch eben schmuggeln – darin habt ihr doch Übung», sagte Josephine lächelnd.

«Und die Kuh?», brummte Rosine. «Wir haben immer noch das Problem, dass die Soldaten sie nicht sehen dürfen.»

Einen Moment lang schwiegen sie und starrten nachdenklich auf ihre Franzbrötchen. Josephine biss erneut in ihres, in der Hoffnung, der nächste Bissen werde ihr wieder einen Einfall bescheren. Doch es war Mathilde, die kurz darauf brummte: «Wenn die Soldaten zu uns kommen, bringen wir die Kuh schnell zu Josephine. Und umgekehrt.» Sie zuckte mit den Schultern, als wäre dieser Plan vollkommen selbstverständlich.

«Eine wundervolle Idee! Mathilde, du bist so klug!», rief Anna begeistert aus, und als sie strahlte, hatte sie Zimt zwischen den Zähnen.

Josephine musste lächeln. «Das könnte tatsächlich funktionieren», überlegte sie laut. «Pépin kann uns bestimmt vorwarnen, wenn seine Kameraden kommen …»

Anna zog begeistert die Augenbrauen hoch. «Ich gehe und sage es Philibert!»

Aufgeregt mit dem Schwanz wedelnd, folgte ihr Carla – die sich sicherlich freute, ihren ewigen Streit mit der Kuh nun fortsetzen zu können.

Erleichtert folgten Josephine und die anderen den beiden. Anna öffnete die Hintertür, lief hinaus und blieb ganz plötzlich wie vom Donner gerührt stehen. Auch Josephine konnte ihren Augen kaum trauen: Die Stalltür stand offen. Und Philibert war verschwunden.

⁂

Christian hoffte, dass ihn niemand sah. Natürlich würden die Soldaten ihm helfen, doch er wollte ihre Hilfe nicht. Es kribbelte ihm in den Fingern, sein Kopf war ganz heiß. Wut und Enttäuschung brannten schon so lange in ihm – endlich hatte er Gelegenheit, all das herauszulassen. Mit schnellen Schritten stiefelte er die Breite Straße entlang in Richtung Pferdemarkt. Er hämmerte gegen eine Tür, und als der Metzger öffnete, rief Christian: «Diese Kuh soll für den Präfekten geschlachtet werden.»

«Jetzt?», fragte der gedrungene Mann.

«Ja jetzt. Ein Kilo können Sie als Entlohnung selbst behalten.»

Der Fremde musterte erst die Kuh, dann Christian. «Viel dran ist da nicht», brummte er. «Na, dann bringen Sie sie nach hinten. Soll ich Ihnen das Fleisch in Pökelsalz einlegen?»

«Ja, bitte. Aber eine Keule lassen Sie mir frisch.»

Der Metzger führte ihn einen Flur entlang in einen großen Raum, und das Hufeklappern der Kuh hallte von den gefliesten Wänden wider. Ringsum hingen Beile und Äxte in verschiedenen Größen. Und auf einem Schränkchen standen Kannen, Töpfe und ein Fleischwolf mit langer Kurbel. Der eiserne Trog in der Ecke reichte Christian bis zum Bauchnabel, wahrscheinlich wurde darin das Blut gerührt.

«Hier können Sie sie stehen lassen. Sie muss sich erst mal beruhigen.»

Christian betrachtete die Kuh. Tatsächlich atmete sie schnell und bewegte den Kopf immer wieder hin und her. Sanft strich der Metzger über ihr helles Fell mit den braunen Flecken. Auf ihrem Rücken und ihrem Bauch lagen sie nah beieinander, während die Beine vollkommen weiß waren. Nachdenklich trat Christian näher an die Kuh heran. Er hatte einen Fleck entdeckt, der ihn an die Binnenalster erinnerte. Rechts darunter war einer genauso geschnitten wie der Pferdemarkt, und darunter fand er den Domplatz. Dann schnaufte er. Was ging ihm da nur für ein ausgemachter Blödsinn durch den Kopf?

«Ich glaube, das reicht jetzt, fangen Sie an», entschied er.

Der Metzger räusperte sich. «Junger Herr, mit Verlaub, aber ich schlachte so, wie ich es für richtig halte. Meiner Erfahrung nach schadet Unruhe dem Fleisch. Gehen Sie ruhig Ihrer Wege und kommen Sie morgen wieder, dann ist alles fertig.»

«Morgen?» Christian spürte Ärger in sich aufsteigen. «Woher kann ich dann wissen, dass ich auch alles bekomme? Nein, ich bleibe hier.» Er sah sich um. «Wie betäuben Sie die Tiere?»

Der Metzger sah ihn missmutig an und zeigte auf ein Beil, das an der Wand hing. Entschlossen ging Christian darauf zu.

Er würde der Kuh selbst gegen die Stirn schlagen, damit es endlich losgehen konnte, entschied er. Er streckte sich und holte den Holzstab herunter. Als er auf die Kuh zuging, merkte er sofort, dass sich mit einem Mal etwas veränderte. Die Kuh starrte ihn an. Nicht ein einziges Mal blinzelte sie mehr mit ihren langen weißen Wimpern. Doch Christian würde sich davon nicht einschüchtern lassen, sagte er sich. Er ging weiter. Nun senkte die Kuh den Kopf und zeigte ihm ihre Stirn. Ganz so, als wolle sie ihn zum betäubenden Schlag einladen. Mit der Keule in der Hand fühlte er sich beinahe so stark und mächtig wie mit seiner *Baker Rifle*. Von nun an würde er sich nichts mehr gefallen lassen. Weder von diesem Metzger noch von einer Frau wie Josephine. Er würde diese Kuh nun schlachten lassen, und danach würde er zu seiner Verlobten gehen und sein Recht einfordern. Sie würde seine Frau werden. Und diese Kuh würde sie beide über den Winter bringen.

Er holte aus – doch plötzlich brüllte die Kuh aus tiefster Kehle. Während Christian einen winzigen Schreckensmoment lang zögerte, lief die Kuh mit gesenktem Kopf los. Den Blick starr auf Christian gerichtet, die Nüstern dampfend, die Schritte donnernd, stürmte sie ihm entgegen.

«Vorsicht!», rief der Metzger.

So fest er konnte, schwang Christian das Beil.

⁂

In der Nacht träumte Josephine von Philibert, und im Traum verschmolz die Kuh mit den Schatten der Twiete. Langsam und majestätisch schritt sie durch die Dunkelheit, und niemand fand sie, ganz so, als sei sie unsichtbar.

Während Josephine früh am nächsten Morgen die wenigen Rundstücke und Brote einräumte, die sie hatte backen können, hing sie noch immer diesem Traum nach. Wie hatte Philibert nur aus dem Hinterhof verschwinden können? War sie auf eigene Faust geflüchtet, weil sie das schreckliche Vorhaben ihrer Besitzer gespürt hatte? Oder hatte sie jemand mitgenommen? Sobald die Kuh verschwunden war, hatten Josephine und die anderen an sämtlichen Türen der Nachbarschaft geklopft und nach ihr gefragt. Karl und Louise nahmen sich die Rosenstraße vor, schließlich war Josephine bei ihren Bewohnern noch immer sehr unbeliebt. Sie selbst und die Mädchen fragten in der Lilien- und der Breiten Straße nach. Doch angeblich hatte sie niemand gesehen. Josephine fiel allerdings auf, dass zwei junge Männer ihrem Blick beständig auswichen.

«Bitte, ihr müsst es mir sagen», flehte Josephine. Und in leichter Übertreibung fügte sie hinzu: «Die Kuh ist unsere letzte Chance darauf, nicht ausgewiesen zu werden.»

Einer von ihnen verzog den Mund und sah zerknirscht seinen Freund an. Doch der schüttelte entschieden den Kopf.

«Wir haben rein gar nichts gesehen, Fräulein!», sagte er brüsk, hob kurz seinen Hut und zog den zweiten Mann hinter sich her.

Erst am späten Abend gaben sie auf – und verstanden noch immer nicht, wie eine Kuh am helllichten Tage so spurlos verschwinden konnte.

Josephine begann erst, es zu begreifen, als das Glöckchen an der Tür an diesem Morgen zum ersten Mal klingelte. Herein wankte Christian. Auf seiner Wange prangte ein dunkelblauer Fleck, seine Lippe war blutverkrustet, ein Bein zog er schwer hinter sich her. Josephine wollte fragen, was mit ihm passiert war, doch sein kalter Blick brachte sie dazu, die Zähne zusammenzubeißen.

«Guten Morgen, Fräulein Thielemann», presste er hervor. Er klang so anklagend, als hätte sie ihm höchstpersönlich eine Tracht Prügel verpasst. «Ich komme, um Ihnen etwas Wichtiges mitzuteilen. Lange Zeit habe ich es mit Blumen versucht. Mit Freundlichkeit und Rücksicht, doch ich beginne zu begreifen, dass dies nicht Ihre Sprache ist.» Einen Moment lang blieb er vor ihr stehen und starrte ihr in die Augen. Sicher versuchte er, entschlossen auszusehen, doch sie konnte trotzdem die Kränkung, die Verletztheit sehen.

«Seit wann sind wir denn beim Sie, Christian?», fragte sie mit einem unsicheren Lächeln. «Und wer hat dich so zugerichtet?»

Sein Gesicht wurde rosa. Er öffnete den Mund, schien nach Luft zu schnappen, dann verkündete bestimmt: «Wir können gern zum Du zurückkehren, wenn du die Verlobung mit mir wieder anerkennst. Du kannst die Entscheidung deines Onkels nicht einfach zurücknehmen! Ich bin dein Vormund, und ich entscheide, ob und wann wir heiraten.»

Josephine atmete empört durch die Nase aus. «Du bist … was?»

Er richtete sich groß auf und fuhr fort: «Als dein Verlobter bin ich mehr als jeder andere dein Vormund. Und als solcher habe ich mich nun lang genug zum Narren halten lassen.»

Mit diesen Worten warf er plötzlich einen großen, schweren Klumpen vor Josephine auf die Theke. Sie zuckte zusammen und brauchte einen Moment, um zu begreifen, dass es eine gewaltige Fleischkeule war, die da vor ihr lag.

«Ich habe gehört, dir ist gestern eine Kuh abhandengekommen?», flüsterte Christian. Mit einem Mal wirkte sein Gesicht so stolz wie das eines Schuljungen, dem ein gemeiner Streich gelungen war. Der Geruch des frischen Fleisches stieg Josephine in die Nase, ihr wurde schlecht. Sie hielt sich an der Theke fest und starrte Christian stumm ins Gesicht.

Ganz langsam wurde der Ausdruck in seinen Augen wieder ein wenig weicher. «Wenn du zur Vernunft kommst, wirst du immer genug Fleisch haben. Die Belagerung wird für dich keine Gefahr darstellen, Josephine, ich werde für dich sorgen.» Er streckte die Hand aus, als wolle er Josephines Finger berühren, und die Geste wirkte beinahe flehentlich. Mit einem Ruck zog sie ihren Arm zurück.

«Du?», fragte sie leise und tonlos. «Für Sie bin ich *Fräulein Thielemann*, Herr Schulte. Und dabei wird es bleiben. Verlassen Sie sofort mein *Backhus* und nehmen Sie Ihr Diebesgut mit.»

«Ich werde überhaupt nicht …»

«Wenn Sie nicht sofort gehen, rufe ich die Soldaten. Und ich bin mir nicht sicher, ob Sie danach überhaupt noch irgendwohin gehen können.»

Sie reckte ihr Kinn und verengte die Augen. Heiß loderte in ihrem Bauch der Zorn und vermischte sich mit ihrer Übelkeit. In diesem Moment schien Christian all seine Wut zu verlieren. Mit einem Mal stand ein Häuflein Elend vor ihr und sah sie traurig an.

«Josephine», flüsterte er.

«Gehen Sie», sagte sie schneidend.

Endlich griff Christian nach der Keule und packte sie wieder in seinen Beutel. Dann hinkte er langsam zur Tür. Dort angekommen, sah er sie noch einmal über seine Schulter an. Und so leise, dass sie ihn kaum verstand, flüsterte er: «Das wirst du bereuen.»

Josephine atmete tief durch und versuchte, sich zu beruhigen. Mittlerweile war sie sich nicht mehr sicher, ob dieser Mann wirklich ungefährlich war. Vielleicht wäre es sicherer, Pépin und seinen Freunden von Christian zu erzählen, damit sie ein Auge auf ihn hatten. Auch für Louise, Rosine und die Mädchen – Josephine sollte sie alle vor seinem Zorn schützen. Sehnsüchtig wartete sie auf Pépin, doch er und seine Kameraden kamen nicht. Josephine hatte den Franzosen bereits erklärt, dass es nicht länger Franzbrötchen oder Geduldzettel bei ihr geben würde, sondern nur noch Brot und Rundstücke. Zudem hatten die Männer dieser Tage unheimlich viel zu tun. Die ganze Stadt musste kontrolliert werden, und wessen Vorräte nicht anwuchsen, der wurde zum Tor geleitet. In den Häusern mit genügend Vorräten verteilten sie Brotmarken. Von nun an durfte jede Familie wöchentlich ein Brot kaufen. Wo sie das holten, konnten sie sich allerdings nicht länger frei aussuchen. Da der Mehlvorrat endlich war, wurden die Anwohner auf die jeweils nächstgelegenen Bäckereien aufgeteilt.

Statt der Franzosen kamen nun also widerwillig die ersten Menschen aus der Rosenstraße zu Josephine zurück. Sie sahen sie nicht an, sondern legten nur die Brotmarken auf die Theke.

«Wie geht es deinem Mann?», fragte Josephine Jette mit sanfter Stimme. Doch die weinte nur leise, schüttelte den Kopf und verschwand mit ihrem Brot.

«Hast du alles, was du brauchst? Wie kommst du mit den neuen Vorschriften zurecht?», fragte Josephine die Witwe Franz. Die murmelte etwas Unverständliches und suchte ebenfalls das Weite.

«Wie geht es den Hanseaten, die du gesund gepflegt hast?»,

fragte sie Susanna. Doch die schnaufte nur, knurrte: «Als würde dich das wirklich interessieren …», und ließ Josephine ohne ein weiteres Wort stehen.

Täglich überlegte Josephine, wie sie sich mit den Bewohnern der Rosenstraße versöhnen könnte, doch sie hatte einfach keine Idee. Immer wieder musste sie an Pépin denken. Sie vermisste ihn schmerzlich. Erst zwei Tage nach Christians Besuch kam er endlich wieder zu ihr. Eigentlich hatte sie ihm von Christians Drohungen erzählen wollen, doch er wirkte so müde, dass sie es sich verkniff. Tröstend fuhr sie ihm durch die weichen Locken, lehnte ihre Stirn gegen seine und suchte nach Worten, fand aber keine.

«Es ist ernst», sagte er schließlich. «Die Nordarmee kommt immer näher. Wir bereiten uns auf das Schlimmste vor, gleichzeitig werden immer mehr verwundete Truppen hier zusammengezogen. Es sind mittlerweile mehr als 20 000 Soldaten, die in Hamburg gepflegt werden. Dabei gibt es viel zu wenig Lebensmittel. Tausende werden verhungern, Josephine. Hast du auch wirklich genügend Vorräte?»

Erschrocken sah sie ihn an, dann zwang sie sich zu einem Lächeln.

«Mach dir keine Gedanken», sagte sie und drückte ihm die Hand. «Ich bin gut versorgt.»

Doch so ganz stimmte das nicht. Natürlich hatte sie ihrer Schwester Henriette sofort geschrieben. Dafür kritzelte sie so klein wie möglich die wichtigsten Informationen auf einen Zettel, den sie schmal zusammenrollte und an der Innenseite von Carlas Halsband festmachte. Anna und Mathilde spazierten kurz darauf mit dem Hündchen aus der Stadt, um den Brief hinter der Grenze zwischen Hamburg und Altona abzuschicken. Tag für Tag wartete Josephine seitdem auf eine Antwort. Doch noch hatte sie nichts gehört.

Auch Ida kam in diesen Tagen nicht in die Bäckerei. Einmal besuchte sie stattdessen das Dienstmädchen Fräulein Weber, um an ihrer Stelle zu fragen, wie es Josephine ginge, doch Josephine traute sich nicht, ihr die ganze Wahrheit zu sagen. Was, wenn die Information auf dem Weg zu ihrer Schwester an falsche Ohren geriet? Stattdessen bat sie das Fräulein eindringlich: «Meine Schwester würde mir eine große Freude machen, wenn sie so bald als möglich zu mir käme.»

«Oh, die gnädige Frau ist zurzeit sehr beschäftigt. Ich weiß nicht, ob sie es einrichten können wird. Ich soll sämtliche Einladungen ausschlagen. Sie sagt, es sei schrecklich viel zu tun, wenn in einem so großen Haushalt genügend Lebensmittel für die ganze Familie und alle Bediensteten angeschafft werden müssen – und das für Monate.»

Josephine nickte nachdenklich. «Das kann ich mir gut vorstellen. Würden Sie ihr aber bitte trotzdem ausrichten, ich könnte … ihre Hilfe gebrauchen?»

Verständnisvoll und ein wenig besorgt nickte Sara.

Als ihre Schwester am nächsten Tag tatsächlich atemlos und rotwangig vor ihr stand, fiel Josephine ein Stein vom Herzen.

«Endlich, Ida, es ist so schön, dich zu sehen!» Sie stürmte auf sie zu und drückte sie so fest sie konnte. Da kläffte mit einem Mal Idas Kleid. Erschrocken fuhr Josephine zurück.

«Oh, Josephine, du musst auf Sophie Charlotte aufpassen», sagte Ida und schälte vorsichtig einen winzigen weißen Hund aus ihrem Mantel. Neugierig hob er die Nase in die Luft und schnupperte, wahrscheinlich nach den Rundstücken, die gerade im Ofen waren.

«Sie sieht aus wie Carla, nur kleiner …», murmelte Josephine überrascht.

«Wie wer?»

«*Marie-Antoinette* natürlich.»

«Sophie Charlotte ist auch ein Malteser, aber, wie du siehst, noch sehr jung», sagte Ida in würdevollem Ton. Gleichzeitig hörte man die Liebe zu dem Welpen in jedem ihrer Worte mitschwingen.

«Ist sie auch nach einer Königin benannt?»

«Aber natürlich. Nach Sophie Charlotte von Mecklenburg-Strelitz.» Ida nickte majestätisch.

«Soso», erwiderte Josephine, die keine Idee hatte, wer das war. Ida seufzte, als hätte sie Josephines Gedanken erraten.

«Nach der Gemahlin des Königs von Großbritannien. Und sie ist schon jetzt treuer, als es Marie-Antoinette je war, möge sie in Frieden ruhen …» Sie setzte das Hündchen ab und bekreuzigte sich. «Aber sag, wie kann ich dir helfen?»

Sie fragte zwar Josephine, doch ihr Blick haftete an Sophie Charlotte, die tapsig und schwanzwedelnd von einem Regal zum nächsten wankte.

«Sie ist aber stubenrein, oder?», fragte Josephine.

«Natürlich ist sie das! Also?»

«Komm, wir gehen für einen Moment nach hinten.»

Sie zog Ida hinter sich her, und in der Backstube angekommen, senkte sie die Stimme.

«Es geht um die Vorräte», flüsterte Josephine.

«Du hast nicht genug?»

Josephine schüttelte den Kopf.

«Wie viel brauchst du?»

Josephine kratzte sich verlegen am Oberarm. «Beinahe alles.»

Idas Augen weiteten sich. «Wie bitte? Wir haben bereits Dezember! Schon seit Wochen wissen wir, was Hamburg in diesem Winter bevorsteht!»

«Ich weiß … ich habe auch versucht vorzusorgen, doch es gab … gewisse Schwierigkeiten.»

«Es sind die Soldaten, habe ich recht?» Ida funkelte sie zornig an. «Sie fressen dir hier die Haare vom Kopf und zahlen nichts. So machen sie es überall in der Stadt. Und dann wundern sie sich, dass die Menschen Schwierigkeiten haben vorzusorgen!»

«Nein, eigentlich sind sie …»

«Aber Sophie Charlotte, was tust du denn da?», gellte Idas Stimme mit einem Mal durch den Raum. Josephine drehte sich um und sah, wie das Hündchen aufgeregt hechelnd gegen das Stuhlbein der Arbeitsplatte pinkelte.

Zu Josephines großer Erleichterung ließ ihre Schwester ihr tatsächlich Rüben und Pökelfleisch bringen. Das schlechte Gewissen wegen des Malheurs ihres Hündchens hatte sie wohl sogar etwas mehr schicken lassen als geplant. Nun fehlten lediglich Schinken, ein Sack Kartoffeln und eine Kiste Talglichter, damit sie für sechs Personen ausgestattet waren. Und pünktlich zum Nikolaustag erreichte sie endlich ein Brief aus Altona. Das Siegel war gebrochen, doch wahrscheinlich hatten Hamburgs Machthaber nichts mit seinem Inhalt anfangen können:

*Meine liebste Josephine,*
*Es ist reizend, von dir zu lesen. Ich freue mich, dass ihr alle wohlauf seid. In besseren Zeiten werden wir endlich wieder gemeinsam speisen und das Leben in Hülle und Fülle genießen. Weißt du noch, wie damals in der kleinen Hütte in den Bergen …*
*Ich vermisse und herze dich!*
*Deine Henriette.*

Josephine verstand sofort. Am Hang des Hamburger Bergs auf dem halben Weg nach Altona, in einer kleinen Gruppe von Bäumen, stand ein alter Bretterverschlag. Früher hatte er Henriettes Mann gehört. Einer seiner Knechte hatte dort eine kleine Schafherde weiden lassen, doch seit der Belagerung Hamburgs blieb sie ungenutzt. Die Patrouillen der Armee hatten die Tiere zu sehr verschreckt. Sicherlich hatte Henriette dorthin bringen lassen, was Josephine und den anderen noch fehlte.

Nervös verkaufte Josephine ihr Brot und ihre Rundstücke. An diesem Vormittag versuchte sie gar nicht erst, jemanden ins Gespräch zu verwickeln und versöhnlich zu stimmen. So stumm, wie die Kunden waren, blieb auch Josephine. Sobald sie alle Brote herausgegeben hätte, würde sie zu Louise hinüberlaufen und ihr vom Brief erzählen. Bestimmt könnten sie und Karl mit ihrem Karren die Vorräte holen. Am besten heute noch. Das letzte Brot ging an Merlin. Er verabschiedete sich mit einem Nicken, trat hinaus und stieß mit Pépin zusammen.

«*Pardon*», rief dieser keuchend. Hinter Merlin schloss er die Tür. Seine Locken hingen ihm in die Stirn, sein Blick war gehetzt, die Wangen eingefallen. Bevor er etwas sagte, wusste sie es.

«Die Belagerung hat begonnen. Die Nordarmee steht in Pinneberg.»

Josephine schlug sich beide Hände auf den Mund. «Nein», wisperte sie durch ihre Finger. «Das ist zu früh …»

Eindringlich sah Pépin sie an. «Was meinst du damit?»

Sie sollte wahrscheinlich besser schweigen, sagte sie sich. Schließlich gehörte er trotz allem, was sie füreinander empfanden, zu der Armee, die ihre beste Freundin aus der Stadt jagen könnte. Und doch brach plötzlich gegen jede Vernunft alles aus ihr heraus. Sie erzählte, dass sie sogar die Sachen ihres Vaters verkauft hatte, um gemeinsam mit Louise und Karl auch die Kinder und Rosine versorgen zu können, und dass sie trotz ihrer Bemühungen noch immer nicht genug für alle beisammenhatten. Sie berichtete von Idas Hilfe und davon, dass Henriette Vorräte auf den Hamburger Berg geschafft hatte. Doch nun, da das Hamburger Umland belagert wurde, waren die wahrscheinlich schon geplündert. Selbst wenn nicht: Schmuggler, die nun die Stadt verließen, würden sicherlich nicht wieder nach Hamburg zurückgelassen. Und ein Soldat wie Pépin könnte unmöglich eine so große Menge an Waren unbemerkt an seinen Kameraden vorbei schmuggeln. Nein, mit der Belagerung war die letzte Chance, genügend Vorräte anzuschaffen, vertan. Josephine selbst könnte zwar ausreichend Lebensmittel vorweisen, erklärte sie Pépin, doch dann fehlten sie nebenan, und Josephine könnte es einfach nicht ertragen, wenn Louise oder die anderen aus der Stadt gejagt würden.

«Aber Josephine», flüsterte Pépin. «Warum hast du mir das nicht früher gesagt? Ich habe dich so oft gefragt …»

«Was du nicht weißt, musst du nicht vor deinen Kameraden verschweigen …»

Allmählich verfinsterte sich Pépins Blick. «Du hast doch nicht geglaubt, dass ich dich verraten würde, oder?» Kurz fragte sie sich, ob er wütend wurde, doch seine Stimme klang vielmehr traurig und kraftlos.

«Nein! Natürlich nicht!», sagte sie schnell und griff nach Pépins Händen. Sanft erwidert er ihre Berührung. «Ich vertraue dir voll und ganz. Aber ich wollte dir diese Verantwortung nicht aufhalsen. Marlo zum Beispiel kennt dich so gut. Er würde bestimmt merken, dass etwas nicht stimmt. Und wenn er Bescheid wüsste …»

«Wenn ich worüber Bescheid wüsste?» Marlo hatte plötzlich den Kopf durchs Fenster geschoben. Josephine und Pépin zuckten zusammen, dann seufzten sie gleichzeitig. Wie viel er wohl schon gehört hatte?

«Wenn ihr Geheimnisse vor mir haben wollt, solltet ihr jetzt etwas leiser sprechen!», rief er. «Ich bin hier! Aber ich kann gern Schmiere stehen, falls jemand kommt.»

«Siehst du?», flüsterte Josephine und musste unfreiwillig lächeln.

«Du hast wahrscheinlich recht. Etwas vor Marlo geheim zu halten, ist tatsächlich eine Herausforderung.» Auch Pépin verzog die Lippen zu einem schiefen Grinsen. Wie gut es sich anfühlte, in diesen schweren Tagen zumindest einen kleinen Grund zum Lächeln zu haben …

«Aber wir können dir helfen. Marlo und ich. Er ist mein bester Freund und ganz genauso vertrauenswürdig wie ich.»

Fragend sah er sie an. Josephine überlegte einen Moment, dann nickte sie. Tatsächlich zweifelte sie an keinem Wort, das Pépin sagte. «Komm herein, Marlo», bat sie ihn, und sofort sprang der schmächtig gewordene Soldat durchs Fenster. Hinter ihm schloss sie beide Läden, dann drehte sie das Schild an der Tür auf «Geschlossen». Und im Flüsterton erzählte sie die ganze Geschichte erneut.

«Wir schaffen das», sagte Marlo schließlich. «Pépin und ich warnen euch rechtzeitig. Wir sorgen dafür, dass die Männer zuerst die Bäckerei kontrollieren.»

«Und dann?» Mit gerunzelter Stirn sah sie zwischen den beiden jungen Männern hin und her.

Vielsagend schaute Pépin sie an. «Und dann müssen Louise, Karl und die anderen sehr schnell sein.»

# 29. Kapitel

In den ersten Wochen des Dezembers 1813 saß Josephine, genauso wie Louise und ihre neue Familie, auf glühenden Kohlen – während die Temperaturen sanken. Morgens klebten an den Fensterscheiben weiße Froststerne, wunderschön und doch gefährlich. Josephine fror. Und sie hatte Hunger. In diesen Tagen heizte sie wenig, um Feuerholz zu sparen, und sie aß nur das Allernötigste: ein Stückchen Brot und entweder einen Bissen Pökelfleisch oder eine gekochte Rübe. Noch mehr als den langen Belagerungswinter ohne die Möglichkeit, weitere Vorräte anzuschaffen, fürchteten sie die Kontrollen durch die Franzosen. Der einzige Trost war das Weihnachtsfest, das langsam näher rückte. An den Adventssonntagen brannten hier und da – zumindest für wenige Minuten – Kerzen in den Fenstern. Auch Jesus und Maria hatten gefroren, sagte man sich, auch sie hatten sich verängstigt in einer ihnen übel gesonnenen Welt selbst einen sicheren Platz schaffen müssen. Und dann war ihnen das Jesuskind geboren.

An Weihnachten würden sie alle zusammenrücken, Lieder singen und neue Hoffnung schöpfen. Sie zählten die Tage und beteten für Gottes Hilfe.

Pépin sah jeden Tag bei Josephine nach dem Rechten und brachte ihr hin und wieder mit, was er heimlich in der Kaserne hatte einstecken können: einen kleinen Apfel oder eine grüne, harte Birne. Am liebsten hätte sie das Obst noch vor Pépins Augen verschlungen, doch sie riss sich zusammen, um es als Weihnachtsgeschenk für die Mädchen aufzubewahren. Pépin und Marlo versicherten Gaspard, der mittlerweile ein hoher Offizier war, sie hätten ein Auge auf die Vorräte in der Rosenstraße, die täglich anwüchsen. Auf diese Weise hofften sie, die genauen Kontrollen und damit auch ihre geplante List so weit als möglich hinauszuzögern. In der Zwischenzeit versuchten Josephine, Louise und die anderen Tag und Nacht, an weitere Vorräte zu kommen. Doch an welcher Tür sie auch klopften, wo sie auch bettelten und flehten: Niemand half ihnen. Selbst wenn die Menschen aus der Rosenstraße es gewollt hätten – und einmal glaubte Josephine tatsächlich, ein wenig Mitgefühl, Bedauern und vielleicht sogar Zuneigung in Fietes Blick zu sehen –, sie hatten ja selbst nichts, das sie herausgeben konnten.

Josephine fragte sogar Ida erneut um Hilfe.

«Du hast bereits viel von mir bekommen!», beschwerte diese sich. «Kannst du denn überhaupt nicht damit haushalten?» Sophie Charlotte auf ihrem Arm kläffte vorwurfsvoll.

Für einen kurzen Moment zog Josephine in Erwägung, ihr doch die Wahrheit zu sagen. Schon fuhr Ida fort: «Bestimmt verschenkst du deine Sachen aus lauter Mitgefühl, habe ich recht? Das würde zu dir passen. Dabei sollte man das Gesindel endlich hinaustreiben. Stell dir nur vor, wir werden den ganzen Winter lang belagert. Dann wird der Pöbel hier drin verrückt vor Hunger! Die Menschen werden brandschatzen und plündern, Chaos wird in den Straßen ausbrechen! Philipp sagt, die Armen werden sterben wie die Fliegen! Entweder werden die Franzosen sie erschießen, wenn sie den Aufstand proben. Oder sie liegen verhungert in den Gängen. Wir werden die vielen Leichen zu Haufen aufschichten müssen, um sie zu verbrennen, sagt Philipp. Mir gefriert das Blut in den Adern bei dieser Vorstellung. Es ist doch besser, wenn die Leute jetzt gehen, findest du nicht? Dann haben sie zumindest noch eine Chance. Und wir, die wir uns rechtzeitig um Vorräte gekümmert haben, wären sicherer. Einen Sack Rüben kann ich dir noch bringen lassen, aber mehr habe ich wirklich nicht. Sonst schicken sie mir noch meine Sara aus der Stadt!»

Josephine starrte ihre Schwester an. Sie hatte ja gewusst, dass die Lage ernst war, sehr ernst. Die Angst, die Sorge, die Kälte und den Hunger sah sie in sämtlichen Gesichtern der Menschen, die täglich zu ihr kamen und Gott dankten, wenn sie tatsächlich ein kleines Brot bekamen. Doch Ida war die Erste, die offen aussprach, was auf sie alle zukommen könnte.

Den ganzen Tag lang wurde Josephine die inneren Bilder all der Toten in den Gassen nicht los. Am Nachmittag, als Pépin und Marlo zu ihr kamen, konnte sie keine Fröhlichkeit vortäuschen. Zwar versuchten sie mit aller Macht, sie aufzuheitern, ihre Witze hatten allerdings etwas Steifes und Gezwungenes an sich. Sogar ihr Lachen klang hohl und konnte Josephine nicht erreichen.

Erst gegen Abend gaben sie auf. Marlo verabschiedete sich mit hängenden Schultern, Pépin blieb. Er ging mit Josephine für ein karges Abendmahl hinauf in die Küche. Langsam und schweigend aßen sie – wobei Pépin kaum etwas zu sich nahm, sondern darauf bestand, dass Josephine sich vor allem selbst versorgte, schließlich bekäme er in der Kaserne genug. Danach hielt er sie ganz fest in seinen Armen. So lange, bis die Ration Feuerholz für den heutigen Tag abgebrannt war, bis die Lichter auf den Straßen verschwanden und auch das kleine Talglicht auf dem Küchentisch erlosch. Josephine fühlte sich, als würden sie in aller Stille auf ein Unwetter warten, und niemand wüsste, ob das Haus ihm standhalten könnte. In der Dunkelheit hörte sie Pépins Atem, spürte seine Wärme. Sanft strich sie ihm durch das weiche Haar. Er drehte den Kopf, sodass seine Lippen an ihrem Mundwinkel lagen. Sein Atem war heiß, tief sog er die Luft ein, und Josephine schloss die Augen, genoss seine Nähe, wollte ihm gern noch näher sein. Als habe er ihre Gedanken erraten, küsste er sie. Sie bekam eine Gänsehaut an Armen und Beinen, und ihr war, als hätte sie Pépin und seinen Körper monatelang vermisst – obwohl er doch all die Zeit bei ihr gewesen war. Sie wollte Pépins Haut unter ihren Fingern fühlen, ihre Beine um ihn schlingen und sein Gesicht küssen, jeden Zentimeter. Mit einem Mal bebte ihre Brust, sie atmete schnell, strich über Pépins Nacken, die feinen Härchen, den kleinen Leberfleck über der Wirbelsäule. Seine Arme umschlangen ihre Hüften. Und dann, mit einer Entschiedenheit, die nur ein bevorstehender Sturm auslösen konnte, knotete er die Schnüre an ihrem Rücken auf. Sie spürte, wie ihr der Stoff des Kleides über die Schultern rutschte. Ihre Finger waren heiß, aber ruhig, während sie Pépins Uniform aufknöpfte. Sie wusste, diesmal würde sie es nicht wieder rückgängig machen. Durch das Fenster fiel der Fackelschein eines vorbeiziehenden Reiters und erleuchtete für einen Moment Pépins Gesicht. Sein Mund war leicht geöffnet, die Augen glänzten dunkel, er musterte Josephine, ihren Hals und ihre Schultern mit einem solchen Hunger im Blick, dass ihr beinahe schwindelig wurde.

Wenn sie schon untergingen, dann gemeinsam, dachte Josephine. Wenn dies schon der schlimmste aller Winter sein sollte, dann würde sie zumindest diesem aufregendsten aller Gefühle, diesem Verlangen nachgeben. Die Welt um sie her war kurz davor, ins Chaos zu stürzen. Wozu sollte sie sich da an irgendeine Ordnung halten? Sie spürte Pépins warmen Hände auf ihren Schultern, sanft, aber bestimmt schob er ihr Kleid über ihre Brüste hinab.

«Komm mit mir», flüsterte sie, nahm ihn an der Hand und führte ihn hinaus aus der Küche, in die Kammer nebenan. Hier endlich ließ sie ihr Kleid fallen und stieg aus ihren Röcken. Hier streifte er sich die gottverdammte Uniform ab. Hier waren sie nicht mehr das Bäckersfräulein und der französische Soldat, hier standen sie voreinander, wie sie waren, eine Frau und ein Mann. Sie umschlangen einander, hielten sich so fest sie konnten. Und dann liebten sie sich mit einer solchen Leidenschaft, dass diese Kammer zumindest für eine Nacht nicht Teil des *Backhus*, der Rosenstraße, der Stadt, des Konflikts der Weltmächte zu sein schien, sondern einfach eine Kammer, weit entfernt von allem. Niemand konnte ihnen hier etwas anhaben. Was sie nun teilten, konnte ihnen keiner mehr nehmen. Das gehörte jetzt ihnen, für immer.

Die nächsten Tage lang konnte Josephine an nichts denken als an Pépins Berührungen, an seinen Körper, seine Hände und Blicke. Sie liebten sich, so oft sie die Gelegenheit hatten, manchmal kurz und heftig, manchmal sanft und zeitlos lang.

Wie durch einen Schleier vernahm Josephine, dass die Franzosen eine Frist bis zum 21. Dezember setzten. Wer bis dahin nicht genügend Vorräte habe, sollte die Stadt verlassen. Fiete, Susanna und die leise Witwe Franz bekamen ein Schreiben, in dem dieses Datum dreifach unterstrichen war, davon erzählten sie einander in der Backstube. Doch sie blieben. Der 21. Dezember verstrich, dann der 22. und der 23. Immer mehr hoffnungsvolle Lichter wurden entzündet, hier und da lagen sogar Äpfel und Nüsse in den Fenstern.

«Über Weihnachten wird schon nichts passieren!», behauptete Fiete am Morgen des 24. Dezembers.

«So grausam sind sie nicht», pflichtete ihm die Witwe bei.

«Sie müssen mich schon eigenhändig hinauswerfen, damit ich gehe», verkündete Susanna.

Josephine und Louise hatten kein Schreiben bekommen. Sie waren den genauen Kontrollen dank Pépin und Marlo bisher entgangen. Und sie hofften, noch ein paar Tage verschont zu bleiben. Über die Feiertage würde man doch sicher Gnade walten lassen. Sie würden gemeinsam unterm Tannenbaum sitzen und Lieder singen, das Feuer knistern hören, Jesus danken und für einen Moment all die Sorgen dieses Winters vergessen. Doch dann, am Mittag des Heiligen Abends, trabte Marlo an Josephines geöffneten Fenstern vorbei und rief: «Sie kommen!»

So schnell Josephine konnte, rannte sie in den Hinterhof und hämmerte zweimal schnell und dreimal langsam gegen Louises Tür. Ihr Atem bildete eine weiße Wolke, doch sie war so von Angst erfüllt, dass sie die beißende Kälte kaum spürte. An dem kleinen Fenster im ersten Stock tauchte Mathildes Gesicht auf. Das Mädchen nickte, ohne eine Miene zu verziehen.

Auf dem Weg zurück ließ sie die Hintertür offen, hastete in den Verkaufsraum, in den just in diesem Moment Gaspard trat, gefolgt von Jakub, Valentin und drei Franzosen, denen Josephine bereits hin und wieder Franzbrötchen verkauft hatte.

«Ein Jammer, dass es hier nicht mehr nach Zimt duftet. Wir

vermissen Ihre Franzbrötchen, Fräulein», rief Jakub seufzend aus. «Gerade zur Weihnachtszeit!»

Josephine verbiss sich die schnippische Antwort, die ihr auf der Zunge lag, und lächelte so entspannt sie konnte in die Runde. «Guten Morgen die Herren! Wie kann ich Ihnen helfen? Wie Sie richtig bemerkt haben, kann ich Ihnen kein Gebäck anbieten.»

«*Dommage*», brummte Gaspard. «Aber wir haben heute die leidige Aufgabe, Ihre Vorräte zu kontrollieren, Fräulein Thielemann.» Er winkte mit einem großen Bogen Papier. «Würden Sie sie uns zeigen?» Zwar wirkte er auf den ersten Blick so ruhig und sachlich wie immer, doch Josephine entging nicht, dass er schneller sprach als sonst und etwas häufiger blinzelte. Auch die anderen Soldaten traten unruhig von einem Fuß auf den anderen.

«Aber natürlich. Folgen Sie mir bitte.»

Sie entzündete ein Talglicht, ging voran in den Flur und die Treppe hinunter. Hoffentlich bemerkte niemand, dass ihre Beine weich waren, hoffentlich hörte keiner ihren schnellen Atem. Sie öffnete die Kellertür und leuchtete hinein. Vor ihnen standen Säcke und Kisten voller Rüben, Kartoffeln, Pökelfleisch, Lichter und Äpfel. Valentin zählte in rasender Geschwindigkeit, und Gaspard schrieb etwas auf seinen Zettel. «Hervorragend», sagte er bereits nach wenigen Minuten. «Vielen Dank. *C'est tout.*»

Josephine stieg die Treppe wieder hinauf und vermied den Blick durch die offene Hintertür. Hoffentlich sahen ihre Nachbarn, dass die Soldaten gerade aus dem Keller kamen …

«Einen schönen Tag noch. Und fröhliche Weihnachten», sagte Gaspard, fasste sich an den Zweispitz und verließ die Bäckerei. Die Männer folgten ihm einer nach dem anderen. Die Erleichterung kribbelte in Josephines ganzem Körper, doch es war noch nicht überstanden. Sie trat ans geöffnete Fenster und sah hinaus. Die Soldaten schritten in klappernden und knirschenden Uniformen am *Backhus* vorbei und steuerten Louises Haustür an. *Pépin, wo bist du?*, dachte Josephine. Sie knetete ihre Hände und sah die Straße hinunter. Spätestens jetzt sollte Pépin auftauchen und die Männer einen Moment lang ablenken. Sie brauchten mindestens sechs Minuten Zeit, bevor jemand Louises Haus betreten durfte, doch Gaspard hob schon die Faust, um an die Tür zu klopfen. Noch einmal sah Josephine die Straße hinauf und hinunter – nichts. Und kurz bevor seine Fingerknöchel auf das Holz trafen, rief sie: «Erlauben Sie mir eine Frage, Gaspard!»

«Ja, Fräulein Thielemann?» Er ließ die Hand sinken.

Lächelnd beugte sie sich aus dem Fenster und sagte so leise wie möglich: «Die Nordarmee steht vor der Tür, oder? Können die Franzosen diese Belagerung wirklich aussitzen?»

«Was sagen Sie, *Mademoiselle*?» Gaspard schob den Kopf vor und trat einen Schritt auf sie zu – weg von Louises Tür.

«Die Belagerung. Kann das noch gut ausgehen?», sie flüsterte fast, und er kam noch weiter in ihre Richtung.

«Wenn ich ehrlich sein soll, Mademoiselle …», seine Wangenknochen verrieten, dass er mit den Zähnen mahlte, «weiß ich es nicht.»

«Gaspard!» Jakub sah seinen Offizier erschrocken an, die anderen schauten betreten auf ihre Stiefel.

«Ach, was bringt es, die Sache schönzureden?», knurrte er. «Wir befinden uns in einer desaströsen Lage. Vieles hängt vom Wetter ab. Wird dieser Winter sehr kalt, sehe ich nur wenige Chancen. Wir bräuchten dringend mehr Männer, aber die Truppen werden an anderer Stelle gebraucht. Und die Nordarmee hat bereits Pinneberg erreicht.»

«Hältst du es für klug, so offen …», brummte Valentin, den Josephine noch nie hatte reden hören.

Doch Gaspard machte nur eine wegwerfende Handbewegung. «Du hast den Russlandfeldzug überlebt, richtig? Ich die Exkursion nach Ägypten 1798. Und was haben wir dabei gelernt? Es bringt niemanden weiter, irgendetwas schönzureden.» Mit einem Mal schien er Josephine ganz verändert. Er sah sie zwar an, doch gleichzeitig schien er durch sie hindurchzuschauen. Wie alle Soldaten wirkte auch er ausgezehrt, müde, alt. Seine Augen waren träge und klein, tiefe Schatten verdunkelten sein Gesicht. «Wir haben versucht, unsere Pferde bis auf die Spitzen der Pyramiden zu reiten, haben Geröll hinuntergeworfen, um zu sehen, wie tief es fällt, und unsere Namen in die alten Kalksteine geritzt. Auf irgendeinem dieser Monumente steht noch heute *Gaspard Morel.*» Er lachte kurz und trocken auf. «Damals dachte ich noch, wir wären die Herren dieser Welt. Doch viele meiner Kameraden sind an der Pest gestorben, an Hitzschlägen in ihren wollenen Uniformen, sie sind auf ihren Pferden verdurstet, weil wir keine Trinkflaschen dabeihatten. Ich glaubte, all das sei es wert, Napoleon ritt schließlich an der Spitze, mit ihm würde die Welt eines Tages eine bessere werden. Doch am Ende ist er im Schutz der Nacht abgereist und uns hat er in der pestverseuchten Hitze zurückgelassen …»

Einen Moment lang versank Gaspard in Schweigen. Die Soldaten tauschten besorgte Blicke. Es war gefährlich, auf offener Straße so kritisch von Napoleon und seinen großen Plänen zu sprechen. Sogar die Zeitungen waren schließlich zensiert worden, damit die Hamburger weiter an eine Übermacht Frankreichs glaubten. Das hatte Josephine erfahren, als die Russen die Stadt eingenommen hatten und wieder freier geschrieben werden konnte. Gaspard sollte vorsichtig sein. Josephine hatte zwar den Eindruck, dass er ein hohes Ansehen bei seinen Männern genoss, doch hier und da konnte immer ein Verräter mithören.

«Ich denke, uns steht eine schwere Zeit bevor. Auch wenn wir jetzt offenes Schussfeld haben. Erst gestern wurden in St. Pauli mehrere Hundert Häuser, Buden und die Kirche eingerissen. Auf dem Hamburger Berg, Pöseldorf und vor dem Dammtor ist auch schon alles frei. Gott schütze all die Menschen, die bei der Kälte nun einen neuen Unterschlupf suchen müssen …»

*Und all die, die noch zu ihnen hinausgejagt werden*, ergänzte Josephine im Stillen und dachte an Louise. Ob sie schon fertig waren?

«Die Stadt ist voll», Gaspard schüttelte den Kopf. «Es sind viel zu viele hungrige Mäuler. Inzwischen wurden mehr als 40 000 verwundete und kranke Soldaten hier zusammengezogen, die versorgt werden müssen.» Nun sah Gaspard ihr wieder in die Augen. «Passen Sie also gut auf Ihre Vorräte auf, Mademoiselle. Verschenken Sie nichts. Sie werden alles brauchen.» Er nickte ihr zu, drehte sich zu seinen Männern um und sagte: «Kommt mit.» Dann klopfte er hart und laut an Louises Tür. Bei jedem Schlag fuhr Josephine zusammen.

Louise öffnete mit einem Lächeln, und dann verschwanden die Franzosen, Mann für Mann, im Nachbarhaus. Wie gebannt sah Josephine auf die geschlossene Tür. Hatte sie die Soldaten lang genug aufgehalten?

Sie konnte sich nicht rühren, stand nur da, die Arme fröstelnd um den Körper geschlungen, und wartete. Ganz leise und entfernt hörte sie Louises fröhliches Lachen. Und dann, endlich, kam Gaspard wieder heraus. Ungerührt schaute er auf seinen Zettel.

«Gut», murmelte er. Und zeigte mit zwei Fingern auf das nächste Haus.

Josephine atmete lange aus. Sie wollte in die Hände klatschen vor Erleichterung, doch sie durfte sich nichts anmerken lassen. So unbeteiligt wie möglich nickte sie Jakub zu, der freundlich zu ihr hereinwinkte, drehte sich um und lief zurück zur Theke. Sie hatten es geschafft, dachte sie immer wieder, während sie mit einem Tuch über ihre leeren Regale wischte. Sie durften alle bleiben!

Da klingelte noch einmal das Glöckchen über der Tür. Überrascht drehte sich Josephine um und sah erneut Gaspard entgegen.

«Bitte entschuldigen Sie, Mademoiselle. Ich halte diese Maßnahme für Unsinn … Es ist nur … Sie werden doch sicher nichts dagegen haben, wenn wir noch einmal nach Ihren Vorräten sehen?»

Mit einem Mal rauschte das Blut in ihren Ohren, und ihr wurde fürchterlich heiß. «Aber Sie waren doch gerade …», stammelte sie. Ihre Gedanken rasten. Wie könnte sie die Männer vom Keller fernhalten? Wenn sie doch nur Franzbrötchen oder Geduldzettel da hätte! «Wozu möchten Sie denn noch einmal …», setzte sie an. Doch ihre Zunge erschien ihr viel zu trocken und schwer, um weiterzusprechen. Wie immer fiel ihr sowieso keine Lüge, keine Ausrede ein. Schon stiefelten die Soldaten an ihr vorbei in die Backstube und von dort zur Kellertreppe.

Josephine konnte sich nicht rühren. Während die Absätze auf der Treppe immer leiser wurden, kreisten ihre Gedanken so schnell, dass ihr schwindelte. Sie hielt sich an der Theke mit den leeren Schubladen fest und durchsuchte dabei die Schubladen in ihrem Kopf nach einer Lösung – doch sie schienen ebenso leer zu sein. Bis auf die Zutaten des bevorstehenden Unheils: Die Männer würden feststellen, dass die Säcke und Kisten weg waren. Dass sie sie doppelt gezählt hatten – einmal bei Josephine, ein zweites Mal bei Louise. Und dann würde eine von ihnen die Stadt verlassen müssen.

«Josephine Thielemann», sagte Gaspard hinter ihr, und es klang beinahe bedauernd.

Sie drehte sich nicht um, senkte nur den Kopf.

«Es tut mir leid, aber ich muss Sie bitten, sich im Laufe des Tages in der Petrikirche einzufinden.»

❊

Louise drückte die beiden Mädchen fest an sich.

«Wir haben es geschafft», rief sie ungläubig. Sie verstrubbelte erst Anna das Haar und wirbelte dann Mathilde zu einem kleinen Tanz herum, sodass sich sogar deren Gesicht in der Andeutung eines Lächelns verzog.

«Ihr wart umwerfend! Ohne euch hätten wir es nicht rechtzeitig geschafft. Wir haben funktioniert wie ein Uhrwerk!»

Anna lachte fröhlich und umarmte Louise.

«Ganz ehrlich», sagte Mathilde und verschränkte die Arme. «Ich hätte es uns nicht zugetraut.»

«Nur weil du immer das Schlimmste annimmst!», rief Anna aus. «Du bist einfach ein alter Griesgram!»

«Hee, hee», brummte Rosine. «Ich möchte doch sehr bitten. Der einzige alte Griesgram hier bin ich.»

«Wohl wahr», murmelte Karl, der seitlich im Türrahmen lehnte und die anderen schmunzelnd betrachtete.

Unbeirrt fuhr Rosine fort: «Und ich habe es uns ebenfalls nicht zugetraut.» Sie schlurfte zum Fenster, das zum Hinterhof hinaus zeigte. «Aber dann habt ihr alle ganz ordentlich zugepackt, gut gemacht.»

Louise strahlte. Ein solches Kompliment aus Rosines Mund war selten. Endlich fiel ein großes Stück der Anspannung von ihr ab. Seit Wochen hatten sie diese Kontrolle gefürchtet. Immer wieder waren sie jeden Handgriff durchgegangen, hatten sich gefragt, ob sie die Vorräte auch wirklich in der kurzen Zeit herüberschaffen könnten und ob es Pépin gelingen würde, die Soldaten lang genug aufzuhalten. Nachts hatte sie geträumt, wie ihr Plan scheiterte und sie alle noch vor Weihnachten in die Kälte hinausgejagt wurden. In diesem Jahr gäbe es keine Weihnachtslieder, keine Zuckeräpfel und keine Nüsse. Sie könnten nicht gemeinsam in die Kirche gehen, sondern müssten hungernd und frierend das neue Zuhause, das sie sich erschaffen hatten, zurücklassen.

Schweißgebadet war sie hochgefahren, und voller Erleichterung hatte sie festgestellt, dass sie in Madame Laurents altem Bett lag. Karl und Louise hatten gemeinsam das ehemalige Schlafzimmer der Madame bezogen. Mittlerweile fühlte es sich an wie ihr eigenes: Das Bett war zu einem gemütlichen Ehebett geworden, im Schrank hingen die wenigen Ersatzkleider, die sie besaßen, und auf dem Fensterbrett standen dunkelrote Kerzen. Rosine schlief nebenan in Louises alter Kammer, und die Mädchen hatten gemeinsam das Gästezimmer auf der anderen Seite des Flurs bezogen.

In der Küche brannte nun – sooft sie es sich erlaubten – ein kleines Feuer, darauf köchelte meist ein dünner Eintopf, und lebhafte Stimmen hallten durchs ganze Haus. Nie hätte Louise gedacht, dass sie einmal auf diese Weise zu einer Familie kommen würde, doch fühlte es sich wunderbar richtig an. Kurz musste sie an Caroline denken, doch inzwischen tat sie es ohne schlechtes Gewissen. Sie wusste, Caroline würde nicht wollen, dass sie allein blieb. Louise lächelte Karl an, streichelte seinen Nacken und zog seinen Kopf für einen kurzen Kuss zu sich herunter. Wie an dem Tag ihrer Hochzeit. Sie dachte an diesen großen Moment, der in gewisser Weise noch immer in ihr fortdauerte. An sein «Ja» und an die Sicherheit in ihrer Brust, dass ihr eigenes «Ja» die schönste Entscheidung ihres Lebens gewesen war.

Sie würden den Winter schon gemeinsam überstehen, sagte sie sich. Diese Familie, Josephine und Pépin. Sie würden zusammenhalten.

«Verdammt», knurrte Rosine.

«Was ist?» Alarmiert trat Louise neben sie ans Fenster. Durch die noch immer leicht geöffnete Hintertür sah sie, wie ein Soldat nach dem anderen aus dem Keller kam und in die Backstube lief.

Und sofort verschwanden all die angenehmen Gedanken aus ihrem Kopf. «Sind sie etwa noch einmal hinunter?»

«Jemand muss ihnen einen Tipp gegeben haben», vermutete Rosine, ohne den Blick abzuwenden.

«Aber das bedeutet …»

Einen Moment lang stand Louise stocksteif da, dann lief sie los, ohne Mantel die Treppe hinunter, quer über den Hinterhof und hinein ins *Backhus*.

«Nein!», rief sie atemlos. Sämtliche Soldaten drehten die Köpfe und sahen sie an. Auf Französisch sagte sie schnell: «*C'était moi!* Ich habe Josephines Vorräte zu mir herübergeholt. Schickt mich fort, nicht sie!»

Josephine sah sie entsetzt an. Louise hatte gehofft, sie hätte zu schnell gesprochen, als dass die Freundin sie verstehen könnte. Doch Josephines Französisch war natürlich längst zu gut geworden.

«Das ist nicht wahr!», widersprach Josephine. «Hört nicht auf sie.»

Mit gerunzelter Stirn sah der Offizier zwischen den beiden Frauen hin und her. Er kratzte sich die Schläfe und seufzte. Dann füllte er ein Formular aus und legte es auf die Theke.

«Was auch immer hier vorgefallen ist – es fehlen Vorräte für eine Person. Es ist mir egal, wer von Ihnen die Stadt verlässt. Hauptsache eine von Ihnen geht. Machen Sie das unter sich aus. Sie haben Zeit bis heute Abend.»

Er tippte sich an den Zweispitz, und dann verließ er, gefolgt von seinen Männern, die Bäckerei.

«Das kommt überhaupt nicht infrage!», rief Karl.

Kaum waren die Soldaten gegangen, hatte sich auch Louises Familie in der Backstube eingefunden. Alle redeten sie wild durcheinander.

«Das können sie nicht machen!», schrie Anna mit tränenerstickter Stimme.

«Ich hasse die Franzosen.» Mathilde ballte die Hände zu Fäusten.

«Man sollte ihnen allen die Hälse umdrehen!» Grimmig starrte Rosine vor sich hin.

«Ich sehe das wie Karl.» Josephine schüttelte den Kopf. «Du gehst auf keinen Fall, Louise. Du hast jetzt eine Familie. Ich werde gehen. Sicherlich schaffe ich es bis zu meiner Schwester nach Altona.»

«Bis nach Altona bei der Kälte? Du könntest erfrieren!», rief Louise. «Und wie sollen die Menschen im Umkreis den Winter überstehen, wenn sie ihre Marken nicht bei dir einlösen können?»

«Sicher kann ein anderer Bäcker …»

«Der nächste Bäcker schafft nicht die doppelte Menge an Brot. Die Hamburger sind auf dich angewiesen», stimmte Karl Louise zu. «Deswegen werde ich gehen.»

«Du?» Rosine stemmte die Hände in die Hüften.

«Das kannst du nicht machen, Karl. Die Mädchen brauchen dich. Wie soll ich sie ohne dich versorgen?», fragte Louise.

«Da hat Louise recht. Mit dem Geld, dass wir Frauenzimmer verdienen können, wird das nichts. Karl muss bleiben. Ich selbst werde gehen, ich bin alt und klapprig und sterbe sowieso bald.» Rosine zuckte gleichgültig mit den Schultern.

«Großmutter, wenn du denkst, ich würde zulassen, dass du an Heiligabend erfrierst, dann bist du wahnsinnig», erklärte Karl.

Ein lautes Pochen ließ sie alle zusammenfahren. In der Tür stand Christian mit drei französischen Soldaten.

«Was willst du hier?», fuhr Josephine ihn scharf an.

Louise schluckte. Ihre Freundin sollte sich in dieser Situation etwas zügeln, dachte sie. Sanft legte sie Josephine eine Hand auf den Arm.

«Wir setzen die Vorschriften durch, Fräulein Thielemann», erklärte Christian mit einem seltsamen Genuss in der Stimme. Unwillkürlich verzog Louise den Mund vor Abscheu.

Josephine sah ihren ehemaligen Verlobten verächtlich an. «Ich werde meine Sachen packen», erwiderte sie und schüttelte Louises Hand ab.

«Das wirst du auf keinen Fall!» Schnell stellte sich Louise zwischen sie, Christian und die Soldaten. «Fräulein Thielemann wird nicht gehen. Ich bin es gewesen, die zu wenig Vorräte angeschafft hat. Also werde ich die Strafe auch auf mich nehmen.» Geradewegs lief sie auf die Bäckereitür zu.

Christian achtete jedoch nicht auf sie, er starrte mit verwirrtem Gesichtsausdruck auf Rosine. «Kennen wir uns nicht von irgendwoher?», murmelte er.

«Herr Schulte!», rief Louise Christian zu. «Ich bin bereit, Sie zu begleiten.»

«Nein, ich mache das», widersprach Josephine entschieden. «Die Vorräte fehlen schließlich in meinem Keller!»

«Oh, da bin ich mir nicht so sicher.» Christian hatte nun wieder dieses ekelerregende Säuseln in der Stimme. «War es in Wahrheit nicht das Fräulein Martin, das sich nicht selbst versorgen kann? Das zumindest ist mir … zu Ohren gekommen.»

Josephine trat einen Schritt auf Christian zu. Lächelte sie etwa? «Wie kommt es denn eigentlich, dass du deine Blumen jetzt für Napoleon trocknest?», fragte sie leise, aber deutlich.

Louise verschlug es einen Moment die Sprache. Doch dann begriff sie: Josephine reizte ihn mit Absicht. Und sie schien einen Nerv getroffen zu haben. Christians Blick flackerte, sein Kiefer verriet, dass er mit den Zähnen malmte, dann sagte er mühsam beherrscht: «Nun gut, ich wollte dich verschonen, aber … du hast es nicht anders gewollt. Soldat Dubois, geleiten Sie Fräulein Thielemann bitte nach draußen.»

# 30. Kapitel

Er sollte nicht hier sein, dachte Pépin. Nicht in diesem Land, nicht in dieser Stadt, nicht am Dammtor. Er hasste sich und die Welt dafür. Doch er hatte keine Wahl.

«Bitte gehen Sie weiter», sagte er zu einem ausgemergelten Mann, der ein dünnes Kind auf den Armen trug.

Kurz sah er ihm in die müden Augen. Er und das Kind würden den Winter nicht überleben. Und der Mann wusste es.

«Was seid ihr nur für Menschen», flüsterte er, während er schlurfenden Schrittes hinaustrat.

Pépin konnte diese Frage nicht beantworten. Er wusste es ja selbst nicht. «Weitergehen», sagte er so sachlich, wie er nur konnte. «Immer weitergehen.»

«Nicht stehen bleiben», rief Marlo, und in seiner Stimme klang ein trauriges Flehen an, das wahrscheinlich nur Pépin hören konnte. Er und Marlo verwiesen junge Frauen der Stadt, die kaum mehr als einfache Kleider und dünne Schals trugen, sie schickten Greise in den Kältetod, Männer, die für ihre Familien seit Wochen gehungert hatten, Kranke, die vor Fieber oder wegen ihrer Verletzungen keine Vorräte hatten anschaffen können und die nun hustend, schniefend und schwankend an ihnen vorübergingen. Manche trugen noch ihre Nachtgewänder, man hatte ihnen nicht einmal genügend Zeit gelassen, sich richtig anzukleiden. Ein Mann versuchte, die Ohren mit seiner Schlafmütze zu wärmen, ein kleines Mädchen vergrub das kalte Gesichtchen in den zerzausten Haaren seiner blutjungen Mutter.

«Es ist doch Weihnachten», sagte ein alter Mann immer wieder. «So etwas tut man doch nicht an Weihnachten.»

Pépin konnte ihn nicht ansehen. «Bitte gehen Sie weiter», flüsterte er und zeigte nach draußen, in die Dunkelheit außerhalb Hamburgs. Er hatte selbst nicht geglaubt, dass es so weit kommen würde. Nicht an den Feiertagen, nicht so plötzlich. Doch er und Marlo waren zu gutgläubig gewesen. Gaspard hatte sie immer wieder gewarnt. «Wenn die Russen kommen, darf kein Esser zu viel in der Stadt sein», hatte er gesagt.

Pépin hatte es nicht glauben wollen. Es war so viel bequemer, den Gedanken zu verdrängen. Was war er nur für ein Feigling gewesen? Er hätte Josephine längst nach Altona zu ihrer Schwester bringen können, dort wäre sie in Sicherheit gewesen, hätte genug zu essen und ein warmes Feuer im Haus gehabt. Doch er hatte sich eingeredet, zusammen würden sie den Winter schon überstehen, er könne auch in Hamburg gut für sie sorgen. Er war so selbstsüchtig gewesen. Hatte sie dieser Gefahr ausgesetzt, nur weil er nicht ohne sie sein konnte. Er liebte jede einzelne Minute mit ihr, jeden Kuss, jeden Blick, jedes kleine Lachen. Und schon der Gedanke, er müsse irgendwann nach Paris zurückkehren, schnürte ihm die Kehle zu. Dunkel erinnerte er sich daran, wie sehr er eine Zeit lang unter Heimweh gelitten hatte. Natürlich vermisste er seine Heimat weiterhin, seine Eltern, seinen Großvater, die Bäckerei. Doch seitdem er sich seine Liebe zu Josephine eingestanden hatte – und sie zu seinem unendlichen Glück auch noch erwidert wurde –, war die Vorstellung, sie zu verlieren, sogar noch schmerzhafter als das Heimweh. Er hatte nur an sich selbst gedacht!

Was, wenn sie nun ebenfalls frierend und ängstlich durch Hamburg getrieben wurde, bis zu den Toren, an dem Soldaten wie er und Marlo sie aus der Stadt warfen? O bitte, Gott, flehte er stumm. Lass sie in Sicherheit sein. Marlo hatte ihm erzählt, dass er sie zumindest hatte warnen können. Doch der weitere Plan war gescheitert. Eigentlich hätte Pépin sich auf dem Pferdemarkt bereithalten sollen, um im richtigen Moment zum *Backhus* zu laufen und Gaspard abzulenken. Doch als Marlo zu ihm zurückkam und er sich gerade in Position bringen wollte, hatte sie ein fremder Kommandant zu sich gerufen.

«Ihr da!», hatte er gebrüllt und auf sie beide gezeigt. Pépin war zögerlich zu ihm hinübergeschritten und hatte einen Moment gebraucht, um zu begreifen, wer da neben dem Offizier stand: Josephines ehemaliger Verlobter. «Mitkommen. Ihr werdet am Dammtor gebraucht.»

«*Bien sûr*», hatte Pépin erwidert. «Zuvor muss ich allerdings noch …»

«*Tout de suite* – keine Ausflüchte!» Er hatte sich auf dem Absatz umgedreht und war losgegangen. Pépin wollte sich davonstehlen, doch Christian Schulte stellte sich ihm in den Weg und schüttelte triumphierend den Kopf. Zwar hatte er etwas kindlich Trotziges an sich, doch gleichzeitig blitzte es in seinen Augen gefährlich auf. Ein enttäuschter, einsamer Junge, der zu allem fähig war, dachte Pépin.

«Dieser Soldat möchte sich der Anweisung widersetzen, General!», rief Christian laut aus, ohne den Blick von Pépin abzuwenden.

Er und Marlo hatten keine andere Wahl gehabt, als dem Offizier zu folgen und zu hoffen, dass die Menschen in der Rosenstraße auch ohne ihre Hilfe durch diesen schrecklichen Heiligabend kamen.

Immer wieder hielt Pépin ängstlich Ausschau. Doch bisher hatte er noch kein bekanntes Gesicht aus der Rosenstraße im Menschenstrom ausmachen können.

«Bitte weitergehen», murmelte er. «Bleiben Sie nicht stehen.»

Müde Füße schlurften durch den Straßendreck, Kindernasen schnieften, Schultern wurden hoch- und Köpfe eingezogen. Draußen bildete sich eine Traube von Menschen, ängstlich redeten alle durcheinander, beratschlagten, wohin man nun gehen könne. Lübeck? Altona? Über ihnen hing eine weiße Atemwolke, die langsam dünner und immer dünner wurde.

*

Louise starrte durch das Fenster auf den riesigen, roten Hut, den sie vor Jahren gefertigt hatte. Nun saß er auf Josephines Kopf und ließ die Freundin noch blasser und kleiner erscheinen. Sie war in Decken gehüllt, die Louise ihr noch zusammen mit dem Hut zugeworfen hatte, bevor die Soldaten sie nach draußen geschoben hatten. Nun zog Josephine die Wolle fest um sich, den Hut tief über die Ohren und sah sich noch einmal in der Rosenstraße um. Schon wurde sie vom Menschenstrom erfasst und mitgerissen. Nie würde Louise vergessen, wie das rote Leuchten des Huts immer kleiner wurde und schließlich verschwand.

Sie konnte sich nicht rühren. Minutenlang stand Louise im *Backhus* und starrte auf die Rosenstraße hinaus. Nach und nach traten aus immer mehr Häusern Menschen. Die französischen Soldaten schickten sie alle erbarmungslos den Weg hinunter in Richtung Pferdemarkt. Aus einem anfänglich noch einigermaßen höflichen Bitten wurde allmählich ein ungeduldiges Rufen, Zerren und Stoßen. Die Soldaten zogen immer häufiger die Bajonette, die Schar wurde immer größer. Eingehüllt in Tücher, auf den Armen große und kleine Kinder, liefen die Menschen die Straße hinunter.

Alles weinte, schluchzte und brüllte. Überall sah Louise gerötete, geschwollene Augen, und aus den Mündern quollen dicke Atemwolken, die in der Kälte des Heiligen Abends verschwanden.

Louise liefen Tränen über die Wangen. Den Anblick all der Vertriebenen, vor allem der Kinder, war kaum zu ertragen. Sicherlich hatten sich vor allem die kleinsten unter ihnen auf Weihnachten gefreut. Sie hatten vielleicht keine großen Geschenke erwartet und auch kein Festessen. Und doch hatten sie – wie ganz Hamburg – geglaubt, zumindest an den Feiertagen könnten sie aufatmen, sich eng vor dem Feuer versammeln, eine Kerze anzünden und Hoffnung schöpfen.

Wo nur war Pépin? Josephine hatte Louise erzählt, dass er an Heiligabend vorbeikommen, ihr Feuerholz und Äpfel bringen, den Abend mit ihnen verbringen und auf seiner Klarinette Weihnachtslieder spielen wollte. Auch bei den Kontrollen hatte er ihnen mit einem Ablenkungsmanöver helfen wollen. Hoffentlich war er auf dem Weg hierher. Vielleicht könnte er Josephine abfangen und doch noch retten, überlegte Louise. Immer wieder reckte sie den Hals und versuchte, den jungen Soldaten am Ende der Straße oder irgendwo in der Menschenmenge auszumachen, doch sie sah ihn nirgends. Stattdessen fiel ihr Blick auf Jette, die in ihrem Türrahmen stand, in ein Taschentuch weinte und laut schluchzte. Merlin im Haus nebenan drückte die Nase gegen sein Fenster, seine Haut war leichenblass. Zugleich flossen im Menschenstrom immer mehr bekannte Gesichter an Louise vorbei. Susanna hielt den Kopf stolz erhoben und funkelte die Soldaten trotzig an. Fiete bot der leisen Witwe Franz den Arm und polterte: «Darf ich bitten, Frau Franz?» Als würde er sie zum Tanz führen, nicht in die tödliche Kälte hinaus. Louise hörte nicht, was die Witwe antwortete, konnte ihnen nur hinterherschauen.

Sie wollte die Hand aus dem Fenster strecken, sie und die anderen aus dem Strom zu sich herein ins Warme ziehen, als liefen sie nicht die Rosenstraße hinunter, sondern trieben in der eiskalten Elbe. Doch sie wusste natürlich, dass es sinnlos war. In dieser Stadt gab es kein rettendes Ufer mehr. Nicht für all die Menschen, die an Heiligabend aus ihren Häusern vertrieben wurden, in die dunkle, kalte, heilige Nacht hinein. Und nicht für die, die hierblieben. Sie alle hatten umsonst auf Weihnachten gehofft.

❋

Die Petrikirche roch wie ein Stall. Eiskalt war es zwischen den leeren Wänden. Josephine sah sich um: Die Franzosen hatten sämtliche Bänke und Beichtstühle entfernt. Geblieben war ein leeres Gemäuer. Nur hier und da hing noch ein Gemälde, und auf dem Fußboden lag altes Stroh für die Pferde der Soldaten.

Dazwischen kauerten die ärmsten Bürger Hamburgs. Mit Schatten unter den Augen sahen sie einander an. Einige von ihnen klapperten schon jetzt vor Kälte mit den Zähnen, andere hatten bläulich violette Flecken im Gesicht und auf den Armen, ihre Haut glänzte vom Fieberschweiß. Josephine hatte in letzter Zeit immer häufiger gehört, dass eine seltsame Form des Typhus umginge. Und in dieser Kirche schien die Krankheit allgegenwärtig zu sein. Alles fror, schwitzte und wimmerte.

Irgendwo auf der anderen Seite des Gebäudes ging ein Mann auf und ab, der offensichtlich den Verstand verlor. Josephine sah ihn nicht, aber sie hörte seine schweren Schritte.

«Dafür werden sie in der Hölle schmoren», rief er laut über die Menschenmenge. «Gott wird sie richten, sie werden dafür bezahlen, ich weiß es, er hat es mir gesagt!»

«Ruhe dahinten!», rief einer der Wachen.

«Ich werde niemals Ruhe geben, so wie Gott keine Ruhe geben wird, solange Unrecht gesprochen wird – am Abend des Herrn!»

«*Ta geule!* Klappe halten!», rief ein anderer Soldat.

«Oh, seine Rache wird fürchterlich sein. Leid und Verderben wird über jene kommen, die …»

Josephine streckte sich, um zu sehen, was den Mann unterbrochen hatte, doch sie war zu klein, um über all die Menschen hinwegschauen zu können.

«Jetzt schleifen sie ihn hinaus, dabei hat er doch recht», polterte jemand. Josephine brauchte nur einen kurzen Moment, um zu begreifen, wer das gesagt hatte. Diese laute Stimme würde sie überall wiedererkennen. Einen Augenblick lang zögerte sie, dann bewegte sie sich in die Richtung, aus der die Stimme gekommen war. Sie schob sich an zwei Gruppen Fremder vorbei, grüßte einen älteren Herrn, der schon ein paar Mal bei ihr eingekauft hatte, und dann entdeckte Josephine die Menschen aus der Rosenstraße. Fiete, Susanna und die Witwe Franz verschränkten die Arme gegen die Kälte und sahen sich mit aschfahlen Gesichtern in dem hohen Gotteshaus um. Sie mussten gerade zur Tür hereingekommen sein.

Susanna bemerkte sie als Erstes. Einen Moment lang sah sie Josephine nur an, dann schnaubte sie leise. «Na, komm schon her, Mädchen», brummte sie ohne ein Lächeln.

Langsam näherte sich Josephine. Fragend schaute sie erst Fiete, dann die Witwe Franz an. Er murmelte ein leises «mmh» und nickte, sie befeuchtete ihre Lippen und schaute wieder weg. Und trotzdem: Sobald Josephine bei ihnen angekommen war und sich mit ebenfalls verschränkten Armen in ihren Kreis stellte, wusste sie, dass keiner von ihnen sie an diesem Ort im Stich lassen würde. Egal was vorgefallen war.

«Sie werden diesem Mann doch nichts tun – an Heiligabend», wisperte die Witwe Franz. Sie hielt sich an Fietes Arm fest, und ihre Augen huschten unaufhörlich durch die Kirche.

«Natürlich tun sie ihm etwas. So wie uns allen», presste Susanna hervor.

Josephine fror schon jetzt fürchterlich, dabei wusste sie, dass sie noch eine lange, eiskalte Nacht vor sich hatten. Draußen sanken die Temperaturen immer weiter unter den Gefrierpunkt, und auch hier drinnen bildete der Atem der Menschen weiße Dampfwolken. Josephine wickelte die Wolldecke, die Louise ihr zugeworfen hatte, enger um ihre Schulter, zog den Hut tiefer über ihre Ohren und versuchte, Kälte und Angst zu vergessen. So zuversichtlich, wie sie nur konnte, sagte sie: «Wir können zu meiner Schwester gehen. Zu Fuß brauchen wir von hier aus nicht mal eine Stunde. Henriette wird uns helfen.»

«Meinst du wirklich?» Susanna sah sie skeptisch an. «Uns allen?»

«Natürlich. Meine Schwester würde meinen Freunden sofort helfen, wenn ich sie darum bitte.»

Für einen kurzen Moment wichen alle drei Josephines Blick aus. Doch keiner widersprach dem Wort «Freunde» – und das allein reichte Josephine, damit ihr an diesem düsteren Ort ein klein wenig leichter ums Herz wurde.

«Warum versammeln sie uns wohl alle in dieser Kirche?», wisperte die Witwe Franz und sah sich in dem immer voller werdenden Gotteshaus um. «Wieso schicken sie uns nicht gleich hinaus?»

«Na, sie machen es sich leicht.» Susannas Augen funkelten wütend. «Man braucht sicherlich weniger Männer, um einmal einen großen Menschenstrom zum Tor zu treiben, als wenn man die halbe Nacht lang unzählige kleine Gruppen hinausjagt.»

«Mitkommen!», rief ein Soldat. «Alle hier entlang!»

Es dauerte eine Weile, bis sich die vielen Menschen durch das Tor der Petrikirche gefädelt hatten. Draußen schlug Josephine die Kälte der frühen Nacht so unbarmherzig entgegen, dass sie überrascht nach Luft schnappte. Bei schönem Wetter war es vom Hamburger bis zum Altonaer Tor nur eine halbe Stunde Weg. Doch sie waren noch lang nicht an der Stadtmauer – und in Altona angekommen, würden sie dann auch noch bis zu Henriettes abgelegenem Hof laufen müssen. Bisher war Josephine immer in einer Kutsche gereist. Hoffentlich würde sie den Weg auch zu Fuß bei Dunkelheit und Kälte finden …

Langsam schritten sie Schulter an Schulter durch Hamburg – Josephines Heimatstadt. Die Stadt, in der ihre Eltern und Onkel

Fritz geboren und gestorben waren, in der sie selbst für immer hatte bleiben wollen. Durch die Fenster beobachteten sie unzählige Augen. Würde sie eines Tages zurückkehren können? Zu ihrer Bäckerei, ihren Wurzeln und ihren Freunden? Zurück zu Pépin? Josephine fragte sich, wo er in diesem Moment wohl war. Es musste einen guten Grund geben, warum er ihnen heute nicht geholfen hatte. Hoffentlich war er wohlauf!

Hinter dem Millerntor entzündete Fiete mit der Hilfe eines Fremden die Fackel, die er mitgebracht hatte.

«Altona also?», flüsterte die Witwe Franz, und auf ihrem bleichen Gesicht tanzte rötlich das Licht.

«Altona», sagte Josephine. Und dann schritten sie auf eiskalten Füßen vorwärts.

Sie waren bei Weitem nicht die Einzigen, die diesen Weg einschlugen. Vor ihnen, hinter ihnen und neben ihnen liefen Menschen. Säuglinge schrien, ihre Mütter und Väter hüllten sie so tief und fest in ihre Mäntel, wie sie konnten, doch das Geschrei blieb. Ein paar ältere Kinder schluchzten leise vor sich hin. Sonst war es gespenstisch still. Niemand vergeudete seine Kraft mit Unterhaltungen, während sie alle weiterschlurften.

Josephine zog den Kopf tief in ihre Wolldecke, dennoch zitterte sie. Die Kälte kroch ihr durch den Winterrock die Beine hinauf. Ihre Füße und Schenkel fühlten sich beinahe taub an, obwohl sie einen schnellen Schritt anschlug. Ihre Finger waren steif und weiß geworden, ein heftiger, dumpfer Schmerz pochte in ihnen, kaum konnte sie sie noch bewegen. Ihr Gesicht schien eingefroren, lachen war undenkbar, weinen auch. Josephine kämpfte mit jedem Schritt gegen die Lähmung an. Jeder Körperteil tat ihr weh, aber am meisten schmerzten die Zehen. Dass etwas so Kleines, taub Gewordenes sie dermaßen quälen konnte!

Erst spät bemerkte sie, dass der stumme Fackelzug allmählich ausdünnte. Sie waren längst nicht mehr die große Masse, die am Millerntor losgelaufen war.

«Wo sind die anderen?», fragte Josephine.

«Ich weiß es nicht», presste Susanna durch ihre Zähne hervor.

Beide hatten sie voller Konzentration auf den Boden gestarrt, während sie versucht hatten, der Kälte nicht nachzugeben.

Fiete keuchte: «Vielleicht haben sich die anderen verlaufen.»

«Oder wir.» Fest in ihre Decke eingehüllt, sah Josephine sich um. Neben ihr lief ein in Fetzen gekleideter alter Mann. Er hinkte stur vorwärts und erwiderte den Blick nicht. Davor schwankte ein junges und kräftiges Mädchen, dem bei jedem Schritt ein entschlossenes Schnaufen entfuhr.

Josephine sah über ihre Schulter – direkt in die starren Pupillen einer Frau, die Josephine für einen erschreckenden Moment an Madame Laurent erinnerte. Sie hatte ebenso feine Falten in den Wangen, ein ebenso hübsches Kinn und seidenweißes Haar. Doch dann sah Josephine, dass ihre Lippen schmaler und weicher waren – und dass die vielen Lachfalten um ihre Augenwinkel von einem fröhlichen Leben erzählten.

«Geht es Ihnen gut?», fragte Josephine besorgt.

«Danke, junges Fräulein. Mir wird endlich wieder warm», flüsterte sie. Ein Lächeln huschte über ihr Gesicht – und Josephine fröstelte noch mehr. Denn ihre Pupillen blieben starr und leblos. Plötzlich knickten ihre Beine unter ihr weg, und sie schlug hart auf den Boden.

Josephine schrie auf und fiel neben ihr auf die Knie. «Können Sie mich hören?», rief sie und versuchte, die Frau umzudrehen. «Hilfe!»

Doch die Menschen, die hinter ihnen liefen, gingen einfach weiter. Einer trat der Frau auf die Hand.

«So passt doch auf!», schrie Josephine, doch niemand schien sie zu hören. Die frierenden Menschen starrten stur geradeaus. Sie würden die Alte noch tottrampeln!

«Wir müssen ihr helfen!» Endlich tauchte Fiete neben Josephine auf. «Ich nehme dieses Bein, du das andere!»,

Gemeinsam zogen sie die Frau aus dem Menschenstrom heraus. Auch Susanna und die Witwe waren stehen geblieben.

«Hören Sie mich?» Josephine schüttelte sie mit schmerzenden Händen, doch die Frau reagierte nicht.

«Sie ist bewusstlos», sagte Fiete ungewöhnlich leise.

«Du kannst sie nicht retten», flüsterte die Witwe Franz.

«Komm.» Susanna griff nach Josephines Hand und zog sie hoch.

«Wir dürfen sie nicht einfach zurücklassen!» Josephine spürte, dass gefrierende Tränen ihre Wimpern verklebten.

«Wir müssen. Schau.» Fiete leuchtete mit seiner Fackel ein Stück den Weg hinunter. Überall lagen Menschen am Wegesrand. Kleine Kinder, alte Frauen und Männer. Sicher waren es die Kranken, die zuerst zusammengebrochen waren. Hier und da sah Josephine die dunklen Flecken auf ihren leblosen Gesichtern. Sie zitterten nicht, und aus ihren Mündern quoll kein weißer Atem mehr.

Josephine konnte nichts sagen, sich nicht rühren. Sie wäre sicherlich dort stehen geblieben, den Blick gefangen in Grauen und Schrecken, wenn die Witwe Franz sie nicht weitergezogen hätte.

«Wir können nichts machen», stellte sie mit trauriger Stimme fest. «Nur versuchen, selbst zu überleben.»

Josephine wusste nicht, wie es passiert war, doch sie hatten den Anschluss verloren. So lange hatten sie einen tauben Fuß vor den anderen gesetzt, geatmet, gekämpft. Und als sie aufsahen, waren da nur noch ein paar wenige Gestalten vor ihnen in der Dunkelheit.

«Sind wir zu langsam?», fragte Susanna.

«Oder zu schnell?» Fiete sah sich um.

Die Witwe Franz wimmerte.

«Hier entlang», bestimmte ein fremder Mann mit grauweißem Haar und dichten Augenbrauen, den Josephine noch nie zuvor gesehen hatte. «Ich kenne eine Abkürzung.»

Auf dem Arm trug er einen Jungen, vielleicht sein Enkelkind. Er war bestimmt schon fünf oder sechs Jahre alt, aber so dünn, dass der Alte ihn mühelos tragen konnte. Vielleicht ließ nur die gemeinsame Körperwärme sie durchhalten, überlegte Josephine.

Erst spät bemerkte sie, dass sie die Erhebung des Hamburger Berg hochgelaufen sein mussten. Zumindest pfiff ihnen nun der eiskalte Wind noch ein wenig stärker um die Ohren. Sie drängten sich eng aneinander. Unter ihren Füßen endete der befestigte Weg, sie liefen durch kniehohes Frostgras. Josephines Kleid nahm die Nässe auf und wurde bald ebenso steif und kalt, jede Berührung des Stoffes schmerzte.

«Das kann nicht stimmen.»

«Wir sind hier falsch.»

«Sollten wir umkehren?»

«Es tut mir so leid, ich dachte, ich wüsste, wo es langgeht», sagte der Fremde.

Sie schauten sich um, Josephine wollte weinen und schreien, doch sie brauchte ihre Kraft. Und dann blieb sie abrupt stehen.

«Das glaube ich nicht», flüsterte sie. Langsam streckte sie den steifen Arm aus und zeigte auf eine helle Gestalt, nur wenige Meter von ihnen entfernt. Alle drehten die Köpfe, suchten in der Dunkelheit. Josephine sah eine weiche Schnauze, weißes Fell, braune Flecken, von denen einer der Binnenalster ähnelte. Fiete hob die Fackel, und das rötliche Licht spiegelte sich in den großen Augen einer Kuh. Philibert!

«Werde ich jetzt verrückt?», flüsterte Josephine. «Oder seht ihr sie auch?»

# 31. Kapitel

Es war der schrecklichste Heiligabend, den Louise sich vorstellen konnte. Für den Fall, dass Pépin irgendwann in die Bäckerei käme, blieben sie, die Mädchen, Karl und Rosine im *Backhus*. Und warteten. Keiner von ihnen sagte ein Wort, immer wieder sahen sie zur Tür, hofften, der Soldat möge endlich auftauchen und etwas unternehmen.

In dieser Nacht gab es keine Lieder und keine Geschenke. Das Feuer im Backofen, vor dem sie sich versammelt hatten, war alles andere als festlich. Louise hatte ein wenig Brotteig auf den Rost gelegt, und als er endlich knusprig geworden war, schnitt sie ihn in fünf Stücke. Außerdem hatte Josephine schon am Vormittag zwei große, mit Nüssen gefüllte Bratäpfel vorbereitet, die Louise nun ebenfalls röstete. Eine Stunde blieben sie im Ofen, dann teilten sie sich die Früchte, bekamen aber kaum einen Bissen hinunter, während sie voller Angst, Sorge und schlechtem Gewissen an Josephine dachten, die in diesem Moment durch die Kälte irrte. Als sie fertig waren, rührte sich keiner von ihnen. Alle starrten schweigend ins Feuer. Immer wenn nur noch Glut zu sehen war, legte Louise ein neues Stückchen Holz hinein. Es wärmte den Raum gerade einmal notdürftig, doch mehr Feuerholz wollte sie nicht verschwenden. Sie alle waren eingehüllt in

Decken, froren dennoch und starrten vom Feuerschein zur Tür und zurück.

Als es endlich klopfte, konnte Louise es kaum glauben. Sie sprang auf, hastete zur Tür – und ließ Pépin herein. Seine Lippen waren blau vor Kälte, und in seinen Augenbrauen hing der Frost.

«Wo ist Josephine?», fragte er ohne Umschweife. Er schaute an Louise vorbei, musterte alle Anwesenden, und Louise sah ihm an, dass er sofort verstand.

«Sie haben sie fortgeschickt», presste sie hervor und kämpfte gegen die Tränen an. Sie konnte Pépin kaum in die Augen schauen. Im Grunde war es ihre Schuld, dass Josephine weg war, dachte sie. Wenn sie Josephines Hilfe ausgeschlagen hätte, wäre die Freundin in diesem Moment zu Hause und in Sicherheit.

«Wisst ihr, in welche Richtung sie gegangen sind?», fragte Pépin nur. Er hatte die Türklinke schon wieder in der Hand.

«Man hat sie in die Petrikirche geschickt. Welches Tor sie genommen haben, weiß ich nicht, aber Josephine wird bestimmt versuchen, zu ihrer Schwester nach Altona zu kommen.»

Pépin nickte und wandte sich bereits ab.

«Warte einen Moment!» Louise lief nach hinten in die Backstube und schnappte sich die auf dem Boden liegenden Decken. «Ich habe ihr meinen roten Hut gegeben», erklärte sie ihm noch, während sie sie ihm in die Arme drückte. «Daran erkennst du sie bestimmt.»

Er nahm die wollenen Decken entgegen, dann verschwand er in der Kälte.

❊

Pépin weckte Marlo so leise er konnte und bat ihn, mit ihm hinaus auf die Straße zu kommen. Obwohl es drei Uhr nachts war, zögerte Marlo nicht eine Sekunde. Er streifte seine Stiefel über, zog sich sie Uniformjacke an, den Zweispitz auf und folgte Pépin durch das Soldatenlager. Nach den Strapazen des Tages erwachte kaum einer der Schlafenden. Wer sie doch hörte, knurrte nur oder machte eine Bewegung, als wolle er eine Fliege verscheuchen. Auf dem Weg schnappte sich Pépin zwei Fackeln, und wieder draußen in der Kälte der Nacht angekommen, entzündete er eine davon. Die andere gab er Marlo zur Reserve. Leise und knapp erklärte er dem Freund, was geschehen war. Es überraschte ihn selbst, wie ruhig er dabei blieb.

«Ich werde Josephine zurückholen», schloss er.

Marlo nickte. «Und ich komme mit.»

Was für ein unermessliches Glück es war, in dieser Stunde einen Freund wie Marlo an der Seite zu haben, dachte Pépin. Früher hatte er vor allem ihren gemeinsamen Humor geschätzt. Marlos Albernheiten hatten ihn dem Schrecken dieser Jahre besser standhalten lassen. Doch mittlerweile wusste er, dass es mehr gab, was sie verband. Sie brauchten nur wenige Worte, um zu verstehen, was im anderen vorging, sie unterstützten sich, wo sie nur konnten, und sie ertrugen einander in ihren schrecklichsten Launen. Gemeinsam schlichen sie nun durch die schlafenden Straßen der Stadt bis zur Petrikirche. Vor einigen Stunden musste das Gotteshaus noch voll von frierenden, sich fürchtenden Menschen gewesen sein. Darunter Josephine. Pépin stieg bei diesem Gedanken ein bitterer Geschmack im Hals auf. Nun schliefen nur noch Pferde in den leer geräumten Gemäuern. Am Eingang saßen zwei Wachen, schnarchend, die Köpfe an die Wand gelehnt.

Leise öffnete Pépin die Tür und trat ein, Marlo blieb dicht hinter ihm. Pépin leuchtete in den Raum, und hier und da hoben Pferde ihre Köpfe. Eines schnaubte und kam auf sie zu.

«Hast du eine Idee, wo die Sättel sind?», fragte Pépin.

Beide sahen sich um, dann rief Marlo: «Dort!» Und zeigte auf ein Geländer, das von einer Sitzbank übrig geblieben sein musste. Darauf hing ein Sattel neben dem anderen.

Sie wählten zwei kräftig aussehende Pferde aus und sattelten sie so schnell sie konnten.

Gerade zog Pépin den Gurt unter dem warmen Bauch des Tiers fest, da rief eine Stimme: «Darf ich fragen, was hier vor sich geht?»

Pépin und Marlo wirbelten herum. Vor ihnen stand einer der Wachen und streckte ihnen misstrauisch seine Fackel entgegen. Sein Gesicht wirkte müde und blass, immer wieder blinzelte er.

«*Pardon*, Kamerad», sagte Pépin schnell. «Wir wollten euch nicht wecken, aber … Offizier Gaspard … hat uns gebeten …» Hilfesuchend sah er zu Marlo hinüber.

«Patrouille zu reiten», ergänzte der rasch. «An den Toren.»

«Genau!» Pépin nickte. «Wir werden sicherstellen, dass sich niemand von den Vertriebenen in den Gassen versteckt.»

Der Mann musterte die beiden einen Moment lang prüfend. Dann nickte er. «Aber dass ihr mir die Tiere wohlbehalten zurückbringt! Die zwei sind erst vor wenigen Tagen konfisziert worden und werden uns bestimmt noch gute Dienste leisten.»

«*Mais bien sûr*, Kamerad», sagte Pépin und salutierte.

«Das war ja nicht der schlauste Geselle, mmh? Glück gehabt», murmelte Marlo, sobald sie außer Hörweite geritten waren. «Wer sich in den Gassen versteckt, wird sicherlich nicht bei einer Patrouille an den Toren gefunden …»

«Die beste Ausrede war das wirklich nicht», stimmte Pépin zu.

«Ich glaube, er war noch nicht richtig wach», überlegte Marlo. «Vielleicht denkt er morgen früh, er hätte alles nur geträumt.»

Mit einer Hand hielt Pépin die Fackel, mit der anderen die Zügel seines Pferdes. Im Lichtschein sah er, dass Marlo, der neben ihm ritt, ein wenig grinste, während er immer weiter plapperte. Wahrscheinlich versuchte er, Pépin ein wenig von seinen Sorgen abzulenken, doch Pépin hörte kaum zu. Unentwegt musste er an Josephine denken. Er hatte sie im Stich gelassen, dachte er. Er hatte versagt, und nun kämpfte sie vor den Toren der Stadt gegen die Kälte, vielleicht sogar ums Überleben.

«Und, wie wollen wir rauskommen?», erkundigte sich Marlo irgendwann mit einer Beiläufigkeit, als frage er nach dem Wetter der kommenden Woche.

Pépin biss sich von innen auf die Wange. Es half nichts, wenn er sich nun in seinen Ängsten verlor. Er musste sich konzentrieren, beschloss er. Für Josephine.

«Bestimmt fällt uns etwas ein», sagte Pépin so zuversichtlich er konnte.

«Sicher.» Marlo zuckte mit den Schultern. «Wir haben ja noch zwei Straßen Zeit.»

Fieberhaft dachte Pépin nach, während sie quer über den Großneumarkt auf den Neuen Steinweg ritten.

«Jetzt ist es nur noch eine. Schon eine Eingebung gehabt?», erkundigte sich Marlo.

Pépin schüttelte den Kopf.

«Vielleicht schlafen die Wachen hier ja auch …»

Pépin schickte ein Stoßgebet gen Himmel. Sie bogen um die Ecke, und schon ragte das Millerntor fest verschlossen vor ihnen auf. Dickes schweres Holz trennte sie von der Welt da draußen, geschützt von Säulen und einem verzierten Bogen aus hellem Stein. Rechts und links standen Soldaten mit Gewehren und Säbeln. Äußerst aufgeweckt sahen sie ihnen entgegen.

«*Merde*», murmelte Pépin.

«*Bonsoir*, Soldaten!», rief einer der Wachen. «Was führt euch zu so später Stunde hierher?»

Pépin und Marlo tauschten ratlose Blicke. Dann öffnete Pépin den Mund und hoffte, dass die Not ihn erfinderisch genug machen würde.

«Wir … nun … uns wurde etwas gestohlen. Besser gesagt, unserem Ersten Offizier Gaspard Morel. Einer der Vertriebenen muss es ihm entwendet haben. Wir sollten losreiten und nicht zurückkommen, bevor wir es gefunden haben.»

Die Augen der Wachen weiteten sich. Irritiert sahen sie einander an. Sicherlich glaubten sie ihm kein Wort, dachte Pépin. Er spürte, wie sich sein Magen verkrampfte. Er ließ die Zügel los und legte eine Hand so unauffällig er konnte auf den Griff seines Bajonetts. Keinesfalls würde er tatenlos in der Stadt bleiben, während Josephine da draußen war. Zur Not müsste er eben versuchen, sich den Weg freizukämpfen. Mit diesen zwei Wachen könnte er es sicherlich aufnehmen. Aber er müsste leise sein, um keinen der schlafenden Soldaten im Wachhäuschen zu wecken. Nicht auszudenken, wenn sie ihren Kameraden zur Hilfe kämen …

«Offizier Gaspard Morel, sagst du?», knurrte einer der Wachen und verengte die Augen zu Schlitzen. «Könnt ihr das schriftlich nachweisen?»

Pépin löste seine Hand leicht von seiner Waffe und sah Marlo an. Der hob kaum merklich die Schultern.

«Leider nein, Kamerad. Er war sehr … in Eile. Und hat auf Ihr Vertrauen gesetzt.»

Die Wachen sahen einander nachdenklich an. Dann nickte einer mit Nachdruck. «Dieses Vertrauen genießt Offizier Morel selbstverständlich. Er soll morgen noch einmal bei uns vorstellig werden. Andernfalls kommen wir direkt auf euch zu. Ich brauche eure vollen Namen.»

Pépin atmete auf und griff wieder nach den Zügeln. Sie diktierten den Wachposten ihre persönlichen Informationen, dann zogen die Männer an zwei Seilen, die vom Tor herabhingen, um es hochzuhieven.

«Unfassbar», flüstere Marlo, sobald sie unter dem Tor hindurchgeritten und außer Hörweite waren. «Ich hätte längst meine Sachen packen und zurück nach Italien reiten sollen!»

Pépin schmunzelte gegen seine Sorgen und die Kälte an. Dann drückte er seinem Pferd die Waden gegen den Bauch, und sie trabten durch freies Schussfeld, vorbei an abgesägten Bäumen und Überbleibseln alter Hütten. Manchmal knackte es im Unterholz, hin und wieder hörten sie weit entfernt Rufe, und jedes Mal zuckten Marlo und Pépin zusammen.

«Wo steht der Feind mittlerweile?», erkundigte sich Marlo.

«Gaspard meint, die Nordarmee habe sich in Pinneberg einquartiert und im Norden einen weiten Ring bis zur Elbe gezogen. Und natürlich südlich von Harburg.»

«Mmh. Also viel zu weit weg, um heute Nacht plötzlich hier aufzutauchen», versuchte Marlo sich selbst und Pépin zu beruhigen. Doch wer konnte sich in einer Nacht wie dieser schon sicher sein?

In der Ferne erkannte Pépin bald helle Umrisse am Boden. Er wollte glauben, es seien mit Frost bedeckte Böschungen, und versuchte, nicht genauer hinzusehen. Doch je näher sie ihnen kamen, desto schwerer fiel es ihm. Und dann schien das Licht seiner Fackel auf die Menschen, die da am Wegesrand lagen, in Fetzen gekleidet, ihre Körper starr und bleich. Manche hatten sich zusammengekauert, die Arme um die Beine gelegt, die Stirn an die Knie gepresst. Andere schienen im Gehen eingeknickt und einfach liegen geblieben zu sein. Und immer wieder bemerkte er die blauvioletten Flecken auf der Haut der Menschen, der Ausschlag einer Krankheit, die schon seit Wochen immer heftiger in Hamburg wütete.

Pépins Körper verkrampfte sich, seine Sorgen schlugen um in Übelkeit, sein Hals wurde eng. Vielleicht waren Menschen darunter, die Marlo und er selbst hinausgetrieben hatten. Die Soldaten hatten sie nicht nur aus ihrer eigenen Stadt verjagt, sie hatten auch ihr Todesurteil gesprochen. *Sie wären ohnehin gestorben*, hörte er Gaspards Stimme in seinem Kopf. *Sie wären in den Stadtmauern verhungert und am Typhus verreckt.*

Doch trösten konnte ihn dieser Gedanke nicht. Pépin hatte Kinder, Greise und Kranke in ihren sicheren Tod geschickt, während sich Franzosen wie er an den Gütern in ihrer Stadt bedienten, wie sie es brauchten. Pépin ritt an einem Jungen vorbei, höchstens elf Jahre alt, die violetten Lippen offen stehend, die Augen anklagend aufgerissen. Wofür hatte er sterben müssen? Wirklich für eine bessere Welt? Für Freiheit, Gleichheit, Brüderlichkeit? Nein, der Weg dorthin konnte doch nicht vor solchen Opfern strotzen! Für Napoleons Ziele? Wegen der kopflosen Kriege machtbesessener Männer?

«Sie hatten keine Chance», flüsterte Marlo. «Sie hatten ja kaum etwas an.»

Pépin wollte wegschauen, doch er konnte den Blick nicht von all dem Leid und Schrecken lösen. Was, wenn eine von diesen Leichen Josephine wäre? Er musste sie alle ansehen, jeden Einzelnen von ihnen, musste sicher gehen …

«Pépin», murmelte Marlo. «Du glaubst doch nicht …»

Pépin antwortete nicht. Er ließ sein Pferd langsam durch die Toten schreiten und leuchtete mal hierhin, mal dorthin.

«Josephine ist jung und gesund. Ich bin mir ganz sicher, dass sie lebt. Vielleicht ist sie sogar schon in Altona angekommen», beteuerte Marlo.

Endlich löste Pépin den Blick vom Boden und sah seinen Freund an.

«Glaub mir, Pépin», sagte der. «Wir sind ihr eine größere Hilfe, wenn wir schneller reiten.»

Pépin gab sich einen Ruck und nickte. Er sah geradeaus in die Dunkelheit, hielt die Fackel hoch und trieb sein Pferd an.

Kurz vor Altona entfuhr Marlo ein erstickter Schrei.

«Was?» Pépin wirbelte auf seinem Pferd herum.

«Da! Da war ein … Zittern.»

Pépin schwenkte die Fackel in die Richtung, in die Marlo zeigte, und erblickte einen Haufen lebloser Körper. Es wirkte, als hätten sich die Menschen in ihrer Not zusammengekauert.

Ganz oben lag ein alter Mann mit schütterem Haar und bläulich schimmernder Haut. Und dann sah Pépin es auch: Ein Beben ging durch ihn hindurch.

«Er lebt doch nicht mehr, oder?», fragte Marlo leise.

«Nein», murmelte Pépin. «Unmöglich.»

Er biss die Zähne zusammen, sprang vom Pferd, und seine kalten Füße schmerzten bei der Landung. Dann beugte er sich hinunter, zog den Mann ein Stück zur Seite – und legte den Blick auf ein Kind frei. Der Junge war vielleicht sechs oder sieben Jahre alt, sein Haar schwarz, die Lippen vor Kälte verkrustet. Bei Pépins Anblick wimmerte er überrascht und zitterte noch heftiger.

«*Dios mío*», flüsterte Marlo.

Auch Pépin blieb für einen Moment die Luft weg. Dann zwang er sich dazu, die Fassung zu bewahren.

«Komm her, Kleiner», sagte er, beugte sich nach vorn und zog das Kind aus der Umklammerung seiner toten Eltern hervor. Wie kalt, leicht und frostnass es sich anfühlte, ein Stück Treibholz, dachte Pépin und spürte, wie Tränen in seine Augen traten.

«Setz ihn auf mein Pferd», entschied Marlo. «Ich bringe ihn zurück nach Hamburg. Ich lasse mir schon irgendetwas für die Wachen einfallen. Du suchst weiter nach Josephine.»

Pépin sah seinen Freund an. «Sollten wir uns wirklich trennen?»

«Wir haben keine Wahl.» Marlo zuckte hilflos mit den Schultern. «Der Junge muss sofort ins Warme. Und für den Fall, dass Josephine noch hier draußen ist, darfst du ebenfalls keine Zeit verlieren.»

Pépin nickte. Schnell hob er das Kind auf Marlos Pferd. Marlo schwang sich ebenfalls in den Sattel und umschlang den Jungen mit seinem Mantel.

«Viel Glück, mein Freund», sagte Marlo. Pépin entzündete die zweite Fackel an der ersten und warf sie Marlo zu.

«Euch ebenso.» Pépin sah ihm fest in die Augen und hoffte, dass Marlo auch ohne Worte verstand, wie dankbar er für seine Hilfe war. Dann ritten sie in entgegengesetzte Richtungen davon.

Pépin trabte das letzte Stück bis nach Altona. Immer mehr Menschen drängten sich frierend aneinander, manche riefen ihm wüste Beschimpfungen hinterher, andere wichen ängstlich ein paar Schritte vor ihm zurück. «Ich tue euch nichts», rief Pépin immer wieder. «Bitte – ich suche eine junge Frau mit einem auffälligen Hut. Sie ist … sie bedeutet mir viel. Ich muss sie finden. Habt ihr sie gesehen?»

Doch wenn die Menschen ihm überhaupt antworteten, verneinten sie.

Altona hatte seine Tore geöffnet, um die Flüchtenden hineinzulassen. Die dänischen Nachbarn waren in ihrem Zwist mit Schweden noch immer Verbündete Napoleons, doch sie legten Wert darauf, sich als offene Stadt zu präsentieren, in der Notleidenden geholfen wurde.

«Hee!», rief Pépin, sobald er den Wachposten nahe genug war. «Ist hier eine junge Frau mit einem großen roten Hut angekommen?»

Die dänischen Wachen sahen ihn verdattert an.

«Natürlich, einen ganzen Haufen schicker Hüte haben wir gesehen», rief einer spöttisch. «Es sind schließlich nur die bestbetuchten Menschen, die ihr aus ihrer eigenen Stadt verjagt habt!»

«Ich habe einen roten Hut gesehen!»

Pépin drehte den Kopf. Ein paar Meter von ihm entfernt stand eine junge Frau von vielleicht fünfundzwanzig Jahren. Ihr rundes Gesicht kam ihm irgendwie bekannt vor. Hatte er sie vielleicht einmal im *Backhus* getroffen?

«Wo war das?», fragte Pépin und ritt auf sie zu.

Sie deutete in Richtung Hamburg. «Am Berg, ein ganzes Stück weit im Feld. Vielleicht hat sie sich verirrt.»

Pépin folgte dem Fingerzeig des Mädchens mit den Augen. Die Angabe war mehr als vage. Aber es war der einzige Hinweis, den er hatte.

«Würdest du mich dort hinbringen? Ich werde im Gegenzug für deine Sicherheit garantieren.»

Zweifelnd sah sie zu ihm hoch. Sie war blass und die Lippen blutleer, doch ihre zwei Decken hielten sie wohl relativ warm. «Warum wollen Sie diese Frau finden?»

«Sie ist … eine Freundin. Ich kann sie unter keinen Umständen verlieren.»

Seine Worte schienen sie nicht zu beruhigen. Sie sog die Unterlippe ein und verengte die Augen zu Schlitzen. Wo hatte Pépin sie nur schon einmal gesehen?

«Ich kenne dich», sagte er nachdenklich. «Kaufst du dein Brot in *Thielemanns Backhus*?»

Sie blinzelte. «Ich bin hin und wieder dort.»

«Wusste ich es doch! Ich bin … ein guter Freund von Josephine Thielemann. Pépin, vielleicht hast du meinen Namen schon einmal gehört. Wer bist du?»

«Sie sind der, von dem die ganze Straße geredet hat! Ich bin Sara Weber. Das Dienstmädchen von Josephines Schwester.»

Pépin kannte Ida nur aus Josephines Erzählungen. Ab und an

hatte sie davon gesprochen, dass eine ihrer Schwestern mit einem erfolgreichen Kaufmann verheiratet war. Er hätte nicht gedacht, dass sogar die Reichen ihr Dienstpersonal in der Weihnachtsnacht fortschicken mussten.

«Dann kennst du sie», sagte Pépin erfreut. «Ich kann nicht zulassen, dass Josephine hier draußen …»

«Es ist Josephine, die Sie suchen?», fragte Sara erschrocken.

Pépin nickte.

«Aber das kann doch gar nicht sein … Fräulein Thielemann wurde aus der Stadt gejagt? Ich habe nur diesen Hut in der Ferne gesehen. Nie hätte ich gedacht, dass sie es war, die dort …» Sara unterbrach sich selbst und blinzelte verwirrt. «Ich helfe Ihnen», sagte sie schnell und trat einen Schritt auf ihn zu.

Kurz darauf saß sie vor Pépin auf seinem Pferd, und gemeinsam ritten sie den Weg zurück. Bald tauchte zu ihrer Linken ein schmaler Pfad auf, in den sie einbogen. Saras zitternde Finger umklammerten die Zügel, während Pépin die Fackel hochhielt. Die Kälte machte längst auch ihm zu schaffen. Sie war ihm in die Stiefel gekrochen, seine Zehen im Steigbügel waren taub, und sein ganzer Körper fühlte sich steif an. Wenigstens halfen der Pferderücken unter ihm und Saras Körperwärme.

«Lieben Sie Josephine?» Saras Frage kam wie aus dem Nichts und traf Pépin vollkommen unvorbereitet. Er atmete tief durch die Nase ein und schloss für einen kurzen Moment die Augen. Und dann sagte er zu seiner eigenen Überraschung einfach die Wahrheit. «Ich liebe sie, wie ich noch nie jemanden geliebt habe. Ich wüsste nicht, wie ich ohne sie weitermachen sollte.»

Sara antwortete nicht. Doch nach ein paar Hufschritten hörte er sie schluchzen.

«Ist … alles in Ordnung?», fragte er sanft. Dumme Frage, schalt er sich selbst.

«Natürlich», wisperte sie dennoch.

Am liebsten hätte er sich im Namen der ganzen Armee bei ihr entschuldigt. Dafür, dass Napoleon die Stadt besetzt und in seinen Krieg hineingezogen hatte. Dass man die Hamburger an diesem Heiligabend in die Kälte getrieben hatte. Doch was würden diese Worte Sara nützen?

«Ich wundere mich, dass du auch hier draußen bist», sagte Pépin leise, um sie beide abzulenken. «Josephine hat mir erzählt, wie wohlhabend der Mann ihrer Schwester ist … Hatten sie trotzdem nicht genügend Vorräte für dich?»

Sara schnaubte. «Natürlich hatten sie die», presste sie hervor.

Pépin runzelte die Stirn. «Aber warum …?»

Da schien es aus Sara herauszubrechen. Sie krümmte sich auf dem Pferd zusammen und wimmerte: «Ich wusste ja, dass das nicht hätte passieren dürfen. Ich wollte es auch gar nicht, aber was hätte ich tun sollen …? Ich dachte, ich könnte es verstecken, es vielleicht irgendwie heimlich … deswegen habe ich es ihm nicht erzählt. Nur Liese wusste es. Aber sie muss geredet haben. Sie muss es ihm erzählt haben. Wieso vertraue ich auch ausgerechnet der geschwätzigen Köchin! Nun ja, ich hatte gehofft, sie kennt jemanden, der mir… helfen könnte. Stattdessen ist sie zu Philipp … zu Herrn Altmann gegangen. Und er ist fuchsteufelswild geworden. Als hätte ich das mit Absicht gemacht! Er hat mich vor die Tür gesetzt, bevor seine Frau irgendetwas erfahren konnte. Und dort haben die Franzosen mich mit den anderen nach draußen getrieben. O Gott, was soll nur aus mir werden? Aus mir und …» Sie brach ab, aber es war eindeutig, wovon sie sprach.

Tröstend legte er seine Hand auf Saras gebeugten Rücken.

«Es wird alles gut», flüsterte er. Dabei wusste er, wie wenig seine Worte ausrichten konnten. Wie sollte Sara diesen schrecklichsten aller Winter ohne Heim und mit einem Kind im Leib überstehen?

Sie schluchzte noch ein paar Mal, dann atmete sie laut ein, wischte sich die Tränen aus dem Gesicht und setzte sich wieder aufrecht hin.

Eine Zeit lang ritten sie schweigend durch die Kälte. Hier und da hatten sich kleine Gruppen Frierender versammelt, um einander zu wärmen. Manchmal hörte Pépin chorisches Gemurmel: Die Menschen beteten zu Gott, er möge sie erretten. Sie priesen Jesus, auch oder gerade in diesen Stunden. Gespenstisch klingende Weihnachtslieder begleiteten Pépin und Sara durch die Nacht. «Macht hoch die Tür, die Tor macht weit, Eu'r Herz zum Tempel zubereit'», erklang es leise in der Finsternis, und Pépin bekam eine Gänsehaut. «O wohl dem Land, o wohl der Stadt, So diesen König bei sich hat. Wohl allen Herzen insgemein, Da dieser König ziehet ein.»

Er versuchte, nicht hinzuhören, leuchtete nur umher und suchte nach Louises Hut. Als er ihn endlich sah, konnte er es kaum glauben.

«Da hinten ist sie!», rief Sara, auch sie klang ungläubig.

Er blinzelte, hob die Fackel noch ein Stück höher, doch es war keine Täuschung. Etwa zwanzig Schritte vom Pfad entfernt leuchtete der Hut so rot wie eine Mohnblume im Mai. Er schien nicht nur auf Josephines Kopf zu sitzen, sondern auf den Köpfen mehrerer Menschen, so eng hatten sie sich zusammengedrängt. Bei ihnen stand – wenn Pépin nicht vor Kälte wahnsinnig geworden war – eine Kuh, die das Grüppchen mit ihrem großen Körper wärmte.

«Josephine!» Pépin wollte es schreien, doch seine Stimme war nur ein Krächzen. Sie lebte! Er hatte sie gefunden. Er hatte sie tatsächlich gefunden! Er sah, wie sie den Hut in den Nacken schob. Wie sie ihn erkannte, sich von den anderen löste, auf ihn zukam. Das Gesicht so weiß. So schrecklich weiß. Das Lächeln blau, dunkelblau, aber auch breit und glücklich – er würde es nie wieder vergessen. Kaum spürte er den Schmerz in seinen Eisfüßen, als er vom Pferd sprang. Kaum bemerkte er die Steifheit seines Körpers. Er sah nur seine Josephine, die immer näher kam und ihn dann, endlich, fest umschlang.

«Du bist hier. Du bist wirklich hier. Ich wusste es», murmelte sie. Und dann sackte sie in sich zusammen.

# 32. Kapitel

*Vier Monate später: April 1814*

Zum ersten Mal nach diesem eisigen Winter hatte Josephine das Gefühl, der Frühling stünde vor der Tür. Schon bevor die Sonne aufging, sangen die Vögel in der Rosenstraße. Sie hörte es bis in die Backstube hinein, obwohl das Feuer im Ofen knisterte und sie geschäftig Brote hineinschob. Und als sie die Fenster weit öffnete, war die Luft mild.

Auch in den Menschen schien eine Veränderung vorzugehen. Merlin schlenderte über die Straße. Die Hände tief in die Hosentaschen geschoben, pfiff er fröhlich vor sich hin. Er kam beinahe gleichzeitig mit Jette im *Backhus* an, und sogar ihre feuchten Augen wirkten hoffnungsvoller als sonst.

«Guten Morgen ihr zwei», rief Josephine. Es war einer dieser Tage, die herrlich verheißungsvoll vor einem lagen. In der Luft hing der Geruch nach frischem Backwerk und guten Nachrichten.

Fröhlich schob sie je ein Brot über die Theke. «Habt ihr schon etwas Neues gehört?»

«Noch nicht, aber ich glaube, es kann nicht mehr lang dauern», sagte Merlin.

Jette schluchzte ausnahmsweise nicht. Stattdessen lächelte sie tapfer. «Mein Mann hat die letzten zwei Nächte durchgeschlafen», berichtete sie. «Ich glaube, auch er hat keine Angst mehr …»

«Das freut mich sehr! Bestell ihm bitte einen lieben Gruß», rief Josephine. Dann senkte sie die Stimme. «Habt ihr noch einen anderen Wunsch?» Vielsagend sah sie von einem zur anderen.

Jette kam einen Schritt näher, schaute sich noch einmal um, bevor sie flüsterte: «Zwei Eier bitte.»

Und Merlin wisperte nach einem ebenfalls vorsichtigen Schulterblick: «Hast du noch ein Pfund Kaffee?»

Josephine nickte. Sie öffnete zwei der kleinen Schubladen ihrer Theke, holte die Schmuggelware hervor und überreichte sie ihren Kunden.

Jette versteckte die Eier in ihrem Beutel. «Danke, Liebes. Aber willst du dich nicht doch trauen und uns bald wieder etwas Leckeres backen? Ein paar Geduldzettel zum Beispiel.»

«Oder diese duftenden Franzbrötchen, die du im Herbst immer gemacht hast!»

Josephine lächelte über Merlins Worte. Seit dem schrecklichen Weihnachtsfest hatten sich die Menschen in der Rosenstraße nicht nur mit Josephine versöhnt, sondern auch mit ihrem französischen Gebäck – und sogar mit Pépin. Schließlich wusste mittlerweile jeder, dass er es gewesen war, der Josephine und die anderen Vertriebenen aus der Rosenstraße in der Kälte gefunden und sie in Sicherheit gebracht hatte.

Trotzdem schüttelte sie den Kopf. «Das Risiko, Gebäck anzubieten, kann ich noch nicht eingehen. In diesen Tagen würde das viel zu sehr auffallen. Die Franzosen sind so misstrauisch geworden.»

Bei diesen Worten musste Josephine wieder an Heiligabend

denken und daran, wie schwierig es gewesen war, zurück nach Hamburg zu kommen. Gemeinsam mit Pépin hatte sie die anderen zunächst bei ihrer Schwester in Altona untergebracht. Am liebsten hätte Pépin auch Josephine erst einmal dort gelassen, in Sicherheit, doch Josephine hatte den Gedanken kaum ertragen. Sie wollte unbedingt bei Pépin bleiben und mit ihm gemeinsam nach Hamburg, zum *Backhus* und zu Louise zurückkehren. Also hatte sie nicht lockergelassen, bis er endlich mit ihr gemeinsam zum Dammtor geritten war. Dort angekommen, diskutierte er in so schnellem Französisch mit den Wachen, dass Josephine nur die Hälfte verstand. Er erklärte ihnen, Josephine wäre einzig aufgrund eines Irrtums vertrieben worden. Viele Menschen seien auf sie angewiesen, da sie die einzige Bäckerin in ihrem Viertel sei. Josephine trat an die beiden heran und versprach dem Soldaten, ihm sobald wie möglich so viele Franzbrötchen zu backen, wie er nur essen könnte. Doch erst als Pépin dem Soldaten als Gegenleistung seine Klarinette anbot, willigte er endlich ein.

Josephine fasste ihn am Arm. «Nein Pépin, tu das nicht …»

«Ich werde schon irgendwie eine neue auftreiben», raunte er ihr zu. «Eine neue Josephine ist sicherlich schwerer zu finden.» Er zwinkerte, und sie musste schmunzeln.

Seitdem war der Wachsoldat tatsächlich schon das ein oder andere Mal vorbeigekommen und hatte sich nach ihren Franzbrötchen erkundigt. Doch sogar ihn musste Josephine vertrösten. Offiziell durfte es nun einmal weder Zimt noch Zucker in Hamburg geben. Und käme man Josephine auf die Schliche, hätten nicht nur sie und Pépin ein großes Problem, sondern auch ihre Freunde in Altona. Außerdem würde sie das Philipp nicht gönnen …

Wenn sie an ihren Schwager dachte, brannte immer noch die Wut in ihr. Schon in der Weihnachtsnacht hatte Pépin ihr erzählt, was Philipp dem Dienstmädchen angetan hatte. Und gleich am nächsten Tag war Josephine außer sich vor Zorn zum Jungfernstieg marschiert. Glücklicherweise war Philipp nicht zu Hause. So konnte sie ihre Schwester allein sprechen und ihr alles erzählen, was sie erfahren hatte.

«Pépin sagte, Fräulein Weber habe es ... nicht freiwillig getan», schloss sie leise.

Ida wurde totenblass. Dann verengten sich ihre kleinen Augen zu Schlitzen. Wütend presste sie hervor: «Ich habe es gewusst. Ausgerechnet Sara ... ich habe ihn angefleht, sie zurückzuholen, ihm geschworen, dass wir genug Vorräte für sie haben, aber er hat so getan, als könnten wir sie nicht durch den Winter bringen. Dieser elende ... Wie geht es ihr jetzt?»

Josephine wiegte den Kopf hin und her. «Sie hat Erfrierungen an den Zehen und war sehr erschöpft. Aber Henriette hat sie erst einmal als Dienstmädchen aufgenommen. Das geht natürlich nur, bis man die Schwangerschaft sieht ...»

Ida stand energisch auf und streichelte Sophie Charlotte, die sie im Arm trug, mit rabiaten Bewegungen. Bald fing der Hund an, gestresst zu hecheln.

«Er muss dafür bezahlen», presste Ida hervor. «Kannst du Sara eine Nachricht zukommen lassen?»

Josephine dachte kurz nach. «Vielleicht kann Pépin noch einmal nach Altona reiten ...»

Scheinbar beiläufig fragte Ida: «Wieso tut dieser Pépin eigentlich so viel für dich?»

Josephine kratzte sich verlegen am Kinn – und entschied sich dafür, endlich ehrlich zu ihrer Schwester zu sein. Lang könnte sie es ohnehin nicht mehr vor ihr geheim halten. Seitdem Pépin die Menschen aus der Rosenstraße gerettet hatte, wussten immer mehr Leute von ihrer Liebschaft.

Sobald Josephine ihrer Schwester die ganze Geschichte erzählt hatte, wartete sie ängstlich auf ihre Reaktion – und stellte fest, dass Ida grinste! «Hab ich's mir doch gedacht.»

Überrascht zog Josephine die Augenbrauen hoch. «Du hast etwas geahnt?»

«Sara hat mir schon vor Monaten von den Gerüchten erzählt. Das liebe Mädchen wollte kein Wort davon glauben, aber ich kenne dich besser.»

Josephine spürte, dass sie rot wurde. «Aber … wieso hast du nichts gesagt?»

«Als gute Schwester hätte ich versuchen müssen, dich davon abzubringen. Aber eine Josephine bringt man nun einmal nicht von irgendetwas ab. Es wäre also müßig gewesen, die Sache anzusprechen, oder nicht?»

Nun musste auch Josephine lächeln. «Da hast du wahrscheinlich recht.»

«Natürlich habe ich das. Also. Dein Soldat muss Sara eine Nachricht überbringen. Sie weiß von Philipps Warenlager, denn sie hat ja häufig seine Briefe an die Schmuggler überbracht.»

Josephine starrte Ida an. Hatte sie gerade richtig gehört? Der reiche Kaufmann Philipp Altmann unterhielt ein illegales Warenlager? Doch bevor sie nachfragen konnte, fuhr ihre Schwester unbeirrt fort: «Aber er hat ihr nicht verraten, wo genau es sich befindet. Er ist so ein misstrauischer Mensch. Nicht einmal mich hat er ins Vertrauen gezogen.» Sie schüttelte den Kopf.

Sophie Charlotte gab ein Wimmern von sich, und als Ida auf sie hinuntersah, bemerkte sie wohl auch, dass sich die Hündin unter ihren ruppigen Streicheleinheiten gar nicht wohlfühlte. Etwas sanfter streichelte sie weiter. «Erinnerst du dich daran, dass Philipps Geschäfte schlecht liefen, während die Russen in der Stadt waren?», fragte Ida.

Langsam nickte Josephine und musste an ihren heftigen Streit denken.

«Ich weiß, ich habe auf deine Nachfragen … sagen wir … gereizt reagiert», gab Ida zu.

Josephine unterdrückte ein Schmunzeln. «So könnte man es ausdrücken.»

«Ich wusste einfach nicht, was wirklich mit Philipp los war. Es hat mir keine Ruhe gelassen, ich bin beinahe wahnsinnig geworden! Daher habe ich mich schließlich dazu entschlossen, seinen Schreibtisch zu durchsuchen und mir anhand seiner Unterlagen selbst ein Bild zu machen.»

Jetzt konnte Josephine ihr Erstaunen nicht mehr verbergen. «Du hast was?», keuchte sie. Ihre Schwester, die sich zwar hin und wieder von ihrer Wut hinreißen ließ, sonst aber immer den Anschein einer unterwürfigen Ehefrau erweckte, hatte ihren Ehemann ausspioniert? Niemals hätte Josephine ihr einen solchen Ungehorsam zugetraut. Schließlich hatte Ida ihr selbst doch immer vorgeworfen, zu eigensinnig und aufmüpfig zu sein.

Ida überging Josephines Verwirrung und fuhr fort: «Auf diese Weise habe ich herausgefunden, warum Philipp so gut durch die letzten Jahre gekommen ist. Er hat mehrere Warenlager außerhalb der Stadt unterhalten, in denen er Zucker, Zimt und Zitronen hortete. Niemand hat bemerkt, dass er sie mit ausgeflaggten Hamburger Schiffen transportiert hat. Bald erkannte er, dass er am meisten Geld verdient, wenn er einen großen Teil der Waren von Tagelöhnern nach Hamburg schmuggeln ließ. Als sich Frankreich zurückzog und die Kontinentalsperre für ein paar Monate aufgehoben war, schien sein Lager wertlos geworden zu sein. Daher rührte seine fürchterlich schlechte Laune.»

«Warte, warte», sagte Josephine und hob beide Hände. Ihr ging das alles viel zu schnell. «Verstehe ich das richtig? Er war schlecht gelaunt, weil man seine Waren nun nicht mehr unter Lebensgefahr schmuggeln musste?»

Sie dachte an Karl, Louise und die Mädchen, die bei jeder ihrer Schmuggeltouren hätten entdeckt werden können. Einmal hatte es Karl sogar erwischt. Er wäre beinahe ins Gefängnis geworfen worden, wenn nicht kurz darauf die Aufstände ausgebrochen wären. Und dann dachte sie an die vielen Zitronen, den Zucker und den Zimt, die so lang in ihrem eigenen Keller gelagert hatten und für die sie alle den größten Teil des Geldes an einen Mann zahlen mussten, der nur als «der Alte» bekannt war. Plötzlich fiel es ihr wie Schuppen von den Augen. «Der Alte ist Philipp Altmann», flüsterte sie und hielt sich vor Überraschung die Hand vor den Mund, als könne sie sich so daran hindern, noch mehr verborgene Wahrheiten auszusprechen.

Sophie Charlotte kläffte zustimmend.

«Was hast du gesagt?», fragte Ida.

Josephine starrte sie einen Moment lang nur an. Sie hatten all die Zeit mit den Waren von Josephines Schwager gehandelt! Während sie täglich in größter Gefahr schwebten, hatte Philipp heimlich ihr Geld kassiert und es sich in seiner Villa am Jungfernstieg gemütlich gemacht. Josephine schüttelte den Kopf.

«Nichts, nichts», antwortete sie. Sie wollte nicht riskieren, dass Karl, Louise, die Mädchen und sie selbst nun doch noch aufflogen und bestraft wurden. Je mehr Leute das Geheimnis kannten, desto gefährlicher war es für sie alle – noch immer. Die Franzosen waren dankbar für jeden Grund, aus dem sie so viele Menschen wie möglich aus der Stadt werfen konnten. Josephine glaubte zwar durchaus, dass Ida versuchen würde, diese Information für sich zu behalten. Doch sie traute ihr auch zu, dass sie ihr in einem Streit mit Philipp doch herausrutschte.

«Erzähl weiter», bat sie.

«Nun, Philipp war schlecht gelaunt, da der Preis für seine Waren schlagartig gefallen war, und das dramatisch. Aber dann kamen die Franzosen zurück, und er konnte seine Arbeit fortführen – bis zum vergangenen Dezember. Seit der Belagerung verlässt natürlich kein Hamburger mehr freiwillig die Stadt. Er würde nicht mehr eingelassen – die Franzosen sind ja froh um jeden Esser weniger. Also liegen Philipps Waren seit Wochen ungenutzt in einem fast noch vollen Lager bei Altona.»

«Bei Altona?», wiederholte Josephine aufgeregt.

«Und ich weiß auch, wo genau. Wenn dein Soldat Sara die Nachricht zukommen lässt, kann sie die Waren vielleicht nutzen, um sich Ersparnisse anzuschaffen. Für die Zeit, wenn sie nicht mehr bei Henriette arbeiten kann …»

Jetzt konnte Josephine nicht mehr ruhig sitzen. Sie sprang auf und lief aufgeregt hin und her. «Hat Philipp keine Wachen vor Ort?»

Ida schüttele den Kopf. «Er hatte welche, aber die sind kurz vor der Belagerung mit allem, was sie tragen konnten, nach Hamburg zurückgekommen. Der Rest müsste noch dort sein.»

«Vielleicht wurde das Lager längst von Fremden gefunden und leer geräumt.»

Ida nickte. «Das ist nicht ausgeschlossen. Allerdings ist es recht gut versteckt. Vielleicht hat Sara also Glück …»

Wenige Tage später stellte sich heraus, dass Sara tatsächlich viel Glück hatte: Gemeinsam mit Fiete, Susanna und der Witwe Franz fand sie nach Idas Beschreibung das Lager von Philipp Altmann. Es duckte sich unter eine dichte Reihe von Büschen und Bäumen und wirkte so harmlos wie ein leer stehender Schafstall. Im Inneren – so beschreib es die Witwe Franz in einem Brief an Josephine – befanden sich jedoch beste Waren. Den größten Teil verkaufte Sara vor Ort, um sich eine kleine Wohnung leisten zu können, in der sie ihr Kind bekommen wollte. Danach würde man weitersehen.

Den übrigen Teil schmuggelte Pépin dank Karls und Louises hilfreichen Ratschlägen geschickt in die Stadt. Am Tor wurde er nicht kontrolliert. Hin und wieder wunderten sich seine Kameraden zwar darüber, dass er so häufig nach Altona ritt, doch keiner sagte etwas. Schließlich waren es immer mehr Soldaten, die Rundstücke, Zucker oder Kaffee in Altona erstanden und heimlich mit nach Hamburg nahmen. Einige von ihnen verkauften die Güter sogar. Mittlerweile litt nicht nur die Hamburger Bevölkerung, sondern auch die französische Armee unter immer größerem Hunger und Armut. So waren aus den Männern, die Schmuggler überführen sollten, selbst Schmuggler geworden, und sie hatten eine stillschweigende Übereinkunft, untereinander keine Fragen zu stellen.

Pépin übergab seine Mitbringsel Josephine, die sie in ihren

Schubladen versteckte und heimlich an die Hamburger verkaufte. Das Geld brachte er zurück nach Altona, wo es den Vertriebenen aus der Rosenstraße eine kleine gemeinsame Wohnung finanzierte.

«Das solltest du sehen», erzählte ihr Pépin. «Es stinkt nach Zwiebelsud, den Susanna den ganzen Tag kocht, der laute Fiete steht am liebsten am Fenster und brüllt jedem etwas zu, der vorbeiläuft, und die Witwe Franz versucht, ihm ihre Liebe zu gestehen, aber er hört nicht richtig zu. Wenn ich dort bin, vergesse ich manchmal, dass wir noch immer mitten im Krieg sind …»

Die Wohnung befand sich unweit von Henriettes Hof, sodass sie beim Schweinefüttern und Kühemelken helfen konnten und sich so zusätzlich ein wenig Geld verdienten. Eine der Kühe hatten sie selbst dorthin gebracht. Und Josephine schwor noch immer, es sei Philibert. Dabei war das doch eigentlich unmöglich …

Das Klingeln des Glöckchens im *Backhus* holte Josephine aus ihren Gedanken zurück in die Gegenwart. Sie strahlte, als sie sah, wer mit federnden Schritten hereinkam: Schwungvoll stellte Pépin einen Brötchenkorb auf die Theke.

«*Bonjour* zusammen!»

«Pépin, bringst du etwa Eulen nach Athen?», fragte Merlin.

«Ich weiß auch nicht, warum ich sie mir habe aufdrücken lassen», antwortete Pépin mit einem Schulterzucken. «Die Bäckerin in Altona hat sie mir so ausdrücklich ans Herz gelegt, dass ich dachte – vielleicht sollte die beste Bäckerin Hamburgs sie einmal probieren.» Er zwinkerte Josephine liebevoll zu und gab ihr einen Kuss auf die Wange.

«Die müssen ein Vermögen gekostet haben», sagte Josephine erstaunt.

Pépin kratze sich am Kopf. «Tatsächlich … sollen wir sie für 60 Pfennig das Stück verkaufen. Das hat mir die Bäckerin geraten.»

«Wir?», fragte Josephine nach.

«Marlo und zwei andere Soldaten haben auch welche gekauft. Willst du eins?»

Josephine nahm ein Rundstück heraus. Da sie in diesen Tagen weder Butter noch Käse oder Wurst hatte, biss sie einfach so hinein. Sie waren außen knusprig und schmeckten wundervoll, schon beim zweiten Bissen stutzte Josephine allerdings.

«Was ist das denn?», murmelte Pépin mit vollem Mund. «Da ist … irgendwas drin.»

Aus Josephines Brötchen ragte ein Stück Papier. Vorsichtig riss sie das Rundstück ein wenig auseinander und zog einen eingebackenen Zettel heraus.

«Ein Zeitungsausschnitt», staunte sie. «Der muss aus dem *Altonaer Merkur* sein.»

«Oh!» Pépin bemerkte wohl erst jetzt, dass er von seinem Papier aus Versehen ein Stück abgebissen hatte. Während er versuchte, die Fetzen wieder zusammenzusetzen, las Josephine schon langsam und ungläubig die Schlagzeile vor: «Die Alliierten sind in Paris eingerückt …»

Pépin und Merlin starrten sie an.

«Wirklich?», fragte Merlin aufgeregt. «Was steht da genau?»

Hastig überflog sie die Zeilen. Dann fasste sie zusammen: «Die Verbündeten Russland, Preußen, Großbritannien und Österreich haben die französische Hauptstadt eingenommen. Es wird wohl nicht mehr lange dauern, und Napoleon muss abdanken. Das bedeutet …»

«… es ist bald vorbei!», ergänzte Merlin und klatschte in die Hände. «Hamburg wird befreit! Unsere Freunde können in die Stadt zurückkommen. Wir werden wieder genug zu essen haben …» Er strahlte und hüpfte beinahe durch die winzige Backstube. Aus der Ferne konnte Josephine plötzlich Schläge hören. Immer wieder, schnell hintereinander knallte es.

«Freudenschüsse!», rief Merlin. «Aus mindestens fünfzig Gewehren! Das müssen die Russen sein!»

Josephine wollte sich ebenfalls freuen. Natürlich hatte Merlin recht. Diese Stadt und all ihre Bewohner litten schrecklich unter der Besatzung und Belagerung. Doch die Erleichterung wollte sich einfach nicht einstellen. Angespannt sah sie Pépin an. Die bevorstehende Befreiung bedeutete auch, dass er aus Hamburg abgezogen und nach Paris zurückkehren würde. Ihre Blicke trafen sich – und er sah innerlich genauso zerrissen aus wie der Zeitungsausschnitt in seinen Händen.

⁂

Nacht für Nacht kam sie zu ihm zurück. Seltsam, dachte Christian. Er hatte mit den Bürgern Hamburgs gegen die Aufständischen gekämpft, hatte die Kanonen der Franzosen auf die Stadt niederregnen hören, während er selbst blind in die Finsternis zielte. Er hatte die Schreie eines Mannes vernommen, der sein Bein verlor, den Gestank eines anderen in der Nase gehabt, der fiebernd und zähneklappernd mitten auf der Straße zusammenbrach und liegen blieb. Seitdem die französische Herrschaft Hamburgs wankte, hatte er schon so viel Hunger und Leid, Blut und Verderben gesehen.

Doch wenn er abends die Augen schloss und in einen unruhigen Schlaf fiel, war es ausgerechnet diese vermaledeite Kuh, die ihn quälte.

Er sah wieder ihren gesenkten Kopf, die geblähten Nüstern. Erneut holte er mit seinem Beil aus, um ihr die Stirn zu zerschmettern, doch die Kuh stürmte ihm so plötzlich entgegen, dass er gar nicht wusste, wie ihm geschah. Er schrie, wollte ihr ausweichen, doch er verlor den Halt, wurde von den Füßen gehoben und gegen die Wand geworfen. Etwas traf ihn hart im Gesicht, am Bein, im Bauch, und dann war sie fort – und mit ihr der Schlaf.

Schwitzend und keuchend saß Christian aufrecht im Bett. Manchmal lag er daraufhin die ganze Nacht wach und grübelte. Er hatte sich damals aufgerappelt und nach dem Vieh gesucht. Die Gassen hatte er durchkämmt und voller Wut sämtliche Passanten befragt. Er hätte sich zusammenreißen sollen, dachte er ein ums andere Mal. Wieso war er so fuchsteufelswild gewesen? Und warum in Herrgotts Namen war ihm ausgerechnet in diesem Moment der Beamte Allers begegnet? Christian hatte ihn gar nicht erkannt, während er ihn anraunzte. Woher hätte er auch wissen können, dass dieser kleine untersetzte Kerl in den kommenden Wochen, in denen die Macht der Franzosen immer mehr schwand, sein Vorgesetzter werden sollte?

Wäre ihm doch diese verfluchte Kuh nicht davongelaufen, dann wäre all das nicht geschehen. Er hatte sie nicht gefunden, obwohl er lange nach ihr gesucht hatte. So recht wunderte ihn das nicht. Sicherlich hatte sie der Nächstbeste, der sie auf der Straße gesehen hatte, mitgenommen. So eine Kuh war gerade in diesen Zeiten von immensem Wert.

Er versuchte, seine Gedanken an die Kuh abzuschütteln, doch es gelang ihm nicht. Genauso wenig, wie er seinen Zorn auf Josephine los wurde. Immer wieder musste er an sie denken. Nach seinem vereitelten Triumph hatte er eine Keule kaufen müssen, um sie ihr auf die Theke zu werfen. Er hatte erst versucht, ihr zu schmeicheln, dann sie zu zwingen, zu ihm zurückzukommen, doch nichts hatte geholfen. Sie hatte ihn gedemütigt, also hatte er sie aus der Stadt werfen lassen. Sie hätte da draußen mit den anderen erfrieren sollen! Doch nun war sie schon wieder zurück und backte mit diesem verdammten Franzmann fröhlich vor sich hin. Während er selbst immer wieder von der Kuh träumte und sich vor dem bevorstehenden Termin mit dem Beamten Allers fürchtete …

Er sah zu dem Regal hinüber, in dem zwischen ein paar Büchern unzählige Blüten trockneten, die er einst Josephine hatte schenken wollen. Dieser sentimentale Unsinn, dachte er. Doch das hatte nun ein Ende. Mit einem Ruck fuhr er hoch, durchmaß sein Schlafzimmer mit großen Schritten und fegte Papier und Blumen auf den Fußboden. Von jetzt an würde er ein anderer Mann sein, sagte er sich. Stolz und stark. Er würde keine Blumen mehr trocknen, keine Frau von niederem Stand begehren, sondern sich auf das Wesentliche konzentrieren: auf seinen Weg nach oben. Wenn er sich bei seinem Gespräch mit Allers am nächsten Tag entschuldigte und im besten Licht präsentierte, könnte er schon bald weiter aufsteigen.

«Was soll der Krach?», bellte eine wütende Stimme. Die Tür schwang auf, und sein Vater stürmte herein.

«Weißt du, wie spät es ist?» Er holte aus und verpasste Christian eine Backpfeife. Christians Kopf flog zur Seite. Für einen

Moment pfiff es in seinen Ohren, dann hörte er, wie die Tür wieder zugeworfen wurde.

«Schlaf gefälligst! Und mach mir morgen bloß keine Schande!», befahl sein Vater noch von draußen, bevor die Treppe knarrte und Christian wieder allein war mit seinen zerbröselten Trockenblumen und dieser unbarmherzigen Kuh, die in seinem nächsten Albtraum schon auf ihn wartete.

# 33. Kapitel

An dem Tag, an dem die Menschen aus der Rosenstraße heimkehrten, duftete die Altstadt nach Franzbrötchen. Es war der 29. Mai 1814. Die Sonne hing hoch und warm am blauen Himmel, und alles versammelte sich fröhlich vor *Thielemanns Backhus*. Josephine schlenderte durch die Menge und verteilte frisch gebackene Franzbrötchen. Alle waren da, nur Pépin fehlte … Doch sie versuchte, nicht weiter darüber nachzugrübeln.

«In Altona lässt es sich schon gut leben», schrie Fiete gerade Jette an. «Aber nichts geht über unser schönes Hamburg – mit der besten Bäckerei der Welt!»

Die Witwe Franz murmelte etwas, das Josephine nicht verstand. Ihrer weichen Miene nach zu urteilen, musste es aber etwas ausgesprochen Nettes gewesen sein.

«Ich habe die Rosenstraße und das *Backhus* auch schrecklich vermisst.» Susanna seufzte und griff beherzt in Josephines Korb.

Sogar Ida kam vorbei, um zur Feier des Tages ein Franzbrötchen zu essen. Bei der Frage danach, wie es ihrem Mann gehe, zuckte sie mit den Schultern. «Was weiß ich schon?» Die Bitterkeit in ihrer Stimme war nicht zu überhören. «Aber glaube mir, geschäftlich schlägt er sich schon irgendwie durch.»

Sie biss in ihr Gebäckstück, winkte und wollte zurück in ihre

Kutsche steigen, als sie beinahe mit dem Postboten zusammenstieß. Erst beim zweiten Hinsehen erkannte Josephine, wer da diesen einfachen Hut, die Klingel und die Umhängetasche voller Briefe trug. Sobald er Josephines Blick bemerkte, lief sein Gesicht hochrot an.

«Post für Fräulein Thielemann», murmelte Christian, ohne sie anzusehen. Er hielt ihr einen Brief hin, doch sie nahm ihn nicht entgegen. Stattdessen musterte sie ihren ehemaligen Verlobten erstaunt, der doch unbedingt in die höchsten Kreise der Stadt hatte aufsteigen wollen.

«Du arbeitest wieder als Postbote?», fragte sie langsam.

Jetzt wurde er sogar noch röter. Er antwortete nicht, hielt nur den Umschlag in die Luft.

Aus den Augenwinkeln sah Josephine, dass Louise sich zu ihnen gesellte. «*Oh, là, là*, dann ist es wohl wahr, was man sich erzählt?» Die Freundin schob sich ihren gerüschten blauen Hut in den Nacken. «Nun, da Napoleon abgedankt hat, sollen bereits so einige Emporkömmlinge in Hamburg wieder auf dem Boden der Tatsachen gelandet sein.» In gespieltem Bedauern schüttelte sie den Kopf.

Christians Kieferknochen traten hervor, er ließ den Brief fallen und drehte sich ruckartig um. Schnell hob Josephine das Schreiben vom Boden auf. Die Handschrift war die ihrer Schwester Henriette. Als sie wieder aufsah, war Christian verschwunden.

Louise neben ihr seufzte. «Gut, dass du ihn nicht geheiratet hast, Josephine», murmelte sie. Dann hakte sie sich bei ihr unter. «Und nun wollen wir feiern!»

Sie wandten sich wieder den anderen zu. Auch Rosine, Karl, Anna und Mathilda waren gekommen. Endlich war die Rosenstraße wieder komplett – bis auf einen … Sie stellte sich vor, Onkel Fritz könnte dieses kleine Fest von dort, wo er nun sein mochte, sehen – wie sehr er sich für Josephine freuen würde. Sie hoffte, er wäre nun bei ihren Eltern. Vielleicht gemeinsam mit Hans. Einen Moment lang dachte sie daran, wie sehr sie sie alle vermisste. Doch dann wandte sie sich wieder den Lebenden zu. Die Menschen aus der Rosenstraße schienen zuversichtlich zu sein, dass die schweren Jahre vorüber waren. Die Franzosen sollten noch an diesem Tag abziehen, und Hamburg wäre frei. Die Schiffe würden wieder vom Hafen ablegen, sämtliche Waren konnten legal in die Stadt gebracht werden, der Hunger wäre vorüber. Wieder dachte Josephine an Pépin. Schnell schloss sie die Augen und biss in ein Franzbrötchen. Wie herrlich blättrig und knusprig, buttrig und tröstlich es war … und der Zimt! Als sie die Lider wieder hob, stand er endlich vor ihr. Sie wusste nicht sofort, was sich geändert hatte. Sein Blick war so warm, sein Lächeln so frech und seine Haltung so selbstsicher wie eh und je. Und doch …

«Junge, was ist denn mit dir passiert?», rief Fiete und schlug Pépin auf die Schulter. «Du bist ja ein völlig anderer Mann! Hast du etwa deine Uniform verkauft?»

Erst jetzt begriff Josephine: Zum ersten Mal stand er nicht als Soldat vor ihr. Er trug weder Zweispitz noch Abzeichen oder Gamaschen, sondern eine einfache Kappe, ein graues Hemd und eine Leinenhose.

«*Bonjour Mademoiselle*», sagte er leise und nur zu Josephine. «Ich möchte mich Ihnen kurz vorstellen. Mein Name ist Pépin Sabatier. Früher war ich einmal Soldat, doch das ist vorbei. Ich würde gern Bäcker werden – in Hamburg. Ich bringe bereits Erfahrungen aus Paris mit. Ist in Ihrer Bäckerei vielleicht eine Stelle frei?»

# Epilog

Wehmütig beobachtete Josephine, wie Pépin das Schild «Thielemanns Backhus» von der Fassade nahm, um den Namen zu ändern. Sie hatte es selbst so gewollt, doch nun drohte die Traurigkeit sie zu überwältigen. Sie musste an ihren Onkel denken und die lange Familientradition in der Rosenstraße.

«Ich mache drinnen weiter», rief sie Pépin zu und lief zurück ins *Backhus*. Es duftete bereits nach Franzbrötchen, die dicht an dicht in der Auslage glänzten. Die hohen Gläser waren zum Überquellen mit unzähligen Plätzchen gefüllt, im Regal stapelten sich die Brote, und in der Glasvitrine in der Ecke strahlten der Zitronenkuchen und die Rhabarbertorte hellgelb und rosarot um die Wette. Langsam ging sie daran vorbei in den hinteren Raum und nahm das Rosenwasser zur Hand. Sie gab es in eine Schüssel und verquirlte es mit vier Eiern. Wie viel leichter das Leben doch war, seitdem Hamburg nicht mehr unter französischer Besatzung stand, dachte sie. Noch an dem Tag, an dem Pépin beschlossen hatte zu bleiben, waren die anderen Soldaten gegangen. Und damit beinahe zwei Monate, nachdem Napoleon endlich kapituliert hatte. Pépin hatte Josephine erzählt, das habe allein an General Davout gelegen, der trotz der Abdankung seines Herrschers einfach nicht loslassen könne. Erst als die Streitkräfte durch

Krankheiten und Mangelernährung dezimiert waren, entließ er Hamburg endlich aus seinem Klammergriff. Marlo hatte sich tränenreich von Pépin verabschiedet. Er würde den Heimweg zurück nach Italien einschlagen – und er hatte sich entschieden, den Waisenjungen mitzunehmen, den er auf dem Weg nach Altona gerettet hatte. «In Hamburg hat er keine Zukunft. Aber meine Familie kann einen Esser mehr schon irgendwie durchbringen», hatte er erklärt. Wie er gingen auch Gaspard, Jakub und Valentin wieder in ihre Heimatländer zurück.

Mittlerweile begann die Stadt, sich zu erholen. Ebenso wie Pépin. Nachdem er seine Uniform abgelegt hatte, hatte es noch ein paar Tage gedauert, doch dann verschwanden allmählich auch seine steife Soldatenhaltung und der stets wachsame Blick. Zurück blieb ein fröhlicher Bäcker, ein verträumter Bassklarinettist – wenn auch vorerst ohne Klarinette –, ein frisch verheirateter Mann, albern und verantwortungsbewusst zugleich, dem man nur noch hin und wieder ansah, dass er in seinem jungen Leben schon zu viel erlebt hatte …

Vorsichtig goss Josephine die Mischung von Rosenwasser und Eiern durch ein Sieb, um sie zunächst mit Zucker und dann mit Mehl zu vermengen. Und während sich das Mehl in ihren zimtfarbenen Haaren verfing, während sie rührte und formte, ließ sie allmählich ihre Gedanken ziehen. Die Masse wurde bald so dick, dass sie kaum noch tropfte, und Josephine vergaß einen nach dem anderen der dunklen Monate, die hinter ihr lagen. Die Wochen, Tage und Minuten flutschten ihr wie der Teig durch die Finger.

Sie schob das Blech in den Ofen und fühlte sich unbeschwert und jung. Und als sie die Geduldzettel wieder herausholte, sahen sie genauso aus wie die von Fritz früher: handflächengroß und strahlend hell. Sie waren ihr gelungen, dachte sie, heute würde ein fantastischer Tag werden.

Beschwingt lief sie zurück zu Pépin. Ob es ihr wohl wehtun würde, an der Fassade nun *Sabatier* statt *Thielemann* zu lesen? Stolz lächelnd sah Pépin ihr entgegen.

«Die Geduldzettel sind gut geworden», rief sie.

«Ich hab's gewusst», antwortete Pépin. «Und? Was sagst du?» Er deutete auf die Fassade des *Backhus*. Ein wenig ängstlich trat sie auf die Straße hinaus, drehte sich um – und schlug sich vor Überraschung beide Hände vor den Mund. Denn über dem schiefen Eingang und den zwei offen stehenden Fenstern prangten nun die Lettern: «Josephines Franzbrötchen».

«Nun, Frau Bäckermeisterin», fragte Pépin schmunzelnd, «was backen wir heute?»

# Nachwort

Liebe Leser:innen,

schmeckt Hamburg für euch auch nach Zimt, Zucker und Butter? Mir zumindest geht es so. Wann immer ich dort bin, möchte ich mich nur noch von Franzbrötchen ernähren. Das liegt einerseits an ihrem köstlichen und einzigartigen Geschmack, andererseits aber auch an all den Geschichten, die man sich über die Gebäckstücke erzählt. Das Franzbrötchen steht für die Stadt Hamburg wie der Anker, der Hafen, Fischbrötchen und ein herzliches «Moin, Moin».

Als ich angefangen habe, mich nicht nur kulinarisch, sondern auch historisch mit den krausen Teilchen zu beschäftigen, war ich sofort fasziniert: Um ihre Erfindung ranken sich so viele Legenden! Eine davon besagt, eine junge Dame habe drei Bäckersbrüder aus Hamburg zu einem Wettstreit aufgerufen: Wer für sie das beste Gebäck erfand, den würde sie heiraten. Der Gewinner hieß Franz und backte ein köstliches und sehr spezielles Brötchen … Eine andere Geschichte handelt von einem Hamburger Bäcker, der das Rezept bereits im 13. Jahrhundert vom heiligen Franz von Assisi geklaut und es dann, um Abbitte zu leisten, nach ihm benannt haben soll.

Möglicherweise kommen die Franzbrötchen aber auch aus Schweden: Der Sohn eines Schweden und einer Hamburgerin – genannt Wikinger-Franz – könnte das Rezept aus dem hohen Norden mitgebracht, leicht abgewandelt und es Franzbrötchen genannt haben.

Wieder eine andere Legende besagt, es sei im 19. Jahrhundert zu Ehren des österreichischen Kaisers Franz Joseph I. erfunden worden. Die beiden Wirbel obenauf sollten die Wellen am Hafen symbolisieren und der Zimtduft an den Orient erinnern, damit der Kaiser die Stadt Hamburg gut im Gedächtnis behielte.

Mir persönlich hat diese Geschichte am besten gefallen: Nachdem die Franzosen Hamburg nach ihrer Besatzung im Jahr 1814 endlich verlassen hatten, wollte ein Bäcker einen Freiheitskuchen erfinden. Gehaltvoll und süß sollte er sein, nur für die Form hatte er noch keine originelle Idee. Bis sein Geselle Franz vollkommen betrunken in die Bäckerei stürzte, sich aus Versehen auf die vorbereiteten Teilchen setzte und sie damit platt drückte.

Vielleicht sind die Franzbrötchen aber auch schon zu Anfang der Franzosenzeit in Hamburg entstanden: Demnach forderten Soldaten bei der Besatzung der Stadt ein stärkendes Gebäck. Der Bäcker tat wie ihm geheißen und bereitete Teiglinge vor. Seinen wertvollen Zimt wollte er aber vor den hungrigen Männern verstecken, also deponierte er ihn in einem Hohlraum unter den Fußbodenbrettern. Doch der Boden krachte ein, der Zimt stob auf und landete ausgerechnet auf den frischen Gebäckstücken …

Legenden und Geschichten wie diese sind in dem witzigen Büchlein «Das Franzbrötchen. Wunderbarer Plunder aus Hamburg» versammelt. Hierin begeben sich verschiedene Autor:innen – sehr unterhaltsam und augenzwinkernd – auf eine zimtduftende Spurensuche. Konkret werden die Hinweise schließlich bei einem Johann Heinrich Thielemann, bekannt als der «Franz'sche Bäcker». Er lebte nicht in Hamburg, sondern in Altona. Eine Nachfahrin ist sich sicher: Er war es, der das Franzbrötchen um 1900 erfunden hat. Doch so ganz kann das nicht stimmen: Eine Werbeanzeige aus dem Jahr 1825 erwähnt bereits «runde und krause Franzschbrod, sehr fett und blätterich» nach einem Rezept vom «Franz'schen Bäcker in Altona». Zu diesem Zeitpunkt hat besagter Herr Thielemann leider noch nicht gelebt. Sein Vater und sein Großvater trugen allerdings denselben Namen – und backten ebenfalls in Altona. Weitere Nachforschungen ergaben, dass Johann Heinrich Thielemann I. die Bäckerei von einem Jean Stephane Sabatier übernommen hat. Und der firmierte bereits 1802 in dritter Generation als französischer Bäcker in Altona. Das Croissant war damals noch keine große Berühmtheit wie heute, doch das Pariser Bäckerhandwerk wurde längst für seinen Blätter- und Plunderteig gerühmt. So liegt es wohl nahe, dass das Franzbrötchen um 1800 herum in Altona von einem Franzosen erfunden worden ist. Ganz gesichert ist natürlich auch das nicht …

«Der Duft von Zimt» ist kein Tatsachenbericht, es ist ein Roman. Mich hat der Gedanke fasziniert, dass ein so reichhaltiges Gebäck wie das Franzbrötchen ausgerechnet in einer entbehrungsreichen Zeit wie der Franzosenzeit entstanden sein könnte. In einem

Hamburg, in dem es durch Napoleons Armee einerseits von Menschen aus den unterschiedlichsten Kulturen nur so wimmelte, während die Stadt andererseits vom Handel und der weiten Welt vollkommen abgeschnitten war. An den Toren die Wachen, in den Straßen die Schmuggler, in den Kammern ein zimtduftendes Geheimnis … Ein Gebäck, das von einer hoffnungsvollen Begegnung in schrecklichen Krisenzeiten erzählt.

Bei Josephines und Pépins Erfindung des Franzbrötchens habe ich meiner Fantasie freien Lauf gelassen. Gleichzeitig hat es mir Freude bereitet, mich hier und da an Legenden und historischen Hinweisen zu orientieren. Nicht ohne Grund heißt Pépin mit Nachnamen Sabatier, ist Josephine eine geborene Thielemann.

Während die Liebesgeschichte dieses jungen Paares frei erfunden ist, ist ihr Rahmen historisch belegt. Tatsächlich besetzte die französische Armee Hamburg, verhängte die Kontinentalsperre und trieb dadurch zahlreiche Menschen in die Armut. Obwohl die Strafen immens waren, blühte der Schmuggelhandel. Illegale Waren wurden entweder versteigert oder vor den Augen der Hungernden verbrannt. Die Arbeiteraufstände am 24. Februar 1813 kochten hoch, als sich ein Wundarzt am Millerntor nicht von den Wachen durchsuchen lassen wollte. Gerettet wurden die Franzosen sowie die reichen Kaufleute der Stadt, die gemeinsame Sache machten, von den Dänen aus Altona – so konnte der Aufstand niedergeschlagen werden.

Die zwischenzeitliche Befreiung der Stadt durch die Russen wurde dann tatsächlich mit großer Dankbarkeit aufgenommen, man stellte sogar Gipsbüsten des Generals Friedrich Karl von Tettenborn in die Fenster. Doch die Franzosen kehrten zurück, und nun stand der Stadt ein schreckliches Weihnachtsfest bevor: Als die Alliierten näher rückten, wurden die Hamburger dazu aufgefordert, sich für Monate mit Vorräten einzudecken. Die grausamen Ereignisse an Weihnachten 1813 sind wahr, viele Tausend Menschen sind damals vor den Toren Hamburgs erfroren.

Einiges davon kann man besonders eindrücklich bei Marianne Prell nachlesen. Unter dem Titel «Erinnerungen aus der Franzosenzeit in Hamburg» hat die Hamburgerin ihre eigenen Erlebnisse für Kinder niedergeschrieben: Sie war während der Ereignisse selbst noch ein Kind. Ihre Eindrücke und Empfindungen haben mich beim Schreiben stets begleitet. Dabei ist mir beispielsweise auch Philibert begegnet: Prells Familie versteckte nämlich in einem alten Speicherraum tatsächlich eine Kuh vor den Besatzern.

Ob es einen Ort wie *Thielemanns Backhus* wirklich gegeben hat, ist ungewiss. Doch ich wünsche es mir: eine winzige Bäckerei voll von herrlichen Düften, warmen Begegnungen und den süßesten Leckereien. Ich hoffe, dass dort eine Bäckerin wie Josephine gelebt hat, die den Hunger zumindest hin und wieder lindern konnte, und dass ein Soldat wie Pépin mit seiner Musik und seinen Späßen hier und dort ein Lächeln auf die Gesichter zauberte. Ich hoffe, dass an dem ein oder anderen Tag der Duft von geheimen Zitronen durch die Altstadt wehte und dass das Franzbrötchen tatsächlich nicht nur nach Zimt, Zucker und Butter, sondern auch nach Versöhnung schmecken kann.

Vielen Dank, dass ihr mit mir in die Franzosenzeit und die Hamburger Rosenstraße gereist seid. Ich wünsche euch alles Liebe und noch unzählige köstliche Franzbrötchen-Momente!

Eure Rebekka Eder

PS: Ich habe so ein Gefühl, als hätte Josephine gerade die Fenster geöffnet und hinausgerufen, ihre Geduldzettel seien ihr gelungen. Gewiss wird heute also ein ganz wunderbarer Tag!